U0682138

加州海狼一号

旅美华裔女作家
笔下的浪漫与曲折

水菱／著

中国文史出版社

图书在版编目（CIP）数据

加州海狼一号 / 水菱著 . -- 北京 : 中国文史出版社，2017.5

ISBN 978-7-5034-9165-8

Ⅰ . ①加… Ⅱ . ①水… Ⅲ . ①长篇小说 – 中国 – 当代 Ⅳ . ① I247.5

中国版本图书馆 CIP 数据核字（2017）第 083695 号

责任编辑：刘　夏

出版发行：中国文史出版社
网　　址：www.chinawenshi.net
社　　址：北京市西城区太平桥大街 23 号　**邮编：**100811
电　　话：010-66173572 66168268 66192736（发行部）
传　　真：010-66192703
印　　装：廊坊市海涛印刷有限公司
经　　销：全国新华书店
开　　本：1/16
印　　张：24.5
字　　数：340 千字
版　　次：2017 年 7 月北京第 1 版
印　　次：2017 年 7 月第 1 次印刷
定　　价：49.00 元

谨以此书献给天上的祖父母

（祖父：周任卿）

写尽“情”的强韧与生命力，生活面貌真实，气氛凝造极为成功，血肉鲜活而冷静表现，手法不凡！

序

震撼！温馨！一个您无法想象的感人大故事。

这是一本多类型化的长篇小说，故事中有故事。整体情节融入文学作品中，作品构思特丰富，部分有欧美推理小说的感觉，部分更有华人的中国情节；突出细腻情感与纠葛，通过各个小说人物，以爱情与婚姻为主体，穿插感性、神秘、灿烂、玄妙等正面元素，一步步揭开作品后面的故事，情节隽永，耐人寻味。

一艘带有神秘性质的游轮“加州海狼一号”突然失去了密码效用，船上悲剧也跟着频频发生。全文以船客纠葛为经，船身存亡为纬，故事以男女爱情为主，悬疑感性为辅。船上产生许多与男女主角有关的故事，情节错综复杂。文内还有许多要角，含老中青三代，不同年龄，彼此相关，乱中有序。

故事有幸，也有不幸。过程令人惊叹！让人扼腕，却又回味无穷。情节曲折，主题深远！耐人寻味！文中用了许多暗喻，例如：“五”字是暗示“无”，“七”字是暗示“凄”，但结局安排得很正面与阳光。作者在用“温馨”抚慰其间的无奈与悲剧，在抽丝剥茧的悬疑气氛中勾勒出金字塔式的呈现，逐步阐述真挚的情与理。

全文构思细腻认真，文内有许多作者的原创诗词与各个角色的精彩思路，好的阅读原本就是更高的艺术领域，能同时得到各种彻悟，启发生命的许多真义，故此书适合所有年龄层的读者。这是一部综合爱情、婚姻、瑰丽、深度、人文、神秘、悬疑、推理、凄美的小说，它也是一本对社会男女都有益的书。

（本小说人物纯属虚构，如有雷同，纯属巧合，请勿对号入座。）

目 录

Contens

1 序

1 第一章 船长的困惑

4 第二章 秘密信件

4 第一节 黑色警告

8 第二节 一场乌龙

13 第三节 灵感

18 第四节 陌生男子

23 第五节 短兵相接

28 第六节 “520”惊艳

33 第三章 海狼的奇迹

33 第一节 小狮子的怒吼

38 第二节 一毛大王

42 第三节 金塔红美人

48 第四节 三笑姻缘

54 第五节 德勒斯坦绿钻

60 第六节 不同船的人

66 第四章 谁来晚餐

66 第一节 特殊任务

71 第二节 龙睛餐厅
77 第三节 “波尔多”的酒杯
82 第四节 外太空的飞碟
88 第五节 拆婚事件
93 第六节 垃圾桶中的貂皮披肩

101 **第五章 变味的黑咖啡**

101 第一节 “黑露岛”的纠纷
108 第二节 配绿钻的礼物
114 第三节 我面对我自己
119 第四节 幽灵哀号的晚上
125 第五节 再给我一次机会
131 第六节 博物馆内的炼狱

138 **第六章 山雨欲来风满楼**

138 第一节 冤家路窄
145 第二节 情定“牡丹亭”
151 第三节 鸡跟鸭讲
156 第四节 船尾的期盼
165 第五节 午茶厅的长龙
172 第六节 夜半的逃兵

180 **第七章 惊魂记**

180 第一节 神秘的礼物
187 第二节 望海
194 第三节 自杀的证据

200 第四节 幽灵爱情
205 第五节 惊人的奇招
211 第六节 “520”解密
219 **第八章 千钧一发**
219 第一节 鸳鸯锁
226 第二节 老鼠屎恐惧症
232 第三节 有毒的作料
239 第四节 最后的华尔兹
246 第五节 香水瓶内的毒液
253 第六节 7点07分
259 **第九章 神秘之夜**
259 第一节 游轮案外案
267 第二节 森巴约会
274 第三节 进退两难
280 第四节 鬼节晚餐
285 第五节 生离死别
291 第六节 灯影下的独白
299 **第十章 起死回生**
299 第一节 撕去的秘密
305 第二节 晴天霹雳
311 第三节 奇异的长梦
317 第四节 漫长的等待
322 第五节 海狼的考验

328 第六节 天网恢恢

334 第十一章 最后一滴眼泪

334 第一节 缘起缘灭

341 第二节 寄情

347 第三节 回光返照

353 第四节 无情地有情天

359 第五节 “五十五号码头”

366 第六节 隔世的似曾相识

373 第十二章 相思比梦长

第一章　船长的困惑

“加州海狼一号”正从北部的阿拉斯加朝南边的加州做回航。从气象预报知道，加州海上天气晴朗，且不会变天，然而奇怪的是，偶尔会有莫名的大浪，弄得船身晃荡不定。

船上的密码已经失灵了一阵，无法得到东部“巴黎号”的计算机密码回复，这是工作人员很头疼的事情。虽然密码只是代表两条船的关系密切，因为一样可以用电话联系，且密码失灵的一些传说也只是一种表象，信则灵，不信则不灵。问题在于这可是“加州海狼一号”的第一次密码失灵，不信的人也许只当茶余笑料，相信的人就会忧心忡忡了。失灵的密码有虚实两种，虚的是应对普通操作，一读就知，实的是应对紧急情况，必须靠极其特殊的计算机工程师来处理，问题是即使如此也不一定有用。

提到“加州海狼一号”最早的时光，它可是美国仿造法国“巴黎号”游轮船壳的残影建成的，制造过程真是费尽心机。整艘大船从内到外，精心策划，神似“巴黎号”。要看“巴黎号”的历史，那可谓身经百战，永不磨灭。当年欧洲战争爆发后，1940 年法国战败求和，美国宣布羁押“巴黎号”，让海军征用。1946 年美国原本曾想把历尽沧桑的“巴黎号”还给法国，但最终的决定是让它停泊在大西洋海滩，还留住原船外貌，只是内部成了一所“轮船博物馆”。超过半世纪以后的现在，很少人知道“巴黎号”游轮曾经参战且沦为美国国防部的运兵船，但是多数人还记得它那些前所未有的种种装置，形如海上宫殿，曾是多么地风华绝代。

仿造了“巴黎号”的“加州海狼一号”，是一艘更为豪华的大船，因为与“巴黎号”神似，就有了些奇怪的传说……最玄妙的就是密码绝对不能失灵，一旦失灵只能靠不寻常的紧急人才来修理。但是不知何故，虽然特殊专业可应对紧急情况，却独独对这条船无法施力，且听说在过程中一不小心就会有危险，因此沾了点边的工程师都不太愿参与，普通的工程师又解决不了，以致人才始终没找到，加上多数人都不信密码失灵的传说，所以紧急部门工作人员也就一直悬缺。

如今海上突发的大浪依旧，几个船上的普通技术员虽然很努力，却都找不出密码失灵的原因，副船长尤金只得跑来向船长艾力克报告。

"看来……海上的大浪真是跟密码失灵有关！"

"不会吧！海狼是个'好女孩'！"船长艾力克猛摇头。

"这船真的是女性？"副船长尤金问。

"嗯……听说停在东部纽约那艘原版的'巴黎号'军舰博物馆是男的，'加州海狼一号'既然是拷贝了'巴黎号'制造出的，当然是一对，因为两船是'隔世情侣'嘛！"

"'隔世情侣'，我也听说了，真是神秘，也很罗曼蒂克！"副船长尤金诡异地笑笑，又说，"'加州海狼一号'的新鲜事不少，桩桩都很特殊，记录上曾有一菲律宾籍的游客在旅程中因私人恩怨企图跳海自杀，竟然在大风雨中被掉落的船绳打昏，巧合地被救了下来，当时新闻报道出来，人人称奇，说她心地好！都想见见她，一亲芳泽嘛！所以每次的船票很快都会销光。"

船长艾力克抿起嘴，点了点头。

"可是……两船的名字怎么有那么大的差别？"尤金好奇地问。

"这很简单！你太太跟你是一个性格吗？"船长艾力克眯着眼问。

尤金摇头说："那当然不是！可是为何加州这船多用了'海狼'两个字呢？"

船长艾力克回道："你不觉得动物里面，母的都很强悍？"

"嗯……那也是的。"尤金抖起身子笑了，然后认真地说，"不过……我也听说'加州海狼一号'虽然平时心地善良，一旦密码失灵，就会险象环生，悲剧频频，就像……"尤金的话还没说完，海水的大浪花突地一个劲地跳起，船身一阵晃荡又止息，两人都吓了一跳！

船长艾力克定定神，蹙眉道："……是的，所以我们不能让'加州海狼一号'的密码出问题，你们会不会都弄错了？"

尤金急迫地说："是真的！我在计算机上点击'102216Redbean'没动静，那些技术员也尝试过，还是没动静，现在都完全放弃了。"

“通常‘巴黎号’会回复‘102216Mybaby’，都是很简单的密码，真的没动静吗？”

尤金摇头。

艾力克此时突然追问尤金：“你刚刚点击……是单数的 bean，会不会要用复数？”

尤金点头笑了，转身消失……不久，他又气喘吁吁地跑回来，道：“没用！我用了复数，还是一样，‘巴黎号’没回复。”

“先前你曾打电话过去吗？”艾力克表情困惑地问。

“‘巴黎号’那儿的人说一切正常啊！”

“再打！一定有错。”

“巴黎号是博物馆，现在工作人员早就已经下班了。”尤金说。

“哦……”艾力克挤了挤眉心，突地恍然大悟，急道，“这些密码都是一般时候用的，技术员确实没办法。现在是紧急情况，要找出紧急密码，就必须找特别的计算机工程师来解码，快！”

尤金摇头说：“找不到！而且没人敢来解码，都怕有危险。”

“没的事，危险是谣言，提高薪水就好了。”艾力克说。

“虽然有些危险是短时间的手指烫伤，问题是……严重的时候就不是普通的危险，听说任何人去解码超过半小时，没成功就会被烧死。”尤金摇头。

“怎么会！又没火灾……”艾力克不解。

“不知道怎么发生的？但会被烧成焦炭，就像以前那种新闻上有过的巴士火灾，门被堵住了，逃不出去的悲惨意外一样。”尤金悄悄地说完，只见艾力克闻言打了一个寒战。

尤金叹口气，不断摇头道：“所以没有可能解码的。”接着又为难地问：“眼前是……要不要通知大家，取消下一个去夏威夷的航次？”

“这……可是迷信啊！”艾力克犹豫了好一阵，最后只能苦笑着说道，“难道我们是神经病！真的要被一个小小的密码来控制？太不科学了，岂不荒谬？”

“嗯！不行，的确是有点荒谬。”尤金大梦初醒。

“那……只好让航程照旧吧！”艾力克勉为其难下了决定。

于是，“加州海狼一号”继续朝南边的海航行……

第二章 秘密信件

第一节 黑色警告

午前11点，从北边抵达的“加州海狼一号”，在岸边停泊不久。洛杉矶游轮五十五号码头涌出一群刚刚归来的旅客，面露满足与微微的倦意，各自拖着行李箱走出来。人潮尚未退尽，另一波为了往夏威夷方向而上船的人潮，也开始在五十五号码头陆续地涌现了。

码头上的搬运工人正在忙个不停，几个大块头的黑人，汗流浃背地推着大拖车，吃力地推进又疲惫地走出。

一位穿着便装的东方男人，把大件行李托交给码头工人后，朝肩上背起一个小型黑袋，昂首一路走了进去。后面有一个白人，气喘吁吁地跟了上来，他用带着英语发音的中文，朝那个东方男人很仔细地喊了一声：“当……瑞……白……”

“菲利浦，我的名字是叫‘汤……瑞……白’。”东方男人笑了。

白人菲利浦摇头苦笑，用英语说：“你知道吗？刚才那些码头工人突然自己吵起架来了。收个行李的动作也那么慢，还嫌我给的小费太少，我好生气，真想骂人！”

汤瑞白闻声，驻足用英语回道：“菲利浦，你就耐着性子。那么重的行李，一个个都得在拖车上放好，才能送进船舱，他们很累！也不容易。”

“哎！我当然会耐住性子。”菲利浦边说边朝四周张望，“我还要耐着性子瞧美女和富婆呢！”

“这种上船的时刻？大家都穿得很随便，你怎么知道谁是富婆？”汤瑞白悄声地说。

菲利浦斜睨了一眼前面一个胖太太，说：“看！前面那个女人，她那只肥手腕上的手镯，价值不菲哦！”然后菲利浦抬头张望了一下，又说：“看皮包也能知道，那种富婆一定会把握这种人多的机会，亮出高级名牌品来炫耀！”菲利浦犀利的眼神，还在东张西望。

“拜托！不要失态，人家还以为你掉了什么东西。”汤瑞白说完，两人就继续往前走，且排入队伍等待领取上船证。

“汤！说实话，我真是不懂女人，怎么那样疯狂着迷地用名牌货？我常常看到女人拎那种排满英文字母而且相同样式的皮包，得意地走路。她们以为这样就很了不起，哼！要我看简直就像穿制服的犯人似的，完全没有特色。我每次看到这种女人就觉得她们很笨，也很可怜！自己不知道而已。”菲利浦撇撇嘴角说。

汤瑞白同意地点头，说：“人若有自信就不需要靠名牌品，真正有智慧的人会觉得自己就是一个名牌，何必反而去替别人的东西打广告！”

“哎，你这些话很有道理。”菲利浦继续悄声说道，“反正她们那些傻子，越是虚荣，我们才越有机会。我已经找人查过了，这次我们只要得到八套珠宝首饰就可以了。”

“八套？”汤瑞白也悄声问。

“对，都是价值连城的饰品，其中有两套的拥有者是东方人。”

“东方人，有任何线索吗？”汤瑞白有点好奇了。

“现在已经知道这两套珠宝饰件的名称：‘金塔红美人’与‘德勒斯坦绿钻’，每一套从钻戒、耳环、手镯、项链、脚环、珠宝盒……都是镶真钻的艺术珍品。不过在我们偷的时候，要留下外面的盒子，让人肉眼不容易察觉，至少暂时不会暴露已失窃。这样拖延一下，就可以充足我们这里的时间。”

“主人是谁？我们的工作怎么分配？”汤瑞白又问。

“详细情况与分配策略，我还在思考，等决定以后，我就让你知道。这段时间，我会继续找人查，所以你也会陆续收到我给你的一些有关短信。”菲利浦说。

此时菲利浦的手机音乐声响了，菲利浦张开手掌跟汤瑞白打了个招呼，就从队伍中离开且走远了。他特别走到一个空旷的角落，抬头朝四周检查了一下，确定了没什么人，才接手机：“是，我是菲利浦！有什么事？”

“那个汤，他太聪明，我们老大觉得他是一个问题，可能会带来麻烦。”电话里的声调非常低沉且冷静。

“我们正准备上游轮，我会盯住他的。”菲利浦回答。

“这一次，八套珠宝都同时要在抵达墨西哥的前一个晚上做。如果游轮上的‘生意’失败，老大计划要做了他！”残酷的声调继续传来。

“什么！”菲利浦吓了一跳。

“这个游轮会去五个地方，前面有四个岛都在夏威夷，后面一个是墨西哥的伊塞达岛。若是抵达伊塞达岛以前，汤敢违抗指令不做，或者做不完全，我们就会在伊塞达岛处理掉汤。到时候，你让汤先下去岸边等你，然后我们暗中会找个墨西哥人把他解决了，完全不露痕迹。”低低的声音，继续在说。

“不行！回船时候，游轮有检查员会计算人数，少一个人，就会追查，我是他老板呢！”

“所以……你不要下船！”电话里传出喉咙口挤出的一道撕裂声音。

“可是，我还是会被怀疑的。何况他能做好的，绝对没问题，你放心，我盯住他，让他一定做完游轮的这趟‘生意’。”菲利浦右手食指朝空中点了点，肯定地说。

“不要玩花样，那会坏我们的大事，船上有很多眼线在看着你们，但是……你不用让汤知道。”冷酷的声调，继续在交代。

“理解了……当然……好，好！”菲利浦猛点着头，然后挂了电话。

讲完电话的菲利浦，没有马上回去排队，而是去了附近找水喝。看到厕所门口有饮水器，就用手揿着开关，喝了几口水。他在想如何能让汤瑞白绝对不出任何差错？虽然他还握有那张当年汤瑞白擅自窜入别人房间的照片，但是菲利浦不到最后关头并不想用。何况……他觉得必须保护汤瑞白，如果没有汤瑞白，自己可能早就没命地淹死了。那是一次有惊无险的意外，发生在他与汤瑞白去中国出差的时候。

菲利浦记得两人那次做完生意，没事干得穷极无聊，有一个导游特别介绍他们到中国山东日照的海滩去玩，两人都觉得很新奇，很想逛逛导游口中的万平口风景区。那是日照市黄金海岸线上的一个旅游胜地，靠近黄海，是一个很美的海滨小城，沿海从南到北都是金沙滩。万平口是一个海水浴场，沙质不错，设施也齐全，缺点是海浪比较大。当时正是旅游旺季，人潮汹涌，菲利浦与汤瑞白都在游泳。一个大浪打来，菲利浦踩不住底，喝了好几口水，几乎就要灭顶，旁边的汤瑞白突然一把拉起了他，笑问：“你别装了，要游就好好游嘛！”菲利浦惊恐无比，摇头说他不太会游，没想到浪那么大，差一点就完了！汤瑞白却以为菲利浦还在说笑话与演戏，就狠狠地推了菲利浦一把，菲利浦整个人倒在沙滩上，成了个大字形。他面向着蓝天苦笑……因为只有他自己知道，汤瑞白真的救了他一命。

菲利浦又用手揿着开关，再喝了几口水，然后就朝队伍中的汤瑞白站着的那个方向走了回去……

队伍中，菲利浦与汤瑞白两人继续排着队，没多久，就看见排队的游客越来越多，在大厅里顺着指示标，绕来绕去，成了一条长龙。队伍不远的前方有一列长柜台，后面有好几个穿着蓝色制服的服务人员，每个人脸上都堆着温和的笑容，认真地开始做旅客入船前的各种手续，包括检查与核对护照……客人们都提着大小不等的旅行手袋排着队，汤瑞白与菲利浦站在队伍的中央位置等候。人群的长龙移动得很缓慢，汤瑞白朝前看看，一眼望去，这次上游轮的客人，多数是白人，少数是东方人。

此时，站在队伍最后面的旅客是一个中年的东方女人，她衣着时髦，皮肤有些深色，戴了一副上深下浅的茶色眼镜，镜片后的两只眼睛不停地四下张望，略显心神不宁。中年女人原本想去排队，看看时间还早，就走到厕所外门口的座椅上坐着发呆。她的左手臂紧紧夹住挂在肩膀下的一个咖啡色真皮混厚金丝的大皮包。只见她把右手伸到皮包内探寻，找出一封信，不安地看了两眼，再次展开阅读……

“常艾丽：

这次我们公司的房地产业绩，虽然你我的名次是一与二，但是凭我的条件，很快就能够超越你，且等着吧！

很不幸，我们两人竟然同时得到公司赠予的游轮奖品，虽然我很不愿意与你同在一个游轮上出现，但是看在免费的分儿上，也不得不接受。宋万杰已经与我结婚，而且我们夫妻会一起上游轮。可是我知道他还是念着你，虽然你们以前是老相好，但我希望你能够离他远些，最好是装作不认识。必须让你明白，我是绝对无法容忍你们两人在一起的。

有一句话，你该理解，就是‘识时务者为俊杰’，你若够聪明就应该知道不要与我作对。本来在上游轮以前想与你来个约法三章，所以我们必须先见个面，但是你一直不回应。这是我最后一次写信通知你，我已经查到船上六楼有一个钢琴酒吧厅，我会在那里等你，希望不要失约，否则后果自负。

卜慧”

看完信的常艾丽，脸色很难看。她低着头，抓着信的右手微微抖动了一下，继而狠狠地把信挤捏在掌心，手背的青筋交错地趴在掌背骨上，她的身子打起了寒战。这封信像一份“艾德蒙顿书”，根本就是最后通牒。什么“后果自负”，简直就是在威胁！常艾丽恼怒地正打算把手中挤成一团的信掷入身旁的垃圾桶内，但是，悬在空中的手停顿了下来。她突然改了主意，心里想起那个害她离婚的负心人宋万杰，常艾丽真是恨死他了，是恨吗？怎么不？爱的反面就是恨。应该让宋万杰看看他选了一个什么样子的女人去结婚，“对！这封信就是卜慧的一个人格秘密，证明她有多么跋扈，必要时得拿给宋万杰看！”常艾丽把信摊平了折好，放回自己的皮包内时，手指触碰到里头一本金色的小记事本。那可是她的宝贝，因为上面记录了一些她谈房地产生意时的法宝条例。

常艾丽思考着……上船以后到底要不要去钢琴酒吧厅与卜慧碰面呢？去就去吧！自己生来是天不怕地不怕，难道还会怕她？常艾丽重新地站起身，看了周围一眼，昂起头，就走进女厕所方便去了。

第二节　一场乌龙

男厕所门口此时走出两个中年男人。一个中等个子的白人，茂密的棕色头发，微胖，穿了一件有些褪色的敞领黑风衣，里面是一件夏威夷蓝白大花衬衫。另一个是瘦高个子的黑人，穿着黄色花套衫与牛仔裤。

白人瞧着远处队伍中一家亚洲人三代同堂的旅客，笑道：“多美好！老的小的都一起出来玩。”

“游轮本来就是各种年龄都会喜欢的旅行。”黑人附和着。

白人嚼着口香糖，无聊地左右望望，问着隔壁的黑人：“嘿！翰克，瞧见了什么可疑的分子吗？”

“没有！”翰克摇头，道，“上头明明说那几个大毒枭是躲到这艘游轮上来了，怎么一点迹象都没有？”

“要是那么容易有迹象，还用得着我们吗？”白人把双手插进风衣口袋里，抬头带着笑容，抿了抿嘴角，自言自语地说：“我这回非把他们全部缉捕归案不可！”

“保纳，这次带了几个人？”翰克问。

“我们总共六人，够了！”白人警探保纳指了自己耳朵说，“还有四个警察，耳朵内都有无线电耳机的，就在附近。”

“对！也不用太多，只要抓对犯人就好。”黑人警探翰克抖着肩膀笑着说。

“你这个家伙，在笑我啊！”保纳瞪了翰克一眼。

“我哪里敢！您是横跨南北，加州局里有名的‘猫头鹰警探’哪！”

“‘猫头鹰’又怎样？”

“因为有双鹰眼，晚上还特别尖锐！”翰克夸张地指指对方的眼睛。

保纳冷笑一声，眯着眼问：“你是想说我长的像‘猫头鹰’吧？”

“呵呵，不是啦！”翰克笑着摇头，却突然又加上一句，“就只一点点像！一点点，是好看的那一部分像而已啦！呵呵……”翰克继续比画着。

“算了，你停止胡扯吧！”保纳说。

“哎！其实我是说真话，您在南加州破了好多困难的案子，所以这次才会以你为主。北加州只是派我来跟着你帮忙的呢！不过，有的时候……你可能稍稍过分敏感了一点，呵呵……”翰克抖着双肩笑着。

“你是说上次在你们北加州局里的那个案件，我过去帮忙抓了两个长相一模一样的人？可是后来放了一个啊！”保纳反辩。

“他还是虚惊了一场！”翰克盯了保纳一眼。

“不能怪我，谁让他们是双胞胎嘛！”保纳摊摊双手。

“保纳，你还是厉害，在你手中不会有漏网之鱼的。”翰克点头夸赞。

“很多障眼法会让人疏忽，尤其这次是查海洛因，疑虑不能都集中在某些以为有的特定人身上。”白人警探保纳盯了一眼那亚洲人家庭的女孩子与老太太，说，“最安全的地方有可能是最危险的地方。”

“嗯，这回上面虽然派我们两局都上船来找‘白粉’，但人手还是不够，太难啦！”翰克摇头。

“没问题！‘白粉警探’是高档次警务工作，多注意着就好，细心一点。”

保纳说完就低头，悄声用无线电与其他几个警察联系了起来，只见他猛点头，连声说好，话落地后就对身旁的翰克交代：“他们要你去行李仓库那边看看。”

黑人警探点点头，转身走了。

保纳仍然站在原地，码头厕所非常干净，设备近似一般上等的旅馆装潢，门口除了两个一高一矮的银色的饮水器，还有一排灰色花瓷砖长凳子，先前有少数旅客曾坐着等人，此刻全都去排队了。

保纳想趁空换嚼一块新的口香糖，手刚要抽出风衣口袋，却看见原先那家亚洲人的老太太，不！其实她看来并不老，应该说是那位太太突然走了过来，她的打扮与穿着还很时髦。只见她站在女厕所的门口角落，有点不想让人看到似的，从小旅行袋子中取出一个方形铁罐子，罐子上五颜六色地烫印了一些中国的仕女，保纳在中国市场看到过，知道那是月饼盒，难道她要吃月饼？可是保纳倒是知道中国人的中秋节早就过了，正奇怪那个老太太是要吃什么？却见她从罐子内取出一包透明的绿色塑料袋，袋子内装着白粉，保纳职业性的警觉感让他全身的神经突然抽紧了，眼睛立刻犀利且专注地瞥过去。他看见那位老太太还用盒盖挡住自己的脸，天！难道她在吸白粉？不错！她不但在吸，还在吃，保纳就瞧见她用一个白色的小塑胶汤匙在舀白粉吃，而且吃了好几勺，还吃得津津有味，保纳看呆了……只见她很快地又把塑料袋子封好，生怕被什么人看到似的，悄悄放回罐内盖紧了，移步对着饮水器喝了几口水，嘴上的白粉还没擦净就走回队伍去了。

真是反了啊！正好被他瞧见，老人也吃毒品？还这么个大方的“吃”法！保纳用无线电给先前那个黑人警官翰克传出一个紧急信号，没多久翰克就赶过来了。

“在哪里？”翰克给了保纳一个询问的眼神。

保纳也回了一个眼色，说：“跟我来。”两人一前一后，走近那已排成一直线的队伍，站在那家亚洲人身边，冲着老太太说：“对不起！打扰一下，我们是游轮上的工作人员，有关船票，想问你几个问题。”保纳与翰克都把证件在对方眼前晃了一下。

她旁边的一位少女闻声说：“她是我的祖母，是她的船票有问题吗？”

保纳与翰克还没回答，少女后面一个男人转身过来说：“她不太会说英语，我叫廖育兴，是她儿子。”

“那么劳驾您来帮忙做翻译，我们要上办公室谈谈，不会太久，很快的，谢谢。”保纳礼貌地低头作邀请状。

廖家母子两人只好离开队伍，跟着保纳一起走了。四人来到码头的办公厅，厅门口还站了两个便衣警察。走进去以后，保纳脱去风衣，翰克客气地送上茶水，请母子入座。

“对不起！其实我们是警探。”两人这才出示了真实的证件。

“啊！怎么会？我妈不会做什么违法的事啊！”廖育兴表情诧异地继续说，“您们可以查看我们的背景与记录，我们纯粹是来玩的。”

“我对你们的背景与记录没兴趣，但是我对你母亲的小行李袋子很有兴趣，我们可以看看吗？”保纳问。

“你都是做祖母的人了，怕什么？把袋子给他看吧！”廖育兴把母亲腿上的小袋子刚要抱起来，却被他母亲死命地拖住了。

保纳与翰克彼此互看了一眼，翰克趋前跟廖婆婆解释，道：“祖母，我们只是例行公事，不会拿你的东西的。”

廖育兴继续充当翻译，廖婆婆听了很不高兴地说：“你先跟他们说，我还没那么老，叫他们称呼我 Ida！”

保纳与翰克听了翻译就更正了称呼，继续追问：“好的！Ida，让我们看看你的小行李袋子，可以吗？看一看就还你。”

廖婆婆只好无奈地松开手，翰克接过袋子递给了保纳。

保纳没接，他跟翰克说：“你打开吧！我只要看一个月饼盒，正方形的。”

翰克打开旅行袋，果然露出一个月饼盒。保纳见状，直呼：“是它！证据就在里头。”

“什么证据？”廖育兴问。

“吸食毒品的证据！我亲眼见到她躲在厕所门口吃这个东西。”保纳匆匆打开月饼盒，取出那包装了白粉的塑料袋，打开给大家看，一旁的翰克惊讶地瞪大了两颗黑白分明的眼珠，盯着那一袋不算少的白粉，说：“上帝啊！她竟然有这么多。”

廖育兴闻言笑了，他私下跟母亲用中文解释了。一旁的廖婆婆，露出一脸气愤不已的表情。

“你的母亲吸毒，她不但吸，还直接用嘴巴吞下肚子去，你不知道吧！”保纳得意地又说，“请你让她诚实地说出这一大袋毒品是从哪里买来的？我们要逮住这个大毒枭。"

"市场！"廖育兴很干脆地回答。

"什么？"保纳不解，以为对方在开玩笑。

"这是从市场买来的白面粉。"廖育兴说完，保纳与翰克都愣住了。

保纳眯着眼睛问："你母亲吃白面粉？"

"这是中国人的'面茶'，炒熟面粉以后再加糖，可以用热水搅和着吃，也可以干吃，味道很好，警官！不信的话，你们可以尝尝……"廖育兴舀了一勺白粉送过去，两个警官面露难色地倒退着……廖育兴见状就自己吃了一口，还说："很好吃，你们试试看，香得很呢！"翰克伸手抓了一点凑近鼻子闻了闻，摇头对保纳说："不是毒品，颜色有一点黄，的确有香味。"保纳此时干脆直接用手指在勺中沾了沾，伸出舌头尝了一点。老天！这真是面粉哪！难道自己又出了一次"乌龙"？

"船上食物那么多，她为何要带这种东西来吃？"翰克问。

"这是我妈从小就喜欢的零食，我们叫她不要带出来，吃了嘴巴都是白色，很难看！她没听劝，自己偷偷地带来了，我们也不知道。"廖育兴无奈地说。

"可是……你母亲为何要跑到厕所门口去吃？"保纳好奇地问。

"警官！她是不好意思让我们看到她吃这个东西，所以她都是躲着吃的。"廖育兴回答。

保纳正在发呆，翰克推了他一把说道："保纳，我们让客人走吧！人家还要去排队。"

"啊……当然！对不起！是个误会，我这就让门口的工作人员送你们回队伍。"保纳走出去跟外面的人交代了一下，且跟翰克商量了一会儿。翰克回来说："不好意思，请……祖母，不！请 Ida 原谅，我们探长说会送你们一盒巧克力，跟你们赔罪，等你们上船入舱后就会有人送去。"

廖育兴点头说好，接着又翻译给母亲听。

"谁稀罕他的巧克力？真是神经病！"廖育兴的母亲Ida摇头，气呼呼地骂着。

保纳正好走进来，就与翰克一起，对着 Ida 猛哈腰，连声说："对不起！对不起！"

廖家母子被送走后，乌龙事件就收尾了。保纳这会儿才嚼起了新的口香糖，翰克似笑非笑地望着他。保纳摇摇头，沉默中两个人突然互推着对方，爆笑了起来……

保纳抓起桌上的黑风衣，说：“真是！把人家祖母当成毒贩，真是不好意思。我的上帝啊！原来是白面粉……好个大见识！不过，味道还不错呢！可惜你没尝一下。哈哈，走！继续工作去，大家可能都要上船了。”

翰克笑着没说话，保纳穿上风衣，右手朝游轮处点了点，自言自语道：“好！等着吧！让我上船去把你们这些真正的毒枭，一个个全都逮着。”

两位警探并肩而行，远远地，就看到旅客队伍，已经排得好长了。

第三节　灵感

队伍中的菲利浦原本跟汤瑞白说着话，却见汤瑞白逐渐地不理睬他，只朝柜台处张望，菲利浦就改用生硬的口音，大声拖着嗓子，用中文叫着：“当……瑞……白……”

汤瑞白回过头来，道：“哎！你还是喊我汤吧！喊我中文名字，很辛苦，我不忍心……”

“可是我中文不好，有时我喊错了，你就笑。”菲利浦指指自己的舌头。

“那是因为你经常把‘汤’喊成‘当’，不是当，是汤，跟糖类似，就是sugar，你只要想到是甜甜的味道就不会念得那么痛苦了。”

“哦！汤……”菲利浦试着发音。

汤瑞白指指菲利浦，说：“对，然后想象我是糖，你呀！就是Coffee算了，因为你名字里的菲跟咖啡的啡也很像。”

“糖与咖啡啊！糖……英语就是sugar，sugar……”菲利浦说着还舔舔嘴唇。

汤瑞白望望四周，尴尬地说：“好了，你别再叫了，拜托！人家会以为我们是同性恋呢！”

“糖！记得了，我喝咖啡的确喜欢放些sugar。没糖的咖啡，简直就不能喝！”菲利浦夸张地猛摇头。

长龙的队伍继续往前挪，虽然迟缓，却一直在移动。游客在柜台前验证了护照与其他证件，就马上获知客舱内各自的船舱号码，领了入船证；那是一张拥有多种用途的船卡，它同时也是各自船舱的钥匙。

汤瑞白拿着那张能开启房门的船卡，瞥见窗外的海岸，心中无限感慨。算算他与菲利浦认识也快四年了，汤瑞白心里想，日子真是过得好快！虽然汤瑞白是糖，菲利浦是咖啡，但是他这颗糖在咖啡里总是化不干净，仿佛永远留着一小粒结晶在杯底，那种感觉除了无奈，还是无奈。自己也很难相信，替菲利浦做进出口珠宝生意那么久，还从来没有真正好好休假过，这次若不是菲利浦的提醒与邀约，恐怕汤瑞白还在埋头苦干。

本来汤瑞白在南加州一直想自己创业，可是并不顺利，起起伏伏中，他的世界变了。开始时他跟朋友借了钱，在一家百货公司的停车场一角，申请开办了一个复制与修理钥匙的锁匙铺位，专门接收客人送来的钥匙或问题门锁，从事修理、翻新与销售的工作，但是生意并不怎么好。后来，认识了来配钥匙的菲利浦，他发现汤瑞白很懂得开锁，要求他即兴表演了一番。菲利浦看了，佩服得五体投地，除了给他一笔赏金，还邀他来自己的珠宝公司帮忙。于是汤瑞白就关停锁匙铺位，国内外两头跑地做起生意来了。但是这份工作到底是有瑕疵的，汤瑞白也曾经想过不干了，可是……他认为不是自己没工作能力，而是已经身不由己了。

那是在他帮忙菲利浦工作以后，有一次，汤瑞白经手的一笔珠宝订单，报价上发生疏忽，更新后的价位提高了不少，买家要退货，不得已，只好依照原来的贱价卖出，可是也因此要亏损一笔不小的钱，急得汤瑞白满头大汗，不知要从何处筹钱补上那些赤字？当时，菲利浦曾经陪着汤瑞白去找买家游说未成，回到饭店，双方情绪都很低落。午夜时分，两人走去一楼吧台小酌，酒还没喝完，菲利浦就说因为自己的客房靠近洗衣室，有点吵，早上他已经通知柜台换了房间，但是匆忙中，开启房门的钥匙卡被他遗失了，也不知是怎么的，自己试过却硬是开启不了，又不愿去惊动柜台，就想请汤瑞白去帮个忙开个锁，汤瑞白不疑有它，就跟着菲利浦上楼了。汤瑞白拿了一张折叠了两次的白纸，在钥匙缝内摇了几下，就打开了房门。进去后，才知道那其实是别人的房间，后来菲利浦竟然入内偷了房主的珠宝，混乱中，还有人在拍照。事后他才发现菲利浦早就知道房主不在的事，而且菲利浦还给了汤瑞白许多钱来封嘴。汤瑞白虽然想退出，但菲利浦说那房门是汤瑞白亲手打开的，且已经雇人照相存证了。汤瑞白当时非常生气，但是后退无门，菲利浦劝他不如接受现状，更何况他眼前的亏损也亟待要用钱补足。汤瑞白一时糊涂，就得过且过地接纳了。

自那次以后，菲利浦偶而就伙同汤瑞白做案，汤瑞白因为已经做了一次，变成无法摆脱，只好一边做一边愧疚。而菲利浦出手也很大方，每次给汤瑞白的分红，都多得让他没话可说。虽然如此，汤瑞白自从知道菲利浦的偷窃秘密后，还是经常劝他洗手别干，菲利浦不置可否。他内心早已看中汤瑞白在开启钥匙这方面的长才，因此菲利浦通常都只是嬉皮笑脸地点头回应，然后又故技重施。汤瑞白觉得他真像一杯神秘的咖啡，而汤瑞白自己真是一颗无法溶解的糖。开始时汤瑞白很后悔自己结交损友，但是，逐渐地也习以为常，就在这样的利害关系下，两人依然继续共事。日子飞快，经过四年的相处，菲利浦虽是他老板，却也变成了他的好朋友。

从菲利浦的外在作风完全看不出他内在的精明干练，他有三十多岁，金发碧眼，褐色皮肤，个头瘦小，吊儿郎当，但是动作灵活，会跆拳道，偷窃技巧高超，总是不露声色。菲利浦平常喜欢不太正经地说话，只有在心情低落的时候，才会朝汤瑞白透露一些心底的私事。那时刻，通常都是两人喝了一点小酒，彼此感伤起来，汤瑞白会说他与以前女朋友的事情，还拿着她的照片给菲利浦看，那个女的名字叫邱敏媛，汤瑞白总是提她，重复又重复，听得菲利浦耳朵都要长茧了，问汤瑞白为何不回去找她？汤瑞白总是说没脸回去了。菲利浦则是诉说他在亚拉巴马州乡下的太太与三个孩子有多么可爱与吵闹，还说他在棉被里面藏了很多现金，打算留给太太与三个孩子。再不然就是诉苦以前的工作，菲利浦曾经是个公司之间的文件窃贼，专偷机密资料，有一次几乎被逮，菲利浦就动脑筋做了调整，不再从事公司间的买卖，转而向富有的私人家庭与贵妇行窃。可是每当汤瑞白问到他，有关他的偷窃技巧是从哪里学来的，甚至有关行窃后珠宝的何去何从，菲利浦始终三缄其口，故作神秘状，加上他的口才一流，听来听去，都仿佛煞有介事，最后仍然不知所云，可以说是一片扑朔迷离。

菲利浦的秘密似乎还不止这些，有一回，菲利浦看汤瑞白长相好，还想邀他共同做一种生意，说是从日本传过来的，跟与富太太来往有关的工作，汤瑞白一听就拒绝了。菲利浦吃了闭门羹，挺不在乎，只是耸耸肩膀，说道：“潇洒的男人很多，我会继续找的哦！呵呵……”

汤瑞白正想得入神，菲利浦朝他晃晃手中的船卡，说：“汤！你在发什么呆，我们可以上船了啊！”

“……太好了！我们这就进去。”汤瑞白笑了起来。

大约午后1点，第一批游客已经陆续登上富丽堂皇的“加州海狼一号”。乐师正在船上吹奏欢乐的迎宾乐曲，摄影师早已等在那海上皇宫的进口处，纷纷张罗着背景与道具，准备帮每位上船的旅客拍下这上游轮前兴奋的一刻。缓行的游客，就像在奥斯卡金像奖的颁奖典礼上的明星似的，在进口处自动停下来，对着摄影师搔首弄姿一番，然后迎船鱼贯而入。电梯里面已经有穿戴整齐的服务员在四处站岗，一个个双手交叉在背后，亲切和蔼，笑容满面，见到游客就殷勤地问候与指引路线。

菲利浦一入内就喊肚子饿，边走边说："汤！我早餐都还没吃，干脆直接去自助餐厅吃午饭，先别找房间了。"说完就拉着汤瑞白朝电梯方向走。

"但是，不去房间等行李吗？"汤瑞白放慢脚步问。

"不用等，服务人员会自动把行李搬到每个房间门口去。再说也没那么快会到，需要一段时间。"菲利浦说着就示意汤瑞白继续往前走。

眼前的游轮，仍然停泊在加利福尼亚州的海边，船上除了可乐是免费的，像酒与烟是要自行购买，其他的水、食物、自助餐与冰淇淋均无限量地二十四小时在供应着。菲利浦与汤瑞白去到十九楼，吃完了午餐，又坐电梯下楼，想去十一楼的各自房门口，看看行李来了没。结果一件行李都没出现，两人就先回各自的船舱，放下了小旅行袋子，略作休息。没多久，菲利浦来敲汤瑞白的房门，说时间还早，不如先顺便熟悉一下游轮的环境，于是他们又来到电梯口，菲利浦突然想起什么似的说他有一个小老弟也会来这次的游轮，要自己去找找看，所以一会儿在顶楼甲板上见面。汤瑞白也表示自己要先去顶楼甲板上看海景，于是两人分头探路。

汤瑞白先坐电梯又来到十九楼，经过美容院与健身房，继续往船尾走，看到两个露天的大游泳池，角落的柜台上还供应冰淇淋，有几个人正在排队等待。找到楼梯，汤瑞白往上爬到最高的二十楼，推开玻璃门出来走到外围，甲板上已经有了不少人。天空虽然吹着风，却挡不住艳阳的光彩，海水碧绿，洛杉矶海边那座红色的"文生汤玛士"大桥就在不远处昂然矗立。桥围的海面被阳光照得粼纹闪闪，沿海风光真是美不胜收。

汤瑞白扶栏眯眼四周眺望，看到岸边的山脉与一些房子，不免沉思了起来……山脉不会变，房子盖了会拆，拆了还会盖，人呢？他又想起了邱敏媛，当时是在美国西北部，西雅图那个华盛顿大学硕士班的华人同学会里认识她的。一个从马来西亚来的华裔女孩子，左手掌心有一颗像血斑似的小红豆印，她的皮肤白皙，这点与一般马来西亚来的人不太一样，此外她的心地很善良，气质也特好。汤瑞白与她来往了一年，彼此都喜欢写诗词歌赋，加上两人的姓氏，汤近似唐，邱近似秋，华人同学们都称这一对是“唐伯虎与秋香”。

跟邱敏媛接近是他莫大的快乐，她灵巧，细致，与他有共同爱好，不但懂得谱曲，自己也会写诗。她曾帮忙汤瑞白的一首诗谱曲，名叫：《灵感》，他还记得怎么唱，内容是：

“①生涩的岁月，善感的心扉，有一阵微风，悄悄地掠过我的颊畔，

②未久的消逝，无限的怅惘，往后的追寻，变得只有苍白与茫然，

（副歌）那哭泣的黄昏，我数累了雨丝，大地传来了你的歌声。出现了你那深挚的眼神，纯净的笑颜，啊！似曾相识，那就是你呀！

③神奇的力量，正向我召唤，执着的信念，波涛般涌入我的心坎。”

汤瑞白很喜欢自己的这首诗，觉得意境脱俗，最主要是在影射两人的相识，吐露期盼的心声。他在家是独子，自小侨居韩国，中学毕业的时候母亲去世，随着开公司的父亲从侨居地来到海外，在美国继续读书，后来进入华盛顿大学读硕士。一年后父亲病亡，汤瑞白伤痛之余，中途辍学，决定去加州，想自谋独立。年轻的他对前途很彷徨，对未来也没信心。离开华盛顿州以前他曾跟邱敏媛说，如果三年内没有回去找她，就表示自己没有什么成果。后来汤瑞白去到加州，一直找不到工作，感觉相当沮丧与自卑，那时他刚寄出给邱敏媛的圣诞礼物与卡片，可是没多久汤瑞白就突然给邱敏媛发送了一个最后电邮，要她忘了三年的约定，不要再等他了。当时邱敏媛虽然一直发来电邮与信，但汤瑞白都没回复，后来他搬了家，两人就没有联络了。不！应该说是他很不得已地主动放弃了她，如今不知邱敏媛在哪里，近况如何。五年没见，她应该自己开了园艺公司吧？或真的转行了……记得她的理想是在医院工作，所以一直想考护士执照的，也可能后来做了护士？

唉！不论如何，他的“秋香”现在应该已经结婚了！也许还嫁了一个有钱人，相信她能幸福，总该比跟着他汤瑞白在一起要强些吧！

第四节　陌生男子

汤瑞白在甲板上收回视线，远远地望见菲利浦正朝他走过来。一边走还一边回头瞧，从菲利浦瞧的方向望过去……甲板上有一对正在说话的男女，面对着他的是一东方长相的陌生男人，背对着他的是一个红发盘在头顶的白人女子。男人很年轻，外型挺拔，身高至少有一米八三，长长的脸型，像是土生土长的第二代华裔美国人，轮廓也很深。虽然年轻男人戴了浅色墨镜，还是看得出，浓眉大眼，鼻子高挺，却没有一点混血儿的影子。菲利浦跟他认识吗？难道那个年轻的东方人就是菲利浦先前口中的“小老弟”？

菲利浦走近汤瑞白，却还在转头回望远处的那一对男女。

汤瑞白好奇地问：“你认识那个人？是谁？”

菲利浦给了汤瑞白一个暗号，两人走去了一个无人的角落。

“应征找来的。”菲利浦对着蓝天做了一个深呼吸，心情畅快地说，“看到没有？既年轻又英俊，身材一级棒，本来可以是一个很好的时装模特儿。”

汤瑞白闻声接着问：“现在呢？”

菲利浦夸张地回答：“现在，就帮我这个英雄来做事了。”

汤瑞白突然想起菲利浦曾经对他试探过一个来自日本的生意，不安地问：“你总不会让那个年轻男人去帮你做‘仙人跳’这种工作吧？”

“不是！‘仙人跳’是女人用色去床上勾引男人的。”菲利浦不服地说。

“你这是用男人勾引女人，半斤八两，不是吗？”汤瑞白带着挑衅的眼神问。

菲利浦不喜欢汤瑞白的表情，但他不动声色，继续发挥他灵活的口才，仿佛在朗诵一般地说：“我们针对的是寂寞的女人，是在拯救她们可怜的灵魂。她们虽然有钱，但在情感上是一片荒漠，太需要甘泉的慰藉。然而，真正能够拯救她们的不是性，而是情。性只是短暂的、肤浅的，情就不同，情是看不见的、惊天动地的。所以她们事后都会很服帖。”

“然后就让你们要什么有什么？你相信有这种事？”汤瑞白很不以为然。

“你啊！太不了解女人了，等钱到了你手上，你自然就会相信。”菲利浦笑笑，还上下打量着汤瑞白，不慌不忙地说，“这行业，在日本很流行，我曾经问过你，要不要接受？我是觉得……以你的条件也可以帮助我，但是你不肯。所以我就找到了这个年轻人，他叫罗奇，刚满二十一岁，可是心地很纯洁，我喜欢。”

“他还是一个孩子。”汤瑞白说。

“什么孩子？都已经过了法定成人的年龄了，没人勉强他。这次罗奇负责两个任务，一个是在欧娃胡岛，也就是在火奴鲁鲁城市接拿一瓶重要的化学药水，另一个就是解救女人的灵魂，我们双方是正经的，他在帮我做事，已经白纸黑字签了一个合同。”

“什么化学药水？”汤瑞白好奇地问。

菲利浦一怔，笑道：“哦，没什么，清洁珠宝用的亮光水，会使得珠宝一直保持清澈透亮，完全不受外界影响，品质很好，所以价钱昂贵。必须找人小心地捧回去，就像中国人捧着财神爷的肖像一样。”

“这样特别贵的珠宝亮光水，为什么不让我们两人去拿？或者交给我去做。”汤瑞白问。

“你不要去管这件事，必须是一个生手才行。而且我和你都有任务在身，罗奇一个人就足够了，他会带下船。”菲利浦说。

“那么，解救女人的灵魂，这难道是指勾引有夫之妇？”汤瑞白逼近了菲利浦脸孔，悄声问着。

“等等……你说的太轻松了，有夫之‘妇’？开玩笑！必须是很有钱的‘富婆’啊！我们都打听过了，在这次的游轮上，居然还不少。”菲利浦左右望望，又说，“罗奇身边那个红发女人，四十岁，听说她那个老公已经七十岁，但钱多得数都数不完，而且这富婆自己也很有钱。夫妻两人都是‘北美狮子会’的大名人，非常要面子，这就是我们喜欢的对象，呵呵……”

“什么是‘狮子会’？”汤瑞白问。

“在美国，其实在全世界都有。就是经常要联络生意，也做慈善工作，那些会员全是有钱人，会费很贵，都是什么富商、律师、专家、企业家……没钱是进不去的。而且那些有钱人在会里都是有头有脸的人物，像那个红发女人的老公，好像不但是副会长，还是什么荣誉主席之类的。你想想，他怎么肯容忍自己的婚姻问题随便外露？”菲利浦笑笑。

“所以你就让那个年轻人去破坏人家婚姻？”汤瑞白不以为然地摇头。

“放心，破坏不了的，我们只是想拿一点辛苦费，就算女人不给，男人一定会给。有哪个男人喜欢戴‘绿帽子’？尤其是这种有钱人，绝对会好好地收摊。因为跟他们那些财产比起来，这根本就是九牛一毛的事。”菲利浦伸了伸小指头。

“哎！这跟我们的偷窃一样，‘夜路走多了会碰上鬼’，大家都停止吧！”汤瑞白认真地说。

菲利浦一听，脸色沉了沉，指指汤瑞白，道：“你不要这样死脑筋，会对你不利的。”然后又嘻笑地说：“‘鬼’又怎样？其实只要是个富鬼，就没问题，连鬼也可以成为我们的对象。何况这次游轮最后一个正式晚餐，就是庆祝美国有名的‘鬼节’（Halloween 万圣节），鬼是我们的好朋友。”菲利浦说完，就对汤瑞白说：“要不要先上楼去自助餐吃点水果？在这个游轮上，除了吃还是吃。吃是重头戏，你可以放心吃好多餐，都不用付钱。”

汤瑞白看见右边有一个卖酒的小酒吧，于是就说：“这个船的酒吧间可真多。”

“游轮要靠这个赚钱，所以不准旅客带酒上船，而且这里的酒不能刷卡，必须用现金买。瞧！那上面陈列的可全是名酒，看了就想喝，不过我们工作需要清醒，最好是少喝。”菲利浦说着停住了脚步，指着其中的一个紫色瓶子，说：“那瓶酒非常贵，是法国非常有名的‘波尔多’红酒。听说光是酒窖就有几千米长，每只瓶口都是向下放着，保持 25 度左右的倾斜，一方面可以防止空气进入，另一方面能够避免杂质。那里管理酒瓶的工人每天都必须旋转这些瓶子，还要定期去更换瓶塞，所以这种酒非常香醇！”

“真的啊！”汤瑞白驻足观看。

菲利浦跟酒保要求看一下那个酒瓶，酒保取下了递给他，两人就赞叹地欣赏了一阵，才还给酒保。

此时，汤瑞白提醒着：“船上还有救生演习，我们别忘了要参加。”

“是啊！那是一个船上性命攸关的自救练习。”菲利浦点头，又道：“同时还有个开船的露天庆祝会，就在甲板上和游泳池旁，有乐队演奏乐曲，吃喝不停的。虽然很多人要开行李整理衣物，但去的人还是不少。还有，从明天开始，我们每天的晚餐时间是被排在六点半，听说座位是已经固定了的，不知道会跟谁同桌用餐？呵呵……明天晚上就是第一个正式晚餐，到时就会揭晓了，说不定你旁边会坐着一个漂亮的妞哦！”

汤瑞白笑着走在菲利浦身旁，嘴里念道：“我倒是担心你这样没完没了的想吃，体重一定会增加，作案完想逃都逃不了。”

“放心啦！有些人来游轮旅行，回去时会胖十五磅，我顶多胖个五磅，节食三天就恢复原状了，没事！呵呵……”菲利浦笑着又说，“哎！这次的游轮前后各有五天航行在海上，中间会去四个夏威夷的岛，最后会到一个墨西哥的伊塞达岛；就是靠近圣地亚哥的那个小港口，稍稍停留一下。听说游轮这次有三个正式的晚宴，我刚刚说过第一个就是明天晚上，呵呵。”

“那么第二个正式晚餐是在哪一天？”汤瑞白问。

“不知道，大概会在去猫依岛之前吧！那个猫依岛可是一个美丽地方，汤！你将来要不要去那个小岛住？说不定还能交到一个会跳草裙舞的女朋友，天天跳舞给你看！”

汤瑞白故意捶了菲利浦一拳，指指菲利浦说：“你自己去做那种美梦吧！”

菲利浦被捶，身子故意在空中晃了晃，然后才站直了说：“我知道你还在想念那个大学研究所的同学邱敏媛，但是人家现在一定早就结婚了，你就另找目标吧！”然后，菲利浦似乎想起了什么，又说：“哎！我们珠宝公司的客人当中也有好几个华侨美女很喜欢你呢！我记得那个朱小姐与刘小姐都不错，你也可以跟她们试试交往看看啊！何必这样固执？邱敏媛知道了也不会感激你的。”

“提她做什么？你若没话可说，还不如替我介绍一下这个游轮吧！”汤瑞白说着，仰头环绕四围观看。

“这个游轮呀！它共有20层楼高，800间舱房，以及12层乘客专用甲板，是个举世无双的超级豪华游轮。内部很大，空间宽敞，吃喝花样特多，几乎是应有尽有。不过游轮没有13这个楼层数字，避开了不吉利，所以是12跳到14的。”菲利浦又伸出手指头，如数家珍地说，“有四个室内外不同的游泳池，四个正式的大餐厅，两个日夜不休的自助餐厅，三个剧场，两个大型钢琴走廊，两个带有演奏的下午茶与咖啡厅，一个爵士乐酒吧歌厅，一个唱歌的卡拉OK大厅，加上一个布满吃角子老虎机器与扑克牌桌的小赌场，还有零星的呢！像图书馆、运动房、美容院、计算机室、酒吧间、画廊、舞厅、夜总会……里头还有游轮内部上千人的员工船舱、活动空间，世界各式的厨具与炉头，储存食物的巨大型冷冻库，保安与消防人员……甚至还有个具备医生与病床的小医院……”

“嗬！你怎么那么清楚？”汤瑞白讶异万分。

“这算什么？我以前都来过好多次了，闭着眼睛都能走到楼上的自助餐厅。”菲利浦夸张地耸耸肩。

“真是的，游轮怎么不找你做顾问？”汤瑞白问。

“我要的价码太高，他们请不起。”菲利浦故作正经地摇头。

“那他们真是没眼光！”汤瑞白顺势说着。

菲利浦笑道：“我不是说笑的哦！明天的正式晚宴，会有最佳服装奖的选拔赛，是让游客票选出来的。这可是我以前去建议的，他们却一毛都没给我。因为我价码太高，他们付不起，我干脆就算他们免费啦！所以我作游轮顾问，绰绰有余。”

“照你先前的描述，那不成了一个海上都市了。”汤瑞白点头。

菲利浦指着游轮地板说：“对啊！你不信？就是有些人住在这个船上，跟着游轮跑呢！”

“在游轮上的工作人员不就是这样？”汤瑞白笑了。

“工作人员半年都会轮班的，在船上待久了多寂寞，人家也要回去抱太太与亲老公啊！我说的是有些退休的西方老人，会干脆住在船上，有吃有喝有人清洁房间，把全部花费计算一下，真是比在陆地上租房子还要便宜，而且也安全些。你看看，现在的年轻人都不管老人了，一个老人独居，有什么三长两短，恐怕都没人知道……”菲利浦说到这里，似乎喉咙好像有什么东西似的用力咳了两声，又说，“住在船上，至少每天有人进屋来清理房间，会知道里头住的人是死是活。所以，你有没有注意到，游轮旅客，老人比较多，是不是？”

“可能是因为老人不想跋山涉水，才喜欢坐游轮。”汤瑞白回答。

“那也是的，像坐轮椅的人与特别胖的人，也都喜欢坐游轮玩，还有懒人也是，方便嘛！”菲利浦说。

汤瑞白摇头说：“我倒觉得有耐性的人才会喜欢坐游轮，像这种限制性的游轮空间，来玩的人都是很有自制性的。包括赌场的引诱力在内，所以感觉也就比较高极。”

“赌场？最好还是不去，准输的，呵呵……”菲利浦说。

汤瑞白说：“我知道，只是去欣赏装潢而已，要去吗？”

菲利浦回答：“你先去！我有点事情要交代罗奇，这两天也会很忙。晚餐你也先去吃，明天午餐也是，都是我来找你就是了。”

汤瑞白点头走了。

菲利浦就给罗奇拨了电话，交代完了话，才朝电梯的方向走去……

第五节　短兵相接

等电梯的人不少，电梯来到，随着叮叮的铃声，门开了，里面已经有了一位搭电梯的时髦女客人常艾丽，门外的人都在谦让着陆续入内。菲利浦此时站在近门处，他转头问身后的常艾丽："漂亮的小姐，你一定是错过了哪一楼，所以站在这里跟着电梯旅行。现在要去哪一楼？我帮你按？"

"我找酒吧厅，不知道是哪一楼？您知道吗？"常艾丽用英语问。

"这个游轮有好几个酒吧厅，你是找哪一个？"

"我找钢琴酒吧厅。"常艾丽回答。

菲利浦对她微笑地检视着，她的圆脸化了妆，深色皮肤有了色彩就显得非常妩媚。大波浪的长发，身上穿了一套连身浅桃红色的洋装，凹凸有致的身段，更增姿色。菲利浦望了一眼电梯门顶上的楼层数字，故意一边按六字，一边夸张地说："因为是你问，所以我知道那是六楼，好像除了钢琴酒吧厅，咖啡厅也在那一楼，希望有机会跟你再碰面。"

此时电梯门已合上，菲利浦就开始帮助其余的客人们按楼层数字的按钮，致谢声也不绝于耳。于是电梯顶上的数字从十九楼停停降降，到十一楼餐厅时，菲利浦就要出去，走前还回头轻佻地跟常艾丽眨了眨左眼。

电梯继续下降，到了六楼，在叮叮铃声中电梯门又开了，常艾丽连声抱歉地挪动身子想走出来，前面的客人马上让了路，电梯门又叮叮地关上了。常艾丽走出电梯，看见一个长发少女正在对面楼梯口一边走路一边张望，常艾丽惊讶地唤住了她："小倩！廖小倩！"

廖小倩驻足回头，一见是常艾丽，也出现震惊的表情，但她马上就冷冷地收回视线，站在原地没动。常艾丽走了过去，伸手想摸她的肩膀，被她一手甩了开去，常艾丽陪着笑脸，道："不要这样，小倩！妈妈很高兴见到你也来游轮旅行。"

"当然，难道只有你能来？"廖小倩厌恶地看了母亲一眼。

"是爸爸带你来的吗？还有奶奶也来了吗？"常艾丽迭声地问，见廖小倩点了头，就继续说道，"妈妈这次能来，是房地产公司赠送的业绩奖品，妈妈得了第一……"常艾丽解释着，廖小倩仰头，满面不逊地说："我可没兴趣听你的事，要走了！”然后廖小倩一转身，没多久就溜得无影无踪了。

常艾丽只好摇摇头，径自走向钢琴酒吧大厅，老远就已经看到一个东方女人坐在靠窗的单人沙发上。

钢琴酒吧厅是狭长的，左边是一个大酒吧台，右边是一座黑色漆亮且开顶的大钢琴。在长厅中间放置了许多沙发，深深的闪金蓝绒料，雕花的扶手边与靠背，光洁的地板晃如明镜。浅蓝色的达顶窗帘，金黄色丝绢编织的宽系带垂下厚层的流苏，窗口露出的是海岸的景色。一棵中型的圣诞树倚窗而立，树上缀满了银蓝色的小水晶灯，闪闪发光。间隔的墙上都有一个个大理石的菱形方格，还装饰了金色的雕叶，叶片从下往上延伸，钩出两扇墙上的灯座，柔和的光映着亮新的桌面。

华丽的大厅客人虽不多，但每个人都穿得淡雅和谐。那个东方女人坐在角落，身上的穿着与整个大厅却完全不搭调。她的短发杂乱地覆盖在耳下，裹着的是一张国字脸，鼻上架着一副大方无边的眼镜框。上身罩着一件黄底方格斜纹，而内缀酱色小树的直筒宽上衣，领口一半朝内压着，露出里面咖啡色的衣领。下身则穿了一件黑黄互抱的扭曲纹底，其上飞着一团团大朵酱红花的直管裤。常艾丽走近时，几乎一阵眩晕，瞬间觉得自己眼花缭乱，她心里想：“这个卜慧，真是不长智慧。一个受过高等教育的女人，怎么在游轮上穿成这个样子，简直像在乡下菜市场卖菜的老大娘似的，真是！”

卜慧看到常艾丽，睨了对方一眼。常艾丽把身子重重地摔进沙发里，直起背，仰着头，右腿搭在左腿上。穿着桃红色高跟鞋的那只右脚晃了晃，双臂压在沙发扶手上，开口问道：“我很忙，有话快说。”

“我们两人同时得到免费的游轮奖品，你为什么不跟公司协商？”卜慧冷静地问。

“协商什么？放弃吗？我也很想来坐游轮，本来要花很多钱，天上却掉下来一份免费礼物。何况这礼物是公司奖励我的业绩高，是我的荣誉，我为什么要放弃？”常艾丽摇晃着朝上的双手。

“免得跟我碰在一起啊！”卜慧说。

“我看你是怕我跟宋万杰挤在一起吧？我告诉你，起先我还觉得真是别扭，现在我可想通了。碰到就碰到嘛！为什么要逃？为什么我要因为你和他而牺牲我的游轮乐趣？”常艾丽不服气地盯着对方。

“你可以跟公司讲，用别的礼物来换，拿现金不是更好？”卜慧用右手的拇指与食指，在空中轻搓着。

“何必那么麻烦？因为你吗？那你为什么不去要求拿现金来换？你不是最爱钱的吗？”常艾丽侧头笑着。

“我爱钱有什么错吗？你不爱吗？你只是装模作样而已。其实你有好几个客户都是从新销售员那里抢来的，你以为我不知道？”卜慧不耐烦地摆出双手交错抱胸的姿势，用抵御的眼神瞅着常艾丽。

“你少乱说！”常艾丽生气了。

卜慧笑着，不慌不忙地摇头，道：“我可没有乱说，你经常趁着那些新销售员不在时，接人家客户的电话，然后用你那股媚劲，要客人转成跟你交易，硬是活生生把客人给抢了过来。那些吃了亏的新销售员是‘哑巴吃黄连，有苦说不出’，所以才暗中跑来告诉我的。”

“至少我没你那么狠，你跟宋万杰签结婚证书，不就是为了钱？”常艾丽反问。

“像我们这种年岁的女人，再婚不为钱，为了什么？”卜慧铁青着脸问。

“不见得哦！你是特例，要说合理与正常的情况，中年女人再婚应该是为了找老伴，为了有家的温馨。也有不少还是为了找爱情，像我就是。”常艾丽指指自己。

“这个年龄，你还爱情不离口，不觉得幼稚吗？”卜慧撇撇嘴角。

“总比金钱不离口要好，至少我还有感情。冷血的人是没有情可言的，我可不想做行尸走肉。”常艾丽摇头。

“这个世界上，谁不想要钱？没有钱你能吃好穿好，活到今天？”卜慧白了常艾丽一眼。

“要钱就自己正当地去赚钱！干吗去找宋万杰这种老实人？简直就是‘吃人魔’！”常艾丽也摆出双手在胸前交抱的姿势。

卜慧闻声气极，突然换用英语对常艾丽说了句：“小心你说话的用词！”然后才回到中文来问：“我怎么没正当去赚了？我帮客户找房子，看土地，事成从中间抽佣金，你不也一样？”

常艾丽狠狠地瞪了卜慧一眼：“我怎么会一样？我读的书可没你多，但是你那些书都读到屁股洞里去了！”

“请你说话干净一点！”卜慧瞪着常艾丽。

常艾丽歪了歪唇角地哼了一声，然后说：“女人哦！聪明当然是好事，但是心地善良才是更重要，若是把聪明都用到邪门歪道上去，那真是贪心且可怕。瞧瞧！你做出来的事就是不一样，又挑客户又引诱的。”常艾丽说。

卜慧抬抬下巴，说：“什么挑客户？帮客户找房子，总要客户有钱能拿得出来吧？否则怎么买房子？”

“我说的是，你不只挑客户，还引诱客户拼命购买房地产，好从中取利！”常艾丽板着脸说。

“客户是小孩子吗？我对小孩子可没胃口。”卜慧摇头，然后放下了胸前的双手。

常艾丽看着她道：“是啊！你胃口还真大，宋万杰出国时带了好多钱，你都想一点一点地榨干他，那可是他以前辛苦创业赚来的。我真不知道他怎么会看上你？内在外在，没一点像样的。”

卜慧没理会常艾丽，只是冷笑着，虽然自己曾经因为金钱瓜葛离过婚，再度单身后，依然向“钱”看齐。她觉得这个世界上什么都是假的，只有钱是真的。宋万杰就很有钱，虽然已婚，却有一个空壳子的婚姻。宋万杰是高档次的男人，他可从来不在乎她的穿着。对宋万杰这种男人，女人的穿着算什么？他欣赏的是女人的能力与学历，何况女人穿的再好看，对他而言，到了床上一被扒光，还不都是一样？不！不一样，宋万杰就说过，卜慧的床上功夫很棒。她也自信满满，对一个饿过头却还想保持道貌岸然的“流浪汉”，卜慧觉得自己是他的一个好选择。

常艾丽见卜慧没应声，就问：“怎么，承认了吧！宋万杰带到美国的钱是一百万美元哎！”

卜慧冷冷地说：“你知道得还真清楚，到底是他的老相好。但不论你今天怎么乱说话，我就是要跟你讲好，你不可以接近他。”

“他虽然结婚了，我跟他总还是朋友吧！我不接近他，但他若接近我，我总不能装哑巴，我们又不是仇人，而且……”常艾丽放下双手，整理了一下裙角，抬头说道，“我跟他在台湾就要好过了，你那个时候都还不知道在哪个角落发霉呢！”

“朋友？纯友情？算了吧！你可以装作不认识他，就好了。”卜慧坚持。

“咦！你怎么可以左右我的人生呢？要我这、要我那的？我明明认识他，为什么要装作不认识？”常艾丽反击。

“总之，我不想看到你们两人在一起。”卜慧摇头。

“请问你啊！卜慧，你不是说跟他已经结婚了吗？”常艾丽扬声问。

卜慧回道：“当然。”

“那我请你自己管好老公，行吗？你不是很厉害的吗？在台湾读的大学是最高学府呢！职场上每次考试都能通过，向来都是第一名的。这次得州房地产业绩，你屈居第二，就老在喊要超越我。真受不了！你自命了不起，奇怪的是，你那么高的智慧，怎么就管不好自己的丈夫？还要来为难我？”说到此，常艾丽气冲冲地将身体从椅上拔起，凑近卜慧，从齿缝中迸出了几个字，“请你少找我的麻烦！”同时，常艾丽低头瞧瞧卜慧那件缀着酱色小树的宽上衣，伸手指了指衣服，摇摇头，讽刺地说：“瞧你身上挂那么多的树，不累吗？”

卜慧不动声色，用一种极其冷静的态度，脸上飘着阴寒的表情，说道：“不要惹我，叫你离宋万杰远一点，你要听话，否则就别怪我不客气。”说完，卜慧就起身离去。

常艾丽站在身后大叫：“我偏不！你是什么东西！”周围已经有人注意到她们在吵架，都交头接耳地在谈论。常艾丽这才尴尬地低下头，急速地走开，消失在长廊中……

此时游轮传出了广播，是一道英国腔调的女声，通知全船游客，三点钟将准时做救生演习。于是游客们纷纷回房取出橘红色的救生背心，有的上楼，有的下楼，全都会集到七楼甲板上去，大家密密地挤靠着，一时人头攒动。几个穿着制服的船上职员，按照广播中说出的步骤，指导着游客们如何穿上救生背心，如何吹哨子，如何捏住鼻子，如何看清楚下面的状况，如何安全地下水……演练完毕后，甲板上的人又开始陆续移动，没多久就仿佛鸟兽散，几乎全都走光了。

4点差5秒，所有的甲板上几乎都挤满了人，鼓声中，乐队敲起快节奏的西班牙乐曲，好些人在舞池中摇摆跳着舞。泳池内虽然还没有人游泳，池底的水却碧蓝，涟漪阵阵，随着鼓声，晃动着快乐的水光，映着周围的墙；仿佛吸引了那些嵌饰着各色深浅宝蓝格子的小瓷砖在翩翩起舞。一旁柜台上几个穿着白厨衣，戴着白色高帽子的师傅，正在忙着烧烤牛肉饼与肉肠，供应游客们享用。

然后，4点整，游轮准时出发。先是发出了巨大的轰轰汽笛声，然后就退船尾，先倒出港口，让船头转向，往西南开始航行。船上密码虽然依然失灵，但是在往夏威夷的这趟首航日，没有大风浪。船长与副船长都非常高兴，除了心里祈祷一路平静，“加州海狼一号”就真的平稳地开航了！

第六节 “520”惊艳

保纳与翰克两位便衣警探走在甲板上的人群中，看到游泳池旁的买烧烤牛肉饼与肉肠的队伍人还不多，就走去排队等待汉堡包与热狗。两个警探仍然是原来的轻便衣着，保纳也早已把风衣脱了，只穿着蓝白大花的夏威夷衬衫与牛仔裤，两人手中都持着斟满鸡尾酒液体的酒杯。

卜慧与老公宋万杰刚好走近他们身后，跟着也排了队，宋万杰此时突然想起了什么，从裤袋中掏出一包晕船药，打开给卜慧看了看说：“糟糕！我忘了开船以前就应该要吃这个晕船药的。”

卜慧看了药一眼，那是一张褪色泛黄的纸裹着一些土黄色的粉，不禁好奇地问：“这是什么年代的江湖医生给的药？你哪儿来的？”

“我从家里带来的，以前在台湾的中医给的，我一直留着。”

“过期的药没有效，你不知道吗？”

“中药还好。”

“谁说的！”卜慧伸手一把拍掉宋万杰手中的药，药粉与纸都掉了，土黄色的粉末撒落在前面的保纳衣袖上。保纳蹙眉看了一眼，宋万杰连声说抱歉地帮对方把衣袖拍干净。

翰克见状跟保纳挤挤左眼说：“别紧张！不是白色的。。”

保纳提臂闻闻衣袖，抬头看了一眼翰克，回道：“我知道，这只是草药味。”

他刚放下手臂，就听到手机的声响，只见保纳拿起手机，在应对中叫了起来：“什么？可是我们的游轮已经开出来了，嗯……好吧！也只能这样了，好，好，我知道了。”

“怎么！”翰克紧张地问。

“那几个毒枭没上游轮，在陆地上全部被逮着了。”

翰克的黑眼珠滴溜转着，说：“那我们怎么办？”

“怎么办？说要我们六个人放大假，跟着游轮玩十四天再回去。”

“哦……那也好，免费吧？”翰克问。

“嗯……当然。”保纳点点头，又说，“希望没有大浪，大家都不要晕船才好！”

“天气好，应该不会的！我吃完得赶紧去找出我的游泳裤，好好轻松一下。”翰克做了一个游泳的姿势。

“轻松？大概是吧！”保纳张开双手，有气无力地说，“唉！但是我觉得真没劲，从来没这种感觉过，好像我变成了一个没有用的人，真闷！”

“我亲爱的保纳，你不是机器，就好好趁这机会休息吧！”翰克劝笑着说。

“好，好！待会儿我也回去把游泳裤找出来……哈哈……”保纳终于朗声笑了出来。

此时跟在他们后面的宋万杰一边走出队伍，一边指指卜慧说：“你排队，我去五楼买晕船药，顺便拿杯水来。”

卜慧站在原地，还是那身不协调的酱色衣服与裤子，后面站着一对身着全套时髦运动服的白人夫妻。那太太看了看卜慧，蹙了蹙眉头，主动倒退了半步，拉着她丈夫咬耳朵。卜慧视若无睹地在等宋万杰，远远地看见宋万杰跑了过来。卜慧很不高兴地说：“你跑什么跑！慢慢走过来，不可以吗？”

宋万杰把水递给她，说：“这个晕船药必须是开船前一个小时要吃的，我已经服下了。现在还有一颗，你吃吧！”

卜慧一手挡开了宋万杰凑过来的水杯，说：“我不需要，我从来不会晕车或晕船的。”

宋万杰只好把药收好，卜慧看看眼前的男人，皮肤很白，几乎有点接近苍白了。戴着金边眼镜，大脸大耳，唇厚齿白。虽然他有一点中年发福，但是穿着倒是很仔细，灰色的西服上身，深黑、铁灰与土黄色相间的长袖衬衫，铁灰色的长裤，肩上背了一个长带子的灰色方包，看来很体面，就像一个有身份的中年男人。不像自己，以为穿了两件都是酱色花系为主的衣裤，应该是好看了，哪想到被常艾丽当成笑话来讲，说什么“身上挂那么多小树，不累吗”！

卜慧除了一些化妆品与纯金的首饰以外，平常并不喜欢在穿着这方面花什么心思，也讨厌去时装店花钱，对时装店里配好色彩的衣服，她却又是嗤之以鼻，觉得不对眼。女同事们都说她没什么审美观，她自己也不喜欢花脑筋去想，于是不论她怎么搭配，即使自己认为很好看，到了外面，总被人批评说是不相称。卜慧觉得这个穿衣服的学问可真是要比自己以前学校里那些考试难多了，虽然小时候她的几何课一度不及格，但是她的代数非常好，于是她痛下决心，钻研几何，也花了更多时间读书。因此后来的任何中学、大学，出国的留学考试，工作的各种考试，她都是佼佼者。可是她在学校中的艺术课程，全都是敬陪末座。

虽然卜慧懒得在衣着上花脑筋，但是对于香水，卜慧很有兴趣，她每次经过香水店，都会入内询问各种香水的用途。她很喜欢一种男女皆宜、带着销魂感觉的香水，听说这香水有一个昵称叫“520”，也就是“我爱你”的近声昵称，厂商是用一种非常特殊的秘密化学药品制造的。卜慧特别喜欢这香水，每次只要是去有男人在的交际应酬场所，“520”一定藏在她的颈窝或者腋下。她经常在舞会或者酒会上找客人，尤其是房地产的酒会，来的人全都是些大老板，也都想把多余的钱用来炒炒房地产，而卜慧发现“520”似乎很容易让这些大亨上钩。功能竟然如此之大，卜慧就决定开始只用这一种香水，于是她的皮包内经常会放着“520”。今天也一样，香水在皮包内，只不过，她还没涂呢！

宋万杰与卜慧排的队伍已经接近食物了，就点了两客热狗与饮料，找了一张桌子坐下。宋万杰吃着热狗，眼睛东张西望，卜慧说：“你吃东西也不老实，獐头鼠目的，看什么看？”

“出来玩，就是要看人的，不是吗？”宋万杰佯作“顾左右而言他”的模样。

“你是在找常艾丽吧！”卜慧说。

“什么嘛！我和你都结婚了，还那么乱讲，他和我现在只是纯粹的朋友而已。”宋万杰赔着笑脸。

“男女之间的纯友情？哼！你是身体跟我结婚，心还没有。”卜慧摇头。

“什么身呀心呀！签了结婚证书，就是最好的证明。”宋万杰又笑笑。

此时有两个高大的西方男人从旁走过，远远地看见两人也排进了队伍里等待拿烧烤食物。

卜慧瞧了他们一眼，回道：“做人要安分，赶快把常艾丽那个女人从你脑子里抹掉！”她说罢就从皮包内掏出香水瓶，抓在手中，站起身说：“我去上一下洗手间，就回来。”

看着卜慧走远，宋万杰对着她的背影兴叹，他虽然与卜慧结婚了，但是他还是忘不了常艾丽，到底他与常艾丽都已经认识那么久了。宋万杰有时也很懊恼，连自己都难以言喻，他觉得对不起前妻，也对不起常艾丽。

宋万杰的前一次婚姻一直没有正常的性生活，不得不以假单身的身份，到处参加异性交谊活动。也就是这个时候，他在一个舞会中认识了卜慧。舞场中光线暗，卜慧有张大大的脸，长相普通，人也内向。但是她身材挺高挑，那天她穿了一套软料的上衣与长裤，身上还散发着一股迷情的香水味，宋万杰闻了有点迷乱，可是卜慧相当沉默，宋万杰也不多话。或许就是太寂静了，后来的反弹才会那么地剧烈。

当时卜慧只说自己离过婚，又交代了学历、背景与工作，宋万杰一听她是房地产代理，就表示自己有一大笔资金想投资。两人聊着，卜慧的长腿有意无意地朝他触碰，宋万杰心里开始小鹿乱撞，笑着问卜慧有没有什么价表可以看看？卜慧突然建议去她车上后座看资料，他就失了魂似的跟了出去。一上了卜慧的房车后座，两人就不能克制地互吻了起来，房地产资料也被推落，纸张与衣物散得一车都是，在亢奋中，卜慧竟用牙齿咬下他的裤子，他想阻挡，一切都来不及了……那次的激情，简直可以说已经到了疯狂的地步，是他结婚十五年来第一次享受到的性解放。可是第二天卜慧就消失了，两人没有联系，他想找她，却完全没有线索。

见不到卜慧，宋万杰有点失魂落魄，只好天天去舞场等，卜慧却不再出现。巧的是，他碰到了以前在台湾的旧情人常艾丽。分隔了那么久，常艾丽虽然有了一个女儿，婚姻却不快乐，所以也是自己一个人出来玩。久别重逢，两个中年人都成了各自有婚姻、对外却宣称是自由的“假单身”。不过宋万杰这次却变得很有分寸，只是与常艾丽彼此诉说苦闷。常艾丽虽然从事房地产，经常在外找客户，可是她对自己心仪的男人是很小心的。她在宋万杰面前尽量少谈工作，不想与他有金钱瓜葛，宁可公私分开。后来双方旧情复燃，彼此还是表现得很矜持，对未来的茫然也心照不宣。然而时间久了，宋万杰感觉常艾丽只是一个爱玩的女人。虽然交际手腕不弱，但是学习上只到高中毕业，宋万杰觉得两人交朋友还可以，要谈结婚，在他心底就是有那么一点不情愿，何况他也不想随便离婚。

虽然常艾丽与宋万杰双方都有各自的婚史，常艾丽却经常怂恿宋万杰，希望双方都能甩脱原有的婚姻来重新组合，宋万杰最后被说动了。可是当常艾丽真正离成婚的时候，宋万杰仍然在为了常艾丽的学历不够相配而犹豫。但是在常艾丽面前，他说自己还是没勇气，常艾丽一气就不理他了，结果他真的就没离婚。而在这段期间，与宋万杰有过一夜情的卜慧突然又出现了。卜慧闯进了宋万杰与常艾丽之间，宋万杰还没忘记卜慧，双方有了进一步的了解，而卜慧那丰富的学历背景让宋万杰更加另眼相看。当卜慧获悉宋万杰与常艾丽的事，就逼宋万杰发誓只能“效忠”卜慧。外表缄默的卜慧，内在的气势总是会盖过了宋万杰。至于上了床，宋万杰发现卜慧更是强势得没话可说，仿佛她是头母狼，比他还要饥渴，而他，最后只能成了母狼口中的一头羊，竟然轻易地被她俘虏，且两人还同居了起来。

宋万杰会与卜慧在一起，不完全是因为对方喜欢主动，也是因为自己的一些与众不同的偏好作祟。原来宋万杰是个“学历迷”，特别欣赏卜慧年轻时那些学科成绩，卜慧自己也津津乐道，聊天时经常提起往昔的战果。宋万杰一听她是考场高手，就兴致勃勃，后来又知道她是来自最高学府，更是兴奋。在他眼中，她就是他的理想、目标……想当年，宋万杰就是差了那些分数，才被分配到了中部的一所国立大学，虽然也是不错的大学，而且后来还留原校读了硕士，却因此与他朝思暮念的那个最高学府失之交臂，未尝不是一种遗憾。如今他没有的，都可以从卜慧身上看到，不知何因，这让宋万杰也会有一种补偿作用与奇特的满足感。

后来，宋万杰逐渐发现了卜慧在金钱上的野心，想抽身出来，卜慧不但不允，还以宋万杰的一半财产为要挟，宋万杰不愿失去自己辛苦创业出来的财产而作罢。卡在这种上不去下不来的情况，他只得继续留在卜慧旁边。甚至被卜慧说动，办了与前妻的离婚手续，与卜慧正式结了婚。

糟糕的是，看看自己，现在固然与太太离婚，有了常人的性生活，但是再婚又是找了个什么样的对象？唉！这就是他的痛与悔，真个“晚节不保”的后果啊！宋万杰仰头四处张望，很想看到常艾丽，但是她一直没有出现。

宋万杰起身，正想出去外面的甲板上张望，远远地……却看到卜慧正朝他的方向走了过来……宋万杰只好又坐了回去。他把抓在手中的热狗，狠狠咬了一口，但是，那一口融化在卜慧带过来的一股如狼似的香水“520”的旋风中。

第三章　海狼的奇迹

第一节　小狮子的怒吼

开船后，真的风平浪静，船长艾立克高兴地在广播中宣布着：“我们有晴朗的天气，没有大浪花，一切都太美好了啊！”

旅客行李都已经送到了所有寝室的门口，有些人早把行李移进屋内了。菲利浦与汤瑞白此时也开始搬行李，各自打点自己的东西。汤瑞白将行李内的衣服与西装都挂在橱柜内，物品也归类好了，看看腕表，距离晚餐时间还早，就走出去敲隔壁菲利浦的房门，可是一直没听到任何声音，这才想起菲利浦曾要汤瑞白自己先去十九楼自助餐厅吃饭，于是汤瑞白就独自走了。经过几个房间门，见到一个少女拿着门卡一直在试着开门。她很急躁，一个劲地拿着门卡在乱塞，最后她竟然用脚狂踢门，口中的英语是在咒骂着：“臭女人！你滚到地狱去吧！干吗要生我？我讨厌你！讨厌你！恨不得杀了你！”

汤瑞白赶紧走过去，用英语说：“哎！等等……这样会弄坏门锁的，来！我帮你。”廖小倩不服气地回道：“你不要管我！”

“你刚刚好像在骂自己妈妈，这样是不对的。”汤瑞白摇头。

“你是谁啊！管那么多！”廖小倩瞪了汤瑞白一眼。

“妈妈把你生下来，你应该感激她才对。”汤瑞白笑着。

“我才不要！我要报仇，报仇！”廖小倩大叫着。

“女儿要跟母亲报仇，真是天下奇闻！”汤瑞白摇头。

“关你什么事！”廖小倩继续在踢门。

“哎！你再生气也不能这样跟一个‘门’拼命啊！若打不开门，让我来试试。”

汤瑞白笑着示意她让开。

女孩不情愿地退开，汤瑞白轻轻地试了试，就开了门。女孩没说话，表情缓和了一些。

“有句话说‘欲速则不达’，记住哦！”汤瑞白笑着就走开了。

“哎！我叫廖小倩。”女孩远远地喊住了汤瑞白，介绍着自己的中文名，然后又尖声地问，“那你呢？”

“我叫汤瑞白，下次开门，要慢慢把门卡放进去。还有，不要骂自己妈妈哦！”汤瑞白一挥手，走远了。

廖小倩进入船舱，看到她与奶奶Ida的行李早早已经被父亲帮忙提进屋内了。虽然知道此刻许多人都在自己房间、为挂好行囊内的衣物而忙碌，她却懒得去整理行李，反正也不见奶奶Ida的人影，听说她急着去赌场观察风水去了。这次廖小倩本来一直要求自己住单独船舱，可是这游轮规定未成年的人必须有大人在一起住才行，虽然廖小倩不服，也还是不得不接受与奶奶Ida的合住。她拿了游轮上为客人准备的空冰壶，打算去外面取一些冰块来。想到自己出去不会太久，就懒得锁门，只是用小垃圾桶挡在门角，然后走了出去。廖小倩经过一间烫衣服的小房间，好奇地走进去看，里头大约有六个烫衣服的板子，有的已经放下，有的还装在墙上。此时，刚好有一对白人母女拿着要烫的衣裙也跟着走进来。那个金发少女的年岁跟廖小倩差不多，手中抓着一件粉红色的丝质礼服，只见她母亲跟她在说：“甜心！你就放在这里，我来烫。”

“妈咪！我也想烫呀！”少女说。

“这是真丝料，要非常小心的，还是我来烫。我会一边烫一边教你，你在旁就一步一步学。”母亲说。

廖小倩突然感觉很妒忌，胸口闷得难受，独自走出了烫衣间。她的母亲常艾丽就从来没有那样有耐性地教过她什么。廖小倩还不到十岁，父母就离婚，虽然母亲争取到她的监护权，但是她也只在母亲家住了一年，也就是父亲廖育兴再婚的前一年。当时，常艾丽就只是忙工作，廖小倩每天回家都一个人，难得有两人碰上的机会时，又谈不了几句话。廖小倩讨厌母亲，尤其气她老是催自己回父亲家，她记得当时自己说：“爸爸再婚了，我不要回去住！”

常艾丽解释道：“你不回去，廖家跟你陌生了，将来分财产就会忘了你！就算记得你，分的时候一定给你很少。”

“你就知道钱！”廖小倩感觉真火大。

“你懂什么？只要你爸爸与继母没有孩子，廖家那么大笔产业，将来全都是你的，所以你必须住在爸爸家里。”常艾丽说。

“我不喜欢爸爸。”廖小倩最讨厌父亲的急躁脾气了。他脾气不好的时候，真不像个大人。记得有一次，廖小倩说到什么事，叫他不要忘了，他不耐烦地说：“知道了”，竟然说了八遍。廖小倩质问他为何说那么多遍？他回答：“我一开始就说知道了，你听不懂嘛！”廖小倩很不高兴，谁听不懂？他却说那么多遍，明明是脾气坏、不耐烦。还有一次，是祖父感冒生病的事情。那时廖老躺在床上得服药，Ida 不在家，廖育兴正在看电视，是一个打仗的纪录片，他看得浑身紧张，就急着抓了一小瓶水跑了过去，打开盖子，给廖老喝水。廖老说要他把自己的上身扶起来才能喝，廖育兴就用抓着瓶盖的左手臂去扶他，他手指也没张开，瓶盖压着廖老的背，当场就痛得廖老大叫了出来，气喘吁吁地责怪廖育兴是怎么扶人的！廖育兴理直气壮地说是因为自己手上抓着瓶盖子啊！廖老愤愤地说：“那你就不会放下瓶盖再来扶我吗？”廖育兴辩道那是因为你需要快点服药呀！廖小倩看在眼中，自那以后对廖育兴做的事情就不敢信任。尤其大家都知道，他在厨房洗菜时总是不太肯用水，廖小倩就更是不太想吃他烧的东西了。

“他是你爸爸，喜欢或不喜欢，可由不得你。”常艾丽笑笑，又说，“你跟继母的关系也很重要，小孩子嘴巴甜一点，任谁都喜欢，对你更有好处。”常艾丽给着建议。

“我不想跟一个陌生女人一起住，何况是继母，谁知道她会对我怎样？”廖小倩嘟着嘴说。

“我虽然也不喜欢你爸爸这个再婚女人，但老实说，你的观念要改改。并非所有继母都是坏人，而且你都这么大了，还怕什么？”常艾丽叉着腰感叹。

“我没怕什么？我不要回去住，我讨厌那边！”廖小倩赌气似的双手抱胸。

常艾丽坚持道：“不行！你非回去住不可！”

此时廖小倩伸手把食指对准母亲，瞪着眼睛大叫：“我也讨厌你！”

“你反了，你！”看到女儿如此不懂事，常艾丽气结。她当年竟然生下了这么一个仇人吗？小倩是如此排斥她，应该说她根本就恨自己母亲。瞧她那眼神就像两把利刃，连常艾丽都会感觉有些不寒而栗，真是毒！唉！这么一个怪物，却是从常艾丽肚子里生下来的，叫自己情何以堪？可是，眼前这头小狮子的确是自己的孩子，常艾丽能怎样？

想到这里，常艾丽只好央求着说："哎呀！我的小祖宗，不要这样！你现在讨厌我，将来，你会感谢我。"

廖小倩回忆至此，张嘴对着空中气呼呼地自语道："我将来会更讨厌你，你呀！没有好后果的，哼！"她一面说一面独自诅咒母亲，走到了电梯旁的碎冰机前面，哪想到常艾丽仿佛从廖小倩的回忆中真的跳了出来。因为她母亲此时正好朝她走过来了，见到廖小倩，又是一把拉住她说："来！跟我去楼上吃晚餐。"

"我不要！你少碰我！"廖小倩把冰块壶装满冰块，就想走，常艾丽继续试探地问她，"去嘛！我们也可以聊聊天。"

"我跟你没什么好聊的。"廖小倩原想回房，但是怕母亲会跟进屋来，就朝相反方向跑了。常艾丽追着她，廖小倩跑到电梯处，着急地等到了电梯，门才开却马上自动正要关上，她张口大声呼叫："等等我！"于是电梯门又开了，旁边正好也有别人想走进电梯，但她匆匆走进，又急速把门关上。于是电梯外面的客人都很不悦，而那个刚赶到电梯门口的常艾丽此时也只能站在门外顿足了。

廖小倩进入电梯后，门边站着的一个白人胖太太不满地批评道："怎么如此自私？你关门太快了，后面还有人要上电梯呢！"

"可不是嘛！"站在角落的卜慧瞪了廖小倩一眼。

"哦？是吗？"廖小倩故意漫不经心地回答。

电梯很大，顶上湖底般黑绿的玻璃镜，四面都是亮如银器的花雕墙。廖小倩悄悄移动位置，到了卜慧的附近，传来一阵香水味，廖小倩好奇地问卜慧："哎！你擦的是什么牌子的香水？"

卜慧没理会她。

廖小倩说："我很喜欢这个香味，你不能说吗？"

卜慧似笑非笑地说："是秘密，不能说！"

廖小倩无趣地撇撇嘴角，撒野地吐了半个英文粗字："发……"

白人胖太太闻声大惊，紧张地张开了嘴巴看着廖小倩。嘴唇愣是在空中圈成一个O字，廖小倩一见竟朝胖太太指挥着："你这样张大口不好看，闭上你的嘴巴！"胖太太闻言吓了一跳，不得不委屈地闭上嘴。等到电梯一停，胖太太就朝外拔腿而奔……

廖小倩与卜慧都笑了出来，卜慧摇头道："你的礼貌是零分，简直给东方人丢尽了脸，应该被送到军队里去接受魔鬼训练。”

廖小倩耸耸肩膀说：“我才不在意！”

另一头，先前被关在电梯外面的常艾丽，只得摇头叹气地骂了女儿一句：“真不懂礼貌！”悻悻地朝自己船舱走回去。这孩子从小脾气就坏，也被骄纵惯了，谁的话都不听，以前跟自己在一起住的时候就不太理人，让她去廖家住以后，似乎更加陌生了。常艾丽原想跟女儿上船顶大餐厅去好好聊聊，但是小倩根本不给她机会。现在一个失意的母亲能做什么？常艾丽经过女儿的船舱门口，看到一个东方女人在小倩那略微开启的房门口张望，常艾丽正在好奇时，倒听到那女人在朝内唤着：“Ida！小倩……Ida！小倩！”那女人喊了几声，见没有声响，就朝电梯的方向走了。常艾丽的脑海浮现先前那个女人姣好的背影，忽然想起了什么……难道那个女人就是廖小倩的继母？看起来很年轻，应该还不到三十岁吧！怎么会嫁给那个廖育兴？哼！真是喽！一朵鲜花可插到了牛粪上去了。

常艾丽自说自话地走进女儿的船舱，看了一眼，出来后就把门关上了。常艾丽心里想，那个女人刚刚来找小倩，会有什么事吗？在游轮上，旅客虽然兴奋，却都会有些闷，那女人应该也是跟自己一样，想找小倩去自助餐厅吃东西，聊聊天吧！“哼！扑了个空，活该！”常艾丽看看腕表，哇！差一点忘了自己还没弄行李呢！于是她匆匆朝自己船舱的方向走去。刚刚被小倩那么一折腾，情绪也受到了搅和，她只能一边赶路，一边摇头嘀咕：“这个要命的廖小倩哦……难道上辈子是我欠了你什么？”

廖小倩出了电梯到了十九楼，经过自助餐厅门口，看到廖育兴在里头跟她招手，但廖小倩没有表情地看了他一眼就离开了。

廖育兴见状，脸孔的肌肉抽紧着，常听人说同性相斥，异性相吸，所以在逻辑上来说，父女感情应该更容易好才对，可是，为什么小倩跟他就不是这样呢？她可是自己唯一的骨肉，也很可能是廖家的唯一后代了。太太邱敏媛已经跟他分床，如今说什么也要把小倩好好地养大，但是小倩就像她的生母常艾丽一般，总是那么冷冷的。而且小倩似乎天生有一张扑克脸，永远没笑容。廖育兴对前妻常艾丽是爱恨参半，他的爱是常艾丽终究给他生了一个后代廖小倩，这在他而言，简直比生命还重要。他的恨是常艾丽的背叛，尽管常艾丽说要离婚不是因为有第三者，他还是怀疑常艾丽有外遇，而且很可能是她的房地产客户。他为了女儿，吞下了这口气，一直没去查明真相，就得过且过算了。可是常艾丽最后坚持离婚，这简直瓦解了他的世界。

如果爱的反面真的就是恨，那么爱有多深，恨就会有多深，反之亦然。但是廖育兴觉得他很恨常艾丽，可并不是因为曾经很爱她，所以爱与恨应该不是一体的。那么如果爱一个人只因为得不到就恨对方，这个爱就不是真的爱了。就好像廖育兴始终得不到邱敏媛的心，但是他还是爱她，邱敏媛虽然想离婚，但是她也在乎廖育兴的感受，这就够了。世上哪个男人能忍受离婚呢？廖育兴更受不了。何况当年常艾丽与他都有了孩子，就算为了孩子，常艾丽也应该给廖育兴留一点情面。可是事实上，廖育兴曾求她，甚至在地上跟她下了跪，常艾丽依旧不为所动，最后命运逼着廖育兴不得不接受了与常艾丽离婚的现实。

奇怪的是常艾丽后来并没有再婚，廖育兴自己倒是娶了一个比常艾丽年轻且没结过婚的邱敏媛，这总算是让他在常艾丽面前好好地争了一口气，连头都可以抬高了不少。可惜的是，现在他与邱敏媛的关系却越来越差了。

第二节　一毛大王

第二天，因为有正式晚餐，廖育兴上午就陪 Ida 去美容院做头发，然后自己就在候客室等。等了好久，时间都要吃午饭了，Ida 还没出来。说也奇怪，他陪的不是太太邱敏媛，事实上邱敏媛从不上美容院，也从不需廖育兴陪。在美容这方面，她不像一般的董事长夫人，勤跑美容院做整套的服务。她只是把长发洗完吹干就很好看了，指甲也只在有应酬的时候才上色，五分钟就涂完。邱敏媛很能干，廖育兴却希望她只做家庭主妇。

刚结婚的时候邱敏媛要出去工作，廖育兴希望她在家照顾受伤的廖老爷，所以没同意，邱敏媛也觉得公公年纪太大又伤了腿，需照看是理所当然。也就是那时，邱敏媛考了一个护士执照。后来公公去世，邱敏媛就想去医院做全职的护士。可是廖育兴缺乏安全感，不喜欢漂亮的太太出去抛头露面，又说家中不缺钱，何况一个董事长夫人没必要那样辛苦，于是只答应邱敏媛去做半工护士。廖育兴想到此，仰头朝美容院内瞧瞧，一直没见人出来，就只好在候客室打了一个瞌睡，醒来时，诧异地看到常艾丽正从里面走出来，原来她也来游轮旅行了！一看她那新发型与十指亮新的猩红寇丹，就知是刚刚完成全部的流行美容步骤。常艾丽虽然看见他，表情却仿佛视而不见，径自就走出去了。

常艾丽来到了十九楼自助餐厅吃午餐，捧着托盘，拿了好多食物与各式各样的水果，独自坐到大厅的中央。那张桌子是四人座位，因为靠着一棵满是绿色树叶的旁边，所以有“闹中取静”的好处。

她一边吃一边在担心小倩在廖家的地位，她那个继母还年轻，将来不可能没有孩子，万一生了个男孩子怎么办？但愿不会！常艾丽嗤鼻笑了起来，就廖育兴那副德性？当初常艾丽与他是说媒成亲的，其实廖育兴也适合这种结婚方式，他脾气急躁、个性吝啬，认识时间一久，怕谁都不想嫁他了。

当时廖老爷还在，常艾丽嫁给廖育兴的时候，知道他家很有钱，但是在他身上表现出来的只是穷。记得与他初次见面时，他是那么地申明着：“我廖育兴虽然是富人的后代，但是我不靠父母的钱，所以你将来要依据我的薪水来生活，而不是我爸爸的家产。”常艾丽当时还想，这个男人挺有性格的，懂得独立，不依赖人，可是结婚后才发现廖育兴其实就是个十足的吝啬鬼。

有一回，近亲与远亲的，有一伙人，大家都带花与植物盆景去坟场拜祭过世的长辈，临走时，他说要把花与盆景都带回家，其他人不高兴，廖育兴却振振有词地说：“把花与盆景都留在这里，谁来看护？还不如让我带回去养。”亲戚回说花与盆景就是要留在坟场的，廖育兴坚持不肯，最后他只拿回了从自己家带去的。当时常艾丽对他侧目不已，说：“你还真是让我开了眼界，我还是第一次见到有人要把坟场拜祭的花与盆景带走的，奇闻哦！”

“不带走？让这些花与盆景都在坟场死掉吗？”廖育兴不解。

常艾丽起先弄不清他到底是节省还是吝啬？后来才发现他对金钱非常计较。若跟他说一件事，他绝对是只抓住那点利害与金钱关系，其他都听不见。只要随便测验他一下，看他那强烈的反应，就会知道，他是一个可以为了一毛钱去拼命的人，常艾丽就暗中给他取了一个外号，叫“一毛大王”。那个名词是来自一个民间故事，讲一个老人，为人非常吝啬，临死前，在床上不能说话，只能伸出两只手指示意，全家人都不明白，只他的老伴知道，就说了：“放心！你是说蜡烛有两根毛芯，我这就去剪掉一根。”等到老伴剪去了一根，只剩一根毛芯以后，老人才安心地断了气。对于常艾丽给他的外号“一毛大王”，廖育兴并不放在心上，反正他已经麻木了常艾丽对他的冷嘲热讽，因此常艾丽更是经常那么喊他，也喊成了习惯。

“一毛大王”爱占便宜，也会掩饰自己。有一次，常艾丽与他在外面用完餐。走出餐馆以前，经过几张空桌子，上面放着人家酒席吃完剩下的部分饮料，那些大饮料瓶内还留有一半未喝。酒席的主人也不知在不在，廖育兴竟然说，那些剩下的饮料丢了可惜，若是能给他喝一些该多好。见常艾丽不说话，以为她是嫌脏，廖育兴就解释说大塑胶瓶通常不会拿来对嘴喝的，应该很干净。最后发现常艾丽只是冷冷地瞪着他，廖育兴只好辩称，自己只是说说，并非真的要去做。

还有一回，常艾丽说要去参加一个房地产的业绩比赛，让廖育兴帮忙整理一下资料，廖育兴就说，如果她得到奖金就要分他一半，常艾丽拉下脸不作声，想想这还没送出去比赛呢！他就在那里算计了。廖育兴见她生气了，才说那只是说笑而已，可是常艾丽总在想，一个人若不这么想，怎么会说出口呢？有时真是让常艾丽看不起他，想来就算他爸爸的钱，堆得像山那么高又有什么用？

两人结婚的那几年，很少外出用餐，就算出去吃，也只吃中午的平价餐，还喜欢加上用折扣券。在餐馆上菜前的等待时间，廖育兴也经常不聊天，只会望着前方发呆，双眼呆滞。常艾丽知道他的个性太抠门，那神情其实就是还在计算着先前买菜的钱是否有错？也在盘算着餐馆点菜的钱与小费最少可以付多少？看着他那种眼睛发直的模样，常艾丽常常有个错觉：好像是看到了漫画上那种钱如命的脸孔图，他那两只小眼睛竟然变成了铜钱符号。那个德行，想来都好笑。

“一毛大王”生性如此吝啬，谁又会喜欢这种有钱的“乞丐”？所以常艾丽经常也很怨！尤其他进进出出，计计较较，没一点男人样，让常艾丽看在眼里，非常反感。有时两人吵嘴，常艾丽以他为例高声数落他，他总是反击，把同样的事情也骂回她身上。常艾丽觉得他像小孩般幼稚，不知好歹也不懂反省，弄得自己只能生闷气。

有一次，常艾丽看到一个报道，提到全世界之“最”，叙述说到那个最吝啬的男人每次用完茶袋还要晒干好多次来重新用，但是用牙线倒是会一次就丢。常艾丽真是从心里惊呼了出来，廖育兴虽然不喝茶，但他用牙线是每天用完后一定把它擦干了，重复来使用的。天啊！这……这不是胜过那个世界第一啦！常艾丽竟然嫁的是世界上真正最吝啬的男人，她既难过又生气。最后想想，自己嫁的男人好歹也有个所谓的“第一名”，既然做了他太太，若不想疯掉，就聊以自我安慰吧！

常艾丽原本想早早离婚的，但是为了小倩，才一直忍耐了近十年，也成了一个怨妇。还好后来离婚了，否则常艾丽真是要难活下去了。她对廖育兴的许多怪脾气，就是哭笑不得。常艾丽婚后住进廖家那个豪宅，原以为可以当少奶奶，好好享受一下。但是那个大房子，表面豪华，里头是“捉襟见肘”，设备故障频频，没有故障的好像都不太能用。廖育兴经常跟在她身后唠叨……少用插头，保险丝会烧断，少转水龙头，开关容易坏，少开电灯，灯泡芯会炸……有时常艾丽会气得跟他回嘴说：“你当这屋子里的东西全都是豆腐做的，不能碰？”

“不是，东西用坏了就得修理，都要花钱。”廖育兴回答。

常艾丽说：“哎！你是不是男人啊！让老婆这样个住法？东西是给人用的，什么都不敢用，什么都怕碰，那干脆搬到山洞里头去住好了！”

他被她说得羞愧不已，虽然每次都很难堪，但是他表现出来的只是忍受。即使想改变自己，他也很无力，何况他不觉得自己有什么错，只好敷衍她，说自己以后尽量不唠叨就是，但是日后依然故我。

常艾丽知道，廖育兴的生身母亲小时候家中很穷，他的许多坏习性会不会受自己母亲影响？但是很多人在穷困生活环境下一样能够正常地成长啊！常艾丽也觉得廖育兴本身爱占便宜与贪心的个性促使他急功近利，加上他母亲过度苛刻的后遗症，才间接影响到廖育兴的成长习惯。有时廖育兴计较起来就活像一个琐碎的老太婆，当他去市场买菜的时候，绝对只拣平价品，可是走进市场前会对常艾丽做出绅士般的邀请状，也就是故作大方地要她自己挑菜。可是一旦她挑了没有减价的菜，他的面孔就马上皱成个包子状。等到付账的时候，廖育兴总是站在付账的柜台旁不走人，盯着收据，算个半天，一毛钱也别想逃过他的眼睛。有一次是他自己算错了一点零头，口中直骂：“要坑人啊！”弄得市场叫来了经理，重新计算，才发现没错！所以收银小姐都熟悉了他的啰唆作风，也无可奈何。

常艾丽生日，他不送礼，也不买卡片，有时会从后院摘一朵玫瑰意思意思，有时就忘得一干二净。常艾丽说要去夜总会跳舞，他说在家里跳就可以了。常艾丽说买的新衣服都没机会穿出去，他说在家穿给老公看就好了。有一次夫妻俩傍晚难得盛装去参加校友会，廖育兴想到省汽油，中途就把车子顺路停了好几处去买日用品，包括市场与杂货店。天色还很亮，常艾丽的礼服一身亮片，车外人来人往，常艾丽不得不用车上一件雨衣遮着，躲在后座，尴尬万分地等待。结婚纪念日，常艾丽坚持说要去西餐馆吃那种很贵的阿拉斯加大王蟹脚，廖育兴说他怕胆固醇所以反对，常艾丽坚持说那么她要去市场买回来给自己吃。廖育兴心如刀割，没办法，只好在市场大平价时买了三磅送她，可是事后常艾丽自己用厨房的食物小秤子一量，发现不到三磅。问了半天，廖育兴都支吾其词，最后他才承认是他偷偷抽出两只长脚给了婆婆。常艾丽感觉真是五味杂陈，这种手脚不干净的事，廖育兴也做得出来，让她非常生气。

有时，常艾丽也会趁机作弄他。一次，廖育兴抱着米袋倒进米罐的时候，不小心撒了几粒米到地上，廖育兴舍不得那几粒沾了地上灰尘的米，总是去一粒粒的捡。常艾丽想到在以前的穷年代，对稻米的感觉固然“粒粒皆辛苦”，但现在这个时代“时间就是金钱”，若是那么地锱铢算计，怎能够成大事？常艾丽对廖育兴的“食古不化”作风非常不满，她觉得自己必须赶在廖育兴去捡米以前阻止他。于是她就说：“我来捡啦！”廖育兴真的以为她要帮忙把地上那几粒米捡起来用，常艾丽也一边安慰廖育兴，一边含笑说她会好好捡起来。可是当她一捡完就黑着脸转身把米粒丢进了垃圾桶时，廖育兴张口望着她，一脸的意外与愤怒！他在可惜着那几粒米，也在气愤自己被愚弄了。

廖育兴的脑袋也似乎总是无法转弯，一个萝卜一个坑。如果跟他交代什么事，并非马上要做的，让他多注意一下，他总是急躁地说现在没时间做，一定要别人强调“并非马上”。若让他替人拍照，在按快门前他习惯都会喊口令一二三，但有时他连拍那种没人的风景照，也会照样来个空喊一二三。最莫名其妙的是，在商店场合，人也不见得多，但明明你已经站在他眼前，他看不到，只会一直在远处的原点找你……

想到此，常艾丽独自笑了出来，自言自语地说：“一毛大王就是一毛大王”，到底一个人个性是与生俱来。吝啬就像赌博的恶习，真是很难改。

第三节　金塔红美人

常艾丽从餐厅窗口望出去，看到昨天在女儿船舱门口的那个女人正在跟廖小倩说话，很快地，廖小倩一溜烟又不见了……

原来廖小倩爬到二十层顶楼去，海边的风更大了，吹得她一头长发像树影似的遮住了大半张脸。她也没去理睬，就死命抓紧身上的夹克，逆着风行走……经过一个落地的玻璃窗，从脚跟处看见有人自内向外在打招呼，仔细一瞧，又是她爸爸廖育兴在招呼她，还催她进去，廖小倩朝他猛摇头。廖育兴就敲起了窗子，声音不小，旁边人都在看，廖小倩不得已，只好走下楼去，进入了十九楼的美容院，在候客室的沙发处看到廖育兴。

“那么冷的大风，你上去做什么？会冻坏生病的。”廖育兴说。

“我不觉得冷啊！上面那么多人在看风景，难道都会生病？”廖小倩不服。

“你别乱跑了！就在这里坐一下，我们在这里等奶奶洗完头出来，一起去自助餐厅吃午餐。”

“我不想去！我要回舱房了。”廖小倩不耐烦地甩了甩长发，转身走了。

“时间虽然还早，你也不要乱跑。最好也进去洗个头，晚上有正式的……”廖育兴在背后喊着，女儿却早没了踪影，他张着嘴，好一会儿，不知该如何？正打算再坐回原地，似乎看见一个好像是自己太太的熟悉身影，正往餐厅的方向走去……

而坐在餐厅里的常艾丽注意到昨天看到的那个女人也在附近走动，她应该就是廖育兴的再婚太太，外表看来，娴雅标致，真不知廖育兴是用什么本事钓到的？常艾丽还以为除了自己这个笨蛋，大概没有人会肯嫁给廖育兴了。那个女人八成是看中了廖家的财产，呵呵……现在她可要后悔了，或者那个女人婚前一定不是处女。当年常艾丽发现廖育兴有大男人主义倾向，思想非常土，土得语出惊人。他总是坚称四十岁还没结婚的单身女人一定是处女，包括女明星，常艾丽听了简直要笑岔了气。不过虽然廖育兴有“处女情节”，且常艾丽嫁他时也已经不是处女，但好在廖育兴说是一回事，做又是另一回事，因此他并没在意。想来再婚的他，当然更不会在乎那女方是否为处女了。

常艾丽觉得一个人用午餐没什么胃口，就拣水果来吃，突然一声英语从身后传来：“漂亮的小姐！你还记得我吗？”常艾丽闻声抬头，看见是昨天在电梯上遇见过的那个白人，正端着食物托盘，低头含笑看着她。

“我叫菲利浦，小姐怎么称呼？”

常艾丽说了自己中文名字，还教菲利浦学念了好几遍。

“我可以跟你并桌吗？”菲利浦见常艾丽点头，就落座在她对面。看着常艾丽把香瓜吃得津津有味，他频频回以微笑。

菲利浦用餐到了一半，他的手机音乐声响了。低头对手机瞧了一眼，他就起身跟常艾丽说：“我也去取一些香瓜，马上就来。”

菲利浦走去餐厅的一个角落，打开手机，问："什么事？"

"老大说，有两套钻石金主的名字已经查到了。"

"是谁？"菲利浦问。

"两个都是东方人，一个'德勒斯坦绿钻'金主英文名字是字母IL，另一个'金塔红美人'金主英文名字叫Sing，不过借主是Ida，老大要你先找到她们。"

"知道了，我会的。"菲利浦点头。

"有关这两套钻石饰品的内容与背景，现在会把资料发送到你手机，然后你提醒让汤也注意，两人都必须仔细看清楚，背诵下来。"耳朵里传来对方的交代。

菲利浦颔首收线后，继续打开手机中的附件，看到上面有许多饰品图片与构造分析："德勒斯坦绿钻"，有钻戒、耳坠、手镯、项链……是白金镶框，梨形钻石，来自荷兰阿姆斯特丹市，由世界有名的阿斯查尔公司加工，镶工精细，质量极品。至于"金塔红美人"，有钻戒、耳坠、手镯、项链、脚链、钻石盒子，手镯有五圈，特色是即使分开戴也会自成一格。全是金色镶框，座子上镶有各式红钻，每个红钻用泰米尔红宝石镶成，这种宝石属稀有珍品，是南非的普列米尔矿山发现的红尖晶石，由世界最大的钻石商德比尔斯公司加工出品，专业切模师曾经以一整年时间把它精心琢磨，通体晶莹剔透，没有一丝瑕疵。菲利浦刚读到这里，常艾丽就在远处招手跟他打招呼。菲利浦快速把短信的寄件人名删除，用自己的名字转发给了汤瑞白。关机以后，匆匆回到座位上。常艾丽说她也要去洗手间一趟，请他回来看住座位。

菲利浦独自坐着正无聊，看见廖家母子走近，双手都捧着托盘，正在寻找空座位。菲利浦指指自己桌的空位道："可以一起坐啊？"廖家人点点头。等到常艾丽从洗手间回来，一见同桌的廖家母子，愣了愣，见菲利浦正在看自己，不得不面露笑意地坐了下来。当菲利浦介绍大家时，常艾丽也只能装作第一次见到廖家母子了。

"这次大家来游轮，一定要好好自由自在地玩玩。"菲利浦首先打开话匣子。

廖家婆婆Ida一想到小儿子廖育旺把家中贵重的绿钻送给了常艾丽就生气。那绿钻是廖老送给子孙的贵重物品，有祖传的意味，廖育旺竟然连问都不问母亲，就那么随便地就送出去了。Ida此刻就用眼睛狠狠地盯了一眼对面的常艾丽，道："是啊！只怕有些人天生就不安分，到处都自由，甚至吃起窝边草了。例如啊！明明是个嫂子，却跟人家的弟弟好上了，这种事现在也不稀奇喽！"

廖育兴觉得母亲言过其实，幸亏菲利浦听不懂，就说："妈！没那么回事，人家是做房地产生意，你误会了。"

"你懂什么？就是用房地产生意作口号，挂羊头卖狗肉，这种事情我看多了。" Ida 回答。

廖育兴无言了，虽然他不相信弟弟会看上常艾丽。但是想到常艾丽以前的确是用房地产理由在跟客户玩地下情，他颓丧地低下头没再说话。

常艾丽拉个脸不作声，她知道廖家婆婆是在说她与廖育旺的往事，可是那明明是廖育旺自作多情，她只不过找廖育旺介绍几个买房子的客人，有过一些接触，廖育旺就喜欢上常艾丽了，她能怎样呢？廖育旺跟他母亲说他抱独身主义是为了常艾丽，他母亲就恨死了常艾丽，觉得她一定暗中在与儿子来往，担心将来廖育旺会跟她结婚，不但丢廖家的脸，也担心她先前与廖育兴离婚时没得到太多的家产，现在又可以回来继续分家产了。其实，常艾丽对廖育旺是另有想法的。

若一定要严格地讲，常艾丽对廖育旺兴趣并不大，但是对廖育旺手里的那套绿钻首饰是非常钟情的。常艾丽会得到那套绿钻首饰也费了很大的心机，何况也是廖育旺给她的礼物，名正言顺的。因此廖育旺是否要保持单身下去，与她无关，怎能怪得了她呢！常艾丽在与廖育兴离婚前，也曾想用各种方法要得到廖家的红钻"金塔红美人"，可是廖育兴真是名符其实的"钱如命"。连常艾丽使出的最后一招也失败了，廖育兴在床上即使是性欲当头，对于常艾丽的要求都还是猛摇头。他脑袋还倒是真清楚，自始至终，竟然能硬是死抓不放，常艾丽也就没要成。

虽然她离婚后，廖育旺曾经老是来缠常艾丽，但是她不喜欢姐弟恋，更不喜欢廖育旺那种棉花糖似的个性。廖育旺的个性与一般人不同，可以说是并不多见，表面上态度是软绵绵，其实是超极深藏不露。他的脸几乎每一秒钟都带着笑容，对话时也总是发出嘿嘿的声响，听多了让人很反感。常艾丽觉得这种人给人的感觉是没脾气，谁都可以惹他一下，即使一只鸟在他头上飞过，撒了一团鸟屎，他也会露出嘿嘿……的那种傻乎乎的表情。但若仔细注意，在听话的时候，他常是不专心，也没什么主见，谁的话都好，谁都是好朋友，因此很难看出其内在的想法，所以觉得他不是一个可以交心的朋友。只要想想看，老李到他面前说老张的坏话，他只会嘿嘿……老张到他面前说老李的坏话，他也只会嘿嘿……等到老李跟老张彼此在他面前打破了头，他还在那里嘿嘿……表面上是个和事佬，没意见，中庸无瑕，完美的好人，其实在悄悄地等着享受"鹬蚌相争，渔翁得利"的人就是他，而且不费吹灰之力！可以想象这种人的心底深处会有多可怕？一块会吸附清水也能吸附更多污水的海绵又会有多脏？常艾丽在商场打滚多年，对这种人的归类，倒是有三个结论：一个是假面白痴；另一个是极其奸诈；最后一个是白痴加奸诈。因为三种都不是常艾丽愿意接近的男人，所以她后来就没跟廖育旺再来往了。

常艾丽明明看不上廖育旺，Ida 却如此误会，这让常艾丽很不舒服。于是忽然想捉弄 Ida 一番，就说："是的，我现在是单身，可以考虑跟任何人来往，若对象是年轻的廖育旺那更好。棺材是只装死人，不装老人的。所以未来他若有个三长两短，我也可以继承廖家部分产业，到时还可以与廖育兴接近些，那可好玩了！"Ida 没想到常艾丽说话如此大胆，浑身不自在地瞪着对方，心里想若常艾丽真的如此来抢廖家财产，那她就恨不得杀了常艾丽。

一旁呆若木鸡的菲利浦，不懂大家讨论什么，廖育兴只好避重就轻地翻译着说："她的意思是指现代的女性比较自我。"

菲利浦就说了一些英语，常艾丽听懂了一些，心想原本以为西方人的观念一定比较新潮，可是菲利浦的话让她有点意外，听了实在很烦，脸色也就不太好了。廖育兴此时又不得不帮忙翻成中文："他说现在的女性，不论身处于世界哪个地方，在面对情欲纠葛时，应该要比男性更冷静、更懂得保护自己。如果天真地以为女性已经从传统束缚中完全解放，任意纵情，最后恐怕还是难逃被伤害。"

廖育兴翻译完，Ida 靠在椅子上，朝菲利浦点点头，笑着慢慢地鼓了三个清亮而自在的掌声，说："菲利浦说的真对啊！可是现在的女人，多少人会有这种智慧？瞧瞧现在的离婚率那么高，就知道了。"Ida 对菲利浦笑着说，廖育兴则帮忙翻译。

菲利浦没说话，眼睛瞥了一眼廖家婆婆手臂上的那只红钻镯子，映着窗外照入的夕阳，红钻在晃动间射出一道灿烂的光芒。他愣住了！那镯子的金座子与红钻，质料顶尖，镶工精细，绝非普通镯子，很像他在手机里看到的那张图片。难道……"金塔红美人"主人会是廖婆婆？他忍不住好奇地问廖育兴："你母亲有没有英文名字？"

"有啊！叫 Ida。"

菲利浦眼神一亮，不动声色地点点头，起身找出手机，给汤瑞白打了一个电话，没人接听。菲利浦只好重新坐下。

此时廖育兴看到一旁的常艾丽一直不说话了，怕冷场就主动凑近菲利浦勾起话题："你觉得人应该结婚吗？"

菲利浦点头，率直地说："结婚至少可以让大家的性需求比较安定。坦白说，性欲是上天给人类的一种惩罚，是一种痛苦，也是一种力量。你看我下面这么来排列就知道了：

工作能够忘却这惩罚，压制这种痛苦；
艺术能够化解这惩罚，升华这种痛苦；
婚姻能够缓解这惩罚，烫平这种痛苦。

工作与艺术不是人人顺心可得，但结婚只要心地善良就比较容易。所以人应该结婚，而且结个平安的婚。当然，如果有人只是觉得性欲很快乐，那只是肤浅。"

Ida 在一旁张口结舌地听不懂，廖育兴翻译给她听，以为 Ida 会姑且听之就算了，哪想到 Ida 却振振有词地回起话来："其实啊！性就是主导，那些爱情、美丽、年轻三者是要连在一起的。有年轻与美丽才有最诗意的爱情感觉，其他都是性。但美丽的人也不一定能碰到爱情，平凡长相的人一生更难有爱情，而年纪不轻、历尽艰辛沧桑的人已经缺乏动力了，当然更没啥爱情。虽然如此，美丽的人会觉得特别孤单，而且这个世界上美丽的人与美丽的心都不多，即使你两者都有，也可能会'孤手难鸣'。"

廖育兴帮忙更正道："哦……她说的是成语，应该是'孤掌难鸣'。"然后又翻译给菲利浦听，菲利浦学着 Ida，也徐徐地回了三个清亮的掌声。他的眼睛盯着廖家婆婆手臂上的那只红钻镯子，他心里想：这"金塔红美人"目前的持有者一定是廖婆婆 Ida。"金塔"本来就高，现在更是难爬了，不是吗？听 Ida 刚才那番话，成语虽说得不灵光，脑子却不笨，看来想要弄到手，难度会很高。要如何下手才好呢？菲利浦一边想，一边对廖育兴与 Ida 振振有词地说道："听说'性解放'是造成美国人贫困的主因，你看 1968 年，86% 男人有婚姻，90% 以上的儿童是婚生子，到了 2015 年只有 52% 男人有婚姻，私生子越来越多，就业率也从 96% 下降到 79%。60 年代末期到 70 年代，人类史上竟然出现方法，让女人能方便与安全地跟男人发生关系，才导致家庭发生本质变化，于是单亲、晚婚、女权运动都出笼，说是要享受爱情。其实，很多人看错了爱情，都把性当成爱情，所以社会风气才会如此混乱！不过，大家注意了！有一个好消息，现在的美国总统，他与他所代表的党都重视传统的价值观。所以在总体与长期趋势上，必定会带领全世界再度重视传统，使情与性都回归到平稳的局面与正确的观念上。”

廖育兴继续翻译，Ida这回因为对政治没兴趣，也就没作声了。

菲利浦于是开始向廖育兴询问了一些有关Ida的嗜好，廖育兴只说母亲爱吃“面茶”，菲利浦不懂，还想再问，又怕对方起疑心，就只好跟Ida比手画脚的玩起“猜谜游戏”了，可惜因为语言不通，沟通相当吃力，到最后只能变成冷场。菲利浦心里烦躁，叫苦连天地暗自嘀咕着：“这个混蛋小子汤瑞白，一早没见踪影？也不来一个电话，到底跑到哪里去了？”

第四节　三笑姻缘

因为自助餐厅满座，汤瑞白就端着托盘到了另一头小厅去吃午餐。他抬头注视着对面墙上的一张游轮夜景图；那是一张巨幅照片，游轮在蓝色的海面上矗立，色彩是白色为主，银色为副，外型雄伟似宫殿。汤瑞白自言自语地感叹：“好平静的海面，入夜后的游轮，仿佛一只巨大的白鲸。”

餐厅灯光柔和，汤瑞白坐的是一张四人位置的长方桌。他放眼望望小厅，人也不少，座位都被挤满了。汤瑞白正吃着，身后传来一串清脆的英语女声：“请原谅，没有空桌子了，我可以在这里与您并桌吗？”

汤瑞白转过头来，两人四目相对，都愣住了，“秋香！”汤瑞白首先叫了出来。被唤作“秋香”的女人尴尬地站在那里，双手端着有食物的长方形银色大托盘。汤瑞白正想接过她的盘子，女人却倒退了一步，说道：“对不起，我……我还是另外找空桌子好了。”

“别走！就一起坐吧！”汤瑞白哀求着。

女人迟疑了半晌，看看四周实在没有空位了，只好坐下来。

“秋香……”汤瑞白刚喊了一声就被那个女人阻止了。

“对不起！我叫邱敏媛，请您更正一下，汤瑞白先生。”邱敏媛故意没表情地说完，低头打开餐巾。

“敏媛！你一定要这么陌生吗？”汤瑞白笑笑。

“不然，要我称呼你‘唐伯虎’吗？”邱敏媛说完，就在腿上放妥餐巾，拿了刀叉吃起了盘中的水果。

“都五年没见了。”汤瑞白开心地看着邱敏媛。

“所以我们是陌生人。”邱敏媛只是低头认真地吃。

“我知道，你在说气话。”汤瑞白用叉子叉了一片腊肠放进口中，接着说，“当年我去加州，你就很生气。”

“没有呀！你说要我等你三年，我就是等了你三年。”邱敏媛抬起头，不动声色，心里头却带点酸楚。

汤瑞白看着邱敏媛，她没怎么变，还是与五年前一样，喜欢穿牛仔裤，长袖衬衫，一身的清丽白净。只是原本拖在背后挺长的一刀齐的马尾变成了刚过肩的自然长发。汤瑞白想起以前的事，他比邱敏媛大一岁，离开华盛顿州时，汤瑞白是二十五岁，邱敏媛是二十四岁。等了他三年，那她是等到了二十七岁吗？现在二十九岁的她还会再等吗？汤瑞白有点惊喜，也有点怀疑，忍不住地问道：“你真的等了三年？”

邱敏媛没有回答，只是问他：“为什么不回复我的电邮？也不回信？”

“我……我搬家了，都没收到。”汤瑞白摇头。

邱敏媛苦笑了笑，摇着头说：“是吗？你说谎。”

汤瑞白不自在地轻咳了两声，道：“那么，你现在还是单身吗？”

“怎么会，三年你没有回来，我当然就结婚了。”邱敏媛放下了刀叉，用餐巾擦了嘴。

“哦……”汤瑞白有些安慰又有些失望，不知道该说什么，只见邱敏媛抓了餐巾站起身，端好托盘，说：“‘唐伯虎’先生，我吃完了，谢谢。”说完她就转身走了。

“敏媛！你等等……敏媛……”汤瑞白站起身唤着，邱敏媛却没理睬地径自走出了餐厅大门。

汤瑞白望着她的背影，那声“唐伯虎”虽然带着讽刺，却让他沉浸在深深的回忆中……

五年前，汤瑞白与邱敏媛都是留学生，在西雅图华盛顿大学园艺系读硕士，两人是在同学会的“华人诗友社”认识的。他还记得邱敏媛曾说将来不会走园艺这行，但也许会开一家艺品公司，因为比较赚钱，若开不成就会转行，去考护士执照。当时，邱敏媛是“诗友社”的社长，汤瑞白是副社长，那个“诗友社”每周五晚上固定在西雅图的一家叫“牡丹亭”的中国餐馆内用餐与喝茶。才一年的时间，大家就写了不少的诗。

在“诗友社”，汤瑞白的女人缘很不错，社里好几个女同学都喜欢他，但是汤瑞白经常黏着邱敏媛问东问西。汤瑞白有一种本事，他虽然喜欢找女生约会，但从来不追女生，也不会真正得罪任何一个女生。因此帮助他做事的女生不少，其中有三个就特别热心，社友们经常说汤瑞白是“唐伯虎”，那三个女的是四香中的春、夏、冬。换言之，“秋香”不是没有，依照汤瑞白的表现来看，应该是邱敏媛。只不过她不太表态，汤瑞白虽然喜欢跟她逗趣，却常招白眼。有一次社里散会时，汤瑞白突然抓起邱敏媛的手背，在嘴上亲了一下就跑了。邱敏媛站在那里愣了愣，心想：“这么一个天不怕地不怕的‘唐伯虎’，竟然会害臊了？”等到再次见面时，两人依旧如昔，邱敏媛还是对他爱理不理的。

后来在某一天中午，汤瑞白还能清楚地记得……当时是华盛顿大学的花季尾巴，校园原本就是一个绿意盎然的大公园，多了桃花与樱花以后，清风一起就落英缤纷。开始时，许多白色的花瓣聚成了白色的世界，犹如一场大雪刚过的“雪道”，汤瑞白与同学们最喜欢走那条整齐的碎花大道。一直走下去就会看到淡粉色的桃花，与一棵棵高大的樱花。树下遍地都是花瓣，就像一张大地的粉床，恨不得躺上去，但是又不忍弄碎了花瓣。抬头还能看到在万千朵樱花枝丫交错中呈现一片粉色的天空，那景致之完美与诗意，让原有的草坪都为之逊色。何况部分草已被花瓣覆盖，若草是人，可真要妒意绵绵了。

那天一下课，同学们如鸟儿出笼般涌出教学楼。其余的，有些学生还留在教室内自习，有些则在走廊上聊天。宽敞的校园大道上，熙攘的学生人群，争着……聊着……各系的学生，有的抱着书返回宿舍，有的肩上扛着一个背包，骑着脚踏车回家。华盛顿湖畔有好几条脚踏车专道，沿路而去，都是湖光山色。粉白相间的碎花正布满校园，一些小小的花瓣，细粒的粉点，诗意般悄悄地沾落在沙土上，瓣瓣相依，恬静而满足。大部分学生喜欢漫步在“雪道”上，每当此时，一股青春气息，散发在校园内，原先冻结的园景，顿时像盘中的好菜发出了香味，生动而多姿。蔚蓝的天空也开怀地拥抱着每个人，身旁的树叶更在云空中被风吹得摇曳生姿，阳光听着学子们的笑声，共鸣般朝大地洒下金黄色的光影。

“诗友社”的人群也出了大楼，走在白色碎花的“雪道”上，大家边聊边走。

正聊得高兴，汤瑞白突地从中赶到前面，跟其中一个扎马尾的女生悄声咬耳朵，女生笑着摇头，汤瑞白马上掉头就冲前走了，女生突然着急大叫："汤瑞白！我后天才有空，你后天找我，好吧？"

"谢啦！你后天肯定也没空，我约别人算啦！"汤瑞白朝她挥挥手，径自朝前，大踏步走去。

"你……真过分！"女生气得跺脚。

"老天！他好酷呀！真是个现代'唐伯虎'！"身后一群女生跟了上来哄嚷。

"要性格，约会第一次不答应就换目标了。"女生气呼呼地说。

"你不知道吗？他每次约我们'诗友社'的女生都是这个德性！"众人道。

"他还约过谁？举手看看。"女生不服地问大家。

那群女孩当中有三个都举了手，女生无趣地瞪瞪眼说："花心萝卜！"

"你是吃不到葡萄说葡萄酸，汤瑞白不但外表帅，内在也是很优秀的。他还是我们校园网论坛的版主，既会设计又会写诗词散文，才子一个，谁不希望被他约？而且现在时代不同了，你得注意些，像他那么优秀的男生，不能给他钉子碰，看！多可惜，你刚才就失去机会了。"一个胖女孩说。

"……谁稀罕他！"女生右脚猛踢了地上的一粒小石子，石头作抛物线地飞去了老远。

后面走着两男一女闻声相互而笑，其中一个男的朝前高声叫唤："汤瑞白！你等等我们。"

刚刚先前那群女生突然趋前，似风一般快走而去。原先在最前方的汤瑞白则驻足等着后面的三人走近，问道："怎么了？"

其中一个瘦子嚷嚷起来："注意！"此时瘦子右手伸出食指在空中点了点，慢慢倒退着……然后停了下来，用眼神在问大家："有人知道为什么汤瑞白的外号叫'唐伯虎'吗？因为他是……'唐伯鼠'的亲戚，呵呵……"瘦子转着眼珠，笑着边走边说。

"哎！我们别乱说啦！小心社长会不高兴。"大个儿瞪了瘦子一眼。

走在最后面的邱敏媛，故意地说："……我没听到。"

"我们说'唐伯虎'坏话，她'秋香'怎么会听？呵呵……"瘦子说完，就伸手招呼大个儿，两人就朝着存放脚踏车的方向大步跑走了……

碎花树下只剩下汤瑞白和邱敏媛。

汤瑞白见大家都走远，摇头苦笑道："全都跑啦！让我落单？有那么忙吗？"

"都在忙正经事！你也可以回去了。"邱敏媛指指学校外面。

"你在赶我啊！你让我现在回去，我在外租那个小屋好冷清。"汤瑞白也伸手朝外指了指，又说，"别的同学都有室友一起分住还好，我是一个人，好孤单。"

"刚才那些女生，有一个说她后天有空，让你约她，你自己不要。你答应她，就不会孤单了。"邱敏媛望着他说。

汤瑞白打量着她，这个邱敏媛，瓜子脸，面庞清丽，曲眉丰颊，两只灵秀的大眼闪现着晶莹的光彩，鼻子挺而小巧，唇透着淡淡的桃红。长发的发色深浅适中，柔柔的发尾带些自然卷曲。那性格，有神秘的现代抽象感，又有古典传统的魅力，跟同学笑起来，总是带一点自然的羞涩。内涵也不错，会作诗又会唱歌，还品学兼优，这么气质出众的女孩，却令他反而胆小了。而且她好像独独不跟汤瑞白笑，不错！自己好像对认真或严谨的女生比较有距离感……邱敏媛被他盯得很不自在，朝前走路，没再理他。

此时，阵风吹过，白粉的花瓣，碎羽般坠落林间，朦胧似雪飘。汤瑞白看到那些羽花逐渐变成了一粒，悄落红尘，就跟了上去，与邱敏媛齐步走，缓缓地说："你没听过吗？曲高和寡……幸亏有了你。"他说完深深地看了邱敏媛一眼。

"但我的曲也不高。"邱敏媛摇头。

"没关系，我现在并不是唱歌，只想说话。"汤瑞白精神地看了她一眼，此时他口袋中的手机传出音乐，汤瑞白开机应对地搭了几句，说自己下午会很忙，便收线了。放好手机，他和邱敏媛朝前边走边聊着上午的课。此时一朵粉色花瓣悄声飘落在邱敏媛的头发上，邱敏媛正要伸手去拍，汤瑞白急忙用手挡了她一下，欣赏地说道："不要把它拍下来，这样很好看。"邱敏媛一怔，真的就把手放下来了。

汤瑞白突然地盯着她问："你跟同学谈笑自若，却好像不愿跟我笑？"

"你指的是哪一种笑？"邱敏媛好奇地问。

"比方说……对优秀同学的笑……"汤瑞白伸手故意指指自己，表情似笑非笑。

"你不需要我的笑，因为你的外号是'唐伯虎'，太多女生会跟你笑了，还不够吗？"

"你忘了古代'唐伯虎点秋香的故事'？那时还有春香、夏香、冬香都在对他笑，可是他只在等秋香的‘三笑姻缘’。”

邱敏媛瞅着汤瑞白说：“你也忘了，古代‘四才子的故事’？那时有才气的除了唐伯虎，还有文征明、祝枝山、周文宾呢！”

“佩服，我投降了！”汤瑞白拱手相让，无奈地摇头，邱敏媛看了得意地笑着。

“啊！你终于肯对我笑了，这是第一个。”汤瑞白指了指邱敏媛。

“你……”邱敏媛白了他一眼，收起笑容。

汤瑞白对着长空吁了口气道：“你真的讨厌唐伯虎吗？”

“你真是唐伯虎吗？”邱敏媛反问。

“我宁愿是唐伯虎的亲戚……”汤瑞白胡乱地说着。

“那个？龙还是鼠？”邱敏媛瞅着汤瑞白问。

“当然是‘唐伯龙’啦！”

邱敏媛扑哧一声又笑了出来，汤瑞白高兴地说：“嘿！这是第二个笑。”

“发神经！什么唐伯鼠、唐伯龙的，亏你们想得出……”邱敏媛摇头。

汤瑞白若有所思地问道：“哎！你猜动物园的熊猫，这一生最大的愿望是什么？”

“……吃顿大餐？”邱敏媛回答。

“不对，是拍一张彩色照片。”汤瑞白摇头。

“……熊猫是黑白两色，哪能有彩色照？”邱敏媛不同意。

“所以成了最大的愿望啦！”汤瑞白拍着手掌说。

“……”邱敏媛会意地笑着点了头。

“啊哈……你又笑了，这回是第三个笑，看！秋香要嫁给唐伯虎了。”汤瑞白开心地说。

“你故意的，我不回答了。”邱敏媛转过头。

“逗你玩的，我喜欢看你笑，你笑起来很美！要常常笑才好。”汤瑞白说着，表情也难得地认真。

那次的“三笑姻缘”制造了两个人的亲近机会，以后“诗友社”的人就公开喊两人“唐伯虎”与“秋香”了。

“秋香！”汤瑞白想到此就在座位上自言自语地喊了一声，他想起先前那邱敏媛离开餐桌的时候，还记得喊他“唐伯虎”，即使是讽刺或者奚落都无妨，至少她还记得，那让汤瑞白感觉到一丝甜意。原来，在邱敏媛心中，他这个唐伯虎曾经是那么重要，但是如今呢？他的“秋香”已经结婚了，而且根本不愿理睬他。真是造化弄人，竟然让他在游轮上与邱敏媛重逢，他很想知道，邱敏媛婚后过得好吗？但他没有答案。

汤瑞白叹口气，转头望望远处，似乎没有看到菲利浦来餐厅，只好起身把餐巾放在桌上，就离座了。

第五节　德勒斯坦绿钻

在餐厅另一边大厅的菲利浦，远远地瞥见汤瑞白在附近走过，就走过去把他喊住了。知道他已经收到了手机短信与资料，才安了心。然后两人走回大厅餐桌，菲利浦跟大家介绍，汤瑞白点了头，才跟菲利浦说：“我在那边等了你好久，你一直没来。”

“我先前也找不到你，只好自己坐下来，还好有常小姐作伴。”菲利浦指指常艾丽。

廖家母子此时起身，道：“我们吃完了，汤先生来坐吧！”

“别客气！我也在另一边吃完了。”汤瑞白摇头。

“我们走了，谢谢你啊！”廖家母子两人跟菲利浦告辞走了。

常艾丽这才对菲利浦与汤瑞白说：“刚刚那对母子是我的前夫与婆婆。”

“真的吗！难怪你面有难色。”菲利浦笑着又说，“没关系，世界很小，游轮更小，离了婚的人还是可以作朋友嘛！”汤瑞白闻言抿抿嘴，不置可否，常艾丽心里却嘀咕着：“朋友个屁！”

菲利浦才说完就见高大的罗奇从饮料柜台买了一瓶高如小灯塔却窄似玻璃瓶的可乐，抓在手中，走了过来，菲利浦就跟汤瑞白与常艾丽介绍……

汤瑞白跟罗奇打了招呼，就说：“那……我先回船舱了。”

“今天晚上是正式晚宴，我到你船舱找你一起去，等我哦！”菲利浦笑着说。

“好的。”汤瑞白走远了。

常艾丽此时用英语娇呼了起来：“菲利浦！想不到你认识的男人都是大帅哥啊！”

罗奇与菲利浦两人闻声笑了出来，菲利浦用拇指朝自己胸脯点了两下，说：

“我也不差哦！”

“当然，你呀！是内外都帅。”常艾丽笑得很甜，她伸出左手朝菲利浦在空中招了招，露出无名指上的梨形钻戒。

“这戒指，是绿色的……”菲利浦眼睛一亮。

看见对方没反应，常艾丽重复着说：“哎！我在夸你呢！”

菲利浦这才仿佛想起了什么，说：“哦……我突然想到了你的英文名字，也是艾丽吗？”

“是的，直接翻译过来，简称就是IL，有什么不对吗？”常艾丽回答。

菲利浦自言自语地重复念着IL，原来她就是“德勒斯坦绿钻”的主人……

常艾丽看见菲利浦发愣的模样，笑了出来，说：“你不喜欢我的英文名字吗？”

菲利浦堆满笑容，回道：“没有……很好啊！我看你的钻戒很漂亮！你丈夫很有钱吧？”

“我早就离婚了，这钻戒是我一个大客户送的。”常艾丽伸出手指，对着钻戒笑。

“哦……你的魅力好强呀！”菲利浦夸奖着。

“他很有钱，是一个不寻常的客户。”常艾丽笑着，得意地继续看着自己手上的那枚钻戒。

“哦……这钻戒配你的手真是太适合了，只有两个字可以形容：完美！”

“谢谢！”常艾丽闻声回了一个美式的礼貌语，她注视着那枚钻戒，喜上眉梢地说，“它是一套的，还有手镯、项链……很漂亮，但是我很少戴。”

菲利浦笑着说：“常小姐真是性感迷人，非常会打扮！今晚有正式晚宴，我想你一定会把那些首饰戴着，给大家看看吧！”

常艾丽摇头，道：“不行，因为实在太贵重，怕丢了！不敢戴。”

菲利浦见风转舵地说：“哦！在正式晚宴上，有最佳服装奖比赛，你若戴起来亮相，会很有希望哦！”

“是吗？那我得回去想想，看是要穿哪一件礼服来配才好？”常艾丽站了起来，挥手告别。

菲利浦与罗奇礼貌地起身送客，落座后，各自用餐与喝饮料。

喝了一口冰水，菲利浦开口问道：“你跟那个红发的富婆，进行得如何？”

罗奇喝了一口可乐，开始持刀叉，一边切猪排一边开心地说：“很不错！她很喜欢我，还说要替我买一辆敞篷车。我看她身材火辣，挺性感漂亮的，怎么会跟了那么一个老头子呢！真可惜。”罗奇说完，脸上漾着天真无邪的笑。

此时游轮的一位工作人员，手中持了一个寻人的板子，上面写着“罗奇先生”四个字，菲利浦见到，跟对方挥了挥手，工作人员就朝他们走了过来，问道：“请问哪一位是罗奇先生？”

“是我啊！有什么事？”罗奇有点纳闷。

“刚才你去饮料柜台买可乐，走的时候，忘了带这皮夹，销售员说是你们这桌的人遗失的。”

“啊！谢谢。”罗奇伸手取回皮夹。

不知何因，菲利浦突然感觉自己的手心捏了一把冷汗，他望着罗奇那张年轻又俊朗，琥珀色双瞳，高鼻深轮廓，亚洲人少有的脸，突然有点担心起来了，闷闷思忖着：“这小子好糊涂，皮夹丢了都不知道。唉！到底是一棵嫩葱，可不要坏了我的大事哦！”于是菲利浦放下水杯，认真地说：“记住我说的！不可以动真感情。”

“你放心，我不会啦！”罗奇摇头。

“我们这种人，必须冷酷，冷……酷！你懂吗？”菲利浦那浅绿色的眼睛直逼着罗奇。

“我懂！你已经教我说过好多次了：她们是人，所以有情，但我们不能用情，哦……不是啦！我们根本就没有情，因为我们不是人……”罗奇突然发现自己的话有严重语病，就更正道，“我们是人，无情之人就对啦！哎……对不起，好像我又说错了……”

菲利浦挥挥手说：“算了！算了！你懂就好，总之，好好去做我交给你的这两件事：我倒不担心你去接拿化学药品的那件事，那只是在烤哇逸港口火奴鲁鲁，你下船去，就会有人给你两样东西，你拿了要收好，等到船回到洛杉矶，你下船后交给我就是。我最担心的就是你应对红发女郎这个拆婚事件，到时候，那女的不肯给钱，婚又拆不了。你就惨了！”

“不会啦！不过……怎么会有两样东西？不是只有一个化学药品吗？”罗奇问。

“是两个瓶子。一个小的瓶子是非常漂亮的香水瓶，内有化学药品；另一个是较大的瓶子，放着好多蟑螂的特制瓶。瓶中央有一道小墙，可以开关，开启后，有的蟑螂就会爬到另一头，关上以后，刚爬过去的蟑螂就可以接受一种叫作自杀式的实验。”菲利浦回答。

罗奇吓了一跳，诧异万分地问：“自杀式的实验，是什么？”

菲利浦笑了出来，眯眼瞧着罗奇，道：“你这么高大的个儿，难道还怕杀蟑螂？”

罗奇摇头，问：“没有，我只是不懂，拿蟑螂瓶子做什么？”

“做实验用的，为了证明珠宝清洁水的高效率。那个清洁珠宝的化学物，药性非常强，点个一滴就会杀死蟑螂。而瓶子里的那些可不是普通蟑螂，而是挑选出来的超级品种，生命力非常顽强的蟑螂。”

“哦……真好玩！难怪很贵哦！”罗奇笑着点点头，又想到什么似的问，“可是，我拿到后，回船马上交给你就好了，为什么要我来保管？”

“我不知道，上面交代的，说这样比较单纯一点。可是我又怕你太单纯了，会搞不定红发女人的那件事。”

“哎！不就是那么一个女人而已嘛！我做事，你放心。”罗奇用右手大拇指顶了顶自己胸膛。

菲利浦与罗奇吃完就离开了自助餐厅。走到门口，看见廖家母子正跟一位女士在说话，他们两人走过去，菲利浦跟对方率先笑道：“我们很有缘分，又碰到了。”

“这是我太太……邱敏媛！”廖育兴介绍着。

菲利浦愣住了，盯着她的脸，重复地问着：“你本姓邱……吗？”

“是啊！怎么了？”邱敏媛不解。

“哦……没什么，你长的……很像我知道的一位朋友。”菲利浦含糊地带过。

于是大家又寒暄了几句，廖家母子才离去，邱敏媛也朝另一头的甲板方向走去。

菲利浦此时回头望了邱敏媛的背影一眼说：“那廖育兴的太太，应该就是汤瑞白的大学同学呢！”

“真的？我听说西方人看东方人都是一个模样的，你倒很能分辨？”罗奇说。

“你不知道，汤瑞白以前经常跟我提邱敏媛这个名字，照片我也看到过，就是她！没错，可惜啊！已经结婚了。”菲利浦摇摇头。

“是吗？她清秀漂亮，跟汤瑞白很登对，应该是汤太太，怎么去嫁给廖育兴了。”罗奇说。

“也许是廖育兴有钱啊！现在的美国，有很多东方人比白人还有钱。因为东方人吃苦耐劳，有储蓄的美德，像廖家就很有钱，就看她婆婆身上的穿戴便知，连一般的白人都比不上。”

“哦？”罗奇问。

“还有，刚才那个姓常的小姐也很有钱。”菲利浦朝外看了看，悄声跟罗奇说，“她手上那枚梨形钻戒不是普通的装饰品，听说是叫‘德勒斯坦绿钻’，有钻戒、耳坠、手镯、项链……是白金镶框，梨形钻石，荷兰出品的。而且镶工精细，质量是极品，完美得没话可说。”

罗奇吹出了一阵轻轻的口哨声，道：“……你真不愧是卖珠宝的专家！难道那位常小姐是因为她从事房地产，才那么有钱？”

“那不一定，不过……我看常艾丽是手段高明，认识很多富人，钱会从人家的口袋跑进她的口袋去，这就不简单。”菲利浦比画着双手。

“嗯……相当厉害呢！常艾丽年龄不小了吧！”罗奇又问。

“但……她现在是单身，我想追她。”菲利浦笑着说。

“你也单身吗？”罗奇问。

菲利浦不置可否地笑了笑。

“可是怎么追？就是用你教我的，那些应对红发女郎的方法吗？”

“当然不是，既然是我教你，我就应该有更好的方法，反正我一定会追到。”菲利浦握握右拳。

“所以你是‘醉翁之意不在酒’，想追富婆？”罗奇突然冒出一句中文。

“你是在说中文吗？什么意思？”菲利浦迭声地问。

罗奇用英文解释以后，菲利浦赞赏地夸道：“看不出来，你这个ABC还会来上那么一句？”

“我妈妈以前教过我的。”罗奇笑了。

“对！我想吃软饭，呵呵……”菲利浦自我解嘲。

“不是啦！我看你真正的意思是说你想跟她结婚，给她的无名指戴上钻戒！”罗奇不解，天真地做了结论。

“对！让她换一个戒指戴戴也好，呵呵……”菲利浦附和着，眯了眯眼睛。

此时罗奇转头朝背后看看，没见到邱敏媛，若有所思地说：“那个邱敏媛给人印象很好，总觉得她的个性很像我母亲，身上有那种华人比较优秀那一面的传统美德。”

“你母亲？现在住在哪里？”菲利浦问。

“她跟我父亲离婚后就回台湾住，后来去世了。”罗奇黯然地说。

“哦……我很抱歉！”菲利浦点点头。

罗奇望着远处，叹口气道：“她去世，我非常遗憾，真希望她能活着，再给我一次机会，那该多好！”

“我知道了，母亲在的时候，你一定不是个好孩子。”菲利浦故意用右手食指朝罗奇点了点。

“……也许吧！”罗奇放好刀叉，用餐巾擦擦嘴，似乎面有难色，就不想往下说了。

“我跟你说笑的，别在意。”菲利浦拍拍罗奇的肩膀，笑道，“你现在应该把那个红发女郎的事放在心上，她可是我们的财神爷，你可别失去这次的好机会哦！”

“知道啦！这是小事，我保证会马到成功！”罗奇拍拍自己胸脯。

此时罗奇突然瞥见邱敏媛一个人在远处看海：“哦！邱敏媛在那儿呢！我总觉得她的神色好像不太快乐。”

菲利浦点点头，说：“嗯……丈夫也不陪她吃饭，能快乐得起来吗？”罗奇点点头，两人这才离开了甲板。

邱敏媛独自看完海，就走进了船内。她沿着镀金的楼梯把手，慢慢下楼。楼梯铺着蓝色的地毯，每一层楼梯转角处的墙上都有一张名画。若是往常，她会驻足观看，但是邱敏媛此时无暇欣赏。与汤瑞白在游轮上的重逢，让她太震惊了！也因此而有些头重脚轻，她踩着楼梯，眼中看到的尽是五年前的汤瑞白……想的也尽是汤瑞白，心事重重。此时船身突然一阵大晃动，全船的人几乎都惊叫了起来，有些旅客还受了一点轻伤。邱敏媛也不慎踏空，从高达十几级的楼梯上滚了下来，旁边的旅客都吓坏了，有的匆匆抓了内线电话通报轮船安全与医疗部门，有的则拥过去看她的伤势如何？船上的广播也即时传出了船长的声音：

“诸位女士先生们！刚才因为经过一个大浪，船身突然受到了影响，现在已经平静了，请大家安心。”

所有围观在邱敏媛身边的人都在担心她的伤势，但奇怪的是，邱敏媛竟然拍拍长裤，自己站了起来，她没受伤！众人全都愣住了，七嘴八舌地纷纷开问：

“你没事吗？”

“会不会有内伤？”

“感觉头晕吗？要不要去医务室检查一下？”

邱敏媛都摇头，众人惊讶之余，也庆幸地松了口气。有一位年轻的小姐还大惊失色地说：“怎么可能……啊！有鬼哦！”

另一位年长些的太太则笑道：“真是奇迹！你是个幸运儿，从这么多级阶梯摔下来竟然没受伤，看来你跟这艘轮船有很好的缘分哦！”

“我真的没事，让大家受惊了！不好意思，谢谢大家。”邱敏媛笑着，还摊开双手示意自己身体完全正常，众人才一一散去。

第六节　不同船的人

邱敏媛重新走着，伸手摸摸自己肩背与四肢，真是完全没一点痛楚。她也不解，自己刚刚怎会如此幸运地毫发未伤呢？难道说轮船是有眼睛的？看到了邱敏媛多年来受到的委屈？怜悯她？让她逃过一劫？虽然虚惊一场，邱敏媛却没马上回寝室，这次她坐电梯下了几层楼，经过游轮的大剧场，场内没有人，剧场门是大开着的，邱敏媛就悄悄地走了进去。转进右边，经过最后一排的几个残障人士的保留座椅，她走到一个最远的角落，坐了下来，她需要好好地想想……

此时，船上那两名便衣警探保纳与翰克正来回走在空剧场内，“瞧！这个剧场的布置真是多彩多姿，装潢得美轮美奂啊！”保纳一边抬头欣赏，一边张口赞叹，翰克也点头道：“看来剧场还没开始演出，却已经给予人那么多好感了。”

此时廖小倩也从另一个门走进了剧场，她一看到远处的邱敏媛就马上回头，走去另一个角落躲着。她有点好奇，为何邱敏媛一个人会在这里？于是廖小倩坐了下来，把身体与双腿蜷缩在椅子内，从椅子与扶手中间的缝朝外偷瞧，想一窥究竟。

保纳远远地瞥见了廖小倩的怪状，就跟翰克说，“你瞧！那个小女孩在做什么？”

廖小倩转头看到了他们，只好起身跑了出去。

"不要管人家的事，别忘了你在度假。"瀚克说。

保纳点点头，朗声笑着，两人就走出剧场去了。

整个剧场只剩了邱敏媛一个人，她正在座位上沉思……这些年来，她一直没有忘记汤瑞白，但是刚刚意外重逢时，他对当年消失的解释竟然是搬家了？多么荒谬的答案！邱敏媛面带倦意地想："这个可恶的家伙，明明收到我的信也不回复，说自己搬家了！所以……看来应该是连我的邮址与通讯处都一块儿从他脑袋里搬掉了。"

她抬头朝四周张望了一下，这是游轮上的第二大剧场，每天晚餐后到深夜，都有歌舞表演，正前方剧场的舞台被紫红色的闪光丝绒大布幔垂遮着，两边有镶金边的螺旋状表演梯子，坡状的观众空座位席，呈辐射状地从舞台朝几个出口延伸。此时，没有演员，也没有观众，一切都静悄悄地，但是邱敏媛自己的脑海闪现了另一个五年前的剧场……当时，邱敏媛与汤瑞白也曾在舞台上联合表演过一首歌曲，那是"诗友社"在华盛顿大学的校庆晚会上呈现出的唯一代表性的节目：社长与副社长必须合唱一首中文歌。当时在演出以前，汤瑞白直嚷着说自己不太会唱歌，邱敏媛就一句一句地带着他唱。到现在她还能记得那些纯朴的歌词，都是在小时候，母亲教她的，也是她母亲那个年代的歌曲。邱敏媛在椅子里默默哼唱了起来："……哪一条船儿没有舵，没有舵哟！哪一个姑娘不唱歌，不唱歌哟！船儿摇到河东岸哟！歌儿唱进人心窝哟！嗨嗨哟！嗨嗨哟！你不会唱歌，一辈子不快乐……"是一首山歌，汤瑞白在练唱了几次以后，曾自我解嘲地跟她说过："这首歌的歌词很好……你不会唱歌，一辈子不快乐。嗯……难怪我现在比较快乐！"

汤瑞白在"诗友社"是以一票之差被选为副社长。虽然邱敏媛认识汤瑞白的时间与交往都不能算很长，但是在那一年里，与他的相处非常和谐，许多生活上的鲜活影像，都让邱敏媛难以忘怀。汤瑞白业余擅写诗词，印象最深刻的是他在校园网论坛上的许多诗词被他自己转成了歌词。邱敏媛还记得当年因为自己喜欢唱歌，屋内正好也有一架旧的电子琴，就常常帮汤瑞白的歌词谱曲。也因为经常要反反复复地哼唱，所以汤瑞白写的那些歌词，她几乎都能清楚地背下来。

由于常常帮汤瑞白谱歌，邱敏媛自己也变得喜欢写歌词了。她常常学汤瑞白一样，把自己写的一些诗词也拿来谱曲，两人相互唱着对方的歌曲，怡然自得，使得那段学生生活变得如鱼得水般地多彩多姿。

邱敏媛无聊地孤坐者，继续思考刚才见到汤瑞白的那一幕。突然间，她似乎想起了什么，打开那只挂在自己身上的斜肩皮包，取出一个灰色的小皮夹，从内层的一个隐秘的袋里取出一张旧照片，那是五年前汤瑞白与邱敏媛在中国“香山公园”的合照。

父亲早逝，她与母亲在马来西亚一直相依为命，双亲以前虽然来自中国，邱敏媛自己却从来没有回去过。当时汤瑞白在美国家境不错，父亲生意做得很大，汤瑞白曾经带着邱敏媛回家见父亲。汤伯伯很喜欢邱敏媛，觉得这两个孩子都在海外侨居，也应该回国去看看，就常常鼓励儿子带她一起回北京去玩。刚好，学期中间有圣诞假期，两人就决定了行期，回去观光了一趟。

从照片中，看到汤瑞白身材颀长挺拔，是个天生的衣架子，那天他还穿着浅紫色衬衫。邱敏媛发现他的衣裳颜色似乎都很特别，很少男生敢那么穿，奇怪的是他穿了却不难看。汤瑞白身高一米七八，体形也不会太瘦，对于多数的华人女生来说，他的高度很适合，因为女生不论高矮，与他站在一起都可以穿那种婀娜多姿的高跟鞋。他有张长长的方脸，浅色皮肤，双眉并不是很浓，眼睛也不是很大，但经常笑意盈人，注视人的眼神炯炯有神，有时会有灼灼逼人的感觉。他的鼻梁直而英挺，最吸引人的地方，应该是他的嘴巴，那线条有边有岸，不说话盯着人的时候，闭着的嘴形就像微开的花瓣，下唇中央还稍稍有一点有性格的凹痕，而笑的时候就会露出上层略微不齐整的白牙，但是当他一出现笑意，那些牙齿竟然有股说不出的性感味道。尤其他那两个嘴角微微上扬，两颊的笑痕被笑意牵拉着，有时右嘴角还会拉得稍高。唇色润红，配上荧荧的摄人眼神，充满甜蜜与潇洒味。他的头发经常梳得很齐整，却又会在额前随意地垂落一小绺发丝，跟着他的表情晃来晃去。而举手投足之间，他总是从容笃定，无限性格化，有股说不出的风流倜傥与英气照人。

汤瑞白没跟她接近前，那些追女生的风雨，她也听了不少，许多人都说汤瑞白追女生喜欢耍酷，大家还是喜欢喊他“唐伯虎”。有人还说他曾带女生回他住的地方去亲热，也有人甚至说他在跟女生同居，但是邱敏媛都不信，因为当她跟汤瑞白在一起时，他从没那么要求过。她知道汤瑞白对她是真心的，她喜欢这种随着时间慢慢建立起来的感情，稳定而踏实。那一年，总共 365 天，与汤瑞白在一起，仿佛每一天都是一颗珍珠，串成一条无价之宝的光环，早已隐秘地挂在她的心坎上了。也许是“树大招风”，当她与汤瑞白要好的事传开以后，很多人都会来问她这句话：“听说‘唐伯虎’以前很风流，那么现在乖不乖呢？”她简直都要被问烦了，后来干脆就顺势回答："很乖！他天天在家里写情歌。"

可是汤瑞白的最后一首歌词，伤了她的心。那时汤瑞白的父亲事业发生重挫，公司破产了，有一晚突然心脏病发而去世，汤瑞白也因此变了一个人。他主动辍学，要去加州工作，邱敏媛劝他也不听，硬是那么果决地要走。最后邱敏媛坚持要等他，还说会替汤瑞白去探望他父亲的坟墓，汤瑞白走以前就把自己作的最后一首歌词写在这张照片的背面留给她，而她虽然完成了谱曲，汤瑞白却没有了音讯。后来她就很珍惜这张带着歌词的照片，还很仔细地用塑胶膜包好，一直放在皮包内，偶而也会取出来看看。

想到这里，邱敏媛翻到照片的背面，那首歌词的歌名是：不同船的人，她不自觉地，哼着里头的歌……

"①生命里有多少条船？你我却在不同的船上。摸不到你的脸，拉不到你的手，只看到你忧怨的面庞。

②曾经爬过那重重山，你我却在不同的山上。没有云遮住你，没有树阻挡你，只有层层山雾在弥漫。

(副歌)再一次唤你，又一次看你，不知你消失何方？

再一次为你，又一次盼你，不知你是否安然？

③宇宙间布满着繁星，你我却在不同的方向。痴痴地望着你，默默地读着你，摘不到星我只能悲唱。"

哼完歌曲，邱敏媛眨眨泛着泪光的眼睛，把照片放回皮包内。同一个时间，她突然感觉有一个人影站在自己座位后面，邱敏媛吓了一跳，回头一瞧，竟然是汤瑞白，他正持着一张纸巾与一杯快喝光的饮料。在邱敏媛还没有完全回过神之前，汤瑞白突然抬起左腿，一晃眼就跨进了她左边，坐入了椅子里。邱敏媛不悦地问汤瑞白："你在跟踪我？"

"不是跟踪，我在找你，这个游轮还真是大，我挑出了几个地方去找，都没看到你，这个剧院是最后一个，如果还找不到你，那么你肯定就是回寝室去了。"汤瑞白指指楼上的方向。

邱敏媛靠在椅背上，望着前方说："你为何不会想，我是直接回寝室去？"

"当一个人对某件事想画上句点的时候，就是要开始漫长的回忆，寝室太小，不够你用。”汤瑞白摇头。

“既然是句点，你还找我干什么？”邱敏媛坐正了问。

“因为不是句点，所以你不必去回忆。”汤瑞白很有耐性地回答。

“怎么不是句点？”邱敏媛板着脸说。

汤瑞白表情严肃地问：“如果是句点，怎么还会在这里独自偷看我们的照片和哼我写的歌词？”

“你……”邱敏媛脸颊一阵涨红。

“我听到了，你刚才哼的曲子很好听，还是那么有作曲才华。”汤瑞白夸奖着。

邱敏媛有一种突如其来的不安，她全身都有些燥热了起来。想来刚才自己从皮包内掏出照片的动作，甚至轻声在哼歌曲的表情，都被他一清二楚地看到了，怎么办？不行，她非得要扳回面子不可。邱敏媛慢条斯理地把两只手臂的长袖轮流卷成了中袖，故作轻松地说：“我只是在看同学的照片和哼自己谱的曲子。”

“哦……那我要谢谢你把同学的照片与歌词都保存得那么好！”汤瑞白笑着，咧开雪白的牙齿。

“我跟你没什么话好说的，我们的缘分已尽。”邱敏媛不甘势弱地抢白。

“‘缘分’这两个字不是在开始的时候说的，而是结束的时候说的，我觉得我们之间的缘分还没有尽。”汤瑞白继续在笑，嘴畔两个颊痕拉得长长的，挺出了方方的下巴。

“你真是奇怪，这轮船上漂亮的女人那么多，你何必跟踪我，找我的麻烦？”邱敏媛有点恼怒了。

汤瑞白笑着说：“漂亮的女人如果没有一颗善良的心，漂亮就会成为一种武器，最后只会伤害别人。”

“对不起！我不想听你说什么大道理。”邱敏媛说完就准备走，起身过猛，手臂被椅子旁脱胶的金属架给剐伤了，她痛得发出了声音：“……噢！”汤瑞白见状抓过她的手臂，发现一道剐痕，焦急地说：“你看，为何要那么快地站起身，都受伤了。”说完他还仔细检视了一下，又说：“有一点流血，好像有伤口，你在这里等等，我去跟柜台拿药水与绷带。”

邱敏媛气急败坏地叫着：“不要！不需要！你要拿就去拿能够擦‘心伤’的药水与绷带来！”

汤瑞白闻言一怔，几乎要放开的邱敏媛手臂还停在他的手掌中，邱敏媛却继续催道："你去啊！去拿呀！为什么你不去？为什么？"汤瑞白心痛地将她的手臂拉近自己，一把捧住邱敏媛的头，按在自己胸前，口里喃喃地说："对不起！是我不好！"邱敏媛在他怀里挣扎了几下，就哭了起来。汤瑞白抱着他，满怀歉意地说道："是我不好！让你受委屈。五年前，我……当时实在很自卑，不得不放弃你。"

邱敏媛哭了一阵，就从他怀里挣脱了出来，汤瑞白取出纸巾替她擦干伤口，两个人这才安静地坐回椅子里。汤瑞白率先开口问邱敏媛："你结婚多久了？"

"两年。"邱敏媛回答。

"……婚姻生活，还好吗？"汤瑞白小心翼翼地问。

邱敏媛差一点要摇头，但她看了汤瑞白一眼，适时给止住了。心里想，眼前正面对着这么一个情感上的逃兵，为什么要回答他真话，为什么要给他怀抱希望？于是邱敏媛回道："我现在是廖太太，非常幸福。"

汤瑞白感觉到她的排斥，心里有点生气，却又不知该说什么，只能顺口应道："哦！那……恭喜你。"

邱敏媛此时站起身说："我先生还在船舱等我，我得出去了。"

"我们一起出去吧！"汤瑞白就跟了上去。

第四章　谁来晚餐

第一节　特殊任务

汤瑞白与邱敏媛两人一起从剧院走出来，刚好见到廖小倩，汤瑞白跟她打招呼，她仿佛视而不见。汤瑞白也没在乎，就笑笑地……自己走了。

邱敏媛还没说话，廖小倩就用白眼瞧着她，面无表情地用中文说："那剧院很漂亮，是吗？"

也许是私人中文家教跟随了多年的关系，廖小倩的中文说得还可以。廖家一直有位长期的中文老师，以前教过廖育旺，后来就教廖小倩。

邱敏媛点头，给了附和的表情，回道："是。"

"不漂亮？"廖小倩似乎没听到，表情怪异地问。

"我说的是漂亮啊！"邱敏媛说的同时也愣了一下，刚刚自己明明表示赞同，廖小倩却听成反面，也不知何故？廖小倩经常如此，让双方造成很多误会。也许是廖小倩对邱敏媛有排斥感，所以廖小倩总是把结果做先入为主的负面判断，这也造成双方更深的隔阂，沟通才更困难。所以邱敏媛平常不太主动跟廖小倩说话，一方面也是怕有更多误会。

"所以你跟情人在漂亮的剧院约会？"

"哦……你不要误会，那人是我大学研究所同学，刚刚在剧院碰到的。"邱敏媛解释。

"是吗？"廖小倩双眼无神地瞅着邱敏媛。

邱敏媛没说话，她很讨厌廖小倩的扑克表情，对于这样一个目无尊长的人，自己"清者自清"，没必要说太多。

邱敏媛回到船舱，看到廖育兴还没回来。

她进舱门后，听见有人敲门，还以为是清洁房间的人，开门后才知道是副船长尤金来慰问。

尤金说:“廖夫人,打扰一下！听说你今天从楼梯上滚下来,真的没受伤吗？”

“没有！我很好。”邱敏媛低头看看自己。

“知道吗？大家都很难相信你竟然没事，你一定有异于常人的地方。我们这船密码解不了，随时怕会有灾难，看到你如此幸运，我们很高兴！那么晚安了。”尤金笑眯眯地打算退出船舱。

“密码解不了？灾难？异于常人？”邱敏媛自言自语地愣了愣，张开左手掌看了一眼掌上的红豆，没说话。

尤金回过头来，又说：“你没受伤，真的很幸运，也很不寻常。我是说……如果，咳……我是说万一……你知道什么与这船‘海狼’有关的事情，请给一个电话。任何时候都可以，拨我们船长办公室的专线 003 即可。”

邱敏媛脑中一片空白，只能笑笑送客。

这天傍晚，邱敏媛去了游轮上的蒸汽房与三温暖，洗完澡回到船舱，廖育兴还没有回来。寝室不大，没走几步就到了床边，邱敏媛坐在床畔正发着呆，突然床边茶几上的电话铃声响了，吓了她一跳，赶紧伸手接过电话听筒，才知道是廖育兴打来的，他在电话里快速地说：“我是用船上的内线拨的，今晚是船上的第一次正式晚宴。八点开始，你可得打扮得漂亮一点哦！我们夫妻要让人家刮目相看。”

“那你还不回来换衣服？”邱敏媛问。

“我们都已经换好了，现在我正在陪 Ida 玩二十一点……”说了一半，旁边婆婆好像在催他，只听到他在说：“知道了！好啦！”廖育兴自己没有手机，除了节省，也是因为没什么朋友需要常联系。

“那我们是一起去吗？”邱敏媛问。

“是，你换了衣服以后，来六楼赌场找我们，小倩也会来这里与我们碰头，到时大家一起去。”廖育兴急促地说完，匆匆挂断了电话。

看来母子两人正在赌场试手气呢！婆婆好赌，赢了会继续玩二十一点，输了就去拉吃角子老虎机。老公并非赌徒，平常本来就对金钱锱铢算计，想来是在帮助婆婆占位与送饮料了。

邱敏媛起身把一套白色软缎镶黑银丝的长裙礼服放在床上，又取出一套黑水晶的配饰，开始更衣梳妆，一切就绪，她就下楼去赌场找人。可是搭错了上楼的电梯，只好跟着电梯先上了楼顶，等到人都走出去后，再一个人继续跟着电梯慢慢往下降……

另一头，汤瑞白穿好整套雪白笔挺的衬衫与长裤，忽然发现手机没了电池，就走去电梯处，想去五楼店铺买一些电池。他站在电梯口，门开了，邱敏媛正独自一身盛装地站在电梯中，汤瑞白走了进去，站在她旁边，两人都没说话。汤瑞白朝她瞥了一眼，发现邱敏媛脸蛋上出现少有的装扮：银灰色的眼影，淡桃红色的亮光唇膏，显得非常动人。双方沉默着，等到电梯一停，门开处，突然有一群盛装宾客快速蜂拥而进。汤瑞白不由分说，就一把抓住邱敏媛往电梯角落拉，可是用力过猛，邱敏媛没站稳，她的脸扑进汤瑞白的胸前，汤瑞白的白衬衫顿时沾上了亮光口红印。汤瑞白自己并未察觉，邱敏媛站稳后，发现了，想说什么，汤瑞白却只盯着前方，说："你放心，我会把你当作一个普通朋友来对待。你已经结婚了，我会注意分寸，不会让你为难的。"邱敏抬头看见他的表情严肃，一时结巴了起来，想要提醒他衬衫上的口红印，也不知如何开口……她正想指给他看，电梯门开了，汤瑞白就匆匆地走了出去……

汤瑞白买了电池回船舱，站在自己船舱门口，盛装好的菲利浦正好走过来，看见他衬衫上的口红印，吹了一声口哨，说："你平常是真人不露相呢！"

"什么？"汤瑞白诧异地问。

菲利浦凑前观看："啧！啧！还是亮光的唇膏，老实招来！你刚才跟谁去亲热了？"

汤瑞白这才发现自己的衬衫竟有了口红印，回想起先前在电梯上的事情，才笑了起来。于是就跟菲利浦解释了与邱敏媛重逢的事，末了，汤瑞白黯然地说："她结婚了。"

菲利浦愣了愣，说："你真的见到了邱敏媛？"

"我刚刚在船上遇见她。"汤瑞白点头。

"她的丈夫姓廖，是吗？"菲利浦问。

"我不知道，你也见过她？"汤瑞白好奇地问。

"今天午餐后看到的。"菲利浦说。

"她的确结婚了，没什么，这就是人生。"汤瑞白显得有些垂头丧气。

菲利浦见汤瑞白表情颓丧，想改变话题，又不知从何着手，只好故意眉开眼笑地说："当时她丈夫跟我们介绍，说出她的中文翻译名时，我就知道是邱敏媛。你看，我说她一定是结婚了吧！"

"不过，这口红印是一个意外，你别乱想！"汤瑞白低头抓着衬衫瞧了一眼。

"我相信你。"菲利浦点点头。

汤瑞白还想说什么，菲利浦突然暗示着指指汤瑞白的船舱门，汤瑞白就匆匆开门，待两人都进入后，又回身关门，菲利浦朝门缝张望了一下，悄声说："你看了我发过去的短信资料，仔细看清楚，背诵下来了吗？"

汤瑞白点头，菲利浦又说："知道吗？我们要找的'金塔红美人'，拥有人就是邱敏媛的婆婆，Ida 是她的英文名。"

"真的吗？"汤瑞白好生讶异。

菲利浦指着门外，说："所以啊！这次很可能是'得来全不费功夫'，你只要好好接近邱敏媛就可以了。"

"她都结婚了，难道还要我去追她？"汤瑞白挤出一个无奈的笑容。

"我不是那个意思，只要你跟她保持联系，你们还是老同学，至少也可以聊天嘛！"

"我……"汤瑞白愣着。

"怎么了？"菲利浦不解，瞪了他一眼。

"坦白说……我实在是不想再见她了！"汤瑞白叹了一口气，想起刚刚自己在电梯上跟邱敏媛的许诺，不安地说："这套'金塔红美人'，可否改成由你做！"

菲利浦气急败坏地摇头道："当然不行！现在你还非做不可了。你想想，有谁比你更适合接近她的家人？这是'特殊任务'哦！你一定得行。"

"我脑子真的没一点办法，也跟她无话可说。"汤瑞白苦笑着。

"你还怕没话聊？开玩笑！你们分开五年，好不容易重逢，就算是普通朋友也有一大堆话可以谈，何况你跟她还曾是一对恋人。"菲利浦对汤瑞白侧目而视。

"我已经告诉她，不会打扰她的。"汤瑞白失意地说。

"这不是打扰，你还是可以找机会与她聊天。而且你一定要了解她这五年的生活与嫁给廖育兴的来龙去脉，让她重新信任你，最好能对你产生依赖。然后经常查查她婆婆 Ida 的作息时间，例如：她平常都做些什么？喜欢去哪里吃饭？一般在什么时段不会在船舱内？必要的时候，我们还可以让邱敏媛间接帮忙，留住

Ida 不回船舱。”

“我不想牵连到邱敏媛！”汤瑞白猛摇头。

“那行，你只管找她说话就可以。”菲利浦凑近汤瑞白的面孔，继续说：“我相信你心底也很想知道邱敏媛的事，不是吗？你就尽量去做！只要别再让口红印子跑到你衬衫上去就好了。”菲利浦指指对方衬衫上的口红印子，汤瑞白赶紧把衬衫脱了，打开衣柜找衣服换。

菲利浦看见汤瑞白露出身上的健美肌肉，道：“你运动倒是做得不错，身材锻炼得很棒呢！一般个子高的东方人都比较瘦，就算长相好看，整体还是缺乏分量，可是你看起来就会比较匀称些。”

汤瑞白匆匆换穿上另一件雪白的衬衫，一边扣扣子，一边说：“谢谢夸奖！只要别找我去做拆婚工作就好。”

“别小看这个拆婚生意哦！我雇的那个罗奇，做得还不错，红发女人都要送他跑车喽！”菲利浦仰天笑了两声，突然严肃地说：“哎！还有，那个‘德勒斯坦绿钻’的主人，你猜是谁？”

看见汤瑞白好奇的脸色，菲利浦眯了眯眼睛说：“就是早上在十九楼餐厅，我为你们介绍的那位常小姐。”

“常艾丽？”汤瑞白回想着早上在餐厅的事。

“对！常艾丽手上戴的那一枚钻戒就是‘德勒斯坦绿钻’组合的其中之一。你当时离开了，没时间看清楚。”

“你本来就认识她吗？”汤瑞白问。

“不是，因为没座位，才一起共桌。我后来看到她手上的戒指发现的，罗奇也看到了。”

“哦……罗奇？他不知道我们的偷窃计划吧？”汤瑞白问。

“当然！”菲利浦想起先前跟罗奇的对话，就说，“他认定我只是要追常艾丽而已。”

“他太单纯了！”汤瑞白忧虑地说。

“也必须如此。”菲利浦认真地看了汤瑞白一眼，继续说道，“那些贵重的首饰，最适合正式晚宴上戴，我相信 Ida 今天晚上一定会戴，到时你就仔细留意一下 Ida，我呢！会去应付常艾丽。”

汤瑞白点点头，菲利浦又说：“现在有人继续在查其他六套珠宝，我们两人就各做一半，所以你要偷四套，‘德勒斯坦绿钻’我来做，你做‘金塔红美人’，详细情况，我再跟你说。目前我们要弄清楚这两个女人的船舱与作息，一切要仔细小心，这八套都不能留在船上，全部要在墨西哥伊塞达岛停留时送出去，我已经找到人在港口接手了。”

汤瑞白戴上了黑蝴蝶领结，说：“知道了，就那么办。”

菲利浦突然想起了什么，说：“对了！听说船上有两个便衣警探，你要小心些。”

“怎么会有警探？”汤瑞白有些诧异。

“抓毒品海洛因的，听说贩毒分子没上船，所以那两个警探目前手上没有案子，不过我们得留神他们一下。我会发短信给你，还有他们两个的照片，你记清楚面孔，离他们越远越好。”

“你连警探的照片都有，消息怎么这么灵通啊？”汤瑞白好奇地问。

“开玩笑！是我花了好多钱去雇人找来的资料，所以怎能不赶快赚回来？”菲利浦回答。

“哦，知道了。”汤瑞白看看腕表，从沙发上拿起白色西服外套，说，“我们应该去会场了！”

菲利浦拍拍汤瑞白的肩膀，两人走出了船舱。

第二节　龙睛餐厅

这晚，船上的四个餐厅早已灯火辉煌地全部开放。而正式晚餐更是游轮的重头戏，客人都穿好礼服陆续出现，各楼的侍者也极其殷勤。楼梯口与走廊已经有好几个专业摄像师在候驾，一个个都架起摄影机，打上灯光，整装待发。想拍照的客人经常是衣着光鲜地排成长龙，每个人都持着有香槟酒的高脚杯，显得愉快且非常有耐性地在等待。

七楼的晚宴，盛况正沸腾，“龙睛餐厅”已是一片灯影霓虹，高朋满座。

大厅顶端还装饰了好几个银色的大贝壳，突然，一阵急速的鼓声，在宾客好奇地等待下，银色贝壳缓缓自动开启……侍者竟然在贝壳内出现，继而从天而降，引起观众一片惊叹声……整个作风仿佛是美国“赌城”那种娱乐与艺术的综合设计。优美的古典乐曲开始飘送，柔和的光线传扬着恬静的气氛。大厅布置，中西合璧，却充满古色古香的情调，门口衣着整齐的侍者正拿着手电筒照着地面的梯阶在带位，极力让宾客一个个都被侍候得像国王与王后。

此时，廖家四口被引导到一个角落的大圆桌前。桌上铺着雪白的大台布，中央有一座高雅的紫罗兰插花盆景，围绕着各式的银器餐具，水亮的高脚酒杯。花朵似的粉红色餐巾，呈扇状张开在金龙雕刻的架子上。十个人的座位，六个已经坐满了客人，有的看菜单，有的在微笑，剩下的四个正好就是属于廖家的四口人，此时也准备入座了。廖育兴转头看一眼旁边Ida颈项戴着多层红色钻链，加上手镯、耳环……闪闪发光，就悄声在她耳畔说："喜欢这套'金塔红美人'吗？你戴着简直就像皇后！"Ida明白这套名钻是廖老当年给廖育兴的，自己还签了一张借据，所以只是暂时借来用而已。虽然她非常喜欢这套珠宝，但是她不喜欢廖育兴总是在邀功，就没理睬他。一身橘色蓬裙露肩小礼服的廖小倩正要带头入座，穿着黑色西服白衬衫与红花纹领带的廖育兴也正好要带头进去，发现两个人动作一样，廖育兴就朝后指指邱敏媛的方向说："让奶奶带头，你跟在阿姨后面一起坐吧！"

涂了浓黑眼影的廖小倩，冷冷地睨了背后邱敏媛一眼，尖声说道："我讨厌去坐她后面！"她说完回头时瞥见大桌左边汤瑞白，廖小倩挥手说了一声"哎"！就转头自己做主地朝右边坐了进去，其他三人就依序跟着入座，于是邱敏媛就变成最后一位宾客。廖家全部坐定，邱敏媛也发现左边是汤瑞白，想换开座位，又怕别人奇怪，只好尴尬地跟汤瑞白点了个头。

廖小倩坐下后，看到对面穿着桃红纱低胸礼服的常艾丽，就站起身指着对方，不高兴地叫道："我不要跟妈坐一桌！"正在低头听菲利浦说话的常艾丽闻声愣了愣，抬头见到女儿与廖家人也在同一桌，只能尴尬地笑笑。一身深蓝燕尾服的菲利浦诧异地看看廖小倩，常艾丽只好悄声跟他解释，菲利浦点点头，有点为常艾丽感到委屈。他故意岔开话题，一直夸奖Ida身上的红钻首饰，还跟汤瑞白交换了一个眼神，汤瑞白也权充翻译。

廖育兴此时从背后拉了廖小倩一把，廖小倩不悦地坐回椅子里，闷闷不乐，低头伸手玩弄着桌上的银器，发出细微却脆的叮当声响。当她再抬头时，看见母亲隔壁那一身米色西服的罗奇正在注视着她，廖小倩顿时眼睛一亮，即刻缩回手，淑女似的端坐了起来。她隔着中间的卜慧与宋万杰，主动摆手跟罗奇打招呼，于是两个年轻人在餐桌的两方，一来一往地交谈着。

穿着黑色西服白边领的宋万杰一直亲切地微笑，他看着左边的廖小倩，心里想：她就是廖育兴与常艾丽以前婚姻的女儿吗？嗯……三个人皮肤都很深，应该是吧！卜慧见状就在桌下用膝盖顶了他一下。

邱敏媛盯了一眼汤瑞白，他穿着一身白色西服，黑色领结，里面的白衬衫已经更换，故口红印子也没了。汤瑞白的西服很特别，左边领子是双层设计，上层是白色，下层是黑色，由于下层衣领料比上层多，于是在白色西装上身，很自然地勾画出一边镶着黑框的领口，左边的口袋也搭配着黑色细边。他看见邱敏媛穿的白缎拖地长裙礼服，左襟有黑色蕾丝，其间还镶有一朵深浅柔和的染色黑丝绢的玫瑰花，几粒钻饰小花苞随着蕾丝垂落在花下。也许是因为两人礼服都强调了左边的设计，加上都是黑白色系，反而变成了“一对”的强烈效果。

此时，邱敏媛打开餐巾，不小心餐巾滑落在地上。汤瑞白悄悄地从地上拾起交给她，还在邱敏媛接过去时，俏皮地抠了抠她的手掌心。邱敏媛感觉脸颊一阵燥红，还好光线不亮，没人注意到。

大家都很沉默，你看我，我看你，这是东方客人最多的一桌，却也是整个餐厅最安静的一桌。最后还是全桌唯一的西方人菲利浦，打破了肃静的气氛。说是要请大家各自来自我介绍一下，这才发现两家大规模公司的老板都在场，一个是台湾在得州电子工业公司董事长宋万杰，另一个是美国廖氏商场的两个大龙头廖育兴与他的母亲。

菲利浦更发现十个人全都住在同一层楼，且彼此船舱相连，于是菲利浦逗趣地说：“难怪把我们安排在同一桌，哈！总算真相大白。从今晚开始，我们每个晚上都会被‘绑在一起’，所以希望大家，好好享受，相处愉快！呵呵……”

菲利浦说完话，全桌一阵冷场，空气凝结着……显得异常沉闷。罗奇无聊地取出游轮的节目单来看，廖小倩瞥见，说她也要看，站起身就凑了过去。

此时穿着一身土黄色半长裙洋装的卜慧，站起身发送自己的名片，道：“我来游轮旅行是公司送我的优秀业绩得奖赠品，这是我的名片，请多指教。”

“啊！卜小姐，你用的香水好香哦！”菲利浦说，旁边人闻声也赞叹了起来。

菲利浦又指指隔壁的常艾丽，说：“刚刚听常小姐说了，她也是得了游轮旅行的优秀业绩奖品，你们两个是得州同一家公司的吧！”

卜慧笑笑，算是默认了，廖小倩瞥了母亲常艾丽一眼，没多说话。

旁边的宋万杰突然探头出来，对汤瑞白说：“我觉得你很面熟，有一年，是不是你曾经代表华盛顿大学的华人‘诗友社’出来比赛？你写的一首诗《寄情》，得了世界华人的‘诗词首奖’？但是你没有去领奖。”

“对啊！可是你怎么知道？”汤瑞白好生惊讶。

“我的分公司在欧洲，也是那次的两个举办单位之一，另外一个单位是世界华人妇联会，记得吗？”

“是的，没错！你是……”汤瑞白真的纳闷了。

“我叫宋万杰，自己也很喜欢写诗词的，这是我的名片！”宋万杰掏出名片递过去。

汤瑞白看了一眼名片，点头道：“原来是宋董事长，你在颁奖典礼那天可是贵宾啊！”

“是啊！我特别从美国飞去欧洲颁奖的，在台上看着你的照片，喊了好几次你的名字，你叫汤瑞白。后来人家告诉我第一名那个优胜者住在美国华盛顿州的西雅图，没来领奖，就让第二名上台去领奖。那么光荣的时刻，你怎么会没出现呢？”宋万杰问。

“我那次得了感冒，还发烧，所以没有出席。”汤瑞白解释着，宋万杰点点头。

邱敏媛此时低头跟汤瑞白悄声说：“没出席，很可惜啊！”

汤瑞白就顺势替宋万杰介绍：“她就是那个‘诗友社’的社长邱敏媛，很会作曲。”

宋万杰此时就掏出名片递过去给邱敏媛。然后宋万杰发现到汤瑞白与邱敏媛都穿白色，年龄又相仿，就眯起笑眼问：“我看你们这一对夫妻啊！真是郎才女貌，天生一对。”

一旁的廖育兴闻声，脸色突然变绿了，邱敏媛赶紧解释道：“不是！不是！他叫汤瑞白，只是我的老同学而已。”

卜慧抽紧脸上的肌肉，用力拉宋万杰回座，低头说：“你怎么那么糊涂，没听刚才的自我介绍吗？而且人家四口人刚刚坐进来，那位明明是廖家媳妇廖太太啊！”

宋万杰急忙赔笑脸，朝廖育兴也递过去一张名片，又举手抬抬自己的眼镜架，歉意万分地说道：“对不起！廖先生，我是个大近视，您多包涵，多包涵！”

菲利浦不大懂中文，汤瑞白私下耐心跟他翻译解释。廖育兴则撑着一张包子脸，没说话，只是抬头朝左边睨了汤瑞白一眼。廖小倩此时回座，难得地跟父亲低声咬起了耳朵："我今天曾看到他们两个，在剧场内说悄悄话。"一旁的廖育兴闻声咧嘴挤出一道皮笑肉不笑的表情，脸色更难看了。

此时，廖小倩要求道："我需要换个座位，干脆跟罗奇一起坐。"廖育兴的包子脸又出来了，宋万杰见状，拉着卜慧，一起站起身道："没关系，我们两个大人往左移动一下，跟廖小妹妹交换，让他们年轻人在一起，好说话。"无奈的廖育兴，只好尴尬地代女儿致谢。

此时，宋万杰又继续客气地送出名片给罗奇。一见名片上的名字，罗奇脸色有点变，但他很快地又恢复原状，与廖小倩聊了起来。

菲利浦则跟隔壁的常艾丽也在聊天，他问常艾丽怎么没戴出绿钻来亮相？常艾丽笑着说当初准备行李时忘了带搭配的礼服，不想随便乱戴。菲利浦点头猛称赞她很有鉴赏力，两人就一直在聊绿钻的设计……

一旁身着改良式大翻领长旗袍的廖家婆婆 Ida，用她那戴着红钻的手指，与隔壁的宋万杰作了一个勾指的招呼，道："我们全家也是从得州来的，想不到会碰见你们这群诗人。正好！倒让我也想起了两句诗，可是我把它改了，你们这些专家就请听听，看我改的好不好？"

宋万杰笑道："您别客气！请说。"

"那两句是：'天要下雨，娘要嫁人'。"廖家婆婆一说完，宋万杰即刻笑了出来。

"怎么？你没听过吗？"廖家婆婆晃动着手指，那颗大钻戒在灯影下闪耀生辉，菲利浦注视着她身上那些宝石，又抛给了汤瑞白一个惊讶的眼光。

"那不是诗。"宋万杰笑着回答。

"哎！不是诗也没关系，反正我把它改了，大家就听听吧！"廖家婆婆说着就把那戴着钻戒的手指朝自己颈项上的大领口推了一把，露出那多层的钻石项链，钻石颗粒从大到小一圈圈由下往上顺序排列，在灯光下煞是亮眼。虽然衣领遮去了一半，依然可以看得出那是一条价值连城的钻石艺术品。汤瑞白看了转头跟菲利浦笑笑，菲利浦噘起嘴唇，仿佛要吹口哨似的缓缓摇头……眼神是极度赞美！

"好啊！您请说。"宋万杰点头。

"现在的时代可不同了，我把它改成'天要刮雪，儿要娶媳'，因为现在的媳妇，要走不走，要生不生，都随意了。"廖家婆婆说着先是狠狠地瞪了瞪对面的常艾丽，然后才把眼神朝左方的邱敏媛瞟了一眼。

宋万杰不安地陪着笑脸，接着廖家婆婆原有的话题，说：“不过，孩子生不生？的确可以随意。”

“可是，不生孩子的媳妇，是什么‘媳妇’？在我看，不就只是天天跟人家儿子睡觉的女人吗？”廖家婆婆故意用眼睛瞄着邱敏媛，没见她作声。倒瞥见汤瑞白不以为然地在盯着 Ida，旁边的廖育兴则低下头装作没听到。

宋万杰顿时领悟到这是一个尴尬的场面，咳了两声，安慰地说：“你孙女都十七岁了！也不错啊！”说完就装作好奇地，猛看菜单……

廖育兴此时也抓了菜单，自己研究起菜色来了……

汤瑞白收回视线，看了一眼身边的邱敏媛。她也低头在看菜单，汤瑞白悄声地问：“你的听力好像不太好？”

邱敏媛面无表情地一面继续看菜单，一面悄声回道：“必须不好。”

可是汤瑞白实在忍不住了，他冲着廖家婆婆，说道：“廖妈妈……”

廖家婆婆马上止住了他：“哎！别叫我廖妈妈，我们廖老爷去世后，我就开始喜欢用英文名 Ida。而且在国外嘛！连我家孙女、儿子、媳妇都喊我 Ida，所以可千万别喊我什么……婆婆或妈妈的。把人都给喊老了，谁会喜欢？”

汤瑞白只好改口道：“Ida，婚姻是很神圣的，你怎么可以把它看待成花街柳巷的事呢！”

“汤先生，从刚才的自我介绍，我知道你是媳妇的老同学。不过你也管太多了吧！谁结婚不会想要有孩子呢？不要孩子，那也不需要结婚啊！同居就可以了，不是吗？”Ida 把戴着钻戒的手在空中扫来又扫去。

“可是生孩子是两个人的事，不是一个人的意愿就可以决定的。”汤瑞白说。

“我们育兴虽然不是我亲生的，但可是我从小带大的，他各方面都很正常啊！何况，你是看到的，他女儿都这么大了。”Ida 指指廖小倩。

“我不是这个意思，我是说生孩子是两人的意愿。其中有一个人不想生，就不会生的。”汤瑞白解释着。

“呦！你倒是她的什么人啊！这种事也要你强出头？”Ida 板着脸，有点不悦。

一旁的邱敏媛气得暗瞪着汤瑞白，蹙着眉。菲利浦转头见状，虽然不明就理，却知道 Ida 生气了，就在一旁推了右边的汤瑞白一把，汤瑞白只好收住了口。

此时有三个侍者正好走过来，大家就都安静地抬起头，在期待……领班的侍者非常客气，弯腰弓背地说了很多欢迎话，又说主菜有法式餐与海鲜，固定菜有中国风味的粉丝，其他还有牛排，等等，任君挑选。然后就介绍另外两个侍者：一个接受点菜，另一个接受点酒。菲利浦就拿起了菜单，跟桌上的人说道：“今天晚上剧院有歌舞晚会欢迎我们，想要有好座位就得早点去，大家赶快选菜吃哦！”众人这才把注意力放到菜单上去了。

第三节　“波尔多”的酒杯

晚餐从餐前开胃小碟、浓汤、色拉到主菜，全桌人在侍者殷勤的服侍下，一一用完。最后上甜点时，会场请来宾们票选出当晚的最佳服装奖：女士由英国一家汽车公司的董事长夫人获得，男士则由汤瑞白获得。现场闪光灯没停过，热闹气氛达到了最高峰。当汤瑞白领奖回座时，手里多了一座金光闪闪的奖杯，全桌人纷纷抢着欣赏，惹得大家都羡慕不已。

餐后，客人各自起身，廖小倩说要留下跟罗奇一起行动，廖育兴劝小倩一起去剧场看表演，小倩说她的话还没说完，于是廖家人只好等着。常艾丽看到廖小倩与罗奇还在聊天，就朝她招招手，廖小倩装作没看见，冷冷地转身，继续跟罗奇说话。一旁廖育兴不太高兴地站着，廖家人也继续干等。

菲利浦从洗手间回来，问常艾丽，什么时候可以约她去喝咖啡聊天？常艾丽点头说今天累了，明天吧！于是两人就约好了时间，菲利浦还要了她的手机电话号码，然后才转身与汤瑞白往剧场方向走去。此时，廖家人也走了。常艾丽目送着他们，却瞧见了不远处的宋万杰与卜慧，两人好像碰到了熟人，正在专心地与人聊天。虽然常艾丽早已经有心里准备，很有可能会在游轮上经常碰到宋万杰与卜慧，但是没想到第一天晚餐就是如此冤家路窄。整个晚上，常艾丽都当作没见到那两个人，颈子也尽量朝右转，还好右边的菲利浦一直找她聊天，她就干脆装作很有兴趣，弄到现在关节都酸痛得很。要命的是还同时碰到廖家人，真有“不是冤家不聚头”的感觉，加上女儿也在座，简直让她整个晚上是坐立难安。

常艾丽低头从皮包内取出化妆粉盒，打开对着镜子朝脸上拍了一些粉，发现右脸颊冒出了一颗小小的豆。不得了！赶紧用粉在那个位置多拍了几次，然后她重新描上了唇膏，拢了拢波浪的头发，才收起东西。起身前，常艾丽右手挽起椅背上的黑色貂皮披肩，左手拎了皮包，带着一点微醉，走出了餐厅。酒让她感觉身体好热，她不想上剧场看什么欢迎晚会，于是就打算独自开门去甲板上走走。常艾丽伸出手去拉门把，虽然是玻璃门，却非常重，她只好整个身子使劲地用力，门才被打开。外头有点冷，但她还是走出门，看见甲板上除了她以外空无一人，常艾丽就顺势靠坐在门边的海滩椅上，把那件貂皮披肩盖住自己上身，面对漆黑的船顶发呆……

先前那个晚餐仿佛就是在惩罚她似的，一桌的大部分客人全都冲着她来的，勾起她过去的回忆，让她难过，一点也没乐趣。罗奇和汤瑞白太年轻，瞧都没瞧她。只有菲利浦，还有一点绅士风度，所以当他邀请她，找一天一起去喝咖啡，她马上就答应了。可是……那个宋万杰，不敢在卜慧面前对常艾丽笑，他到底在想些什么？常艾丽看得出来，宋万杰似乎很想跟她说话，但是卜慧在旁边，他哪里有机会？不能否认，自己一直都很爱宋万杰。为了与他在一起，她宁愿与廖育兴离婚，这不就是最大的证明？可是宋万杰怎么能那样对待常艾丽？他怎么能与卜慧去结婚？以自己与宋万杰认识那么多年的感情都不能促使宋万杰离开他的前妻，卜慧竟然能够那么轻易就让他乖乖离婚，卜慧？那么一个不起眼的女人，她是怎么办到的？

宋万杰跟以前没什么变化，只是略微胖了一点。中年男人本来就不能太瘦，有点体重才好看。何况他是董事长身份，西装革履的穿着与外形都给他加了分数，尤其是头发，好像还是那么茂密。常艾丽觉得，年轻时候的女人是看男人口袋中有没有钱？中年的女人是看男人头上有没有毛？这就是为何中年女人经常会发生姐弟恋，因为女人年轻的时候，固然会在乎男人的专情，以免男人婚后容易变心，但是更在乎男人的财产是否够多，才能让自己生活得好。可是女人到了中年，自己多少已经有点积蓄了，反而倒特别在乎男人的外表，想到此，常艾丽发出了一个酒嗝声。她觉得，宋万杰的头发依然如昔，与他年轻时候一样有魅力，可不是吗？好多年前的那一晚，她想着，却张口打了一个哈欠，感觉眼皮很重……常艾丽就这么靠着椅背睡着了。

此时船的玻璃门被推开，卜慧跟一个大块头的阿拉伯男人正要走出来。男人说外头好黑，很无趣，还是进去跳舞吧！卜慧点点头，刚要转身，竟发现常艾丽躺在海滩椅子上睡觉，就挥手催男人先去舞厅等她，自己马上就赶去。男人走了，卜慧悄悄走去门边，在暗淡的灯影下，冷眼瞧着常艾丽的睡姿。她从鼻子里发出一声哼，就轻轻用手指把常艾丽身上的貂皮披肩勾了起来，朝旁边一个垃圾桶的洞口扔了进去。然后她瞪着睡着了的常艾丽，从口中愤愤吐出三个字:“冻死你！”说完卜慧就抬头转身，若无其事地拉开门走了进去。

没多久，常艾丽从睡梦中被人摇醒了，她睁眼一看，竟是穿着灰色西服的宋万杰，常艾丽惊喜又讶异地问：“你怎么会来这里？”

宋万杰用食指竖在嘴上，压低声量说：“嘘！她在跟一个大客户谈生意，把我赶开了！还叫我去赌场玩两把。快！我们赶快回你房间去，免得被她发现。”说完就一把抓起常艾丽，两人快步走去船内……常艾丽上气不接下气地跟着他，慌张地问：“那……一会儿，她来赌场找你，怎么办？”

“没关系，我就说我回自己船舱去了，时间不多，快走……”宋万杰催着常艾丽，两人上楼来到常艾丽的船舱，关上了门，燃了小灯。

常艾丽惊魂未定，心里想事情怎么会变成这样呢！她应该还在恨宋万杰的，可是她身不由己，完全被对方控制了。常艾丽心烦意乱地看着宋万杰，中年的宋万杰还是那么有分量……这个让常艾丽迷恋的男人，现在竟然就站在自己身边。常艾丽注意到宋万杰手中提着一包设计新颖的礼盒袋子，好奇地问:“这是什么？”

宋万杰晃了晃手中的袋子说：“我们来庆祝一下游轮相聚，这是我与卜慧今天刚买的好酒，已经打开了，这种酒非常贵，还附赠一对稀有的紫水晶酒杯，我让你也试试。”宋万杰说着就先取出酒杯。

“好美啊！”常艾丽抬眼瞧着酒杯，突然想起宋万杰应该是跟卜慧在一起的，便紧张地问：“你不怕卜慧……”宋万杰又取出里头的酒瓶，把两只紫水晶高脚的酒杯各斟了一点酒，递给常艾丽一只，说：“别管她！瞧……这是法国最好的红酒，叫‘波尔多’，来！干杯！”喝完后，宋万杰就把两人的酒杯放在桌上，一回头就抱紧常艾丽吻了起来。常艾丽没想到会这样快，一边回吻，一边说：“这是不是在做梦……嗯……是不是？”宋万杰喘着气，吻着她的颈项，伸手脱去常艾丽的礼服，梦呓似的说：“是，就是，而且永远也不要醒过来！”

此时游轮的船身，突然晃动了起来，接着一个冷静而低沉的广播男声传了出来：“各位旅客，这里是船长在说话，刚刚我们经过一个大浪，现在已经平静了，不用担心，一切都很顺利，祝您有个愉快的夜晚。”

宋万杰与常艾丽两人，此时已经在床上并肩躺着，赤裸的身体裹着白被单，一阵电话音乐声响起。宋万杰起身自地上捡起裤子，从裤袋内掏出手机，回答：“是……是……我没去赌场，回来船舱里头休息了，什么？你要我把那两个紫水晶酒杯与酒瓶带下来，好好……现在就来。”说完宋万杰赶紧起身穿好衣裤，又匆忙去把两个紫水晶酒杯冲洗干净，且匆匆擦了擦，连酒瓶一起放回袋子内，然后他朝常艾丽的脸颊亲了一下，就急速开门走了出去。

卜慧站在霓虹灯闪烁的六楼赌场门口，朝外张望，远远看见宋万杰跑了过来，原本冷厉的表情突然转变成眉开眼笑地说道："生意快要成功了！所以我们要庆祝一下，来！"

宋万杰跟着卜慧下楼，来到大厅，坐在一张沙发上，卜慧取过紫水晶酒杯，发现杯内似乎有一点水分，就说："你不是从来不自己喝酒的吗？怎么酒杯好像刚用过？"

"哦……我看到杯子好像有点脏，稍稍用湿毛巾擦了一下。"宋万杰掩饰着说。

卜慧持着酒杯查看，把杯子转了左又转右，沉默地睨了他一眼，没说话。

宋万杰赔着笑，替两人斟了酒，卜慧举举酒瓶说："这种酒很贵，我们不要喝太多，每次意思意思就好。"

两人干了杯，卜慧又说："那个大客户是中东人，一个石油大王呢！他打算在洛杉矶买我们两人投资建筑的那一栋公寓，很满意我们的价表。"

宋万杰想了一下，卜慧说的那一栋公寓，怎么会是两个人投资的？他笑着更正道："你是说我投资去建的那一栋公寓？"

"什么你呀我呀的，你想分家吗？"卜慧很不高兴，继续又说，"以前同居的时候，你想拆伙，我说要你一半财产，你不肯。现在结婚了，你若想分家，在我们的'离婚财产协议书'里头写的可是要给我三分之二，因为你现在的钱，大部分都是我帮你赚的，你忘了吗？"卜慧问。

宋万杰想，刚结婚时，卜慧的确帮他在房地产上赚了一大笔钱，于是卜慧要求他把"离婚的财产协议书"的内容更改成三分之二归她。宋万杰起初不答应，可是想想卜慧还真有本事帮她翻倍的赚钱，何况两人应该也不会离婚的，就签了，所以事后他很怕卜慧提分家的事。宋万杰摇摇头说："你说到哪里去了，谁想分家啊！"在闪烁的霓虹灯下看卜慧，可能是光线的效果，竟然不觉得她的脸形太方了。且卜慧今晚显得稍稍女性化一些，那副无边的眼镜框也似乎带着一点神秘感。她穿土黄连身裙晚装，虽然没什么特色，却比往常那些衣服花色要清爽，也削弱了她那点外形上的冷漠，而她身上依旧散发着她的专利香水味"520"。

卜慧此时得意地说："那一栋公寓如果卖出，绝对会赚一倍。像现在这么不景气的时候，我想谁都不会相信有这种事。”

“全靠你的精明能干啊！”宋万杰点点头。

卜慧眯着眼说：“当然！不靠我成吗？自从你认识我以后，别忘了，你所有的投资盈利，都是我的功劳。”

“是！所以你是我的贵人，但我们结婚了，也别分是谁的功劳嘛！”宋万杰笑着。

“这个客户是个石油大王，很有钱，他还是个单身。我一定要抓到手，这几天我都得想办法去跟她应酬。”卜慧思考着。

“那不好吧！你是结了婚的女人。”宋万杰一本正经地看着卜慧。

“现在这个年代，很多结了婚的人照样在做没结婚前的事。”卜慧笑笑。

宋万杰闻声，想起刚才自己在楼上与常艾丽的亲热过程，觉得卜慧仿佛是在指他，不会吧！卜慧怎么可能会发现，于是他只能强作镇定地叹息道：“那种人是在‘挂羊头卖狗肉’，又何必结婚呢？不可以的，那是明摆着害人，伤风败俗！”

“……”卜慧没作声，若有所思地观察着宋万杰。

宋万杰摇头道：“况且那个石油大王若知道你是已婚……”

卜慧打断他的话，道：“我当然不会说我已婚，只不过是装单身来吊他的胃口，你懂什么？他又黑又丑的一个大老粗，谁会喜欢，我是要他的钱。”

“知道，知道，可是你那么有把握他最后一定会签购买合同？”宋万杰问。

“当然！不过你这几天可给我安分一点。我得忙着应付他，管不了你。”卜慧冷冷地看着宋万杰。

“我又不是小孩子，还要你来管吗？”宋万杰不服。

“可是我去忙，那你去哪里？”卜慧问。

“笑话！游轮这么大，节目那么多，我还愁没地方去吗？”宋万杰耸耸肩膀。

“如果你敢去找常艾丽，我不会饶了你！”卜慧眼神似箭般，几乎要射穿了宋万杰。

“我才看不上她，晚餐时候，你看她跟隔壁那个洋人，好像要打得火热似的，哼！”宋万杰故作轻视状。

“我警告你哦！不要骗我，不然我会要你‘吃不了，兜着走’。到时候你连后悔的机会都没有，我卜慧说到做到。”卜慧咬咬嘴唇说。

“你越扯越远了，哎！现在很晚了，我们走啦！该回去睡觉了。”宋万杰起身走着，卜慧马上就趋前带头赶上去了。

第四节　外太空的飞碟

早上，六点多，晨曦微透，邱敏媛就独自起身去甲板上看日出。四周海天都还是乌黑，只有中间一片灰色曙光。海平面上露出一排深橘色的云彩，一抹淡橘色的朝霞从海上悄悄升起，中间有一粒黄色的点，缓缓地在变化……邱敏媛觉得仿佛有个从外太空来的橘红色飞碟正停留在海面上。

“你看！像不像外太空的飞碟？”声音传出时，穿着咖啡色皮夹克的汤瑞白已经站在邱敏媛身边了。

邱敏媛诧异地看了一眼汤瑞白，然后点头道：“……我也正在想，它的确很像飞碟。”

汤瑞白看见邱敏媛穿了一件深紫色的绒料大衣，就说：“早上很冷，但你起得很早，穿得也够暖！”

“我喜欢看日出。”邱敏媛说着，眼睛盯着海面。

汤瑞白看了邱敏媛一眼，又问：“廖育兴怎么没一起来看日出？”

“他昨天睡得很晚。”邱敏媛回答。

一阵冷风吹过，汤瑞白把皮夹克的衣领竖了起来，问道：“那么……你每天都会来看日出吗？”

“能起得早才来，不过，我下午常常去船尾看浪花。”邱敏媛把头发一把拢进大衣的衣领内，看了一眼汤瑞白，想起了什么似的，说道：“昨天在电梯上，我以为你的意思是不会再见我的。”

“我想……我们还是可以像久别的老同学一样谈点话，当然！如果你觉得我打扰了你，我可以走开。”汤瑞白说完转身要走。

“哎……我没那个意思。”邱敏媛留住了他。

“谢谢你，不把我赶走。”汤瑞白笑了笑。

“聊天可以，但你要老实一点。”邱敏媛白了对方一眼。

“……你是说昨晚，我帮你捡餐巾时，抠你手掌心的事？”汤瑞白撇撇嘴角说，“我是开玩笑的，你别介意。”

不知何因，邱敏媛其实很喜欢他的那个小动作，但是内心又觉得不妥，就没再说话。空气有些沉闷，汤瑞白就从口袋掏出一副墨镜，说："要不要带上墨镜来看日出？会有神秘感。"

邱敏媛摇头道："你准备得还挺周全。"

"菲利浦发明的，他说那就好像把'日出'搬进了卧房，很有情调。"汤瑞白把墨镜递给她，说道，"给你用吧！"

邱敏媛接过，说："我戴了你的墨镜，那你呢？"

汤瑞白嘻笑地说："我？我看着你就好了。"

"那不好，还是你自己戴……"邱敏媛没说完话，汤瑞白就帮助邱敏媛把墨镜朝她鼻梁架了上去。

邱敏媛直叫："哎呀！好黑哦！什么神秘感？菲利浦真是会瞎掰。"说完就摘下墨镜还给了汤瑞白。

"那个菲利浦是你在珠宝公司工作的老板？"邱敏媛问。

"嗯。"汤瑞白点头。

"菲利浦好像对常艾丽很有兴趣。"邱敏媛想到昨天晚餐桌上，菲利浦总是跟常艾丽咬耳朵，似乎很亲近。

"他对女人都有兴趣，但不是认真的，其实他自己在阿拉巴马州有老婆和孩子了。赚钱不容易，他很少回阿拉巴马州。"

邱敏媛看着海面，问："那……你自己喜欢这份工作吗？"

汤瑞白笑着说："……马马虎虎，都做了四年了。经常回国内订货，前后跑了不少地方，你呢？"

"先是留原校做助教，结婚后暂时没做事。不过我考了一个护士执照，打算以后用，美国很需要护士工作。"邱敏媛回答。

"哦……那很好，适合你。"汤瑞白点点头。

"所以……你在加州只是第一年比较不顺利？"邱敏媛想起就是在那个时候，汤瑞白消失，没有联系了。

"严格说，不是。"汤瑞白苦笑完，两个人都沉默了半晌，望着海面。远处那黄色小点正在变幻中……

汤瑞白突然又说："我觉得你那个婆婆 Ida，真是该'挨打'！"

邱敏媛闻言，会意地大声笑了出来，笑声在海面上飘浮……

汤瑞白也笑了，摇头道："怎么给自己取了那么一个英文名字，她还很得意。Ida 的英语发音就近似中文'挨打'。"

邱敏媛继续笑着，汤瑞白却突然问："到底……你是怎么认识廖育兴的？"

"……我们是经过别人的介绍认识的。"邱敏媛愣了一下才回答。

"介绍？有人正式出面介绍你们两人认识？"汤瑞白很诧异。

"也不能算是正式，只是他弟弟廖育旺想介绍。但我没有让他弟弟出面，当时只是把电话号码给了对方，他让哥哥廖育兴打电话给我，所以应该算是在电话上认识的。"邱敏媛苦笑。

"他弟弟自己不也是单身吗？"汤瑞白好生好奇。

"廖育旺是抱独身主义的人。"

"可是介绍也可能会有问题的，我就听过有人为了自己的利益去帮助男女双方拉红线。表面很热心，其实是为了他自己，不觉得吗？"汤瑞白问。

邱敏媛点点头，心里想着，难怪她与廖育兴第一次见面后，他的弟弟廖育旺很急地就来电话找她，问她对廖育兴是否有意思？邱敏媛当时回答没有，感觉上就不欠廖育旺什么人情债了。她自己觉得必须先那样拒绝廖育兴的弟弟，让事情仿佛已经完结，她不想让他弟弟夹在当中。以前她也曾见过一些被人介绍而结婚的男女，开始的时候很好，等到吵架，有什么问题自己不解决，只是各自跑到中间人那里去哭诉。或者那个中间人经常主动插进来多管闲事，反而产生许多不愉快的后遗症。因此邱敏媛宁愿先如此处理，免得万一时，造成以后的麻烦。

"你说有没有这种可能？"汤瑞白问。

"也许吧！其实我跟廖育旺不太认识。"邱敏媛回想起廖育兴曾经跟她说过的一些话，就继续对汤瑞白说，"育兴说过，他与弟弟廖育旺是同父异母的兄弟，所以 Ida 只是他弟弟的生母。以前育兴 12 岁的时候，自己母亲去世。他爸爸家里很有钱，几个公司也开得不错。Ida 嫁给廖老爷，然后生下了育兴的弟弟廖育旺。他弟弟不爱念书，游手好闲，每天无所事事，后来他父亲给他钱，他就跑去纽约开了一个店铺。而且他弟弟廖育旺不太理会自己父母，不喜欢回家，对公司的事情也完全没兴趣，一年到头是难得与父母见面，所以两个长辈都是与育兴合住。Ida 虽然是廖育兴的继母，廖育兴当时年纪也不是特别小，但是很奇怪，两人个性还挺合，仿佛真的母子般，关系很亲近。"

"原来你跟廖育旺并不熟，那……那怎么可以接受他的介绍？熟朋友介绍都要多考虑了，何况是不熟的人。你有没有想过，廖育旺为何要介绍你给他哥哥呢？”汤瑞白问。

邱敏媛笑道：“‘救人一命，胜造七级浮屠’，做媒若做得好，不也算是‘救命’吗？”

“难道你觉得廖育旺是在救你的命？我看他是在救他自己的命才对。”汤瑞白摇头，又不以为然地说，“廖育旺一定总有什么好处才会……”

此时，邱敏媛突然点头，插话道：“我现在想起来了，好像听育兴说他弟弟经常被亲戚们说闲话。说不是亲生的哥哥反而在帮弟弟照顾母亲，好像都是一些微词，对他弟弟廖育旺也有很多批评，所以……”

汤瑞白插入分析道：“哦……我懂了！是他弟弟不想照顾自己生母，所以把责任丢给哥哥。可是他哥哥后来跟那个常艾丽离婚了，不是吗？所以廖育旺听说你是单身就积极帮廖育兴做媒，让他哥哥再婚。这样一来，一方面可免除廖育旺没有照顾亲娘的心理压力，另一方面家中还可以有个媳妇来照顾长辈，对不对？”

“……”邱敏媛没作声，也在思考中。

“廖育兴因弟弟介绍能再婚，他就可能因此也会偏袒他弟弟廖育旺吧？”汤瑞白问。

邱敏媛想了一下，说：“是啊！当初他弟弟来问我对廖育兴是否有意思时？我虽然回答否定来撇清立场，但是廖育兴说过，我跟他到底还是因为他弟弟才认识的，他弟弟当然有功劳。好笑的是，嫁给他后，我每天都要照顾行动不便的公公，有时觉得很累很烦，偶尔就会说当初若没碰到他弟弟也就不会认识他。当时廖育兴却对我说，你说过你早就回拒我弟弟的介绍了，怪他干什么？”

汤瑞白蹙眉道：“廖育兴这个人是在‘两头卤’，哪儿有利就往哪儿跑吗？”

邱敏媛没说话，汤瑞白看着她，突然说：“你的婚姻好像并不好。”

“怎么见得？”邱敏媛问。

“关系太复杂！何况廖小倩对你非常坏。”汤瑞白的视线回到了海面，继续说，“这个女孩面孔从来不笑，人太冷感，是一个很大的缺点，书上就说：‘不笑的女人娶不得’！”

“你以前在学校也说我不笑。”邱敏媛笑着说。

“那不同！你很正常，跟一般人都会笑。廖小倩不是，她似乎对任何人都是板着一张无神的脸，应该是心理上有问题，你婚前没留意吗？”

邱敏媛说："结婚以前，我以为 Ida 是他生身母亲，也以为廖小倩一直会跟他前妻合住。因为廖育兴说小倩是母亲在做监护人，所以我一直以为她是住在常艾丽那里。我当时没有想到，小倩其实一直住在爸爸家里，只有一年去跟常艾丽住，后来小倩又回到廖育兴家住了，也不知为何她母亲在做什么监护人？"

"你忘了，廖育兴的家也是廖小倩的家。别说是廖小倩还未成年，就算任何时候，她都有可能回来住的。"

"……"邱敏媛没说话。

汤瑞白又说："而且，我觉得，廖育兴在婚前就应该把 Ida 的身份跟你说明白才对。要让你知道 Ida 不是他生母，而他婚前没说，就是一种欺骗，你说是不是？"

邱敏媛不置可否地回答："结婚是双方面的事，我并没问他，所以我自己也有责任。"

"你太善良了，有哪个女人在结婚的时候会去怀疑未来的婆婆不是自己男人的生身母亲？所以，廖育兴自己根本就应该主动出面说清楚，我看他是有意地在模糊焦点。"

邱敏媛笑道："他跟 Ida 相处得还可以，听他口气，就像生身的母亲。"

"那也要说清楚，你有权利知道真相。"汤瑞白说。

"如果只是这些，好像也没什么关系？你没听过'老吾老以及人之老，幼吾幼以及人之幼'？"邱敏媛说。

"问题是婆婆不贤，女儿不善，还有……"汤瑞白说着，停了下来。

"还有什么？"邱敏媛盯着汤瑞白问。

汤瑞白低了低头，说道："廖育兴太不像个男人了。"

"……"邱敏媛装作没听到，故意掉转头看四周。

"那天晚餐时，在大庭广众之下，他竟然容许母亲与女儿那样地对待你，难道你自己不想知道是为什么？"汤瑞白不平说。

邱敏媛只好叹气，道："他太软弱吧！"

"不，若真是软弱的人，在那种婆婆与女儿都强悍的家庭，可能不敢再婚，也就不敢娶你。"

"……"邱敏媛沉默着。

"我觉得，他好像是不够爱你。或者说，他并不知道如何才是爱？"汤瑞白说着竟有点生气，就问，“难道你不想知道他为什么会这样吗？”

“……”邱敏媛无言了，此刻她真不想去研究那些“为什么”，她是来看美丽的日出的，于是她干脆闭起嘴不说话。邱敏媛望着海面上那粒黄点，它发出的光芒，在远处逐渐地放大……汤瑞白也没有再说话，两个人就那么静悄悄地跟着其他游客一起观赏美丽的日出风景。没多久，海面上的那粒黄点终于变成了一颗蛋黄，正在观赏的游客们同时发出一阵欢呼声……游轮上又是美好的一天，即将开始了。

日出后，天空露出灰中透白的银辉，色泽如同鱼肚般平滑。那初升的太阳，圆似金币的小饼，远远地，挂在海面上，发出的光与热也越来越强……

此时人群中突然发出一阵惊叹声，原来大家看到海上有两只大海豚跳出了水面，又没入了海水中。

两人一直沉默着，汤瑞白突然问邱敏媛：“你既然等了我三年，为什么不继续等下去？”

“你不觉得这么问我，相当残忍？”邱敏媛侧目看汤瑞白。

汤瑞白发现自己说错话，歉意地说：“对不起！我大概……是被气昏了！”

“如果我继续等下去，我们也不会在这个游轮上相遇，你也不可能去华盛顿州找我。换句话说，我们不可能再见面，那么……你有什么资格那么问我？”邱敏媛质问汤瑞白。

汤瑞白被责备，面有难色。只好压低了声量，轻轻地说：“我问你的意思只是想知道……你为何会决定嫁廖育兴？”

“……”邱敏媛没回答。

“为什么不说话？”汤瑞白继续问：“我很好奇，难道是当初你等了我三年，失望了，所以你就决定嫁人？”

“不是失望，是绝望。”邱敏媛更正着。

汤瑞白尴尬地笑笑，重复地又问，“绝望以后，你紧接着就认识他？所以后来才会嫁他。”

“不完全是……”邱敏媛犹豫着，不知要如何回答，她突然有点烦躁，正想抬头继续质问汤瑞白，却接触到他一对柔情的眼神。那里面有她许多不想忘却的美好时光，而那些美好时光以后的“当年”又如何呢？是的，有她极想抹去的污秽，也是一个令她随时会打起寒战的回忆……太可怕了！到底该不该说呢？说吧！可是话刚到嘴边，被她吞回去了。

邱敏媛极其无奈，叹口气道："我要进船舱去了！"

汤瑞白只得目送着她消失在门缝内，随后盯着甲板发呆……

第五节 拆婚事件

面对甲板的窗口，年轻的罗奇正与红发女郎在泳池旁喝啤酒，吃着火龙果。那是一种很少看到的水果，火红带绿的外皮，一个个像拳头那般大。切开里面是白色果肉，点缀着许多黑芝麻一般的小小种子。用餐刀切块来吃，开始时入嘴即化，水分很多，味道还不错。

罗奇放下餐刀，取过啤酒来饮，红发女郎开心地说："听说游轮上将会有夏威夷风味的自助餐，还会有上百位表演者来演出大型的波利尼西亚传统歌舞及吞火的惊险火把表演呢！我最喜欢看那种在大舞台上有如赌城一般的唱歌与跳舞的现代歌舞剧，还有那些变魔术、特技、讲笑话表演，一定会很有趣。昨天晚上那一个会弹琴与唱歌，又会跳踢踏舞的男歌手也不错……"

罗奇没说话，从窗口望出去，发现了汤瑞白。在对方抬头时，罗奇跟他挥手，双方打了个招呼，就见汤瑞白转身走了。

"甜心，你在看什么？"红发女郎问罗奇。

"没什么！我看到了一个朋友。"罗奇回答。

"不是女的吧？"红发女郎带着醋意地问。

"当然不是，在这个游轮上，还会有人比你更性感吗？"罗奇故意反问。

红发女郎闻言，朗声笑了起来，她喝了一口啤酒说："我老公就不会那么夸我。"

"他是麻木了而已。你就像船舱内的香水，他进去久了就闻不到香味了。"罗奇说。

"我看他根本就是没时间进入我们十七楼的船舱。其实就算他在，也没什么戏可唱，唉！何况这趟旅行，他天天跑赌场，白天都不在，更没正眼瞧过我。"红发女郎噘着红唇，把身子靠近了罗奇，说："我好无聊，都快寂寞得疯了！"

罗奇一边喝啤酒，一边看她，紧身的空花黑色网料洋装，里头的衬料很薄。

雪白且丰满的身段隐约可见，衣领胸口开得很大，露出一条深深的乳沟。他有点陶醉似的问："你老公真是差劲，放着你这么一个美人不管，好！他不陪你，我陪你！"

"真的？"红发女郎把啤酒饮尽，面孔也凑近了罗奇。

"他现在也在赌场吗？"罗奇问。

"嗯！他跟我约好了一起吃晚餐，通常晚餐以前他都不会回船舱的。现在才下午一点，你说我是不是要闷死了！干脆再去你的船舱聊天，好吗？"红发女郎问。

"不……到你船舱去吧！一起看电视。"罗奇喝完最后一口啤酒，凑近她说。

"也好！"红发女郎点了头。

罗奇此时起身，道："来，你在这里等我一下，我把酒瓶送回酒吧去。"

"甜心！就放在这里，他们会来收的。"红发女郎拉住他的手。

"没关系！我马上回来。"罗奇摆脱了红发女郎，拿了两只空啤酒瓶走去酒吧间，放在吧台上，且暗中掏出手机拨给菲利浦，说："时机到了，我马上要去她的船舱。是的，他老公不在，很确定，你们的人准备好就来吧！"

罗奇挂了电话，收起手机，就走去红发女郎处。两人耳语了一阵，红发女郎就先进自己船舱去，罗奇随后也跟了过去……

进了红发女郎的船舱，红发女郎跟罗奇说她先去一下洗手间，很快就出来。罗奇点头后，就悄悄地把一块小毛巾塞在船舱门缝底，让门虚掩着。等红发女郎出来后，两人就坐在沙发上看电视，红发女郎说自己有一点喝醉了，要靠在罗奇身上。罗奇就伸手搂着红发女郎，电视还没看多久，红发女郎就一把抱住罗奇吻了起来……罗奇反应更是热情，伸手把红发女郎的背后拉链给拉了下来，红发女郎干脆就自己脱去了黑色洋装，露出里头一套黑纱的三点式内衣裤，独自先跳上了床。罗奇此时赶紧也除去外衣长裤，爬上床抱紧红发女郎。两人在床上翻滚了一个上下，罗奇就一屁股坐在红发女郎的身上，低头凑近对方胸口装嗅。只听到红发女郎一直在催："甜心！我好热，帮我脱掉。"罗奇却没有动静。红发女郎正要自己动手时，突然房门快速被推开，两个拿着照相机、戴着黑色眼罩的男人一跃而进，朝床上的那一幕准确地按下快门，唰唰的两声！就把两人的偷情姿势给拍了下来。

"停止！你……你们是谁？"红发女郎生气地叫着，且慌乱地找衣服穿。

闪光灯却不停地亮，相机也不停地拍摄，一张接着一张……

“你们到底要干什么？”罗奇装作惊慌失措的模样，匆忙爬下床，穿回自己的外衣裤。

“很简单！我们想把这些照片卖给你们两人。”其中一个高个子男人说。

“你们这是威胁，我们才不会买！”罗奇帮腔着回答。

“如果你们不买，我们就去请‘北美狮子会’的副会长大人上来买。”另一个略矮一些的男人指着楼下的方向说。

“不行！”红发女郎心虚地大叫，随即害怕地说，“你们不能让我老公看到这些照片！”

“行！那么你们把这里面的底片买去就好了。”高个子男人说完就把底片掏出，抓在手中。

“……怎么办？”罗奇无助地看着红发女郎。

“多少钱？”红发女郎仰头问。

高个子男人用手指比了一个九的数字，红发女郎说：“九百吗？”高个子男人摇头说：“九万！”

“什么！这是敲诈！谁有那么多钱？”罗奇故作惊讶。

“总比要求九十万元好吧！要现金哦！到底给不给？不给我们马上去找她老公。”高个子男人问。

“给，我有！”红发女郎拎起地上的一个大皮包，从内掏出一包东西，说：“这是我老公要用的，赌本十万，我给你们。”

高个子男人打开小包裹，里面是一堆现金。他利落地数了钱，点头把底片交给了红发女郎。

“那这个底片呢？”旁边那一个矮的男人说着也掏出手中相机的底片。

“可是……我没有现金了。”红发女郎见状，双手紧抓住皮包，气得发抖。

“那个超过九万，对不对？”男人指指红发女郎手中的大钻戒，贪婪地说。

“可是，这是我的结婚戒指。”红发女郎摇着头，藏起了手指。

“你都在偷人了，还在乎结婚戒指？没有岂不更方便，而且，用来交换这个底片也正好。”两个男人互相逗笑了起来。矮个子男人亮出手中底片，用手指指高个男人，对红发女郎说：“我的技术比他更好，你老公看了保证更喜欢。”

“不行！”红发女郎想要去抢，扑了一个空，踉跄地差一点滑倒。

矮个子男人把装了底片的盒子抛上又抛下，口中念道："我数到三，你再想交换，我也不要了。"

红发女郎只好取下钻戒，递了过去，矮个子男人拿了钻戒，就把底片抛在地上，跟着高个子男人，一起跑出去了。

"这……太可怕！一定是你老公发现了我们。"罗奇故作夸张地说。

"不可能的，他在赌场。"红发女郎收拾好两个底片，一股脑地，全丢进了垃圾桶。

"可是你现在把现金都给光了，你老公跟你要赌本，怎么办？"罗奇问。

"他可以刷卡的，只不过他觉得用现金，运气会比较好。因为那些现金全是经过他从神坛找来的大师祝圣过的，听说用来赌钱很容易赢。"

罗奇听了觉得很怪诞，但是他也没心情去打听。此刻必须继续把剩下的戏演完才行，于是罗奇用充满担心的表情说："那现在没有了，你怎么解释呢？"

"我……就告诉他我把现金买东西用了，没关系。"红发女郎反而安慰他。

"买东西？"罗奇继续装作好奇与担心。

"没事！我买一个皮包都要上万元，我那个有钱的老公从来不过问的。"红发女郎笑着。

"可是，现在已经有人发现，我们就不该在一起了。"罗奇摇头。

"甜心，这件事只是运气不好。树大招风，我老公大概是被他们盯上了。那些混蛋都是穷鬼，想捞点钱用而已，给了钱就会封嘴的。以后我还是上你船舱去，这样就不会被发现。"红发女郎不死心，亲热地抱紧罗奇。

"若是你丈夫知道了，我们怎么办？"罗奇摊摊双手。

"我可以离婚！"红发女人把一蓬亮发突然塞进了罗奇的胸窝，罗奇不安地推着她，两人就那样缠斗在一起……最后罗奇生气地叫道："不行！我看不好，说不定一会儿你老公就会回来抓我，我走了！"罗奇挣脱她的怀抱，脱身开门而去……

"哎……"红发女郎追了出去，跑到十七楼电梯口，看见罗奇已经进入电梯，她只好对着正在徐徐关上的电梯门喊："我会去你船舱找你！"

罗奇回到十一楼自己船舱，关上门。汤瑞白正好在外走过，到了外厅，瞧见菲利浦脱下外套，在椅子上用手机讲电话。汤瑞白赶紧躲进墙角，听到菲利浦在说："我知道……我知道……没问题，都有……都有。嗯……我和汤每次都会小心，风头不对就马上停止，好的。罗奇吗？他第一次做得还不错，是。最多让他再做一次，懂了，好！谢谢通知，再见。”

不久，菲利浦又在拨手机，拨通后，只见他笑着点头，说：“对的，这次一切都很顺利，你做得很好。以后也是这种做法，不过老板刚刚指示，我们要很小心，目前只能小做。在同一个人身上赚到一次钱就好了，免得引起怀疑，所以在游轮上的次数就必须有限制。什么？你想做第二次？那好啊！我们再签合同，时间上，我会通知你。”

接着，菲利浦又说：“分到的钱，已经藏在你的寝室了，就是我们说好的地方……放心！房间侍者不会看到。什么？哦……那个金发女人好像还想来缠你？那你就坚决告诉他，你害怕，不想跟她有任何瓜葛了。还有……以后作案，还是不要把船舱号码告诉对方，免得麻烦。”

菲利浦说完，把手机放在椅上，抓了外套就走了，汤瑞白这才出来，赶紧过去拿了菲利浦的手机，藏在口袋中，走到一个隐蔽处，从手机中查到了罗奇的电话号码。

汤瑞白想，他后来的那一个电话是在跟罗奇谈，但是第一个电话就不知道是谁？菲利浦与罗奇提到的老板到底是谁呢？怎么菲利浦从未对他说过，难道他们后面还有什么人在主导大局？不管怎样，菲利浦说他与罗还要再签合同。这个罗奇，那么年轻就在跟着菲利浦蹚这种浑水了，可是自己不也一样吗？真是五十步笑百步，有什么差别？可是他自己是有把柄被菲利浦抓着了，身不由己，罗奇何必如此？不行！汤瑞白想即使自己无法脱身，也要救罗奇一把才对。汤瑞白想到罗奇将在火奴鲁鲁执行任务，心里有点担心，很想帮他，但是不知从何着手，也许必须给他一点暗示了。

汤瑞白用自己手机给了罗奇一个电话，说：“记得我吗？我是汤瑞白，在菲利浦的公司做事的人。”

罗奇说：“哦……有事吗？”

汤瑞白说：“我知道你是干什么的？”

罗奇问：“你知道些什么？”

“嗯……你今年二十一岁，菲利浦找你做的是拆婚与去欧娃胡岛的火奴鲁鲁拿化学药品两个工作，你是他应征来的。”

“不错！不过我不懂，你们是珠宝公司，怎么会做拆婚的生意？”罗奇问。

“那是菲利浦自己想多赚些钱。”汤瑞白无奈地说。

罗奇笑着说：“看来他脑子里，赚钱主意还真多。我也懒得多问他，到时事成，只要付我钱就行了。”

汤瑞白说：“我很替你操心。你去火奴鲁鲁时，自己要小心些。”

“不用你操心！”罗奇就挂了电话。

汤瑞白回到船舱，把自己抛在床上，仰面望着船舱顶的白色防火铃盒，心里想，要怎样才能够接近邱敏媛而又能不让她反感？好在她并没有完全封闭两人的老同学关系，不过在那一个正式晚宴上，她先生廖育兴似乎已经有些戒备了，而廖育兴的母亲Ida也对汤瑞白有了成见。唉！既然知道Ida是“金塔红美人”的拥有者，那时怎能出面替邱敏媛打抱不平，在Ida面前，为何不会忍耐一下呢？可是怎能看着自己心爱的女人当众被人欺负？是婆媳关系又怎样？何况Ida并不是廖育兴的生身母亲。还有，廖育兴的前妻常艾丽的“德勒斯坦绿钻”是从哪里来的？奇怪！这里面一定有很多秘密……不管怎样，汤瑞白就是有些担心。廖育兴心里到底在想些什么？该不会去为难邱敏媛吧！

第六节　垃圾桶中的貂皮披肩

后来两天的日出，汤瑞白都早早在同一处的甲板上等待，邱敏媛却不再出现了。

这一天汤瑞白等了很久，最后还是放弃了，正想进船舱去，背后有人呼唤他：“汤先生！”他回头一看，竟然是廖育兴。

“我一吃完早餐就在找我太太。她通常很早出来看日出，请问你看到她了吗？”廖育兴认真地问。

“没有，为什么你觉得我应该会看到她？”汤瑞白故意反问。

“没有就算了！”廖育兴悻悻地说。

“那我就先进去了。”汤瑞白见状微微颔首，打算离开。

廖育兴突然板起面孔，问：“汤先生，我可以跟你谈谈吗？”

“您说，有什么事吗？”汤瑞白点点头。

“我知道你是敏媛的大学研究所同学。虽然敏媛没说什么，但是我想也许你们曾经是一对。”廖育兴带点醋劲地说。

“廖先生，你想得太多了。”汤瑞白笑着应对。

“没关系！我也不想知道是真是假。我只是想告诉你，我很爱敏媛，离不开她。”廖育兴正色地说。

汤瑞白想到也许邱敏媛想离开，廖育兴可能不愿放手。就很不以为然地说：“可是，你爱她就应该给她幸福，不是吗？”

“外面的天空虽然大，但是乱跑会有危险。我感觉她是人在家，心早就飞了，所以我要她的心也回家，那她就会幸福。”廖育兴说着，仿佛在寻找自己遗失的小狗。

汤瑞白问：“是吗？Ida与廖小倩对她很不好，你不知道吗？第一天在‘龙睛餐厅’的正式晚宴上，你为什么让她受屈辱也不作声？”

廖育兴迟疑半晌，那一天，他听到母亲与女儿对敏媛不礼貌的话，但是他也说不出来是为什么，就是有一点不想面对这些头疼的事。他怕母亲事后会唠叨，他也怕女儿出现那种冷冷的眼神，所以干脆沉默自保。可是这个汤瑞白还真是多管闲事，于是廖育兴只好说：“……敏媛有我的爱就够了，我母亲与我女儿不会动摇我对她的爱。”

汤瑞白摇头：“不够！她是跟你们大家在一起生活。”

“可是我没有办法阻止我母亲与女儿，她们有她们的自由。”廖育兴面无表情地说。

汤瑞白怪异地望着廖育兴，说：“你……怎么如此不可理喻？”

廖育兴说：“每个家庭都有每个家庭的问题，生活本来就是要相互调节。再说下去，那可就都是我们自己的家务事了，汤先生也不该再听了。”

“但她不是在调节，她是在忍让，这对她是不公平的。”汤瑞白替邱敏媛抱屈。

“汤先生，我想我没猜错，你们以前的确是一对？”廖育兴挤挤嘴唇。

汤瑞白想想干脆直说也好，就点头道：“但是我们早就已经分手了，敏媛会有今天，也是我当年的错。如果我以前不放开敏媛，她就不会嫁给你，也不需要忍受这些无理的待遇。”

廖育兴闻言激动起来了，面孔皮肤顿时绷紧，声量也提高了说道：“她现在是廖太太，我希望你能够小心自己的言辞，可不要‘敬酒不吃，吃罚酒’。”

汤瑞白摇了摇手，说：“廖先生，请你朝正面想想。其实我之所以那么说，是希望她能够生活得快乐。我想真正的爱不是要去霸占对方，而是要求对方能够幸福，如果我不能给她这些，你能，我会祝福你们。所以你放心，我跟她只是老同学而已，不会有其他的想法。”

廖育兴板起了面孔，道：“我说过了，敏媛很幸福，希望你记住自己说过的话。我们夫妻只是有一点误会，请你不要趁火打劫。”

汤瑞白看了廖育兴一眼，笑着问：“有一个亚历山大的故事，你听过吗？”

廖育兴一听，这家伙想用历史来难倒他吗？这汤瑞白可能还不知道，他廖育兴可是天天看战争片的历史专家。这样一想，廖育兴就滔滔不绝地说：“当然！亚历山大是公元前三百多年马其顿国的国王，他是欧洲最负盛名的军事统帅，历史上最伟大的军事天才。”

“你记得不错，有一次亚历山大军队里头有人建议他夜袭敌军，亚历山大摇头说他要正式宣战才会去攻击敌人。换句话说，他不要偷来的胜利，我想用这个故事请你理解。我也一样，不会偷袭，只会公平竞争。”

“你已经输了！以前你放弃了她，就是输了，不是吗？而且她现在是幸福的，你也不可能再有什么竞争机会了。”廖育兴不停地在摇头。

“你为什么认定她一定是幸福的？”汤瑞白置疑。

“所以……她当初才会答应跟我结婚啊！”廖育兴得意地说。

汤瑞白沉默了，虽然廖育兴是在强词夺理，但是这也是他先前问过邱敏媛的话：“你怎么会嫁给廖育兴？”为何她当时却不回答呢？汤瑞白不懂，他带着疑惑的心，对廖育兴说：“那么，希望你能够好好珍惜她，我进去了！”汤瑞白说完就离开了甲板。

廖育兴留在原地，看了一眼大海，也走进去了。他跟着人群上了电梯来到五楼，想去游轮的正厅看看。刚走出电梯，突然见到一身便装的常艾丽捧着貂皮披肩站在那里，嘴里叽哩咕噜地在自说自话，廖育兴瞧了她一眼，好奇地问：“发生什么事情了吗？”

常艾丽一见是廖育兴，本来懒得说话。但是心里刚刚解决了一件大事，没人可诉苦，找个人说说话也好。就跟他开腔了，说：“那天宴会后，我喝醉了，在甲板上的海滩椅子里睡着过。后来我回房间才发现这件貂皮披肩不见了，我跟柜台报遗失，工作人员说是还没人捡到交给柜台。我不信邪，就自己去甲板上找，结果竟然在垃圾箱里找到了，还好箱内的垃圾袋子没被收走。我刚刚还去跟柜台报告这件事，工作人员却说是我喝醉了自己把貂皮披肩丢进垃圾桶中去的，你说会有这种可能吗？我只是喝醉了，又不是疯了，这么名贵的貂皮披肩会被我自己主动朝垃圾桶丢掉？”

廖育兴就说：“当然，你是宁愿跟廖育兴离婚，也不会丢掉貂皮披肩的。而你这样的女人，却照样会吸引人跟你约会。”

常艾丽闻言瞪了他一眼，知道他说的约会人是菲利浦。但是原本有的约会，后来又被菲利浦取消了。常艾丽为此还有点不悦，但是她不动声色。

廖育兴见她没说话就继续说道：“会不会是其他旅客的小孩在恶作剧？到底这游轮上各种年龄的人都有。还是……你也许有仇人，那个人又很恨你，故意要跟你过不去？”

常艾丽突然想到了跟她作对的卜慧，难道是她？不错！就只有她会做这种事，可恨！常艾丽想……好吧！既然如此，我就是偏要把宋万杰抢过来不可！

“对！是那个卜慧做的。”常艾丽很肯定地点点头。

“卜小姐？身上有香水味的那个女人？”廖育兴回忆着。

“嗯！她这次业绩在我的后面，所以她妒忌我。而且她用的那个香水是‘迷魂香’，男女都能被迷惑住，你就知道她有多坏了。”

“不会吧！很难相信大人会如此无聊，应该还是小孩子做的事才对。”廖育兴说。

常艾丽感觉很矛盾，就抓着貂皮披肩，点头说：“也对，应该是小孩，真是坏透了！”

“其实小孩很纯洁，不会知道这种东西的贵贱。当年你说生孩子会发胖，硬是不肯再怀孕，否则我们也可多生几个孩子。”廖育兴故意堆着笑脸说。

常艾丽朝他丢了一个轻视的表情，很反感地扬声道：“你这种人，何必生那么多孩子？难道要生一堆冷漠的小怪胎，或者生一堆像你一样的小吝啬鬼，给社会制造更多的问题？”

此时罗奇刚好经过，看见廖育兴与前妻常艾丽好像在吵架，有点讶异，就闷声不响地朝柜台的方向走去。

廖育兴面孔一阵泛青，尴尬地看看四周，说：“你可不可以小声一点？船上有很多听得懂中国话的人。”

“你是说刚刚那个走过去的罗先生？他根本听不懂中文。”

“可是你喊得那么大声，人家不用听懂也知道我们在吵架。”廖育兴说。

常艾丽没理睬他。

廖育兴突然想起什么似的，问道：“不过，貂皮披肩是贵重物品，那天晚上你起身回来的时候，难道没有记得拿这件貂皮披肩吗？”

常艾丽一阵不安，想起那晚宋万杰急着催拉她回船舱去亲热，她怎么可能记得？真是大意！差一点就丢了这件贵重披肩。常艾丽想到此，觉得有点不好意思，就回道：“我……我当时……大概是酒还没醒吧！哎呀！现在找到这貂皮披肩就好了，还去想那么多做什么？”常艾丽说完就抱着貂皮披肩，打算走，却被廖育兴叫住了：“请你等等，我想跟你谈一件事。”

“什么？”常艾丽想不通，自从两人离婚以后，碰面都是谁也不理睬谁的，今天算是破天荒地聊了一些话，其他还有什么可以谈的？

廖育兴想到女儿对敏媛有许多不礼貌的态度，经常影响到两人的夫妻关系，加上父女俩的距离也越来越大，便开口道："你还是把小倩带去跟你去一起住吧！"廖育兴说。

“为什么？”常艾丽表情诧异地问。

廖育兴为难地说："当初我们离婚时已经协调好，你是她的监护人，不是吗？而且她的年纪也不小了，女孩子比较需要妈妈，有些问题我也不适合回答她。”

“家里还有那个女人与婆婆呢。”常艾丽耸耸肩膀。

“小倩见人从不打招呼，只会板面孔，比我公司里那些喜欢板‘扑克脸’的下属与员工都还要糟糕。人家的脸虽然像扑克牌，可是至少没有凶相，也没有毒味，但是小倩的脸让人看了就要不舒服个好久。又没有人得罪她，可是她就总是要给人脸色看。你去马路上看看，哪个人是这样子的？真是一点也不像我。”

常艾丽闻声先是迟疑了一会儿，然后脸色不悦地说：“所以你是怪她太像我了？”

廖育兴想起了小倩的皮肤是深褐色，的确像常艾丽，所以那脸看人时更会突出眼白与眼球的犀利。不过廖育兴想到自己也是深色皮肤，就说：“……我没这个意思，不过……也可能有隔代遗传。”廖育兴摇头道：“我不知道你家里人是怎样？我家里人可都是很亲切的。”

“我们家以前开店铺的，若不亲切能做生意吗？”常艾丽不高兴地说。

“反正她这样子待人，外面闲话也多。而且她对敏媛非常不好，又不太接近奶奶 Ida，在家中总是惹是非。”廖育兴摇摇头道，“所以我觉得她去你那里会比较好。”

“你就是要把她丢给我！”常艾丽再度扬声。

“嘘……”廖育兴调转头看了周围一眼，说，“我只是觉得小倩还是应该跟自己母亲住在一起。”

常艾丽不想让小倩再回自己住的地方，自己的房地产工作忙碌，经常会带客户，甚至带男朋友回家。小倩“人小鬼大”，她可不想让小倩太清楚自己的私生活，尤其自从她与宋万杰重逢后，更不便让小倩来她住的地方。只是偶而约她出来吃饭，塞给她一张大支票，母女俩因此一直很生疏。而且小倩这孩子本来就不贴心，有这个女儿等于没有，真让人寒心。

于是常艾丽就说：“我现在不可能接她回来住，我要带人看房子，又要交际应酬，非常忙，也很少在家，你们那儿人多，才适合她。”常艾丽抓着貂皮披肩的手在空中比来画去。

“有什么用，她很不懂事，我也不敢说她什么？这个孩子个性太冷酷。”廖育兴垂头丧气地说。

常艾丽只好耸耸肩膀，道：“她在我那儿也是冷冷的，只会跟我吵架，我有什么办法？你总不能因为邱敏媛与她合不来就要把她赶走。这世界上除了你与 Ida 的母子关系好是例外，其余的人，有几个是后母与前妻的小孩相处得会真正开心？就算有，都是表面作戏而已。看看那些演艺名人，在网上说相处愉快说得天花乱坠，告诉你吧！全都是假的。人家既然嫁了有钱也有孩子的人，难道还要说大家相处不好吗？当然要说好，这样才能显露出她做后母的伟大啊！何况这些是名人，前妻的小孩不看僧面也看佛面，当然会表面功夫十足。一般做人家后母的人，就算自己做人的确十全十美，通常都会受气。要嫁给离婚过的男人，就会有这种后果，邱敏媛早就应该知道的。”

“小倩是反对我再婚，所以故意弄得家里气氛不好。”廖育兴很不开心地指指自己。

常艾丽睐了他一眼，说：“对！连我也会反对你再婚，你太多地方让人受不了，为何还要到处去找女人来受你的罪？哼！我都不知道，怎么还会有女人肯嫁你？”

“当然有，邱敏媛比你好太多了！她总是尽量给我留面子，不像你！”廖育兴得意地反驳。

“你看着吧！以后那女人绝对会后悔。就算勉强跟着你，她也不会快乐，到头来就是像我以前一样，会成为一个怨妇！”常艾丽愤愤地说。

“人家都说：‘一夜夫妻百日恩’，你简直无情无义，为什么？”

为什么？常艾丽冷笑一声，想到了以前廖育兴一些不堪的恶习，让人真是啼笑皆非。廖育兴以前劝她睁一只眼闭一只眼，马虎点算了！因为想改掉实在不容易。可是太离谱了，要让人如何能马虎啊！

记得结婚没多久的时候，两人去逛百货公司，廖育兴走累了，就自己去坐在广场中间的凳子上。她逛完出来，看见廖育兴面无表情地倾斜了身体，四周都是人来人往，他在做什么？难道……常艾丽突然理解了，变得很生气。她快走过去，推了他一把，问：“大庭广众的，你这是在放屁吗？”

廖育兴点头，正经地回道：“我不这么做，屁就没缝可以攒出来。”

“笑死人！屁是气体，随处可攒出来的？你那样倾斜身体，实在很难看，真是好丢脸啊！哎！你可别说你是我老公哦！”常艾丽大声嘲笑，走了开去。那以后廖育兴依然故我，常艾丽也照样大声嘲笑。想到此，常艾丽听到廖育兴在问：“以前就算我用钱小气，难道不是为了这个家吗？我省小钱才能让你用大钱啊！”

省小钱？以前廖育兴是不论在任何地方，只要有试吃的、免费的，他准跑得比谁都快，且还站着不走。他出门也从来不用皮夹，把现金藏得很隐秘。家里几件衬衫，那鼓鼓的口袋中永远是从餐馆厕所带出的被挤皱的硬纸巾，皮夹内也只有证件，小偷若在他身上偷皮夹，想得几文钱都很难。餐桌上的菜，若是有虾子，不论蒸炸煮，他是连虾壳都要吞下去，理由是虾壳有钙质，可节省买钙片，也幸亏他的牙齿够硬，嚼得碎。廖育兴的吝啬甚至表现在床上。用起卫生纸，他从来不分轻重缓急，甚至在施行夫妻性生活的时候，他也会舍不得用。在昏暗的卧房内，两人在紧急情况发生时，他常常还会为了常艾丽从盒子内抽多了软纸来用而当场恼怒。常艾丽实在不能理解，到底是什么样的人？在那种男女之间情欲高涨的紧要关头……还在乎手中抓多了一张卫生纸？这样的男人，哪个女人受得了？最后廖育兴老婆一定会要求离婚的。若没离婚，那呀！要么是他祖上有德，要么就是那女人与众不同，耐性特强。

常艾丽想着，撇了撇嘴角，却听到廖育兴继续在说：“而且，当年又不是我要离婚的。”

“讲这些做什么？你就好好照顾小倩吧！过几年她成年了，到时候你想留她，她都不一定肯住在你那里了。”常艾丽不悦地说。

廖育兴点点头道：“这也是啊！还是那句老话，你以前为了保持身材，坚持不再生孩子，否则我现在也可以有别的孩子在身边。”

常艾丽原本想说你现在已经再婚了，一样可以有小孩，但是突然觉得不该鼓励他，于是就说：“你扯到哪儿去了，我们都离婚了，怎么你还在做梦，真是神经病！”常艾丽说时，刚好一个东方人经过，可能是听得懂中文，回头朝常艾丽看了一眼，廖育兴尴尬地悄声说：“总之，我就是拜托你把小倩带走吧！”

“不行就是不行！”常艾丽说完，头也不回地走了。

廖育兴气馁地望着她的背影，嘴里悄声嘀咕着：“常艾丽呀！常艾丽！你好个狠吧！”

此时，船上传出广播：“游轮明天将抵达夏威夷的黑露岛，请旅客注意，时差为延后两个小时。”

廖育兴将腕表调了时，又去上了一个厕所，绑皮带时，不得不把裤子洞眼放松了一格。想想这些天，他每餐都吃了不少，腹部有些隆起，真是不得了，若想消耗这些多余的卡路里，非得每天走个十五圈，下午还要再接着去做机器走步运动。邱敏媛不喜欢他变胖，于是他决定要马上付诸行动，就从正厅开门走去甲板，开始绕船走路了。

第五章　变味的黑咖啡

第一节　“黑露岛”的纠纷

游轮航行到“黑露岛”，停在岸边，旅客纷纷下船坐预订的巴士去赏景。要上山的人先去欣赏了一个火山口，然后去了夏威夷热带植物公园，沿途奇岩异树，一眼望去，仿佛云霞与山岚共飞，其间还有鸟兽与长风共驰。回头一路见峡湾风光，更是一片绮丽。

常艾丽也随着旅游队伍，在一个餐厅里吃了点心。因为喝了太多饮料，感觉有些尿急，就匆忙走进女洗手间。看到有好几个西方的太太已经在里头排队了，一个个都保持距离地站在那里轮流往前挪动，常艾丽挨得很近，前面一个太太瞪了她一眼，往前挪动了一点，常艾丽只得站在远处，憋尿等待着……直到轮到她领头，又等了好一阵儿，其中一个厕所的门才开了，里面的一个黄发的太太刚要出来，常艾丽急着也同时要走进去，却被对方用身体挡在门口，说：“请等到我完全走出来，你再进去，好吗？”常艾丽很不高兴，“哦”了一声匆促走进去，关门时故意甩出声音，借机发泄自己的不满。如厕完毕，常艾丽满腹委屈，她知道西方人上厕所都很注重次序，但是自己尿急，那个太太又出来得慢，而且常艾丽并没有撞到对方的身体啊！有何不可？难道憋尿也不许人家走快些吗？

后来她走到商店门口，正好有一个卖戒指的专柜。销售小姐笑脸相迎，常艾丽挑着戒指，跟一个夏威夷的销售代表讨论戒指尺寸的大小。正当她伸手试戴时，右边一个白人太太拍了她一下说：“请你不要把手张开得那么大，挡住我的视线，使我都看不到戒指了。”

常艾丽先前受的气还没消，听了就很不高兴地辩白道：“我又不是故意要挡你！”

“可是你就是挡住我了啊！”白人太太不悦地说。

“你不懂什么叫作肢体语言吗？我刚刚正在与销售代表说话，你才是打扰到我呢！你可以等我说完，看看我还会不会挡住你啊？”常艾丽说着右手叉起了腰。

“真是没风度！”白人太太指着她说。

“是谁没风度？”常艾丽生气地高声问对方。

周围围观的游客越来越多，大家都在笑，一个黑露岛的销售代表见状急忙排解说：“小事嘛！大家来旅游，要开心才重要。下次我们会把专柜弄得更大些，大家就不会有纠纷了。”

白人太太一边嘀咕一边走远了，常艾丽生气地看着对方背影。销售代表只好劝着常艾丽：“别生气了，这世界什么样的人都有。”

常艾丽这才放下叉腰的右手，顺便把先前在厕所的事情也说了，销售代表又说：“你当时可以说你是‘尿急’啊！”

“可是我就是没说这句话，而且这应该是不说就能理解的道理，不是吗？”常艾丽问。

“西方人比较注重隐私，如厕时排队都不可靠太近。而且通常都会耐心等对方完全走出厕所来，自己才会走进去用的。可能习惯了，就变得很公式化，一板一眼的，碰到有些人性格比较计较，就会这样找人麻烦了。”

“可是，有时，这样不是也很做作吗？尤其当人家尿急的时候，哪个重要？难道要我尿在她鞋子上……”常艾丽说到这儿，销售代表笑得前仰后合，常艾丽自己也忍俊不禁地笑了出来。

“这些旅客又不是小孩儿，可是怎么那么不通人情世故。”常艾丽说着，示意自己要买手上试戴的戒指。

“这次你们游轮上旅客多数是美国人与英国人，其实一般来说，西方人旅客还是很好的，只有少数不讲理，可能刚好被你碰到了。不要在意，你自己旅途快乐就好。”销售代表说着就收了钱，且用盒子包装好戒指递给她。

常艾丽又买了一些小体积的纪念品，一起都放在自己的皮包内。才要迈开步子，就看见邱敏媛也是一个人，且正好要走出店铺，于是就唤住了她。

“你好啊！”常艾丽一边走一边招呼。

“哦……你好！”邱敏媛点头答礼，两个女人就停留在商店门口的角落聊天。

此时便衣警探翰克正好拿着相机走过来，站在她们两个女人身边，朝商店纪念品拍照。

“有一个后母跟我的女儿廖小倩不合，你说该怎么办？”常艾丽劈头就问。

“……是吗？”邱敏媛尴尬地笑笑。

“我只是提醒你，她还是个小孩子。你自己是大人，应该多让让她。”常艾丽带着兴师问罪的口吻说。

“我很让她啊！”邱敏媛点头。

“小倩是廖家唯一的继承人，若是你惹毛了她，对你也没什么好处。”常艾丽摇晃着脑袋。

“你……哪儿不舒服吗？怎么这么说话？”邱敏媛侧目瞧着对方。

“我是以一个母亲的立场来关心自己孩子，你是继母角色，小倩当然会害怕。”常艾丽振振有词。

“这是以偏概全，你多虑了吧！”邱敏媛不悦地说。

“总之，可不要虐待我的孩子哦！”常艾丽不怀好意地笑着。

“对不起！你要是再这么说话下去，我们就没什么好谈的了。”邱敏媛说完，打算走开。

常艾丽继续说：“哎！还有……”邱敏媛只好驻足。

“你将来打算生孩子吗？”常艾丽问。

邱敏媛非常诧异，问道：“我是否生孩子，与你有何相干呢？”

“没什么？我只是劝你：不要生！”常艾丽摇头。

“你是劝我吗？你是在命令我，你凭什么管我的事！”邱敏媛有点生气，大声地回应着，因为有点大声，原先那位便衣警探翰克回头看了两人一眼，然后继续拍照。

常艾丽见状缓了口气道：“小倩也不会希望有什么弟弟妹妹的，你想想看……她都十七岁了。你要生一个可以做她孩子的小孩儿吗？这让廖家的家庭成员变得有多复杂，廖家可是家大业大，岂不让人看笑话？”

“这就不劳你来操心了。”邱敏媛摇头。

“怎么不操心，我的女儿也要做人啊！”常艾丽继续说，“小倩的个性本来就不成熟，若有了一个那么小的弟弟或妹妹，她心态一定很难平衡。所以我劝你，不要生孩子。”

“……”邱敏媛瞧着眼前这个无理的女人，气结得一句话也说不出来。

常艾丽见邱敏媛没动静，就戴上了墨镜，指着她说：“记住！不要生哦！”

邱敏媛真是气坏了，这就是廖育兴的前妻吗？这么跋扈、无理！给人的印象差劲透了。本来觉得，常艾丽离婚后一定有许多沧桑，起初还很同情她。现在邱敏媛的心被她的话纠结在一起，原本的好情绪全被她弄糟了，甚至还有点恨她了。若不是常艾丽离婚，邱敏媛也不会嫁到廖家来受罪。现在常艾丽以为她是廖家的什么人？是前妻的“下马威”吗？竟然干涉到别人生不生孩子的事情上，真是不像话。

中午时，旅行巴士导游开始召集四散的旅客，打算回程，有一些旅客为了拍摄风景，动作比较慢。上车时，不知是否因为西方旅客占大多数，也不知是否自己过度敏感了些，邱敏媛在车上发现，当西方人若是上车迟到时，没什么人怨怪或责备，可是当东方人迟到的时候，有些人就发出批评或不友善的话。好在最后人都到齐了，巴士这才把旅客安全送回了游轮。

午餐后，廖育兴陪着 Ida 去了赌场。看到卜慧跟一个中东人在牌桌旁说话，双方打了招呼，就各自开始一展身手了。邱敏媛则去吃了一客冰淇淋，走过楼梯口，中央正厅刚好有人在做钢琴演奏，优美的琴声传扬在大厅里。大厅的一角有悬空的楼梯，连接五楼到七楼，镀金的闪亮把手，灰色大理石的反光楼板，既是气派，又可方便旅客在听厅内上下移动与观赏。很多在行走的旅客都停下来，倚栏聆听，邱敏媛也站在楼梯口，驻足欣赏。

此时另一头的常艾丽已经回船，她换了一套时髦的晚装，披着貂皮披肩，打算去舞厅瞧瞧。途中经过了阴暗的酒吧间，她好奇地探头望望，发现宋方杰正在酒吧里面。常艾丽就走进去，坐在他旁边，说：“你怎么会来这儿喝酒？”

宋方杰带着一点醉意地说：“我是喝闷酒！”

“一个人？老婆呢？”常艾丽说完，跟侍者买了酒。

“陪人谈生意去了，今天白天也谈，晚上也谈，她忙着呢！”

“喝闷酒容易醉，我陪你喝！刚好我今天也很郁闷，老是不顺心。”

“艾丽！”宋方杰伸手拍了拍常艾丽的手背，说，“我错了！错得一塌糊涂，我不该娶卜慧的。”

“……”常艾丽没说话，也在喝闷酒。

“一个男人娶错了老婆，就像船走歪了方向，很难回头。所以，我也对不起你。”

“说这些有什么用。”常艾丽看着酒杯，心里想，“如果重新来过，我一定不会让卜慧得手。”

“再给我一次机会吧！”宋方杰抓着常艾丽的手。

“什么机会？再给你一次抛弃我的机会？”常艾丽眯眼瞧他。

“不是！给我时间，只要我们把财产问题解决了。我会跟卜慧离婚，然后娶你。”宋方杰说。

“什么财产问题？”

“我们之间以前签了‘财产协议书’，如果离婚，她会拿走我大部分财产。”

“你……真笨哦！你可能看不起我只是高中生，但是你是硕士又怎样？那种法律文件，你也去乱签！难道当初你愿意？”常艾丽怨声载道地说。

宋万杰摇头，道:“那个时候，她说有很多钱是她赚来的，而且我们喝了酒……我……我也不知是怎么一回事，反正我签了名字。”宋万杰不服气地说，“虽然她曾经帮忙我炒房地产，真的赚了很多钱。但是……我觉得她要跟我结婚也是为了我的钱。”

“那……你干脆就不要那些钱，跟她离婚就是！”常艾丽说。

“不行！你是知道的。那里面有我一生的积蓄，怎么能够拱手让人。”宋万杰歉意地说，“我知道你不高兴，但是……你等我，给我时间。让我想办法，把问题解决。”

“可是，你觉得有可能吗？”常艾丽蹙着眉，但看到宋万杰脸上的痛苦表情，又有些不忍，只好装潇洒地笑了起来：“哈哈哈……”好一会儿，她才说：“我一直在给你时间，否则上次也不会让你那么进入我的船舱喝酒了。”

“那就好，但是我们要小心，不能让卜慧知道……”宋方杰抬头看见远处卜慧似乎真的正向酒吧间走来，赶紧起身道，“看……她来了，我们分头走吧！”

于是常艾丽先快速走了出去，宋方杰也消失得很快。卜慧顺着两人消失的方向走过去，瞧见后面那个就是宋万杰，前面那个背影看不出是谁？突然卜慧发现……是常艾丽！真的是她！因为她竟然还穿着那件被卜慧扔了的貂皮披肩。奇怪！不是已进入垃圾桶了吗？怎么又让常艾丽给捡了出来？看来她与宋万杰还在碰面，这个不要脸的东西！

另一头的邱敏媛正听着钢琴音乐，突然看见宋万杰仓促地朝她的方向跑了过来，神色慌张，仿佛想找地方躲避似的。邱敏媛急忙问：“宋先生！你是丢了什么东西，还是……”

“不是……是我太太在找我，我现在不想见她。”宋万杰探头看了看后面，焦急地跟邱敏媛说，“廖太太！请你帮个忙。她若看到你一定会问，你就说没有看见我。”

邱敏媛点点头。宋万杰就从楼梯走了下去，很快就不见了。

没多久，真的看到卜慧匆忙地走过来仰头查看，邱敏媛问：“宋太太在找人吗？”

卜慧生气地说：“我刚刚发现我老公跟那个姓常的女人一起在酒吧间角落里喝酒，后来却消失了。我明明看到我老公的背影，一路跟着，他就是朝这里来了。”卜慧东张西望地找着，嘴里又说：“你刚才看到他了吗？”

邱敏媛摇头说：“没有，也许你看错了！”

“哦……那么你看见那个姓常的女人了吗？就是你先生的前妻？”卜慧伸手拢了两下耳畔的乱发又问。

“也没有。”邱敏媛摇头。

“哎！我没时间再去找了，如果你看到那个姓常的女人，叫她离我老公宋万杰远一点。否则……否则我会把她碎尸万段！”卜慧怒气冲冲地大步走了。

邱敏媛张口想说什么，却觉得有些莫名其妙。心里想难道卜慧认为常艾丽的行动需要廖家来负责？卜慧也不想想，以邱敏媛的立场怎么可能跟常艾丽有任何这方面交流呢？邱敏媛也想到常艾丽先前跟自己说的话，不禁蹙眉。她轻咬着唇，缓缓地摇头，心里想，算了！何必跟这堆没理性的人一般见识。

卜慧走累了，就回舱房换了泳衣去游泳，因为不太会游，卜慧就踩在池里泡水。看到一个年纪很大的白人，他自己一个人推着助行器，缓步走着，表情带着一股落寞……卜慧刚好缺了一个救生板，就走过去要求他在岸边柜子上取一块板子丢下来，那老人愣了一下，还是迟缓地做了，卜慧道谢完，看到他很认真且微笑地回了两句：“不要客气！我很愿意的。”

突然，旁边一个亚洲的女客人，对卜慧说：“你不该找那个老人帮忙的，他已经九十多岁了，你没看见他很吃力吗？因为他都自顾不暇了！而且万一有什么闪失，那怎么办？”

卜慧不以为然地说：“我不那么想，他那个年纪就是要多动。我是给他机会，而且有人让他帮助，也就会有些成就感，这对老人心态能有正面效果。”

亚洲女客没理睬她，游远了。卜慧觉得这个女人思想也太奇怪了，卜慧想起家乡的母亲常说：“助人是一种天性，动力就是‘情’，一般人只会用在亲戚或者熟人身上，不容易施给陌生人。但这种‘情’是优良的人性，能让人感受生命力，尤其是老人。”是啊！卜慧也是注意到老人的表情有些低落，想给他一点成就感，正好自己需要帮忙，才开口要求了。老人不是说他很愿意的吗？卜慧觉得已看见老人隐藏着的“情”，像株幼苗探头钻出来了！家乡的母亲总是说：“这种‘情’极其可贵，可惜正在被现实世界的发达科技逐步吞噬。”

那老人下了水，他在泳池中仰游，双手拨着水花，神情呆滞，动作非常缓慢……后来老人又去了热水池泡澡，虽然神情依旧呆滞，但刚坐稳，他竟突然开口唱歌，气很足，唱得也很自得。池中的其他人纷纷投来异样的眼神：有的诧异，有的不解，有的同情，有的麻木，看了几眼就都自己泡自己的去了。老人旁若无人地继续唱，还换了歌剧：“The song……”嗓门声如洪钟！卜慧当时正好也换进了热水池，旁边一个女的笑着跟她说：“他每次来热水池都唱歌，唱完就走。”有一片刻，气氛实在有点怪，那女的就招呼老人一起唱圣诞歌，于是水池中的人全都陆续跟进，放开心地一起来了一个大合唱，唱完以后，很多人就离开了水池。但老人又突然提高嗓门，独自继续唱他的歌剧：“The song……”果然，老人唱完就起身，困难而又坚持地仔细完成每一个动作，最后才推着助行器，慢慢走远了。卜慧感动而佩服地望着老人微驼的背影，抿嘴微笑着……大家看老人很可怜，其实他活在自己的世界里，本身很快乐。不知何故，他让卜慧想起了自己远在家乡的母亲。记得她父亲去世以后，母亲一直是一个人独居。有一次她摔坏了右腿，当时进出全靠一架助行器，卜慧付钱帮母亲找到了一个照顾的护士。母亲没多说什么，后来腿好了，护士也停了。母亲年纪虽大，但除了有点高血压，身体还好，平常生活简单，也从未跟她抱怨。

水池很热，卜慧坐了五分钟也起身离开，走到墙边，打算伸手去取自己先前挂在那里的运动袋子，但因为挂钩上还有一块大毛巾覆盖着，她不得不先用手挪开那块毛巾才能拿自己的袋子，突然身后传来一道不悦的声音：“不要碰我的毛巾！”

卜慧转头，看见身后是一个身材硕壮的男人，还在不高兴地继续说：“这是私人毛巾，你怎么可以乱碰！”

“我的运动袋子在下面，若不碰你毛巾，我如何能拿到？”卜慧觉得对方很过分，说完才发现那块毛巾还占据了两个挂钩，就说：“你应该用一个挂钩才对，你挂两个已经不对了，还要求我不碰你的毛巾来取下面的袋子？这可能吗？你不信，问问水池内的所有人啊！”水池内泡澡的人一阵骚动，此时全都把脸往上看过来。那壮大的男人嘴里继续嘀咕不停，抓了自己毛巾快步走开了……

“那家伙一定有洁癖！”卜慧一边走一边想，她又不是故意要碰他的毛巾。这里是公共场合，又不是他的私人洗手间，若这么怕毛巾被人碰，岂不应该待在家里，何必出来？真是的！

第二节　配绿钻的礼物

汤瑞白远远地看见邱敏媛站在楼梯口，就走了过去，看看四周，蹙着眉问：“为什么你总是一个人，廖育兴不陪你？”

邱敏媛抬头见到是汤瑞白，就回道：“他陪Ida去了，Ida喜欢去赌场玩，他得伺候在一旁。万一Ida要上厕所或者喝水，廖育兴就要帮她占位子。她若饿了，廖育兴就可以换个手，让Ida去吃饭。”

“真是的！上船是为了专程来赌博吗？游轮的赌桌与机器都那么有限，到最后就会被绑住，非输不可，等于把钱全都捐给游轮公司了。那还不如干脆就去真正的赌城‘拉斯维加斯’玩个痛快，输光就直接在那里自掘个坟墓吧！”汤瑞白说完，又问，“赌博是Ida唯一的嗜好吗？”

“还有跳舞，但是在船上，她没有舞伴，所以就算了。”

“如果我帮她找一个舞伴，教她跳舞，你看如何？”汤瑞白问。

“谁？”邱敏媛好奇了。

“菲利浦，他什么舞都会，也会教舞。最好让他跟Ida跳舞跳个没完，把Ida累得无心去赌场。那么廖育兴总应该可以陪你了吧！”

邱敏媛笑了起来，汤瑞白看着她，也忍不住地笑了出来。他想到了五年前的西雅图华盛顿大学校园，那片樱花林，“秋香”的笑容，就说：“我希望你多笑，如果你和廖育兴在一起能够这样经常笑，我也安心些。”

“怎么可能……”邱敏媛摇头说完，看了汤瑞白一眼，也想起了五年前她与汤瑞白在“天天发”餐馆的“诗友社”活动，想起了汤瑞白为了博得她的笑容而戏称的“三笑姻缘”……那些都是美好的回忆，她只是不去想而已。如今她突然觉得过去发生的事情是否美好，的确能够左右一个人的感情。而她与汤瑞白就有那么多美好的回忆，这不也就是爱情的根源？原来爱情可以是这么悄悄地存在的，那么她对爱情后来的“绝望”，这种结论是否有必要呢？

“你放心！我一定叫菲利浦来帮这个大忙，不但教她跳舞，还要教她英文。”汤瑞白说。

此时，邱敏媛的手机突然响了，廖育兴的声音传了出来：“我找了你半天，你去哪里了？”

“我……正打算回船舱去。”邱敏媛回答。

“今天晚上的晚餐后，我们去爵士乐厅，听歌手唱歌，你可以穿得漂亮些，我们去轻松一下。”廖育兴安排着。

“好的。”邱敏媛点头，心里有点诧异，廖育兴竟然会想到要找她去爵士乐厅听歌跳舞了，是他有一点改变，注意起夫妻情趣了吗？

“有事吗？”汤瑞白好奇地问。

“是的，我得回去了。”邱敏媛摆摆手走了，

汤瑞白目送邱敏媛离去，正要转头，看见常艾丽迎面走来，手上还提着好几个购买的商品袋子。他跟常艾丽点了点头，就走了。

常艾丽回到船舱，放好东西，心里有点想念女儿，就从皮包掏出手机，刚想打，却又关了。其实自从常艾丽知道廖小倩也在船上以后，就已经拨了好几通电话给她，但是每次都被挂断。想来小倩真的不理睬她了，好个绝情啊！虽然与廖育兴离婚，母女亲情应该还在，何况是十月怀胎、辛苦生下的孩子，对母亲竟然如此寡情。以前为什么没有人告诉她，孩子会让一个大人的心如此地撕痛呢？为来为去不都是为了小倩的未来，廖家那么大笔财产……将来都是小倩的，怎能不推她回去守着呢！万一……太多的万一会让她担心了，也不想想她这个做妈的是如何地苦心经营，小倩却一点都不体谅。唉！都说母女连心，但这种平常人很容易就有的天伦之乐，常艾丽无法沾上边。

命运真是捉弄人，常艾丽爱的人，似乎都在与她作对。那个宋万杰去跟卜慧结婚，就背叛了她。只不过，宋万杰应该还是爱着她的，她也真想把宋万杰从卜慧手中抢回来。但是现在的她也只能做他的地下情人，随时随地要躲着卜慧那双

鹰眼的追赶。像逃亡似的，只能心惊胆战地约会，这……实在让她太落寞了！

想到此，手机音乐响了，她接听着："漂……亮……的小姐！你……好吗？"传出的是菲利浦那口音很重的中文。

"你好！中文说得不错嘛！"常艾丽用英语夸赞。

"现在有空吗？一起去六楼喝杯咖啡吧！"菲利浦问。

"我……"常艾丽想起上次他临时取消两人喝杯咖啡的事，就有点想拒绝。

"拜托，上次是我有急事。我后来在电话里跟你说过了，你别在意啊！"菲利浦要求着。

"好吧！"

"你喝加糖的咖啡吗？"菲利浦问。

"不，我喝黑咖啡。"常艾丽回答。

"好，那快点过来，我等你。"菲利浦说。

"我会马上就过去。"常艾丽笑着，放好手机，走进浴室。取粉扑往脸上拍了拍，又上了唇膏，才提了皮包离开船舱。

常艾丽在远处就看见菲利浦西装笔挺地站在咖啡厅门口等她，手里还捧着一把艳红的玫瑰。菲利浦笑容可掬地看着她走近，说："我为上次临时取消约会，正式向你道歉，请接受这些玫瑰吧！是献给我最仰慕的女人。"

"啊！谢谢。"常艾丽开心地接过玫瑰，凑近鼻子闻了闻，说，"好香哦！"

两人走进了咖啡厅，侍者早已经在等待，把两人带到一个人少的角落。那一张桌子上已经放着两杯热咖啡了。

常艾丽喝着咖啡，没多久侍者送过来一个大礼盒。

"这是什么？"常艾丽好奇地问菲利浦。

"你上次说忘记带搭配绿钻的礼服来，所以我特别帮你买了。也算是预先送你的鬼节礼物，在美国鬼节也是一个好玩的大日子，打开看看……"菲利浦把礼盒递了过去。

常艾丽打开盒盖，里面是一套绿色真丝的长裙礼服，她兴奋地取出来往身上比了一下，很合身呢！那是透着深浅不同层次的光泽软料，大圆领的上身，镶着许多由密到疏的辐射状碎钻，透明的长裙内衬着绿色软缎。好美！常艾丽感动地凑近菲利浦颊边，给了他一个礼貌的谢吻。

"喜欢吗？"

“当然喜欢，可是你怎么知道我的尺寸？”常艾丽问。

“我是卖珠宝的，虽然不是大公司，但是我对尺寸这种东西一定要很敏感才对，是不是？”菲利浦笑着问。

“是很内行。”常艾丽看着礼服。

“你随时可以穿，在这游轮上，每个晚餐都是可以盛装的。”

“我还是等到过节再穿，可惜是一个鬼节。”常艾丽笑着说。

菲利浦摇头，道：“不用，若鬼节穿，你只能穿一次。现在开始穿，你可以穿好几次。”

“可不是吗？而且这套长裙真的与我的‘德勒斯坦绿钻’很相称。”常艾丽看着礼服说。

“我就是特别挑选颜色能搭配的。你那绿钻要保管好，可别跟其他首饰混在一起放。万一要用的时候找不到，那怎么办？”菲利浦有意地问。

“不会！我已经把整套绿钻都锁在我船舱的保险箱内，绝对丢不了。”常艾丽说。

“那太好了！那套绿钻首饰，配上这套礼服，真是‘相得益彰’啊！”菲利浦赞叹着。

“对啊！可是这套礼服，我什么时候开始穿呢？”

菲利浦赶紧说：“现在就可以穿！回你船舱去穿给我看看，不合身还可以换的。”

常艾丽点头，且小心地把礼服放回盒内，又盖上了盒盖，说：“也好！游轮可能快要离开港口了，我们还可以在船舱的阳台一起看海景。”

两人就离开了咖啡厅，去了常艾丽船舱。菲利浦站在阳台等待，常艾丽试穿了礼服，真的非常合身。菲利浦进来看到后，在一旁不停地赞美。最后还说：“你若是把‘德勒斯坦绿钻’的首饰也戴起来，一定更好看。”

常艾丽就去保险箱取出了绿钻首饰，全部佩戴了起来，对着镜子笑道：“真的很相配！”

菲利浦盯着那些闪亮无比的绿钻首饰，兴奋异常地说：“来！到洗手间外面的走廊拍几张照，这里的墙比较宽。”说着，菲利浦就拿出手机，打算拍照。

常艾丽走到洗手间门口，背着墙，摆了几个姿势，说：“手机上的摄像品质，不会太好吧！”

“这是先试试看的，如果好看，在正式晚宴上都有专家在拍照，到时你就可以穿这套礼服了。”菲利浦一边说话一边拍照，身子退到厕所墙壁时，撞到背后墙上的一个小门把手，“哎！”的一声叫了出来，常艾丽关心地问：“你没被弄痛吧！”

“还好，裤子没破。”菲利浦朝后摸了一下自己裤子。

“我就不懂，为什么我的船舱洗手间会有这个小门呢？有人进来怎么办？”常艾丽不解。

“十一楼的船舱都有阳台，洗手间也都有这种小门。原本是给有些亲戚人口多的家庭用的，让两个船舱可以贯通，来去自如。因此这个小门只是自家人在用，不用担心。而且现在都是上锁的。”

“可是，总觉得减少了安全感。”常艾丽说。

“放心，不会有人进来，你有事就用手机叫我。”菲利浦说。

拍完照片，常艾丽收好首饰与礼服，两个人就坐在小阳台的太阳椅子上看海景。此时游轮正离开“黑露岛”的港口，海面上有一条小艇在前面带路，划出一道白色扬长的水波。岸边相当平静，游轮就这么缓缓地被带离港口，去了真正海洋的怀抱……

菲利浦一直找话题聊天，常艾丽却没再说话。菲利浦见她有些郁郁寡欢，就小心地问：“是不喜欢我这样送你礼物吗？”

“不是，是我女儿让我操心。”常艾丽苦着脸。

“她跟着你前夫家人一起住也好，你单独照顾会太辛苦了。”

“可是她根本不理我，好像我不是她母亲了。”

“她这年龄的小孩，本来就是阴阳怪气的。你不要太在意，长大些就会好了。”

“有时难过起来，真想死了算了，唉！”常艾丽蹙眉摇头。

菲利浦摇头，握紧她的手，道：“怎么可以那么说呢！母亲就永远是母亲，谁也改不了。”

“但是……我想我不是一个好母亲。”常艾丽冷笑着说，“也许我曾经可以是一个好母亲，也很想做一个好母亲，只不过上天没有给我一条好的路，所谓‘身不由己’吧！”

菲利浦见她有些沮丧，就搂着她。伸手在她的后颈项按摩了起来，且低头看着她说：“你难道不觉得今天见到我的收获很大？”

常艾丽没有挣扎，反而感觉很温馨，好久没有人如此关心自己了。她点头道："哦！当然，其实我应该高兴的，从来没有人送过我这么高级漂亮的礼服，真是谢谢你。"

"我们之间还要说谢吗？"菲利浦继续抚摩她的脸，他的金色头发已经贴着她的脸颊了，只听到他在问，"我可以吻你吗？"

常艾丽看着菲利浦碧绿的眼睛，有点迷乱地点了头。菲利浦就凑近她的嘴，轻啄了好几下。常艾丽心跳了起来，以为接下来，他会把她抱进船舱的床上去。可是菲利浦突然坐正了身体，说："我很能理解你的心情，像我们做生意也会有高潮与低潮，不要太在意了。"

常艾丽有点失望，原本有一些欲火，却被他熄灭了，只好顺势点了头。

菲利浦此时突然起身，说："对不起！我进去方便一下。"菲利浦说完话，就走进船舱厕所去了。

常艾丽正好背对着他，菲利浦就去查看了一下保险箱的位置与方向，拿出手机拍了几张照片，便匆匆回来了。

"听说今天晚上的剧场，游轮的节目主持人会特别邀请火奴鲁鲁舞蹈学校的孩子们来表演呼拉舞，你会去看吗？"常艾丽问。

菲利浦摇头道："我以前看过了，呼拉舞很美，是软绵绵的柔情乐曲，婀娜多姿的舞蹈步伐，的确能够让游客们感受到夏威夷岛 YKK 海滩的风情。但是这种舞蹈不适合小孩子跳，那种柔情与手臂的舞姿，不是只靠肢体就够，还要有眼神与体态的配合，小孩子无法表现出来。尤其是小女孩在跳这种舞蹈时，瘦瘦的小身子扭来扭去，实在要不得！我真不知道为何不找大人来跳？小孩子原本应该就是天真活泼，自然说话，自然地唱与跳！怎么能够教孩子们来跳那种做作与调情的舞蹈呢！"

常艾丽猜着："可能现在为了商业效果，会经常利用小孩来做大人的事情。也或许是孩子的舞蹈学校比较便宜，游轮也想省钱吧！"

"可是听说以前美国与日本这些国家的首脑来夏威夷的时候，也是这个学校的小孩子去表演的。演完还让一个个小孩子去与客人握手，拍照，瞧那些官大人一个个还高兴得笑呵呵……我最讨厌利用天真的小孩来办大人的事，尤其还扯上政治，真是莫名其妙！"菲利浦直摇头。

"哦……那不就成夏威夷的特色代表了。"常艾丽说。

“可是从小孩身上，我怎么看也看不出美感。这种舞蹈一定要由成熟的大人来表演才对。”菲利浦说完就含笑看着常艾丽，说，“例如像你这样成熟的人来跳，一定会好看。”

“我……怎么会？你在说笑！”常艾丽弯腰笑了出来。

菲利浦此时肚子发出咕咕的声响，他不好意思地说：“啊！我好像有点饿了，我们一起去吃晚餐吧！”

常艾丽点点头，就站起了身。

第三节　我面对我自己

宋万杰走着，没见到卜慧继续跟来，他稍稍喘息了一番。想来也憋气，人家男人上游轮是来度甜蜜时光，大部分都是成双成对的。只有他，明明有老婆，却像个单身。老婆倒是陪人家双双对对去了，为的是抓房地产大客户！唉！女人干这一个行业真是该死！有太多理由可以让她们乱来了，上了游轮，那更猖狂，可不是嘛！卜慧就曾说过,游轮上最容易碰到大富豪,那么想要她在游轮上安分点？太阳可真是要打西边出来了。现在她也许正跟那个石油大王在卿卿我我地谈恋爱呢！真是可笑，宋万杰想，卜慧可以跟别的男人玩，他为何不可以？何况他还爱着常艾丽，正好趁这个机会跟常艾丽好好地多聚聚，是卜慧自己要“放牛吃草”，怎能怪他？不过今天看来得避避风头。刚才与常艾丽在酒吧里喝酒，很可能被卜慧看到了，还是小心一点好。于是宋万杰就去了六楼的赌场。里头人不少，烟味也很重，经过扑克牌赌桌，远远从人头中瞥见廖家婆婆Ida在玩。突然，有人赢了，大家都惊呼了起来，赌场真是好不热闹呢！

宋万杰懒得动脑筋，就走到近窗口的吃角子老虎机器旁。看见有一排机器，带着狼的图片，蓝色的狼头出现得越多，钱就赢得越多。他想玩，可是已经坐满了客人，只有最左边角落的椅子上坐着一个中年男人没在玩，他是面向着窗口在看海，宋万杰就客气地问：“你要玩这个机器吗？”

那男人瞄了他一眼，好像不太想动，于是宋万杰又问：“我可以玩这个机器吗？”

那男人仿佛大梦初醒似地，说：“哦……你为何不问，你是否可坐这张椅子就好了。”

宋万杰愣了愣，想不出自己的英语有何错误，就没说话。那男人这才起身走开，宋万杰就朝椅子坐了上去，旁边一个白人太太就笑道：“他看海比较省钱些，我们玩机器要花钱。”

宋万杰就此机会问：“我刚刚对他说的英语，有什么错吗？”

“没有！你很礼貌，是他不应该坐在这里。”白人太太说。

“是啊！我不能确定他为何坐这里？所以问他是否要玩机器。我问他这张椅子做什么？主要是要玩机器呀！”宋万杰不解。

“他根本就没玩，一直在这里看海，你那么问是对的。如果你真的问是否可坐这张椅子，谁知道！也许你也要坐在这个椅子上看海。而这椅子不是看海用的，是玩机器用的。”白人太太看着机器说。

宋万杰一边点头，一边就把船卡插入右上方的小缝，于是左边有个小窗口先出现了他的游轮账号，然后就按照步骤问他要玩的钱数？宋万杰在下方放入了二十美元，机器马上就接受了，宋万杰按了几次老虎机，狼的图形却没出现，旁边那个太太就说：“这个机器，你可以累计点数，达到一千点，机器就会自动送你十美元。”

于是，宋万杰继续按了几次，突然出现一道铃声，机器图片出现了一联串的狼头，音乐也跟着响起，马上就给了他十五美元。旁边那位太太羡慕地看着他，站起身说：“你真幸运！这些机器里面的狼，通常心都很狠的，一毛都不会给你。瞧！我刚刚投入二十美元，五分钟不到就玩光了，我不玩了！”

白人太太走了以后，宋万杰又赢了一个更大的，有六十美元。宋万杰开心极了，就继续地玩了下去。但是，后来机器就不好了，他只好继续塞美元进入机器。运气时好时坏，弄得他心情也起起伏伏，最后机器还是把他前后投入的两百美元全部吃光光。他打开皮夹，钱走得还真快，只剩一张五美元现金，他取出继续与狼机器搏斗，最后连五美元也没了。

宋万杰很泄气，走到窗口也看起海来了……

他输了，虽然身为董事长，可是命运怎么总是如此不顺畅呢？他觉得自己被卜慧控制得很不舒服。难道在婚姻上，他最后还是输了吗？他真不想输，可是天下有几个男人的命运是像他这样的呢？

年轻时，他太太腹部得了肿瘤，于是进医院动手术把子宫与卵巢同时都切除，才保住了性命。出院后一切大变，太太很悲观，性欲低下，手脚冰凉，加上思想过度保守，夫妻与家庭生活在顷刻间就变得无法收拾了。宋万杰饱读诗书，坚守着婚姻，每个周末还特别跟着朋友去信教，想借着宗教抵制自己长期对性的渴求。他想和尚或神职人员不都是终身无性吗？他们能那么活，为什么自己不能也那么活？宋万杰更把全部精力一股脑地放在创业上，十五年下来的奋斗，宋万杰在台湾也成为大企业的董事长。但长此以往，他的应酬增加，外界的引诱也越来越多。内心那些来自宗教灵修的护卫几乎抵挡不住，于是他决定换一个环境，把事业与家庭都搬迁到美国。

但是虽然到了国外，并没有好转迹象，反而变本加厉。异乡的孤寂，让他更是雪上加霜，内外的痛苦煎熬，来势汹汹，他简直就要崩溃。中年的宋万杰因此决定暂时与太太分居，就这样自己搬了出去。他成了一只飞出笼子的鸟，看到了外面完全不同的世界，只觉得满腔舒畅，恨不得把过去那些年的压抑与空虚全都补回来。当时周围有一些女人都对他趋之若鹜，但是他还是有些腼腆，一直到碰上卜慧。那一次在卜慧的车内，他才算真正解放了。等到卜慧再次出现以后，就帮他在房地产上赚了好几笔钱，于是她要他签下给她一半的“财产协议书”，他没答应。那一段期间，宋万杰虽然还是已婚，但他的情与性都开始变得很随便。等到离婚以后，对外他就是一个十足的中年黄金单身汉，女朋友国内国外都有。一直到与卜慧结了婚，他的生活才稍稍稳定下来。

宋万杰离开赌场，搭乘电梯到十一楼，一群人走了出来。便衣警探翰克原本要去十二楼，但是发现自己早下了电梯，打算用走楼梯的方式上楼，就跟在宋万杰的身后找楼梯。宋万杰垂头丧气地走着，见到迎面走来的罗奇，就礼貌地点点头，可是罗奇却一个拳头朝宋万杰脸上揍了过来。宋万杰没防备，右眼睑泛了紫，嘴角也渗出了一点血，他蹙眉道：“你……怎么打人呢！”

旁边走来几个人围观，正打算去电梯的菲利浦与汤瑞白此刻也在远处楼梯口听见声响，两人走到墙角，驻足观望。只见打架的人站起了身，正在说话……

罗奇扬声，指着宋万杰说：“打人？那还便宜了你，我应该要杀了你的。”

“为什么？”宋万杰生气地问。

“我问你，认识赵佳云这个人吗？”罗奇问。

“赵……佳……云？哦……”宋万杰似乎记起了什么。

罗奇用右手拇指对着自己胸口说：“我是赵佳云的儿子！”

“是吗？”宋万杰非常意外。

罗奇又指着宋万杰说：“你别装，你曾经玩弄过赵佳云的感情，所以我要找你算账！”

“……我们是要好过……”宋万杰沉浸在回忆中……

罗奇恨恨地说：“你既然不打算留在台湾，就不应该惹我的母亲。等到她对你有了感情，你却远走高飞！”

墙角的汤瑞白就把话翻译给菲利浦听，菲利浦理解以后，就说他还有事，要先走了，就转身悄悄地上了电梯。汤瑞白依然留在那里，静观其变。只见宋万杰开口问：“赵佳云……现在好吗？”

“她过世了，心脏病。”罗奇回答，语气带了一点责怪，仿佛是宋万杰的责任。

“哦……怎么会是这样？”宋万杰摇头，然后继续说，“当年……我曾暗示过她，我要回美国，不是认真的。是她自己误会了我的意思！”

“什么暗示？什么误会？你就是跟她接近了。然后伤害她，背叛她。你这混蛋！我揍你都还不够……”罗奇说着，拳头又朝宋万杰打了过来。宋万杰这次虽然有所防备地用手挡住，罗奇却继续出拳，于是两人就扭打了起来。

汤瑞白一见，只得一个箭步冲过来，拉开了地上的两人，警告道：“像话吗？让人家看到你们两个东方人在船上打架，多丢脸！”

站在很远处观望的翰克，本来也想跑来干涉。见已经有人出面处理，就自己上楼去了。

罗奇只好停住手，宋万杰挣扎着起身，扯平西服上衣，独自走进船舱去，大力关上了门。剩下罗奇喘着气，坐在地上瞪着汤瑞白。当汤瑞白伸手给罗奇，想拉他起身时，罗奇用力挥开他的手。一个跳跃，他就自己站直了身体，走去电梯处。

汤瑞白跟着罗奇，两人进入了空电梯，关上了门。汤瑞白望着罗奇，百思不得其解，于是汤瑞白就问：“他真的欺骗过你母亲？”

罗奇愤愤地说：“对！就是他，曾经是一个情感骗子！”

汤瑞白还想问什么，电梯门开了。门口没人等，他就按了关门钮，电梯又徐徐关上了。

看到罗奇平静了些，汤瑞白才转了话题，说：“我希望你这次做了拆婚以后，就洗手不干了。”

“为什么？”

“是很冒险的工作！”汤瑞白说着，两人出了电梯朝外走，来到甲板的栏杆处看海。汤瑞白继续说：“其实，他本来想找我去做拆婚，我拒绝了。”

罗奇对汤瑞白上下打量着说：“你有这个条件哦！为什么不做？”

汤瑞白没正面回复，抬头看着大海，突然笑着说：“我昨天看到一艘货柜轮船经过，船上有几个英文字，才知那艘是中国装货柜的轮船……感觉非常亲切。”

罗奇不耐烦地打断他的话，说：“哎！你还没回答我的问题？”

“我刚刚提到中国货柜，也是想暗示你。中国人的优点，是‘宁拆一座庙，也不拆一桩婚’。所以拆婚这种事是缺德，我劝你也别做。”

“我不这么想，这是一个愿打一个愿挨的事。何况那些女人是自己先行不正、坐不正，能怪谁？”

“你好像对那类女人有什么过节似的？”汤瑞白笑了，摇头道，“其实我很不赞同菲利浦找任何来人做这种拆婚的工作。”

“你们既然是合伙人，应该是目标一致的。”罗奇不解。

“不错！我们两个有些目标是一致的，有些就差得很远。就好比……”汤瑞白本想说有关偷窃珠宝的事，但因为罗奇并不知情，汤瑞白就欲言又止，道，“没什么。相信我，因为我想帮你。”

“帮我？我是一个很不喜欢自己的人！自己都帮不了自己，你怎么帮我？”罗奇不服地瞧了对方一眼。

汤瑞白掏出纸笔，即兴地开始写了几行英文字……写完以后才拿给罗奇说：“这是我为你写的一首小诗，我曾听过一个心理学家演讲，说天天念这句话会有好处，送给你。”

“真的？想不到你还会写英文诗。”罗奇兴奋地默念着，诗题是：我面对我自己。

①昨日的伤痕早已逝去，今日的眼泪已然未见。没有烦躁，只有忍耐，没有逃避，只有面对。望着镜中的影像，你好想微笑。只要你，不停地说：我喜欢我自己。

（副诗）②活着的价值不能轻视，快乐的渴望不用掩藏。没有失望，只有力量，没有自卑，只有信念。望向无际的蓝天，你好想呼唤。只要你，不停地说：我欣赏我自己。

绝无渡不过的难关，没有受不住的考验，永无黑暗中的愚蠢，长存阳光下的觉醒。

啊！大地多美好，小草多可爱。只要你不停地说，我面对我自己。

“我希望这一首小诗会对你有用，它也是一首歌。如果可能，你去请邱敏媛帮忙谱曲，她曲子谱得不错。”

“歌词很正面积极呢！谢谢你为我这么用心。这是即兴写的诗，还是英文，真不容易，你很棒！”罗奇赞赏着说。

“反正，我很关心你，你明天去火奴鲁鲁时，自己要小心些。”

“我知道。”罗奇点头。

此时，有一群旅客走过来看海，他们两人就暂时都不说话了。

第四节　幽灵哀号的晚上

晚上，邱敏媛穿了一身碎银的丝质长裙，围了同色披肩，跟着廖育兴来到爵士乐厅门口。邱敏媛低头才发现廖育兴竟然穿着一双黑色拖鞋，因为他脚上也是穿着相同黑色的袜子，所以邱敏媛一直没注意到。当她质问时，廖育兴说：“我穿久了皮鞋好闷气，不舒服，所以换了。”邱敏媛虽然不悦，但是廖育兴已经走进了爵士乐厅，她也只好算了。

才进爵士乐厅，廖育兴忽然被自己的拖鞋几乎要绊倒，还好他抓了邱敏媛一把，把她的银色披肩扯破了一块。邱敏媛一时没太在意自己的披肩，只是很担心廖育兴的脚，后来知道没事，两人才走了进去。爵士乐厅特别供应免费茶水，廖育兴率先给自己点了一杯热茶。还连续大声地打了好几声带气的饱嗝，惹来邻桌异样的眼光，邱敏媛只得悄声说：“公共场所，拜托你小声些，好吗？”

“我根本不知道，嗝自己就蹿出来了。”廖育兴说。

“你打了那么多次嗝，怎么会不知道呢？可以控制一下，至少不要那么大声。如果忍不住，拜托用英语说一声 excuse me(抱歉！)，这样才对。”

廖育兴没说话，点了头。爵士乐厅里头的音乐与气氛都非常罗曼蒂克。舞台上演奏着爵士乐，每个客人都持着一杯酒，五颜六色，两人坐上酒吧台旁的高脚凳子。侍者都非常忙，旁边有个白人女客把一张设计华美的点酒单子递给敏媛，自己就拿起酒杯走了。廖育兴探头过来，看到上面的各种鸡尾酒名与价钱都高得离谱，想想平常在外面买也没如此贵，就蹙着眉摇头说自己不想点，喝茶就可以了。敏媛还是拿着看，才看到一半，另外有个年轻的白人小姐从旁边坐了上来，探头也想看酒单。

廖育兴见状很不安，板着面孔，扬声说："你不要自己一直抓着不放，别人也要看酒单嘛！"

邱敏媛看着酒单，点头道："我看完就会给她。"

廖育兴催着："这里的酒都那么贵，就随便喝点冰水吧！让给人家去点。"

邱敏媛没抬头，还在继续看。

廖育兴不高兴了，开始大声责备邱敏媛："你怎么这样？这酒单，人家只是借你看看而已，你还是要还人家的！"

邱敏媛只好抬头，干脆把酒单给了旁边那个白人小姐，且跟廖育兴抗议道："你说什么嘛！原来借我看酒单的那个女人早就离开了，这个白人小姐是刚刚坐上来，她当然应该等我先看完呀！"

廖育兴这才发现自己弄错了，连声说："哦……哦……我以为她是原来那个女的，哎！都怪灯光太暗，看不清楚。这里简直乱七八糟，情调一点都不好。"

邱敏媛眼里沁着泪水，说："看不清楚？刚刚你也不该那样的态度，就算大家不懂你的中文，但也会知道你在训斥我！"

"我没有训斥你……唉！你没看到吗？酒的价钱都这么贵。不用看了，我们走吧！"廖育兴起身径自走了出去，邱敏媛只好拖着闪亮的长裙，不情愿地跟在他身后。周围都是来来往往的客人，两人一前一后走着……一直到后来，旁边客人少了，两人才停下来，邱敏媛委屈地说："看看我，穿得这么正式整齐，你还在里面跟我吵架，真是丢我脸！"

廖育兴烦躁地说："想不到那爵士乐厅的酒吧台，人多口杂，连看也看不清楚。我就是不喜欢那种地方！"

邱敏媛想想也是，别看廖育兴表面和善，其实气量狭小。他学的是方方正正的理工科，自己又个性闭塞。不懂听话，也不会说话，加上没有耐性，心眼也深，与一般人交际很容易会感觉痛苦。于是邱敏媛就问道："那你为什么要带我来？"

廖育兴无奈地说："我爱你啊！但是我这个人又不会谈情说爱，只好去这种地方，希望能借助一点气氛。想不到光线暗得离谱，东西又那么贵。”

“咖啡厅都有酒吧台，人家讲情调，光线当然没有那么亮。你只要坐着，不要随便干涉我就没事。”邱敏媛说。

“我没干涉你，是旁边那个白人小姐一直在看你手中的酒单。”廖育兴回忆着。

邱敏媛气道：“你不懂‘先来后到’的道理吗？她是后来的人，如果她自己不另找酒保要酒单，当然就得等我看完啊！”

“人家会不高兴……”廖育兴摇头。

“是你自己神经质，一般人都很讲次序的。我根本就不觉得人家有什么不高兴，我倒觉得是你在嫌饮料价钱太贵，不想要我看下去！”

“是贵得很，这里简直在‘敲竹杠’！我回家上市场去买也比它便宜。”廖育兴振振有词地说。

“地点不同啊！而且那是爵士乐厅的酒吧台，当然要赚钱。人家提供你喝酒的气氛，美妙的音乐，怎能跟市场买的酒比……如果你那么不喜欢，那你先前何必提议要去呢？”

“是我爱你，才会想带你去那里，怎么会不喜欢去？是那个女的要看你手中的……”廖育兴的话又绕回到了原点。

一路走着，夫妻俩的这场争执，就如此重重复复地口角不断，怨气也没完没了。回到船舱，小小的空间，两人都不说话，压力更加围拢过来……

冷场的空气很闷，邱敏媛去船舱厕所刷牙时，脑子还在想先前的事，没集中注意力，不小心把漱口的玻璃杯给滑入了水池中，发出碰撞的清脆声。邱敏媛的左手掌底因为玻璃碎片的溅起，被割了一个小伤口，廖育兴闻声就在外面问：“杯子破了吗？”邱敏媛没作声，只是用墙上的白毛巾压着伤口，廖育兴又在继续在问：“杯子破了吗？”廖育兴没见回音，便走入厕所，看见水池内的玻璃就说：“破了就要找房间侍者再拿杯子来用。”邱敏媛简直气坏了，身体发着抖，怒喊道：“从今天起，你不要再说爱我的话！”

“怎么了嘛！我说错什么吗？你没有杯子，怎么刷牙漱口？”廖育兴说。

邱敏媛没理睬他，松开毛巾自己检视伤口，还好！没有大碍。

廖育兴看到白毛巾上的斑点血迹，才说：“这一点小伤，没事！去找房间侍者再拿杯子来用就是了。”

“你只是关心杯子，根本不在乎我是否受伤？”邱敏媛生气地说。

“这么一个小杯子破了，会伤到怎样的程度嘛！你是个大人，不是个婴儿，自己不会处理吗？不需要大惊小怪。”

“……”邱敏媛气结得说不出话来，有时她觉得廖育兴真是会让人气到“发指”的程度。他是一个只重视“物”的人，没有什么夫妻对话可言。记得以前有一次，他看到邱敏媛端着杯子喝水，就说：“喝水啊！”当时邱敏媛觉得那句话很无聊，就问他：“喝水有什么好说的，你好像在应对外人似的。”但是廖育兴只是否认，却又词穷得厉害。他好像不会说话，也没有什么热心，目光又极其短浅。想到此，她听到廖育兴继续附加着：“而且你受伤，并没告诉我啊！”

“看一个人是否爱你，是看事情发生时候，这个人的及时反应。不是要人告诉你，让你来做表面功夫。”邱敏媛说。

“啊呀！好累人，怎会有那么多学问？”廖育兴摇头。

睡前，廖育兴在床上了无睡意，就从床边抽屉中取出安眠药，在手中倒了一粒。但他想到服安眠药会成为习惯不好，就改变主意，把药粒放回，将药瓶也放进了抽屉。邱敏媛上床后，廖育兴试着想拉她的手，被邱敏媛甩开。廖育兴也不想再试，就恼羞成怒地咆哮起来了。于是双方又起了争执，邱敏媛实在忍受不住了，就坐起身说：“我们离婚吧！”

廖育兴闻声先是一愣，随即也坐起了身，放缓了口气说：“怎么了，我们好好说话就是。”

“我受不了了。”邱敏媛感到颓丧。

廖育兴猛点着头，道：“好啦！我会改。以后去外面，我让你点饮料，我也不干涉你了。”

“没有用的，你现在说得好听，到头来又重蹈覆辙，你根本就办不到。”邱敏媛摇头。

廖育兴拉住邱敏媛的手臂，把她拥进怀里，拍抚着她，同时也坚决地表示：“这一次，我一定做到。”

邱敏媛从他臂膀中挣脱了出来，说：“也许你觉得今天只是一件小事，但是反映出的，其实是关联到很多事情。我们之间的问题太多，不能相处下去了。”

廖育兴的眼珠上下动了动，点点头道：“哦……你是因为那个姓汤的？”

“与他无关！”邱敏媛摇头。

“怎么无关？小倩还看见你们两个在剧场谈情说爱。”廖育兴板个面孔。

“我跟他在剧场是无心碰到，顺便聊天的，不是谈情说爱。”

“可是，你们两个从前在大学里就曾经要好过，所以你才要跟我离婚。”廖育兴突然下了床，走到衣柜处掏皮夹……

“那都是过去的事了，我在来游轮以前就跟你说过想离婚的。”邱敏媛回答。

廖育兴情急，从皮夹中抽出一张折叠的纸，说：“看！这是你以前替我签下的，绝不离婚的‘同意书’，你想不守信用吗？”

“这是你用苦肉计逼我签的，我要离婚！”邱敏媛愤怒地说。

“不行！敏媛，我不能再一次被女人甩掉，你要让我在母亲面前更加抬不起头来吗？你要让小倩变本加厉且肆无忌惮地爬到我头上吗？还是让我在亲戚朋友面前没面子？我现在还是一个大老板呢！绝对丢不起这个脸！”廖育兴大声地说。

“可是，我没有办法跟你这样生活下去了啊！”邱敏媛为难地看着他。

廖育兴生气了，说：“好！如果你走，我就死给你看……”说着廖育兴就冲去床旁的小桌，打开抽屉，拿出先前的安眠药瓶，跑进厕所取水打算吞药。邱敏媛吓坏了，赶紧冲进厕所跟他抢药瓶，廖育兴叫着：“你让我死！”

“不行！”邱敏媛拼命摇头。

廖育兴举起药瓶，仰头大叫：“反正你要离婚，我也不活了哇！”

两人拉扯了一阵，邱敏媛死抓住他的手，哭喊着：“……我不离婚，你停止吧！”

廖育兴这才丢下药瓶，激动地抱住邱敏媛，叠声地说：“我不能没有你……不能没有你……你就原谅我吧！”

邱敏媛没理睬他，走进厕所去方便，用完了就生气地按下冲水器。若是往常，廖育兴会气急败坏地跑进去，怨她不该冲水，应该留给他共尿冲水以便省水。这次他竟然安静地走进厕所，也没说话。邱敏媛出来后交代着：“你上厕所要小心一些，不要弄脏了厕所的地毯。”廖育兴点头说好。

过了一会儿，邱敏媛经过厕所，看到门开处，廖育兴竟然面向马桶，跪在地上……

邱敏媛好奇地问：“你干吗跟马桶下跪？”

“这样不会弄脏马桶。”

邱敏媛惊讶地又问：“谁教你的？”

“我前妻命令我一定要这么做，以前都是跪着上厕所，都跪了好多年了，跟你结婚后才比较少跪。”

邱敏媛闻言吓了一跳，他前妻常艾丽怎能如此？让一个男人跟马桶下跪，还跪了好多年！志气都要跪光了！她很不满地说：“我一直不知道，以后你不用跪了。我不赞同这个做法，男人是站着用马桶，小心一点就好了。”

廖育兴笑着说：“还是你最好！”

邱敏媛沉默了，这个夜晚，她心绪很乱。此时，邱敏媛的耳边传来廖育兴的打鼾声，弄得她辗转反侧难眠。他的鼾声不断……漆黑的夜里，邱敏媛仿佛听见心底有一堆幽灵在哀号。一直熬到快要清晨四点，她才在不知不觉中睡着了。

第二天，两人起床后，廖育兴特别带着邱敏媛去五楼“龙睛餐厅”吃比较正式的早餐，还挑选了一张只有两个人座位的桌子，在侍者殷勤的服务下，循序渐进地享用着一道道美味餐食。廖育兴吃了一半，突然想起什么似的，对邱敏媛说：“今天的午餐，我们去把 Ida 和小倩找来一起吃。不过我整天见不到小倩人影，很难找她，干脆就只找 Ida 一起来用午餐吧！她天天流连在赌场，我真是担心她，中午总是不吃。那样不好，她也该来好好用一个午餐。”

邱敏媛点点头，她突然发现廖育兴也不是没有优点。Ida 并不是他的生母，也是继母身份，但 Ida 这个继母似乎得天独厚，因为廖育兴一直很关心她，反而是弟弟廖育旺对自己生母 Ida 不闻不问。廖育旺搬出去以后，廖育兴却还是与 Ida 住在一起，也从未抱怨过。

而且廖育兴是个很念旧的人，家里不是没钱买衣裤，可是他对于破了的内衣裤，总是留着。周末早上就自己悄悄地在厨房或者客厅补破洞，又不肯开灯。他不是对着黝黑的窗口，就是坐在阳光直射的沙发下，缝得又很笨拙。邱敏媛不免起了一阵怜悯之心，很想帮忙他补，可是他平常买的袜子实在已经够便宜了，应该是再买而不是补。邱敏媛说过好几次，不值得补，劝他拿去丢掉，廖育兴却坚持不肯，硬是自己偷偷地补了又继续穿。

邱敏媛曾在报上看过一些富人如何节俭的新闻报道，人虽然富了，却依旧过着没富以前的勤俭生活。留下那些优良品德都是念旧的关系，也成了让人佩服的例子。但廖育兴的问题不是如此简单，因为他给自己留下的多数是恶习而已。廖育兴不但自己的个性小气，而且对别人的钱也看得很吝啬。总之，任何人的钱只要通过他的脑袋，仿佛都在被他的“准则”在主宰。但是，他与其他吝啬的人又有一个很大的不同点，就是别人会对自己大方，廖育兴却对自己也很吝啬。因此他平常几乎从不主动添置任何新衣服与行头，全都是邱敏媛在帮他注意与打点。如果买的衣物质量较好，价钱也贵时，廖育兴就会直嚷着要她去退掉。他是公司的老板，有一个阔气的家业，大可不必那么做。但他也是念旧，才会继续过着清贫的生活。只不过他也同时无可救药地依旧持续着自己的抠门恶习。

诸此种种，是美德，也是落伍，却让邱敏媛无话可说。或许也是这些原因，昨晚邱敏媛才会顺从廖育兴，打消了离婚的主意。

第五节　再给我一次机会

这一天上午游轮停在欧娃胡岛，船上的旅客有的下了船去火奴鲁鲁逛店，有的跑去 YKK 海滩戏水，其余来过很多次的旅客就留在船上。午餐后，很多客人已经回来了。汤瑞白一时觉得很闷，想去甲板上走走，风有点大，他打算先回房间去拿一件外套。

汤瑞白走到罗奇的房门口附近，罗奇正从门口把那个红发女人推出来……有几个旅客好奇地站在附近观看。那个红发女人死抓住门把不放，用英语哀求罗奇："甜心！我是真的爱你呀！"罗奇很用力地朝前推了一把，红发女人一个踉跄摔倒在地，撞到臀部哀叫了一声！披头散发地在哭泣。汤瑞白见状，一把上前，揪住罗奇的衣领，伸手就是一拳打在罗奇的左颊上，于是两个男人就挤在墙角扭打。此时红发女人早就逃之夭夭，观看打架的旅客越来越多，远处的一个房间侍者也看到了，急忙跑过来阻止。汤瑞白这才不好意思地赶紧与罗奇分开身爬起来，冲着侍者摇头，嘴里迭声地说："没什么……没什么事，我们发生误会了。"汤瑞白说完又冲着罗奇道歉："罗先生，是误会！是误会！"侍者只好笑笑离去，旅客这才散尽。

"汤先生，你是在演戏？还是在多管闲事？"罗奇摸着自己的左颊。

"我是在帮你！看你那样推她，很危险的。你脸没事吗？我看看……"汤瑞白用英语问，拨开罗奇的手，发现有块污青，就说："我去拿一点冰块来。"汤瑞白指指自己房间说："其实我本来也有话要找你说。你等我一下，我进去拿一件外套，我们去甲板上走走。"

罗奇无趣地站在走廊等，只见汤瑞白出现时，穿了外套，手里捧着一个装了几个小冰块的塑料袋，递给罗奇。罗奇把小冰袋贴在左颊，两人走下楼梯，来到了七楼外面的甲板上。他们沿着船栏杆，慢慢走着，很多游客都在栏杆旁边摄像。汤瑞白边走边说："你怎么老是打架？昨天若不是我阻止你，你和那宋万杰一定会有人受重伤。今天更糟糕，你竟然推女人，还好被我看到。"

"你不是也跟我打架了吗？"罗奇移开冰袋，反问着。

"我是在救你！让人把注意力转移我们身上，否则你很可能会被告虐待女性。西方人很在意这个罪，叫作'家庭暴力'罪，是重罪。"汤瑞白伸手示意罗奇把小冰袋压着颊面。

罗奇没说话，只是用小冰袋在左颊上下移动着。

"听说你早上去了火奴鲁鲁，一切都很顺利。"汤瑞白说，罗奇点点头。

"那么拆婚，你真的就不要做了吧！"汤瑞白停住脚步，见罗奇噘嘴不语，就迭声地问，"还要做？为什么？"

罗奇得意地笑笑，他走到栏杆人群处的一段空隙，站着面对海，说道："我讨厌那些外遇的女人！"罗奇说。

"只是讨厌？"汤瑞白站到他的身边问。

罗奇抓着冰袋压住左颊，说："我在十五岁的时候，坐过牢。因为我用刀杀伤了我爸爸的同居人，一个白种女人，叫茱蒂。"

"可是，你为什么要伤茱蒂？"汤瑞白盯着罗奇问。

"说来话长，因为……我对不起我妈。那是一道伤痕，已成了我心中的烙印。"罗奇看了汤瑞白一眼，继续说着，"那时候，父母离婚，我妈带着妹妹回台湾住。就是那个时候，她认识了回台湾开会的宋方杰。交往过，后来被他甩了，听说宋方杰每次从美国回台湾，都经常乱来，伴侣不少，但我妈妈不知道，她感情很真，所以相当受伤。这件事是我妹妹告诉我的，我当时心疼我妈妈，所以很生气，才一直记得他的名字。我打算有一天若真跟他碰上面，非好好揍他一顿不可。"

汤瑞白理解地点了头，说："嗯……这个我懂了！"

"可是……我跟着爸爸留在美国，爸爸跟茱蒂同居。爸爸以前是从香港来的，思想比较西式，我后来才知道茱蒂以前就是爸爸的外遇。茱蒂作风是喜欢打肿脸充胖子，动不动就到处炫耀自己，尤其夸张的是她总说刚得到一个亚洲人的儿子。我爸爸工作忙，不重视小节，所以也不注意我的感受，家里因此全盘西化。"

"你是土生土长，全盘西化也是很自然的事。"汤瑞白徐徐地说。

“问题是茱蒂太限制我，她不让我学中文，所以我一点中文也不会。我那时在外面压力也很大，一度我特别讨厌别人说我是中国人。我明明生长在美国，也不会中文，可是还是常常被人误以为中国人。最后我就干脆乱说了，我说茱蒂是我妈，我是被收养的。”

“但你并没有被收养，而且你的确是中国人的后代，被误解也是难免。”汤瑞白看了罗奇一眼。

罗奇摇摇头，道：“你不知道，对那种年龄，又是生长在国外的孩子，我有许多困惑。而且茱蒂经常说我妈的坏话，有时是在我面前，有时是与我爸爸一搭一唱。我那时真的被洗脑了。别人家的大孩子都喊继母的英文名字，茱蒂并不是我的继母，可是我竟然称呼她为妈妈，甚至于在我母亲面前……”

“难道你在你母亲面前说茱蒂才是你的妈妈？”汤瑞白看到罗奇点了头，很惊讶地说，“再怎样你也不能那么说话，那是母子间的背叛。谁会忘记自己的亲生娘嘛！你妈妈为这件事一定很伤心。”

“那时我母亲说，若只是同居关系，茱蒂就不可能是我继母。我把她的话告诉了茱蒂，爸爸也知道了，都很不悦。茱蒂还写抗议信，让我转交给母亲，说以后母亲再那么说话，就不准她来看我了。我当时很矛盾，最后还是把信给了母亲，她看了也只能生闷气。”罗奇说完放开冰袋。

汤瑞白闻言，摇摇头，朝空中叹了一大口气。

罗奇转头对着海面眺望，继续说：“我知道茱蒂接了母亲给我的电话也不喊我，最可恨的一次，她说母亲以前曾虐待过我，还拉断我的手臂，我听了非常无助与绝望。加上脾气坏，很偏激，几乎要得忧郁症。于是我就开始不理睬母亲了，她老远从台湾来看我，我也不出去，就让她怅然而返。她说自己未善尽母职，总觉得对我有亏欠，经常寄我支票与礼物，但都被我退回。我妹妹后来跟我说，母亲时常郁郁寡欢，甚至没法原谅自己，还说这一切都是造孽。母亲几乎快要崩溃了……

“最后一次，她从网络发给我一个关心的电邮，我没头没脑地在回信中狠狠地把她臭骂了一顿，用的字词也都很污秽，结果她真的被我气得病倒了。听妹妹说我母亲一直有动脉狭窄的毛病，心脏血压都不好，被送到医院时发现心脏问题恶化，需要动有风险的大手术。临动手术前，为了以防万一，母亲写了一封信，让妹妹保留交给我，后来母亲手术失败，回天乏术。我妹妹回美国时，曾经跟我解释母亲当年拉我手臂那件事，其实是一个无心的意外，我还有点不相信。”

“无心的意外？”汤瑞白好奇地问。

“美国的保护儿童法律，是只要看到小孩有伤就马上怀疑大人施虐，很多东方父母一旦体罚孩子触法，孩子就立刻被带走。当年我很小，不听话，有一次，我赖坐在地上大哭，母亲想拉我起来，把我的小手臂拉得过猛，意外地脱臼，被送去医院。那次爸爸大骂她虐待孩子，其实母亲是无心犯错，自己也难过得心如刀割，爸爸却不谅解她，让她很心寒。我妹妹说一定是爸爸后来把这件事告诉茱蒂，她一个西方人听了马上大惊小怪，借机嚼舌。在我面前把事情故意丑化，导致我与母亲翻脸。这件事，当时一定让母亲非常灰心。”罗奇说着，就朝外倒出了冰块，随手把塑料袋的水沥干后，丢进旁边的一个垃圾桶中。

“我真不知道该说什么，唉！你这不是让一个那么亲的人，死不瞑目吗？”汤瑞白看了罗奇一眼。

“当时，我笨啊！”罗奇双手抚面，羞愧得无地自容。

“你是人太老实，加上没有主见，唉！真是让伯母遗憾！可怜啊！”汤瑞白不停地摇头……

“当时妹妹看我不信，就把母亲临终前写的信交给我。我不想看，妹妹骂我冷血不是人！”

“你是冷血，我都想再揍你一顿！”汤瑞白有点生气，继续摇头。

“我夜里却辗转难眠，睡不着，就走出房间，想去厨房喝水。可是我在门口听见爸爸与茱蒂在卧室内的全部对话，谈到了那件拉手脱臼的事。我听到我爸说那其实是一个意外，但是茱蒂说不要说出真相，我这才知道自己先前对母亲产生了一个多可怕的误会。我当时真的气疯了，就跑去厨房抓了刀子，怒火中杀伤了茱蒂。算她命大没死，变成了残废，我也因此被抓入狱，判了刑。”

“那你坐了几年牢？”汤瑞白问。

此时，旁边有些人已经在朝他们张望。罗奇发现了，觉得在此谈不妥，就暗示汤瑞白换个地方。两人就走进七楼的一个小表演内厅，里面没人，他们就在一片空位上找椅子坐了下来。

“你快说呀！坐了几年牢？”汤瑞白问。

“六年，悔恨交加，我对不起母亲。我母亲说我小的时候非常可爱与乖巧，每次带我外出，我总是笑脸迎人，朋友们都喊我是个快乐的 Baby。曾几何时，我却将她视如仇人，而我母亲……她却不知道为何我会如此？母亲跟妹妹说：‘我仿佛是一个被判死刑的人，却没有罪因。’”

“那封你母亲的信，你最后看了吗？”汤瑞白痛心地问。

罗奇点点头说：“我母亲在信中说，如果有一天她离开这个世界，叫我不要哭，因为不论怎样，她都永远爱我。他理解我会背叛只是年龄小不懂事，不是我的本意，我却在被褥里哭得非常厉害。母亲早已想到我的暴烈个性，她怕我知道真相后很可能会因复仇而闯祸，所以一直在信中重复地劝我冷静，以免铸成大错。”罗奇说完，他的腋下突然冒出一个五岁男孩子的头，跟着后面是孩子的母亲，唤声传来：“孩子！让妈跟你一起拍张照片。”小男孩不依地猛摇头，小身体就挤在罗奇的旁边，踮起脚朝外张望。

“这位先生，请替我们拍摄一下，可以吗？”孩子的母亲走过来，把相机递给默许了的罗奇。罗奇接过相机，那位母亲赶紧凑近孩子，摆好姿势，哪想到男孩儿一抽身又跑了出去，口中还嚷嚷着：“好讨厌，你每次都要我假笑，我就是不要再照相了。”

“孩子！不会啦！再给我一次机会。”那母亲抓回相机，边说边跟着追了出去。

看着那对母子走远，罗奇转回头，自言自语地说：“……再给我一次机会。”

“怎么了？”汤瑞白问。

“再给我一次机会。这是我脑海里曾经千呼万呼的一句话，我一直希望老天能够再给我一次机会，可是我已经没有这个机会了。”罗奇说着，挑了挑眉，又道，“所以我会继续接受这种拆婚工作。”

“你还有很多事可以做，为什么要接受这种工作？”汤瑞白问。

“你不能了解，我进牢时是个孩子，出狱后是个成年人，可是我没有工作技能，学历又缺乏，根本无法找到工作。我游荡了一年，最后在广告上看到菲利浦登的这么一个奇怪的拆婚工作。当他把工作内容告诉我时，我高兴的反应吓了他一跳。因为对我而言，这是一个正中下怀的好机会，我恨那些红杏出墙的太太，也恨那些拆散别人家庭的外遇小三。想到当年家中的茱蒂，我就觉得自己的仇还没有报完。‘拆婚’！好极了，我就要好好地拆拆，让这些女人都没有好下场。”罗奇露出幸灾乐祸的笑容。

“因为你对母亲的去世很遗憾，是吗？”汤瑞白有点忧心地问。

“嗯……所以我要替她报仇，昨天便宜了那宋万杰，有机会我还要再好好教训他。那种玩弄女人感情的男人，都该被杀！所以拆婚又算什么？”罗奇竖起一双眉峰，狠狠地瞪着远方。

汤瑞白看了罗奇一眼，说：“可是，你说希望母亲再给你一次机会，其实你母亲给了你三次机会。”

“我不懂。”罗奇看着汤瑞白。

汤瑞白伸出手指，一个个地算：“第一，她去世后不希望你哭，你却大哭。第二，她千叮咛万嘱咐，要你知道真相后不要报仇，你却杀茱蒂。第三，她又给了你一次选择的工作机会，就是这次的考验，因为她不希望你报仇，所以她绝对不愿意你再继续去接受拆婚这种工作，但是你还是打算去做。你没有把握这三次机会，那么我请问你，你还要你母亲给你几次的机会？”

“……”罗奇没说话。

“拆婚这种工作，不但无法平复你对于母亲的亏欠，反而让你母亲在九泉之下无法平静。她时时要替你担心受怕，时时想再给你一次机会，可是你都不知道。你让她没法子真正阖眼，现在只有你放弃，才能让她安宁瞑目。”汤瑞白瞥了罗奇一眼。

“……”罗奇缓缓点了头。

汤瑞白又说：“你先前总在强调，希望老天能够再给你一次机会，又说你已经没有这个机会了。其实你有，一直都有，只是你不在乎，是不是？你根本不珍惜这个‘机会’。”

“不是的……”罗奇摇头。

“那么就把握这最后一次的机会，正式向菲利浦辞职，不论什么拆婚啊！什么拿药啊！都不要做了。”

“可是……”罗奇犹豫着。

汤瑞白又说：“那些合同都是以次数为主，不是长久性的，我知道你只签了一次。听我的！今天接拿化学药品已经做了就算，你以后交出去就没事了。这种拆婚工作，也不要再做了。你去打电话给他，说你不再签约了，他不会为难你的。”

罗奇点点头，心里想，报仇真的无法平复伤口吗？也还不了这一辈子欠下的人子之债吗？看来他是真的错了。那么……问题是在自己了，罗奇泣血的心在悄悄地默念着："……妈……真对不起啊……"墨镜后面的眼睛，不知何时，滑落了一线泪水，他很快地伸手揩了去。

罗奇终于掏出手机，给菲利浦去了电话。

汤瑞白拍拍罗奇的肩膀，赞许地看了他一眼，就转身先走进船内去了。

第六节　博物馆内的炼狱

汤瑞白经过中央大厅，走到了卡拉 OK 的音乐厅。在门外，他听到一句句带着磁性女人的歌声，那是一首在很久以前，他曾听过的英文歌，很多人都熟悉的:《昨日重现》。

听着……听着……汤瑞白突然发现歌声有一点熟。这嗓音难道是……他走了进去，果然看到在台上唱歌的就是邱敏媛。她穿了一件连身浅蓝色长裙，修长的身影，站在舞台上，手中拿着麦克风，正在全神贯注地唱着……是下午的时间，里面的灯光不亮，听众也不多，但几个西方人听得非常专注与凝神。

汤瑞白站在角落继续听……等到唱完，听众给了热烈的掌声。有一位西方太太还跑过去，激动地抓起邱敏媛的手，猛夸她唱得好！然后，汤瑞白就坐到邱敏媛的身边，打招呼道："你唱得真的很棒！"

邱敏媛说了一声："谢谢！人不多，我才敢唱。"

"你常来？听说平常听卡拉 OK 的人很多的。"汤瑞白问。

"偶而会来。晚上人最多，下午人少些。可惜只能唱英文歌。"

汤瑞白突然想起了什么，说："我最近作了一首歌词《望海》，你愿来帮我谱曲吗？"说完就从口袋中掏出一张折叠好的纸，递给邱敏媛。

"好，有空会帮你谱。"邱敏媛收了起来。

汤瑞白望望四周，说："我在船上碰见过一个很特殊的华人小团体，她们都喜欢唱歌，可能也经常来唱吧！"

邱敏媛说："有的，是一群女生为主的，好像是同事。她们彼此之间都喊对方外号，今天刚好没来。"

"你的嗓音真是变化多端，以前在诗友们聚会的那个'牡丹亭'，我听你唱过山歌，刚才这首是感性歌，唱得更好！你那种特别的嗓音，很少人有。"

“……谢谢你夸奖。”邱敏媛有点不好意思地抿了抿嘴角。

汤瑞白朝卡拉 OK 厅出口的亮光处瞧了一眼，道：“船快要去猫依岛了，你有没有发现这个岛的中文名字很可爱。”

邱敏媛想了一下，说：“你该不是说……好像是两只猫相依偎？”

“你也察觉到了，呵呵……”汤瑞白笑着，接下去又说，“我听说猫依岛还有一个小灯塔。”

“真的？一定很美！”邱敏媛点头。

汤瑞白又望了望门口发亮的方向，道：“住在灯塔旁边，一直是我的梦想。”

邱敏媛若有所思地点头，道：“能有‘梦’可做，真好。”

汤瑞白看了一眼邱敏媛，知道她在感叹自己的婚姻，就好奇地问：“对了！上次你说廖育兴是他弟弟介绍的，那么你是怎么认识他弟弟廖育旺的？”

“是去纽约认识的。”邱敏媛回答。

“你当时怎么会去纽约呢？”汤瑞白问。

“我母亲在马来西亚有一个结拜的干姐妹赵阿姨，邀我去玩一个星期。”邱敏媛忆及当时的心情，现在回想起来都还有点乱。

那位赵阿姨，比母亲小几岁，在美国与邱敏媛一直有联系。赵阿姨是寡妇，年轻时丈夫去世就没再结婚。后来是单独依亲出国后，去大学补读了一个学位，又考进一个政府机关的文书部门，从基层做起，再做到单位的小主管，一直住在纽约。当时赵阿姨正好从马来西亚访亲回来，曾在电话里关心地问了些她的近况，因为发现她的情绪太过低落，劝她最好换个环境。赵阿姨知道她在假期中，就热心地邀她去纽约玩，且到她家去住一个星期。邱敏媛才点了头，就坐飞机去了纽约。

赵阿姨的房子虽不大，但是很雅静。她非常高兴邱敏媛的出现，说自己这个“人丁单薄”的家多数时间都悄悄无声的，现在总算是有了一点人气。那几天，赵阿姨的咖啡壶发生故障，两人在家就喝着速溶咖啡，聊过去也谈未来。赵阿姨还给她指点了一些找对象与男女之间的事，最后她摊开双手笑道：“其实我自己也不是很懂！反正感情的事，说得容易，做得却难。总之，谈恋爱很伤神，也很浪费时间。所以最好找一个经济好些的男人，早点结婚比较好。”

“那么，廖育旺是赵阿姨介绍的吗？”汤瑞白关心地看着邱敏媛。

“不是，是我在电器行买电动咖啡壶的时候认识的。”邱敏媛想起，当时，邱敏媛住了一个星期也要准备回西雅图了。走的前一天，邱敏媛在一家小电器行买咖啡壶，打算送给赵阿姨用。付账的时候，有个很年轻的店老板怂恿她填写抽奖单来参加抽奖，邱敏媛就填上了姓名与电话号码。店老板很随和，介绍自己叫廖育旺，说是看邱敏媛样貌不俗，又是华人，才特别跟她聊的。一听她是从华盛顿州来玩的，就问了她年龄与学历，邱敏媛看对方一脸和气，完全无恶意迹象，才支吾地回答了。然后廖育旺又好奇地问她结婚没？有没有男朋友？当时邱敏媛不知对方的意图，有点反感，原本不说的，但听到对方坚持自己是好意，就尴尬地摇摇头。那年轻的廖老板这才立刻堆起开心的笑脸说："你别误会，嘿嘿……我自己是个独身主义，开商店也是玩票。我喜欢到处跑，所以定不下来。我呀！只是帮我哥哥找对象啦！"看到邱敏媛理解地点头却没说话，廖老板又开口道："嘿嘿……我哥哥的中文说得比我好，他中学留在台湾读过书的。我哥哥不像我这样开小店，他是硕士程度，很有钱。他住在得州，因为我爸爸最近身体差了，所以他刚刚接任廖氏商场的董事长，叫廖育兴，三十七岁，离过婚，有一个女儿。如果邱小姐愿意的话，哪一天我们三人可以约着一起吃饭，让你们正式见面，你看好不好？"

三十七岁，是个很年轻的董事长啊！但一听对方有过婚史且有小孩，邱敏媛还是犹豫了起来。廖老板见状就微笑解释着："他女儿现在十五岁，但是跟着前妻住。因为当年我爸爸很晚才有小孩，所以我哥哥大学刚毕业的时候就被催着结婚。他的年龄虽然大你十岁，但是人非常可靠，离婚的原因也不是他的问题，而是他前妻有外遇。邱小姐，现在这个社会，想找个好男人可不容易，不要错失良机哦！再说，你们两人认识一下，先交交朋友也好啊！现在男女虽是自由恋爱，却经常容易遇到坏人，还是介绍的比较可靠些。"

"所以你喜欢通过介绍去结婚？"邱敏媛看见汤瑞白正在眼前追着自己问，还好奇地说，"可是我觉得你好像不是喜欢那种方式的人。"

"也没什么不可以。"邱敏媛苦笑着。

"……难道你看见廖育兴后，就打算嫁他了？"汤瑞白不信。

"当然没有！也是经过一番矛盾以后才决定的。"邱敏媛想起，当她从赵阿姨家回到华盛顿州以后，没多久就接到廖育兴从得州来的电话。她在电话中发现廖育兴的声音很好听，音质斯文，音量含蓄。偶而廖育兴还会给她写信或寄卡片，他的字写得小而工整，像个谨慎的中学生，邱敏媛觉得这个人可能很文雅与含蓄。

就这样，双方靠着邮件与无形的声音来联系着，她在电话中也逐渐与廖育兴产生了一些好感。

可是等到两人约着见面吃了晚饭，廖育兴给她的印象不好。她记得当时吃完饭，看到去结账的廖育兴，模样显得有些卑躬屈膝，让她觉得有一种说不出的反感。饭后他还提出了有一点奇怪的约会，他明明是一个很内向且不会跳舞的人，却在首次见面就邀请邱敏媛去夜总会跳舞。滑稽的是他自己还主动地承认说这个方法是一个爱跳舞的同学教他的高招，说跳舞是男女最接近的相处。还说自己虽然不是英俊潇洒，但也是美国高等学府出来的硕士人才，表示就算不喜欢他，也可以从跳舞跳出感情来。更说因为与邱敏媛两人，双方住得距离远，想用这个方法让感情快点加温。邱敏媛听了觉得荒唐且好笑！她不觉得陌生男女交友时，跳舞会是什么好途径，除非一开始就别无选择地在舞会中不期而遇。如果只是第一次见面，男方就主动邀女方去夜总会跳舞，这种近距离的刻意安排，反而显得唐突。何况若是女人不喜欢你，你还认为跳舞可以跳出感情来，那岂不是有点不自量力了。那次邱敏媛觉得廖育兴虽然坦白，却不用大脑。

见面以后，邱敏媛想过廖育兴缺点和优点，两相权衡之下却难定夺。她想再观察几次，也想再考虑一段时间。可是还没有多久，廖育兴就在电话中跟她求婚了，当邱敏媛表示两人还在交普通朋友，彼此需要时间了解时，廖育兴便在电话中诚恳地说了很多话。那些话的主要意思是他年纪大了，没有太多时间玩年轻人的游戏，也就是表态：他想直接结婚，不想老是请客吃饭与约会或者交普通朋友。邱敏媛虽然觉得很突兀，但是也很高兴廖育兴的干脆。因为邱敏媛觉得：当一个男人会说出要结婚的话，通常他可能就是很爱那个女人的。

只是，邱敏媛犹豫了，因为他给她的感觉很平淡，好像没什么吸引力。还有，他已经结过婚，有过孩子，家中有父母一起住，如果邱敏媛与他结婚，势必面对一个大家庭。虽然大家庭比较温暖，但是跟长辈住，很可能容易有许多问题枝节要去应对。

不过，她觉得廖育兴应该也是一个坚强的人，因为他遭遇离婚，却没有倒下。而且他很传统很顾家，学历与经济都好，还是个董事长，的确是一位适合结婚的对象。还有，邱敏媛太孤独了，她常常觉得人活在世上，不是只要有吃有穿，工作稳定满足就够了。她需要一种感情上的付出与得到，爱与被爱，也就是一种相互的“关系”。一个人生活下去会越来越自我、孤僻。她不想掉入那种冷清、寂廖。她要温暖，家庭就有温暖，邱敏媛相信廖育兴的那个大家庭，比起她自己一个人的小窝应该会强多了。

那么爱情呢？当时她爱的汤瑞白早就已经不存在了。那么没有爱情，如何能够去与廖育兴结婚？

但是男女之间的爱情不就是为了婚姻？为什么那么傻？先要吃尽爱情的苦果才能够结婚？婚姻一定要有爱情吗？为什么不可以直接就结婚？古代“媒灼之言”未尝没有好处，节省了多少时间！何况“哀莫大于心死”，自己现在的处境，就好像……刮大风以后漂在水上的浮木，若是不闻不问，它会腐朽烂掉，如果把它捞起来烘干，则会有很多用处。何况她现在已经二十七岁，没多久就要二十八岁了，她觉得自己就是那一根浮木，不用白不用。

她反反复复地下结论，到头来的结论不一定就绝对是对或错，矛盾的煎熬也最为痛苦。

汤瑞白的声音突然响在耳畔：“何必痛苦与矛盾？你可以去问问别人啊！”

“这是我自己的事，问别人有什么用？”邱敏媛摇头。

汤瑞白说：“那么，对婚姻的看法。你应该可以随时去问那个赵阿姨吧！她对这方面一定有很多想法。”

“嗯……赵阿姨曾这么跟我说：‘一个条件好的女人就像一座精致的瓷器，给一个特定的人买回去，会天天爱她、惜她、护她。但是如果放在博物馆给大家看，就算大家都喜欢与重视，也不会老记得来看它，只是偶尔有空时才来。天天在一起，就会有频频的接触，日子久了，也才会有了解与珍惜，不论好坏，这些都会成为感情的储蓄。若只是放在博物馆内，等客人走光，工作人员也下班了。在锁上大门后的博物馆内，虽然宽敞干净又漂亮，还有空气调节。但其实已经转成一种炼狱，只有漫漫长夜的冷峭与空寂。因为尽管时常有不同客人来看你，且大家都给你赞叹与仰慕，但是走了就走了。现实都是很无情，剩下的就是永远孤独的你。在精神与灵性上，都缺乏关怀，在时间上也是一种浪费，因为没有任何情感的累积。’”

汤瑞白点点头，说：“她说得真好！只不过，最后作决定的还是在你自己。”

“我也是那么想。”邱敏媛想起当时自己曾带着孤注一掷的心情，正式去问赵阿姨。在电话中，邱敏媛除了问候，也把认识廖育兴的事说了。赵阿姨一听男方书读得多，经济也富裕，很高兴地说：“这个对象好，有钱，还是个硕士。这类人通常在学校都是好学生，结了婚也很安分。不错！你的好运来了哦！”

邱敏媛笑着问赵阿姨：“你以前丈夫去世后，一直单独生活到现在的感觉如何？”

赵阿姨说：“坦白讲，这么多年我都是自己一个人过，也习惯了。但是现在我才五十多岁，已经能感觉人到老年会越来越孤单啊！以前我曾失去了许多好机会，早知道现在会如此寂寞，当初一定会再结婚的。”

“可是也要找到适当的对象才能结婚，不是吗？”邱敏媛问。

“什么适当不适当！重要的是男人要爱这个女人就好。”赵阿姨带着嘲讽的笑说着，然后又继续添加道：“告诉你吧！我看多了这种事，你以为王家夫妇多么相配，或者，你看到李家夫妻多么幸福，那都是表面！其实如果把两家男女拆开，重新交换整合，就算来个‘乱点鸳鸯谱’吧！信不信？只要男人喜欢那个女人，照样可以恩恩爱爱。不就是男人与女人在一起过日子嘛！”

“可是……女人自己也要爱那个男人，才行吧？”邱敏媛又问。

赵阿姨回道：“光是女人爱男人有什么用啊！男人说变就变。所以我就是觉得，男人必须更爱这个女人才行。”

邱敏媛低头道：“哦……那么，条件就不重要了。”

赵阿姨劝道：“女人不能死抓着条件来挑人，否则会错失良机的，还是要能懂得依照现实作调整，有点弹性才好，否则将来落得像我一样，一个孤老太婆，下班回家永远只能啃白墙，有什么好？而且，男人越有钱是越好！我以前就是太自命清高，不认为钱重要，失去了好多良机。”

邱敏媛听后，就像黑夜在空马路上驾车时的那种感觉，突然有无限的恐惧涌上心头。她可不想下班回家永远只能啃白墙，廖育兴有钱，官拜公司最高职位，商场的董事长呢！还不如……就接受廖育兴的求婚吧！

廖育兴知道后非常高兴，他还跟邱敏媛保证，婚后绝对不让她受一丁点委屈，更不会让她掉一滴眼泪，于是两人就决定结婚了。哪想到廖育兴正准备大张旗鼓地筹备婚礼时，他父亲廖老爷突然有了意外，原来廖老爷在家不慎摔碎了大腿骨，被送进医院动手术。廖老回家必须有人照顾，而他母亲说自己照看不来，急切需要一个媳妇进门。于是廖育兴结婚的事只能匆促进行，加上邱敏媛必须从华盛顿州搬迁到得州，诸事众多纷纭。最后，她竟然连个结婚典礼都没有，只是两人在法院公证一下，就那么匆促地嫁过去了。

汤瑞白的声音突然打断了邱敏媛的回忆思绪：“原来，你就是那么嫁给廖育兴的。”

“嗯……现在想想，还真是有点后悔。”邱敏媛说。

“廖育兴在婚后补办婚礼了吗？”

“他嘴巴是经常在说，但是婚后两年都没补办过婚礼。他常常说都已经结婚，也就算了。”邱敏媛摇头。

“……哦……婚后生活大概不怎么好，是吗？”汤瑞白关心地问。

邱敏媛没说话，婚后生活是不好！若是说到夫妻两人的亲密关系更是无趣。在床上，廖育兴的睡品很差，睡觉总是会张口打鼾，醒来时两个嘴角都是残余唾沫的痕迹。早晨睁眼看到，犹如对方吃了什么大麻药，又仿佛在口吐白沫……很不干净。邱敏媛也不太喜欢与他亲热，两人的夫妻性生活一直是平淡乏味，廖育兴每次都沉闷无语，亲吻她时活像一只啄木鸟。有一回邱敏媛喊头痛不想做，他还突然来了个“霸王硬上弓”，被邱敏媛狠狠地推下了床，那以后两人就很少有亲密关系。偏偏廖育兴特好此道，经常要求，邱敏媛偶尔看他可怜，勉强为之。后来双方常起争执，她也被他怄得实在兴趣缺乏。

“没什么，都是我自作自受。”邱敏媛摇头苦笑。

“应该说是你碰错了对象。”汤瑞白笑了笑。

“我当初大概是觉得他有钱吧！可能是想当董事长夫人，结果想不到……”邱敏媛摇头苦笑。

汤瑞白说：“不！我总觉得似乎是有什么力量促使你去结这个婚的！当然，我不一定是说钱，我觉得你当时一定发生过什么事……而你并没有跟我说。”

“……”邱敏媛望着汤瑞白，眼光里充满了感激。因为他的“心有灵犀一点通”，让她觉得她的心灵能得到一点甘露，到底还是只有他才能够看透邱敏媛的心事。不错！这个中间她漏了一大段，那曾经是一个解不开的死结，也影响了她后来的感情路。但是……说那些有什么用，邱敏媛笑道：“不管怎样，这个婚姻是我选择的，我会尽力而为。何况那些以前的事情，说多了也没用。”邱敏媛无奈地说。

汤瑞白点点头，说：“当然！我不勉强你，等以后有机会你随时可以告诉我。我还是相信你若说出来会舒服一点。”

第六章　山雨欲来风满楼

第一节　冤家路窄

这天游轮一大早抵达猫依岛，可惜这一次，因为猫依岛有军事演习，游轮停留的港口临时换了地方，而白色的灯塔也因为坐落在另一头远远的山上……而无法看到。游客有些失望，只能远远地眺望与拍照摄影，灯塔却若隐若现，看得不是很清楚。因此不到中午，很多游客就提早回船了。廖家四口人也在午餐前返回船上，且一起在七楼“龙睛餐厅”用午餐。还没吃完，廖小倩就跑到外面去用手机打电话给罗奇。

“哎！现在跟我约会吧！”廖小倩恣意地要求。

“没空，现在我在忙呢！”罗奇托词拒绝。

廖小倩很不高兴，一句话没说就把电话挂了。她觉得很郁闷，罗奇总是不出来跟她约会，若在舞厅碰到他，也拒绝跟她跳舞。有一次廖小倩还一直要拉他起身，被母亲常艾丽看到，后来常艾丽竟然在晚餐桌上说了出来，弄得大家都知道了，真气人。哼！罗奇有什么了不起，廖小倩无聊地走下楼梯，最后就干脆走进商店去了。

没看到女儿回来吃饭，廖育兴就到外面去找她，远远地瞧见女儿在五楼逛店，就跟了进去。

廖小倩无聊地走着，在店里想随便看看，看到一个精致的小瓶子，上面印着“Olive Virgin oil”廖小倩知道那是指纯粹橄榄油的意思，但是她看见 Virgin 一字，有点讨厌，于是就抓了旁边一位很老的白人太太，故意地问:“这是什么意思啊？”

白人老太太面孔一红，很尴尬地回答：“我不知道。”就马上走开了。

廖小倩就在她身后独自哧哧地笑了起来。这一幕让跟在她身后的廖育兴看到了。廖育兴摇头叹气地唤了她一声，廖小倩闻声转头，看见是父亲，很不高兴地怨道："你在跟踪我吗？"

"你吃饭，为什么不招呼一声就走了？"廖育兴问着，然后用手指指后面站在橱窗前的Ida，说，"我们两个等了你好久，大家都吃完了。"

"我不想吃了，有什么招呼可打的。"廖小倩撇撇嘴角。

"我看到你刚刚问那个老太太的问题，非常无礼。你不可以那样对人！"廖育兴纠正着。

"不用你管！"廖小倩不服。

"Virgin这个英文字本身意思是处女，我知道你是在讽刺人家老女人不是处女了，是不是？"廖育兴问着，心里也对那位老太太感到抱歉，自己的孩子不懂事，心眼坏得像一个杀手，怎么得了！于是廖育兴正色地指正着女儿，道："你一定要改，这是很卑劣的态度！"

"你难道就不卑劣吗？妈妈常常说你是一个坏人！"廖小倩瞪着父亲说。

廖育兴一听很生气，原来常艾丽一直是如此教导孩子来恨他的。什么是坏人？连犯人都要先被法院判罪，有了白纸黑字与证据，才能被送进监牢当真正的犯人，怎能那么轻率地在孩子面前就把一个无辜的人贴上"坏人"的标签？对他这一个做父亲的人来说，那是"侮辱"。常艾丽有什么权利？廖育兴的心在发抖，哼！真是"做贼的喊抓贼"，她自己是坏人才会说旁人是坏人呢！离婚是两个人之间的问题，哪来什么谁好谁坏？已经离婚就不应该再去影响孩子，否则会造成更大的伤害。可是常艾丽竟然如此地教导孩子，廖育兴愤愤不平。但为了扳回自己面子，他只好谎称："她是因为我要主动离婚，才那么诬蔑我。"

"不！她是因为你吝啬，所以应该是她主动要离婚的！"廖小倩不赞同地说完，她想起了廖育兴的吝啬，全家人都知道而又无可奈何的恶习。有时她会觉得廖育兴其实并不爱她这个女儿，曾经有一些往事，让她记忆犹新。

她的爸爸不论在餐馆还是在家中，都不用纸巾。廖小倩每次在家若跟他吃饭，经常要面对着他嘴角的油污与饭粒而蹙眉，为了让自己口中的食物能下咽，廖小倩不得不一次又一次地叫对方要用纸巾擦嘴巴。若是在餐馆，他同样是从来不用纸巾揩嘴，宁愿让自己嘴巴脏兮兮的，也要把纸巾带回家。若嘴脏被人发现了，他有时就直接用手来处理，有时会干脆跑一趟洗手间去洗嘴，就是不肯用纸巾，仿佛跟纸巾有仇。其实廖小倩常常也忘了他最后到底是否用过纸巾。总之他就是有这个本事，在用餐完毕以后，身旁那张纸巾绝对还是干干净净的，然后绝对被带回家，有时连厕所的揩手硬纸巾也带回来当纸巾用。日久家里到处都是他带回来的零碎纸巾，常被堆得像山似的放在厨房盒子里，而家中以前曾买过的正常软纸巾却都被冷藏在橱柜中不用。

有一回廖小倩喝果汁，不小心溅了一些在脸上。她急着找纸巾用，顺手就近抓了一张厕所揩手纸巾使劲地擦眼睛，结果被纸巾的锯齿形边角伤到了眼球。她痛得哇哇叫，眼睛也睁不开，家人赶紧把她送急诊，结果医生说是被硬纸巾磨伤到眼角膜，除了涂药还用绷带包扎了一个月才好。后来廖育兴竟然丢给她一句话：“怎么会这么不小心！”廖小倩满腹委屈，气得直叫要离家出走！最后还是 Ida 说了句公道话：“揩嘴纸巾本来就应该用软的，谁能想到那厕所纸的锯齿边会那么利。”

“我带回来是给厨房清洁用的，小孩做事鲁莽，自己不小心！”廖育兴不理会。

廖小倩气呼呼地说：“那为什么家里桌上都没有一张像样的正常软纸巾呢！你根本暗中就是希望大家都用你从外面带回的纸。”

“在橱柜里有纸巾啊！自己不会去拿？还怪人呢！”廖育兴白她一眼。

Ida 看见父女俩吵个不停，心也烦了，就跟廖育兴说：“这种厕所纸很硬，以后最好少带回来，免得惹祸。”然后 Ida 转身又说：“小倩！等你有空了，记得去橱柜拿一些软纸巾出来，放在桌上，大家用就是了。”

可是，这件事以后，家里并没什么改动。廖育兴还是经常从外带回硬纸巾，廖小倩自己也忘了，没去橱柜拿出软纸巾来给大家用，一切不了了之。

想到此，廖小倩就不想理睬廖育兴了。

此时 Ida 看完橱窗也走了过来，廖育兴就跟小倩说：“你不要总是在船上乱跑，跟着家里人走走吧！”

“我没兴趣！”廖小倩朝前走了三步，廖育兴就跟了三步，廖小倩生气地回头说：“你不要总是跟着我！”

“告诉我，你到底去那里？”廖育兴问。

“吃冰淇淋。”

“我们一起去。”廖育兴朝身后的 Ida 挥挥手，且自己跟上了廖小倩。Ida 缓着步子，在后面说：“我不去吃冰淇淋了！也许一会儿去赌场随便走走。你也不用来了，陪孩子好好去吃吧！”

看到廖家父女走了，Ida才走去赌场。赌桌的客人全满，只有好几个吃角子老虎机还空着，她想就一边玩一边等赌桌的空位吧！

突然耳朵里传来一串呼唤：“Ida！ Ida！真的是你，你还记得我吗？”一个年纪与Ida相仿的女人，在Ida旁边的吃角子老虎机前，一屁股就坐了下来。

Ida想起对方是以前学交际舞时认识的，曾经为了抢男舞伴争执过。Ida虽然不喜欢她，可是她的丈夫曾在廖老手下做过事，以前也来过家里探望廖老，于是不得不招呼道：“啊！朱太太，你也来游轮旅行了呀！”

“是啊！我刚刚吃完饭看到你，所以我让家人先走，自己就一路跟过来了。恭喜你做了副董事长！”

“谢谢！我只是挂名的，主要是我儿子廖董事长在经营。”

“哦……你儿子媳妇也来了吗？”朱太太问。

看到Ida点头，朱太太说：“你那个媳妇敏媛真是很不错哦！当时你天天去学交际舞，廖老在世的时候都应该是她在接送病人与照顾的吧？”

Ida听了就说：“我儿子一向有节俭美德，他不愿花钱雇人，有媳妇就够了啊！”

“有人说美国是‘年轻人的天堂，老年人的地狱’，可是我看美国的老人也挺受照顾哦！你们廖老告诉我的，他说回家来住以后，隔壁那个白人太太就常来看他。”朱太太说。

“你是说我们隔壁那个没工作的白人中年太太。她那是不甘寂寞，竟然不先招呼就跑过来好几次，真是随便，好讨厌，又不是她的家，神经病！一般美国人绝对不会那么不礼貌，也不会那么无聊没事干，她是怪胎，一个例外。廖老平常脾气很坏，经常给家人气受，可是遇到那个女人就装成龟孙子模样，真是假得很。”Ida撇撇嘴角。

朱太太眯着眼，故意瞧着Ida，说：“不过，美国法律是禁止虐待老人的。就算老人自己脾气很坏，可是谁再讨厌他，也不能触法，否则就会被告。所以对廖老来说，可有保护作用。”

Ida没作声，想起朱太太以前探视廖老时曾送来过一袋牛油果，就说：“谢谢你的牛油果。”

“你还记得啊！那是我们自己家后院种的，做色拉很好吃。”朱太太想起以前的事，就继续说，“记得那时我去探望廖老，第一次是廖老刚出院，我去的时候，他还有医院护士在旁边。当时廖老说那些护士都是医院派来探望的，给了他好多建议，甚至还有几个护士每周连续来两次，一直非常关怀他老人家的身体进展。他自己也乐呵呵，因为他说在这段时间所受到外面的注意，反而要比家里人来得多，那些护士可真是热心肠啊！”

“她们会来，都是拿医院薪水或车马费的，最后都是我们的保险公司付账。所以次数来得越多，钱就拿得越多。有的还会建议你买这买那的，可以抽佣金啊！像上次有一个护士就建议廖老买个医院的折叠病床放在客厅用，他儿子廖育兴一口就回绝了。想想廖老都出院了，干吗还睡什么病床？以后腿好了，自然就可以回楼上睡自己的床。何况当时廖老是用助行器走路，楼下客厅厨房都大，他走来走去也方便。”Ida 说。

朱太太点头道：“哦！难怪那些护士后来都不来了。”

“不需要了啊！”Ida 说。

“不过廖老那时还不该住在家里啊！你大概不知道，我第二次那趟就是特地去你家送牛油果，一进门看到廖老在厨房椅子上打瞌睡。可是他后来突然从椅子上摔了下来，像个小孩子似的坐在地上哇哇大声乱叫。我吓呆了，还是你媳妇冲过去，她呀，怕伤到他的筋骨，先是单手拉他不成，又改双手去拉，却还是使不上力。最后她干脆从后背用力背住廖老的身子，才把他给背了起来。想不到你媳妇人那么苗条，力气还真大啊！廖老后来看到我来了，还挺好面子地说：‘这种地面太滑了，不是人可以走的。’想来有点好笑，呵呵……”朱太太掩嘴笑了起来，想想又接着说，“听说廖老若打瞌睡，精神稍稍不济就会跌倒，而且自己爬不起来，每次都要喊‘救命’。你媳妇平常压力一定很大，想来总要心惊胆战，随时一听到廖老喊叫就要飞奔下楼去救他。换成是我啊！那我才要叫救命呢！人家说夫妻感情好，媳妇才比较容易照顾公婆，所以我觉得女人啊！一定要嫁一个你爱的男人，将来才会肯心甘情愿地去侍奉公婆。看来你儿子媳妇，两人感情应该很好才对，如果不是的话，那你真是前世修来的，有那么一个好媳妇，算是不错了哦！”

Ida 不动声色地说：“那是做人媳妇本来就该做的，而且她刚考过护士执照，自己也是半工的护士。”

“真的！半工的护士还不能算正式的全职护士啊！”朱太太有点惊讶。

“照顾自己长辈，是没问题的。”

“可是，以廖老的身体情况是应该住在医院的。你们那么有钱，为何不让他住在老人疗养院呢？这对你媳妇太不公平了，要知道啊！即使每天去医院探望病人也会轻松些，那可是与每天要担心与防止病人出事的那种紧张是不能相比的。像廖老的情况，就算不去住疗养院，也应该在家中找一个有经验的男护士，力气也够大，一天二十四小时都可照顾他。这可不是你那身子骨苗条的媳妇能做的事情，而你们不但让她在家中提心吊胆的，随时还要背廖老起身，难道她自己不要活了吗？”

“我说过，我儿子要节省。”Ida 面色不悦。

朱太太着盯着 Ida 说：“但也不能完全靠媳妇，人家都说‘久病床前无孝子’，可是现在这个年代，何止无孝子啊！连伴侣都能逃就逃。廖老总算是命好，还好有你媳妇帮忙注意照顾着。你媳妇也可怜，怎么刚嫁过来就要侍候那么一个病人？你儿子怎么不替太太想一想呢！那样动不动就要让你媳妇使劲全力去背廖老起身，次数多了，我担心她会得腰背病的，唉！以前就听护士说廖老身体退化得相当厉害，说话与动作都迟缓，跟他说东，他却绕弯去说西。当时脑筋大概就有点不太清楚了，这种情况是不能住在家中的，也太危险了。”

Ida 勉强应对道：“是啊！以前廖老脑筋清楚时，就会喜欢振振有词地骂人，也挺惹人心烦的。”

朱太太叹口气道：“廖老也真是可惜，脑袋心脏都好好的，却得要受腿伤与行动不便的罪。最后可不就是摔跤害了他，所以我说他住在家里，就是危险。”朱太太唠叨地说着。

Ida 听了真的有点不太高兴了，就应对着：“也是他自己性子急，当时我们都劝过他，说等腿伤完全好了再爬楼梯。他却说以前那些洋护士曾要他别老躺在床上，躺久了也需要多走路来达到运动的目的。走路就走路吧！可他硬是要偷偷爬上楼去自己房间东摸西弄的，然后下楼时又硬是着急。才会从楼上摔下来，这一摔就惨了，哪里经受得了？我看都是媳妇带进门的劫数啊！逃不了的。”Ida 神色哀哀地回答。

“时代不同了，可是我发现有些西方人觉得男人让男人照顾好像没面子，即使是父子，宁愿让媳妇照顾。可是我们中国人讲“男女授受不亲”，明明有儿子，却去麻烦媳妇帮忙更衣洗脚的多不好。人家也是别人的女儿呢！帮自己父母都还没那么热心，现在却非得去接触那异性老人的身体。虽说是公公，也不会喜欢啊！还不都是勉为其难，如果儿子能做应该尽量去做，到底是自己父亲。可是现在有些年轻人很自私，完全不管自己父母死活。所以你怪你媳妇把劫数带进门是不公平的，在我看来，她对廖老已经算是仁至义尽了。”朱太太笑着说。

“不过，西方人也不会容许你不管自己父亲，如果那种残障老人上诊所没人陪伴，医生可能会把儿子告到法院，但不会告媳妇。”Ida 附加着自己的感觉。

朱太太摇头叹气，道：“廖老那时摔了又摔，也真是可怜，他走以前准吃了不少苦。唉！所以我觉得人啊！说穿了，活着的目的就是为了‘好好地死’。”

Ida 听了很刺耳，用力白了朱太太一眼，道：“你这是怎么说话的呢？活着的目的是为了好好地活才对！”

“哎呦！我的话虽然不好听，似乎有些钻牛角尖，但我可没说错。仔细想想也是一句积极而真实的话，你听听：人赚钱为了吃饭，吃饭为了健康，健康为了不生病，不生病才能够善终，不是吗？人到最后都会死的，所以要小心开车、谨言慎行，要运动、要养生……不都是为了将来能够好好地死？若是出了什么意外，生了那种乱七八糟的病，死以前，岂不就要多受苦也多遭罪了。所以说人一生下地，就要准备让自己将来能好好地死，想想也是很正确啊！”朱太太摊开双手，又说，“你们廖老去世前，来见他最后一面的亲戚朋友还真多。人在快死的时候也很忙，他躺在床上应接不暇，听说等到访客都走了，他人反而又好好的。一直到后来才突然变坏，一病不起，不过总的来讲啦！还是有福气的，算是善终了！”

Ida 浑身不自在，这就是树大招风的后果，廖老人都过世了，还有人那么个啰唆与嚼舌法，Ida 只能笑笑说：“是‘回光返照’吧！”

朱太太道：“现在这个时代，七十五岁的年纪也不是很大，可是廖老去世前怎么就像个九十多岁老人似的，又瘦又干，真是够可怜的。”

Ida 几乎要恼怒了，但是旁边都是人，她是高贵的副董事长，绝不能失态，于是她说。“人生七十古来稀，廖老能活到七十五岁，不容易了。他这一生，家大业大，什么都好，就是有些偏好……”

朱太太突然兴奋起来，睁大眼睛问：“哦！是什么偏好？”

Ida看看朱太太的夸张表情，再想想她先前说的话都一直不怀好意，口无遮拦，几乎都像冲着Ida来的。干脆还是别再跟她多说什么闲话了，免得她到外面去乱传，于是 Ida 就说：“没什么啦！人都过世了，不谈了。”然后 Ida 抬头张望，故意地说道："咦！你家人可能会等你哦！"

朱太太一听，知道是逐客令，想想也没什么可再聊的，就起身摆摆手走了。

Ida捧住胸口，低头想，还好！总算把她赶走了！想不到朱太太与家人也在这艘游轮上。刚刚自己真是差一点就要说出了那几个字"女人的偏好"，可不是，廖老生前那些风流韵事……就算要说也让她难以启齿。尤其他在媳妇邱敏媛面前的说话……Ida才抬眼，正好看见邱敏媛从赌场门口走过……唉！不想也罢。

此时，旁边的赌桌旁空出了一个位，Ida就赶紧冲过去坐定。她卷起袖子，打算好好一展身手了。

第二节 情定"牡丹亭"

邱敏媛走到游轮的图书馆，才一进门，她的双眼就被里面的设备与装潢吸引了。图书馆并不大，但是整洁雅致，地板新亮，墙上有许多精装书，空气中飘着一股清幽的檀木香味。邱敏媛绕了一圈，从后门走出来，坐在门口休息用的一张皮沙发上。她打开自己身上的斜肩皮包，想找出游轮当日的行程表。没找到，手却摸到自己灰色的小皮夹，她沉默了几秒钟，就从内取出那一张五年前与汤瑞白在中国"香山公园"拍的照片来看……

"给我看！"传来一个男人声音，吓了邱敏媛一跳，她抬头看，是汤瑞白。

"很巧！我看到你进入图书馆，所以跟过来了，你一直没发现我，呵呵……"汤瑞白说着取过了照片，赞叹道："'香山公园'真美！"

"都五年了！真的给我留下很多难忘的回忆……"邱敏媛赞叹地说着，思潮也被卷入了往事中……

她还记得照片中背景，那是北门内西侧的"见心桥"，一座有江南风味的庭院，中间有个心形的水池，泉水从上滴落在池面，水花如丝。桥边种着许多葱绿苍劲的松柏，山间的石块高低凸显，岩影斑驳，景色非常雅致。照片背景的另一边是东侧，有两个小湖。横在湖泊中间的是一座白色拱形桥，远望就像眼镜，故被称之"眼镜湖"。

那一趟北京之旅，拍摄照片最多的就是这个北京海淀区西山东麓的"香山公园"。当时，两人无限新奇，跟着导游去过好几个名胜区，像"八大处""八一湖”“后海”……邱敏嫒记得，她一直很留心听介绍的内容：“后海”是故宫流出去的水，那里有四合院的建筑古迹，也是大学生晚上最爱去玩的地方，邱敏嫒真是一愣一愣地听傻了。最后是“香山公园”，那是从颐和园往西区约有五千米，距北京市区二十公里的地方，听说乘公交车三一八路可到海淀区西山东麓的“香山公园”。邱敏嫒与汤瑞白第一眼就爱上了这个在北京近郊，集自然与人文景观于一身的著名胜地。各自花了五元的门票，就进了去，走在园里，邱敏嫒能轻易感受到，这个自古以来皇家禁地的神秘性。放眼望去，群山叠嶂，林木茂盛。北面还有山垣，山壁中有小石洞，喷出的泉水，壮丽地飞落下来，真是美得让人目不暇接。

当时是冬天，没什么花朵，但是还记得汤瑞白说：“我问了导游，他说在五月以前，北京有玉兰也有桃花。五月以后，有点像玫瑰的月季花就会冒了出来。很多种颜色，枝上还生着点点隐隐的刺，一不小心就会伤到手哦！”

邱敏嫒好奇秋天的景致，不禁问道：“那么秋天一定也很美？”

汤瑞白说：“导游也说过，九月时候，花朵繁多。尤其月季花的杂色纷呈，也是北京最热闹的季节，而且天气也比较好。”邱敏嫒点头，眼中仿佛看到各种花都在盛开，那种五彩缤纷的景象。树叶可能也会由翠绿转到橙黄或火红了吧！那秋天的红叶一定更美了……

汤瑞白把照片还给邱敏嫒，若有所思地说：“五年前的事情了……你还记得‘牡丹亭’吗？”

“当然。”邱敏嫒点头，把照片放进皮包内。

“那是我们的定情地。”汤瑞白温柔地看着她……

“……”邱敏嫒没说话，收回视线，她想起了好多往事，也包括那个“牡丹亭”……

那时，“诗友社”每周五晚上会固定在西雅图的一家中国餐馆内用餐与喝茶，一年的时间，大家都写了不少的诗。

餐馆的名字叫“牡丹亭”，老板有四十多岁，其貌不扬，也不修边幅，说起话来口沫横飞，尤其谈到社会与政治乱象时，一个不小心就三字经出口，但是做人善良且爽快大方。他很喜欢自己发明新食谱，餐馆内许多稀奇古怪的菜名都是他开创的。而且每次有新菜出炉的处女秀，他一定让熟人来免费品尝。因此新菜都大受欢迎，生意当然也跟着兴隆。老板还是一个艺术家，早年在台湾是专修艺术科系毕业的。来到美国后，工作难找，他就到西雅图开了餐馆。满个墙壁贴的都是他自己作的字画与艺术手工品。客人一进门就会看到他的一个大杰作：涂了红漆亮光的菱形木板上有一个黑色的大“福”字。木板四围雕刻了黑色的花纹，两条粗大的红色流苏垂直坠下，客人问他为何“福”字不倒挂？他说就好像做人，要端正，怎可倒吊？众人闻之都觉得有理。

华盛顿大学的华人学生都喜欢去他餐馆吃饭，时间久了，大家跟他混得也很熟。可是当“诗友社”的人提到想有个地方切磋诗文的时候，老板突然犹豫了，态度变得有些闪烁不定。双方只好卡在那儿，“诗友社”也不得其门而入。后来才知道是老板娘反对，她跟老板一样，外形都不好，但她很喜欢强调穿着，偏偏每次都穿得乱七八糟，也总是没有艺术感。老板娘的个性跟老板完全相反。做人特现实，脾气也不好，经常训员工，有时还会欺负自己华人食客。有一次一位客人来买外卖，不知何故，双方闹起了意见。外卖还没包装好，两人就吵了起来，那客人大声地说：“通常人长得丑，心地都会好些，才会均衡。可是你呀……哼！”

“我怎样？”老板娘双手插腰。

“你那一张‘大便脸’，我已经都不想看了，心地又那么坏。”客人摇摇头。

老板娘闻言就当场吐了一口口水在客人买的汤面内，气得客人几乎要掀桌子，大叫道：

“我不买了！你……你这个黑心的家伙，怎么能开餐厅啊！”客人震惊地站起了身子。

“哼！我这是客气的，如果我在背后吐，你还喝得香乎乎呢！”老板娘双手抱胸，得意地说。

“你这混蛋！你……你简直不是人！”客人跳了起来……

那一次餐厅里打闹得有多混乱，就甭提了。

知道了老板娘反对“诗友社”用餐馆场地办活动，邱敏媛与汤瑞白也很泄气。后来，两人经常去游说，而且答应主动帮忙发传单来宣传餐馆，那老板娘终于首肯。事情一谈成，她老公也变得非常热情。说是每个周五晚上八点钟开始，答应免费提供餐馆的场地，还免费提供茶点，只要参加的人傍晚来餐馆吃顿便饭，就可以免费参加“诗友社”的吟诗活动。场地终于获得顺利解决，邱敏媛与汤瑞白两人也因此很有成就感。想想“诗友社”，几乎要因为没有场地可聚而停摆了。好在两人也相互支持，渡过难关，彼此之间就开始注意到对方。

其实邱敏媛很早已察觉汤瑞白对她有意思，女人的第六感总是很灵，但是因为喜欢他的女生太多了，邱敏媛实在不想去凑热闹。直到有一次，那是在“牡丹亭”餐馆中发生的一件不愉快的事件。

因为邱敏媛是社长，每次都最早到餐馆，独自一边用餐，一边看书，等待其他社友的到来。那天，餐馆客人不少，邱敏媛抵达时，看到餐馆中已有好几桌的客人，大家都在注视着她，邱敏媛一个人站在那里等，非常不自在。有一个她见过的年轻男侍者小胖出来带位，她就一人在角落坐了下来，又继续等了很久，小胖才过来接受点菜。邱敏媛点了一份带辣味儿的“炒马面”，食物来了，她就专心地吃着，正吃了一半，小胖突然走到她的桌旁，伸手指指厨房方向，说道：“邱小姐，我们老板娘说以后你来了，要到后面去，先跟她打招呼。”

邱敏媛觉得很奇怪，老板娘早就知道每周五会有诗友会的活动，也知道大家分别都会来吃晚餐，为何还要来这种下马威？邱敏媛觉得有点不快，放下了筷子，没好气地问小胖：“为什么我要先跟老板娘打招呼呢？”小胖个性沉默，摇头说不知道，脸上却带着难以理解的笑，给邱敏媛一种被嘲弄的感觉。邱敏媛心一沉，直觉就感到有人在对抗自己，难道是先前答应借出场地的事变卦了？不对啊！上星期老板还带着笑脸在听“诗友社”的同学们唱卡拉 OK 呢！说不定是老板娘的关系，让老板嘴里不便说出口，难怪最近只有茶水，点心都不再供应，也许是不乐意了。邱敏媛想到此，就很不想一个人留在原地，干脆让小胖买单，把剩下的面装在外卖杯内带回家吃。走前她跟小胖说自己临时有急事要去找副社长汤瑞白。小胖竟然也不好奇，就打包了。邱敏媛就这样莫名其妙地带着剩食走了出去……

邱敏媛刚走出餐馆就迎面碰上了汤瑞白，她气呼呼地走着，汤瑞白一见情况有异，就急急地跟在她身后。到了停车场，汤瑞白就问邱敏媛：“你是吃错药了吗？怎么气成这样？”

邱敏媛把先前的遭遇说了，就问汤瑞白：“你听听，下面这两段话，有何不同？

“A. 老板娘说，你来的时候，要先进去跟她打一个招呼。

“B. 老板娘说，你来的时候，让她知道一下，她好出来跟你打一个招呼。”

汤瑞白就回答：“B 当然会比较客气，而且两段话立场不同，前面 A 是‘你进去’，后面 B 那个是‘她出来’。还有，前面 A 用了一个不礼貌的字，就是那个‘要’字。”

“对啊！小胖说的话就是 A。”邱敏媛很不悦地说。

汤瑞白不解地说："小胖怎么会那么说话？"

"是啊！我看老板娘忙碌，就不去打扰她，也是一番好意，自己点菜先吃。总不会是因为点的只是一碗面，太便宜了吧？小胖说'要'到后面去，还说'先'跟老板娘打招呼，我听了就来气。什么要不要的？先不先的？难道每次都得跟老板娘报到才能吃饭啊！"

汤瑞白揣测着："……应该是个误会。"他又指指餐馆说："但是老板本人很支持'诗友社'的。走！我们回去问问。"

"我不去了！老板娘可能不喜欢我，所以才那么下逐客令。"邱敏媛摇头。

"……她会不会是在妒忌你？"汤瑞白侧头看邱敏媛。

"怎么可能？我对老板一点意思都没有。"邱敏媛转过头去。

"那不然就是小胖把话传错了。"汤瑞白说。

"反正我总觉得怪怪的，老板娘好像很厉害。我们不知道而已。"邱敏媛双手抱胸，思考了起来……

"……是吗？"汤瑞白就取出手机给老板娘拨了电话，对方听了，说自己记不得当时是怎么跟小胖说的了，的确跟小胖交代了一些话，但也没要让小胖出去说啊！然后老板娘又说自己当时好像是讲："以后邱小姐来了，你让我知道一下。"老板娘又解释着说小胖是大陆来的，说话与台湾出来的人在口语上有差别，很可能是这样的关系把话传错，造成误会。她还怪小胖怎么这样传话，说是想来这个人心机很深，老板娘自己还得要小心点……

汤瑞白知道老板娘脾气原本就不好，生意忙起来，骂骂员工，心情不悦，态度上转嫁给客人，这也是有可能的。但是大陆与台湾，两地虽然口语有差异，主词与立场是谁就是谁，绝对不会颠倒到这个程度。问题应该是老板娘自己了，想想看……若是做老板娘的自己说错话，怎么愿意在员工面前低头呢！

眼看着情况不妙，汤瑞白就干脆问老板娘，以后怎样才能避免类似的误会？老板娘回答，以后邱小姐来餐馆，就坐"老板桌"。换言之，不用带位，直接走进来，坐在靠近厨房旁边的那张桌子用餐就好。如此一来，老板娘在厨房探个头就容易看见外面，会马上知道她来了。

事情解释过后，汤瑞白就带着邱敏媛又回餐馆去了。小胖正好站在门内，汤瑞白微笑地告诉小胖："刚刚电话里，老板娘说了，以后邱小姐来就直接坐老板桌，不劳小胖费心了。"

小胖闻言一愣，马上“见风转舵”地眯起眼笑着说：“那好啊！我们也省事。”

那以后，邱敏媛去“牡丹亭”餐馆，就真的直接走进去坐老板桌。如此一来，她跟老板娘很容易地能打上招呼，更不用通过小胖来造成误会，彻底解决了邱敏媛的尴尬与头疼。

汤瑞白也跟邱敏媛私下分析了这场误会，虽然邱敏媛依旧满腹疑云，说自己是去付钱吃面，为何还要那么麻烦地去应酬？难道只点一碗面就不是客人吗？汤瑞白却有他的看法：目前“诗友会”的场地是个重点，老板娘虽然有点令人头疼，但老板本人还是非常支持。何况开餐馆的本来就会工作辛苦，人多口杂，弄不好是非多，不如就让这件事情顺水推舟地过去算了。

邱敏媛同意地笑了笑，却按捺不住好奇地问汤瑞白：“不过……老板娘真是很奇怪，她知道‘诗友社’的人每周五都会来餐馆做活动，那么我来了没有，与她有什么关系啊！”

汤瑞白想了想，说：“可能她记性不好，答应我们每周五来餐馆做活动的事情，后来忘记了。”

“一个人既然答应,就该做到啊！否则那就不叫记性不好,而是不守信用了。”邱敏媛说。

“也或许她怕老板跟你打招呼……”汤瑞白瞥了邱敏媛一眼，心里想，连他自己都会想跟这么一个清丽脱俗的女孩多接触，更何况是在餐馆厨房里闷了长时间不透气的落魄艺术家。美是一种赏心悦目，谁不喜欢？

“为什么就是我呢？其实我这社长每次一个人最早去，已经很不自在了。难道每次都要跟她去‘问候’吗？”邱敏媛不解。

“你忘了老板与他太太都是个好客的人，就是喜欢打招呼。”汤瑞白笑了。

“还是很奇怪……”邱敏媛淡淡地说。

“算了！不要去想了。”汤瑞白劝着，邱敏媛终于点了头。

汤瑞白就在谁也不得罪的情况下，把这件原本可能会闹得鸡飞狗跳的事情，明快地处理了。于是老板开心，老板娘与小胖也都不得不配合，同学们依旧每周五在餐馆办着活动。不久餐馆也因为社里的宣传跟着水涨船高，生意更加兴隆。邱敏媛的心放在汤瑞白身上几乎也跟着多了，因为她发现自己对汤瑞白开始有了好感。

邱敏媛想到此，看了一眼海面的浪花，道：“都五年了，时间过得好快，听说‘牡丹亭’后来的生意不太好，现在可能不存在了吧！”

汤瑞白正要说话，邱敏媛瞥了一眼腕表，突然想起什么似的说：“啊！对不起，我还有事，真的得走了。”留下汤瑞白一脸的落寞……

他还有好多话要跟她说呢！回忆才开始，不是吗？可是她怎么如此快就走了。这该怎么办？不只是为了菲利浦交代的任务，即使自己私下也有好多话很想问她，每次都要等待机会，太慢了，真想抓住她，问个一清二楚！可是，他知道，绝对不能唐突，一定要让这一切进展得不露痕迹。尤其他绝对不能让邱敏媛对他产生任何误解，因为他觉得以前爱邱敏媛的感觉不但回来了，而且更浓烈。

第三节　鸡跟鸭讲

邱敏媛走回船舱的时候，看见廖小倩与廖育兴正站在门口说话。廖育兴见邱敏媛走过来，很不高兴地说：“刚才你和那个姓汤的在船尾说什么？”

“随便聊聊。”邱敏媛淡淡地说。

廖育兴表情不悦地说：“你们两人一定是约好的。”小倩在一旁得意地看着邱敏媛。邱敏媛见状突然明白了，问道：“是谁说的？”

“是我！怎么样？我看到了。”廖小倩仰头说。

“以后你不许跟姓汤的那个小子说话！”廖育兴烦躁地交代。

邱敏媛有点惊讶，不服气地说：“我和他是老同学，又没越轨，为什么不说话？”

“我是说……你少跟他说话，别人看到了会误会。”廖育兴换了口气。

“笑话！游轮又不是陆地，范围小，当然有可能经常碰到。说话也不犯法，产生误会的人是她自己心理有问题。”邱敏媛看了廖小倩一眼。

廖育兴也瞪了女儿一眼，挤出了一个包子脸的表情，独自转身走进船舱去了。邱敏媛不想马上跟进去，就站在门口跟廖小倩说：“你刚刚既然看到我们在说话，就大大方方地出来打个招呼，不要自己胡思乱想。”

“汤瑞白是个单身汉，你自己是个结婚的人，不在乎别人怎么想吗？”廖小倩问。

“怎么想？我行得正，坐得正，怕什么？我结婚不是卖身，应该还有说话的自由吧！”

“我劝你最好避开！”廖小倩恶狠狠地说。

邱敏媛反感地回道：“不！以后我还会碰到他，而且还会说话。我劝你最好不要乱想的好。”

廖小倩面无表情，无神地盯着邱敏媛，半天没说话。

邱敏媛最讨厌她这种扑克牌的眼神，是一种极度的漠视。每次看到，她心底都会有不愉快的阴影，久久不散。可是偏偏邱敏媛只能赔笑脸。

廖小倩却还不满足，依旧冷冷地说：“爸爸说你想离婚，为什么不离？”

“这是我们的事情，不劳你费心。”

“我希望你离开廖家！”廖小倩说完就转身跑走了……

邱敏媛的右手早已经抓紧成了拳头，她的身子在微微颤抖……心里在呐喊：“我偏不离婚！”她真是气坏了，不想回船舱，只好转身，沿着楼梯，慢慢走下去……

每次跟廖小倩说话，邱敏媛总有挫败感。虽然她一直都希望能够跟廖小倩好好相处，可是……廖小倩对她永远是敌对的态度。

刚结婚时，因为廖小倩的跋扈，邱敏媛吓得一度真想逃走，但是面对问题，必须解决，当时她是想：“既来之，则安之”，都已经做了选择，嫁了人。何况廖育兴一直在努力待她好，她觉得人生有些事情，在没有完全尽力以前，只有进路没有退路。

可是廖小倩太不懂事了，一次次地想诋毁她，经常地明知故犯。她与邱敏媛说话时，眼睛从不看邱敏媛，通常都是无神的漠视，顶多是斜眼，再不就是明目张胆地瞪。也从来没有称呼，就算碰上，永远也只是那种无声与冷场的态度。廖小倩的眼中有一把冷飕飕的利剑，常常弄得人难受，邱敏媛的出现让这利剑变得更尖更长。邱敏媛宁愿那支利剑完全朝她而来，她可以迎战，可以动之以情，用热力去融化那支“剑锋”。但是那支利剑表面上是对着邱敏媛，实际上是对准廖育兴。因为廖小倩一开始就显露出对父亲再婚的无言抗议。

嫁给廖育兴，看到廖小倩，真是让她开了眼界。她这才知道世界上真的有这种问题家庭与冷漠的父女。有时，她看见廖小倩对廖育兴说话很无礼，而廖育兴却默默承受，委屈求全，邱敏媛的立场不便表态，但想想为什么她嫁的男人就要受欺负？谁给她的男人气受就是不对，她却是那么无力，因为她知道廖育兴怕廖小倩，只能苦笑。她不是不了解廖小倩那心态上的不平衡，一个没有母亲的人是悲哀的、让人同情的。但是都那么大的女孩了，对父亲总是当众给难堪，恣意诋毁，难道是“人之初性本恶”吗？

邱敏媛也想早些离开廖家，可是当她看见廖小倩脸上得意的表情，就犹豫了。绝对不能让她得逞，虽然邱敏媛自己觉得应该跟廖育兴离婚，但是为了不让廖小倩更加地欺负廖育兴，邱敏媛只能忍耐。只要她还在，廖小倩再怎么撒野，到最后也要对她这个后母畏惧三分，也就不敢真正爬到廖育兴头上，到底她才是廖家的女主人。

可是廖家并不让她留恋，刚住进去时，发现那房子很大，附近环境优美。六房四浴的三层楼，有电梯，还有防盗系统装置。廖育兴夫妻住的套房在三楼，有一个大洗手间，房顶的天窗晒进了温暖的朝阳，洗手间内的光线就像白天般，灯都不用开。这在西方人是达到了晒太阳与省电的双重效果，然而多数东方人不爱暴晒在阳光下，于是就只剩下省电一个好处。碰上刮风的雨天，天窗就会滴答作响，还挺吵人的，但也唯有高级的建筑物才会在顶上开这个窗。卧房角落有百叶窗，开启后，会看到后院的山石与大草坪，就像一幅风景画在眼帘下出现。低头可望见两边邻居的后院，左边是西方白人，绿荫满院，角落放了个烤肉用的瓦斯大炉架。右边住的是印度人，后院一半铺了水泥地，有个篮球架，很少看到有人在打球。邱敏媛不太愿打开窗帘看窗外风景，也不太跟邻居往来，也许是因为下意识里，她觉得自己是这个家后来的人，对这个房子缺乏原始的情感。

廖育兴知道她不习惯，就安慰她，说她现在是这房子的女主人，不用怕。虽然有电梯，但大家平常都走楼梯。邱敏媛很少下楼，习惯了不在大厅内多走动。进了卧室，就不想下来，好像这里不是她真正的家。

她虽然是一个富家媳妇，也许别人会觉得她很有钱，但是她一点也不觉得。有一回车子有毛病要放在车厂修，工人送她回来，快到时，不停地夸她住了个好区，说她一定是位富太太。那些话令她觉得不很舒服，也不想让工人送到家门口。于是还没到家，她借口说自己有事要去附近邻居家，在路口就先下车了。她现在才理解，真是宁愿只有一个稍小的窝，经济上自给自足，生活上平静温馨。换言之，物质上差些没关系，精神上舒服就好，目前这些感觉在她却是奢侈的。

作为一位董事长夫人，周围绕着她的人不少，但她宁愿沉默，也不跟人谈自己的私事。虽然婚后，赵阿姨曾经来探望过她，但是她对自己婚后的失望也绝口不提。赵阿姨走的时候，还高兴地跟她说：“你的选择是对的，女人的好年华不长，何况树上的花凋谢了就会有其他新花苞生出来，旧的比不了新的，一凋就入泥。瓶子里的花却不用比，凋了还在瓶中，与其让一朵花随风吹落，不如就摘下来放在一座安稳且装了水的瓶中。”邱敏媛完全同意赵阿姨的话，只可惜，她的这个瓶子里没有了水分。

邱敏媛一直是摸着楼梯把手往下走着，来到六楼后，才发现手上有一点灰尘，就去洗手间洗手，顺便上厕所。用完正打算开门出来，却听到厕所外有女人说中文……声音好熟，是 Ida 在外面！邱敏媛捏着门闩，一时不想出去，耳朵听着 Ida 与另一个女人的中文对话：

“这次的游轮上有好多东方人。”Ida 的声音。

“是啊！我刚刚看到你，就猜你大概会说中文，这船上很多年长的人。”

“是啊！人生一场，这些人什么都有了。老了就来游轮旅行，多幸福，多悠哉啊！”Ida 说。

“你大概也不错吧？”

“哪里呦！我很想要一个孙子呢！都没有。”

“让媳妇生啊！生不出吗？”

“我那个可恶的媳妇不肯生，或者……她生育方面有什么问题，我也不好问太多。”Ida 的声音。

“哦……那还是别去问比较好，时代不同了，呵呵……”另一个女人回答。

两人的声音随着走远，变小了……听到两个人似乎都走出了洗手间，邱敏媛才开门出来。

在这个家，Ida 是长辈，虽然她不是廖育兴的生母，走东到西却总是喜欢拉着她。邱敏媛并不想讨好 Ida，尤其看见她当年对丈夫廖老的无情，更是摇头。哪有老公病在床上，太太还到外面去跟别的男人搂搂抱抱地跳舞？怎么会有那份心思呢？丈夫病了，老了，丑了又怎样？既然嫁给他，就应该照顾他。这种情况，通常都是夫妻两人早就同床异梦，无奈之下才在一起。想到此，邱敏媛觉得自己的婚姻不也一样？但是她可能不会自己出去玩，那倒是真的。

婆媳之间，中间男人的处理是个关键，可是廖育兴在对话上相当不谨慎。例如，廖育兴在楼下看杂志，婆婆也在楼下沙发上坐着，邱敏媛人在楼上。因为有事要找廖育兴谈，不想惊动婆婆，就站在楼梯口喊了他一声。希望他能抬头往上朝她看，她好打手势让他上楼来，再说话。哪想到廖育兴却只是在楼下大声回应：

“什么事？我马上就要帮妈按摩肩膀了呀！”然后他才抬头看到她的手势，却急匆匆地走上楼。婆婆听在耳里，又看在眼里。心想媳妇好像总是在妨碍儿子来帮娘做事。邱敏媛在楼上提醒他不要那么隔楼大声回话，就说有事不能上楼，待会儿再上来也可，然而廖育兴说都是自己家人，直接说话，有何关系？还说母亲不会有兴趣听的。邱敏媛辩道婆婆再不想听，也到底不聋，最好是上楼来才说。话还没说完，廖育兴就一边走下楼一边还是大声地说：“放心！妈妈她不会介意！”楼下婆婆当然也都听到了。如此没大脑的沟通，经常令邱敏媛气结。廖育兴始终无法明白这些细微处，也缺乏应有的敏感度，仿佛天生少根筋。而且即使解释得让他心服口服，点头似捣蒜，可是事到临头，他还是老样。

廖育兴是个生活非常贫乏的人，他没有什么嗜好，夜里只喜欢独自在书房看电视上的战争片，多数是那种历史的黑白纪录片，总是看到很晚。不但专心，而且重复地看个不停，看完还怒气冲冲的。每当这种时刻，谁跟他说话谁倒霉，因为他说出的话都是冷硬不堪、杀气腾腾的。邱敏媛看在眼里，劝他少看，早点睡觉，但是他不听。等到一上床，他就抽紧自己，睡态恶劣，邱敏媛劝他放轻松点，聊聊天，他说怕睡不着，第二天会起不来。于是恶性循环，他越别扭就越睡不着，越睡不着就脾气越大，邱敏媛气得喊他“牛魔王”，自己也变成了无睡意了。第二天，当邱敏媛抱怨时，廖育兴却完全不记得，只能道歉，等到问他为何道歉时，他竟然如此回答：“因为你不高兴，我只好道歉。”换言之，他的道歉完全无诚意也无内容，只是为了敷衍邱敏媛，可不是？一个无法理解自己问题的人，怎么能够面对问题而诚心改过？邱敏媛有时真的觉得，她与廖育兴已经达到半句话都嫌多的地步了，两人经常只能“鸡同鸭讲”，沟通等于零。

其实她与廖育兴对金钱的看法也有很大的不同。就拿最通俗的手机来说，廖育兴以前本来自己有手机，但是他觉得朋友少，平常不太需要，紧急时候的机会发生得也很少，没有必要白白浪费钱，所以取消了。可是那些“紧急时候”一旦发生，很可能会造成更大的损失，这是包括物质与精神两方面的。而且他以前用手机的时候，是与廖小倩同时买的，选择的也是特定时间有限量次数的拨电话方式。他为了把那些机会尽量留给小倩用，自己只是平常晚上九点以后与周末才用。但是手机“限量次数拨法”不是全部属于小倩的权利，何况小倩用手机喜欢跟小男生吵架，经常是只抓着手机不说话，浪费通话时间，简直是在“烧钱”。廖育兴应该也有权用，即使偶然超时，付那一点点额外费用也是值得，至少可以让自己少死一些细胞，对健康有好处。因为，通常一件事若非常烦恼，白天不解决，会一整天都不舒服，他却宁愿忍受着精神上的折磨坚持熬到晚上九点以后才用手机，也不肯随便跟邱敏媛借手机。邱敏媛觉得，应该马上用电话解决，不见得是没有耐性，只不过衡量不同。早早解决问题，可把其他事情处理得更好，才是正确的。换言之，邱敏媛认为不论物质与精神，都要看轻重来决定金钱用法。应该是人控制金钱，不是金钱控制人，可是廖育兴的做法完全相反。

有一个晚上，梳洗时，邱敏媛把这个道理与差别解释给廖育兴听时，他竟然张口打了一个哈欠，说："所以我就干脆不用手机了，因为是我控制金钱，我有权不买手机。"

"错了！你就是在被金钱控制，唉……你好像完全没听懂我的话，是吗？"邱敏媛问。

廖育兴此时又张口打了一个大哈欠，说："唉！是大家对手机的观点不同嘛！好了，我要去睡了……"

至于Ida与廖小倩的相处，表面上两人同盟，实际上也是不和，但是看见廖育兴夫妻俩感情似乎破裂，马上就一起加入战争。吵起来还真热闹，这回上了游轮，依然没有进步，Ida经常是口口声声赞同离婚，于是每次廖小倩与婆婆出现，廖育兴夫妇就会吵得更厉害。有一次，在继女廖小倩得意的笑声中，婆婆也加入了战争，廖育兴生气地赶她们走，一直到两人离开的时候，还听到婆婆一边走一边在喊："下船后，你们干脆就离婚！"

邱敏媛曾经想极力去忘掉所有来自Ida与廖小倩的不愉快记忆，但是她的耐性也有限。邱敏媛觉得到底人的自尊心若是被对方打倒至精疲力尽时，也不得不反挥一拳。她突然发现自己对离婚，下不了决心的理由虽然很多，可是对这点："反击Ida与廖小倩！"未尝不是一个重要的因素。人活着，不就是为了一口气吗？

第四节　船尾的期盼

汤瑞白知道邱敏媛会经常在船尾出现，这天就端了两杯咖啡，朝船尾走去。果然，他远远地看见了她……

邱敏媛正低头专心看海，听到身后一道熟悉的声音传入她耳窝："没打扰到你才好！"汤瑞白说完，把其中一杯咖啡递给她，邱敏媛道谢后接了过来。

两人站着，欣赏船尾那变幻莫测的浪花。冷风跟着吹，咖啡的热度融化了海风带来的寒意。

汤瑞白一边喝咖啡，一边问："我们这样说话，廖育兴会有误会吗？"

"有的时候会，但我都会跟他解释。我又没越轨，他应该能理解的。"邱敏媛坦然地说。

"那就好，他知道我们是老同学，总不能不让我们说话吧！"汤瑞白笑了。

"本来就是，而且他自己经常忙着陪 Ida，也没心情顾到我……"邱敏媛刚说到此，一个中年胖太太推着坐着轮椅的男人经过，轮椅上的病人除了头部，全身几乎都瘫痪了。旁边跟着一个年轻男人，却在不停地自言自语。

汤瑞白看了，说："你会发现，游轮上偶尔会有一些残障的客人，也会有一些轻度的神经病。"

"这没什么，他们也有权利想活得好。而且，游轮对伤残人很方便。我昨天在游泳池也看到一个残障的黑人，身体还很壮，推着助行器走到池边，自己一人起身下水，站得东倒西歪，相当吃力。但他在水里待了好久，很勇敢，很努力！我离开游池的时候，还跟他笑笑，他也在对我笑。然后我朝他竖起了大拇指……"邱敏媛赞赏地夸着，又说，"可是他后来就不笑了。我担心……我当时是否做错了手势？你觉得呢？"

汤瑞白回道："如果他自尊心很强，可能会自卑，何况你是女士。如果一般情况的话，他应该会高兴你的夸奖。"

"那我做错了吗？"邱敏媛问。

"不一定，我猜是后者的可能性较大，若是自尊心过强的人可能根本不会来游轮，更不会自己去公共泳池。"汤瑞白分析着，且说，"下次你只要笑笑就够了，不需要打手势。"

邱敏媛点点头，说："以前刚来美国的时候，我听人家说不要去乱扶摔倒的人。"

"那是怕惹麻烦！但是人家摔倒，我们也不能不管。最好是交代一声，说你会去找人来帮忙，让对方稍候。"

"这样啊！还要交代？"邱敏媛不解。

"这点差别很大！你不交代就走了，对方会绝望，你也会后悔一辈子！我有个朋友就是没交代就跑去找救兵，后来一提及就会被自己良心谴责与啃噬，很不好受！"

"这真是时代进步的后遗症，帮助人也会害怕。"邱敏媛无奈地说。

"嗯……但人就是人，不可能见死不救，必要时只要记得'交代与呼救'，同时都做，就万全了！"汤瑞白说完看了一眼邱敏媛，问道，"这些年你回去过侨居地马来西亚吗？"

"回过，就在你走了以后。母亲生重病，回去了一趟。"邱敏媛回答。

"令堂……生病？"汤瑞白很诧异。

"已经去世了，肺癌。当时家中没钱，她受了些罪才走的。"邱敏媛黯然地说。

"哦……抱歉！我都不知道，你那时……还好吧！"汤瑞白歉意地说。

"……我很难过，很遗憾……因为没能让她在走以前过较好的生活。从那以后更觉得……钱很重要！所以上次我才说嫁给廖育兴是自作自受。"邱敏媛幽幽地看着大海，不再说话。

汤瑞白见状，想转换气氛，就说："讲一个笑话给你听：有一位白人到黑人区发表竞选演说，为了赢得黑人选民的支持，演说中他脱口而出：'虽然我的皮肤是白的，但心和你们一样黑！'"

邱敏媛闻言，扑哧一声，笑了出来，汤瑞白这才继续问她："你和家人当初怎么没去新加坡住？很多马来西亚华人都去新加坡了。"

"我也不知道，好像当年我妈妈不很喜欢新加坡。她说大都市人都比较现实，我妈喜欢纯朴的生活。"邱敏媛笑着说。

"听说新加坡很严格，到处都挂着要罚你多少钱的牌子。"汤瑞白说。

邱敏媛点点头道："嗯！新加坡用的是中国法家思想，许多人会觉得管得太严，抓得太紧，所以可能会缺乏人情味。"

"不过，人有的时候是需要被框正。"汤瑞白点点头。

邱敏媛喝了一口咖啡，说："我也有同感，所以新加坡非常干净，吐痰要罚钱。"

"人也不能太过于自由，因为人其实很脆弱。"汤瑞白想起了什么说，"在新加坡立国的过程中，总理在很艰苦环境中，拉一派打一派的。最后新加坡能够在全世界出人头地，那个总理有很大的功劳。"

“我想是吧！”邱敏媛颔首同意，然后看了一眼汤瑞白说，“韩国呢？你是华侨，常回韩国吗？”

“很少。”汤瑞白摇头，道，“其实这些年我在海外做生意，回中国次数反而比较多。不过，我有些中国话还是不太习惯，国内说你是搞什么的？这个‘搞’字。”

邱敏媛同意地笑着说：“我在美国看台湾的节目也谈到这个字常闹笑话，在台湾‘搞’是负面文字，综艺节目主持人被问会回答说自己是搞歌星的，大家哄堂大笑。你听听，真是差别很大！”

邱敏媛此时又问：“你在海外上中国的网吗？”

“偶然上。”

“最近很多中国的网站都要求绑定手机，才能上传或上网，可是海外的好些人的手机无法操作。我有很多朋友因此都无法上传中国的网了，于是只有国内的人能上传与看到，其实这样并不好。”邱敏媛摇头。

“嗯……应该绑定邮箱就够了，让大家都能上传与看到，也才能交换消息与意见。这点很重要，否则容易形成闭关自守。”汤瑞白感叹地说。

邱敏媛点头同意，然后突然说：“你知道吗？我对韩国的认识是以前看韩剧得来的，不过那些影碟的中文翻译，错别字很多，有些配音很差，声量与声距都不均。而且翻译口语时，明明是同样角色，影片常会前后由不同人来代声，感觉非常奇怪。”

“这个错误很离谱啊！声音对于剧情有很大的关系与影响，疏忽配音就像囫囵吞枣，会削弱了剧的品质。”汤瑞白同意地点头。

“虽然剧情细腻感人，可惜速度过度地慢，很拖拉。我常用稍稍快转的方式观看，一样可以看懂。”

汤瑞白把咖啡一饮而尽，说：“是很啰唆！在美国看韩国餐馆饭桌上的一大堆小碟小菜，就很琐碎。”

“洗起来一定很累，应该用一个托盘分格来装小菜。”

“是啊！你可以发明，申请专利。”汤瑞白笑着问。

“我相信应该早就有了，只是他们不肯用而已，可能就是特意想维系这种传统文化。”

邱敏媛点头，然后忽然想起什么似的说：“……我觉得韩剧里面的男人比女人好看，你觉得呢？”

汤瑞白也说：“嗯……我看到那些演村姑的女演员，也许气质可能不错，若谈到清纯或漂亮，都比不上以前年代的华人女孩扮演的村姑。”

“我也有同感。不过他们有好几个旧片的男主角都不错！嘴型很特别。虽然是男人，嘴却仿佛花瓣，一般男人很少有那样嘴型，其实连女人也很少有。但是呀！你有，难道因为你是韩国华侨？”邱敏媛俏皮地盯着他问。

“开玩笑！我原本也是从中国来的啊！”汤瑞白露出既高兴又诧异的表情。

“可是我没看到一般韩国华侨有花瓣嘴啊！”邱敏媛摇头。

“‘花瓣嘴’？瞧你说的！我真的是吗？好！今天回去，我一定要好好去看看镜子。”

邱敏媛笑着又说：“我朋友说韩剧女星的鼻子几乎都整过容，但很容易分辨真假，假的一看就知道，因为很不自然。若发现是假的，她们就拒看！”

“呵呵……”汤瑞白也笑了出来。

邱敏媛又说：“韩国演员的演技不错。他们演员路很辛苦，要接受各种锻炼，而且非常严格。可惜有整容问题，反而不自然，形成美中不足。听说他们经常用星探在外到处找漂亮的人去作明星。”

“难怪我以前在路上看到的韩国人都不怎样，大概好看的全都被找去当明星了。”汤瑞白笑着点头，又说，“有人说韩剧经常在宣传泡菜、拉面、煎饼，你看了觉得如何呢？”

邱敏媛哈哈大笑了起来，说：“是经常重复，好像只有这三样可强调。但那些都不是正餐，有什么好炫耀的？哪里比得上中国菜的丰富与好吃，真是差远了。奇怪的是，在海外韩国餐馆菜的价钱还特贵，很离谱。”

汤瑞白点头，沉默了半晌，又说：“他们以前受中国的儒家思想影响很大。”

“嗯……很重视家庭伦理，所以故事都很感人，剧情对话也常会用中国古代历史的名言，很发人深省，是这些优点打动了观众的心吧！”邱敏媛说着，也喝完了杯子内的咖啡。

正好游轮上的一位侍者端着盘子路过，就把两个人手中的空杯子顺便收了。侍者走进船内时，廖小倩探头朝外在找人，瞥见远处的邱敏媛与汤瑞白，闪过一道寒冷的眼神，然后就退回去关上了门。

“听说他们认为孔子是韩国人。”汤瑞白笑着说。

“怎么可以那么抢别人的东西？”邱敏媛不服。

“如果中国人自己轻视儒家思想，韩国人可能不用抢，因为岂不是早早已拱手让人了。”汤瑞白耸耸肩，说，“有些中国人排斥儒家思想，因为讨厌那种道德伦常的强调法。可是若没有道德伦常，那会更糟糕！”

邱敏媛认真地说：“不该太排斥儒家思想，其实儒家思想有它很好的地方，像人类的好习惯与好意念，都要靠道德伦常来维护，才不容易走到污秽的方向。但是韩剧有些父女情深的故事情节，诠释得并不好。当环境不宽裕时，即使女儿很大了，父女竟然还同榻而眠。表面都没问题，虽然也是因为有道德伦常，但是，这种情节非常不适合演出！更不值鼓励与学习。”邱敏媛说着直摇头，又道：“尤其在现在的社会与时代，欲望大于一切，即使有道德伦常，也不应让父女同睡一榻。想想看，有些男人白天太忙，压力太大，晚上累得睡着了，也头昏脑涨，很可能不会记得旁边睡的人是自己女儿，简直太冒险了！尤其是单身父亲。所以西方人很重视隐私，即使是自家人也在乎距离与礼貌，这是很正确的。”

汤瑞白赞同道：“西方人法律上有很多不该做的事也跟道德规范有关，那里面还包括家务事，例如曾有夫妻把小孩放在家中，自己跑去赌城玩，仿佛是自己家事，与外人无关，可是警察知悉了硬是把夫妻告到了法院，因为那是不该做的，也是缺乏道德的事情。”

邱敏媛点头说道：“韩剧太过分强调家族就容易有疏忽。而且也会包庇家族坏成员，造成姑息养奸的弊病。其实不可以对一个坏的家庭成员过分牺牲与包容。”

汤瑞白也说：“任何事情过与不及都不好！其实道德就好像礼貌一样，真心的礼貌与虚伪的礼貌有很大差别，就看你的动机。所以道德本身并没有错，错在虚伪的人利用道德，才会引起反感的误解。其实若抛弃了道德，那还是人吗？”

“醉酒也会让道德瓦解。我看韩剧里面的人，好像很爱喝酒，也许是韩国天气很冷，用喝酒取暖。”邱敏媛笑着。

汤瑞白挑挑眉，说：“你可能想不到，解除害羞也是韩国人喝酒的动机。”

邱敏媛接道：“但是常喝烈酒，喜欢不醉不归，容易酒后乱性。我发现韩剧故事多数是描述孤儿，可能……醉酒会是一个原因。后遗症很可怕，有一个故事还是孤儿报仇结果造成姐弟乱伦的悲剧。”

“哈哈！”汤瑞白朗声笑了出来，点头道，“想的很合逻辑，你应该去做影评人。”

“我以前比较喜欢看旧的韩剧，不过若没有好内容就不看。我看韩剧可不是一般婆婆妈妈的那种杀时间看法，有些值得发人深省的片段与台词我就会反复地推敲，直到完全消化为止。”邱敏媛笑着继续说，“我发现他们好像有一种自大的心理，表面上崇洋得很厉害，其实在心态上似乎喜欢把先进国家当成自己的地方。同时他们对洋人也根本不看在眼中，很多剧中的白人角色都是‘小喽啰’。反而很崇日，剧本中从来没敢让日本人作‘小喽啰’的。”

汤瑞白点点头，道：“崇洋若方向正确，也会有进步的好处，可是过度崇洋，或者看不起洋人，都是一种自卑心理作祟。因为自卑才会想把自己膨胀起来，于是就变成自大了。所以亚洲人自己的心态应该平和，要不尊不卑，拿捏得宜才好。”

“不过，韩剧导演有一点很不错。他们虽然学了西方的东西，却懂得消化，变成一种自己人的美妙意境，在影片中表现出来。这是一般东方人剧本没有的特色。”邱敏媛用赞赏的语气说完，又问，“亚洲人好像不是故步自封，就是太洋化，你同意吗？”

汤瑞白说：“其实每一个民族的人都有好的与坏的。在海外，我看过越南人，虽然很土，民族情感却很好，彼此非常亲切。不过，我也看过不礼貌的越南人，有的态度很凶恶，但是越南河粉是我最爱吃的。若是谈家庭与男女关系，似乎印度人很紧密。印度人的伴侣几乎都是自己印度人，我经常会看到亚洲女人跟白种男人是一对地走来走去，但是从没有看到任何一个印度人跟白种人是一对的。印度音乐也很好听，不过印度女人唱歌像唱戏，她们好像都只有一种嗓音，没什么味道与感情。听说印度对于婚姻关系特别重视。现在这种时代，来到美国，还能如此维护传统的家庭观念，实在很不容易。”

邱敏媛想了一下，说：“是啊！有些东方人到海外时间久了，就洋化得很快！反应总是淡漠冷感。华人也是，有时在自己同文同种的圈子里也很难交到真心的朋友，所以感觉海外的华人似乎特别孤独。”

“韩国人倒是很热情，也很爱说话！连同性友谊都很好，有些还是相当纯朴与互助。”汤瑞白赞许着。

“不过韩国女人太爱说话了，跟什么人都说，我看过几个，言多必失。她们英语不好，却特喜欢找西方男人说话。”邱敏媛笑道。

“我看过一本韩国的中文健康杂志，广告篇幅占了三分之一，没几篇好文章，上面插图却很大，而且几乎是用西方人面孔的图片，很奇怪！感觉很崇洋媚外。”汤瑞白说完看了她一眼，说，“现在还看韩剧吗？”

“我现在不看韩剧了！”邱敏媛摇头，接着说，“因为我发现很多剧情会重复，内容都是灰姑娘一蹴及天的故事，所以好像阶级特色也很浓。”

“的确，因为韩国以前国家曾经很穷，现在也贫富不均，差别太大。若阶级特色过分浓，并不是好事。人民总是物质至上，那些有钱的太太自以为是的夜郎自大，一般人跟风，所以整体素质也很差。就我所看过的，有深度的韩国女人实在很少。女人一定要内外都好才算真美丽，年轻人喜欢迷恋所以只看外表，成熟的人绝对不会如此肤浅。”说到此，汤瑞白突然又说，“其实我并不喜欢韩国，就是因为这种阶级特色太浓。韩国人在海外也一样，极度重视阶级是一种很大的缺点，无法真正办到民主。而且因为这种社会上的阶级明显，让人们压力也很大。以前美国弗吉利亚理工大学发生的美国历史上最大的校园枪击死了33人的惨案，凶手是一名韩国籍的学生。从遗书上看出，原因就是他不满太多也太大的阶级压力，而导致后来这种后果的。”

邱敏媛想起曾经碰到过好几个在美国的韩国餐馆老板娘，寒暄后若夸一点韩国的什么，她们都会继续自夸得更神气，仿佛把葱当成蒜，的确有些膨胀自己的感觉。过了半晌，她忽然想起了什么，就说：“我记得看过几个韩剧，里面竟然会有对自己国家绝望的对白，可能这也是自我膨胀的根源。”

此时，汤瑞白又说：“韩剧会有一段热潮，因为剧情总会有那么多成功的巧合与机缘……美丽善良女子即使遭遇恶运，最后飞上枝头做凤凰，所以几乎都有好结果。但是这种空中楼阁并不持久，所以现在韩剧才比较过气，人们也就不太看了。”

“因为现实生活中不是如此，当一个人失落的时候，经常都只是‘屋漏偏逢连夜雨’。离婚女人在韩剧的剧本里面都有好运，但在现实生活里，失去的时候几乎总是独自悲伤。至于剧情内的巧合与机缘，那都是做梦。真实生活里，瞧瞧外面世界一切如常，可是机缘不来就是不来……”邱敏媛想起了五年前的自己。

“你好像有什么感慨？”汤瑞白端详着她的表情。

邱敏媛一时不想跟他提那么多以前的事，就转头屈右腿把脚踩在栏杆上，朝海面做了一个深呼吸。

“你和廖育兴常来游轮旅行吗？”汤瑞白的声音传来。

邱敏媛摇头道：“还好啦！因为别的地方我都不想跟他去。”

看到汤瑞白投过来一个不解的眼神，于是邱敏媛抬头，道：“坦白说吧！就算是来这趟旅游之前，大家都闹得很僵。”

汤瑞白问：“你们的婚姻触礁了？”

邱敏媛点头道：“可以这么说，我们两人曾吵到要离婚。其实是一家人都不和谐，从老到少都是，廖育兴想挽救大家的关系。”邱敏媛低头看着海浪。

“你觉得有用吗？”汤瑞白问。

“他想试试。”邱敏媛苦笑。

“……你爱他吗？”汤瑞白突然认真地问。

邱敏媛很想摇头，但是她觉得这个问题很无聊，尤其是在汤瑞白的面前，于是她说：“什么爱不爱的？我相信这个世界上有不少婚姻也是没爱情的。”

“可是那些婚姻至少都能平静，你的不同。”汤瑞白说。

“不错！我跟他之间问题很大。”邱敏媛点头，又说，“本来结婚是应该彼此帮助，他有错我就应该尽力帮助他修正。只不过有时我帮了他也没用，两个人差异太大，实在受不了。”

“那么你还要这么过下去？”汤瑞白蹙着眉问。

“没办法，若我走，他会想不开。”

汤瑞白一听，非常气愤地说：“难道他威胁你！他怎么可以这样。法律规定，不合就可以离婚。”

“法律是法律，人情是人情，有些事我必须顾虑，不能一走了之。”邱敏媛无奈地望着大海。

汤瑞白好奇地看着邱敏媛，她应该不是那种有虚荣心的人。但是分别五年，人也许会变，汤瑞白这么一思忖，想想还是问一下：“我不认为你是在乎廖家有钱？”

“当然不是！”邱敏媛白了他一眼。

汤瑞白问：“那你还犹豫什么？你们又没孩子。而且现在的婚姻，很多人只要有一点不满，想都不多想，转身就走，你却那么为难？”

“随便就离婚，那样是不对的。你信不信？上天给人的苦与乐都是分配好的，若是只顾自己选择快乐，以后一定会有更多的苦。何况夫妻要分手已经是悲剧，至少我希望把双方的伤害减到最小程度。最好是能够好聚好散。”

“问题是我想他根本就不想散！”汤瑞白摇头。

邱敏媛苦笑着说：“那么就看看能不能让双方关系稍稍好转吧！”

“当然，一般人对婚姻都是劝合不劝离。今天如果你已经是五十或者六十岁，我不会说什么，也许你也不得不去认命。但是现在你才二十九岁，不能就这样过一辈子，你没有想过吗？”汤瑞白气恼着。

“……”邱敏媛看了一眼汤瑞白，知道他完全出自好意，不是有什么私心，可是想到他说这些话对邱敏媛的现况并没多大用处。何况如果不是这次在游轮上巧遇，汤瑞白可能还不会想到主动回头来找邱敏媛呢！不是吗？如果是这样，汤瑞白此时说这些话又有什么意义可言？邱敏媛想到此，叹口气道：“有句话，你听过，所谓‘一个愿打，一个愿挨。’也许……这就是答案。”

汤瑞白无言了，他只能望着大海兴叹……

第五节　午茶厅的长龙

廖育兴说想去一次午茶厅，就跟邱敏媛讲好下午提前在六楼的楼梯口等她。他可以望见中央正厅有两个穿着俏皮的少年正在拉小提琴，轻快的琴声传扬在大厅里。大厅的一角有悬空的楼梯，镀金的把手，灰色大理石的楼板，可以方便旅客在听厅内上下移动与观赏，很多在行走的旅客都停下来，倚栏聆听。不远处走来了邱敏媛，她闻琴声驻足欣赏了片刻，才朝廖育兴走了过去。

“你明知我在这里等你，怎么还不过来？”廖育兴急躁地说。

“我喜欢听小提琴声音，反正现在时间还早嘛！”邱敏媛笑笑。

“那只是小孩子在拉琴，而且听众还得站着。去午茶厅坐下来多好，既可听音乐又可以吃高级点心哪！我们就去早点排队，免得没有座位了。”廖育兴说着就示意对方快点走……

六楼除了赌场，还有两个中型客厅，一个可让客人喝咖啡，另一个则是专门喝茶用的“午茶厅”。这天“午茶厅”有钢琴演奏，是三点半开始，因为座位有限，才两点半不到，客人就已经在一个门口排长龙了，廖育兴与邱敏媛也早早地在队伍中排队等待。

隔着三个人的前面有一个西方大个子的男人，肚子挺得像一座小山，廖育兴看了撇撇嘴说："那个男人肚大得简直像怀孕六个月的女人！"虽然是说中文，西方人听不懂。但是邱敏媛觉得他如此批评人很刻薄，她常听到他会说一些不替人感觉着想的话。一般人因为理解那些话如果被别人说，自己听到心里会难过，所以也就不会去说别人，所谓"己所不欲，勿施于人"，可是邱敏媛不理解为何廖育兴会如此容易口出恶言，想来是因为他自己不在乎别人说他，也就缺乏自尊。反正别人怎么批评，他都不理睬，犯错也不主动道歉，顶多敷衍两下，所以他口中的"对不起"永远没有意义。如果告诉他要重视感觉，他绝对只会嗤之以鼻。

廖育兴又回头看了一眼后面的长龙，发现汤瑞白与菲利浦也在远远的队伍中。自从廖小倩把汤瑞白与邱敏媛两人那天从剧院一起出来的事告诉廖育兴以后，廖育兴就对汤瑞白很反感。虽然知道两人只是大学研究所同学，心里还是不舒服。廖育兴看着，嘴里哼了一声，就故意亲热地搂着邱敏媛，两人一直面朝前看，继续等……此时，廖育兴突然猛拍自己西服口袋，说："还好！还好！我带了塑胶袋，呵呵……"邱敏媛知道他总是想私下把点心带走的事情，就悄悄地说："就去现场吃，不要带出来，显得贪心，人家看了会奇怪。"

"那有什么关系，我付钱来游轮，能吃就多吃，能拿就多拿。"廖育兴理直气壮地说。

邱敏媛没作声，感觉跟廖育兴沟通很困难，每次劝他，他总有一些很唐突的理由。通常都是很小的事情，因为他计较，所以造成双方得费时费事地说个不停。记得两人曾在家中为了一罐几乎空了的牛奶罐，争执不下，原因就是牛奶罐里头还剩下的两口牛奶。邱敏媛说牛奶已过期，两口就不要喝了，廖育兴说本来是为了留给邱敏媛的，所以他才没喝，若邱敏媛不喝，为何不早通知他，让他在过期以前把牛奶快点喝了。邱敏媛突然觉得很无聊！为了可惜两口牛奶，争个不停，浪费时间，何苦来哉？邱敏媛就把牛奶罐拿去丢了，廖育兴气急败坏地从垃圾桶捡了回来，说硬是不丢，过期也要喝！更甚的是，廖育兴有时会无中生有，邱敏媛明明没那么说，他偏偏说好像听到了，弄得邱敏媛解释了个半天以后，他还是说好像这个，好像那个，邱敏媛说这是"幻听"，严重了要去看医生，廖育兴这才住嘴。

排在后面的汤瑞白与菲利浦正在说话……在他们前头隔着五个客人的不远处，是一群说中文的游客，七嘴八舌地正聊着天，相互都喊着彼此的外号……

“‘铁匠’！这一次你是不是打算好好在游轮上表演一番了？”说话的是高瘦子，声音尖拔，三十多岁的女人，脸上化着浓妆，烫了齐耳的蓬松短发。

“‘冬菇’！我看你才打算在游轮上表演，这下子，你可不会需要冬眠了吧！你以前说冬天不唱歌的，要冬眠，记得吗？”“铁匠”盯了“冬菇”一眼。

“嗯……游轮上暖和漂亮，不需要冬眠。”“冬菇”笑着，又说，“我表演可以，但是我没练英文歌，怕唱得不好呢！哎！‘泥鳅’，你说我该怎么办？”“冬菇”伸手拍了拍旁边一个矮胖的女人。

“泥鳅”摇头道：“你呀！从来不怕人家笑你是十三点，胆子大，又爱显，什么都无所谓，所以不用唱歌。人家只要看你那股搔首弄姿的开心劲就够了，那呀！是国际语言，谁都会懂。不过你既然问我怎么办，我想你可以唱中文歌啊！”

“在这种外国游轮上的卡拉OK厅，应该是不适合唱中文歌曲的。”这粗沉又柔缓的嗓音来自一个戴黑边眼镜的年轻女人。旁边几个女的闻言都转过头来……“冬菇”马上叫道：“啊呀！‘昆曲’提醒了我，可是我真的没练英文歌，怎么办？”

“找‘昆曲’帮你唱！”“铁匠”说。

“拜托啦！我只能用假音唱，因为我的真声不好听啦！”“昆曲”低声说。

“总比我好听吧！你看我被人喊成‘铁匠’，难道我的嗓音是像打铁的？有那么硬吗？真是生气，不知道是谁的杰作？”铁匠似茶壶状地叉腰又伸手。

“泥鳅”说：“是有点硬，尤其你每次的尾声，听了就会给人好大的压力，仿佛要把人的心脏死扭个大转了。嗬……那股劲，真是沉重啊！不过你的外号可不是我取的哦！但我觉得取得很妙！呵呵……”

“‘铁匠’，别那么小心眼，你瞧！我明明长得挺高啊！大家却把我叫成了一个矮‘冬菇’，你看我生气吗？坦白说，我还很喜欢吃冬菇呢！所以没关系，叫得好！”“冬菇”摆姿，嫣然一笑，然后无聊地转头瞧着后面的人群，自言自语道：“来看看有没有赏心悦目的‘风景’吧！”

此时，从外面插进两个背着旅行包的男人，一个高瘦，一个矮胖。铁匠看了大叫：“哎！‘老顽童’，是你还是‘小和尚’？谁给我取的外号！”两个男人不说话，弯着腰笑了起来。

后面有一个白人老太太，瞪了这两个男人一眼，说了一句：“不可以插队啊！”高瘦的那个“老顽童”赔笑脸解释道：“我们都是一个公司来的同事，刚刚……我们两个是去上厕所了。”白人老太太瞄了他一眼，不再说话了。

“泥鳅”不甘示弱地也兴师问罪起来：“‘老顽童’，我才要问清楚，一定是你的主意，怎么把我取成泥鳅？那么难听，让我真是生气！”

“老顽童”对着“泥鳅”说：“别生气，都是好玩嘛！因为你上次在公司的卡拉OK晚会上，唱了一支《捉泥鳅》的民歌，那支歌曲有点幼稚，简直像儿歌，歌词老是重重复复，不停地唱‘哥哥弟弟来捉泥鳅’，我当时听得头皮发麻，实在好受罪，简直都快要疯了！”

“其实喊你‘泥鳅’还算是不错的称呼，瞧瞧我被喊成什么？‘小和尚’！哪个男人听了会高兴？所以我要抗议……”“小和尚”朝头顶伸直右手臂。

“老顽童”摇头说：“咱们华人实在太没幽默感了，你们呀！都带头培养一下，好不好？我今天还替另外一个女同事取了一个外号，她晕船没出来，人家都没生气。”

“你是说爱伸莲花指头的‘粽子’？”

“是啊！她……”

“老顽童”话还没落地，“冬菇”悄悄招呼了其他三个女人凑近来，哆着嗓子，低头急促地说：“不得了！我发现了那一个得到最佳男士服装奖的帅哥，就在后面……”

此时，后面不远的菲利浦注意到了，就跟汤瑞白咬耳朵道：“嘿！汤，前面那边有个女的好像对你有意思。她先前老是回头，眼睛一直在看你，这会儿一定在谈论你呢！”

汤瑞白抬头朝前望望，正好“昆曲”回头在注视他，汤瑞白就礼貌地朝对方咧嘴笑着点了点头。冬菇一见“偶像”笑了，又夸张地招呼女人们聚拢来，惊呼着：“他在跟我笑呢！还笑得右嘴角歪歪的，啊！我要昏倒了。”

“哦！我也看到了，不过他好像在跟‘昆曲’笑。”“铁匠”说。

“怎么可能？是在跟我笑。”“冬菇”带着醋意说。

“是不是跟一个中年白人在一起的那个东方男人？”“泥鳅”偷瞧着后面，悄声问。

“冬菇”猛点头，泥鳅说道：“真的很帅，不知道是哪国来的？”

“昆曲”说：“他脸孔长得很有个性，像是韩国来的，有点像韩剧的一个有名的男演员，叫李什么的？我忘了名字。”

“嗯……那个男演员，以前好像还与一位很年轻的女演员闹绯闻哦！”“泥鳅”说。

“应该是那个年轻女演员想靠他来出名……不过后面那个男人会不会就是他？”“昆曲”扬起了高声的同时，嗓子突然发出一阵破裂的尾音。

“泥鳅”说：“怎么可能？只是外貌有一点点神似啦！”

“铁匠”惋惜地说：“真是的，可惜我结婚了，只好让给你们了。”

“那个男的穿得很体面，动作也很洒脱。不知道他的内在如何？观察一个人要里外都看。”“冬菇”说。

“泥鳅”说：“可惜‘粽子’没看到。”

“你说的‘粽子’是公司里那个说话喜欢用莲花指的女人吧！她今天晕船没出来。她呀！有时还会扭腰摆臀地走路，就像以前老电影上的那些女人。”“冬菇”说着，伸出手指，扭动了一下身子。

“泥鳅”说：“嗯……后面那个男人外形看来真是温文尔雅。”

“昆曲”说：“我看他身材很匀称，不胖也不瘦，的确像韩剧里的男人。那些男演员多数是经过健身出来的，一个个都高帅英挺，大大的眼睛和酷酷的眼神，却有一双温暖的眼睛。他们外表看起来高不可攀，实际上却是热情而随和，真的迷死人！”

此时瘦子“老顽童”听了很不高兴，摇头道：“哎！看看你们这群女人，脸皮像城墙似的厚，对着一个陌生男人，评头品足。到底你们女人有没有一点羞耻心啊？”

女人们正要抗议，“小和尚”不得不提醒着：“别说啦！队伍往前移动了！”

此时，三点半时间已到，午茶厅门被打开，许多白衣侍者列队在门内候驾，在悠扬的钢琴乐中，客人鱼贯而入……

廖育兴与邱敏媛走到门口时，亲切的侍者把两人带到一个能容纳八个座位的大圆桌旁。入座后还有六个空位，侍者替两人倒了热茶，另外有个侍者送上了两盘点心。中厅角落有一个小舞台，一位穿着黑色拖地长衣裙的年轻女人，正在弹钢琴。悠扬的琴声传出来，让人听了心神舒畅。

没多久，有两家客人也坐了进来。经过介绍知道是姓摩根的太太与两个大男孩子，另外一对是里昂夫妻。当时摩根先生是去了洗手间，摩根太太就先带着孩子在廖育兴旁边落座。一坐定，她就跟儿子说笑："我昨天晕船，晚上做恶梦，你们爸爸还搂着我安慰个不停。把我当作小女孩宠，呵呵……"

两个大孩子没说话，似乎觉得很无聊，手中都在玩 iPad。

廖育兴听了就用中文私下跟太太问："女人会做恶梦吗？我床旁边的女人好像都没做恶梦？以前常艾丽就从来不做恶梦，那你呢？"

邱敏媛瞪了他一眼，他的睡品极差，一开始总是背对着她睡觉。整个身子缩成一团，双脚并弯，双手抱胸，都锁得紧紧的，就像那种大楼下躺着的流浪汉。一旦被吵醒，不分青红皂白就发火。邱敏媛想到就生气，但她只能压低声说："你是忘记了！我当然也做恶梦。你每次都骂我，你忘了吗？你还说不理解为何我会说梦话。"

"我以前是没见过，所以我不知道人会说梦话。"廖育兴愣愣地说。旁边的邱敏媛原本还想张口，却突然觉得一句话也不想说了。廖育兴的奇怪，还不止如此，他在家不爱穿拖鞋，总是光脚，经常是无声地踩进又踩出。有一次邱敏媛在厨房做事，他吃完水果，一声不吭地走进来，把盘子用力放在瓷砖台上，发出"哐当"一声！邱敏媛吓了一跳，以为什么碗盘掉了下来。于是就问他进来怎么不说话，他说把盘子放在瓷砖台上就是说话了。他在与人的沟通上，一般话不多，但有时又会说很奇怪的话。如果邱敏媛问他什么，他绝对不跟随，而是用自己的方式把话回答出来。所以当你问："是在西边吗？"若他想回答是，他绝对不说是，他会回答："在太阳下山的那边。"弄得听的人还得想一下，若问他为何如此？他会说他不是机器人，不需要你问什么，他就答什么，意思相同就好了。邱敏媛想想实在好笑，觉得他这不是在"咬文嚼字"是什么？

想到此，邱敏媛听到廖育兴在跟摩根太太说："哈喽！"摩根太太笑笑，不清楚是怎么回事？经过廖育兴的暗示，邱敏媛这才发现廖育兴的餐巾掉在摩根太太的脚上了，着急地说："你应该跟她说 excuse me（对不起）。"廖育兴这才更正着又说了一次。

摩根太太闻声，问廖育兴有什么事吗？然后她发现了自己脚上的餐巾，就替廖育兴拾了起来还给了他。摩根太太抬眼看到邱敏媛身上穿的一件湖绿色上衣，赞叹道："你这衣服颜色真美！"

“谢谢！”邱敏媛礼貌地回应。

摩根太太问：“料子看来好柔软，是真丝吗？”见邱敏媛点头，摩根太太又说：“真丝衣服必须干洗才行……”摩根太太话说了一半，摩根先生从洗手间回来了，一边道歉一边落座。于是又是一番自我介绍，然后摩根家人自己彼此聊了起来。

廖育兴突然盯着邱敏媛的衣服，悄悄地问：“这衣服哪会需要干洗啊？”

“因为上面有亮片，而且是真丝料。”邱敏媛回答。

“亮片？难怪有那么好看的光泽，那会不会产生不好的辐射作用哦！”廖育兴问。

“……”邱敏媛摇头，觉得他说得有些太言过其实了。

“而且，怎么不能用水洗呢？”廖育兴又问。

邱敏媛道：“我知道你从来不送衣服去洗衣店，但也应该知道真丝不能用水洗。何况这不是水洗丝，是真的丝料子，用水洗会坏的。”

“干洗很贵，那……你以后不要买真丝的衣服了。”廖育兴蹙眉摇头。

邱敏媛理解廖育兴是个重量不重质的人，就干脆不作声。但是她还是叹了口气，且端详起他来。比起发丝茂密的男人来说，廖育兴头发不是很多，从侧面看他，几乎没有脑勺儿。他的皮肤深褐，有个小脸，眉毛散淡，眼睛小，嘴巴也很小。廖育兴笑的时候总是喜欢闭嘴，问他原因，他说小时候牙齿没矫正好，还会有一点龅，所以要闭嘴才能遮住。他的鼻洞很大，还好他的鼻梁长，使得鼻洞朝下而不明显。邱敏媛曾跟他说过，看过一本相面书上说鼻孔大的人非常贪心。廖育兴一听就急着抢白，说他鼻孔大是因为以前经常爱用手指抠鼻洞的关系，越抠才越大。让人听得发愣，误以为他的鼻子是面粉做的。而此刻，廖育兴是抬起头，大鼻孔正面向着她，邱敏媛看到他鼻洞中的鼻毛在黑幽幽的洞孔中杂呈。她突然觉得有一点厌恶，不得不移开视线。

此时摩根先生开口问廖育兴，说：“你们结婚几年了？”

廖育兴迟疑了一下，回道：“十几年。”

摩根先生幽默地问：“真的吗？你是不是把自己太太留在家中了？这位女士看来很年轻，并不像结婚十几年呢！”他说完大家都笑了起来。廖育兴脸孔一阵发白，勉强地扯了扯嘴角。邱敏媛立即礼貌地回了一句：“真要谢谢您夸奖。”

摩根先生又说："今天早餐时候，有一个女的把外衣放在椅子上请我帮忙她看住一张四人座的位子。后来有个男人来坐，说是她老公。我帮忙人家看位子，当然要负责，所以我就问他：'你太太是什么样的打扮？'他说长头发，颈子上戴了花朵圈，我一想，那……那不是……夏威夷跳呼啦舞的女郎吗？等到女的回来，我才看到她颈子上真的戴了六朵装饰花的小项圈。"他说完，众人又哄堂大笑了起来。

下午的茶会在钢琴演奏者手指按下最后一个音符与听众掌声中结束了，中厅人潮这才逐渐散去……

第六节　夜半的逃兵

这天用完晚餐，已经八点半，游轮晚上有好几个表演节目，廖育兴邀邱敏媛去看笑剧。邱敏媛答应了，于是两人就去七楼尾巴的一个小剧院，到了剧场才发现不是话剧，而是一个单人表演。演出者是个中年的黑人男士，似乎缺乏准备，他把观众一个个喊起来访问，拖拉时间。讲的笑话也不入流，一会儿笑女人如厕，一会儿笑男人拉链卡到生殖器，还笑日本人讲英语如同得了便秘，更笑白人老头在澡缸放屁常制造气泡，最后也讽刺自己黑人……廖育兴笑得前伏后仰，邱敏媛却是倒尽胃口。

看完笑话，回到船舱，邱敏媛稍稍整理了一下衣物。船舱衣柜很小，她想腾出一些空间来放东西，就把穿过的衣服折好放回空行李箱去。看见里面有几张"度假村"的"折扣试用卷"。想起以前廖育兴老是喜欢去占"度假村"的便宜，弄得大家都疲于奔命。

廖育兴走过来，邱敏媛就说："记得你上次买的度假村'折扣试用卷'，结果，我们时间上无法配合，只用了2/3。这些折扣券都没来得及用就过期了，所以你想省钱，结果反而浪费了钱。"

"但是度假村房子摩登又漂亮，正常价钱非常贵，算起来，我们没吃亏。"廖育兴很得意地回答。

"可是，人家度假村会兜售便宜试用卷，目的是想找客人去买度假村的房子。你明知道自己不会去买那种房子，却还要去试用。每次一到那里，都得开会。那些销售员总像审问似的问个不停，还游说你去买，最后看到你不买，销售员的脸色都很难看。”

“但那些公司都说销售员不会勉强我们，最后我们也没买啊！要那样才能出去旅行又能省钱。”

邱敏媛摇头，看了一眼廖育兴，说道：“我觉得应该是有钱就去远处玩玩，没钱就在近处走走，省钱本身没有错！拿折扣券也没问题。但是要像你这么个做法，我真是宁愿不出去。”

廖育兴不悦地说：“你别瞧不起我！没有一定分量的年薪与企业水平，人家还不来邀请呢！”

邱敏媛想起当公公还在世的时候，那些承办“度假村购买会”的公司常在百货商家找人签抽奖表，且被要求必须秘密地写上薪资金额。爱占便宜的廖育兴照做，那些公司看他薪水不差就盯上他了。通常是喜欢去各地旅行的人才会去这种会，廖育兴压根儿没这意思，邱敏媛也没兴趣，那些公司却总是来电话或电邮邀廖育兴去参与介绍会，且用一些赠送小礼物的方式或赌城免费旅店住宿票来吸引顾客。廖育兴挡不住诱惑地经常答应，而每次又必须夫妻两人一起出席，邱敏媛不想去都不成，真是气人！她想到这里，就急促地说：“我早跟你说过，不要去接受他们的任何邀请。你每次都说好。等到优惠来了，你就忘记自己说过的话，我对你实在是没有办法。”

“跑一趟，就能得到礼物或免费旅店住宿票也不错啊！”廖育兴觉得自己占了上风。

邱敏媛说：“‘天下没有白吃的午餐’，你不懂吗？销售员想争取佣金，都会企图游说到底，在那里仿佛遭受精神酷刑。因为我们早就知道不会买，可是一开始还要在那里装成很有兴趣似的。你的口才又不好，硬拉着我做挡箭牌，去拒绝人家。再说你拿人家那些小礼物有什么用？都是家里已有的东西，堆得满橱柜都是。至于免费旅店住宿票，就跟那些折扣券类似。若去了就要被疲劳轰炸，到时候还是只能夹着尾巴而逃，真是难过透了。”

“小礼物与免费票，一般也要用钱才买得到。”廖育兴冲着她傻笑。

“可是那些销售人员表面客气有礼，推销了个半天看你不买，好一点的人会假笑送客，坏家伙就板脸数落人。尤其当客人摇头想走时，销售员心里多少都会不高兴。每次你都要我去面对那些销售员，给我的压力好大，很难挨！一方面是我同情推销员白费唇舌；二是为自己明知想占便宜还要去参加感到羞愧；三是觉得自己的志气都没了。而你却乐此不疲，人家当然也就不知情地一试再试。双方目的不一样，就会没完没了。”邱敏媛一脸的泄气状。

“何必想那么多？”廖育兴不解。

“这些……我是什么感觉，你不知道吗？”邱敏媛气恼地说。

廖育兴只好安抚她：“我后来不是自己去面对，也拒绝了？”

邱敏媛不满地继续说道：“可是你被逼问时，我看到你那两只手在裤腿上来回地搓个不停，裤料都快要被你搓破了，我……我……”邱敏媛想说：“……我受不了！”却难过得说不下去了。她觉得实在很丢脸，看到自己的老公竟然如此窝囊，一个成年人在外人面前却仿佛成了做错事情的小学生。邱敏媛自责了起来……天啊！她怎会嫁给了这么一个男人？这……还算是个男人吗？真是闭着眼睛随便抓个男人嫁也不致如此啊！以前在书上看到过“卑劣”“小人”……那些名词不就是眼前的男人？邱敏媛并不笨，可是为何自己竟然会笨到找了这么个人做终生伴侣？她的命运实在太差了！想到此，邱敏媛愤愤不平地说：“你这也是陷我于不义！因为我不想去，你却又说必须是夫妻档才行。去这种地方是明知故犯，不是君子的作风，会让自己失去尊严！”

廖育兴摇头说：“是吗？”

邱敏媛想起廖育兴在家跟她说话时，常常会不知所措地把两只手掌紧贴在大腿上，她每次看了都提醒他，他才放下手，难道他还是不知道自己那副德行有多难看？邱敏媛气道：“记得吗？平常你有时就会把两手掌放在大腿上跟我说话，你借口说是天气冷。可是到了外人那里，屋内都是暖气，你依然如故。唉！完全没自尊，你真的不在乎自己的尊严了吗？”邱敏媛真想说：“……最恨你那个动作了，为什么你情愿那么作践自己也要去？”但是这些话她没说，以免让他更难堪，于是她把话吞了回去。

廖育兴却若无其事，回道：“这跟尊严没有关系吧！”

邱敏媛叹口气道：“我跟你说不清楚。在家里，你每次到后院修剪花草，总会把手臂刮出伤痕，却不肯买保护手套，那件事也是一样。我问你不痛吗？你也说不觉得。”

“皮肤刮伤了，还会长回来。买了手套，钱就少了，再说，我懒得去买手套。”廖育兴摇头。

“可是后来我用平价的花费帮你把手套给买了回来，你还是不用。继续让自己手臂被刮伤，这些都是没自尊、没自爱，跟一个人的尊严当然有关系。”邱敏媛很希望他能够自觉。

“是我的皮肤，你又没受伤，紧张什么？”廖育兴一脸的疑惑。

“……”邱敏媛张口在空中停了半晌，简直要气结得晕过去了。好一会儿，她才冷静地说：“夫妻是一体的，你不保护自己，就是不保护我。”

廖育兴不耐烦地说：“以后‘度假村购买会’都让我去拒绝，你别管就是了。”

邱敏媛摇头道：“你可能认为任何事达到目的就好，我会觉得过程上不对就该停止。所以如果我不喜欢做，由你来做，可是当你受到难堪，我一样会觉得很难过，一样受不了。这不是‘我不做，你来做’就可以解决的事。我觉得真是无法跟你沟通，为什么你总是要让我们像两只羔羊，任人宰割？下次要去你自己去，别再找我了！”

廖育兴闻声，自己也有一点挣扎，虽然他家庭富裕，但那都是祖辈留下的家业。而且钱就是钱，在美国赚钱太辛苦，交税又多，常常让人很不平。因此能够免费得来的东西，他就要尽力去争取，以缓解自己心中的不平衡。想到此，廖育兴只能解释着：“可是人家规定要夫妻档一起去，因为购买房产都要看夫妻两人的收入，你说我有什么办法呢？”

“你有办法的，说不买就成，让他们彻底死了心。可是你明明不买，因为贪图小利就装成可能会买，那他们当然会老来找你，而且继续给我们压力。”邱敏媛苦笑道，“明明没意思却还是要去参与，其实这也是欺骗。你为何不能诚实一点呢？就为了那一点小礼物吗？”

“跑一趟，我也花了汽油费，他们送一点小礼物也是应该的。”廖育兴没好气地盯了她一眼。

“我说过，这是我们两人之间的最大问题，价值观差太远了！”邱敏媛摇头，就打算去睡了。

“你要上厕所吗？”廖育兴突然问。

邱敏媛知道他想省水，每次他在厨房洗碗或者洗菜，邱敏媛都不放心，因为廖育兴会为了节省用水，让菜与碗都洗不干净。次数多了，邱敏媛不得不跟他约法三章，就是“他不许洗碗或者洗菜，全部让邱敏媛来做”。因此有时她觉得很累，但是为了清洁与卫生，邱敏媛坚持宁愿如此。

现在，他是为了省水来要求“共尿冲水”，邱敏媛也愿意省水，因此即使她本来不想上厕所，为了满足他的省水希望，她也会提早上厕所。但是廖育兴省水省得过了头，就会让邱敏媛受不了。有时两人出门，他经常会在出门时憋尿，宁可熬到外面才去用厕所。回来也是，他总是找个借口要去市场或杂货店看东西，伺机去上市场或杂货店的厕所。开始时，邱敏媛没察觉，次数多了就发现他的目的是省家中的水。因为她发现，只要外面有厕所的地方，他都要借用，而且经常变成是首要事件。也或许是出门时候老憋尿，常常是到了餐馆，椅子还没碰就要上厕所，留下她一个人面对侍者，让她感觉很怪。想想他大概是全世界唯一会如此省家中水的人，不会再有第二个人了。想到此，她实在也有点烦了，就说：“我还不想上厕所，你若要去，可不要憋尿。还有下次你用肯定句，不要用问句，好吗？”

“有何不同？”廖育兴问。

“用问句，我会很为难，因为有时我不想上厕所，又觉得可惜，就会为了配合你而提前去上。所以你不要问我，只说你要上厕所了。如果我要‘共尿冲水’，我会先跑进厕所。如果我不想上，我就不作声，这样比较好。”

“好啦！好啦！”廖育兴应付着。

邱敏媛虽然交代了，但是心底知道他答应归答应，事到临头多数无法记得。

这晚睡觉时，廖育兴对先前那个笑剧，意犹未尽，在床上不时重复说着笑话里的对白，当他口沫横飞地笑个不停时，疲倦的邱敏媛却早早就去梦周公了。

半夜里，廖育兴起床如厕，完了以后冲水，冲水声吵醒了邱敏媛，于是邱敏媛在睡眼惺忪中也想如厕，但是发现廖育兴的冲水声音快要结束了，于是邱敏媛就加快脚步冲进了厕所，压着冲水的铁把，一方面让廖育兴不会发现，一方面自己也能如厕冲水。可是想不到，当时廖育兴在床上是醒着，听到了连续的冲水声，心如刀割，一直在外面吼叫与质问，邱敏媛只能匆匆如厕完，赶紧地回床睡觉。廖育兴却在床上大声向邱敏媛兴师问罪，邱敏媛气坏了，背对着廖育兴睡觉，廖育兴问：“你刚刚在做什么？”

这是廖育兴的坏习惯，每次上厕所时，廖育兴都会叫她别冲水。廖育兴自己如厕也不打水，邱敏媛觉得这样很不卫生，忍着不发作，直到闻到异味才抗议，廖育兴最后才同意冲水。虽然如此，不论白天晚上，廖育兴若是知道邱敏媛上厕所快要冲水时，都会要求“共尿冲水”。也就是等到廖育兴也紧接着完成如厕以后，两人一起只冲一次水，虽然邱敏媛对此不喜欢，但知道廖育兴想省水，也就顺从了。可是到了夜里睡觉时，问题就大了，常常会有些突发状况让两人弄得很不愉快。何况廖育兴夜半醒来脾气总是特坏，经常听到冲水声就气急败坏地冲进厕所，邱敏媛对廖育兴的反应简直啼笑皆非。她跟廖育兴提过这个问题，廖育兴总是当时答应，事到临头，却控制不了自己。邱敏媛就变得时常担心，时间久了，这些不满就形成一种压力……此时邱敏媛又听到廖育兴重复在问："你刚刚到底在做什么，说啊！"

背对着他的邱敏媛终于爆发了："你知道吗？跟你在一起，这件事也是一个问题。"

廖育兴说："什么问题，我只是不理解，你怎么会冲那么多次水？"

邱敏媛转正了身子，对着房顶说："因为我怕你，我怕你知道我上厕所。"

"我不懂，什么怕我？"廖育兴不解。

"每一次我夜里上厕所都不安，我知道你想'共尿冲水'来省水，我也尽量配合你，所以如果我听到你说你要'共尿冲水'，我就会让你去冲水。可是有时你在睡觉，我若问你，又怕吵醒你。我若不问，自己冲了水，你一旦听到冲水声，就好像火灾要逃生似的冲过来。如果冲水声已经结束，你又会失望地责备我没喊你'共尿冲水'。"邱敏媛说。

"因为我也想上厕所呀！"廖育兴回答。

"可是，我怎么会知道你是睡或是醒？我又不想拿着手电筒照你的脸，看看你是睡了，还是醒着？我也不知道该不该问你。"邱敏媛烦躁地说。

"所以你就冲那么多次水？"廖育兴咆哮起来了。

邱敏媛伸出双手，在黑暗中晃了晃道："我不知道该怎么做。当时我是跑过去，想要在你的冲水声音结束以前，自己能够上完厕所。但是水声快要结束了，我只好继续压着铁把冲水，好让连续的冲水声让你听起来仿佛是只冲一次。我怕让你知道，我没有办法！"邱敏媛叫着："天啊！这世上怎么会有你这种人？"邱敏媛气得哭了起来，她此刻突然恨起廖育兴的弟弟廖育旺，怎么会把这么一个"怪胎"介绍给她啊！难道她当初是真的掉进廖育旺的陷阱中了？

"这一点点小事，你哭什么哭？"廖育兴硬生生地说。

邱敏媛用被单捂住嘴，怕哭声传了出去，好一会儿，她才放下被单，压住声音说："小事？这对你而言是多么天大的事啊！对我而言，简直是一场恶梦！你去问问所有结了婚的太太，有谁会像我这样，天天担心上厕所会挨骂？老天若有眼，也会跳出来替我打抱不平的！这里简直是比军队还要刻薄的军营，压力重重而且没有人身自由，就是因为这个你为了省水而要死的‘共尿冲水’！即使现在是在游轮上，你也不肯放过我。为何你不干脆到外面对着大海去小便？那样岂不更好！”

廖育兴也压住声音斥责：“小声点！你想让大家都听见吗？”

邱敏媛摇头，道：“这是我睡觉时候的一点自由，也要被你剥夺！我受不了了。我不是心理医生，也不知道要如何跟你相处下去。我受够了，我们离婚吧！”

廖育兴一听，非同小可。突然把态度作了一百八十度的转变，降低音调道：“别生气！好好好……我们去找婚姻顾问帮忙。”

“不！美国的婚姻顾问是没有用的，西方人根本不能理解东方人的情感，怎么能够帮忙？何必去浪费钱。何况家丑不可外扬，我可不想去丢脸。”

“那你想怎么样嘛！”廖育兴不耐烦地说。

邱敏媛愤愤地说：“坦白说，你的主控欲太强，现在你就是在主控我的膀胱。我……我们这次真的离婚吧！”

廖育兴着急地说：“我改，我改！以后你上厕所就直接冲水，不要问我了，我不说话就是。”

“没有用的，那是你直觉反应。以前你就答应过好几次会改，但是你改不了。”

廖育兴放软了口气，说：“不要这样……你不在乎我了吗？”

“可是我……我……那你叫我怎么办哪？”邱敏媛饮泣着。

廖育兴心乱如麻，身体却还是直挺挺地躺着，对着房顶比画着双臂说：“我不能离开你！我第一次见你就爱上了你，到现在还是爱你。我爱你爱得很深，你不知道吗？我是爱你的呀！”

邱敏媛不再说话，沉默地从床上爬起来。在黑暗中随便换了衣服，准备出去。

廖育兴盯着她问：“这是游轮，现在才四点不到，大家都在睡觉，你要去哪里？”见邱敏媛不说话，他又耐性地问了一声：“你到底要去哪里？”

“出去透透气，我不要在这里疯了！”邱敏媛说完就开门走了。

悄悄快步地走在路上，邱敏媛就像一个夜半的逃兵。她轻咬着唇，忍着酸楚，泪水满眶。世界上男人那么多，为何她会嫁给一个如此喜欢贪小便宜的男人呢？

如今她要去哪里？没想到在如此豪华的游轮上也有一只像她这样无处可归的“丧家犬”。

也许是压力太大了，邱敏媛突然怀念起汤瑞白来，很想见他。

第七章　惊魂记

第一节　神秘的礼物

这天 11 点，廖育兴为了替昨天晚上的吵架赔罪，特地带着邱敏媛去逛船上五楼的一家首饰店，为了有家庭气氛，他让廖小倩与廖家婆婆 Ida 都一起来了。自从昨晚以后，廖育兴夫妻两人，表面上似乎没事，私下开始打起了冷战，婆婆 Ida 与廖小倩似乎都看在眼里，没事还在一旁敲边鼓。邱敏媛却一声不吭，反击地撑着……小倩一直跟着廖家婆婆 Ida，两人都在后面注意廖育兴是否买了什么纪念品送给邱敏媛。结果只看见邱敏媛摇头，没见到买了什么。此时，有些客人走进船上一家墨西哥餐馆吃起午餐来了，Ida 与廖小倩看了就直喊肚子饿，也想进去吃。廖育兴就回头说：“谁知道这家墨西哥餐馆干净不干净？”

小倩不服气，说：“这是船上的餐馆，当然很干净！”

“就算干净，也只能去‘龙睛餐厅’或到上面十九楼去吃，若不去吃，岂不是浪费。我们付的游轮钱不包括这墨西哥餐馆。”廖育兴振振有词地说。小倩不听，硬想进去，Ida 拉了她一把，说：“你这孩子，又不是不知道你爸爸的习惯，我们去楼上十九楼吃啦！”

“讨厌！又是嫌贵，又是不想花钱，为何人家都进去吃？我就不行！难到我们不是人？他们才是人？”小倩指着不远处墨西哥餐馆的客人。Ida 不由分说地拉住小倩就往回走，于是大家最后还是上楼去了。

四人在路上，廖育兴与邱敏媛走在后面。廖育兴开口说，船上商店的东西都好贵！Ida 与小倩闻声回头，彼此用嘲弄的眼神互看了一眼，小倩还说：“奶奶……他没买啦！”邱敏媛听到了，没说话。想来是发现廖育兴后来没花钱买首饰给邱敏媛，两人放了心。

她们的这种表情，邱敏媛经常看到。祖孙个性虽然也相冲，但是一旦两个利益同时与邱敏媛抵触时，她们就会联盟。廖小倩平常都称呼对方 Ida，但是在关键时刻就会亲热地呼她“奶奶”，表现出与奶奶 Ida 才是一国，做出私下讥讽或嘲弄的眼神。有时在很多人面前也是一样，但她们似乎不在乎，这是一种表达立场的抗衡，邱敏媛故意不予理会，但是内心还是有一点不舒服。她觉得眼神透露着一个人最直接的内心世界，喜欢用暗眼神与喜欢乱说话都是两个极端。乱说话固然是不经过大脑，用暗眼神更是隐性毒箭。但是，对邱敏媛而言，她倒宁愿那祖孙两人乱说话还是好些，至少她可以装聋作哑，不至于太难堪，廖育兴也不会生气。若是用暗眼神，那毒味只会传到邱敏媛这儿，会让她生很久的闷气。

邱敏媛想到此，胃口也不佳，就说今天午餐想去吃 hotdog(热狗)，廖小倩一听就嚷着也要去吃热狗。Ida 则说她要去十九楼自助餐听厅好好吃顿午餐，然后去赌场，还交代廖育兴吃完也来赌场一下，就自己走了。廖育兴想夫妻昨晚才吵了架，难得需要私下聊聊，就跟小倩说：“你还是快跟 Ida 一起上十九楼去吃吧！”

“不让我跟你们去吃？好！我也不稀罕。”她跺脚一说完，就转身跑去找 Ida 了。

廖育兴对着廖小倩迅速消失的背影兴叹！他想到两年前廖小倩从常艾丽那里回廖育兴家的时候，才刚满十五岁，除了个性桀骜不驯，竟已经在穿四寸的高跟鞋了。那时，女儿回来，廖育兴虽然有点意外，但还是很高兴。刚开始的几个晚上，他都进她卧房打扫，还放了一些盆景。后来发现盆景的花叶有些枯干，就去车库找花洒壶想浇水。开门后看到楼梯口横七竖八地堆满廖小倩的高跟鞋，廖育兴没地方可站稳，就摔倒在地，忍着屁股的痛，帮女儿把鞋挪开放好。那一天晚上廖育兴就跟女儿说，楼梯口是进门的地方，鞋子不要乱放，应该空点儿位置，让人能过路。可是廖小倩直嚷是邱敏媛教唆他来抱怨的，后来进门仍然是脱了鞋就跑。她硬是自己方便就好，完全不顾后果。

女儿的自我中心很强，经常是旁若无人。每次上洗手间看见地上湿就会大叫，那声调就像猫尾巴被椅角夹到了一般，非常尖锐，让人听了几乎要掉魂。弄得廖育兴以为发生了什么大事，后来才知道是廖育兴先前在里头洗澡时，掉在地上的水迹吓到她。廖育兴早上起床比较早，在自己套房洗澡怕吵到邱敏媛睡觉，因此时常会用一楼大洗浴间。原本女儿在廖家也是住套房，自己就有单独的浴室，可是她嫌小，硬是要用一楼的大洗浴间。地上有水迹的事，也曾跟她解释过，但问题还是发生。难道她不知道家中还有别人，也可能随时会用洗浴间吗？每次又总是尖叫得那么大声，弄得廖育兴都要神经衰弱了。

最让廖育兴不满的是，女儿不尊重长辈的隐私。她可以毫不在乎地冲进廖育兴、邱敏嫒住的主卧室，对着壁墙大镜子搔首弄姿。还打开主卧室的大电视，跳上大床看她爱的节目，直到廖育兴进门。一个少女，性情虽然不稳定，但应该是一朵含苞欲放的蓓蕾。可是廖小倩不但在主卧室翻箱倒柜，还从自己卧房里取来以前常艾丽留给她的一些漂亮却性感的内衣睡衫，全试在自己身上，然后躺在大床上，学那些不入流的广告海报女人作妖媚状。每当此时，父女俩少不了就会大吵大闹，廖育兴实在不知该怎么处理，只能气恼地骂她："你想做小妖精吗？"

廖小倩就反击："是邱敏嫒要做大妖精，才跟爸爸结婚的，对吧！"

廖育兴闻言，极其恼怒，伸手给了廖小倩一个巴掌。廖小倩放声大哭了起来："你凭什么打我！妈妈都不打我。"

"因为你太不像话了，你怎么能不尊重别人的隐私？以后不许进我们房间来胡闹！"廖育兴从女儿手中夺回了所有的衣物，丢在纸袋内，狠狠地说："把这些都还给你妈！叫她不要带坏你！"

"要你管……"廖小倩气呼呼地边说边哭。

"唉！'顺我者昌，逆我者亡'！"廖育兴捂住面孔，边叹气，边换用中文说着。

"你在用中文骂我！什么意思？"廖小倩止住泪水问。

"就是大人没法子管你，什么事都要顺着你，否则就无法安宁过日子。而你又是我的女儿，我能怎么办？"

"都是因为你要再婚，以前我跳上大床跳舞，你根本不管。"廖小倩叫着。

"跟我再婚无关！以前你还小，而且本来就不该！我不是不管，只是我没心情管你。"

"现在有了大妖精，你就有心情了！"廖小倩说着，廖育兴见状又想打她。

"你敢再打我，我就回妈妈家去住，永远不回来。"廖小倩伸长脖子，抬头不服地瞪着他，廖育兴只好软弱地放下了手。

那次，廖育兴想到自己对孩子的教育完全失败，感到非常难过。廖小倩一向不爱读书，十来岁就滥交男友，经常在外过夜。在家中又是目中无人，就像她娘常艾丽一样，母女两个人对廖育兴都不尊重。廖育兴想，自己一个男人，表面在外是大老板，回家去却处处无力，也管不了自己的女儿，唉！邱敏媛说得对，他的确是没有尊严透了，坦白说，廖育兴还是在邱敏媛进门后才有了一点男人的自尊。那是邱敏媛一点一滴在提醒他的，是啊！若没有一个好女人，男人如何成为好男人？可是邱敏媛在这个家并不顺畅，虽然廖育兴说过婚后不让她掉眼泪，但他自己也知道，没法子办到。其实，他又是多么想办到啊！现在弄得邱敏媛又想离开他了，怎么办呢？

另一头的廖小倩终于跟上了 Ida，上了电梯后，两人朝十九楼餐厅走去……

Ida 边走边说："我就猜到他不会买什么首饰的。"

廖小倩也点头道："Ida，他要买就得买三份才对，他太太的、你的，还有我的。"

Ida 笑了出来，说："三份？别做梦了，你是知道爸爸这个人的，他用钱都是抠得死紧，像家里头那冬天的暖气啊！硬是不肯开大一些，把我都冻坏了。"可不是吗？Ida 每天晚上必须穿厚衣服睡觉，都不能穿好看一些的长丝薄睡裙。那美国百货店中陈列出来的拖地睡衣几乎都是低胸露肩的，很少卖那种长袖厚料的老式长睡衣。

"对啊！所以爸爸每次不管是送我礼物还是借我用东西，总会喜欢时常来邀功。"不但如此，廖小倩觉得廖育兴在家对她表现得也很吝啬。每当夜晚，小倩在屋内来回走动时，廖育兴总喜欢跟在她身后，替她关灯。有时小倩马上要回到原地，但回来前，原地的灯早就被关了，于是廖小倩必须重新打开。廖小倩不喜欢在墙角装小灯，有一次她从卧房走去厕所，廖育兴为了省电，偷偷把她的卧房灯关了。当她从厕所关灯回来卧房时，外面与卧房全是漆黑一片，伸手不见五指。只好摸索着走，脚就撞在床架边的轮子上，痛得她大叫。甚至有时她进去洗手间洗脚，在澡缸内单脚站立地用毛巾揩脚，门微开着，廖育兴就突然从门缝探手进来把浴室的大灯关了，弄得她失去平衡，差点摔倒。廖育兴当时的理由是大灯太刺眼，也浪费电。

廖小倩想到此抬头一看，自助餐厅又是快客满。她们两人赶紧坐到一个双人桌旁，肚子都有些饿了，就匆忙吃了午餐。

廖家婆婆 Ida 与小倩吃了午餐后，两人就分道扬镳。Ida 走去赌场，似乎总是晚了些，赌桌暂时没有空位，Ida 只好走去一张吃角子老虎机前，坐着等待。看看隔壁机器，正在玩的是一位年长的东方男人，样貌还不错，年轻时一定是个帅哥。现在虽然年纪大了，装扮得却很体面。他说他是菲律宾人，一边玩机器一边自己在笑，Ida 虽然英语不通，却主动跟对方用手比画着沟通了起来。对方说他叫怀德，是自己一个人来游轮玩的。没多久，怀德机器内的钱玩完了，Ida 想留住他，就表演了一点生硬的英语。怀德却伸出手跟她握了握，说："很高兴遇见你。"就起身走了。Ida 尴尬地跟他摆摆手，心里期盼他能够再次停留一些时间，那该多好。可是，她知道，在海外，若一个人跟你握手说"很高兴遇见你"这句话，就表示他没兴趣再说下去，要告辞了。

赌场冷气很强，Ida 觉得有些冷，还好廖育兴吃完热狗就来找他了。Ida 把自己船卡递给他，要他帮忙去船舱拿件外套，廖育兴接在手里，转头就走了。

廖育兴在六楼没劲地走着，突然迎面碰到一个熟人，那是公司商场上的一个大客户刘老板，两人招呼了，又寒暄着，刘老板手上提了一个精装高雅的礼品盒，跟他说："廖董，这个礼品很名贵，是朋友送我的。我用不着，就转送给您吧！"

"既然是贵重的礼品，我怎么好意思收呢！"廖育兴摇头。

"别客气，您留着吧！"刘老板手把礼盒递了过去，廖育兴接在手中，他想到虽然西方人都是当面拆礼物，但东方人都习惯当面不拆的就说："那谢谢啦！改天我们再好好聚聚。"

"好的，好的。"刘老板走远后，廖育兴也开心地提着礼盒回船舱去了。

船舱里空无一人，廖育兴好奇地打开礼品盒，发现的确是一份贵重礼物。他很想把这个好消息马上告诉邱敏媛，但是邱敏媛正跟他在冷战，彼此也很少说话，现在又不知她去了哪里。唉！如果有什么好方法能把邱敏媛的心留住该多好！对于自己这个婚姻，他廖育兴真是一点办法都没有了吗？邱敏媛总是怨他爱占小便宜，她若知道这礼品是别人转送的，一定又以为他是在贪人家的好处。算了！干脆就不跟她提这事了，于是廖育兴把礼品偷偷藏进了自己的旅行袋里。匆匆又去 Ida 船舱取了外套，就赶到赌场去了。

晚上大家去七楼吃了晚餐，看完剧，邱敏媛先回船舱，廖育兴则走到柜台去拿了好几张有关游轮优待价的办法。他回到船舱时，邱敏媛正在洗手间梳洗，廖育兴就把优待价表放在桌上。等到邱敏媛出来，换廖育兴去洗手间刷牙洗脸。厕所此时传出一阵很大声的干刷噪声，邱敏媛听了蹙蹙眉心。知道廖育兴刷牙只放非常少量的水，因此他的刷牙声音特大，仿佛在干洗驴子的牙床。

廖育兴走出洗手间，拿了先前放在桌上的那几张优待价表，眉开眼笑地跟邱敏媛说："我看了一下这些游轮优待的特价，很不错哦！如果买下一个便宜的组合价，会省下好多钱。"

邱敏媛不语，廖育兴以为她是不喜欢这次有 Ida 与廖小倩同行，就说："你放心，以后只有我们两个人来。"

"你怎么知道我以后还会跟你来游轮？"邱敏媛摇着头说。

"哎！夫妻偶尔吵架是家常便饭，不要看得那么严重嘛！"廖育兴说完就打了一个饱嗝说，"我得去楼上做点运动了！"

廖育兴想到这次游轮美食太多，他又大吃特吃，使得他的体重剧增，为了消耗卡路里就必须靠运动减重。最近每天上午，他都在甲板上围绕着船身走十圈，觉得似乎不够，现在得赶快继续去健身房做走步运动。他换了短裤与运动鞋，上身只穿了一件泛黄的白色旧内衣就匆忙坐电梯去了十九楼。跑到健身房，选了一个走步机就开始运动了，可是走了五分钟，感觉很燥热，就干脆脱去了内衣，露出赤裸且微带臃肿的上身。旁边正在运动的人都对他侧目而视，廖育兴则毫无感觉地继续走，走得汗流浃背。终于有一个英国口音的管理员过来阻止他，道："先生，你不可以在这里光着上身、不穿衣服地做运动。"

"我热啊！"廖育兴喘着气说。

"先生，这是违规哦！请您穿上衣服，谢谢。"管理员劝着。

廖育兴只好弯身穿回内衣，起身正要继续走步时，脚没踩稳，几乎要摔跤，左脚也被撞了一下，还好那个管理员及时扶了他一把，他才没摔着。做完走步运动，等廖育兴回船舱时，突然感觉左脚疼了起来，廖育兴只好躺在床上休息。睡了一会儿醒来，发现左脚不但很痛，而且红肿了起来。他猜测一定是自己的痛风问题又来了，还好他带了药来服用。

傍晚邱敏媛与 Ida 分别回来，看到他的脚，Ida 笑着说自己也曾经有过这种经验，没大碍的。他可能是吃太多，也走太多，才会造成尿酸过多的痛风毛病。叫他暂时不要随便乱吃，也别去乱走了，说是服了药，休息一晚就会好。邱敏媛听到他在健身房赤裸上身、被管理员说的事，只能摇头！廖育兴来美国都那么多年了，却仿佛完全活在他自己的象牙塔里。虽然当了董事长，因为有下属处理所有对外的沟通，他自己还是像第一天抵达异国似的，对入乡随俗的事情非常陌生。

去年，廖氏商场公司里过鬼节，也就是“万圣节”，秘书特地把董事长办公室用许多黑色与橘红色的彩纸卷来布置。廖育兴一步进门就大发雷霆！秘书跟他解释，这是美国“万圣节”的两个主要传统装饰色彩，廖育兴猛摇头，说用黑色会让公司晦气。秘书还想说什么，廖育兴生气地大叫：“不行就不行！全部拆掉！”秘书只好照办。

邱敏媛想到此，看了一眼他的脚，担心地说：“赶快先吃一粒痛风药吧！”两人就到行李箱去找药了。

第二天，他的脚虽然好些了，也可以走路，却必须穿拖鞋。因为“龙睛餐厅”不容许穿拖鞋进去，于是从这天的午餐开始，邱敏媛就只好暂时陪他上楼顶的自助餐厅去吃饭。走在路上，廖育兴抱怨说无法继续去“龙睛餐厅”吃美食，脚又不方便。这样子，在船上简直像坐监牢，真是非常遗憾!

邱敏媛瞧了他一眼，道：“我在欧娃胡岛下船时，曾遇到一对母子。那男的，头发都已经剃光了，可能有三十多岁，我们双方还交换帮助彼此拍照。那个男的说他患有绝症，生命只有一年，这次是母亲陪他一起来游轮玩的。”

“真的吗？”廖育兴有点惊讶。

“我看那个男的说话很正常，他还一直说游轮很好玩，一点都不像有重病在身的人。所以你这不过是小毛病，何必放在心上。”邱敏媛说。

廖育兴很感激原本在跟他打冷战的邱敏媛还会回来陪他吃午餐与照顾他，现在又这么地鼓励他。廖育兴此时突然停住脚步，抓起邱敏媛的手说：“让我们重新开始吧！就像来游轮玩的蜜月夫妻一般，不要去想太多。”见邱敏媛没说话，廖育兴继续摇着她的手臂道：“就我们两个，不要去想别人。”

“我有点饿了。”邱敏媛说完就走，廖育兴只好跟了上去。

吃完午餐，廖育兴跟邱敏媛提及Ida，说:“她现在一定在赌场，会需要换个手，好去上个厕所喝口水什么的，我得去赌场看看Ida。”于是他就与太太分开去活动了。

在路上，廖育兴看到菲利浦与汤瑞白在前面走过。两人都没看到他，他却伫足在汤瑞白身后，远远地看了很久，才转身走。

第二节　望海

汤瑞白跟菲利浦走出咖啡厅，菲利浦问："你这几天去找过邱敏媛了吗？"

"找过，不过也没谈什么！"汤瑞白回答。

菲利浦瞧了一眼远处，悄声地说："今天晚上就要行动了，多少你也要套出一点有关 Ida 的事情嘛！"

"我不是已经介绍你去教 Ida 跳舞了吗？你自己可以问啊！"

"我那么直接地问，会被 Ida 怀疑的。"菲利浦说。

汤瑞白苦恼地望着菲利浦，说："'金塔红美人'我不做，行不行？"

"不行！"菲利浦摇头。

"我还是不想做。"汤瑞白摇头。

菲利浦着急地说："汤！你现在是骑虎难下，不做也不行！一到墨西哥那个小岛就要把货送出去。万一……我也不想让你受到伤害，总之，你可不要坏了我的大事。"

"什么伤害？难道你上面还有人在压你？你不就是老板吗？"汤瑞白想起上次在船舱门口听到他在打一个奇怪的电话。

"没有人压我，我当然就是老板。哎！你别忘了，我们上游轮不是来玩的。你也真奇怪！又不是上刀山下火海，只是要你跟邱敏媛聊聊天……"菲利浦还没说完话，汤瑞白就说："好啦！我知道了，其实我们是在聊天的。而且我还会找她，你别逼我，怪不舒服的。"

"好！我相信你就是。对了！我刚刚看到邱敏媛在五楼甲板上走动，你现在就可以赶快去找她。"菲利浦摆摆手，就走远了。

因为心情很闷，汤瑞白真的去了外面。在五楼甲板，一时没看到邱敏媛。天空乌云密布，气压有点低，一副欲哭无泪状。他站在甲板的船栏旁边，望望乌云，自问着："难道还要下雨吗？"

汤瑞白缓步走去船尾，那儿的浪花特别好看，晶莹剔透，变化多端。曾有几次，汤瑞白远远地看到邱敏媛的背影，但他不想打扰她，就悄悄走了。可是今天汤瑞白在五楼甲板没看到她，就绕船走了好几圈，实在有点闷。他端了一杯咖啡，还是站到船尾去。他不知道邱敏媛今天是否会来。他觉得自己就像那些浪花，只能在心底悄悄地呼唤，期待邱敏媛的出现。

他端着咖啡，站在围栏边，一边看浪层，一边想：自己是不是有点自作多情了些？与邱敏媛是大学研究所同学，分别那么多年，难免会想跟她聊聊天。虽然他是正大光明的，可是廖育兴知道了一定不高兴，汤瑞白越来越觉得邱敏媛的婚姻并不幸福。其实他现在反而很好奇，对邱敏媛，他总想多了解一些。

没多久，他真的瞥见邱敏媛推开门出来。她穿着浅蓝缀碎白点的上衣，牛仔裤与白色尖头的矮细跟皮鞋，走在甲板上。真巧！她手上也端了一杯咖啡，可是一个正在跑步的旅客不小心碰了她一下，咖啡溅了好多在甲板上。旅客频频道歉，邱敏媛摇头说没关系，蹲下身来拿纸把地板上的污迹仔细揩净了，然后才朝船尾走了过来，看见汤瑞白时，邱敏媛愣了一下。

汤瑞白没说话，主动过去把她手中的脏纸转身丢入旁边的垃圾箱，回来说："你不错！有公德心。在公共场所，我看过很多东方人不会去揩自己弄出的脏污迹，都是装作没事就走人。"

"……"邱敏媛看了他一眼，没作声。

"你没被烫着吧！"汤瑞白关心地问，又探头看了她手上的咖啡，说，"这一杯咖啡几乎都被溅光了！"

"少喝一点咖啡，也没关系。"邱敏媛说。

"我的还没开始喝，倒给你一半吧！"说着，汤瑞白就在她的杯子内加了半杯咖啡。邱敏媛看了一眼汤瑞白，他今天穿着黑色上衣与牛仔裤，很清爽！

邱敏媛说："上次你作的那首《望海》，我已经把曲子谱出来了，要不要听听？"

"好啊！"汤瑞白点头。

邱敏媛就哼唱了一遍……

"①站在岩岸，遥望白浪。逝去的是，秋风夜雨，还有那儿时奔过的长廊。
②经过港湾，不见远航。留下的是，虫声泪影，还有那心坎错落的痕斑。
（副歌）啊！请再问我，到何处寻找自己？
啊！请再爱我，别让我淹入苍茫。
③异乡的月，无色的光。挥不去是，冷寂凄清，还有那浓而不化的惆怅。"

“很不错呢！”汤瑞白鼓掌了起来。

邱敏媛唱完就把谱曲的草稿也一并交还给了汤瑞白。

“谢谢！”汤瑞白收好以后也没走。

邱敏媛在船边，继续垂首下望，看着缓缓移动的船底，掀起细碎的小浪花。她看得入神，一不小心把右脚高跟鞋的尖鞋跟插进了甲板的木头细缝内。她试着拔，可是缝太密了，怎么拔也拔不出来。她正在伤脑筋，不知该如何是好的时候，汤瑞白说了句“让我来试试”，就弯身紧握住那只高跟鞋身，一用力，鞋子还真的被拔出来了。邱敏媛正要高兴呢！却马上张嘴愣住了，原来鞋跟不见了，竟然被卡在甲板的密缝内。汤瑞白不由分说地，拾起没了跟的鞋子，一挥就抛入了大海，邱敏媛大惊失色地说:“啊呀！我的鞋！”汤瑞白朝她耸耸肩膀，笑着没说话。

“你在帮什么忙啊！怎么把我的鞋子扔了呢！”邱敏媛有点生气了。

“没鞋跟了，你怎么穿？”汤瑞白侧头问。

“我……至少还有一双鞋子。”邱敏媛委屈地说。

“但是，反正无法成一对，没用。”汤瑞白摊开双手说。

“那现在只剩一只鞋子了，叫我如何走路？”邱敏媛看看自己左脚上的鞋子。

“留了那一只鞋子，你也没法子走路。”汤瑞白指指大海。

“那……现在怎么办？”

“你把左脚的鞋子脱下来给我。”汤瑞白指着她的左脚。

“干吗？”邱敏媛有些迟疑。

“脱下来给我啊！”汤瑞白催着。

邱敏媛不知他要做什么，只好把左脚的高跟鞋也脱下来，递给了汤瑞白。

汤瑞白接过鞋子，又是大力地一挥，随着邱敏媛一声尖叫，那左脚鞋子也被汤瑞白抛入了大海中。

“你怎么这样？让我的鞋子葬身海底，也污染了大海环境。”邱敏媛摇头。

“不！让它们回到大海的怀抱。”汤瑞白更正着。

“现在我没有鞋了，要怎么走回去？”邱敏媛看看自己的两只光脚。

“甲板上很干净，光脚走路很舒服。而且我想你不会只带这一双鞋子来游轮吧？”汤瑞白问。

“如果是呢？”邱敏媛故意地问他。

“我相信你至少一定还有运动鞋，何况游轮正在向回程走，所以你的高跟鞋，用处并不大。”

“如果我也没有运动鞋可穿呢？”邱敏媛问。

“那我就在船上替你买一双鞋子，赔你！”汤瑞白说。

邱敏媛摇头道：“真是倒霉，这里是船尾，最安静的地方。可是，我怎么总在这里碰到你？”

“因为我是专门丢鞋子进入大海的人。”汤瑞白说。

两个人，你看我，我看你，突然都大笑了起来。

邱敏媛用双手围住嘴巴，对着大海叫道：“谢谢大海接受了我的鞋子！”

汤瑞白也如法炮制地，对着大海叫道：“谢谢大海让我扔了她的鞋子！”

气氛突然变得非常和谐了，邱敏媛真的光脚在甲板上走了走，说：“很舒服！没有拘束感。”

“你要不要我陪你？”汤瑞白做出准备脱鞋的模样。

“不要啦！难看死了。我是不得已，你何必‘东施效颦’？”

两个人又大笑了起来。

船尾周围凌空，倚栏的人，若引颈把头伸出去，也能感受到风浪的力量。此时，船尾突然飞进一只大海燕，正好从邱敏媛的头顶擦过，很快速地，又从另一边飞走了。真是把她吓了一跳，人就猛地往外晃，汤瑞白反应快，一手抱住她几乎要摔倒的身子，邱敏媛尴尬地看见自己倒在他的怀中，这才赶紧站直，说了声“谢谢”。

邱敏媛从对方刚才的动作，突然发现“仔细”是爱情的条件。一个男人要保护女人，就自然会如此。这些在自己丈夫廖育兴来说是不可能的事，以前在家中也曾发生过与刚才类似的情况，廖育兴根本没这份细心，事后总是说：没看到，没想到，以为没事，忘了要怎么做，或者他在忙这个，忙那个……再不然，他就会抱怨：你又不是小孩，总之，他喜欢找不同的借口。有一次出门旅行，邱敏媛生病发高烧，躺在床上哎哎呻吟，廖育兴竟然说：哪有人生病会这样叫？而且还指她一定是装出来的。邱敏媛后来回想起来心不平，怪他无理，他却不记得了，只说哪有？看到他说谎，邱敏媛更恼了。一直到最后，他才会想起来，却指责邱敏媛心胸狭小、过分计较，陈年往事还要跟他追究。最后才说有了那次经验，下次就不致误会她装病了。邱敏媛很诧异他的反应，这种生病发烧呻吟是普通常识，谁人不知？谁人不晓？而且即使他说以后不会了，也难保不再次误会。邱敏媛叹息了！连如此一份一般人都会有的保护与关心，廖育兴竟然没有。

汤瑞白的确够仔细，难怪邱敏媛还是会想念他。邱敏媛依稀记得在西雅图读书的时候，她因为怀念在马来西亚的母亲，心情时常很低潮。有一次，是“诗友会”在“牡丹亭”的活动，尾巴时段，同学们都在唱卡拉OK，邱敏媛却显得郁郁寡欢。汤瑞白发现了，就跟她聊天，邱敏媛感慨万千，当时突然说出“人生无趣”的话，汤瑞白怔住了，就问：“怎样能够使你觉得人生有趣？”

“我也不知道，如果是感觉像圣诞节，也许会有趣吧！”邱敏媛随口说着。

后来，汤瑞白就上台唱了一首“我想念圣诞节”的英文抒情歌曲，那时，邱敏媛就感觉到他的细心。当然，并不是男人都要去学唱圣诞歌曲，而是说要有一颗愿意去付出的细腻的心思。像廖育兴，邱敏媛也曾劝他细心些，可是廖育兴说他天生就是如此粗枝大叶，为何要学那种小鼻小眼的技巧？其实就是因为他自己认为在学技巧，所以很辛苦，所以会像小鼻小眼。也许廖育兴自己办不到“仔细”，就小看这种细腻。坦白说，只要动机纯正与善良，“仔细”也是一种爱心的储蓄。当一个男人让女人感动的同时，男人自己不但有成就感，而且自己也会感动，于是爱心才会更加茁壮，爱情也就容易产生。否则一个男人即使嘴巴说爱太太，却懒得给予任何心思与耐性，有什么用？只是神经大条地做人处世，没有一点细心，如何有爱？

邱敏媛想到此，才发现汤瑞白正盯住她看，邱敏媛觉得很不自在，就逃避着他的眼神。汤瑞白只好把两只手插入裤袋，他想起菲利浦的交代，就问邱敏媛：“廖家这么大的企业，现在就归廖育兴与Ida管理，你没有管一部分吗？”

邱敏媛回答：“我不管，没兴趣，他们也不会让我管。其实除了廖育兴与Ida，他弟弟廖育旺也在管，只不过管得比较少。”

“其实，通常让两个儿子管理就很好了，你婆婆Ida为什么要插手呢？”汤瑞白问。

“我也不知道，也许她有事业心吧！”

“她现在跟菲利浦学跳舞，英语也会学到，赌场应该不太去了吧？”汤瑞白笑着。

邱敏媛摇头道：“还是会去，现在她就在赌场，今晚去五楼的晚餐也没空吃了。”

“哦，我和菲利浦会去十九楼吃。”汤瑞白想到晚上打算去 Ida 船舱看看保险箱的情况，便没再说话。

此时，有一群太太们在绕船走路，正好经过船尾。看见汤瑞白，其中一个太太就跟另一个太太说：“他就是那天赢了最佳服装奖的男士。”

“真的啊！”其他人全都惊讶起来了，于是大家全都聚了过来，站在汤瑞白的身边，七嘴八舌的问题都来了，惊叹的说话声也此起彼落……

“请问你是汤先生吗？”

“你就是那天最佳服装奖的男士吗？”

“今天你穿的牛仔装也非常酷！”

“你身材好棒哦！”

汤瑞白闻言不知该回答谁，只好笑笑。

那群太太，有的说要邀他合照，有的要请他签名，汤瑞白感到难以招架，只好全点了头，且不得不像个明星似的接受着回答问题与合照留念。可是那群太太还一直没有满足，继续发问，汤瑞白仿佛想挣脱了“粉丝”的歌星似的，为难地倒退着。好不容易，她们才放了汤瑞白，挥手道别，继续走路去了。

汤瑞白回头看见邱敏媛独自神色泰若地在看海，就说：“你怎么也不帮助我一下？”

“帮助你挡驾吗？”邱敏媛笑着问。

“是啊！”

“那是你风光的一刻，我不想打扰你们。”邱敏媛说。

“你可以说你是我的未婚妻啊！这样就会把她们吓走了。”汤瑞白说。

“我在廖家的头疼还不够？现在你还要让我又多出一个麻烦吗？”邱敏媛摇头。

汤瑞白就点头说：“那也是，我发现在你身上发生的事情好像都很奇怪，跟寻常人都不一样。婆婆不是亲婆婆，女儿也不是亲女儿，连家庭成员都是那么地曲折复杂。”

“所以说，谈我的事都是不愉快的，还是谈谈你的吧！”邱敏媛忽然说。

“我的事？实在没什么好说的……”汤瑞白缓缓摇头。

邱敏媛问：“我一直不能理解，你当年为什么要放弃华盛顿大学快到手的硕士学位，跑去加州做生意？”

“因为，当时我一直以为我父亲公司就只是财政发生了问题。但是我后来才发现他其实是受了很大的冤屈，心情郁闷，才会心脏病去世。我始终觉得我父亲死得很冤，所以我下了决心，一定要继承父亲遗志，重新创业，把父亲以前的公司盛况再找回来。可惜，我并没有做好。”

“原来是这样。”邱敏媛点头，问道，“所以后来你才消失了？”

“当时我觉得自己没什么发展，不想连累你。”汤瑞白摇头。

“让我很伤心，知道吗？”邱敏媛看着汤瑞白。

“我很抱歉，也很后悔，当时……自己做了一个错误的决定。我常想，如果一切能重新来过，我当年一定不放弃你。”

邱敏媛若有所思地说：“……如果一切能重新来过，我一定也不跟廖育兴结婚。”

“其实我一直没有忘记你……我还是爱你的。”汤瑞白说罢，低头不语。好一会儿，汤瑞白才抬头，情不自禁地握着邱敏媛的手，她这回没抽回去，就让他握着，两人感到一股温暖在延伸，汤瑞白说：“我很感激大海，让我与你重逢。你放心！不论你对自己婚姻的决定是什么，我会珍惜目前所有的一切。好的，坏的，我都接受、都珍惜。”

“……”邱敏媛接触着汤瑞白的目光，很想抓住那永恒的一刻。但是最后，她还是抽回了手，没说话。

此时，阳光照耀着巨大的白船，游轮在银色的海面上增加了速度。碧蓝的海水，刷出一波又一波；似蓝缎般的布幔，奇幻地层层飞舞着白色的蕾丝边。

菲利浦正在船内，从窗口朝外看，见到汤瑞白真的去找邱敏媛说话了，心里很高兴。突然他的手机乐声响了，是常艾丽要找他去跳茶舞。菲利浦要她先去六楼舞厅门口等他，自己一会儿就来。菲利浦收线后，正好看到Ida迎面走过来……

“你好！”菲利浦招呼着。

Ida不会英语，只好比手画脚，菲利浦则尽量在猜她的意思，最后弄清楚是：“那探戈真不好学，我的舞蹈老师啊！你有空多教教我，好吗？”

“行啊！现在……我就要去……舞厅，你要不要过来？”菲利浦点头，也比画着手势在表达意思。

“我本来要去赌场的。”Ida指着赌场的方向，用吃力的英语说着。

“去赌场会输钱，来跳舞可以运动，对身体好，还是来跳舞吧！”菲利浦催促着。

Ida心里想，可不是？人无聊了，没地方去，只能跑赌场。唉！赌博不是好事，在游轮上赌博更是一个大陷阱，一种既快乐又痛苦的娱乐。进入那个看来并不大的赌场，可以说是进入了一个误区，因为“门票不菲”，如果不懂得控制，十几天下来可以达到一个天价。何况整个船上就那么一个赌馆，也就是那么几张牌桌与那一些吃角子老虎机器，如果自己没有其他活动，就很容易陷进去，直到下船时才会发现输得很惨。不过今天虽然与小倩吃完午饭就分开去活动，但是Ida没有马上就投入赌场，而是去楼顶坐了坐，想让自己轻松些。那十九楼虽然不像七楼有侍者殷勤招待，但是自助餐的种类倒是很多，水果也不少。而且在船上，这是一个最能聚集人群的地方了。Ida去那儿可以喘口气，休息一下，还好没再遇到上次那个大嘴巴的朱太太。但是，她期盼看到的那位菲律宾的老先生怀德也没来。想想真是闷，于是Ida就说：“那……好啊！”Ida点头，就跟着菲利浦走着。

菲利浦指着赌场的方向，比着手势说：“你为什么那么喜欢去赌场？傻子才去赌场！你想想看，在上游轮购票的时候都希望票价越低越好，有几十块钱折扣都是好的。可是买票上了船，却去赌场玩，整个旅行不知不觉地就输了几千块钱，那……跟那几十块比起来，岂不既矛盾又好笑吗？”

“好玩嘛！只不过赢得少，输得多。”Ida指指自己，又指指赌场。

“这样，你现在跟我去学跳舞，保证一毛都不会输。”菲利浦笑着在Ida眼前摆摆手，Ida点点头，两人就乐呵呵地笑了起来。

第三节　自杀的证据

常艾丽站在门口，好不容易等到了菲利浦，却看见Ida也在，Ida得意地望着常艾丽。

菲利浦万分抱歉地跟常艾丽行了一个绅士礼，说：“我们两人是刚刚在路上遇见的，Ida想来练习跳舞，所以我就请她一起来了。”

常艾丽没说话，狠狠地盯着Ida。对方也不甘示弱地看着常艾丽，两个人像斗鸡似的相互瞪着对方。

菲利浦一看不妙，两个女人只要再多说一句话，就有可能打起来了。他赶紧催道："我们快点进去，晚了会没位子的。"

大家进去坐定，舞池大厅内飘着美妙的慢四步舞曲，已经有许多对男女在翩翩起舞了。常艾丽还是没说话，也还是狠狠地盯着 Ida。菲利浦想起汤瑞白曾经跟他说过两个笑话，就说："让我说两个笑话给你们开心一下，好不好？"

没见回音，菲利浦就主动说了："第一个笑话，有个男的正在卧轨想自杀，但是下雨了，他就先去躲完雨，然后又回到铁道上去自杀。"

Ida 听不懂英语，常艾丽就率先夸张地大笑了起来，还问："第二个呢？"

菲利浦就继续说："有个女的要跳楼，爬窗子到一半，因为穿着裙子，性感的内裤被下面人看到曝光了。她又爬回屋去换了一件长裤，再出来爬窗要跳楼自杀。"

常艾丽这下子听得笑弯了腰，菲利浦这才发现 Ida 没笑，就说："很好笑的，待会儿我去找你儿子翻译给你听。"

常艾丽此时直起上身说："是啊！自杀根本就是弱者的行为，中国人就有一句话'好死不如歹活'。"

菲利浦赞同地继续跟常艾丽说："真正强者会活下去，以前加拿大有一个轰动一时的校园杀人案件，那个男孩杀了六个女生以后自杀了，他的单亲母亲遭受社会舆论批评与世人指责。因为那个男孩杀的女生全都是像他母亲一样的有野心、想要爬到男性头上去称霸的那种女强人，几年以后这个母亲的女儿也因为吸毒自杀了。想想看，她的两个孩子都死了，没有人同情她，她几乎也要自杀了，但是她选择忍辱含垢地活着，后来她真的就那么活了下来。她非常痛悔自己的强势与霸道，疼惜自己死去的孩子，就下决心要帮助其他也是离婚心碎的母亲站起来，最后还出版著作，阐述自己的心路历程，非常感人，也相当不容易。所以不论怎样，生命都值得珍惜，大家都应该拥有积极人生观。"

Ida 在旁边愣着，菲利浦跟她比画着说："放心！我……很快就会……教你……跳舞。"Ida 会意地点点头。

菲利浦转头跟常艾丽说："瞧！她的英语会进步得很快，因为我们用肢体语言沟通。"

Ida 有点懂了，微笑地望着菲利浦。

常艾丽用英语对菲利浦说："肢体语言是很好，不过你让她小心些，学错了就会成了'四不像'。肢体语言最关键的一点就是表情动作都要自然，如果一味地专注在肢体，结果反而会闹出笑话。北加州曾有位华人电视台的资深女主播，某次谈到猫，比手势之余，竟然在荧幕上‘喵……喵……’地学起猫叫声，简直笑死人啦！台湾也有两位电视女主持人，一个中年的介绍名人，一个年轻的介绍世界风景，两人都站着介绍节目，双手十指紧扣在肚子前，每次说到数字就朝上举右臂，亮出指头标示数字。哎呀！动作真是僵硬，看了可都不像播音员，倒像教儿童的幼儿园老师。”

Ida不懂，听完翻译就怏怏地坐者，假装东张西望地不在乎。突然，她看到一对熟人正在舞池中跳舞，对方并没看到Ida，只一个劲地在说话。那个女的，有个很奇怪的英文名，很少听到，所以Ida也记不起了。她长相普通，短发，瘦小的个子，比Ida年轻。她的舞伴可能是同居的男人，但是听说她在外面都介绍男人是自己的老公。那个男的个子不高，长相成熟稳重，话也不多。两个人跳着，跳着……男人倒是非常安静地踩着舞步，女的却歪斜着头，朝他笑得色眯眯的，一副巴结状。还用双手去勾住男人的颈项，似乎恨不得要公开亲热的样子。华人在公共场合很少如此大胆，何况是女的主动。瞧瞧那个女人笑得好轻浮，真是肉麻当有趣！在美国，曾看过电影上的年轻人舞会，会出现有女人用双手去勾住男人颈项来跳舞，但那些镜头往往是上床乱性的前奏曲。Ida看得很不顺眼，瞧她好像在炫耀似的，不论是同居的男人，还是夫妻，都不用如此当众表演吧！实在气不过，狠狠地瞪了对方一眼，如此放浪形骸，真是荡妇一个，那男的八成以前是被她追来的。Ida心里说：祝她不幸福，早日人仰马翻地分手吧！想到此，转头看看菲利浦，他竟然还在跟常艾丽说话：“西方人才擅长用肢体语言，可能东方人比较不习惯。”

常艾丽说：“那是啦！但是，东方人讲话眼睛不太看对方眼睛，西方人讲话眼睛又太过分盯住对方眼睛。固然是应该看对方，但眼神要适度才对。我经常在电视上看到，两个西方人轮流说话，一个在讲话另一个就会笑着一直盯住对方眼睛。可是同样表情，我看过的，若是中国人学起来，那感觉就是露骨，有些还非常恶心呢！”

菲利浦点点头，突然他的手机响了，他取出手机，独自走到角落去接了电话，菲利浦应对着：“是的！我已经跟汤提醒过了。我们都在一步一步地进行，不露痕迹地了解这些珠宝的所有人……罗奇吗？他很早就跟我说不想签约下一个拆婚了，是！暂时就这样，我们就专心这次的珠宝大计划吧！那个红发女人后来也没再找罗奇，对！罗奇手中有……拿到了。他很单纯，在船上没交什么女朋友……是！我觉得还是让他保管比较好。放心……什么？汤吗？他会做得好，不用担心，我一定盯着他……不行！他是一个人才，一定要留着他……我知道……今天会做……明天在伊塞达岛停留时带出去，好……知道了。”

等菲利浦回来以后，就跟常艾丽表示说自己要先教Ida跳探戈，还跟Ida招招手，Ida高兴地走了过来。常艾丽有点不高兴，但想到菲利浦也常会陪她来跳茶舞，这次让让Ida，就无所谓了。

前一阵子菲利浦真的一天到晚地黏着她，这一阵子却变得特别忙。常艾丽以前听他说过自己是受人之托，说是只要把Ida教会跳探戈就好了。可是那个Ida学舞也真是笨，学了半天就是不开窍，看见菲利浦一身大汗地又说又带，重重复复，还真有一点同情菲利浦。

“等等，我快好了！”菲利浦对常艾丽说完，就带着Ida喊口号，“一……二、三……四，不对……”那个Ida却老跟错步子……最后还抱着菲利浦一块儿摔倒在舞池地上。

“不行！重来，一……二、三……”菲利浦站起身，扶稳Ida继续教她。

“我看我改天再来吧！”常艾丽说着，瞪了一眼Ida，见菲利浦给了她一个抱歉的眼神，才走出舞厅了。

常艾丽有点无聊，就自己去游泳。游轮上的水暖暖的，她游得很轻松，游完就去了蒸汽房与三温暖，又去了热水池。刚好在热水池碰到了小倩，廖小倩才踩进水里，一见母亲就面无表情地转身离去。常艾丽被弄得也没情绪泡热水了，就清洗完身子回船舱去。进门后手机响了。宋万杰说卜慧不在，他现在想过来，常艾丽说：“我刚刚游完泳回来。”

“那好啊！你就在床上等我。今天时间很紧凑，我就不带酒了。”宋万杰说完就挂了电话。

没多久，宋万杰就到了常艾丽的床上，两人又是一番云雨。才亲密完，宋万杰的手机音乐就响了，卜慧问他人在哪里，宋万杰说在赌场。卜慧就说不要赌了，快回船舱来，她心情不太好。宋万杰点头说“好”，就挂了电话，翻滚下床，火速穿好衣裤就开门出去。

出了门，宋万杰就匆忙朝自己的船舱走。这一幕却被远处的抓着手机的卜慧全都看到了。卜慧气坏了，不知道是应该去敲常艾丽的门找她算账，还是走回自己的船舱去找宋万杰算账？最后她还是收起手机，怒气冲冲地跟着宋万杰进入船舱。一进去，她就在桌上取了水果刀，朝宋万杰身体刺过去。

宋万杰眼快，一把抓住她的手问："你干什么？"

"我要杀了你！"卜慧大声叫着。

"你先放下刀子，太危险了！"宋万杰喊着。

卜慧放下刀子，瞪着宋万杰看。

"我回来没看到你啊！"宋万杰故作轻松地说。

"从哪儿回来？赌场还是常艾丽的船舱？"卜慧指着船舱门口。

"我……"宋万杰愣了愣。

卜慧气急败坏地转身，从橱柜取出"波尔多"酒瓶与那两只紫色的酒杯，用力放在桌上。她看了看酒瓶，发现酒只剩了一半，就说："不要再想骗我，你的确经常去找常艾丽。哼！我说真奇怪，酒怎么会少了呢！上一回你拿了酒杯与'波尔多'酒，就是跟那个下流的女人在一起喝。想来……你们两个人已经喝过好多回了。这才是真正答案，我竟然都不知道。"

"……是我自己喝的。"宋万杰狡辩着。

"还想骗我！你从来不自己喝闷酒，刚刚我还亲眼看见你从常艾丽的船舱走出来。上次你在酒吧间也是跟她一起喝酒，看到我来就脚底抹油地溜了。你以为我不知道？我告诉你，想分手跟她去要好，是吧？好！按照'离婚财产协议书'的规定，你拿走三分之一就是了。"

又是那个要命的"离婚财产协议书"！宋万杰真是悔恨交加，想到自己的钱就要被瓜分，如坐针毡似的跳了起来，叫道："什么！我只拿三分之一？你这是明摆着要谋财害命！"

"那可是我们以前在律师楼签好的哦！你同意给我三分之二的，因为让我能把财产翻倍地赚进来。难道说赚钱了，你很高兴，分钱了，你就叫冤！幸好我让你先签了这个'离婚财产协议书'。就算你当时是昏了头，现在也不能不认账。还乱说什么我要谋财害命？你怕我害你，是吗？那么干脆！我们一起去死好了！"

宋万杰摇头，道："你才不会跟我一起去死呢！你就等着拿我的钱。"

卜慧沉思了一下，就打开抽屉，说："你不相信，是吗？来！这里有纸与笔，我们把这张纸当'自杀的证据'，你来写'这是自杀，不是卜慧谋财害命'，我就跟你一起去死！写！现在就来，拿呀！"

“写就写。”宋万杰说着就抓过纸，气呼呼地写了这两句话在纸上，然后把字条丢回给卜慧。

卜慧没去捡，只是低头看清楚了字条，就站起身。她一边拉起了宋万杰朝阳台走，一边喊着：“好！那么我们就跳海去！一起去死！”

宋万杰没想到卜慧当真地那么冲动起来了，他就一把抱住卜慧，不由分说地吻住了对方的嘴。卜慧像一头野狮子似的狂打个不停，宋万杰一边吻她，一边蛮力地脱去她身上的衣服与裤子，且把她的身体压在了床上……野狮子像是被打了麻药针，逐渐变成一个无力的躯体，发出一阵阵喘息的声音……接着又挣扎，喘息……挣扎，喘息……最后，船舱里突然变得非常平静，如同海平面的那一根线……如同线上的那些点……

两人睡了一阵，卜慧被宋万杰的鼾声吵醒了。中年的宋万杰一天应付了两个女人，身体疲惫不堪，早已经在床上睡成像一块大木头了。

卜慧曾经因为金钱瓜葛离过婚，再度单身后，依然向“钱”看齐。宋万杰很有钱，虽然已婚，却有一个空壳子的婚姻。固然卜慧不是那种懂得穿着的女人，但是她的脑袋很行。宋万杰也从来不在乎她的穿着，对宋万杰这种男人，女人的穿着算什么？他欣赏的是女人的能力与学历。何况女人穿得再好看，对他而言，到了床上一被扒光，还不都是一样？不！不一样，宋万杰就说过，卜慧的床上功夫很棒，她也自信满满，对一只饿过头却还想保持礼数的“流浪绵羊”，卜慧觉得自己是他的一个好选择。可是现在这只“流浪绵羊”，不肯再流浪了，原来他到头来还是想当一头高贵体面的绵羊，可是卜慧岂能那么轻易地放过他？那羊肉可食，羊毛可用，羊角还可卖大钱呢！

于是她悄悄起身，抓起被单的一个角，右手指隔着被料，把原先被丢在地上的那一张字条捡了起来，端详着那两句话——“这是自杀，不是卜慧谋财害命”，卜慧冷笑着用左手指比画了一下，企图挡住后面那句出现自己名字的两个字，读着：“这是自杀，不是谋财害命”，太好了！这才是真正“自杀的证据”，天衣无缝。卜慧对着字条笑了起来。不过这只是“虎尾”，那么“虎头”呢？要去什么地方找？单是对付宋万杰一个人不难，但是若要对付他与常艾丽两个人，可不是一件简单的事。她要好好用自己这个曾经通过了无数次困难考试的好脑袋，仔细想想……

卜慧决定去五楼办公柜台借剪刀与胶水来剪贴这张字条，还要去厕所跟清洁工要一对橡皮手套。于是她先把字条丢回了抽屉，看了一眼还在床上睡觉的宋万杰，心里默默地念道："别以为没事了，我有办法对付你们！"然后卜慧就自己走了出去。她上了电梯，刚好没人，入内关上了电梯门，想到先前要宋万杰写下的那两句，现在竟然成了一个保护卜慧的证据，实在有意思！她仰面对着电梯顶的黑镜子看到自己那张方脸，突然说："卜慧呀！你简直是一个天才！"然后一个人就在电梯内仰头狂笑了起来："哈哈！哈……"

卜慧走出电梯时，廖育兴正好站在电梯口，双方打了招呼，她就走了出去。

第四节　幽灵爱情

廖育兴在赌场没见到Ida，就搭乘电梯来到十九楼，继续往船尾的健身房走去。到了健身房，他推开玻璃门，打算到左边泳池旁的热水池泡脚。刚要转弯，就看见汤瑞白与邱敏媛，两人都在健身房内最远处的角落走步机器上运动着。他先是一怔，心里想：不知那两人是在健身房约好的还是碰巧遇到的？廖育兴犹豫了一下，没说什么，就径自去了热水池。

健身房内飘着幽凉的冷气，邱敏媛一边走步一边说："这趟游轮旅行，时间过得好快！"

"开心的时间总是会过得特别快！"汤瑞白惊喜地边走边说，"我没料到你也在健身房，通常你做这个运动，会走多久？"

"四十分钟，在这里运动很不错，还可以看海景。"邱敏媛望着玻璃窗外的大海说着。

汤瑞白点头道："我的走步运动时间是一个钟头，在平常会很慢，但是有人一起聊天就会很快。"

邱敏媛调整着走步机的速度，加紧步子，快走了起来。健身房虽然有冷气，但为了让运动的人流汗不会太辛苦，角落还多加了一个巨型立地风扇，吹出的风，正好对着邱敏媛，她的长发被吹得飘了起来，汤瑞白看了赞叹道："你跟五年前真的没什么不同，只是头发比以前稍短了一点而已，但是被海风一吹，还是那么好看，不信你自己朝镜子瞧瞧。"

她真的转头看见墙上那一面大玻璃镜子，自己长发正在随风飘，胖瘦适度的体重，一切真的都是老样。她想，一个二十九岁的女人，应该还可以抓住一些青春的尾巴，憧憬一份如诗如画的爱情，可是曾几何时，邱敏媛的心似乎已经冰冻了。从二十七岁开始，她就不相信爱情，难道是汤瑞白的关系？不！汤瑞白就像是一辆火车，把她带到了山顶，然后火车就下山了。只有她留在山顶，看到了那些所谓的爱情真面目：痛苦、委屈、丑陋……于是在最后的最后，她别无选择，她的“灵魂”绝望地从山顶的悬崖处跳了下去……

邱敏媛一边走一边用手梳着头发，五年了，她满脑子都是不堪回首的往事，挥也挥不去。邱敏媛二十四岁时，眼睁睁地看着自己心爱的人汤瑞白茫然地走了，一蹶不振地逃避着她。在学校拿到硕士后，她不再是“诗友社”社长，但是她留校作了助教。二十四岁尾巴时，她在马来西亚的母亲患了肺癌，邱敏媛回去陪伴了母亲一阵，直到母亲去世后才回母校继续任助教一职。那时，她生活单纯，闭关自守，悄悄地等待，心里始终期盼汤瑞白有一天会突然出现在她的眼前。可是她送出去的信件，不论是通过电邮还是邮局，全都被退回，汤瑞白竟然彻底地消失了。邱敏媛坚持守信，真的等到三年的最后一天。时间在人不注意它的时候走得特别快，注意它的时候却走得特别慢。那最后的二十四小时，就像蜗牛爬似的，她却挨得紧张也痛苦。

二十七岁生日，邱敏媛是一个人度过的，她终于彻底失望了，决定开始不再孤独下去。于是她突然变得非常外向，在校内成了最活跃的助教。不论学生会、音乐会、舞会……邱敏媛都去参加。她与学生们打成一片，许多年轻的小男生开始喜欢她，崇拜她，甚至为她疯狂，短短一个月就产生许多闲言碎语，甚至争风吃醋的事端。邱敏媛姿色再好，风头再健，比起大学里那些二十上下的小女生来，难免先天不足，没多久就败阵下来。最后她开始感到厌烦了，毫不留情地把那些乳臭未干的年轻男生们全挡在了门外，落了个耳根清静……

“你在想什么？”汤瑞白问。

“没什么。”邱敏媛笑着说。

“你后来还去‘牡丹亭’餐馆吃饭吗？”

“去！”邱敏媛点头，当时她的生活圈子原本只是学校，等到她把以前参加的所有活动都停止后，她的世界骤然间停了摆，每天除了去“牡丹亭”餐馆吃饭外，她都是回家看电视与打计算机，很少出门。邱敏媛变得形单影只，异常孤单。她记得以前好些华人男生学长，都娶了西方女人作老婆，他们回忆起来时总是笑指当时在国外很难找华人女友，当“和尚”都当得快要疯了，所以只好娶西方的太太。邱敏媛倒不在乎作“尼姑”，但是那份精神上的孤独，也在逐渐啃噬她的耐性。好在她经常去“牡丹亭”跟那里的员工聊天。因为她是学校助教身份，老板与员工对她比以前还要客气，除了送她中文报纸看，有时还会免费送她一碟小菜吃。

汤瑞白突然问：“‘牡丹亭’老板知道我离开以后，有没有替你介绍男朋友？”

邱敏媛摇头，道：“没有！但我倒是在他的餐馆里认识了一个男的，缅甸来的华侨，我们只来往了三个月就吹了。”

“是吗？”汤瑞白非常惊讶，但是突然，他也感觉很高兴。因为终于把邱敏媛心中那个死结给挖了出来了。

“对我而言，那是一场恶梦。”邱敏媛想起了那段不堪的往事，一直摇头，缓缓地……

记得是有一天，她用餐完毕，打算付账，侍者却说已经有人帮她付了。邱敏媛正在诧异时，见侍者指了指门外刚走出去的一个中等个头的男人，邱敏媛就急冲冲地跟了出去叫住对方：“对不起！先生，刚才是您帮我付的账，是吗？”邱敏媛问。

“是啊！没什么，我想请客嘛！”男人带着一点口音回答。

“不行，钱要还你。”邱敏媛把钱递了过去，男人却没收。

“一点小钱，算啦！”男人笑笑。

“可是，我不认识你啊！”邱敏媛尴尬地说。

“我叫乔治，缅甸的华侨，现在不就认识我了吗？”男人咧嘴笑了，表情似曾相识。

“哦……看起来不像缅甸来的，你的头发比较黄，而且肤色比较淡，也没那么瘦……我是说越缅寮那里来的人，一般头发都比较黑……而……”邱敏媛说着时，乔治马上把话给接了过去，说：“而且长相也比较瘦，比较干，皮肤黑黑……老老的，对不对？”

邱敏媛没作声，只是不好意思地笑笑，她有点担心自己刚刚是不是说错了话。

“你的感觉没有错啊！但我是缅甸的华人，不是本土人。我像我妈妈，她肤色白，发色淡。”乔治摸着自己头发说。

“哦……”邱敏媛看了看乔治，中等个子，圆圆的脸，有着鹿一般的纯情眼神。

“我看这样吧！你给我电话号码，我有空找你吃饭。到时候你回请我就是，怎么样？”乔治笑着问，露出了雪白齐整的牙齿。

“……”邱敏媛犹豫着。

“把你的电话号码给我啊！”乔治催着。

“哦……好的。”邱敏媛从皮包掏出纸笔，写了电话号码递给乔治。

那以后，邱敏媛就跟乔治接近了起来。乔治比她小两岁，是一个电工，虽然学识稍差，也知道邱敏媛是个硕士，却一点也没有不安感。他还跟邱敏媛说美国擦皮鞋、端盘子的硕士、博士多得是，没什么大不了，邱敏媛也不很在乎这些差距，于是乔治每天下班后开着一辆白色的旧卡车来找她。乔治很热情，经常带着玫瑰花来，一见面就说爱她、吻她、没有她不能活之类的话，邱敏媛因此也爱上了乔治，经常在家准备了小菜与晚餐等着他。餐后两人在沙发上看电视，吃水果，耳鬓厮磨地聊天……一切都那么自然。当时的感觉，真是充满了爱。

可是好景不长，乔治逐渐不大来了，就算来也不是周末。邱敏媛给他拨手机，他不接，留话，他也不回。她正气得要命，却又见乔治突然来敲门，出现在眼前，说爱她，要吻她，但是问什么都没答案。有时他会从口袋中掏出一大把现金来炫耀，甚至亮出一张千元的单张美元大钞，嘴里说着不可一世的话，脸上露出狂妄自大的奇怪表情。有一晚，乔治难得邀她去外面餐馆吃饭，饭后两人正从后门走出餐馆，朝停车场走。黑暗中突然有两个人躲进附近的一个大垃圾桶铁柜旁，乔治看了脸色骤变，拉住她也急速闪进车内，驾车而逃。整个过程的时间非常短，却险象丛生，邱敏媛仿佛置身以前那种希区柯克的惊悚片中。事后邱敏媛追问他是怎么一回事，乔治只说没什么，也不解释，显得越来越神秘。

有一次，邱敏媛特别拨了他家中的电话，乔治又没接，她就一直拨。对方最后接了，讲了两句话就放下了听筒，人走开了，一直没再回来。邱敏媛忍不住，干脆驾车去他家找他。黑漆漆的夜里，她站在门口按了很久的门铃，却没人来开门。隔着透明的窗帘朝内望，面对着的是一座祭祀用的神像与烛台，而且烛顶还燃着袅袅的烟，给寂静的屋子带来一股冷冷的阴森感。邱敏媛正要走开，却听见门内突然传出洗麻将牌的声音，于是她又回去按门铃，但还是没有人开门。那洗麻将牌的声音却戛然终止，帘角被窗外的风吹得不断地飘起，窗帘背后的依旧是那座燃着烟的神台，此时看了竟然有点毛骨悚然。夜里气温低，她匆忙出来，穿得不多，手机也没带，在冷风中熬了一阵，只好打道回府。回程中，她驾车在清冷的路上，已经十点半，路上行人稀少，霓虹灯显得特别闪亮。邱敏媛突然觉得自己不知是活在一个什么样的世界里，她的生活怎么会变得如此混乱、完全没有逻辑可言了呢？明明是一个不适合的对象，她却一股脑儿地爱得如此之深。乔治不来，她帮他找借口。乔治一出现，她窃窃心喜。爱他的时候，她执着地等他。恨他的时候，想断却又断不掉。邱敏媛觉得自己真是快要疯掉了。

最后，她的心太累了，累得一塌糊涂。当乔治突然又站在门口时，她终于下了决定，摇头道："我们不要再继续来往了。"然后就关上了门。门外静悄悄的，仿佛他没有走也没有留，更没有预期的敲门声。乔治到底是个人还是幽灵？他的不可理喻、特异独行，在这三个月已经弄乱了她的思绪，邱敏媛为自己能够主动结束这荒谬的一切而吁了一口气。这就是她独自站在山顶上所得到的短暂而又执着的"爱情"，却一败涂地，无可留念。那时邱敏媛时常会摇头苦笑，对着镜子自言自语，道："爱情！这世界上怎么会有这么两个奇怪的字？"

"你跟他有爱情吗？"突然传来汤瑞白的声音，把邱敏媛吓了一跳。

"应该比较像是一场'恐怖电影'。"邱敏媛说完就把乔治的奇特作风与自己主动断交的事情，大略描绘了一下。

汤瑞白摇头道："从越缅寮那种国家来的人，经历过太多的战争与苦难。有部分人的性格变得很残酷，喜欢碰运气，所以经常会私下聚赌。跟这些人相处，你会被弄得头昏脑涨，很难去沟通与理解。有时他们还会装神弄鬼的，若是爱上这种人，那真是会被弄得昏头转向的。你当时大概就是那种感觉。唉！你太善良了，如果我在，你就不会遇上那种人了。"

"……"邱敏媛没再说话。

"你就是因为这件事，才去了纽约？"汤瑞白又问。

邱敏媛点点头，她记得那是与乔治断交以后，自己大病了一场。当时暑假还没到，她就提早跟学校拿了假期在家休息。情感受伤的痛苦、遇人不淑的委屈，全都比不上内在那一种自作自受的侮辱，因为是她自己心甘情愿地把对方当作了汤瑞白的影子，做了一场白日梦。邱敏媛每天犹如泄了气的皮球，随着空气在移动，日无胃口，夜无安眠，好好一个人整个地瘦了一圈。也就是那个时候，她去了纽约。可是这一趟行程竟然改变了她的命运，让她走上结婚之路。邱敏媛想到此，就点头说："也是那个时候，廖育兴才出现的。"

汤瑞白说："跟那么一个反社会行为的人分开是对的，与那种人交往，是一种被糟蹋。根本不值得，早就应该断的。”

邱敏媛听着，说：“当时，那个人让我彻底地不相信‘爱情’，所以嫁人就变得很容易了。”

“现在，我完全懂了。我想……我的责任最大。”汤瑞白自责着。

邱敏媛的走步机时间到了，她笑着说：“别想太多，不关你的事。你继续运动吧！我要先出去了。”

汤瑞白朝邱敏媛伸出右手，笑道：“我们在船上重逢，还没握过手呢！”

邱敏媛当时双手正戴着还没脱掉的运动手套，闻言后也伸出右手，跟他握了握。汤瑞白握得很紧，隔着运动手套，依然让她察觉到那股力量。握手最能显真情，可惜手套有点厚度，感受不到皮肤的传递。邱敏媛转身后有点遗憾，早知道应该脱掉手套才握手，如今晚了！而且戴运动手套握手，本来也不够礼貌。其实，当时曾有那么两秒钟，她想到过要脱手套。也许是女人的矜持，也许是对他以前狠心远离的无言抗议，手套还没脱就把手伸出去了。哪想到他竟然握得那么紧，仿佛有千言万语要传递给她……她相信汤瑞白对此也有点遗憾。但是现在能怎样？总不能回去跟他说，让我脱掉手套再握一次，邱敏媛只好沉默不语地走了。

汤瑞白也没说话，在走步机上，一边继续走，一边目送着邱敏媛悄悄地离去。

第五节　惊人的奇招

这天晚餐后廖育兴说要出去甲板上走走，邱敏媛说要去画廊看看。于是两人就约好一会儿在画廊碰面，去喝咖啡。

廖育兴独自穿着拖鞋坐电梯到了七楼，他推门走去，站在甲板看海。晚上海面很平静，黑油油的亮光，船边传来一阵阵浪花声。廖育兴这次脚痛得太突然，把他自己吓着了，当然就不敢再乱吃与乱走。但是待在船舱很闷，虽然是晚上，出来看看海景，感觉也好多了。廖育兴对着海叹了一口气，原先邱敏媛仿佛是铁了心要离婚，从早到晚，都避着他。但是这两天幸亏是自己脚痛，她又回来陪他吃晚餐了，廖育兴很高兴，有一种起死回生的感觉。他一定要把握机会，因为他的内心，实在是很在乎邱敏媛。

跟常艾丽离婚以后，廖育兴对婚姻就一直没什么信心。他会有再婚机会，还是因为一个人，就是那同父异母的弟弟廖育旺。兄弟俩年纪差了十来岁，想当年，两人互相都不太说话，也没什么感情。多年来，廖育旺的外表虽然总是天生地笑脸迎人，但他对这个家与家人其实都很陌生。奇怪的是，后来，廖育旺却会跟廖育兴提到了邱敏媛，廖育兴一听对方既漂亮又有学识，心里就非常高兴，记下电话号码后，很快就给在华盛顿州的邱敏媛去了电话。老实说，好在当时两个人住得远，因为那时他不想让邱敏媛太了解他。从往昔的经验，他知道女人不喜欢他一些个性上的问题。以前常艾丽就是受不了才离婚的，不过他自己口中始终不肯承认。但是他也有自知之明，因此他觉得在所有缺点外露之前，必须求婚，得到对方。其他的等婚后再说。

或许是弟弟廖育旺对家里表现得薄情寡义，廖育兴浅意识里也受影响，除了Ida，他对于其他亲戚的关系同样很淡薄。事实上那些亲戚，若有孩子的都不是真的亲戚，多数是廖老以前结拜的干亲戚，除了借钱，根本很少与他联系。圣诞节，本应大家互寄卡片，可是多数时候都是廖育兴单方面在寄，常常得不到回寄的卡片，廖育兴心里并不悦，但也只好就算了。可是还有礼物，每次廖育兴都会寄些礼物给那些干亲戚的孩子，但是自己的孩子从未收到过任何礼尚往来的圣诞礼物。有时廖育兴想不寄，但是那些干亲戚有的都是较小的小孩，不寄心也难安，想想越小的孩子越在乎圣诞节的礼物，最后廖育兴就还是寄了。可是在美国寄包裹，邮费很贵。虽然廖育兴选择体积小、容量轻的礼物，包装也尽量简单，即便如此，还是都要付上不少邮费，何况在节日寄包裹经常需要排长龙，让他也很烦躁。有时他也为这种各式亲戚关系感到沮丧，甚至会冷笑着自问自答，给自己出了一个“亲戚”的定义：“什么是亲戚？就是平常不闻不问，没有来往，但是圣诞节时非得寄卡片或礼物不可。然后等到人死了，对方就来接收遗产的人。”

那么若是没有遗产会怎样？记得父亲廖老过世的时候，有一家关系较远的结拜干亲，因为住在东部，廖育兴从邮局寄卡通知了丧礼，对方没有回复，后来丧礼过了，廖育兴体谅对方舟车不便，也想可能邮件没被收到，于是就在事后把消息再传了过去，可是对方还是没有回应。等到一年过去了，那家结拜干亲戚自己有了第四个新孙子，就马上通知了廖育兴。以前对方生的三个孙子女，廖育兴都是寄支票过去的，现在他又得花钱了。可是此刻，廖育兴内心五味杂陈，很不舒服，原本应该再寄张支票出去恭喜对方的，却忽然觉得没有必要了。婚丧嫁娶原本都是礼貌，但是廖老过世对方装聋作哑，为何他廖育兴就要那么勤快呢？再说世界人口已经够多了，那家亲戚后代还生个第四胎，也真是贪心。说老实话，那种廖老结拜的干亲戚，平常连张圣诞卡都不寄来，现在廖育兴有何需要去庆祝呢？他又不是傻子！有时想想，若真像他弟弟廖育旺那样单身也没啥不好，省了很多繁文缛节，尤其现在这种时代。不是真情，结拜干亲戚又怎样？没什么感情，不论是真亲戚还是结拜干亲戚，真是连朋友都比不上。

想到他弟弟廖育旺，也实在可恶，平常对长辈总是不闻不问，家里有点什么风吹草动时，他倒又心眼小地乱说话了。那次父亲在家门口不小心摔了一跤，住医院动手术，出院回家让邱敏媛照顾着，廖育兴白天忙碌晚上还要陪母亲。当时，他弟弟只去过医院一次，也没到家中来看母亲。后来，廖育旺在电话里谈到父亲的这次意外，还带着质问的口气跟他说："以后不要让爸爸在那种高高低低、不平的地方走动了！"听在廖育兴耳中，意思就是哥哥没有照顾好父亲。廖育兴很不悦，回嘴说："一来，我们家门口没有有什么高高低低的地方。再说爸每天都要出去走路，自己又喜欢去院子口的信筒拿信，这些对他也是有好处的运动，能阻止他吗？二来，你要说高高低低，那房内的确是有几个梯阶，总不能把它们全都铲平吧？何况难道我希望爸爸摔跤吗？"兄弟两人就争执了起来，廖育兴最后火了，就说："'不在其位，不谋其政'，爸并没与你一起住，是与我同住，他年纪这么大，我当然会照顾！就算发生什么事，也是意外，不是我愿意的。你最好不要乱怪人，有本事当年就自己把爸爸接去住。"廖育旺自觉理亏，就大气没出一声，主动把电话给挂了。

廖育兴不很清楚常艾丽与廖育旺是否有姐弟恋。他也不是很爱常艾丽，虽然常艾丽替他生了一个女儿廖小倩，但常艾丽的离去只是让廖育兴感到非常屈辱。不过有时他也不能确定常艾丽当年要离婚是不是为了廖育旺。如果是，那个天不怕地不怕的常艾丽，在与他离婚后，怎么不去跟廖育旺结婚？他知道弟弟廖育旺是抱独身主义的男人，难道就是这个原因？那么常艾丽顶多不过是廖育旺的情人而已了。

想想自己对廖育旺也许应该感激，若不是他，怎么会出现邱敏媛？也不对！应该是男女双方各自有缘分。邱敏媛若是不想嫁，廖育旺再怎么介绍也没用，不是吗？可是此刻，廖育兴快留不住邱敏媛了。他真不想离婚，有四个大原因：①亲友同事面子是一个大问题。②邱敏媛给他一种精神力量，那是更大的因素。邱敏媛不像常艾丽，她心细善良，具备牺牲精神。她人也很能干，会帮他贴壁纸、涂油漆、剪头发、修指甲……节省了他不少钱。③第三个原因是他担心女儿已经受过一次父母分开的伤害，不希望再来一次。④最后一个理由就是将来长辈也需要照顾，必须有个媳妇，而廖育兴自己明白他的个性是很难继续再婚的，所以廖育兴更要死抓不放。

海风开始吹了，有点冷，廖育兴就朝船内走了进去。看见常艾丽也走在前面不远处，廖育兴瞥了她背影一眼，就搭电梯去了楼顶。远远地看见 Ida 在里头吃意大利饼，廖育兴因为左脚还是有些痛，就走得比较慢。他还没走到，就听见卜慧率先走近了 Ida 身边，说："你好啊！"

"卜小姐，你好！"Ida 招呼后就问，"最近还去赌场吗？"

卜慧摇头道："我不玩那种没希望的游戏，上次是陪一个客人才去的。"

Ida 想，看来这个女的还挺精明，可是 Ida 就无法拒绝赌场的诱惑。船上的天地真是很小，除了吃还是吃，难怪人人对体重自危。本来，她最喜欢跳交际舞，却无法施展，就算能够跳，也没有适当的舞伴。菲利浦固然可以教她，但是语言不通，就少了一份亲切感。船上的其他活动，Ida 也没什么兴趣，还是赌场好玩！原来游轮赌场就是窥探旅客普遍有这种心态，才能赚大钱的。

通常她玩二十一点，输了就去玩吃角子老虎。她也爱选择那几个有狼头图形的机器，虽然是用一毛钱就可以玩，实际却得每次用两元到五元去玩才有劲。赢起来固然过瘾，输起来也很惨。有一次她不服，连续塞了好几张二十元的美钞，输了想捞本，赢了又想赢更大的，结果短短一个钟头，她就被吃角子老虎吞下一千美元。Ida 看着机器上那些出没不定的狼头，眼睛发直，又爱又恨，想走却走不了，屁股像被强力胶粘住了似的。这可不就是无底洞吗？闷声不响地吞噬她的钱，Ida 望着机器上那些不说话的狼头，简直就像"沉默的敌人"，自己岂不就是一点一点地在被榨干？榨干后也只能走开了。而皮包一旦没了现金，她就成了赌场乞丐，游魂似的，走来走去，试着在机器下面或者地上找人掉落的钱币，谁会想到她还是副董事长、一个富太太呢！在那个节骨眼儿，她真恨不得干脆就掏信用卡出来赌……原来那些倾家荡产的赌徒就是如此把钱赌光了的。好在，Ida 还有些自制性，她每次上游轮去赌场，都会把本钱限制在一个金额范围内，而且绝对是现金，输光了就不玩了。换言之，Ida 一个人的船票会比旁人要贵，就好像花钱买娱乐，这可能也是上游轮的旅客很容易会给人一种"都是有钱人"的印象。通常最后她总是会回到二十一点的牌桌旁，用手机喊廖育兴，要他带一些现金过来，而廖育兴在这种时候，几乎都会气急败坏地把她给拖走。Ida想到此，就跟卜慧说：“是啊！好在游轮只有十四天，再多几天，我也受不了啦！”

卜慧笑笑没说话，Ida就问：“要不要吃意大利饼？”

“太油腻了，我不吃的。”卜慧接着说，“Ida，廖小倩是常艾丽的女儿，我虽然不喜欢常艾丽，但是跟她女儿倒是有点投缘。”

Ida应酬地点点头，说：“哦……投缘是好事啊！”

“廖小倩好像想找罗奇那个年轻人作男朋友，可是听说罗奇不太理睬她。”卜慧说。

“都是小孩子，在一起吃吃东西就好了，交什么男朋友！”Ida说。

“说的也是啊！我刚刚还碰到廖小倩。我劝她，与罗奇说说话就可以了，才十七岁的女孩子，不要想太多……”卜慧说了一半，Ida朝不远处的廖育兴打了一个招呼。卜慧停顿了一下又说：“可是啊！这女孩子人小鬼大，她说她想谈恋爱，还说……要勾引罗奇。所以，她要求我把我用的香水520借给她用，我就答应啦！”

“香水520？”

“很高级的香水，我给它取的名字，叫520，你听听……像不像‘我爱你’？”卜慧得意地说。

Ida好奇地说：“是吗？有点像！”

“很多人都喜欢我用的这个香水，连游轮的柜台职员都说香味很特别。”

“所以，你就借给小倩用了？”Ida有点困惑。

“是啊！她一直要求。我想还是跟您说一声，到底她未成年，不过我可是好意哦！”

此时廖育兴正好走近，卜慧抬头跟廖育兴点个头，没多说话，摆摆手就走开了。

廖育兴看着卜慧离去的方向说：“嗯……你知道吗？我不太喜欢那个姓卜的女人。我都听到了，她把香水借给小倩用，这不是存心要带坏小倩吗？”

“只是香水而已，何必大惊小怪。”Ida说。

廖育兴悄声地说：“你大概不知道，常艾丽曾经告诉我过，说卜慧用的香水叫520，专门迷惑人用的。”

Ida一听，有点好奇地问：“哦……是男人用？还是女人用的？”

“听说是男女都可以用。”廖育兴说着，突然有一个念头在脑际闪过：如果我拿来用，说不定可以挽救我与敏媛的婚姻。虽然邱敏媛已经不跟她有夫妻生活了，但是至少现在还有婚姻，两人也住在一起，何况因为自己的脚伤，让她最近态度软了些，所以他应该可以要求。如果有了香水520的帮助，说不定夫妻两人的关系与感情会变好呢！嗯……这可真是惊人的奇招啊！但是要如何跟小倩借香水？不好启齿啊！得好好想想看，不能露痕迹，廖育兴苦思了起来……

Ida此时也在想：那个在自助餐厅总是会碰到的，Ida也喜欢跟他笑的那个体面老先生怀德，可惜两人每次都是比手画脚说个几句就没下文了，为此，Ida都想好好开始学英文了。坦白说，Ida也真想跟他能够约个会，或许这个香水会有点帮助，那么得找个机会去跟小倩借香水用。

Ida就问：“你看到小倩了吗？”

“没有，打她手机看看。”廖育兴说。

“没用，你忘了吗？她都不太喜欢接我们电话。”Ida生气地摇头。

“那么我去找找。”廖育兴说完就起身走远了。

没多久，Ida看见小倩抓着外套跑进来吃意大利饼，Ida就说：“哎！听说卜小姐的香水借你用了，给我看看，好吗？”

“不给！”小倩摇头，还看了Ida一眼。

Ida想，看什么看！难道小倩在想什么离谱的事？

说实在的，小倩虽是自己孙女，却总是跟廖家人格格不入，经常拌嘴，尤其是廖育兴夫妇。要说有什么相似之处，就是两个人心机都深，都不用大脑说话。有一次公司里陈总的太太摔断了腿，陈太太平常喜欢跳舞，跟Ida也认识。廖育兴跟Ida去探病，廖育兴开口就说：“要摔也摔别的地方，摔断了腿，以后怎么跳舞啊！”陈太太立刻哀泣了起来。Ida推了廖育兴一把，说：“你不会说话，就别乱说！”廖育兴却回道：“我这是同情啊！”廖小倩这点还真像他，有一次在饭桌上，廖老谈到人老了容易生病，什么心脏病、高血压……的话题，小倩听了就说：“我不喜欢变老，如果老了，我干脆死了算了！”旁边几个大人听了都目瞪口呆，廖老与Ida脸色都变了，却没人敢更正她。Ida想到此，忽然看到廖小倩打算要走，就说：“看一眼就好！”

“我去拿一杯冰淇淋吃，你看了赶快还我，就搁在这外套上好了。”小倩放下外套去吃冰淇淋。

Ida 就趁着小倩离开的时候，倒了一些在手臂、颈窝上，然后放回香水瓶。刚要走开，正好见到那个菲律宾的怀德先生迎面而来，Ida 于是高兴地跟他招呼，指指对方又指指自己，踩了两个舞步，用生硬的英语问：“一起去跳舞？好吗？”

“真是不好意思，我不会。”怀德歉意地摇头。

“……看表演？美女的……夏威夷草裙舞？”Ida 继续用断续的英语说着，自己还示范地跳了起来。

“游轮明天早上……去墨西哥，大家都要……早睡哦！”怀德怕 Ida 听不懂，只好说得很慢。最后还把双手放在脸旁，作睡眠状。

“为什么？”Ida 歪头不解地问。

“有时差，要调回两个小时。”怀德指着自己的手表，伸出两个指头。

“……那么一起去看海？”Ida 不死心，凑近他把手臂伸在他面前，指了指外面。

对方没回答，只是在 Ida 身边嗅着，Ida 以为她涂的 520 香水生效了，就高兴地用生硬的英语问：“好闻，是吗？”

怀德笑道：“好闻……不过味道很奇怪。”然后挥着手说：“抱歉！我明天……要上岸去看看。得早起，拜拜！”

“真是没情趣！”Ida 用中文嘀咕着，瞪了对方的背影一眼，才离开了。

小倩拿着冰淇淋回来，把毛巾上面的 520 香水拿起来对着阳光看了一眼，里头的香水似乎被用过，她心里嘀咕着：“哼！Ida 竟然还敢说只是看看，才怪！”然后就把香水收了起来。

第六节　“520”解密

廖育兴到处张望，都没见到小倩，看看腕表，与邱敏媛约好喝咖啡的时间快到了，于是廖育兴就朝画廊走去。

此时，邱敏媛已经在画廊会场绕了一阵儿，看完了画才出来。工作人员正好把一幅新画放在了门口，邱敏媛驻足欣赏，上面画了一座桥，桥旁边有一个大石块，没有标出画题，她看得很入神。觉得这幅画就像她与廖育兴，虽然结婚，却仿佛处在两个星球。她自言自语地说：“孤桥配孤石，不是一对，所以在一起还是很寂寞。”邱敏媛感触地想：这画的标题应该取名“孤独”。

“这幅画有什么好看的？没花也没草，只是一条破桥和一块烂石头。”廖育兴斯文的声音响在邱敏媛背后，声调与以前初识时、在电话中的嗓音相同，口气却粗鄙不堪。他烦躁起来时就是如此：脸挤成一团，眉头难展。也因为烦就难免急躁，脾气经常还很坏，总是沉不住气，一冲动就做错事，接着又后悔。

“我是随便看看而已。”邱敏媛转过身，望着眼前这个来自另一个“星球”的人——她的丈夫廖育兴，真想知道他的斯文哪里去了？他却如此在催：“快走吧！若迟到了，那些高级点心会被吃光的。”说着廖育兴就从裤子口袋中掏出一堆不透明的空塑胶袋，抽了两个袋子塞进西装外套的口袋里，邱敏媛看了就知道廖育兴是打算在咖啡厅里使用的。他总是悄悄把糕饼、点心全部倒入袋子中，然后又拿着空盘四周望望，侍者以为他吃完了，就会马上把点心又送了过来。

邱敏媛睁大眼睛看着他，嘴里埋怨道：“你又来了，拜托你好不好？就算爱占小便宜，也不能总是在游轮上这么做啊！”

“没事！到时候，拿一些点心回来吃会更香。”廖育兴泰然自若地说。

“你要注意，别拼命吃，你的脚痛才好一些呀！”邱敏媛提醒着。

“没关系，不吃白不吃，花了船票，就要吃回本。”廖育兴很有自信地说。

邱敏媛走在路上，抬眼看到墙上的一个花瓶，八角形花瓶面有几个装饰的缺口，露出里面的雕花，她不禁赞叹道：“这些缺口很有创意！”

廖育兴没表情地说：“那些只是瓶子破了的洞，有什么好看的？”

到了咖啡厅门口，又是一条长龙队伍，廖育兴性急，平常都会自动走在邱敏媛前面，这会儿看见西方客人都是男人站在女士的后面，他突然不得不绅士一下，自己也站在邱敏媛的身后。但是因为两人排得很后面，他的心里生怕没座位，就不自觉地急躁了起来，于是进入咖啡厅时，他是推着邱敏媛走的。邱敏媛察觉了很不悦，就抗议道：“你不要推我，好吗？”

“我哪里推你了？”廖育兴故作没事状。

“推了！你不要推我。”邱敏媛很不喜欢他的耍赖与说谎。

“若是没有座位，你负责哦！”廖育兴紧张地望着前方。

“真是坏习惯！”邱敏媛无奈地摇摇头。

两人入内，坐上了一个围有六人椅子的大园桌。侍者走过来，放上几碟子小点心，还殷勤地替两人的杯子斟满了咖啡。两人各自加了方糖与奶精，廖育兴忽然用双手把咖啡杯端着，对住嘴喝。

邱敏媛看见廖育兴持杯的手指很不安，他平常在中国餐馆喝热茶时也如此。一般人是用单手，如果茶很烫，就会用拇指在上其余四指在下的姿势来端茶。但他总是用双手，而且端茶的指头、方向却相反。邱敏媛看到，就说："你这样四个指头在上，拇指在下，端起杯来，好像很辛苦。"

廖育兴双眉紧皱，说："因为咖啡烫啊！"说着还轮流地上下换指头来端。

"那么就稍等一下再捧来喝吧！而且这咖啡杯很小，你用一个手就可以端起来了。"邱敏媛劝着。

"我急啊！"廖育兴说完就继续轮流用四指忽上又忽下地端着，看见邱敏媛给了暗示，他才安静放下杯子。廖育兴喝着咖啡，顺手咬了一口椰子小蛋糕，却不慎掉了一小块在地上，他低头伸手从地上捡拾起来，马上就丢进自己口中去了。邱敏媛看了要阻止，却已经来不及，只能摇头。

她想起刚搬进廖家那幢豪宅的时候，那个家不是家，而是一个大锅菜的流浪场所。冰箱里面横七竖八地堆着东西方各式食品，熟食、生食杂陈，肉汁血水横流。顶上的冷冻层更是挤得满满的过期食品，形状扭曲，水泄不通，一包包不透明的塑胶袋子，塞了满冻箱，也不知为何物。廖育兴在周末有时喜欢客串主厨，为了节省，他只买大量平价食品，却总是烧了过量却又不好吃的食物放在冰箱内存放，还担心食物不够吃。偏偏Ida与廖小倩都不太领情，经常跑到外面餐馆去吃，最后过多的食物变坏了，邱敏媛就不得不把它们扔掉。

房子里，一眼望去，满是灰尘加脏乱，到处都储存了不舍得丢弃的垃圾。邱敏媛率先所能做的，就是清洁冰箱与冻箱，还有厨房的橱柜。她把冰箱冻箱内所有包食品的塑胶袋换成透明的。把橱柜内过期一年以上的罐头全都扔了，其余一个个按照高矮次序齐整地排列在橱柜内围，其他小包的干货全都平躺在罐头前面。邱敏媛还解释给廖育兴听："你看拍摄团体相片的时候，高个子都站后面，矮个子就站中间，至于最前面总会有一排椅子，因为最前排的人必须坐下。原因就是要让每个人都在镜头里被看得到。"邱敏媛指指橱柜又说："所以这些罐头也一样，像被摄像一般，要全部透明化。以后找起东西来，一目了然。"廖育兴看得睁大了眼睛，很惊讶地朝她竖起大拇指，一句话也说不出来。

其他地方，邱敏媛也很想帮助整理。但是整个大房子里已经累积了近乎二十年的杂物，不易着手。更何况那些多数都是属于Ida与廖小倩乱放的私人东西，都不便随便乱动，她也不想引起多余的纠纷，只好算了。现在回想起来，许多也是邱敏媛无能为力的。她能清理的，也就限制在自己眼睛能看到的，来勉强甩去心中的阴霾。

想到此，邱敏媛发现除了廖育兴与邱敏媛在喝咖啡，桌子一直空了很久。最后终于有一对外貌相当老的白人夫妇出现了，男的坐着轮椅，太太帮忙着坐进了圆桌旁，相互介绍以后，知道对方是威廉夫妇。廖育兴看着老人虽老却是红光满面，觉得对方保养得不错，就好奇地问："威廉先生几岁啊？"老先生耳朵不好，听不到，老太太先是愣了一下，面色有点难看，然后才帮忙回答："一百五十岁！"廖育兴夫妇都吓了一跳，威廉太太这才又说："开玩笑的，他快九十了。"廖育兴夫妇闻言点头笑了，大家才拿了桌上点心的目录来看。

廖育兴有点不悦地跟邱敏媛耳语，道："什么一百五十岁！她先前怎么乱说话？"

"她是不喜欢你的问题！你不该问别人年纪。"邱敏媛回答。

"我是好意，看老先生气血与精神都那么好。"

"你不知道吗？在美国有三个问题不能随便乱问：年龄，薪水，结婚没。"

"是吗？"廖育兴有点诧异。

邱敏媛想起曾经有个同学，开了一个园艺店，雇用了一位经历丰富、年龄不小的工人，名叫比伯。同学为了表示敬老尊贤，称呼他"老比伯"，想不到对方一听勃然大怒，仿佛受到奇耻大辱，抗议道："我不老！怎么如此叫我？我哪里老啊！"以后那个同学再也不敢喊他"老比伯"了。邱敏媛想到此，就说："你问年龄，那太太当然不高兴！美国人不喜欢被人觉得老。中国人认为称呼老兄是尊敬，没问题，越是长辈称呼，越表示尊敬。但是，在美国会觉得，喊他老是被侮辱了。"

廖育兴摇头无奈地说："那么严重啊！"

此时，一对黑人中年夫妻奈德夫妇坐了进来，大家相互介绍，才知对方是从俄亥俄州来的，一直说那儿很冷，邱敏媛没去过俄州，就问奈德太太："俄亥俄州下雪吗？"

奈德太太正要回答，廖育兴推了太太一把，插嘴道："当然嘛！"邱敏媛有些尴尬，奈德太太却很有耐性地跟邱敏媛解说了当地的气候，当邱敏媛感到好奇，想要多知道一些而继续发问时，廖育兴又插嘴道："哎！人家已经说过了嘛！"

就这样，廖育兴连续主控地插了几次话，让邱敏媛很不舒服，只好小声跟他回了句："你不要干涉我问话嘛！"

就在此时突然听到旁边桌有客人跟侍者提议做一点简单游戏，侍者就大声问是否有人愿意出来帮忙。人群中起了一阵骚动，有两个年轻的男人举了手，廖育兴看了就撇撇嘴，跟邱敏媛说："这些举手的人都很无聊！"

邱敏媛白了他一眼，道："那么你要出去帮忙吗？"

廖育兴说："我才不去！我们这样坐着喝咖啡与吃东西不就很好。"

"可是，你有没有想过？如果每个人都像你一样，只是自己好就行，不肯出去帮忙，那个游戏就玩不成了，所以，你也没必要去讨厌人家。"邱敏媛说。

"大概是那两个人喜欢出风头，这种人最讨厌！"廖育兴依旧撇着嘴。

廖育兴一到外面就正经八百，对于与他不同的人总是如此苛责，是妒忌还是心胸狭窄呢？他与邱敏媛婚前看到的人几乎两样。想来当初相处的时间太短了，廖育兴竟然掩饰了自己的很多缺点。邱敏媛一直以为他内向害羞、沉默寡言，但是婚后才发现他的另外一面，可不是吗？他表面温和木讷，实际心思缜密。他有许多急躁的动作与表情都与他的外貌很不协调，表面上却几乎看不出来，仿佛虎披羊皮。初次见廖育兴时，觉得他言行举止都是文绉绉的，可是现在看看，他不但急功近利，而且有很强的主控欲。有时真觉得他像秦始皇似的霸道，却又总是会露出一脸的假道学像。

这时，又来了两个叫赫顿的白人年轻夫妻，在圆桌旁落座。侍者正好又送来一碟小圆饼，廖育兴抓了一片。此时，大家相互介绍了一下，且问着彼此从哪里来。赫顿先生突然道歉后起身离开，去了洗手间，他的太太就说自己与丈夫是一见钟情，这次是来度蜜月的，说完就转头问廖育兴："你们两位婚前是一见钟情吗？"

廖育兴只是笑笑，邱敏媛听了一阵反感，马上回道："不是，不是！"

"有几个孩子了啊？男孩？女孩？几岁呢？"赫顿太太连声又问。

廖育兴嘴里咬着小饼，含糊地回答："一个女儿，十七岁。"对方看看邱敏媛，似乎不像会有那么大的孩子，正在纳闷，邱敏媛赶紧接口更正道："是七岁啦！"

"哦……长得一定也像妈妈那么漂亮！"奈德太太说。

廖育兴想到邱敏媛皮肤白，小倩相反，他怕万一自己又说错话，就赶紧先笑着解释："我们女儿皮肤比较黑，是像我，呵呵……"

黑人夫妇闻声也微笑了，奈德太太继续问："你们都还年轻，打算再生孩子吗？”

“当然！我的中文名字是育兴，翻成英文就是‘会生很多孩子’的意思。”廖育兴也笑着应酬。

奈德太太会意了，赞赏地点点头。

邱敏媛没作声，她很不喜欢这个话题，其实廖育兴以前为了缓和夫妻间的紧张关系，曾问过她几次：“我们生个孩子，好吗？”但都被她拒绝了。她的确不打算跟廖育兴有孩子，除了邱敏媛在婚后逐渐发现婚姻上有许多问题以外，还有一个想法：就是她不愿让自己未来的孩子与廖小倩扯上任何血缘关系。这次的旅行，两人虽然睡在同一张床，但自从来游轮以前吵过一场大架以后，邱敏媛就已经不愿意再跟他有夫妻亲密关系了。

赫顿先生一直还没回来，赫顿太太因为等久了，就跟隔壁太太说了笑话：“真抱歉！他大概在游轮上吃太多了，呵呵……”廖育兴闻声，悄悄用中文跟太太说：“上大号不是都在早上才有的吗？怎么这个时候去解？”

对于廖育兴的无知，邱敏媛很讶异，这应该是普通常识，他竟然还问。邱敏媛狠狠瞪了他一眼，压着嗓子说：“你真是少见多怪，当然有嘛！”

廖育兴见她不太高兴，担心婚姻危机又要来了。就开始在想 520 香水到底有多大的魔力。自从他听到 520 香水的神秘以后，真是惊艳万分，小倩曾说 520 会那么吸引人是因为与三个中文字的谐音有关，难道是……“我……爱……你”？原来是这么容易啊！所以香味会那么煽情，想来一定可以挽救他与邱敏媛的婚姻，还是得赶快把小倩找到，才好跟她借来用用。可是得找个什么理由呢？改善夫妻关系吗？这……跟自己孩子去说？他实在有点说不出口，真是头痛。

后来赫顿先生回来了，也开口说话：“有一次我们夫妻去旧金山渔人码头吃了一顿一百多元的海鲜，付账的时候，柜台竟然说有人帮我们付清了！”

“真的！怎么回事？”奈德先生诧异地问。

“不知道，后来从电视上知道的确有人在做这种善事，我们真是运气好！”

于是，奈德夫妇跟赫顿夫妇就热络地聊起天来了。也许是背景文化的距离，在这样的场合，时间一久，东方人即使会说英语，也似乎都显得有些孤独。廖育兴与邱敏媛两人一直赔着笑脸，装作很有兴趣地在聆听，这也是礼貌。尤其是同一桌用餐，不那么做，容易有被冷落的感觉，自己也会不舒服。然而即使如此，只听不说，廖育兴与邱敏媛两人也逐渐感觉如坐针毡了。

离开了咖啡厅以后，邱敏媛去逛商店，廖育兴就说脚有一点累，要回去休息，就一个人走了。从电梯出来，正好看见常艾丽的背影……

“今天怎么老是碰到她！”廖育兴想。

回到十一楼，他又看见常艾丽提着皮包在前面走，且停在小倩船舱门口。廖育兴原想去找小倩借香水 520，看见常艾丽也去找小倩，就自己先回船舱去了。

常艾丽到了廖小倩船舱门口，看见一个垃圾桶又挡在门缝底，就朝内望了望，小倩正好拿着冰壶站在里面看着她。

“小倩，让妈妈进来一下，可以吗？”常艾丽要求着。

廖小倩放下冰壶，说：“有话快说，我要出去拿冰块。”

常艾丽走进去，在床上坐着，且放下了皮包，说：“身上还是带着门卡好，你每次都这样用垃圾桶挡在门口，一不小心，门若是锁上了，你就进不来了。”

“我懒得带门卡，反正我只是在附近拿冰块。”廖小倩耸耸肩膀。

“小倩，你在追罗奇，是吗？”常艾丽翘起了交叉腿问。

“怎么样？你继续到处去广播啊！”

“就算我不说，别人也早早都已经看出来了。”常艾丽说。

“我喜欢他，怎么样呢？”

“可是罗奇不喜欢你，他在舞会里都给你难堪。”常艾丽张张双手。

“我不在乎。”廖小倩摇头。

“女人追男人有一个限度，不要太过火了。就算男人喜欢，都要小心，更何况罗奇对你并没有意思。”常艾丽说。

“我可没像你一样，对谁都追。”廖小倩睐了母亲一眼。

“你怎么这样说话？我是在教导你！”常艾丽严肃地说着。

“不需要，你出去！”廖小倩很不高兴，就把常艾丽轰了出去。常艾丽狼狈地节节退出，心里非常难过，连皮包也忘了，就含着眼泪无奈地走了。

廖小倩看母亲走了，这才拿起冰壶去外面取冰块。

就在此时，廖育兴走来敲廖小倩的船舱门，没见回音。后来发现门是微开的，他就走了进去。

“小倩！小倩！”廖育兴喊了两声，不见人在，正感到奇怪，却瞥见床上那一个先前常艾丽忘记而留下的皮包。廖育兴以为那是小倩的皮包，想到小倩跟卜慧借来的 520 香水一定在皮包内，就赶紧乘机打开皮包寻找香水。

廖育兴看见皮包内东西很多，没见到类似的香水瓶子，正有点纳闷时，倒瞧见一张折叠好却带皱的纸，他打开读了，发现那是卜慧以前写给常艾丽的信，才知道这是常艾丽的皮包。正打算关上，却瞥见一本金色记事本，于是廖育兴就好奇地取出来看。他读着，发现常艾丽这个女人做房地产行业抓客户的伎俩可真多，而且上面几乎都是英文字，难道还怕其他华人看到来学吗？真是不简单的女人。突然船舱的电话铃声响了，廖育兴吓了一跳，听到留言机传出常艾丽的声音："小倩！我从你船舱出来时，忘记带走皮包，你回来就送过来给我。"

廖育兴看完皮包以后，快速关好，悄悄地溜了出去。

一路上，他心神不宁，走到自己船舱门口，用船卡开门时，手都有点颤抖。好不容易进了自己船舱，他坐在床上发愣。刚刚偷看了常艾丽的皮包，又被突如其来的电话铃吓到，此刻心还在狂跳不已呢！过了半晌，他去厕所取了漱口杯，装了半杯水，咕噜两声喝下了肚。他喝着，喘着气，渗出的水，从他口角流了下来……

第八章　千钧一发

第一节　鸳鸯锁

这天一早，游轮终于停在墨西哥伊塞达岛了，菲利浦发现八套珠宝，两人只偷到七套。剩下那一套“金塔红美人”，汤瑞白竟然真的没做，菲利浦又气又急，也来不及问汤瑞白，只好早早地单独先把七套带下船，默默地交给了来接应的人。可是菲利浦也非常不安，上面一旦发现不足八套，一定会杀了汤瑞白。果然，菲利浦返回船上后，手机就频频作响，但是他不敢接，因为他知道那些电话都是催命符。只要汤瑞白不下船就会安全，船上的那些眼线暂时是不敢轻举妄动的。于是菲利浦一直忙着拉汤瑞白去玩桥牌与宾果游戏，汤瑞白觉得有点奇怪，就问他：“我没去过墨西哥，应该下去看看啊！”

“那个小小的伊塞达岛，有什么好看的？我下去过，岸上都在卖一些无聊的纪念品。”菲利浦摇头。

“拍几张照片也好。”汤瑞白故意装作悠闲状。

菲利浦不满地看了汤瑞白一眼，说：“听着，所有七套珠宝都在伊塞达下船了，就剩下你的‘金塔红美人’，怎么办？”

“……”汤瑞白没说话。

“你到底在想什么？你是‘开锁专家’，难道有什么问题吗？”菲利浦问。

“时间没到。”汤瑞白摇头。

“可是当初我们讲好在伊塞达岛之前就做完全部的。”菲利浦很着急。

“现在不同了。”汤瑞白还是摇头。

“为什么？”菲利浦用不解的眼神盯着汤瑞白。

“因为我昨天晚上查到‘金塔红美人’是双锁——一个世界上最难打开的锁，所以我停住了，免得影响其他七套。”

“……世界上最难打开的锁？”菲利浦好奇地重复着。

汤瑞白点头，带着若有所思的神情，口中还念念有词：“不错！你也知道……世上最难解的是心锁，最难启的是心门，最难燃的是心灯，最难行的是心路，最难抓的是心态……”

菲利浦烦躁地嚷了起来：“哎……汤！我知道你很会写诗，但是现在不是要听你作诗的时候。我是在问你，到底是怎么一回事？”

汤瑞白冷静地回答：“‘金塔红美人’有世界上最难开启的‘鸳鸯锁’，因为我一直在思考打开的方法，所以还没做。”

“你这样会增加我们的危险，虽然其他七套已下船，但若这一套在我们身上被发现，就会前功尽弃，我们也会完蛋。你看，到底什么时候能做？不能再等了。”菲利浦忧心忡忡地问。

汤瑞白犹豫着，最后才说：“今天晚上。”

“晚上……”菲利浦原本想说“竟还想拖到晚上，你小子今天早上就差一点没命了”。但是他不想让汤瑞白分心，只得回答：“好！”

虽然讲定了行动的时间，菲利浦却还是在注意汤瑞白的行踪，怕他忽然溜下船，只好继续紧迫盯人地跟着他。好不容易，中午船开了，菲利浦心中的那块大石头这才放了下来。他想起先前的惶惑不安，到头来弄得自己虚惊了一场，真是憋气。

离开了伊塞达岛，游轮上一切也还平静。突然菲利浦的手机响了，他接听后，一阵粗冷的声音传来：“菲利浦！怎么都不接电话，你想反抗上面吗？”

“不是，我手机没有电池了。”菲利浦找着借口说。

“怎么没有让汤在伊塞达岛下船？”

“不能杀他！”菲利浦急切地说。

“为什么？”粗冷的声音依旧。

“因为‘金塔红美人’是‘鸳鸯锁’，一个非常难开启的锁。我们都没办法打开，只有汤能，但是他需要时间想细节。”

“那么……他什么时候可以做？”

“今天晚上。”菲利浦回答。

那粗冷的声音突然残忍地说："如果没做，你……杀了他！"

"……好，我会的。"菲利浦出了一身冷汗，关了手机。看看腕表，又该去六楼的舞厅教那个没有跳舞细胞的 Ida 继续跳舞了。这个汤瑞白到底给他找了一个什么样的麻烦，真是累人。菲利浦本来想，跟 Ida 跳舞或许可以帮助汤瑞白的行窃计划方便一些。只是两个人语言不通，误会重重，舞没跳出成绩，反而是变成菲利浦在教 Ida 英语了。

菲利浦到舞厅，等了好一阵，都没见到 Ida，他也懒得打电话去催人，干脆就转身走了。

游轮在港口停泊的时间，赌场不开放。廖家婆婆 Ida 回船后也没吃午餐，就去赌场排队。等到开船了，她才投入赌场，一展身手，把自己学跳舞的事情也全忘光了。

廖育兴夫妻则在十九楼吃完自助餐出来，廖育兴说他没见到母亲 Ida，要去赌场找她，就独自去了赌场，瞥见 Ida 果然在桌旁玩二十一点。见廖育兴来了，Ida 高兴地说："你来得正好！快来跟我换个手，帮我玩几把。"然后她站起身，指着桌上的筹码，说："看！这些钱是我刚刚赢的，都给你作赌本，我上楼去吃午餐了。"Ida 转身走远了。

Ida 上了电梯，来到十九楼的自助餐厅，这个时间大家都已经吃过午餐，因此人不多。她用托盘取了食物，看到一个靠墙的位置，墙上彩绘，金碧辉煌，跟她身上那珠光宝气的衣饰挺搭配。Ida 就走了过去，坐下来吃饭。

午餐吃完后，Ida 从皮包内取出一个金色的小化妆包，把眉笔、唇膏、粉饼全都一股脑地掏出来，对着一面黑金花纹框的小镜子，仔细地补妆。年纪大了的女人就像一朵塑胶花，绝对不能沾灰尘，一定要弄得仔细些，才能完美无缺。坦白说，补妆后，她可真不像一个已经六十岁的女人，Ida 长得本来就不差，年岁大了，除了岁月的一点痕迹，她的脸还真是不难看。以前她低估了自己，还以为人老了，不论原本相貌美丑，反正都是一样不好看。其实不然，她就是一个最好的证明。Ida 想起了那个菲律宾人的老怀德，他也是依然有年轻时的俊朗影子。

此时，警探保纳与翰克，两人身着便装，正坐在 Ida 的后桌，保纳还礼貌地走过来跟 Ida 寒暄。他正式介绍自己的名字，且比手画脚地说贩毒分子已经在陆地上被抓了，所以自己现在变成了休假状态。Ida 本来有点懒得理睬他，但是保纳的温暖笑容让 Ida 有些好感，她发现保纳和蔼可亲，头发浓密，样子也体面。

虽然他是警探，且上船前还把她的面茶当成白粉，弄出一个大乌龙。可是这会儿他还在频频道歉，看来谦和有礼，比起昨天她想用香水试探却没成功的那个老怀德要可亲多了。Ida 于是就用中文夹杂着有限的英语跟保纳沟通了起来，Ida 还提到了跳舞，显得兴致勃勃。保纳说自己是单身，很少跳舞，Ida 说她懂一点，可以教他。保纳耐心地点头回应，即使不懂对方的生硬英语也面带微笑。Ida 心花朵朵开，正打算约他去跳舞，可惜那黑人警探突然走了过来，说有点事要谈，就把保纳拉走了。

保纳走开了，Ida 感觉有点落寞，唉！廖老虽然脾气坏，在家一不顺心，就大喊要撞墙出气。但若是活着，还是会陪她一起来游轮玩。以前廖老最喜欢看船上不同国家的女人了，评头论足之余，那两只小眼总是色眯眯的。

她嫁给廖老时，五十岁的他虽然矮小，还有点人模人样，可是二十五年后，人家七十五岁男人虽然老，很多都还健康红润，站出来依然体面。然而年轻时候太纵容自己性生活的廖老，变得干瘦单薄，前面牙齿全掉光，简直不能看了。那时，廖老摔断腿，住院期满，从医院回家时，因为行动不便，拄着拐杖，不能上下爬楼，只能住客厅，睡沙发。精瘦的廖老，嘴前方的两排假牙，在医院不慎丢了，新的假牙还在制作中，必须耐心等待。廖老躺在沙发上，常常会小睡。每次睡觉，小小的头部露出在深色的睡袋外，猛打鼾，声音仿佛在打小鼓。Ida 外出时，总是会装扮好自己，心情也不错，但是下楼时一看到廖老像个门神似的盯着她就不舒服。于是她常常趁着廖老睡觉的时候才出门，一边轻步地走楼梯，一边看到那沉睡的廖老张开无牙齿的黑洞嘴，流着口涎。那个样子像极了一个骷髅头，让 Ida 觉得有一种说不出的嫌恶与恐怖。

平常 Ida 忙着学跳交际舞，没空照顾老丈夫，老人看到 Ida 没有夫妻情，不理不睬，也会抱怨。Ida 却不在乎，廖老早就知道她不喜欢跟他待在家中。虽然廖老以前还闹过一次自杀，在路上歪歪扭扭地乱开车，被警察拦下来，送进精神病院去住过一阵。可是 Ida 觉得那只是他的苦肉计而已，一个人若是真有心要寻死，还会死不成？玩那种自杀游戏，真是丢人现眼，既没出息又让人看不起。

船上有一些跟她年岁相仿的太太们，大概是因为女人比男人长寿，这个年纪在外面，一眼望去，几乎都是女的多男的少，男人真是变成奇货可居了。

廖老熬了没多久就去世了，六十出头的廖婆婆自己保养得很好，装扮起来，年轻了二十岁。有一次她穿了一套很活泼的运动服去市场买东西，销售员是一个西方年轻男人，还说她看起来像二十六岁的年轻女人，她一高兴就要求对方把他的夸奖在纸上写下来，说要拿给自己丈夫看。Ida 觉得自己不只看来不老，而且还很有女人味。她不喜欢女人结婚后，孩子生完就把外表变性，成了一个十足的男人婆。也讨厌那些倚老卖老的女人，没有朝气，只会端架子，喜欢靠“老”来吓人。她从来就不这样，若总是卖弄自己的老，有何意义可言？难怪要变老了。但是 Ida 虽然觉得自己很年轻，她的内心似乎少了点什么。

往昔廖老在世时，Ida 曾想过若自己是单身，就可以到处玩或交男友，多么自由自在，要怎样就怎样。现在廖老去世了，她却反而没什么劲，也许是生理年龄关系，到底不是真正年轻了。以前觉得男人比女人外貌容易年轻，可是现在看看外面那些对她适龄的单身男人，一个个都显得很苍老。或许是失去伴侣多年，单身惯了，都不懂得照顾自己的外在。男人老了，金钱还真是更重要，没钱就好像没分量，因为钱就是代表他一生的耕耘与努力，但是很少看到有钱且外貌还不错的老男人。或许是在国外，也或许是特别辛苦，有点成就的老男人，几乎都极度地苍老。那种苍老，从头发就一目了然，要么是秃头，不然就是头发稀疏单薄。男人通常都不用保养品，若是重视保养品的男人反而没骨气，也不像个男人。男人的皱纹容易让人解读成成熟稳重，于是造成男人的脸上皱纹不被人重视。但是年纪大了，有一天醒来，一照镜子会吓坏自己啦！因为脸上已经变成如同一张被揉皱的纸，再也抚平不了，成了无法挽回的后果。于是在国外，男人一个个似乎都比女人老得还要快。

不论如何，Ida 觉得如今变单身了似乎更不好，因为没有了老伴，连骂人都找不到出气筒了。唯一有的就是金钱，所以她那些珠宝首饰、名牌衣着，就是要用来撑着自己这一座金刚钻架子，让她不自觉地还会产生活力。

Ida 跟侍者要了一杯热水，又打开皮包，掏出一个小塑胶袋子，里头装着最后剩下的一点面茶。她把面茶全部倒入热水杯内，丢了塑胶袋子，从桌上取了糖加入，就用汤匙搅拌起来了。一边喝一边在想，那个警探保纳在船上度假会不会无聊呢？却看见常艾丽走近且在对面椅子坐了下来。

“听菲利浦说，今天是他教你跳舞的日子，怎么？你没去。”常艾丽好奇地问。

“我不想跟他学了，他用的是西方人的舞步，没什么意思，我不喜欢。不过，倒是要谢谢他教我学说了一些英语。”Ida 摇头。

“你自己儿子廖育旺怎么没来游轮玩？”常艾丽突然问。

“他又不住在家里。”Ida 瞪了常艾丽一眼。

“其实我只是想澄清一下，你可能觉得廖育旺抱独身与我有关，不是的。我离婚不是因为他，我也没兴趣嫁给他。我跟他之间完全是房地产的交易关系，交易很贵而已……你不会懂的。”常艾丽想起了廖育旺送她的那套“德勒斯坦绿钻”，得意地笑了。

“你别以为我不知道，我们传家之宝除了‘金塔红美人’还有‘德勒斯坦绿钻’。我那个败家子竟然把‘德勒斯坦绿钻’拱手给了你，我真是有怨气也出不了口。不管你是用什么方法得到的，我只问你，你还有良心吗？”Ida 气得把最后一句扬声叫了出来，惹得旁边的人都投来受惊的眼神。

“你叫什么叫，想丢东方人的脸吗？”常艾丽不安地说。

“你们两个人是什么样的关系，谁也挡不了。但是你这样贪心，不会有好报的。”Ida 继续又说，“哼！廖育旺嘴上说抱独身主义，可是他就是喜欢乱找女人，而且还不分档次！”Ida 故意把最后一句的两个字，从齿缝里迸出，朝常艾丽狠狠地瞪了一眼。想起廖育旺以前就喜欢在外乱交女朋友，后来有一次失恋以后突然高喊自己不结婚了，但是跟女人约会依旧没停过。他怕 Ida 唠叨，就一个人搬出去住了。

廖育旺在女人这方面的偏好就像廖老，Ida 一想起廖老这点就生气。廖老对女人特别有兴趣，年轻时候的风流韵事，就不去提了，老了还是恶习难改。好些让 Ida 困扰的事在她脑海中浮了起来，媳妇邱敏媛就有一次抱怨说公公摸她的手。Ida 不想作声，因为她知道廖老年岁虽大，却的确是有那么一点色，喜欢触碰女人的手。廖老腿伤的时候，看到漂亮的护士也爱借故亲近对方身体，那些洋护士为了照顾走路不便的病人，都必须贴身扶持，因此廖老的一些动作看来都是无心的，大家也当是老人家身体不便，没去特别在意，只有媳妇特别敏感。其实 Ida 心里有数，媳妇可能私底下明白，觉得有疙瘩。可是就算是看到媳妇送三餐食物给廖老时总要带着洗碗的手套，Ida 也永远不会承认这件事。当然，那么样地批评她的丈夫，像话吗？

可是，廖老自己爱在媳妇面前“露馅”，也真没办法。他每次用微波炉，都不用盖子，媳妇好奇问他为何不用，他说太麻烦了！这就像男人穿长裤，里头不穿内裤也没人知道，亏他这种不得体的话也说得出口。还有，廖老特别喜欢吃一种蓝莓，一粒粒小小的果子，装在透明的盒子内，在市场销售时，标价都很昂贵。

平常廖育兴很少买，但是廖老坚持要吃蓝莓，只好连续买下去。有一次 Ida 从厕所刚出来，听到廖老跟媳妇邱敏媛竟那么说话："这些小小的果子就像是一个个小女人的身体似的，吃起来很有趣。"也难怪媳妇会感觉怪怪的，连 Ida 自己听了都要浑身上下不舒服了。

Ida 想到此，无趣地站起了身，跟常艾丽交代道："麻烦你转告那个菲利浦，说谢谢他，我不跟他学跳舞了。" Ida 说完拎起皮包就离开了。

在路上，Ida 看了一眼手腕上的钻石金表，时间过得好快！她得赶快回赌场玩二十一点，赌馆就那么几张赌桌，若不是廖育兴帮她接手占位，就没得玩了，那该多无聊。Ida 去赌场是不能没有儿子陪的，好在她媳妇邱敏媛没说话。其实也能理解，媳妇与廖育兴感情不好，当然不在乎他是否来陪婆婆了。可是邱敏媛也别想蠢蠢欲动，若让 Ida 抓住什么越轨的证据，那她这个做婆婆的人非叫邱敏媛离开这个家不可。说也奇怪，邱敏媛要离婚，全家都赞成，怎么就是廖育兴那么看不开。天下女人多得是，男人只要有钱，还怕娶不到老婆吗？

想想廖育兴这个儿子虽然不是亲生，却比自己亲生的那个廖育旺要好多了。Ida 可能是世上少有的幸运继母，从小廖育兴就比较顺从她，读书也不用她操心，现在还把她当自己生母对待。人生有的事情真是说不准，她也觉得廖育兴几乎跟自己亲生的没两样，说出去也很难让人相信，这也算是她的福气了。Ida 面带笑容，挺起胸部，形色高贵地去了赌场。

廖育兴见 Ida 来了，就让她接手，说想去找找太太邱敏媛，暂时不能再来赌场陪她，要她少赌些，早点回去，然后廖育兴自己就走了。他经过六楼的舞厅门口，朝里面看了看，人还不多，正飘着慢四步的布鲁斯舞曲。廖育兴突然想起跳舞能增进男女关系，那么为何不找邱敏媛一起来跳舞呢？哎呀！他怎么完全忘记了这个能让情感快速加温的方法，想来这个方法要比那个什么 520 香水的奇招还管用，他也不用为了那香水去找廖小倩，承受尴尬的气氛了。何况，小倩也可能会发现他的企图，不肯让他用香水。于是廖育兴就兴冲冲地拿起墙上电话拨了内线回船舱。正好邱敏媛还在，听到廖育兴要邀她去舞厅跳舞，邱敏媛就说自己有事，赶不过来。廖育兴说他会去等她一阵，若真的不能来，他自己就会走了。

第二节　老鼠屎恐惧症

邱敏媛从船舱出来，坐电梯下五楼后，匆匆先去计算机室上网。出了计算机室，她想起廖育兴说要去跳舞的事，实在觉得缺乏兴趣。反正廖育兴不会在舞厅久留，她也就干脆不去了。于是邱敏媛转身去外面甲板，人不多，她驻足做了一个深呼吸，已看到远处海面的许多小波浪，偶尔还会有海豚跳出来与没入海里的影子。她依旧朝自己最喜欢的船尾走，远远地看见汤瑞白迎面走来，且对她笑着说："又去看海吗？今天天气不好，乌云密布的。"

"没关系，我还是可以呼吸新鲜空气。"邱敏媛点点头，继续走着，汤瑞白转身也跟了上来。

"你注意看，那里有一个小灯塔。"汤瑞白指着远处说。

两人走近围栏，邱敏媛顺着他指的方向看过去，的确看到在乌云层中有一个很小的白点，就问："那是灯塔吗？"

"我刚刚听到有些旅客说的，是已经离开的猫依岛上的灯塔，但有的说不是。不过很美，是不是？"汤瑞白说。

邱敏媛见他人还是站在那里，就想催他走，说道："你不必陪我，我自己一个人没问题。"

汤瑞白笑道："不！我还没看够，陪你看，没关系。"汤瑞白左右张望了一下，又说："船尾特别清静，难怪你会常来。"

"船上与陆地不同，一定要常常走出来看海，否则来游轮就会很闷。"邱敏媛笑了笑说。

此时，汤瑞白想起什么似的问："你说到陆地，我倒是想问你，你说廖家会上游轮是因为你和廖育兴吵架吗？"

"嗯……当时家里气氛很差，我们……反正他这个人的个性也很奇怪。"邱敏媛摇头。

"说说看，你们来游轮以前最后一次吵架是什么原因呢？"汤瑞白问。

"是'老鼠事件'。"

"老鼠？听起来是很小的事。"汤瑞白笑着说。

“其实是很大的事。”邱敏媛严肃地说，她回想那件事，觉得廖育兴似乎有一种不肯面对现实的心理在作祟，当错误发生时，他不愿承认，也不愿面对。

就以常艾丽与他离婚这件事来说，原以为他曾经勇敢地面对过，但他也很可能都是在逃避。其实廖育兴对常艾丽与他离婚这件事，心态上一直不平衡，因此他几乎都不公开自己已经离婚的事。当年邱敏媛嫁给他的时候，只是公证，没有正式酒宴，所以他也没告诉公司的同事有关自己再婚的事，因此有些人会以为廖育兴太太还是原来的那个常艾丽。换言之，见过常艾丽的人会以为廖太太还是常艾丽，没见过常艾丽的人也就以为邱敏媛一直是廖太太。廖育兴虽是董事长，却几乎很少参加同事聚会，全都是秘书在打理，因此见过常艾丽的人并不多。可是邱敏媛对这件事,感觉很不悦,这算什么呢？怕别人知道他离婚？为了维持面子？明明再婚了，却让人以为他从未离婚过。那么把邱敏媛当成了一个替代品吗？邱敏媛曾好奇地问过他，廖育兴先是回答：“离婚或再婚都是我的私事，谁需要知道得那么清楚？”当邱敏媛怀疑他不愿对外承认自己再婚时，廖育兴为了证实自己的清白，就把她带去看他办公室桌上的两人合照的相片。可是有一次……

“怎样？”汤瑞白追问。

“哦，有一次，我们午餐回家经过公司，先分别上厕所，后到他的办公室。我发现他原本放在桌上的两人合照相片已经被收了起来，当时他说他有‘老鼠屎恐惧症’，他的解释是：‘怕照片让老鼠毛或老鼠屎及灰尘给沾上了。’可是我觉得这个理由实在太牵强了。”

“真有这种病吗？”汤瑞白忍住笑说。

“从来没听过，应该是胡扯的！”邱敏媛摇头问。

汤瑞白这才点头，大声笑了出来，摇头说：“我看我要收回在游轮上先前跟你说过的一句话了，我当时说如果你是60这种年岁，留下这个婚姻也就算了。现在我想说的是，即使你现在年纪大了，也要分手，宁愿自己一个人，也不能跟这种人再继续下去。”他刚说完，却发现自己的后半段话并不妥，就更正道：“不过，年纪大了可能还是会不同，也许已经习惯了，而且年纪大了最好不要离婚，也不要再婚。以前我母亲过世以后，父亲一直很伤感，后来我常看见父亲自言自语，就发现晚年没有老伴，实在很孤单。但是再婚也很可能会更糟，老人婚前通常没精力与时间来认识对方，所以受骗的事经常会发生。”

“我到现在都还是想不通，他为什么要那么说？什么‘老鼠屎恐惧症’，真是见鬼了！”邱敏媛埋怨着。

“依我看，他就是好面子。他不想在公司同人前公开再婚的事情，可能同事看到你们两人的相片就会问，所以他干脆藏起你们的合照。”汤瑞白说。

“那我当初可真是想错了他。我还以为这个男人很坚强，经得起离婚的考验呢！”邱敏媛说。

“所以看来不是的。”汤瑞白点点头。

“在我听来，那‘老鼠屎恐惧症’，是‘睁眼说瞎话’。但是我也不敢多问，因为他一定是不承认，然后会烦躁，最后我们就会争吵。可是，我不懂，难道他是一个骗子，整天说谎？”邱敏媛叹着气。

汤瑞白问：“会不会是他的心理不正常？依我的观察，你和廖育兴根本是两个世界的人，我想你应该有同感。”

“有的时候，我觉得自己好像一个心理治疗师。”邱敏媛想起自己对廖育兴的许多劝导。

汤瑞白看着她，忽然关心地问：“敏媛！虽然廖家很有钱，但是我想你在廖家真的不容易有快乐。”

邱敏媛苦笑道：“我知道你很好奇，又想问什么。”

“你嫁过去的时候就只有婆婆？”汤瑞白又问。

“不！原来还有公公，刚嫁过去时我一直在照顾公公，我的护士执照就是那个时候考的，本来想去医院做全职护士，但廖育兴不赞同，说是在家照顾公公也是一样，所以我只做了半工护士，多数时间是在家照顾公公。那个时候，婆媳问题还不明显。后来公公去世了，婆媳关系就浮上了台面。”邱敏媛想起经常受Ida百般为难，骂她是扫把星。说是她进门以后，才把公公给克死了。夹在婆媳中间的廖育兴不但不会调节，反而还雪上加霜，弄得婆媳关系更加恶化。

“可是她并不是你的亲婆婆。”汤瑞白说。

“……”邱敏媛不知该说什么。

“廖小倩似乎明摆着跟你作对，廖育兴好像也管不了。”汤瑞白说。

邱敏媛点点头，她不禁想起自己嫁给廖育兴以后的日子，婆媳问题还没解决，继女廖小倩就从前妻常艾丽的家搬回来廖育兴这里了。邱敏媛最初住进这大房子时，就已经有一点惶恐，先是应对公婆，接着公公去世，等到见着当时十五岁的廖小倩，更感不安。廖小倩过度任性，经常在餐桌上提及自己生母，故意奚落邱敏媛，双方心结重重，暗潮潜伏。虽然邱敏媛曾试着与她和平共处，但是对于一个关闭了心门的人，只是白费力气。

那段时间，邱敏媛开始有了一颗想流浪的心，宁愿凄楚地驾车在外面闲晃，也不愿回家。以前为了照顾公公，她无法外出，现在她没事也希望出去透气。有时还把家里一些工作，例如算账或缝补之类的东西放在一个大袋子内，拿到外面，把车子停在马路边的大树下，就自己在车内处理起来了。外面阳光明媚，空气清新，她心情也会畅快些。虽然有点麻烦，但那样就可以少在家中待，减少了许多自己与婆婆或者继女之间冲突的机会。

“不管怎样，你也是这个家的女主人。”汤瑞白不平地说。

“但是我不觉得，刚搬进去的时候，发现房子很大。但大家都不说话，气氛冷场，所以我经常闹胃病。”邱敏媛感觉自己实在不喜欢廖家那一幢豪宅，那房子只有一个空心。但是也幸亏有那么一幢大房子，家庭成员都隔开得很远，彼此很少碰面，自己也才因此免去了许多的摩擦与麻烦。廖育兴平常在公司会待到很晚才回来，若烧了晚餐放在桌上，大家都各用各的，没有家味。即使有一起用餐之时，老少都是表情沉默，眼神漠然，弄得自己如鲠在喉。处在这种三代同堂却不和睦的环境下，很容易产生莫名的紧张与不自在，因此经常会感到肠胃不适。当初邱敏媛以为嫁过来的环境是一个大家庭，因此再怎么不好，至少有人气。可是完全出乎意料，碰到的气氛竟然是绝少有的冷漠与死寂，像一堆没有生气的花草。

“这种家庭很奇怪，你压力一定很大。”汤瑞白理解地点点头。

“我曾经想出力来帮助她们，希望家里面会有些朝气与温情，但是他们很固执。”邱敏媛说着，她想起在廖家，好像每个人都有心事，不打招呼，各自为政。个个似乎都习惯了没有关怀，好像这些人心底都太冷，没有什么温情可言。那种自尊心与防御感都特别强，却又看不起别人，即使谁有什么好事，也不会说出来，只是悄悄地咽下，因为一个不小心，就容易遭受嫉妒，产生更多心结。家里人很少一起出门，只有节庆，大家勉为其难，才偶尔一块儿外出到餐馆庆祝一下，却依然是无言无语，一说话就缺乏耐性，频频争吵。她在一旁，尴尬万分，也实在无能为力。只好沉默，全家形同陌路。

“太阳也会被乌云遮住的，对她们两个人，你不可能永远都笑脸相迎。这样的家庭与婚姻，你还留恋什么？”汤瑞白摇头。

“我提过离婚，可是……我不想伤害廖育兴，尤其看到他每次都喊要自杀，我真是一点办法也没有。Ida 与廖小倩，她们很可能希望我能够离婚，我却一直没离，也许她们很气。有时我会想，我之所以没离成婚可能是自己的决心不够，也可能是我潜意识里就是要跟她们两个女的抗衡！”邱敏媛若有所思地说，“而且，我以前曾经签下‘绝不离婚同意书’，让我也很为难。”

“你怎么会签那种无聊的东西？”汤瑞白无法置信。

邱敏媛回忆着：“是在第一次我提出离婚时，他说他要自杀，把我吓坏了，那时他硬逼我签下的。”

汤瑞白叹口气，道：“敏媛，自己想做的事情，做了不会后悔，自己想做的事情不去做，会遗憾终身的。”

“可是，结婚是人的一种基本道义，人有责任、有义务去维护它，不到万不得已不该毁掉它！如果没有我，廖育兴会变得很惨，不但外人会笑话他，很可能 Ida 与廖小倩对他会更猖狂，他不但在母亲面前会再次自形惭秽，更加抬不起头来，而且小倩会变本加厉且肆无忌惮地爬到他头上去。所以我很矛盾，就算当初我不该跟他结婚，但是现在，我到底已成了局内人，看看周围处境，自己也有责任，也只有我不放弃婚姻，才能保护到廖育兴，否则他真的会因为我要离婚而变得不幸福了。”

“你以为你不放弃才能成为男人的幸福，那是错觉，你怎么能够操纵他的幸福呢？其实别人的幸福也不是在于你，而是在于别人自己走的路。所以你没必要因为别人的幸福来放弃自己的幸福。”汤瑞白想到了什么又说，“还有，对于 Ida 与廖小倩，你以为放弃就是对方赢了，其实是否赢在于个人。你不放弃，你自己也并没有赢，问问你自己，你现在很快乐吗？至于‘绝不离婚同意书’，笑死人了，那算什么？廖育兴疯了，你也跟着打转，那种文件不能成立，因为根本就没有法律效用。”

“但是，对他而言，我的确签了名，不能‘言而无信’。”邱敏媛说。

“你还很守信嘛！”汤瑞白愤愤地说，摇头道、“竟然签那种文件！你会有这种缺点，我很诧异，我一直以为你很完美，很有智慧的……”

“我的缺点太多了！你还可以骂我：‘提不起，放不下’。我很矛盾，我就是这样害怕，不勇敢，我也是没用的。”邱敏媛懊丧地垂下头。

“……”汤瑞白沉思了好一会儿，才说，“我曾看过书上说的几句话：‘男女之间的事，得到不易，放下更难。’人靠缘分，才会在一起，本来就不容易，所以相遇难，结合也难，离婚就更难了，我想你很可能就是有这种感觉才会如此。”

邱敏媛点头，说：“我常想，如果我的婚姻都不会离，世上很多婚姻更是不必要离的。”

“……”汤瑞白无言。

“……”邱敏媛也不再说话了。

汤瑞白看着邱敏媛，对她不满却又心疼。但想到自己当年的不告而别，更加恼怒自己。此时，他真是一句话也无法说了。

好一会儿，邱敏媛才说：“我曾在电话里问过赵阿姨，有关我想离婚的事。”

“她怎么说？”汤瑞白好奇地问。

“赵阿姨劝我不要离婚。她说有很多女人以为离婚出来会找到更好的对象，到头来都不是。道理很简单，因为其他适合年龄的好男人都有婚姻了，女人要去哪里找更好的对象？就算原本有中意的，或者后来找到了中意的，婚后一样会有许多相处上磕磕碰碰的问题跑出来。其实就算是跟一个坏人相处了一生，到头来还是会有一些感情的。这就好像种花，你顾虑很多而不敢种，别人却已经种下了，几年后你还在顾虑，别人种的花也许开得不大，但都已经长出来了，你这一生却什么也没有，差别就在此。这里的花就是指‘情分’，差别就是‘时间’，看你是投入还是浪费。至于花种子如何？坦白说，反而不是顶重要了，因为即使别人用的花种营养不良，只开了小小的花，总比你一朵花都没有要好。这跟一般找对象所谓的‘宁缺毋滥’无关，因为这里是指‘时间’与‘情分’的关键问题。”

“她的话也有道理。”汤瑞白点头。

“赵阿姨还说，人老了会不在乎那些缺点的。”邱敏媛又说，“她说，当年岁慢慢增加，有一天你会发现，以前很介意的事，慢慢会变得都不重要了。因为你眼光变宽广了，不会去太过计较，并非是一种习惯的形成，而是你可能会逐渐发现，对方有一些被你忽略的优点会出现了。”

“可是你现在还年轻，而且……”汤瑞白本来想说，他还是很爱邱敏媛。但是想想自己的立场，说这些话并不妥。他不想引起邱敏媛的误会，而断了两人说话的机会。

两个人沉默了一阵，汤瑞白想起自己晚上的偷窃行动，于是就问：“廖育兴今天还是陪 Ida 去六楼赌场吗？”

“嗯。”邱敏媛点头。

汤瑞白看了邱敏媛一眼，又问：“所以 Ida 今晚又不吃晚餐了吗？”

“吃！今天晚上会从赌场直接去七楼餐厅吃饭。”邱敏媛回答。

“有什么特别原因吗？”汤瑞白问。

“因为今天有‘龙虾大餐’，Ida 一定会去的。晚餐因为有龙虾，时间也挪后到七点了。但是 Ida 六点左右应该就提前打扮好去赌场了。”邱敏媛肯定地说。

汤瑞白想到晚上自己要做案，不会出席晚餐，为了避免被人起疑，就说：“哦……可惜我和菲利浦都有点事，赶不上五楼的晚餐时间。不过，还是龙虾厉害，口令一下来，大家齐步走，赌场可能都会萧条了。”

“我相信是的，龙虾多贵啊！谁也不想失去机会。”邱敏媛点头笑着。

“看来也只有美食才能让 Ida 肯离开赌场去好好吃饭。”汤瑞白心里想那个 Ida，赌博加上晚餐，那段时间，相信是不回船舱。这么一来，他想取得“金塔红美人”，就会比较顺利了。

“是啊！这下子赌场的旅客都可以少输一些钱，应该喊龙虾万岁了。”邱敏媛捉狭地说。

汤瑞白问：“对了，等一下画廊有拍卖会，你要去看看吗？”

邱敏媛摇头，道：“你要买画吗？我不买呢！”

汤瑞白笑着说：“我也不买，只是在门口听一下，那种加速度的叫卖声挺好玩的。”

此时，海上刮起了风，邱敏媛说：“真的变天了！有点冷，我们都进去吧！”

汤瑞白说：“我会去画廊看看，你也来吧！”

“我看看吧！”邱敏媛笑着说完，就走了。

第三节　有毒的作料

汤瑞白从甲板回来，站在一家商店前面，面对橱窗欣赏里面的纪念物品，脑袋却在思考那个鸳鸯锁的开启方法。旁边突然传来一阵高声的叫唤：“哎！粽子！”是个高瘦的男人，一边喊一边走近一个身材稍显胖的女人身边。

“哎！‘老顽童’，你怎么那么喊？我这身打扮不好看吗？”胖女人伸出涂了指甲油的莲花手指朝自己身上指了指。

“老顽童”瞧了她一眼，那女的穿了一件从上到下打横皱褶的橘色洋装，是斜右肩的设计，暴露出白乎乎的左肩膀与手臂。“老顽童”说：“很肉感啊！你好像经常穿这种露单肩的洋装，穿了很像个粽子。其实女人最好不要这样穿，露出白嫩的肩膀，人家私下会说你是故意想勾引男人。你是有老公的人，这样喜欢露肉出来，难道是要勾引男人做外遇吗？”

胖女人给了“老顽童”一个白眼，莲花手指朝外指了一下说：“你别胡扯。我这样总比上次在卡拉OK大厅里唱歌的那个越南女人好吧？”

“老顽童”回忆着，那是一个越南女人，年岁很大，身子却非常瘦小。她打扮得过度时髦，假睫毛，假纹眉，浓妆艳抹的，加上黑色皮夹克、黑短裙、黑长靴、白色的花洞袜，又跳又叫，热辣得不得了。“老顽童”摇头道：“那个女人衣服穿得没美感，短裙与长靴之间露出那一截抢眼的白色花洞袜，看来显得矮。而且有点奇怪，当时她听到‘冬菇’唱了她想唱的英文曲，有点不是味。大概她也想唱，觉得机会被人家抢了，就自己也在听众席唱了起来。等到‘冬菇’唱完下来落座，她还走近‘冬菇’桌子前面故意地唱个不停，好吵！”

胖女人突然说：“你知道吗？‘冬菇’有点妒忌‘昆曲’，因为有人说‘昆曲’是我们公司小组的‘组花’，还要把她跟那个得最佳男士服装奖的汤瑞白先生配成对来看呢！”

“老顽童”说：“你别八卦这种事，其他女同事听了会不高兴的。看！她们过来了！‘冬菇’还带头呢！”

不远处，一群女人正走着，为首的“冬菇”眼尖，马上注意到汤瑞白，就招呼大家一起拥了过来，七嘴八舌地问他话：

“汤先生，得最佳男士服装奖的那一天，你穿上那套西装好帅哦！”

“汤先生，你有没有女朋友？”

“汤先生，有没有想过改行当明星？”

此时，“冬菇”趋前，指了指另一个壮硕的女人说：“是啊！汤先生，我们‘铁匠’说，你也可以去当模特儿！”

他还来不及回答，那个被叫作“铁匠”的女人就提醒着大家：“哎！‘小和尚’正在卡拉OK厅帮我们占位，不能占太久，会被人说的。所以，‘冬菇’，别说了！我们要快点去。”

一群人闻声就走了，那个外号叫“冬菇”的却还是没移动脚步，她走到一根装饰的铁栏杆边，冲着他傻笑。汤瑞白尴尬地看了她一眼，“冬菇”指指前面那群走着的人说：“汤先生！那些人都是我的同事。”然后笑眯眯地说：“我们都很喜欢唱卡拉OK，你也喜欢吗？”

汤瑞白点头。

“冬菇”说：“船上有卡拉OK大厅，晚上很热闹的，你怎么都没来唱歌？你来嘛！到时候，大家可以聊聊天，好吗？”

“可以啊！”汤瑞白笑着。

此时“泥鳅”见“冬菇”没一起走，就跑回来拉了拉“冬菇”的衣服，说：“走啦！”脚上套着凉鞋的“泥鳅”说完一转身，左脚背刮到了铁栏杆，被刮了一下，皮肤冒出一点血丝。汤瑞白见状，就从裤袋里掏出一个“创口贴”，说：“我正好有这个，包一下，免得细菌进去。”他说完就打开“创口贴”，弯身帮“泥鳅”贴了上去，“泥鳅”高兴地说了声谢谢，就暗示“冬菇”动作快一点，然后自己先跑走了。

穿牛仔裤的“冬菇”站在一旁，笑眯眯地欣赏着汤瑞白，边退边摆手，说：“要记得来！我们都是你的‘粉丝’哦！”“冬菇”晃着手臂，一面欣赏汤瑞白，一面倒退着走步，越退越歪，转身时，随着汤瑞白摆手时的一声惊呼，“冬菇”的右腿已经撞在后面墙旁的一座广告架子上了，汤瑞白的嘴圈成了一个O，手停在半空，关心地问：“你没事吧？”

“冬菇”伸手摸了一把隐痛的右腿，换个角度继续移动着，边退边笑着说：“没事，没事……呵呵……”

“小心一点哦！”汤瑞白放下手说。

“是……是……我会，呵呵……”“冬菇”继续傻笑，然后突然叫了一句，“哎！我是你的第一号大‘粉丝’哦！”说完就转身揉着右腿，瘸着腿，慢跑了一阵，才跟上了前面的那群人。

汤瑞白朝“冬菇”的背影同情地摇摇头，转身时正好看到卜慧迎面走来。他点头打了一个招呼，说：“宋太太，你好！”

“汤先生，我刚刚注意到了，好像崇拜你的人不少！”卜慧说。

“您说笑话了，哪里啊！”汤瑞白笑笑。

“自从你得了游轮上的最佳男士服装奖以后，好多女性都追着你跑了！”

“没有啦！”汤瑞白摇头。

“你现在可是船上的名人，做事要多注意哦！一个不小心就会有人批评的。”卜慧像个老师似的说。

“谢谢提醒！”汤瑞白笑笑。

“要谨言慎行！”卜慧挥手走了。

汤瑞白欠身道别，卜慧刚才的话，让他听得心里有点发毛，尤其是在他决定要行动的今晚。

突然，他的手机响了，是菲利浦的声音：“如何打开‘鸳鸯锁’，你想好了吗？”

“已经想好了。”汤瑞白回答。

“那么晚上你就行动。6点30分晚餐入座，要利用吃晚餐的那段时间。”菲利浦提醒着。

“我知道，Ida应该会从赌场直接去餐厅，我6点30分就会去她船舱做。”汤瑞白点点头，就走远了。

卜慧一边走一边回头，心里想，那个汤瑞白的运气怎会那么好？什么最佳服装奖，那个晚宴上，他只不过是穿了一套白色西服，就把那些女人迷得团团转，实在是无聊！比较起来，卜慧觉得自己的520香水才更有用。可是她很久没用了，都是因为借给了廖小倩，怎么老是不还呢？小孩子记性会如此差吗？一定是丢了不敢说而已，要找她爸爸赔钱才行！于是卜慧用内线给廖育兴的船舱去了电话，廖育兴闻言，很不高兴地说：“她还是小孩，你怎么可以借她用那种没羞耻心的香水？”

“什么没羞耻心！”卜慧很不悦。

“用来迷惑人用的，不是吗？”廖育兴问。

“不知道你在说什么，这可是很贵的香水，现在廖小倩丢了，你就要赔我！”卜慧说。

一听说要他赔很贵的香水钱，廖育兴就跳了起来，说：“我为什么要赔你？又不是借给我用的。”

“廖小倩未成年，你是她父亲，当然由你来赔。”卜慧回答。

“笑话！你既然知道她是未成年，你还要借她用，那你就自己负责。”廖育兴说。

“哎！姓廖的！别不知好歹哦！”卜慧骂了出来。

“怎么样？你这个女人，还想耍流氓不成！”廖育兴也不甘示弱。

“你别想小看我！”卜慧咆哮着。

“你到底想怎样嘛？”廖育兴问。

“你等着瞧！”卜慧气呼呼地把电话挂了。要求赔钱没成功，结果惹来一顿气。干脆直接找廖小倩问吧！于是卜慧给廖小倩的手机去了电话，对方却正好关了机，卜慧只好暂时作罢。

卜慧走在路上，走得有点闷气。她觉得今天什么都不顺，尤其想到自己一心计划的“石油大王敛财美梦”已经破灭了，也没有机会告诉宋万杰，算了！宋万杰已经背叛了她，不用告诉他，以免灭自己威风。真没料到那个石油大王根本是假的，卜慧陪他应酬陪了那么多次，结果才发现他根本是在开玩笑，多么幼稚！拿她当三岁小孩在玩吗？她卜慧从小“身经百战”，现在竟然败在一个什么都不是的假石油大王手中，真是“悲哀”呀！

那张假遗书，卜慧已经偷偷放在宋万杰最常穿的灰色西装上衣口袋中。他今天就穿在身上了，但绝不会发现，那口袋中有一块折叠好的方巾，卜慧就是把它藏在方巾的尖头内，除非打开方巾，否则是无法看到的。这是以防万一，她知道自己个性很冲动，有一天说不定就可能真会杀了宋万杰。卜慧很为自己的心思细密感到骄傲，虽然用的地方都是负面的，可是万无一失。哼！等着吧！不要把她惹火了，否则，她什么事都做得出来。

以前在台湾，卜慧大学毕业后，有一阵子在一个中学的补习班教书。她的教法相当特殊，自己私下编了一条鞭子，学生分数考差了，她就朝学生屁股抽鞭子。有一次她跟一个女生发生了争执，卜慧上去就给了那个女生一个耳光，结果学生们再也忍受不下去了，家长纷纷来找她算账，卜慧还拿着茶杯，对着学生家长脸孔泼水，最后闹大了，上了法院。卜慧被停职，永远不得再踏入教育界。卜慧也根本不在乎，马上就改行从商。

小的时候，她喜欢无拒无束地不受人管，父母只要求她的成绩好，尤其她的父亲，经常是口口声声：“唯有读书高”，其他根本都不过问。但是她还是经常跟大人起争端与冲突，尤其是与母亲。卜慧想，在这些方面，廖小倩的跋扈倒有一点像她。印象里，卜慧记得自己跟母亲相处最平和的一次是有关一面挂衣镜子的事情。她还记得，那个时候她屋内没有镜子，她母亲给她买了一个类似人那么高的一面镜子，卜慧问母亲要挂在哪里。

“当然放在你卧房啊！”她母亲说完，见女儿也不回答，只是露出阴寒的表情，就问，“怎么，是一个人住，突然看到穿衣镜里的人，自己会害怕？”

卜慧不想正面回答，只是生气地说：“我不想把镜子放在自己的卧房！”

她母亲看出破绽，忍不住笑了起来，想想女儿的性格冷硬极端，主控欲又这么强，可是竟然会如此胆小，就说：“你呀！真是‘外强中干’，那……就挂在洗手间门背后，可以了吧？”

那次，可以说是两人相处中少有的妥协。卜慧想到此，就坐电梯下了五楼，正好走进一个卖皮肤保养品的店。专柜小姐跟她介绍产品，她没说话就走开了，站在专柜不远处大玻璃镜子前拢了拢自己的短发。

自己在少女时期，偏食得厉害，所以有点瘦，长相中等，但是打扮起来还有点迷人。大学时代，她工于心计，外表总是沉默与柔顺，内在却非常不安分与神经质。出国以后，卜慧更加安静了，她的眼神冷漠，眼睛经过化妆后却显得深幽狐媚，内在依旧心机很深。

她人长得高，胸部小，臀围比起一般东方女人来得大，肤色也比一般东方女人来得黄，出国以后却不容易找东方男友。她总觉得一般东方男人若是自己皮肤白，就会喜欢女人也皮肤白，若是男人自己皮肤黄，也一样会喜欢女人白皙，何况从遗传角度看，黄皮肤的男人也希望太太皮肤白，可以综合一下生出淡肤色的下一代。至于西方男人是如何想呢？她记得曾有一个跟他约会过的西方男人，交往没多久，两人就拌嘴，当时那男的是这么说她的：“你在外表上可能会让男人以为很有野性而喜欢你，但是一接触发现完全不是那么回事。只觉得冷傲、强势、任性、不亲切。既没有东方女人的温柔，也缺乏西方女人的热情，最后会让人有受骗的感觉。”当然，后来那个男的就是因此离她而去的。

卜慧一直很难找对象，本来，以她的学历条件，应该已经有固定男友或者结婚了。但是她虽然早早在外不停地交男友，每个交往期都没超过一个月。她内心很想找个固定的男友结婚，男友却都会离她而去。每当别人问及此事，为了面子，她就会说：“我不喜欢长期跟一个人在一起。”说得虽很自在与得意，听的人也不难想象出：很可能这个女孩是那种比较不容易相处的人。有一次好不容易，她总算交了一个固定的男朋友。原本双方只是同住在一栋房子里面的房客，那个男的跟她虽然各有各的房间，关系却早已不单纯。双方维持了一年，最后还是吹了。

外人正好奇是怎么吹了，卜慧在聊天的时候就仿佛是想起一件发生在旁人身上的事似的，自己轻松主动地透露了出来，说是不知道原因。只知道有一天，她下班回家，那个男的就早早地把东西弄好，匆匆搬走了，一句话也没留。

她发誓要嫁个有钱人，终于美梦成真。但是，结婚才一年就被那个有钱人给赶了出来，理由是她用暴力施虐婆婆。那次以后，卜慧就天天在向前夫要钱，最后前夫搬去了南洋。她就从事房地产，用钱滚钱的方式，认识了许多房地产大亨，独自在房地产行业里发了起来。尤其是认识宋万杰以后，卜慧就更发了。

此时卜慧的手机响了，是宋万杰的声音："你下午还要去找那个石油大王谈生意吗？"

"是啊！还要赶去的。"卜慧不想多解释，就点了头。

"那我下午可能自己去六楼舞厅看看，你先去那儿，一起跳两支舞再走吧！"

"好！这阵子我谈生意，冷落了你，实在也很抱歉！跳完你就自己在船上随便走走吧！"

宋万杰一怔，卜慧的言谈似乎改变了一些，是什么原因呢？他突然想到，网络上曾经有人逗趣说婚姻就像食物，需要一点奇特的胡椒粉，才会好吃，果真如此，那他宋万杰的不忠反而成了一种"作料"，让他与卜慧的婚姻受到适度的刺激，现在变得更好了？真是这样吗？还是更糟糕了？因为报纸上的社会新闻不都是这种作料造成的凶杀案？果真如此，这岂不成了"有毒的作料"？怎么办呢？唉！还是往好处想吧！就算是"掩耳盗铃"也罢，止痛药不还是能够暂时止痛吗？姑且就当作会变好了吧！想到此，宋万杰心里就高兴了起来，问道："……还有，晚上可以一起吃晚餐喽？"

"如果我生意谈完了就可以，我再给你电话。"卜慧回答。

宋万杰挂了电话，心里想，卜慧虽然外表并不怎样，但她很精明。始终有一种常人无法达到的魔力，那个吸引的威力就像火山爆发，虽然可能会吓坏男人，但一开始时男人也很难抵挡。就以宋万杰自己来说，当初常艾丽都已经为了他与廖育兴离婚了，卜慧却能够用她那捞钱的本事让宋万杰跟着她走。宋万杰似乎不得不承认，男人真正爱的可能不是女人，而是金钱。钱先为男人带来自信，然后男人才会想到女人，不是吗？卜慧替宋万杰带来财富，然后宋万杰才会想到要与常艾丽黏在一起了。

有的时候，宋万杰也会觉得自己不该与常艾丽再有任何瓜葛了，但是……

卜慧让他不能安宁，除了财产上的头疼，还有卜慧那冷热不定的冲动。记得以前两人一起去出席房地产团体的聚会，有时会看到卜慧不动声色地私下怒骂，有时她又会在团体中突然一阵爆竹响似的发出大笑声。宋万杰并不觉得当时的话题值得如此夸张，但她就会那么奇怪地兴奋起来，近乎神经病般，又仿佛是三八或像十三点，而卜慧对周围的变化却一点没在意，或者应该说一点也有没有感应。对卜慧的这种喜怒无常，宋万杰不能理解，也不敢多问。

现在卜慧已经知道他与常艾丽幽会的事情了，可是她为什么不继续生气？难道是当时两人争吵后的性冲动；起伏那么大的情绪转变，已经让彼此心中的阴霾尽散，雨过天晴了？卜慧知道宋万杰不愿离婚，他怎么可能放弃自已那大部分的财产？所以宋万杰还是成了卜慧的俘虏。他的确是糊涂！也罢！他已经签了那份财产协议书，一切都太迟了。虽然他很想跟常艾丽在一起，但是他实在欲振乏力，身不由已了。

看来卜慧似乎已经原谅了他，既然如此，他也必须力求自保，才能维护自己完整的财产。那么以后就好好跟卜慧和平共处吧！说做就做，就这么决定了！可是，他也应该跟常艾丽作个了结，好好解释一下。至少跟她再聚一次；就算是最后的一次吧！

第四节　最后的华尔兹

下午的舞厅内，鼓乐敲起了迪斯科音乐。宋万杰一个人走了进去，朝周围望望，有点怀念常艾丽，却又为没见到她而感到心宽。卜慧可能会来，还是小心些好。他看见罗奇一个人在角落喝酒，于是宋万杰朝他走了过去，坐下说：“不要喝闷酒，有心事就说出来，我来陪你聊聊吧！”

“没有的事，我现在一身轻，好得很！”罗奇摇头。

“那就好，我一直好奇，怎么你一个人来游轮玩？”宋万杰问。

“这样很清静！我喜欢。”罗奇最后一句是用国语说的。

“这三个中文字说得不错！”宋万杰点头称赞。

“……”罗奇露出了开心的笑脸。

“这样笑才对，你年纪轻轻的，下次约些朋友一起来，会更好……”宋万杰才说完，就见廖小倩走了过来。她今天穿着短衬衫与牛仔裤，上身还套了一件丝质料的红色夹克外套，样式很时髦，夹克没扣子，前面敞开着，尺寸稍大，两个肩膀与口袋都垮垮地拖垂着。廖小倩站在桌旁，瞧了一眼宋万杰，只说了一声“Hi”！就转头跟罗奇得意地述说自己刚刚偷喝了一点酒，现在还想喝，要他陪！她的标准美式英语，发声滑溜，直往上冲，声音尖拔，头也抬得老高。

罗奇蹙着眉，道：“你还不到法定喝酒年龄十八岁，不该喝酒。”

“那我们去跳舞，怎么样？”廖小倩问。

罗奇不安地说：“我不想跳！”

“起来啦！女人找男人跳舞，你还端架子，来……”廖小倩猛拉罗奇的手，罗奇用力甩开了，大声说：“哎，你不要总是这样拉我！”

旁边的人都在看着他们，廖小倩只得作罢，站在桌旁愤愤地说：“这么不给面子啊！有什么了不起的。”

罗奇看了一眼廖小倩，很不喜欢她的富家女作风。廖小倩投胎在一个富裕的家，获得全部人宠着的独生女，却也嚣张跋扈，缺乏礼貌。罗奇想，这个女孩并不出色，却什么都有，运气还真好！可是哪有人的一生都是永远平顺？不可能的，且等着吧！他干脆站起身，拍拍身上的夹克外套，跟对面的宋万杰说了一声：“抱歉！我先走了。”罗奇走了出去，廖小倩就坐进了罗奇原先的空座位。

宋万杰看着对面这个女孩，心里想，如果当年他与那个无法生育的前妻能有个孩子，也应该跟廖小倩一般大了。

迪斯科音乐停了，耳朵里开始正荡漾着一首慢华尔兹的舞曲音乐，一个女歌手拖着长裙走上台，开始唱一首英文老歌：“最后的华尔兹舞”，歌手的嗓音宽厚柔情，充满磁性。大厅里还没人起来跳舞，转着霓虹灯的舞池空无一人。此时，廖小倩突然站起身来，独自走到舞池中央，一个人双手悬空，仿佛在搂着一个男人跳舞似的，自己单独跳了起来。大厅歌声正在唱着：“……让我与你跳这最后的华尔兹舞……两个寂寞的人一起跳吧……”廖小倩独自沉醉在乐曲中，前后左右摇摆地晃着身体，接着还跟着旋律独自转起了圈子。舞厅里的客人虽然不多，但都在窃窃私语。有的说她喝醉了，也有的说她大概是失恋了，更有的说她大概是神经不太正常……大家都用同情的眼神，望着没有舞伴的她。廖小倩依然自得地继续仰头在旋转……旋转着，完全旁若无人。宋万杰看得实在有些不忍心，就起身走了过去，站在廖小倩面前作了一个邀舞的姿势。廖小倩将双手交给了宋万杰，两人就在舞池中，随着音乐正式地翩翩起舞。

舞曲完了，两人回到座位上，廖小倩问宋万杰："为什么我这么不讨人喜欢？"

"谁说的？"

"所以罗奇才不肯跟我跳舞，我想没有人要跟我跳舞了。"廖小倩黯然地说。

"不会的，刚刚我不是跟你跳舞了吗？"宋万杰想安慰她。

"嗯……谢谢。"廖小倩点头，又说，"我发现谈恋爱是一件很痛苦的事，可是那些电视剧里头的爱情故事，好像都很美。那些电视剧，真是会骗人，也害死人。"

"因为真实生活不是演戏，要能度过'瓶颈'的起伏，走向正常路。演戏是不顾后果，可以不停地痛苦，越苦越让人想看，炒作情节也容易，苦情戏只想赚人眼泪，但留给观众的是什么，有什么坏处，他们可就不管了。真实生活不行，必须有让痛苦化解的能力，再苦也要适应下来才行。"宋万杰笑着又说，"最近我曾在无意间听到一首英文歌，歌词总是在重复两句话：'我为你做了那么多，你却什么都没为我做。'其实这就是爱情的快乐与痛苦，也才是真实人生。因此要想谈恋爱，也要能与现实妥协，这是必然的拿捏过程。"

廖小倩把双手放在桌上敲着桌子说："你说得真好！我每次提到爱情，周围的人都反感。说我年纪太小了，应该专心读书，从来没人肯像你这么跟我说话。"

"读书是重要，但是若要让爱情走对路，也要理解一下才好。"宋万杰说。

"我总觉得爱情很苦，人活着为什么要有痛苦呢？就像一年四季，为什么总是有寒冷的冬天会出现呢？我讨厌它！可是我的爱情似乎就永远都只是冬天。"

"西方有句谚语：Life is free,Only living costs money（'生命是免费的，活着却是要钱的'）。"宋万杰伸出右手，放在廖小倩的左手背上，拍抚了一下，且亲切地看着她，说："其实四季各个都美，只不过特色不同。冬天有它的好处，雪景不也很可爱吗？春天的爱情很美，但是你怎知春天就一定是真爱？也许要等到冬天来了才发现真相，所以每一季都有优劣。爱情可能冬眠，情感也可能会冰封，表面上好像只能就着壁炉的温暖来延续和维持一份感情。其实若能勇敢一点，去敲开冰层窥探四季，就能窥探出四季的奥秘。所以只有把眼光放远，才不会认为人生是一个大悲剧。有时人是没看到更悲哀的，才以为自己很悲哀，因为最悲哀的事往往是无法言喻的，既然无法说出来，于是人往往也无法知道。唉！人生本如此，因此最重要的可能不是去在乎冬天的悲哀，而是如何让悲剧成为喜剧的一颗种子。让自己成为春天，你说是不是？”

“你说的太难了啊！我完全听不懂。”廖小倩缓缓地摇头。

“我的意思是，拿了好的也要接受坏的，所以你不要总是想坏的，好的也要想想。”宋万杰笑着说。

“好的也要想？”廖小倩还是不懂。

“你知道世界上有很多小孩子还在挨饿呢！你现在不愁吃穿，何必烦恼？”宋万杰笑着摇头。

“可是我好像没有爱的感觉，我很难过。”廖小倩眼角飘着泪光。

“你不要去想你的爱，多去想想别人的爱。”宋万杰趋前说。

“我已在想罗奇的爱啊！但是他不理睬我。”廖小倩的泪水，终于落了下来。她继续说道：“男人应该要对女人好，不是吗？所以女人要跳舞，男人就应该接受啊！他却那样不给我面子。”

宋万杰掏出手巾给廖小倩，让她揩了眼泪，才说：“那不是爱，爱是不勉强的。罗奇不喜欢做的事情，你却坚持硬要去勉强，他不答应，你就生气骂他，那不是爱。所以下次他不想跳舞，你就算了。不要老是放在心上，也不要总是去强人所难。”

“真是奇怪，我有个同学，她不太会跳舞，也从来不邀男人跳舞，可是男人邀她，她就会去，于是好多男人都爱邀她跳舞。可是现在男人邀他时，她又说她想去看电影，不想跳舞，结果那些男人都顺了她的意思，就改邀她去看电影了。”

“因为男人喜欢听话的女人，但是男人如果喜欢上一个女人，又会不知不觉地听她的话。”宋万杰分析着。

“我更不懂了！”廖小倩摇头。

宋万杰看着她，若有所思地说：“不要勉强他的方法，就是尊重他，他不跳舞，你就算了。能这样想就聪明了！对任何人都一样，不要用勉强的方式去要求，要让对方自己决定，给予耐心。”

“嗯，这样我就不会总是让自己生气了？”廖小倩说。

“是啊！现在你还觉得自己总是活在冬天里吗？”

廖小倩摇头地说：“我不知道，我没自信……”话才说着，卜慧正好走了过来，看到了宋万杰就说：“怎么？这么快就泡年轻的小妞。”

“什么啊！廖小倩一个人，所以跟她聊聊天，顺便等你。”

“开玩笑的！”卜慧说完转头问廖小倩，“哎！我借给你的520香水，怎么老是不还我？是丢了吧！”

廖小倩还想留着香水，就说：“没丢，会还你的。”

“一个小孩子用什么香水？”宋万杰说。

“我不是小孩子，我只是没自信而已。”廖小倩摇头。

“哦，刚刚你们的话好像说了一半，继续聊啊！”卜慧坐在宋万杰身边说。

廖小倩说：“他说的东西都好深奥哦。我要很费脑筋才能懂，所以我说我没自信。”

宋万杰突然问：“那你会背书吗？”

“会啊！我记性是不错的。”廖小倩点头。

“那你一定会背诵九九乘法表。”宋万杰肯定地说。

“那当然！”廖小倩说。

“好！但是那个太简单，人人都会背诵。我教你一个难的，你学会以后，就会变得更棒！”

“是什么？”廖小倩问。

“印度有一种乘法口诀，可以从1背诵到19，就是可以背诵到19×19的乘法。”

“那很神奇，你教我啊！”廖小倩跃跃欲试。

卜慧此时也好奇起来，大家都在洗耳恭听。

“好！例如：第一步，把两个的个位数字加起来，代替第一个的个位数字，十位数与原来的相加，然后乘以10，再把两个的个位数字相乘，然后加上去就是答案。依照这个方法，你试试19×19，是多少？”

“把两个的个位数加起来是18，代替第一个的个位数字，十位数与原来的相加，总共是28，然后乘以10是280，两个的个位数字的相乘是81，再加上去是361，总共是361，对吗？”

宋万杰取出手机，计算了一下，把数字拿给廖小倩看，廖小倩惊呼了出来：“我答对了！”

“你现在对自己是否很有信了？”

“当然！用这个印度乘法口诀，只要在19×19以下的数字，我都可以轻易地算出答案。哇！我回去以后要跟同学们‘现宝’！一定让大家对我刮目相看！”

宋万杰满意地给了廖小倩一个会心的微笑。廖小倩此时站起身，说自己想先出去，就摆摆手走了。

此时卜慧瞪了宋万杰一眼，说：“什么神奇！刚刚你出题没多久，我就已经用心算把答案给算出来了。”

“这么快！”宋万杰诧异地说。

“19×19，我把下面的1先乘上面的19，然后加上一个零，就是190，再把下面的9乘上面的19是171，最后加上前面的190，马上就有答案361。我这心算既简单又清楚！比起你先前那个什么‘印度乘法口诀’要快多了，那个太复杂了！”卜慧不屑地看着宋万杰。

“那当然！你可是高才生，谁比得过你？”宋万杰点头赞赏。

卜慧意犹未尽地说：“我还没说完，还有一个更简单的方法！”

“还有？”宋万杰很惊讶。

卜慧朝宋万杰睨着眼睛说：“嗯，用20×19是380，再减去19，就是答案361。”

“哇！这个方法更快！你真是‘神童’，不！你是‘神女’！哦……不对……说错了……”宋万杰突然发现自己说的话有语病。以前不是曾听过什么“神女生涯原是梦”吗？不过……那……那神女可是妓女的意思呢……糟糕……宋万杰还想说什么话来更正一下，舞池里响起一首伦巴舞曲。卜慧不由分说地一把拉起宋万杰，冲进舞池，说：“你真是废话满嘴！跳舞吧！”

舞场里的人越来越多，在黑暗中都是人头攒动的舞群，宋万杰与卜慧跳了两首舞曲就离开了。廖育兴这时从另一个门走进来，看到了卜慧背影，瞪了对方一眼。其实他到达舞场时，已是最后一首舞曲了。他想到邱敏媛在电话中的不确定，自己也变得意兴阑珊起来，何况舞场结束的时间也快到了，他就离开了舞场。

另一头，那廖小倩回到船舱，发现了母亲常艾丽遗忘的皮包，就用手机给对方去了电话。常艾丽说她现在不在船舱里，不过船舱服务员正在整理她的房间，所以门是开着的，让小倩自己进去放皮包就可以了。于是廖小倩就提着母亲的皮包去常艾丽的船舱，门真的是开着的，房间也没人，服务员可能去外面拿替换的毛巾与清洁用品了。廖小倩就走进船舱把皮包放在常艾丽的床上，看见床旁地毯上有一张单人用的沙发摇椅，深蓝绿色，很舒服的厚绒料。她很喜欢这种颜色，通常纯蓝太阴冷，纯绿又太生燥，两个中和一下，稍稍再加深一些，就既温暖又好看了。廖小倩跳进摇椅，身体压在椅子上面，前后很猛地荡呀荡的，一个没留神，往下荡时，她顺势滑了下来，滚在地上，身上那件丝质红色大夹克也滑落在地面。她伸手正要去抓夹克，手机响了，于是廖小倩急忙从夹克口袋中掏出手机来听，一听是奶奶Ida要找她，就想关上电话，Ida却在手机中喊着：“你别挂电话，我在游泳池旁边，刚刚看到罗奇。他在吃薯条，你现在去找他岂不正好！不过，你把520带来再让我看看，我就告诉你罗奇在哪里。”廖小倩闻言就兴奋起来了，于是一把抓过夹克套在身上，跳起身，看了一眼地面，就走出了常艾丽的船舱。

廖小倩心里想，奶奶Ida为什么总是要跟她借看520香水呢？真是奇怪，上次借她看了以后，好像就少了一点，这次让对方看520香水时，廖小倩可要亲手拿着香水瓶子才行。廖小倩在疑惑中，伸手去夹克口袋掏香水瓶，掏了半天只掏出手机，那520香水瓶竟然不见了。廖小倩想不出是何时丢了那香水瓶。先前在常艾丽的船舱抓起夹克时，曾看过地毯上没有东西，那么会是在舞厅自己单独跳舞时丢的吗？因为曾有几次一直在旋转，一定是那时刻掉出来了。于是她跑回下午的舞厅处，所有的客人都已经走了。廖小倩跟侍者借了手电筒，趴在地上摸了半天，结果还是没找到，最后她只好放弃了。

廖小倩不得已地打了一个电话给卜慧，说自己不小心丢了520香水。卜慧回答：“我刚刚不方便追问你，我看你在骗我吧！你不是说没带来吗？”

“带来了，但是我找不到，不知道丢在哪里了。”廖小倩认真地说。

“所以你是真的把香水丢了！那是很贵的香水呢！我只买了两瓶，一瓶空的是已经用完了，另一瓶被你这么容易地就丢失了。”

“可是你借我的那瓶香水，好像也快用完了。”廖小倩说。

“哪有？至少还有半瓶可以用呢！”

“那，我让爸爸赔给你好了。”廖小倩无奈地说。

“你爸爸！哼！他是个小气鬼！我先前曾找过他，听到要他赔钱就把我臭骂了一顿。”卜慧悻悻地说，“真倒霉！就当作送你了。”

廖小倩闻言开心起来了，说：“谢谢！所以你不会再去找我爸爸赔钱了吧？”

卜慧想想，她跟那个廖育兴现在都成了敌人，这种事情若再去争，一定会闹得天翻地覆。卜慧就说：“当然不会，已经送你了。我现在要去画廊看看，不能跟你多说了。”

“你要买画吗？”廖小倩问。

“如果有好的，也许买一幅名家的画放在家中的客厅也很好啊！”卜慧应对着。

“你先生也会一起去吗？”廖小倩问。

“宋万杰吗？不会，我们俩各走各的。”

“哦，你先生人很好，让他陪你去欣赏，他一定会肯的。”廖小倩记得宋万杰曾热心地在舞池中陪她跳舞的事情，觉得对方心地很好。

“多数男人都只知道表面的东西，哪儿懂得有深度的艺术。让他陪，他才没劲呢！”

廖小倩不解，说道：“是吗？不会吧！他看来非常随和的。”

“是啊！太随和了，总是给我制造头疼！”卜慧想到宋万杰与常艾丽的关系。

“……”廖小倩还是不懂，想到宋万杰刚刚的一番话，心头一阵温暖。还想开口问什么，电话那头的卜慧焦急地嚷了起来：“哎！真的不能跟你再聊，我得去画廊了！”

“好吧！”廖小倩无奈地回答。

“就这样了，有空找你去吃冰淇淋，电话我挂了。”卜慧说着就收了线。

第五节　香水瓶内的毒液

画廊拍卖会，在六楼的船尾举行，大厅里已经座无虚席。加速度的叫卖声开始后，出价声也此起彼伏。

邱敏媛走过画廊，有点好奇，就站在大厅的最后面看热闹。正好汤瑞白也来了，就站在她后面观看。

“这种加速度叫卖法，很没意思。”汤瑞白在邱敏媛身后悄声说。

邱敏媛一怔，回头看到是汤瑞白，就说：“我也有同感，完全听不出在说什么，也是一种特色吧！”

等到拍卖会结束后，人群作鸟兽散。两人才一前一后地走出了大厅。

邱敏媛走在前头，汤瑞白跟了上去，走到船内的窗口。正好没什么人走动，两人就停在窗边说话。

汤瑞白看看窗外说："天气好像不太好！想想这次的游轮旅行，我最喜欢的就是猫依岛。"

"我也是。"邱敏媛点头。

汤瑞白又说："听说美国当年为了反击日本偷袭珍珠港，就曾经用猫依岛作为海军陆战队攻击日本岛屿的训练基地。"

"日本若不侵略其他国家，也就不会有那种可怕的后果了。"邱敏媛说。

汤瑞白点头道："历史的教训，很惨痛！"

邱敏媛仰头看了一眼窗外灰色乌云的天空，说："好像快下雨了。"

汤瑞白则望着大海，问："我喜欢下雨，你呢？"

"我也是，只要房子不漏水。"邱敏媛笑着说。

"你知道为何很多人都喜欢下雨天？"汤瑞白问。

"不知道。是因为自己可以在屋子里喝热茶、吃零食吗？"邱敏媛反问。

"因为人都喜欢温暖。喝热茶，吃零食，能给人温暖，人的温情也是最基本的需求。所以如果大家在一起的时候会很开心，孤单的时候，就会落漠与冷清。但是打开灯光、暖气、收音机……能够有所帮助，让人觉得舒服，因为有温暖。下雨天的温暖是一个人自己很容易就可以拥有的，所以人人喜欢。"

"对！"邱敏媛赞同地笑笑。

汤瑞白此时突然幽幽地说："我很喜欢小的海岛，感觉上没有那么多的人事纷争。"

"其实都会有的，只不过越想多赚钱，人事纷争就会越多。"邱敏媛说。

汤瑞白说："我很怕那些锦上添花的事情，觉得很假。不过……你在学校那次做的，会有一点不同，是在我们第一年考试前，你记得吗？"

"你是说我们一起过感恩节的那一次？"邱敏媛问。

"对啊！全班同学都回去过感恩节了，只剩我们两个'无家可归'，你呀！就弄了一堆辣礼物。"汤瑞白想起那次的感恩节，父亲为了公司的事情，到国外出差去了，因此他那一年就没有回家。正好邱敏媛也是一个人，于是邱敏媛在感恩节包装了一大堆小礼物，让汤瑞白抽签，抽来抽去，最后想想，干脆全打开好了。结果发现全都是从九毛九店铺买回来的生姜饼干、辣奶酪、辣薯片。两个人吃完，辣得直流眼泪猛喝水，笑得肚子都痛了。

邱敏媛说："那不是锦上添花，而是'雪中送炭'，因为我觉得你一个人过感恩节很冷清。虽然我来了，会好一些，但辣的东西也来了，大家就会更热闹。”

“是，我肚子事后总是咕噜噜地发出声音，也很热闹。”汤瑞白说完，两个人都笑了起来。

看着汤瑞白开朗的笑容，邱敏媛想起自己也曾经与廖育兴度过一个类似的感恩节，结果完全相反。那时公公已经去世，Ida 去了自己儿子廖育旺的家，小倩也到自己母亲常艾丽的家去了。邱敏媛从市场买了机器制作的新饺子皮，特意做了廖育兴爱吃的水饺馅，可是廖育兴坚持要用旧的饺子皮。那些旧饺子皮因为在冻箱放太久，流失了水分，取出时多数已经干燥了。邱敏媛建议把旧饺子皮扔了，用新的就好，但廖育兴为了省小钱舍不得丢，非要把稍显硬的旧饺子皮拿来先用。

邱敏媛只好陪着一起包饺子，但皮干不好用，有好多皮都破损了，包起来很吃力。她想：放着新饺子皮不用，落得这番折腾，唉！最后也就不想包了。当时已不早了，大家都饿着，邱敏媛说时间已晚，有部分先包好的可以吃了，廖育兴却不肯听劝，固执地要把全部旧饺子皮包完才吃。双方争执着僵持不下，最后邱敏媛只好先吃，廖育兴硬是不肯吃，一边包一边赌气，眉头紧蹙地在厨房里整理那些破损的饺子皮。结果越弄越烦，还对邱敏媛发脾气。于是早已过了晚餐时间，只剩廖育兴一个人在板着面孔，心火急匆地赶命，赶得连邱敏媛准备的好多有趣的礼物也没能打开。最后廖育兴对那些破损的饺子皮，是丢又丢不下，用又用不好，吃更是没吃头，只好随便填饱肚子拉倒，弄得节日气氛大打折扣。一个好好的感恩节就那么马虎行事地草草过了，完全没有原本计划的温暖可言。

想到温暖，邱敏媛觉得严格来讲，任何节庆其实也是一种想得到温暖的借口。而温暖的欢乐若有真心是随处可得的，不一定要过节。邱敏媛记得有一次她驾车离开家去邮局，来到街口处，看到往昔晨跑时曾碰到的一位年长的东方男人，并非很近的邻居，也没太多的交谈。他很喜欢园艺，经常一身短装地自己在前院工作。精瘦的身子，看起来并没那么老，很硬朗的身体，听说他打算不雇园丁，自己一个人完成前院的所有工作，很不容易，想来是非常有耐力的一个男人。这一日，天空晴朗，万里无云，邱敏媛看着蓝天，深深地吸了一口气。车子刚好在他身边经过，就善意地跟他按了一声喇叭作招呼。她笑着，车内车外，两人互望。他有点讶异，抬头认出了她，两人都非常灿烂地笑了出来。邱敏媛突然觉得很开怀，感到很温馨。是的！这就是人类最原始的“情”，不带男女瓜葛，没有目的，没有得失，没有利害关系，最自然的，最纯的反应。其实她在驾车，大可以从旁开过，而不动声色，但是邱敏媛觉得没必要那么冷。人的温情是无所不在，笑容也是免费的。送出一个笑容，得到一份真情，何乐不为？

汤瑞白见邱敏媛沉默了，就问："怎么了？"

邱敏媛想起先前他说有关锦上添花的话，就共鸣地说："其实我也不喜欢那种应酬与热闹。"

汤瑞白问："那你的理想工作还是护士吗？"

"嗯……我的梦想是去医院工作，帮助年老的病人。你呢？"邱敏媛说。

"我在存钱，打算将来开一家植物店。最好是在一个诗情画意的地方，能给我很多写歌词的灵感。"

"哦，你一定能完成梦想的。"邱敏媛看了他一眼，又好奇地问，"对了！你写的那些歌词，情与理都很正面，对社会风气也有好处，唱片公司一定会喜欢。但是，你都申请保护版权了吗？"

汤瑞白点点头说："当然。"然后若有所思地继续说："我有两个在韩国与香港的华侨朋友，非常有词曲天分，但他们虽然已经申请版权保护，还是宁愿把自己的词曲冻在书柜里。因为听说现在国内，一首词曲作者赚的钱只够歌星穿出一次的礼服费。"汤瑞白有感而发。

"太不公平了，没有词曲，歌星就只是一个空壳子而已，迷歌星也是很没意义的事情。难怪很多人说现在的歌，很难与以前的老歌相比，总觉得让人无法有'绕梁三日'的感觉。"

汤瑞白点点头，突然想起廖育兴的脚伤，就问道："廖育兴的脚肿，好些了吗？"

"没事，大概明天就可以穿鞋子了。"邱敏媛刚说完话，手机音乐响了，是Ida问她看没看到廖育兴。她说她不知道，现在就回船舱去看看。于是邱敏媛就跟汤瑞白摆摆手，去了电梯处。

汤瑞白远远地目送她进了电梯后，才转头走了。

回到船舱，邱敏媛没看到廖育兴。于是自己换了运动衣服，去健身房了。

廖育兴因为自己很闷，早已像个无头苍蝇似的去了十九楼。他没在舞厅跟邱敏媛碰着，就想去找找小倩，但是没有踪影。于是他就跟吧台要了一杯水，一边喝一边朝船尾的露天电影场走去。

不知何时，卜慧突然跳入了他的视线。可笑的是，卜慧大概刚从厕所出来，她的后面裙角被内裤夹着，其下还拖着一条长长的白色卫生纸。有一个船上的女服务员看到了，急步走近卜慧身后，跟她咬了咬耳朵。卜慧这才大惊，尴尬地拉下了裙摆与卫生纸。

卜慧平常会去自助餐厅吃水果，今天她想换个地方。走了很久，也不知要去哪里，因为感觉口渴，看到顶着饮料托盘的服务员走过，就拿了一杯咖啡，咕噜地喝了一大半。手抓着剩余的咖啡杯，走到了露天电影场。看见有一些旅客正躺在太阳椅上看电影，身上都盖着游轮供应的蓝色毛毯。电影声量很大，卜慧朝大荧幕扫了一眼，也不知是什么影片。走道的另一头有许多白色座椅，在那里的旅客，有的在玩桥牌，有的在下西洋棋，有的在喝饮料。卜慧突然看到一个熟悉的背影，那是罗奇，他穿着白衬衫与黑长裤，外罩了一件黑色皮夹克，独自坐在一个玻璃的大圆桌旁。桌上放了一杯橘子水，这会儿他正在用手抓着盘内的炸薯条吃。

卜慧拿着自己的咖啡杯，走了过去，她身上正好穿着以前曾用过“520”香水的一件衬衫，香味至今犹存。她想试试香水的魅力，就在他身后喊了一声：“罗先生！”

罗奇回过身，看到是卜慧，笑道：“你是来看露天电影吗？”

“不！我只是随便走走。”卜慧弯身坐在他的旁边的椅子上说：“闻没闻到我身上的香味？”

“嗯……闻到了啊！只是一般女人用的香水嘛……味道太浓了，我不喜欢！”罗奇摇头。

“不喜欢吗？”卜慧有点失望，心里想可真不是一个男人哦！这稀奇的神秘香味竟然迷不了他。于是卜慧只好把咖啡杯放在桌上，低头看着自己手上一个银色镯子，说：“这是我在伊塞达岛买的，八美元，好看吗？”

罗奇低头看了一下，说：“哦！很不错。”

此时廖育兴也在罗奇与卜慧两人身后的一张小圆桌旁坐了下来。他一直没找到小倩，心情变得很不好。反正自己座位是背对着罗奇与卜慧，也懒得打招呼。廖育兴就自己一个人悄悄地坐在那里喝水，望着玻璃窗外的海景发楞。耳朵却听到罗奇与卜慧继续在谈话。

“我这只手镯可是真的银料，可惜颜色不够亮。回家以后，我要用珠宝亮光水擦擦，就会非常好看。”卜慧瞧着自己的手镯说着。

“你是说珠宝清洁水吗？我有……”罗奇说了一半，突然想起菲利浦说的话，就停住没说了。

“你有吗？帮我擦擦吧！”卜慧要着。

罗奇从皮夹克口袋掏出一个很漂亮的小香水瓶，说：“这里面装的就是珠宝清洁水，很贵！我帮我老板买的。”

“珠宝清洁水会贵到哪里去？让我用用吧！”

“这清洁水真的很贵，跟一般的不同。”罗奇说完又掏出另一个稍大的瓶子来，说，“看！这水很强哦！会让虫子昏死过去。”

卜慧好奇地凑近，看见那个大瓶子里面有好几只蟑螂，面露厌恶地说：“这……这些是蟑螂嘛！”

“不是普通蟑螂，是特别挑选出来的，生命力特强的蟑螂，如果我把珠宝清洁水倒入一点，蟑螂就会马上死掉。”

“那么，这珠宝清洁水是有毒的喽？”卜慧问。

“应该说有像毒那么强的清洁程度。”罗奇点头。

“可是，为何你还带着这些蟑螂呢？”

“这是要证明给我们老板看的，才能显示出这个珠宝清洁水的强度有多高啊！”罗奇解释着。

卜慧突然想起她自己正在寻找的那个“虎头”，她想，这个清洁水既然有毒性，若是放在酒瓶内，宋万杰与常艾丽那一对奸夫淫妇喝了一定会……于是卜慧就恳求罗奇，道：“拜托一下啦！只要用一点点来擦我这手镯就好了。”

罗奇想，只是一点点大概没关系，反正是珠宝清洁水，就给她用一下吧！于是罗奇就把小瓶子交给了卜慧，说：“你不要用太多哦！”

卜慧点头接过小瓶子时，罗奇的手机响了。卜慧趁罗奇在说电话的时候，迅速喝尽杯内的剩余咖啡，还用纸揩净杯底，才偷偷地把小瓶里的液体倒了一些在自己的空杯子内。然后跟罗奇打了招呼，且摆摆手，就抓起自己的杯子走了。卜慧一直走到电梯口，找了一个女厕所，进去后就从皮包掏出一个520的香水空瓶，把杯子内的液体仔细倒入瓶中，然后留下空杯，再把香水瓶放进了皮包，走出了厕所。卜慧在厕所门口，拿出手机拨电话给宋万杰，说：“抱歉啦！晚上我要与客户一起吃饭，你在赌场也不用急，好好玩一下。不过还是要记得自己去楼上吃点东西，别饿着了。”

宋万杰觉得卜慧真是变了，不但口气那么好，还那么关心自己。也许是跟那个石油大王的生意有眉目了，宋万杰感到非常高兴，就说："我会的，你去忙吧！"同时宋万杰也窃窃心喜，想着今天晚上就是一个机会。他要跟常艾丽好好聚聚，而且作分手前最后一次的幽会。

卜慧关闭手机以后，就匆匆朝自己船舱走回去了。

廖育兴自从上次与卜慧在电话上为了廖小倩借香水的事吵架以后，他就很厌恶卜慧。看到她已经走了，才走近罗奇身边，伸出手说："你好！"

罗奇此时刚打完电话，就起身跟廖育兴握了握手。

廖育兴在罗奇身边落座，也要他坐下聊。罗奇才又坐了下来，廖育兴歉意地说："听说我女儿最近经常去吵你。"

"我们有时下午会在舞厅碰到。但我只是想安静听音乐，她喜欢找我说话而已。"罗奇笑笑。

"所以你们是'不期而遇'？"廖育兴点点头。

罗奇说："是的。她今天进来时，好像还喝了一点酒。"

"喝酒？唉！我真是管不了她，没有办法呀！"廖育兴张开两只手臂，无奈地叹气。他伸出的手不小心撞倒了罗奇身前的橘子水杯，黄色的液体与橘子果囊都溅到罗奇的雪白衬衫的胸口上了。廖育兴吓了一跳，连声说抱歉，赶紧拿了纸巾帮他揩擦。面对眼前的混乱，罗奇只能站起身，把皮夹克先脱了下来，搭在椅背上，自己匆忙地朝洗手间快步走去。廖育兴不安地目送着他，嘴里一直重复地扬声说："对不起……真是对不起啊！那么我有事就先走了！"罗奇闻声，回头挥手朝他示意自己知道了。

廖育兴本来情绪就有点低潮，他觉得今天似乎注意力很不集中，竟然只顾说话，撞倒了罗奇的橘子水杯。自己如此惹祸，更是怨恼，唉！也许是心底一直在操心，苦想要如何教导女儿。十几岁的少女，情窦初开，是一个爱做梦的年纪。小倩的性格虽然不让人喜欢，她也不会永远幼稚的。等到跨越这不稳定的阴暗横沟，她就会像个正常的大人才对，会吗？放眼社会上，有很多人明明是长大了，甚至活到老了，内在都还是不成熟。连他自己也是，邱敏媛以前不就暗示过，说他不够成熟。

想起邱敏媛，廖育兴真是不知该如何是好。这次来游轮，两人同床异梦，相敬如"冰"。偏偏船上天天有美食，西方食物油水太多，除了增加体重，还诱人生理欲望。可是他不敢再蠢蠢欲动，以前来硬的，曾被她推下床过，脸丢得一塌糊涂。何况他不想惹她，免得她再提离婚，因此只能压抑，日久脾气更大，这……这简直就是酷刑。唉！“荤和尚”并不好当啊！

他垂头丧气地走到五楼，经过一个卖女用手表的摊位，停下来看。发现不是那种高级首饰，而是普通的手表，还都是好玩的形状，价钱也不贵，一只十元。廖育兴选了一个星形的式样，就买下来想送给邱敏媛。掏钱时，犹豫了半天，最后咬咬牙，才买了。他知道邱敏媛自己有手表，很可能不会用，但是没关系，就把这手表当作两人“共同的感情纪念”吧！店员把手表包好递给了他，此刻，廖育兴忽然觉得快乐起来了。他这辈子一直习惯了“死抓不放”，现在这种“放手”的滋味竟然如此之好。他发现自己一向的“抠门”作风实在要不得，原来“共享”也会是两个非常快乐的字眼。他这才发现送别人东西的感觉会这么好！难怪那天刘老板会转送他那么贵重的礼品，即使是“借花献佛”也不错啊！

第六节　7 点 07 分

廖小倩跑到游泳池去找 Ida，却看见她已经在热水池泡水了，廖小倩就追问：“罗奇在哪里？”

Ida 慢条斯理地说：“你再让我看一次 520，我就告诉你。”

廖小倩很不高兴地说：“不行！你先带我去，找到罗奇，我才把 520 借你看。”

Ida 只好从热水中爬起身，裹了毛巾说：“那你在这里等我，我冲个凉，换好衣服，带你去找罗奇。”

廖小倩焦急地催道：“你快一点嘛！”

Ida 穿好衣服出来，两人走去罗奇吃薯条的地方，却没看到罗奇。

“你根本是骗我的！”廖小倩生气地噘着嘴。

“我刚刚明明看见他一个人在这附近吃薯条啊！可能已经走了。”Ida 东张西望地说。

廖小倩怨气冲天地说：“都是你慢吞吞的！都是你！害我失去跟他一起吃薯条的机会。”

Ida 只好安慰她道：“以后还有机会，最要紧的是你自己要自然，不要老是找他跳舞。有机会跟他一起吃汉堡，吃冰淇淋，也是很好啊！小孩子在一起不就是吃吃喝喝才会快乐吗？”

“我不是小孩子！”廖小倩不服。

看着廖小倩，Ida 想起她在家中时的任性，处处想装大人。每次出去，都是穿得很性感，小小年纪就已经穿着双腿开高叉到臀部的紧身长裙与时髦的高跟鞋了。书不好好读，放学后就跑出去玩，有时半夜三更才回来。那时她还没手机，家里的电话铃响了总是男生在找她，大人都在劝她要多留心功课，可是没人劝得动她。廖老去世时，因为她是廖家唯一的孙辈，特别派她在葬礼上做一个演讲，哪里想到她的表现极差。

Ida 还记得当时的葬礼，廖小倩虽然准备了一份英文的演讲稿，在台上照着念，可是偏偏她念的声音很小，简直像蚊子叫，现场有麦克风也没用，根本没人听得见她念些什么。而且把“过世”两字的用词变成“死亡”。那么随便也算了，最糟糕的是她竟然一边念还一边在偷笑，小倩是从来不笑的人，可是那会儿好像没了脑袋，也不知道她在笑什么。是个丧礼啊！祖父死了，她却在众人面前那么个笑法，真是荒谬透顶，不懂事到了极点。Ida 想到此，就瞄了瞄廖小倩，冷笑着说：“呦！你就是个小孩子！我看那个罗奇也是个小孩子。两个人能做得好什么大人的事啊！就算跳舞谈恋爱也是浪费时间。小孩子还不成熟，不成熟的人谈什么恋爱？跳什么舞？不会有什么好结果的。你也不要不承认还是个小孩，这个时候你最幸福了，不用去赚钱，没有压力。但是小孩子就得做小孩子的事情才会快乐，所以不要想太多。下次你只要找罗奇吃东西，试试看，一定很开心。”

“可是我就是想做大人的事。”廖小倩不服。

“好！那就等你能够赚钱了再说。一毛钱都赚不了，还在那里想装大人。这是只想享受不想工作的后果，哪有那么好的事情啊！你以为大人可以只跳舞只谈恋爱？不是的，大人也是先要能够赚钱了，才来谈休息与放松自己的。”

“那我现在就去赚钱，不读书了，总可以吧？”廖小倩说。

“不可以！你想想看，没熟的苹果会好吃吗？你现在就耐着性子好好读书，其他的以后再谈。”

“我不，那……我去结婚好了。”廖小倩摊摊双手。

“结婚？你还发昏哦！哪个男人会要你？”Ida 知道廖小倩经常失恋，而且每回失恋，家中人也跟着一起倒霉，因为她的任性往往会使失恋的挫折变本加厉，然后她就更加任性，恶性循环。其实 Ida 跟廖小倩，祖孙两人以前也曾经闹得不愉快过。

记得有一年的平安夜，廖育兴特别在家中烤了凤梨姜糖火腿片。那次廖小倩不但失恋还挨了男友的打，心情很不好，回家来谁也不理睬，一进门就先得罪了廖育兴。因为小倩板个脸没打招呼，廖育兴在厨房已经忙了很久，脾气也就更加急躁，偏偏又看见了小倩与 Ida 的对话经过。

当时 Ida 看见小倩，主动说了句："圣诞节快乐！"小倩没搭理，廖育兴注意到了，就问："怎么不回一句圣诞节快乐？"

小倩斜着眼，道："圣诞节还没到，明天才是。"

Ida 只好自打圆场道："我知道是可以先说的，很多人在圣诞节前就说圣诞快乐了。"

廖育兴也说："是啊！今天我去市场买菜，店员都说'圣诞快乐'！这是节庆前后的礼貌，没有人说非得等到圣诞节当天才能说。"

小倩固执地坚持："我不喜欢说就不说。"

廖育兴悄声跟 Ida 说："不理她，孤陋寡闻啦！"

此时小倩突然想到什么，冲着父亲说："你为何把我男朋友打我的事说给人家听？"

"我没有啊！"廖育兴诧异地为自己辩护。

"我在客厅外听到 Ida 提我的名字！"廖小倩不礼貌地伸出食指朝 Ida 指着。

"我们在说别的事。"Ida 说。

"说我的坏话？"廖小倩问。

"不是！"Ida 摇头。

"提你的名字不见得就讲你坏话。"廖育兴也帮腔。

"怎么不是？"廖小倩仍是挑战口气。Ida 见状，觉得自己耐性已达到极致，没法子再忍下去了。她站起身说："如果你一定要这么说，那我们干脆把话讲清楚！我不知道你在讲什么。就算我提过你名字，有时是跟你爸提供一点建议，没有恶意。长辈们都是为了你好！就算你心情不好，也别撒野。再这样无法无天地任性下去，你就需要去看心理医生了。"

"哼！反正我比你年轻，会看着你老了、衰了！"廖小倩口不择言地说。

"不哦！我会越活越有魅力，倒是像你这样无法无天，我才会看着你早早从天上掉下来。看你变胖，变丑，没人要！"Ida 叫着。

廖育兴瞧着祖孙两人竟然吵起来了，真不像话，怒吼一声："好了！"然后瞪着眼说："大家都少说一句吧！"

廖育兴说完，祖孙双方才安静下来。

从那次以后廖小倩在Ida面前就不太敢嚣张了，想来Ida到底是她的奶奶，有时她也不得不听Ida的。Ida想到此就说："你听我的没错，好好读书！"

廖小倩不高兴地说："你们的话都不中听。"

"那你觉得……谁的话中听了？"Ida问。

"那个宋叔叔。"廖小倩突然有点怀念他。

Ida侧目看着廖小倩，说："谁啊？宋万杰？你可别去跟一个年岁都可以作你爸爸的人谈恋爱哦！"

"没有啦！"廖小倩说。

"我看我还是看着你一点，你跟罗奇交交朋友还可以。那个宋万杰，你可离得远一点。"Ida一边说一边就把廖小倩拉走了。

她们走开的这一刻，罗奇正在洗手间。他正对着镜子检视自己胸前的"灾难"，企图把衬衫上的橘子汁揩去，后来发现不但衬衫有黄色液体的污垢，连头发上都沾了不少果囊。他只好又赶紧回座，抓了椅背上的皮夹克，就匆忙往自己船舱赶了回去。

在船舱洗了头，又换了干净衣服，罗奇就坐在床上看起了电视。一直到晚餐时间，他才套上皮夹克，很自然地用手掏口袋，竟然发现那瓶珠宝清洁水不翼而飞了。罗奇着急地在裤子衣服里到处乱找，除了看见那个装蟑螂的大瓶子还在以外，小瓶子已经不见踪迹。他想起自己最后是把小瓶子交给卜慧，就专心打电话了，难道是卜慧把小瓶子拿走了吗？

6点25分，罗奇去了电话问卜慧有关小瓶子的下落。卜慧说她没拿，当时只用了一点就已经还给罗奇了，是他自己在说电话，分心了没注意。且说要罗奇好好找找，不要乱怪人。

6点27分，宋万杰去电话通知常艾丽，他7点以前会带着酒与酒杯去她的船舱幽会。

6点31分，戴着墨镜的汤瑞白进入了Ida的船舱，正在企图打开保险箱的鸳鸯锁。

6点35分，Ida的保险箱的门被汤瑞白打开，主人Ida却突然回来了。汤瑞白不得不暂时关上保险箱的门，及时打开厕所的小门，进入了隔壁卜慧的厕所。

6点38分，汤瑞白躲在卜慧船舱的厕所，没多久就听见一串手机音乐铃声响，然后卜慧接了电话："哎呀！你要我说多少次，我就是没拿呀！什么？不会那么重要吧！你先前不是说那只是一瓶珠宝清洁水吗？呵呵……反正还给你了啊！我说过我后来不是走了嘛……不客气。"卜慧挂了电话。汤瑞白瞥见她抓着小香水瓶在偷笑，然后她打开了那一瓶香水，把里面的液体倒入一个紫色包装的酒瓶内，汤瑞白记得菲利浦曾经在酒吧让酒保取下给他看过这种"波尔多"名酒。卜慧还真有钱，买那么贵的酒来喝。只见她还用毛巾揩着酒瓶四围，然后又把酒瓶放回桌上，汤瑞白以为卜慧是把香水倒进了酒瓶内，嘴里还悄悄骂了卜慧一句："这么一个喝酒法，简直是花痴！"

6点39分，卜慧离开了船舱。

6点40分，Ida找到了自己忘带的东西，匆忙关门就离开了。

6点41分，汤瑞白从小门窥见Ida已经离去，就转回Ida船舱去继续偷窃。保险箱的门被打开，汤瑞白取出那盒内的"金塔红美人"，敏捷地塞入一个黑手袋内。重新关上保险箱的门，提着袋子离开了Ida的船舱。

6点42分，宋万杰回船舱取了"波尔多"酒与两个酒杯。

6点44分，海上下起了毛毛雨。

6点45分，海上下的雨，滴答不停。

6点46分，海上刮起了小风，风雨一起飘。

6点47分，宋万杰去常艾丽船舱约会，且开始喝酒。

6点48分，海上刮起了大风，波浪起伏，船身摇晃。

6点51分，海上下起大雨，大风继续吹，天上响出大的雷声。

6点54分：常艾丽与宋万杰并肩躺在床上，手中都持着紫水晶酒杯，身上遮着雪白的大被单，常艾丽转了个身子，靠在宋万杰的胸口上说："你知道上次我在甲板上睡着之前，在想什么？"

"想我吗？"宋万杰闻着酒杯说。

"嗯，想那一次，在你学校的宿舍里……"常艾丽欲言又止。

宋万杰想起那一次是大学研究所的最后一年，他与同学在外面租屋合住。因为他常去一家杂货店买东西，就认识杂货店老板的女儿常艾丽。宋万杰虽然曾经约她看过两次电影，但并没有继续再约她。常艾丽私下很喜欢宋万杰，但是因为省籍问题，两家都反对孩子交往。常艾丽是本省人，宋万杰是外省人，十多年前在台湾，虽然省籍问题逐渐好转，但还是有很多父母私下会反对本省与外省通婚，因此两人就不敢有什么进展。后来常艾丽家里大人替她在美国找到了一门亲事，说是非常有钱的人家，男方读电机的，人很老实。父亲年纪大了，家中要儿子早点结婚。常艾丽见宋万杰对她不积极，就答应了那门亲事。男方很高兴，催着让儿子回台湾先订婚，然后马上就把常艾丽接出国结婚。

就在常艾丽要出国前一晚，宋万杰因为帮助同学会一个组织去店里买一箱东西，店里说货还没到，晚一些会让店员送过去。结果那店员下班时，有急事提早回家，常艾丽就在傍晚代替店员把货送了过去。当时寝室内除了宋万杰，其他同学都不在。常艾丽也没提自己昨天刚订婚，明天要出国结婚的事，两人就聊着天。也不知怎么的，一阵风吹来，把原来开着的门用力关上了。那门被关上时，“嘭”的一声，吓了常艾丽一跳。常艾丽本能地一把抱住宋万杰，两个人却没马上分开，然后宋万杰把常艾丽压在了床上……就那样，两人初尝了禁果。

后来，常艾丽就出国嫁到得州，宋万杰也结婚了。双方相互都没有联络，一直到后来宋万杰去了得州，两人才再次相逢。

往事如烟，宋万杰忽然觉得有些头晕，勉强地说：“哦……你还记得……”

“当然记得，我那次……也不知道怎么跟你说……”常艾丽伸出左手想去取皮包，突然她觉得天旋地转了起来。右手酒杯掉落在床，红且浓的液体窜流在雪白的被单上。她全身抽搐，最后无法动弹，那只想拿皮包的左手，也垂了下去……

宋万杰想要去抱常艾丽，手悬在空中，酒杯“当啷”一声坠落在地。他身体极度无力，面容僵硬，吃力地张着口，说了两个字：“有毒……”手就垂在常艾丽身上……

凄凉的海风与雨点继续在吹打……

7 点 07 分，凄凄的大海变得阴晦，海上的雷雨也稍小了，宋万杰与常艾丽在船舱，双双暴毙。

第九章 神秘之夜

第一节 游轮案外案

第二天早上，海上的雷雨又加大了，风也刮得紧，天气恶劣，船身颠簸得厉害。在风雨中，白色的游轮就像一块白色的木头，在大海里晃动。英国口音的船长艾立克广播了几次，劝旅客镇定与耐心等待，说是大风雨不久就会转小，一切都会平安无事。可是船上许多客人都有轻重不等的晕船，已经有不少旅客病倒在船舱内，躺在床上无法正常活动，更有不少旅客已经开始了晕船的呕吐。在楼梯旁、地毯上、厕所门、电梯口、垃圾桶、门把上……到处都插着备吐的黄色油纸袋，可是防不胜防，还是有人在走路途中不小心呕吐了出来，弄脏了那些漂亮的地毯。游轮的工作人员也为了清理与消毒忙碌不堪，船上好几处都围着挡路用的黄色警戒宽塑胶带，客人走路到一半都经常需要为了避开而改道。

正当保安人员开始执行例行安检时，十一楼的船舱侍者突然仓皇失色地电告，十一楼有人死了。原本在吃早餐的保纳与翰克闻讯，匆忙赶来，看见常艾丽与宋万杰双双躺在床上，两人已经没有了气息，就立刻封锁现场，且通知船上服务员，尽量保密，以维持游轮旅客秩序。保纳与翰克还收集了办案的线索：除了死者个人私物以外，也留下了现场的酒瓶与酒杯，最后还发现了宋万杰口袋中手巾内的遗书，随后保安人员将两个遗体悄悄地暂时置入船上的大冷库。虽然如此，有些人还是已经知道了这个坏消息，于是船上的旅客谣传频频，也身心俱疲。

八套珠宝的主人，有六套已经发现保险箱内的重要珠宝不翼而飞。船上好多富太太哭哭啼啼，向游轮抱怨自己船舱保险箱的柜子被打开，值钱的珠宝都消失了，船舱服务人员全不知情，各个面有难色。五楼的柜台电话因此响个不停，道歉声不断，警卫人员也开始忙碌奔波，却始终看不到任何可疑之处。知悉的旅客纷纷奔走相告，有人说是船上的工作人员偷的，有人说是客人偷的，弄得大家都人心惶惶。太太小姐们，没人敢再用保险柜，有值钱的东西，全都带在身上，或者藏在皮包里，但求人人自保。

邱敏媛早上有一点头痛，说晚一些自己会去吃早餐。于是廖育兴母子与廖小倩先去十九楼，才吃了一半，听到常艾丽与宋万杰的噩耗，也听到船上有窃贼，大家都吓呆了。Ida已经有些担心，再看到廖小倩呆若木鸡，就说她们两人不吃了，要回船舱去。廖育兴担心地盯了Ida一眼，又拍拍女儿的头没说话。

看着女儿离去的背影，廖育兴有说不出的滋味在心头。他很为廖小倩感到伤心，世上还有什么事比失去母亲更令人难过？但是廖小倩平常待人跋扈惯了，廖育兴一时不知该说什么。也好！让Ida陪廖小倩回去船舱休息。廖小倩似乎还可以听听奶奶的话，或许安慰起来会更方便些。同时廖育兴也有点担心借给Ida用的传家珠宝“红塔金美人”，不知是否会有事。

Ida与廖小倩回到船舱，Ida赶紧走去检查自己的保险箱，发现“红塔金美人”真的无踪影，吓得呆住了，直到接到廖育兴拨进来的内线电话，才哭道：“我们的珠宝也被偷了！”

廖育兴问：“是‘红塔金美人’也遭窃贼偷走了吗？”

Ida哭着称是，廖育兴急躁地说：“当初我叫你不要带来船上，为什么你偏要带？唉！现在你哭什么哭！得先照顾小倩，她怎么样？”

廖小倩回到船舱以后，一直没动静。Ida看了她一眼，说：“好啦！你放心，我会先安抚她。”Ida挂了电话，转头一把抱住了廖小倩。此时，廖小倩才突然放声大哭了起来。Ida抱着她，想到自己的保险箱竟然也遭窃，就跟着哭道：“怎么办？我也被偷了……哇……”于是，两人哭成了一团。

保纳与翰克两人开始作紧急侦查，发现酒瓶酒杯都没有指纹。但是初步判断，里面的酒可能有毒。于是就送去船上医院附设的小实验室作检验。他们发现虽然看起来像是自杀，遗书却不是放在桌上，而是从西服口袋折叠好的手巾内取得，且有剪贴的痕迹，于是就与五楼柜台职员去做了相关的查询。整个案件令人相当困惑，警探保纳怀疑这根本就是一桩凶杀案。

一夕之间，游轮发生了两个案子：盗窃与凶杀，变成了案外有案。也不知道两个案件彼此是否有关联，只知道常艾丽的保险箱内的“德勒斯坦绿钻”也不见了，翰克说这很可能是两个互为相关的案子，保纳却说有可能是凑巧，应该是两个案件刚好碰在一起了。两个警探各持着死者的资料与照片，眉头蹙得死紧，看得都直摇头。

保纳坐在椅子上，说："头疼啊！我怎么也无法想象，会在游轮上办这种案外案。"

翰克转着摇椅，也说："当初听到那几个毒枭在陆地上被抓到以后，我还以为我们可以好好在船上'高枕无忧'地度假了。结果更糟，船上竟然出了人命。"

"你看是自杀吗？"保纳问。

"毒酒，毒杯，还有遗书，不是自杀是什么？"翰克又说，"这两个人有通奸罪，不能见日光，只好一起自杀了，很合逻辑呀！"

"怎么会喝两瓶酒？而且是'波尔多'法国名酒，可是非常贵的。"保纳有点纳闷。

"两瓶都有问题吗？"翰克问。

"是啊！"保纳说。

"到底是谁下的毒呢？"翰克问。

保纳接着又查看手中的资料与照片说："常艾丽是离婚的女人，宋万杰是有太太的。太太是卜慧，也在船上……"

翰克指着照片问："咦！看这宋万杰是不是我们上船的第一天，把一堆白色药粉倒在你衣袖上的人？"

"对啊！我们都看过他太太卜慧，那个女人好凶哦！对了，船上的保安人员应该问过她，丈夫不在自己船舱睡觉，她是怎么说的？"保纳问。

"她说她丈夫喜欢赌博，晚回来是常有的事情。"翰克说。

"她知道丈夫有外遇吗？"保纳问。

"好像知道，也劝过他，说是没有用。"翰克说。

"可是，常艾丽怎么会上游轮来呢？"保纳自言自语着。

"他们也查过了，常艾丽与卜慧是一个房地产公司的同事，好像是公司赠送的游轮免费票。"翰克回答。

"哦……所以是凑巧碰到的。"保纳又在自言自语。忽然他抬头问翰克："检查过宋万杰的皮夹了吗？"

翰克点头道："检查过了，很正常。"

“那……常艾丽的皮包呢？”保纳问。

“还没时间检查，您现在要看吗？”翰克取出一个大的金色皮包问。

“给我。”保纳接过来，打开后，取出里面那张卜慧的中文信，他交代下属，匆匆去找人弄了张翻译信回来，保纳读后说：“卜慧有威胁常艾丽的嫌疑。”

“哦……”翰克却说，“可是这个不能表示杀人的就一定是卜慧。”

“但是嫌疑很大。”说完保纳就把翻译信放进自己口袋中。

“那个宋万杰，是有身份地位的董事长。可是我曾经看到过宋万杰在船上跟一个年轻人打架。”翰克回想起在十一楼船舱走廊看见的事情。

“是吗？”保纳惊讶地抬头，又问，“查过宋万杰的财产了吗？”

“嗯……不少，好像多数是卜慧帮他赚进的。”翰克说。

“哦……”保纳点头，突然瞥见常艾丽皮包里头的一本金色记事本，上面用英文做了一些记录，保纳看了，笑着说：“常艾丽很懂得生财之道，下辈子我也要当女人，你呢？”

“我还是当男人好了。下辈子你做女人，嫁给我就是了。”翰克幽默地指着自己说。

“你还真当一回事呢！”保纳笑着把皮包关上，递给了翰克，又说，“这个皮包也是证物，留着以后也许可以再查看。”

“好！哈哈……”翰克朗声笑了出来。

保纳继续看着手中的资料，用右手食指依序敲桌，念道：“……常艾丽是廖育兴的前妻，Ida 的前媳妇。有女儿是廖小倩……廖家人……一个很有钱的家族企业。”

翰克此时看着常艾丽的照片，突然想起了什么似的，说：“就是她！我以前在黑露岛曾经听到过她跟廖育兴现在太太的对话，常艾丽还说不希望她有小孩。”

“常艾丽怎么可以管人家私事？又为什么要管？”保纳自言自语地问。

“是啊！你不觉得她这个女人很奇怪吗？”翰克问。

“嗯……是很奇怪。”保纳点点头，放下手中资料。

翰克点头道：“我看我们会很忙。”

“再忙也要查出一点线索来。我想除了卜慧，我们还要再约谈几个人。”保纳说完，手机就响了，他应对了几句话就挂上电话，且站起身来。

“怎么了？”翰克问。

“船上五楼柜台有职员说卜慧曾经来借用剪刀与胶水，还有一个厕所工人指认出卜慧曾去借清洁手套。现在先去找卜慧，我们走！”保纳说完就与翰克坐了电梯从五楼出来，走在路上。汤瑞白刚好经过他们旁边，看了他们一眼，觉得有一点眼熟。于是想起菲利浦曾经在手机上传送过两个警探的照片给他，看来他们是在值勤查案。汤瑞白一早已经从菲利浦那里听到，有关宋万杰与常艾丽在船舱被酒毒死的消息，他一路上心神不宁，想起昨天晚上卜慧的动作。觉得非常可疑，此时又正好听到那两个警探的对话……

“那个盗窃案，有可能要搜查所有的船舱。这件事，你跟游轮的保安人员说过了吗？”保纳问。

“说过了，但是游轮方面不同意，搜查船舱就等于搜查房子一样，涉及隐私。”翰克摇头。

“那……一定要我们向法院去申请才行吗？可是……”保纳迟疑着，突然又说，“你就再去说说看，否则等到旅客们全都下了船，就难办事了。”保纳说。

汤瑞白听着，就在想要如何才能把到手的这套首饰藏起来。却见卜慧走在前面不远处，他正在考虑是否应该上前去慰问一下时，保纳与翰克就追赶了上去，在卜慧身边，说了几句话，卜慧就跟着他们，去了角落的一张桌子坐下。汤瑞白好奇地望过去一眼，心里想可能是为了早上发现的凶案，在作例行的约谈。此时他的手机忽然响了，汤瑞白掏出手机，接了电话，是菲利浦的声音：“汤！快点把‘金塔红美人’交给我。”

汤瑞白赶紧去洗手间，悄悄地说：“我跟你说过，我会想办法藏起来。你这样追着我交给你，你能够放在哪里？带下船吗？不可能的。”

“你拿着太危险，我们会有办法，一定会让‘金塔红美人’马上消失。”菲利浦夸张地说。

“开玩笑，除非你吞下去，否则我不相信。哎！你就让我藏着吧！”汤瑞白要求着。

“那……你要小心哦！”菲利浦只好妥协。

“放心！我会藏得很好，绝对不让人发现。”汤瑞白说完就收了线，出了洗手间，往六楼走去。

坐在角落的卜慧，盯了两个警探一眼，露出怀疑的眼神。两个警探此时也都相继亮出了警探证件，然后保纳就问她：“我们正在侦查船上这件凶案，需要跟你谈谈。”

“该说的我都跟那些船上的保安人员说过了，你们不相信我吗？我丈夫死了，你们还想怎样？”卜慧生气地说。

“请你别误会，我们知道你很难过，也非常同情你。但是我们对他的自杀，有一些疑点。需要跟你谈谈，希望你能够配合，好吗？”翰克要求着。

“你们问吧！”卜慧仰头说。

保纳掏出那张常艾丽皮包里的信来，给卜慧看，且说：“这是在常艾丽的皮包内找到的一封信，我们已经找人把它翻译了。”

卜慧看了，有点诧异。却还是不动声色地说：“我要求她不要跟我老公来往，不可以吗？”

保纳收好信件，才说：“从信上的文字看来，你非常恨他。”

“谁会不恨抢自己丈夫的外遇女人？是她要自杀，跟我有什么关系？”

“可是如果案件现场，找到与你有关的东西，这个自杀就有问题了。”保纳朝翰克点点头，翰克在自己腰包中取出一个塑胶袋，里面放着一张剪贴遗书的复印件，他递给卜慧看，卜慧惊讶地说：“这……这是什么？”

“在你丈夫宋万杰的西服口袋的手巾中找到的遗书。”翰克说。

“那……应该给我呀！”卜慧伸手去拿，翰克敏捷地收回了手。把剪贴遗书放回自己腰包，卜慧扑了一个空，很不高兴地说：“你们警探是这样不客气吗？这明明是该给我，为何不给？”

“你拿了，可能会撕毁。而且这不是正本。很抱歉！这是证物之一，也不能给你。”翰克摇头说。

“五楼柜台职员说你去借过剪刀与胶水，厕所工人也说你曾借清洁手套用。所以宋万杰与常艾丽不是自杀，很可能是被凶杀的。”保纳盯着卜慧说。

“借过剪刀与胶水与清洁手套，不能证明是就是用在这张遗书上，你们怎么可以怀疑我？”卜慧不满。

“我只问你，这张拼凑剪贴的遗书，是不是你的杰作？”保纳问。

“当然不是！”卜慧摇头。

“那么就是宋万杰自己弄的？可是他都要自杀了，为何还要这么麻烦地剪贴遗书呢？直接写一张就行了。而且放在桌上就好，何必要藏在口袋的手巾内，对不对？”保纳又问。

“那我怎么知道？”卜慧耸耸肩，说，“反正你们不能因为这个来怀疑我！你们怎么不去问别人？真奇怪！”

“我们都会一个一个问。”保纳说。

“是啊！常艾丽有个女儿廖小倩。还有，常艾丽在船上经常跟一个白人跳舞，他叫菲利浦。你们都应该去问啊！”

“好的，我们都会去问，那么，打扰你了，谢谢。”保纳站起身，跟翰克往前走到另一张桌子旁，悄声说：“我去找廖小倩，你去找菲利浦。”

翰克点头说好，两人就分头行动了。

廖育兴一个人心情也闷闷的，草率地把早餐吃完，就离开了餐厅。他走回十一楼，邱敏媛已经去吃早餐了。他就走到女儿船舱门口，正想敲门，见到警探保纳，好奇地互问。保纳获悉了廖育兴的身份，就劝他暂时回自己船舱去。因为他想单独见一下廖小倩。

然后保纳敲门了，起初没人回应，好一会儿才见到廖小倩红着双眼来开门。廖小倩看到是警探，既害怕又生气，说她从来就不知道母亲会跟有妇之夫的宋万杰在一起。被问到是否认识卜慧，廖小倩说是曾向卜慧借香水，又提到奶奶 Ida 也想跟她借香水去用。保纳点点头，问了廖小倩一些有关她对父亲廖育兴的感觉，然后就想找 Ida。廖小倩说 Ida 珠宝也遭窃，已经下五楼跟柜台报失去了。

保纳就去问廖育兴有关宋万杰与常艾丽每天晚上在“龙睛餐厅”是跟哪些人共桌。这才知道还有罗奇、汤瑞白、邱敏媛。接着，保纳交代了 Ida 与廖育兴，有关凶案与窃案，还需要跟两人单独约谈，请两人回自己船舱去稍候，Ida 与廖育兴只好各自回房去了。保纳暂时离开了，在路上去了一趟厕所，出来时，看见副船长尤今，两人打了招呼。尤今一直说，船上的案件要请两位警探多费心了！保纳笑笑说那是他们的工作，一定会尽心的，就走了。

副船长尤今进了厕所，朝外张望了一下，看到不远处，船长艾力克也走来了。

游轮发生的案外案，偷窃加上凶案，一直让船长与副船长忧心忡忡，可是两人都不敢公开多谈这些事。他们都理解领船者立场与态度的重要，那是关系着全船人的信心，所以他们一定要镇定自若，即使是假的也要装得像真的。所以这一天船长艾力克才暗示副船长尤金分别都去厕所会合。

此时，船长与副船长两人见了面，看四下无旁人，才悄声咬起了耳朵……

船长艾力克说：“这一趟来回，海狼都很安分，表现得不错。可是……最近几天，浪特大，加上这些案外案的发生，让我很不安！”

副船长尤金无奈地回复：“我看还是与密码有关，但是能怎样呢？”

艾力克说：“嗯……而且也是跟纽约‘巴黎号’要被完全拆毁有关。”

尤金问：“为什么要拆？”

“‘巴黎号’太老旧了。外壳薄弱，怕会有碎壳坠落，伤到博物馆的客人。”

“真的吗？那……那很不妙啊！”

“是啊！‘加州海狼一号’的隔世情侣‘巴黎号’就要彻底消失了！”艾力克伤感地摇头。

尤金怅然若失：“所以最近几天，海狼才会如此糟糕……不知怎么的？我感觉很难过……”

“嗯……我也是。”艾力克点头。

“还是先找找能解密码的人吧！”

“去哪儿找？”

尤金说：“在船上，你听说过一件事吗？是把船开去夏威夷的那几天。一次大浪，有一位姓邱的女客人从高楼的楼梯滚下来，却没受伤，很神奇！”

艾力眯起眼睛，道：“听到过，的确奇怪，很不寻常！难道你的意思是……她跟海狼有什么密切关系？”

“我不能确定，不过有人告诉我，她就是廖太太，廖氏商场董事长的夫人。还知道她的房间号码，所以我曾去问过她，是否受伤？她说没有。我私下暗示她这个船密码失灵跟灾难的事情，若她知道什么，一定会联系。”

“今天你再去一个电话问候她吧！”艾力克要求。

“好的，我马上去联系她。不过，她可能也没什么可说的，我们只能慢慢等吧！最近我也在读一些神话报告，很想研究出一点脉络。可是……还是很困惑……”尤金疲倦地摇头。

艾力克点头道：“我理解，这不是我们能力范围内的，很难！”

尤金说：“太玄妙了！就算我发现什么，也不会有人肯相信的。”

艾力克垂头丧气，说道：“如果这一切真的跟密码解决不了有关，我们就很可能要眼睁睁地，看到船上发生更悲惨的事，却无能为力啊！”

“是啊！目前我们只能交给那两个警探来处理了！”尤金说。

“嗯……只能靠警探了。”艾力克点了头。

船长与副船长说完话就各自从厕所悄悄地离开了。

第二节 森巴约会

此时，另一头的警探保纳取出手机，拨给翰克，听到对方在电话中说："那个菲利浦说他听到消息很震惊，他只是跟常艾丽跳舞而已，并不是很了解常艾丽的私事。但他说常艾丽曾经跟他说过自杀的人是弱者，所以她应该不会自杀。"

"哦！你猜我刚刚在跟哪些人见面？"保纳说。

"哪些人？"翰克问。

"我们上船的第一天看到的那一对母子，他儿子大学毕业就跟常艾丽结婚，后来又离婚。所以常艾丽是这家人的前任媳妇，那个小女孩是她的女儿。"保纳说。

"吃白面粉？就是吃'面茶'的那个老太太？"翰克笑着问。

"对！她叫 Ida，你忘了她不准我们说她老的，而且她还是廖氏商场的副董事长。"保纳说。

"真的！她的确是不像老太太啦！上次我们在餐厅碰见她的时候，我仔细瞧过她，看来就像四十出头而已。而且那天我看她好像还对你很有兴趣呢！是不是？"

"那天是随便聊聊，她说想教我跳舞。"保纳说。

"有趣啊！你见到这三个人，那么你约谈了吗？"翰克问。

"嗯，已经找过廖小倩，她对酒瓶与遗书都不知情。"保纳说着顿了顿，又说，"我还要分别跟 Ida 与廖育兴仔细问问凶案与窃案的事情，其他……还有三个人就让你去问。"

"哪三个人？"

"罗奇、汤瑞白、还有……邱敏媛，听说邱敏媛现在正在餐厅吃早餐。"保纳说。

"为什么要问这三个人？"翰克问。

"这些都是与宋万杰与常艾丽在"龙睛餐厅"晚餐共桌的人。哦……不过，你要不要先来 Ida 房间，我们一起……"保纳突然停顿了下来。

翰克诧异地问："怎么？你一个人不行吗？"

"上次她是口头教我跳舞，这次我怕她会身体力行地实地要教我了。所以你在场比较好。"保纳笑着回复。

"那你也得应付着学跳舞啊！不然你要如何从她口里套出什么话呢？"翰克问。

"我当然知道，放心！我会跟她把关系先弄好才套话的。"保纳说。

"可是她英语不行，你找我也没用，干脆我请一个中文的翻译跟你去。我呢！就去找邱敏媛、罗奇、还有……汤瑞白吧！"翰克说。

"也好！"保纳点头。

保纳说完，又交代了一些事给翰克去做，就挂了电话。这才去Ida门口敲门，刚好那位由翰克派来的翻译也赶到了。翻译是一位在船上工作的年轻中国男人，两人进入Ida房间，各自坐在小沙发上，翻译跟大家自我介绍是小王。保纳很快地先问了Ida一些有关廖育兴的事情，Ida回答完毕以后就打开桌上的CD，传出一阵轻快的拉丁音乐。她说："听听这好听的森巴音乐吧！我被你们弄得好紧张，头都昏了。"

小王在中间作翻译，保纳闻声笑道："好啊！没问题，我们这就叫作'森巴约会'，你放轻松一点，我只是问你几个问题而已。"

Ida转着眼珠，突然欣喜地说："听，这音乐就是我上次跟你说过的森巴舞曲，非常性感，来！我教你……要翘起臀部才好看哦！"说着Ida就拉起了保纳，撅着臀部，随着音乐节奏摆动。

保纳不得已，只好也撅起了臀部，应付着跟了几个舞步。保纳一边踩舞步一边问Ida："可否告诉我，你是什么时候知道常艾丽这个女人的？"

Ida心不在焉地回答："这……要从我对跳舞感兴趣的时候说起……"

"哎，我扭到腰了，你自己跳吧！"保纳扶着自己的腰停了下来，坐回了小沙发里。

"……嗯……那时候觉得跳舞真好玩……我大概是三十五岁，也是刚嫁给廖老的时候。我呀！发现自己好喜欢跳舞……"Ida随着音乐，一个人在沙发旁，自己忽左忽右地踩着舞步。

"你现在也很喜欢跳舞啊！"保纳很希望她说的年岁速度能加快一点，没想到Ida依然自我沉醉地说："我就是那一年开始喜欢跳舞的，那个时候……"森巴音乐还在继续地响，Ida 眼睛盯着远处，开始述说她的跳舞经历……旁边两个人目瞪口呆，保纳想打岔也没辙，只得听。Ida 缓缓地，继续在述说……好在时间还是一年一年地往前增加。Ida 说到生了廖育旺，又说到如何养育那两兄弟，一直说到廖育兴高中毕业的时候，保纳耐心地倾听，面孔却露出苦笑。小王一边翻译，一边忍俊不禁地也偷偷地笑了起来。

Ida 还在叙述，保纳转头悄声跟小王说："唉！听说他儿子大学毕业结婚的，所以我们还要再熬个四年。"

小王点头，笑着继续翻译，保纳又说："不过或许他儿子成绩好，三年就读完了，我们就可以少熬一年。"

此时，Ida 总算说到廖育兴的大学四年级的时期了。保纳频频看表，终于在听到"常艾丽"三个字时，他像被针扎到屁股似的猛跳了起来，说："怎么样！你是在这个时候知道常艾丽的吗？"

"是啊！廖老在台湾一个老朋友的女儿，想介绍给廖育兴的。我可不喜欢她，但是儿子喜欢。"Ida 无奈地说。

森巴舞曲结束了，保纳此时急起直追，赶紧继续问了其他问题。小王也赶着翻译，两人好不容易才结束了 Ida 这里的约谈。

小王走了以后，保纳才去找廖育兴谈了起来，保纳歉意地说："这次两个案件凑在一起发生，真是很麻烦，我不得不跟你们问问题，希望你跟家人都能够多配合与包涵。"

"不要客气，我们当然愿意尽量配合。"廖育兴笑笑。

"听说你女儿廖小倩的监护人是生母常艾丽，为什么她们没住在一起？"

廖育兴摇头道："其实我也不明白，常艾丽说她工作太忙，而且两个人也不太和睦。"

"廖小倩有过想伤害母亲的迹象吗？"保纳严肃地问。

"应该不会吧！她只是一个小孩，虽然脾气不好，但是我想廖小倩不会做那种事。"

"这次你们的珠宝'金塔红美人'被偷窃，我们感到很遗憾，而且我们检查了你前妻常艾丽的保险箱，里面有一个'德勒斯坦绿钻'的精美空盒子，所以我们相信'德勒斯坦绿钻'也被偷了。"

"'德勒斯坦绿钻'？那是我弟弟的，怎么会在她的保险箱中？"廖育兴诧异地问。

“怎么？你知道‘德勒斯坦绿钻’？”保纳问。

“是我爸爸给他的，当年我爸爸有两套世界名钻，一套给我，另一套给我弟弟。除了Ida以外的家人都不知道，我们双方也都没看过彼此的名钻，给我的名钻是我暂时借给了Ida用而已。不过，给我弟弟的名钻怎么会出现在常艾丽那里？难道是廖育旺送给她的？”廖育兴纳闷着。

“这……可是私事，我也不知道。”保纳又笑着问，“Ida跟你的前后两个媳妇的相处得如何？”

廖育兴苦笑道：“老实说，不好！但是Ida也不致去下毒手。她只是嘴巴不饶人，要去害人的胆子应该不会有的。”

保纳问：“那么你现在的太太邱敏媛呢？也许她恨常艾丽啊！”

“邱敏媛为何要恨常艾丽？”廖育兴很诧异。

“听说在黑露岛，我的警探伙伴翰克，无意中听到她们对话。”保纳说。

“什么对话？”廖育兴好奇地问。

“常艾丽叫邱敏媛不要怀你的孩子，说是跟廖小倩年岁隔开太多了。”保纳又说。

“常艾丽怎么可以干涉别人私事？”廖育兴愤愤地说。

“听说她们吵过架，你太太邱敏媛会不会因此想杀她？”保纳问。

“不会！绝对不会！”廖育兴不停地摇头。

“为什么？”保纳又问。

“因为我和邱敏媛感情并不好，几乎要离婚。而且我们来游轮就已经没有夫妻性生活。”廖育兴摊摊双手。

“哦……那……真抱歉！我完全懂了。”保纳不好意思地笑笑，转了话题问，“常艾丽是你的前妻，那么……当初最想离婚的一方是谁？”

“是她。”廖育兴从喉咙里发出了低哑的嗓音，随后他咳了一大声来清理喉咙。

“那她去世，你难过吗？”保纳看着廖育兴问。

廖育兴沉默了半晌，才说：“我想……我会为小倩没有了母亲而难过。”

“没有夫妻情分那种难过吗？”保纳眯着眼睛问。

廖育兴不悦地说：“她从来没有把我们之间的夫妻情分当作一回事。”

“哦……你讨厌她？”保纳好奇地注视着廖育兴。

廖育兴摊摊双手，说：“是不喜欢她，但也不会杀她的，她到底是我孩子的母亲嘛！”

保纳点头起身告辞，找到翰克。两人碰了面，翰克说：“我都问了。汤瑞白跟常艾丽与宋万杰没什么交集，而邱敏媛……好像也没交集，唯一是她在黑露岛曾跟常艾丽吵架，会不会……”

保纳摇头说：“邱敏媛也不可能！我问过了廖育兴，夫妻俩感情不好，邱敏媛自己就不会想怀他的孩子。”

“哦。那最后就是罗奇，记得吗？我曾经在十一楼看到过宋万杰跟一个年轻人打架，那个年轻人就是罗奇。打架的原因好像是宋万杰以前欺骗了罗奇母亲的感情。”

“哦……看来还挺复杂，难道罗奇找宋万杰打架以后就打算杀掉宋万杰？”保纳假设着说。

“罗奇说他打宋万杰，只是给他一点教训，但是没必要杀他。至于常艾丽，罗奇说她女儿以前常找他约会，但他都拒绝了，所以罗奇对她们母女应该不算是很熟。”翰克说。

保纳忽然想起什么，就问：“你有没有问邱敏媛，有关她丈夫廖育兴的为人？”

“她说廖育兴并没有跟前妻常艾丽有任何来往，而且廖育兴自己是‘生活简朴，非常节省’。她举了几个例子，我听了感觉……似乎已经达到吝啬的地步了。”翰克回答。

保纳点点头，也把自己这边的情况说了一遍。翰克说：“从廖小倩与Ida、廖育兴……这些人的谈话看来，似乎都不太可能，卜慧比较有嫌疑。”

“反正跟宋万杰与常艾丽固定在‘龙睛餐厅’吃晚饭的那八个人，其中有一个就是凶手。”保纳用食指朝空中点着说。

“我看像是卜慧做的，可惜没有足够的证据，要是有人证就好办了。”翰克带着遗憾的表情说。

“有关搜查游轮船舱的事情，你去问得怎样了？”保纳突然问。

“对方说基本上的确是不能随便进旅客船舱，不过游轮已经跟法院交涉了。初步同意，若有被传讯的人就可以查。”翰克说。

保纳点点头，沉默了一阵，就说：“那些失窃的人，在抵达墨西哥的伊塞达岛以前，有任何人发现失窃的事情吗？”

“是有几个，但是游轮原先好像不想张扬，要暂时保密。后来失窃的人多了，才不得不公开的。其他人，包括廖家的Ida，与死者常艾丽的保险箱，虽然都是今天发现的，但不能确定是否在抵达墨西哥的伊塞达岛以前就失窃了。”翰克说。

“所以这些珠宝，也有可能在停留伊塞达岛时，就已经被送出去了。”保纳说。

“是这样。”翰克点了点头。

“唉！这些窃贼非常厉害，如果所有的珠宝都已被送走，船上找不到踪影，这个窃案就很难破了。”

“有你，还是破得了。”翰克笑着拍拍保纳的肩膀，两人就走了。

邱敏媛先前在餐厅，因为被便衣警探翰克盘问，才得知宋万杰与常艾丽的噩耗，加上船上的窃案，都让她感到非常震惊。回到船舱，正好电话铃响了，是副船长尤今打来的，两人礼貌地寒暄了一下，就说：“想来你也听到了船上发生命案与窃案的坏消息，大家都非常遗憾与难过。这次我们正好有两位探长在船上，所以他们会查这两个案。但是这几天海上大浪不停，我们……实在很担心……”

邱敏媛想到了上次副船长说她从楼梯摔下来没受伤，是很不寻常的事情，就问：“船上密码解了吗？”

“没有，还是解不了。你有什么线索吗？”副船长问。

“没有，这一阵，我身上发生的事情都很正常。”邱敏媛感到很茫然。

“唉！我知道这么说很难让人置信。但是船长艾力克说，依照海上的气候看来，海浪不该这么大。而且从海洋的历史来看所有游轮，在船上同时发生命案与窃案的这种事，可以说是绝无仅有。这……这……简直太不可思议了。”

“所以你觉得，这些可能跟海狼有关？”

“如果探长查不出凶案，也破不了窃案，那就非常有可能是一种跟船本身有关的灾难，怕的是……”副船长欲言又止。

“你怕还有其他灾难会发生？”邱敏媛接他的话说。

“不知道啊！只能这么担心了。”副船长回答。

邱敏媛忽然理解了副船长的心情，就说：“你放心，如果我有任何线索，我会马上给你们电话。假如你们需要我帮忙，也随时告诉我，不论我跟海狼是否有关联？不论真或假？我会尽力而为。”

副船长感激地说：“真是非常谢谢你！我们前后的这两次电话，都请您一定要保密。”

邱敏媛点点头说好，便挂了电话。

此时，廖育兴也回来了。邱敏媛看见他心事重重，知道大家都已获悉了这两个坏消息。廖育兴更是心烦意乱，一想到自己借给 Ida 的“金塔红美人”被窃，他就心如刀割。一夜之间，竟然发生了那么多事情，大家情绪都有些低潮，双方也就没多说话，最后还是邱敏媛好奇地开口了：“小倩还好吧？要不要我们去看看她？”

“刚刚警探来过了，问了她一些话，现在还是不要打扰她，让她自己静一静吧！”廖育兴说。

邱敏媛点点头，也不知能说些什么。

廖育兴原本也有些落寞，但突然想起今天在六楼的午茶厅有一个名家的小提琴表演。他知道邱敏媛喜欢听小提琴演奏，想讨好她，就说：“下午在午茶厅又有音乐表演，这次是小提琴演奏，我们去听一下吧！”

邱敏媛闻声，就问：“小提琴演奏，是一个人，还是两个人？”

“哪有两个人演奏一把小提琴的？”廖育兴蹙眉摇头。

邱敏媛诧异于他的误解，有点不满地说：“我的意思是：一个人在台上演奏，还是两个人各抓一把提琴上台去演奏？”

廖育兴回道：“哦……我还以为你在问，是否两个人一起用一把小提琴？”

“有那种事吗？我怎么会那么个问法？”邱敏媛既生气又好笑，说道，“你真奇怪，如果我去问别人，任何人都一定理解我的意思，怎么碰到你，就会有那么离谱的反应呢？你还一定要我说出来：是一个人在台上演奏，还是两个人各抓一把提琴上台去演奏？这样你才能懂吗？”

“我没想那么多，是一个人演奏啦！”廖育兴很不耐烦地作答了。

邱敏媛看着他，蹙眉道：“你想，若是有什么紧急的事，我们两个如何沟通？”

“小事情，有那么严重吗？”廖育兴生气了。

“弄不好，有可能造成更大的误会。到时天差地别，会坏事的。”邱敏媛认真地说。

“是吗？发生了再说！”廖育兴无所谓地挥挥右手。

“怎么又说这句话？”邱敏媛不安地望着他，说，“根本不要让它发生，发生了就来不及了！”

邱敏媛知道“发生了再说”这句话几乎是廖育兴每次面对潜伏危机时的习惯

用语，“不会发生的”也是廖育兴想自圆其说时的保护语。但是邱敏媛实在很讨厌廖育兴那种应对的态度，前句话的“不可一世”与后句话的“自以为是”都是一副主控欲很强的样子。仿佛他自命为上天，可以掌控一切，邱敏媛想：难道没有万一？怎能不顾后果？或者根本就觉得自己不会犯错？人怎能逆天行事呢？

邱敏媛想，廖育兴是如此地喜欢说“发生了再说”以及“不会发生的”，可是，最后好像经常都是发生了。想到此，突然又看见廖育兴正在赔着笑脸说：“我的意思就是，不会发生的啦！”

邱敏媛刚想张口，却又把嘴巴闭上了，她忽然觉得很累！就甩甩头，说：“不能这样下去了，还是那句老话，我们下船就离婚，拜托你就让我们好好离婚吧！现在，我要出去透透气。”

廖育兴故意装作没听见，只在背后问：“那你到底要不要去午茶厅吗？”

她都在叫要离婚了，他竟然还在问这种话。这个人到底有没有脑子啊？

实在觉得心烦，她摇摇头，没理睬他，径自走出了船舱。

第三节　进退两难

邱敏媛无心无绪地走在路上，看了一眼外面，海上的风雨依旧，海浪则是忽大忽小。放眼望去，走在船上的旅客似乎也都忧心忡忡。她不知道汤瑞白现在在想什么。听到今天早上发现的凶案、窃案，他一定也吓坏了吧！经过酒吧间门口，里面光线黑黝黝的，她看到一个身影，好像汤瑞白。不可能！他不是那种喜欢喝酒的人，一定是自己眼睛花了。邱敏媛笑自己，今天怎么老是想到他呢？

汤瑞白的确是在六楼的钢琴酒吧间。坐上吧台旁边的高脚凳子以后，他就特别把手机的电池取了出来，不再接电话。还跟侍者要了酒，独自饮了起来。

他脑袋乱哄哄的，凶案发生得这么突然，事情全都凑在一起了，让人感觉非常不安。虽然他已经把珠宝藏在一个非常隐蔽的地方，但是万一那些警探真的要搜查他的船舱，就难免有风险。同时，汤瑞白没想到宋万杰与常艾丽会如此地被谋杀。是的，其实就是被酒毒死的，汤瑞白亲眼看到卜慧下毒在酒瓶内，不是她是谁！怎么办？如果他没偷珠宝，他一定会站出来做证人。可是……现在这个情况，他不能！如果他说他亲眼目睹卜慧下毒，那么势必被问，怎么会出现在卜慧的船舱厕所内？是啊！怎么会？难道回答因为自己在做贼，像话吗？就算他那么正义凛然地说了，他也完了。船上八套珠宝的主人都会来找他算账，他要到哪里去拿回来其他七套珠宝还人？所以他不能说。

但是，如果他不说，这件凶案就有可能永远找不到凶手，宋万杰与常艾丽就会这样冤死了，真是情以何堪啊！

如果说出来，那些崇拜他的“粉丝”们，都会骂他……岂不丢脸啊！绝对会对他失望，可不是？那么一个全游轮的名人，晚宴上得到最佳男士服装奖的人，现在却成了一个大窃贼，偷珠宝呢！不但如此，汤瑞白还会让所有东方人丢脸。即使西方是个人主义，就事论事，但是怎么可能没有影响？他会让西方人不再信任东方人，使得所有东方人蒙羞，都会因为他而抬不起头来！所以还是不能出来作证。

不过，自己真的是船上凶案的唯一证人。如果他不去揭发卜慧在酒内下毒的事情，卜慧岂不就要逍遥法外了！

那么，到底该说还是不该说呢？汤瑞白正矛盾着。远远从门外看见邱敏媛在路上来回地走，他也无心去打招呼，却看到邱敏媛最后好像还是朝酒吧间走了进来。

邱敏媛这才发现，真的是汤瑞白在吧台旁喝酒。太意外了，于是她就走近，说：“怎么了？是听到船上发生的坏消息，不舒服才喝酒吗？”

汤瑞白抬头一看，真的是邱敏媛，便说：“也是，也不是。”

邱敏媛劝道：“别喝了，会醉的。”

“你不要担心，我很有酒量的，不容易醉。”汤瑞白放下酒杯说。

“那也别喝了，我们去隔壁画廊走走。”邱敏媛朝另一出口的亮光处，努了努嘴。

“也好！去清清我的脑袋。”汤瑞白付了账，两人就去了隔壁画廊。此时，里面几乎无人。画廊不大，为了节省空间，除了墙上的画以外，有些画是如同扇形地悬空挂着，用手轻轻拨动就可以看到了。

“这些油画，多数色彩很艳，挺适合游轮的热闹气氛。”汤瑞白抬头说。

“太浓了！我更喜欢水彩画。”邱敏媛说完，指着一张油彩比较淡的雪景画，说，“这张雪景非常好看！”

汤瑞白眼睛看雪景画，感叹地说：“我很喜欢韩国的雪景。听同学说，中国北京年初也会下大雪，有一次下了 22 个小时。韩国也是，像光州、大邱、釜山、春川这些地方的雪景都不错。山雾迷蒙，一片乳白，非常美，也很浪漫。尤其小时候的感觉真是很让人怀念。”

邱敏媛想起自己以前的侨居地马来西亚，地处赤道边上，从来不下雪。她也很神往北国风光、万里雪飘的情景。但是此时此刻，邱敏媛发现汤瑞白神色似乎有点颓丧。虽然今天早上因为窃案与凶案，船上的人心情普遍都不好，但是汤瑞白的反应已经超越他的常态。邱敏媛终于忍不住，关心地问：“你是不是有心事？我从来没有看过你这个样子。”

汤瑞白瞥了邱敏媛一眼，说：“我很烦。”

“为什么？”邱敏媛好奇地问。

汤瑞白把邱敏媛的手一把抓了过来，放在胸前抱着说：“敏媛！如果我做错事，你不会不理我吧？”

“你做错了什么事？”邱敏媛问。

“你先答应我，你不会不理我。”汤瑞白仍然抓住邱敏媛的手。

“就算你做错事，我为什么要不理你？我自己做错的事更多，婚姻就是一个。”邱敏媛苦笑着抽回了手。

“既然你知道错，怎么总是不更正？”汤瑞白依然不理解。

“……”邱敏媛不知该如何说，因为与这同样的问题，汤瑞白曾问过她好几次了。可是不说也不行，一定要让他理解清楚才好。于是邱敏媛就说：“瑞白！你看过电影里面，出现那种掉在泥沼中的镜头，不是吗？当 A 自己越挣扎就会越下沉，如果旁边有 B 掉了下去，也在挣扎，或许 A 可以借着压住 B 的身体，让自己跳出来！但也有可能，A 把对方身体压了下去，自己只跳了一下就反而沉得更深了。到那个时候，没人看得到 A 与 B，也就无法救 A 与 B 了。”

“你的意思是……”汤瑞白不解。

邱敏媛继续说：“我想跳出来，但是我不能随便就这么做，我要我们都被救，至少不是他死我活。”

“但是，你知道这个婚姻是错误，出来就好！”汤瑞白做了一个朝上挥手的姿势。

“我不能急，时机成熟了，自然有结果。而且，就是知道我错了，所以我才要为我的错误负责。”邱敏媛说。

“……”汤瑞白思考着她的最后两句话，不作声。

邱敏媛盯了一眼汤瑞白，问：“那么，现在轮到我问你，做错了什么事？”

汤瑞白只好把全部的事情经过都说了，包括他与菲利浦的合谋计划。邱敏媛闻言愣住了，沉默了好一会儿，一直没说话。突然，她转身快步走出了画廊，汤瑞白也急速地跟在她身后。此时，外面风雨正大，船上许多客人都留在内厅，门内附近根本无人走动。邱敏媛走到通往外面甲板的门内终于停住了脚步，汤瑞白着急地走过来问：“你看不起我了？”

邱敏媛严肃地问：“我先问你一件事，你在船上接近我，关心我，是不是一种‘工作’？”

“老实说，菲利浦有这个意思，但是我没有，我接近你的真正理由就是关心你。也许有时我会提及 Ida，但你看过我经常通过你探测 Ida 的行踪吗？你说我有过吗？”汤瑞白正色地表白，见邱敏媛不语，急道：“而且，凭你以前对我的了解，你应该可以相信我的，是吗？”

邱敏媛点点头，但还是没说话。

汤瑞白急了，就问：“你不理我了？”

邱敏媛这才说：“你知道五年前，你离开我的时候，表面上是你消失，不想连累我。其实你是在逃避我，不想面对现实。”

“也许吧！”汤瑞白不置可否。

“而且你一直在逃避，所以你没有回华盛顿州去找我。如果我们不是在这个游轮上重逢，你还是不会去找我。”

“……”汤瑞白被人说中弱点，无言以对。

“为什么要逃避？去面对吧！你看到卜慧放毒进入酒瓶内，为什么不说？如果你能出面，宋万杰与常艾丽至少不会枉死。”

“你是觉得我应该去作证？”汤瑞白问。

“是的。”邱敏媛点点头。

“但是我偷窃的事情也会暴露出来。”汤瑞白担心了。

“那么就先自首，同时也作证。”

“可是……”汤瑞白想到自己的名誉问题。

邱敏媛知道他在担心船上的舆论，就说：“是担心你的名声？‘粉丝’？这些人是因为你好，才崇拜你！如果你犯罪不自首，你有什么值得被崇拜的？但是如果你肯勇敢地自首，这才是你值得被崇拜的地方。”

汤瑞白点头道：“我……知道了。”良久他才继续说：“坦白讲，你一直无法下定决心离婚，可能也是因为你不再爱我了。而现在我犯下窃案，也透露给你知道了。我是一个窃贼，我想……我已经完了！”

邱敏媛失望地摇头，道：“你还在逃避，走黑路本身，其实就是一种逃避。五年前你不肯接受与相爱的人一起奋斗、用耐性与努力来渡过难关，那就是一种逃避。现在你感觉自己受了挫折，宁可走黑路也不肯自首，也是一种逃避。为什么要这样自暴自弃呢？”

“我的底细已经被你发现了，你本来就不爱我，现在更不会爱我了！我不自暴自弃又能怎样？你说，你要我怎样？去跳海吗？”汤瑞白既生气又激动！刚说完话就推门走出门外，邱敏媛紧张地跟了出来，风雨狂乱地迎面而来，两人几乎都快站不稳了。汤瑞白逆风走在甲板上，一边转身去爬船栏，一边说：“好！我去跳海，你满意了吧！”

邱敏媛着急地看到他竟然真的如此，绝望地抬起头，大叫了一声：“瑞白！”她眼中浸着泪水，激动地说：“如果你要去跳海，我跟你一起去！反正我离不成婚，也是跟一个死人一样，所以我们一起去！”

扫荡的浪花声一阵又一阵，风雨也不停地肆虐。汤瑞白在歪斜的暴雨中单手单脚抓住船栏，悬在半空中，朝下问：“为什么你也要一起去？”

邱敏媛泪水缓缓滴了下来，仰头酸楚地问：“你说呢？”

狂风暴雨继续着，汤瑞白发丝紊乱，雨水狂滴，他叫着问：“难道……因为你也爱我？不能没有我吗？”见邱敏媛点了头，他才缓缓地爬下来。汤瑞白重新站在甲板上，凑近她满是雨水的面孔，问：“所以你是爱我的？是吗？”

邱敏媛点头，泪水不停地落下，她泪眼模糊地说：“是，我一直都爱你，从来没有改变过。你可能会想，人活着就只一次，为什么不争取离婚？你可能也会想，现在的人谈离婚都很容易，但是我的情况就是这么为难，就是这么需要多思考。不说别的，单说廖育兴要去自杀，我就得小心处理。我大可以立刻离婚来得到自由快乐，但是我必须让离婚的伤害减到最小的程度才能去做，即使我爱的是你。”邱敏媛停住眼泪，用手抹去脸上的雨水，继续说：“但是……什么是爱？什么是情？‘情与义’是不能分开的，如果我不顾一切地伤害廖育兴，然后来爱你。这个爱就很可能不是真爱，你理解我的意思吗？”

汤瑞白闻言一阵心疼，一把将邱敏媛拥进怀里，紧紧地抱住她，说："敏媛！对不起。我误会了，我真是误会你了。"

邱敏媛抬头说："其实我已经跟廖育兴说过，下船以后就离婚，虽然他没理睬我，但是这次我心里已经决定了。我一直没有公开跟廖家人说，因为我希望好聚好散，双方自己悄悄私了就是。"

汤瑞白放开她，问："他肯吗？"

"我已经给他太多的机会了，这次来游轮玩，一切都没有进步。他自己心里也很明白，对这个婚姻，他最后会放弃的。"

"……"汤瑞白沉默着，邱敏媛又说："我希望你好好地活。第一件事就是不要走黑路，所以你必须去自首。"

"但是，我去自首，可能会被关很久。那么我们两人的未来也没有前途了，到时你会怨我的。"汤瑞白垂头丧气地说。

"现在自首是唯一能够救你的路，你只是偷窃，并没有杀人，罪不至于太重。以后……就算你永远被关在牢里，你也会活得心安理得。"邱敏媛说完停了下来，然后抬头深情地看着他，说，"至于我，这一生我能有过真正爱我而且我爱的人，已经很幸福了，真的！很多人活一辈子可能都没有我这种幸福，我会留着我们曾经有过的记忆来活我未来的日子。因此我很满足，我不会怨。"

汤瑞白终于点了头，说："好！我会去自首。"

此时，有一个穿着长风衣的男人从甲板走进了船内，他站在玻璃门里面，一直往汤瑞白的方向看，然后他拿出手机，拨了菲利浦的电话。

汤瑞白叹着气说："我受挫折的时候，有时真的觉得在这个竞争的时代，好像一个人吃人的世界，没有钱就没有保障，利害得失变得很重要。男女之间也是，大家都习惯了用一个天平来找对象，给对方打分数。就算你以后能够离成婚，而我到时将成为一个有前科的人，坐过牢，没有职业，更不知前途如何……你可能要等我很久，也不知道我们未来会如何？这样你还要跟着我吗？真的没关系吗？"

"我不在乎，我还是会跟你。没有钱，我们去赚，只要是正当赚得的钱，能让我们心安理得地活着就行。生活可以简单，可以不用太复杂，我喜欢这样平静地过日子。"

"可是，我担心你会看不起我，我也担心我的自卑……"汤瑞白幽幽地说。

邱敏媛劝道："这些都是你失去的自信与自尊，你一定要把它们找回来。还记得五年前你离开我的时候，你说三年后如果有成就就回来找我。这次固然我们在游轮上只是巧合相逢，你也的确来找我了，可是你的成就难道就是‘偷窃’吗？当然不是！所以你要将功赎罪。我对你有信心，你会重新站起来的。警方也许不一定会相信你看到的，但如果你先自首，把偷窃的事情都先说出来，警方就非常可能会相信你的话了。”邱敏媛又继续说：“瑞白，这是一个关键性的人证。而且，今天是最后一天，最迟也是在晚餐以后，你就要自首，把其他人也供出来，警方逮捕犯人就会容易些。若是等到明天，船入了洛杉矶港口以后，一切都来不及了。所以别再拖延或碰运气，千万不要造成任何遗憾，好吗？”

汤瑞白沉默了半晌，终于点了头。

第四节　鬼节晚餐

游轮最后一夜的正式晚餐，刚好是美国鬼节（Halloween，万圣节）的晚餐。

邱敏媛在船舱，早早梳妆打扮地准备好了，距离晚餐时间只剩五分钟，可是不见廖育兴的影子，她有点着急。廖育兴自己不用手机，邱敏媛就想拨电话过去给婆婆 Ida 问问，她正想拨号，廖育兴突然开门走了进来。

“你现在才回来，赶快换衣服。”邱敏媛看着腕表说。

“没问题！我们男人不像你们女人，衣服鞋子换起来，快得很！”廖育兴说完就匆匆更衣。

没多久，门口传来敲门声，廖小倩在门外叫着：“我们都准备好了，你们还要多久？”

邱敏媛愣了愣，以前小倩从来不主动找上门的，总是让人催、让人苦等的，邱敏媛心里想：“也许是母亲的死，让她吓到了，缺乏安全感，所以有些不同了。”

廖育兴对着门口喊道：“来了！来了！你们先去电梯口等，我们马上来。”他说完就匆忙打好领带，穿上鞋子。然后他突然想起那只要送邱敏媛的手表，就去柜子里取了出来，放在邱敏媛手中，说道：“这是我特别买来送你的手表。”

邱敏媛非常诧异，说：“我已经有手表了。”

“多一只也没关系，今晚就把它戴起来吧！”

邱敏媛说了一声“谢谢”，打开来一看，竟然是一只好大的星星形状的手表，笑得直摇头，说：“这……这不适合我戴，可能适合小倩的啊！”

“没关系，你不戴，放着看看也可以。就算是我们来游轮玩的一个纪念品嘛！”

邱敏媛点点头，没说话。两人这才离开寝室，关上房门，走了出去。

游轮上的女眷，几乎都是夫妻档的贵妇人，一眼望去，男士都着正式的黑色西装或燕尾装，女士们则着席地长裙礼服，身上的珠宝钻饰被水晶灯照得闪闪发亮。放眼望去，游轮正厅沙发上坐着一大群人，中间有一位年岁非常大的贵妇，高而瘦的身子，穿了件金色拖地大蓬长裙，头上、耳上、颈上、手上，全是闪亮的钻石饰品。她满面皱纹，很体面地持着酒杯，身子微斜地坐在沙发内与众人聊天，大裙子长长地拖在地毯上，身旁还坐了几个年轻英俊的少年。猛一看，好像回到十八世纪的电影中的镜头。

大厅里有好几个专业摄影师，已经开始拍照了，一条条长龙队伍的人都在等着被摄像。有一个说中文的男人在角落打电话，说话声音很大，惹得客人都在侧目。廖小倩突然想要被拍照，Ida 说她自己一个人先去餐厅好了，邱敏媛说想去旁边的游轮店铺看看，于是廖家父女就去拍照的队伍排队。小倩突然又说自己要去洗手间一趟，于是最后就让廖育兴一个人在排队。廖育兴等了很久，女儿还没来，他又没兴趣被拍照，只好让队伍后头的人移动到前面去，自己仍然站在队伍的尾巴朝后面眺望。突然有一个白人老头看到他，觉得很碍事，想把他赶走。廖育兴就说自己也在排队，白人老头呵呵地笑了一阵，说：“哦！是吗？那就随便你啦！我可不要跟你打世界大战！”廖育兴感觉很不舒服，就干脆转身走了。廖小倩远远地看到他出队，气急败坏地跑来问他：“你怎么不帮我排队，我要拍照！”

廖育兴蹙眉说：“我一直在等你，东张西望，你到底去了哪儿？”

“我告诉过你，我是去上厕所，你为什么要从对伍中走开？”廖小倩大声兴师问罪。

“队伍在移动，都已经轮到我了。大家都在看我，我又不想被拍照，当然只好走了。”廖育兴争辩着说。

“现在呢！”廖小倩不悦地问。

“什么现在？你都这么大的人，难道还要找个佣人陪你排队吗？”廖育兴有点生气，此时旁边已经有几个宾客在驻足看两人拌嘴的热闹。

“谁稀罕你！我自己去排队，你在这里等！”廖小倩一边大声叫着，一边朝摄影队伍的方向走去了。

廖育兴尴尬地朝周围的宾客苦笑，只好悻悻地一个人站着等待廖小倩。照相，原本是一桩美事，他虽然自己不想照，却是很愿意陪伴女儿去照。可是小倩总是要磨尽别人的耐性，不论去哪里，就是不在乎别人的感受，让人苦等，令人讨厌。何况廖育兴本来就性子急，更加受不了。

此时邱敏媛回来了，好奇只有廖育兴一个人，就问："摄像拍完了吗？"

"没有，我刚刚一个人帮她排队，排了好久。看不到她人影，我脚都酸了。现在我让她自己去排队了。"廖育兴生气地说。

"哦……"邱敏媛点头，没说话，她理解一定父女两人又发生争执了。

廖育兴不安地摇头，道："现在晚餐时间都快到了，我们等她就会迟到，不等又不好，小倩做事真是太随性了！都不管别人，刚刚还在大庭广众间跟我公开斗嘴。"

邱敏媛沉默着，她知道，此时此刻，她是不适合搭腔的。

廖育兴看看腕表，真的着急了，就催邱敏媛自己先去餐厅。说他等到廖小倩来了，两人就马上去。

邱敏媛走远了，廖育兴此时才发现先前那个说中文的男人还在用手机。大概已经讲了一个小时了，好像是跟国内朋友在打电话，内容尽是一些无聊的事，没完没了。这么浪费！在游轮打聊天的长途电话，简直是在烧钱，难道他在炫耀吗？廖育兴瞪了那个男人一眼。

此时，有几个白人太太正好走过来，聚集在他旁边聊天。其中一个拿出全家福照片给大家看，还笑着说："我们这次来游轮，照了好多相片，都是几个孩子凑钱送我们的圣诞礼物。"

大家轮流看着照片……

有人赞赏地说："你的孩子好懂事哦！"

有人点头，说："我的孩子今年也送了我一台笔记本计算机呢！"

有人惊呼了，其他人继续说着："看您照片上的孩子们，都好漂亮！好和气哦！"

有人附议道："是啊！照片上一个个都是既快乐又聪明啊！"

看见那几个太太笑得那么开心，廖育兴觉得上天真是不公平。别人的孩子都是那么好，自己怎么就没有这个命。

圣诞节？是小倩参加疯狂舞会的日子，不跳到半夜是不回家的。

礼物？她是只会拿，从来不会有送人的心意。

和气？小倩平常总是冷脸与不说话，态度傲慢，令人难堪。父女对话时，如果廖育兴不想让自身受伤，就要非常小心，甚至说话的声量都要注意。若小声了，她会目无表情地当作没听见。若稍稍大声一点，她又会突然像被吓着似的倒退一步，仿佛她面对了一个可怕的动物。表面上她很低调，但那种让人不安的压力，其实是属于一种高调，令人无法忍受。因此旁边的人都能避则避，免得头疼。可是廖育兴是她父亲，怎能避开？因为这是他的命。

照相？那就更显出许多磕磕碰碰的麻烦了，因为小倩爱板面孔，会不好看，于是她就得装出假笑，但问题是拍摄的人若把快门按早了或者按晚了，她怕没照到假笑，就会因此发脾气。小倩与 Ida 彼此也经常会不合作，每个人自己远远地站着，除非提醒否则就不会自动靠拢，常常在洗出照片后才发现廖育兴自己居中，老少两边各站各的。对这些廖育兴从来都不主动说什么，只是闷声不响地接受着廖小倩的任性与 Ida 的拒人于千里之外，因为，这也是他的命。现在廖小倩没有了母亲，这何尝不也是廖小倩的命呢？

廖育兴望见远处那等待照相排队的队伍，虽然逐渐缩短，七楼的晚餐时间却已经到了，他开始心急了起来。好不容易才轮到了廖小倩，她被照完以后，才走回来。两人这才赶紧往餐厅的方向赶了过去。

“龙睛餐厅”，因为有中国菜肴，固定菜式是牛肉烩“粉丝”，经常满座，中国客人也特别多。许多客人点了西式主菜，还外加上一客中式菜，侍者非常大方，声称两种都可以尝尝。

这一天的餐厅里，依旧宾客满堂。因为是鬼节，侍者们有的化装成僵尸鬼怪，有的蒙了面，于是各种面具都出笼了。戴面具的侍者，多数嫌热，会偶而取下面罩跟客人打招呼，只有一个戴着骷髅头面罩的人，一直没有取下过。他还总是作出恐怖的声音，听得让人毛骨悚然。

大部分客人都穿着黑色礼服，只有 Ida 穿了一件宫廷马甲装，黄色纱料与缎子，前胸有一串金属连成的细腰上身，刚好遮在她胖胖的腹部前面。远看腰似乎很细，走近一瞧才发现是假的，反而给人一种滑稽感。若是以前，客人就会交头接耳地批评，可是今天客人们已经有了更新的话题，因为大家都在感叹，早上发生的案件到底是自杀还是凶杀？凶杀的主谋又是谁？还有船上怎么会发生这种功夫高强的窃案，到底窃贼又是谁？

廖家这一桌宾客，现在剩八个人，大家看到两个空座位，都很沉默。

一夕之间没了两条命，值钱的珠宝也被偷了，彼此都不知该说什么好？但是来往的眼神之间带着猜疑。廖育兴曾经因为脚肿，与邱敏媛有两天都没来“龙睛餐厅”吃饭，此刻两人都出现，也多了话题，于是大家就作礼貌性的寒暄。菲利浦也跟对面的Ida慰问起来了，他说完以后就指名要汤瑞白来回地为全桌人负责作翻译，汤瑞白点了头。

于是Ida听到菲利浦在说：“你的珠宝被窃的事，令人感到很遗憾，我相信警方会找到窃贼的。”

Ida就回道:“那套珠宝,是南非的名钻,我是借来戴的,真正的主人是廖育兴。”

菲利浦闻言就夸讲廖育兴，道：“廖先生真是一个好人，对外待人温和有礼，对内还如此爱护母亲，Ida也真是幸运哦！”

“我这个儿子是不错，他平时省吃俭用。不过这一回珠宝失窃了，他竟然也没生气，我还真是有一点惊讶！”Ida说完，就看了廖育兴一眼，廖育兴知道她是指自己小气，但是表面上也算夸奖了。

廖育兴客气地对菲利浦说：“她都已经锁进保险箱了，还会被偷，那也没办法啊！何况游轮上好像一共有八套值钱的珠宝，都被偷窃了。”

“是啊！而且现在更严重的是还发生凶案，哎呀！真是可怕，坦白说，我虽然不喜欢儿子的前妻常艾丽，但是我可也不希望她死了啊！那个宋万杰董事长，又有钱又体面，绝对不可能自杀的。”Ida不安地说，心里想：一定是卜慧下的毒手，好可怕的女人啊！

卜慧摇头道：“常艾丽是我那老公宋万杰以前的老相好，两人已经认识很多年了，可能有人也想追常艾丽，恐怕是妒忌的情杀吧！”卜慧瞟了对面的菲利浦一眼，心里想：一定是菲利浦干的，还装作没事呢！

菲利浦笑着说：“这个凶案，很多人都会猜测是一个情杀，我想，说不定是一个仇杀，而且是世代仇杀，也许是下一代在报上一代的仇恨呢！”菲利浦瞧向左边的罗奇，两人隔着常艾丽那个空座位互望，菲利浦想起以前罗奇还在大庭广众与宋万杰打架，好多人围观呢！不是吗？一定是罗奇最后对宋万杰起了杀心，连带地祸延到常艾丽。这个罗奇虽然年轻，却太冲动呀！

罗奇摇头道：“有时女人过分凶了，男人就会用暴力对抗，所以也很容易起杀机。”罗奇看着对面的廖育兴，想起常艾丽曾在五楼柜台附近，公开辱骂廖育兴。也许他最后忍受不了了，就下毒手也不一定。以前小时候母亲经常对他那么说："不叫的狗会咬人"，别看廖育兴一副温顺样，说不一定，就是他呢！

廖育兴盯着女儿，满心不安地说："现在的电影与电视，也是经常有暴力与血腥的镜头，对孩子非常不好，看看美国新闻上就经常出现校园枪击案，都是中学生做的。"廖育兴不敢乱想，但是小倩对待母亲常艾丽的态度实在不好，他只能祈祷，但愿廖小倩永远不会成为用暴力的那种人。

廖小倩此时转着眼珠子，悄悄地想：一定是邱敏媛害死我妈妈的，她总是不肯真正离婚，一定是怕妈妈又回到爸爸身边。她妒忌我妈妈，把她害死了，凶手就是她！就是她！

邱敏媛想起汤瑞白下午对她的一番告白，真的很希望他能够快点出面自首，还等什么呢？除非……难道……他才是杀人的凶手？可能吗？也许他偷窃的时候被常艾丽或宋万杰看到了，为了灭口？不对呀！如果汤瑞白真是那种会灭口的人，那么应该也会想杀邱敏媛，因为对汤瑞白的事情，现在邱敏媛知道得最详细了。

此时，汤瑞白突然起身要去上洗手间，菲利浦也随后跟去。邱敏媛望着他们两人的背影，心里想：希望汤瑞白能够接受自己的劝告，不要再犹豫下去了。

第五节　生离死别

菲利浦与汤瑞白在厕所碰了面，菲利浦悄声问他："我找了你一下午，你的手机也不通，怎么一回事？"

"我去喝酒了，没接手机，不想有人吵我。"汤瑞白说。

"喝酒？我们要保持清醒，你现在不能喝酒，会误事的。"菲利浦盯着汤瑞白。

"我也没喝很多。"汤瑞白摇头。

"现在警探正在查，这'金塔红美人'也许会很难带下船，我们必须想办法，也许……要把它先暂时丢进海里，然后……找人潜水去拿。"菲利浦伤着脑筋。

汤瑞白笑了起来，问："找谁？你去？还是我去？这简直是不可能的。"

"不是你也不是我，我可以找到专业的人去海底做这件事。但有一些细节，到时我会跟你交代。"

"奇怪！我怎么从来不知道，你还有那么大的力量？"汤瑞白好奇地看着菲利浦，心里想：一个珠宝公司的老板，有那么大的本事吗？

菲利浦说："没什么！办法是人想出来的嘛！你只要跟我配合就是了。"

"配合？"汤瑞白不解。

"不错！"菲利浦盯了汤瑞白一眼，说："不过，在办法想出来以前，你不要三心二意哦！"

"我？怎么三心二意了？"汤瑞白问。

"听说你在偷窃的时候，正好看到卜慧在酒里面下毒，而且你打算去自首，是吗？"菲利浦蹙蹙眉头。

汤瑞白一愣，笑着说："谁啊？哪一个家伙在胡扯？"

菲利浦几乎要说出自己派眼线跟踪汤瑞白，听到他与邱敏媛在甲板上谈话的事情。但是他还是止住了口，很不悦地说："你别管是谁！我已经知道这是事实了。"

汤瑞白沉默着没再说话。

"你不会去真的那么做吧？自首作证，可不行哦！那会毁了我们的全部计划，而且，你会有危险。"菲利浦指指汤瑞白。

"怎么会？"汤瑞白问。

"你听我的就是，本来八套珠宝都应该在墨西哥的伊塞达岛送出去。你却延迟，你不知道事情有多严重，那天如果你在伊塞达岛下船，就会有危险。现在好不容易八套珠宝都完成了，却又碰到这个凶案，所以现在问题很大呀！你绝对不可以轻举妄动。"

汤瑞白突然想起船停在伊塞达岛时，菲利浦曾经极力阻止，不肯让他下船的事，原来如此！可是怎么事情变得如此复杂了呢？于是汤瑞白迭声地问："你的话我完全听不懂，什么我会有危险？有人要杀我吗？为什么？"

"你知道得越少会越好，所以不要问了，我们赶快回去吧！"菲利浦招手示意他跟来，两人又回到了餐桌前。

原以为餐桌上的人一定都在沉默用餐，结果没想到 Ida 与卜慧，两人谈话似乎带点争论。汤瑞白实在不明白，卜慧失去了丈夫，此刻却在谈论性。只听见她在说："床是休息之地，当然就是做性的地方。"

"不错！床是用来休息的，但是床不是为了性而产生的，床不等于性啊！"Ida 说。

“真是笑话！难道你的后代不是在床上产生的？”卜慧问。

Ida没理睬她，自顾自地说：“床是睡觉用的，若太阳照到屁股了，床上的人还不起床，只有两个原因：一个是心理病了，一个是生理病了。过度的懒人就是一种心理病，而那种看到床就想到要做性的人是一种生理病。男女不正常关系就是一种生理病，所以汽车旅馆最容易有那些病人出现。别人来旅馆是为了隔夜的休息与真正需要睡觉，那些病人来旅馆却是为了生理发泄，所以只用两个小时就得付出与别人过一夜相同的旅馆费，真是要忙坏了洗被单的工人，笑歪了旅馆老板的嘴！”

“呦！你好像很有经验似的。”卜慧故意地说。

Ida冷笑一声，说：“我？我们家以前开过汽车旅馆，可以吧！”

菲利浦听到汤瑞白的翻译就赶紧解围，道：“有个笑话，我说给大家听啊，说是有个男人想跟太太亲热，太太忙了一天家事，有些头痛，说没兴趣。这个男人就生气地提及社会新闻上，有一个得晚期癌症的病人，因为活的时日不多了，要求一周跟太太同房三次，言下之意就是自己太太为了一点头痛就拒绝，很不应该！这个男人还说那个新闻上的事值得赞赏！”

Ida听了汤瑞白的翻译，马上摇头，道：“这简直是可恶！那一个臭男人是绝顶自私，竟然把性当作物品，该被打下十八层地狱去。其实最有资格说话的只有那个太太，她说不，就是不。现在社会风气真是不好，才会有人赞赏，因为都只以享乐为重嘛！所以才会要求那种性的享乐。竟然还能超过对绝症死亡的恐惧，真是可叹、可悲呀！”

卜慧耸耸肩膀，道：“也没什么！在男人的性上面来说，真是合了那两句，所谓：‘牡丹花下死，做鬼也风流。’”

菲利浦笑笑，出面做了一个结论：“一个人若得这种重病，命运无法改变，真正需要的不是物质也不是性，应该是心灵安慰。如果特意去给他物质与性，造成反效果，变成一种巨大刺激，很可能会让对方更加痛苦。不如给他一份内心的力量，会比较好。”

菲利浦说完就赶紧用餐，其他人也就跟着专心吃饭了。

晚餐吃完后，蒙面的侍者排成一列，开始表演脸上各个面罩所诠释的舞蹈，有的装鬼吓人，有的装兽取笑，等到面罩被取下，宾客们都哄堂大笑。轮到那个戴着骷髅头面罩的人来表演时，船灯忽然全部熄灭了，宾客都惊呼了起来，广播中传出那个带着英国口音船长的声音："各位宾客们！很抱歉，船上的电路有一点问题，我们正在急修中。会马上好的，请大家坐在原位，耐心等待，谢谢！"黑暗中，大家都不敢动。突然间，邱敏媛传出了一声哀号，身体倒向了汤瑞白，抱住邱敏媛的汤瑞白，急促地问："怎么了？你怎么了？"灯光此时忽然大亮，邱敏媛捂住自己左手臂上的伤口，鲜红的血从手臂一直不停地汩汩流出。看到的宾客纷纷站起身，一个个都吓坏了，汤瑞白赶紧脱下西装外套，解开自己白色衬衫，用力撕下一块，一边把邱敏媛的左手臂绑了起来，一边呼叫"快送救护室"！

"敏媛！你还好吧？"汤瑞白焦急地问。

"别管我……你……快去……自首。"邱敏媛忍着痛楚，悄声地说。

混乱中，汤瑞白瞥见那一个戴着骷髅头面罩的人，手抓着带了血的匕首快步走出了门口。汤瑞白立刻起身去追，菲利浦也跟着汤瑞白的身影追了过去……

邱敏媛在廖家人的看护中，被救护人员的担架抬走了。大家都在好奇，在这个游轮上，她会被送去哪里？后来才获悉游轮上竟然还有一个小医院，那里面医生、护士、病床……都有。

外面风雨太大，汤瑞白与菲利浦在甲板的楼梯上跑个不停，一直在追那个戴着骷髅头面罩的人，可是他已经在暴风雨中跑得无影无踪了。汤瑞白追不到戴着骷髅头面罩的人，感到很懊恼，他与菲利浦气喘吁吁地从甲板拉开门走了进来。好一会儿，菲利浦摸着脸上的雨水，喘着气，双手叉腰，道："你最好不要再去追他了。"

"为什么？"汤瑞拢了拢湿透了的头发。

"你晓得邱敏媛为什么会受伤吗？"菲利浦盯着汤瑞白，说，"因为那个戴着骷髅头面罩的人原本是要杀你的，他在黑暗中失误了，所以才没有杀到你。你现在还要去追他，岂不是自投罗网，去找死吗？"

汤瑞白取出手巾，一边揩面一边指指自己，问："为什么他要杀我？"

"因为你想自首，会坏了公司的大计，知道的人都想杀你。"菲利浦技巧地说。

"可是……"汤瑞白不理解，从珠宝公司来船上行窃的就是他与菲利浦两人，怎么还有那么多人想置他于死地？

菲利浦见汤瑞白疑虑起来了，就企图转移他的注意力，说："包括我。"

"什么！"汤瑞白难以置信地瞪着菲利浦。

"如果你要去自首，我也会把你杀了。"菲利浦强调着。

汤瑞白急忙说："你听我说，我不想当罪犯。如果我去自首，我们还有机会，将来可以再重新开创正当的珠宝公司。"

"可是，我跟你的想法不同。"菲利浦摇头。

汤瑞白说："对！很多人都喜欢说：'我跟你的想法不同'，但是罪犯与平常人也是想法不同的。"

菲利浦矛盾地看着汤瑞白，心里想，看来这小子真的会惹祸，到时候是否要真杀他？头疼呢！于是菲利浦干脆就说："汤！这样吧！你可以置身事外，就当作自己什么案子都没做过。只要把'金塔红美人'交给我，你就自由了。"

"不行！我在自首时会把它交出去。你就答应我吧！"汤瑞白要求着。

"你如果交出去，他们就会追查其他七套珠宝。到时候我们大家都完了……我怎么能答应你。"菲利浦面有难色。

"你不答应，我也会自首。我已经决定了。"汤瑞白很坚持。

看到汤瑞白那么不听话，菲利浦很生气。只好拿出了威胁他的"法宝"，说："你不怕我拿你进入别人房间行窃的照片给警方看？"

"我现在不怕了！"汤瑞白摇头，冷冷地说，"我去自首，就可以说出一切，让警方知道我不是主动，而是受你利用的。"

菲利浦气急败坏地说："汤！这么多年了，我们不但是好朋友，也是多么好的合作伙伴。我们都是打算要赚大钱的呀！难道你……你真的疯了吗？"

汤瑞白笑了起来，说："不！我突然发现，其实我现在才是真正的正常。"

"既然你要自首，那……我现在就杀了你！"菲利浦说完就朝汤瑞白的身体扑了上去，两个人立刻扭打在一起。此时，在不远处的角落，突然闪出一个影子，是原先那个戴着骷髅头面罩的人，又出现了。菲利浦与汤瑞白两人也都看到了，汤瑞白为了防御菲利浦的攻击，无法分心。菲利浦在攻击的时候却注意到那个戴着骷髅头面罩的人正用枪瞄准汤瑞白。本身会跆拳道的菲利浦眼快，立刻一跃而起，来了一个空中环转踢腿，把那个戴着骷髅头面罩的人踢得踉跄后退。因此那个人发出的第一枪并没打中汤瑞白，正当第二枪又射出时，菲利浦要再踢已经来不及。情急之下，他突然挡在汤瑞白的面前，子弹射到菲利浦上身，菲利浦应声倒下。戴着骷髅头面罩的人发现不但没射中人还闯了祸，就火速跑走了。

汤瑞白诧异地冲到菲利浦身边，见他已经血流如注，赶紧脱下身上的破衬衫，按住菲利浦出血的伤口，大声地问："为什么要保护我？你自己不是就要杀我吗？

让他们对准我开枪就是。你为什么要挡？为什么那么笨！”

菲利浦抓着汤瑞白的手说：“我不笨……因为你是 suger……我是 coffee……咖啡要有糖才好喝，所以我不能没有你。”

汤瑞白眼角涌出泪水，气道：“你在说什么浑话！你……为什么你要救我啊？”

菲利浦用满是血迹的手，指着汤瑞白，说：“……你忘了……在中国日照……的海岸……你也……救过我的命？”

“可当时你是在闹着玩，故意的，不是吗？”汤瑞白双手颤抖的把衬衫撕成长条，绑住了菲利浦的伤口。

“不是故意的……那次……我差一点死了，是你……拉了我一把……救了我。所以……我不能……让他们……杀你。”菲利浦干咳着。

汤瑞白心痛地看着菲利浦，急道：“可是……看！你受伤了，你这个臭咖啡啊！”

“……还有……我不是……一个单纯的……老板。那个戴骷髅头……的人……是我们的……三个眼线之一。对不起……不要怪我……”菲利浦向汤瑞白要求着。

“好……我都不怪你。但是拜托你现在不要说话了。”汤瑞白点着头。

菲利浦闭上眼睛说：“……我可能……活不了。”

“你非活着不可！因为我只喝你这种咖啡。”汤瑞白用肩膀扛起了菲利浦，背着他一路朝船内狂奔而去。

小医院内顿时忙碌起来，手忙脚乱的医生与护士，开始穿进穿出地在救人。汤瑞白只剩内衣长裤，上身满是血斑地坐在椅子上等待。

不久，医生走了出来，汤瑞白冲上前问：“他怎么样？”

医生对他摇了头，说：“子弹伤中要害，我们已经尽力了。他想见你。”

汤瑞白匆促赶进了病房，看到一身是血的菲利浦躺在床上。汤瑞白跪在床边，握着他的手，泪水汩汩地流着。

菲利浦微弱地说：“我要你……快去……自首。”

汤瑞白猛点头，迭声说：“我会！我会！”

“还有……记得吗？我棉被里面收藏了一些现金，万一……我……撑不住了，你……把我……所有的现金……转给……我在亚拉巴马州的……太太……孩子，你……答应我。”

“我……答应你……”汤瑞白呜咽地哭了出来，此时医生护士也走了进来，菲利浦终于伤重不治，去世了。

第六节　灯影下的独白

菲利浦死了，汤瑞白的“咖啡”没了，他的心如同割裂一般，难过得说不出话，他现在能做什么？除了菲利浦交代的一些私人事件，还有一件重要的事情，就是自首。是的，现在每个人都希望他出面自首，这也是他原本就要做的。

汤瑞白想到了菲利浦；这位已去世的异国好友。虽然当初他带着汤瑞白走上歹途，最后也因此丢了自己的性命，可是他给汤瑞白的感情几乎是无人能取代的。当初在华盛顿读研究生的时候，曾经也有几个同性的华人朋友，可是后来都没了联系。汤瑞白到加州后，偶而也会去几个邮件跟以前在学校认识的人联络，可是那些同学总是会问薪水与工作，听到他还在苦哈哈地创业阶段，一个个都变得很没趣，经常是有一搭没一搭的，到后来就都不回复邮件了。汤瑞白感觉很孤独，因为文化隔阂，他也从来没有想过在西方人圈子里会交上什么朋友。可是想不到！自从见到菲利浦，汤瑞白就觉得很舒服，两人真是咖啡与糖。虽然菲利浦藏着秘密，以致两人目的不同，相处却很融洽。汤瑞白尤其喜欢菲利浦的轻松劲儿与诙谐感。

啊！真是好怀念他。汤瑞白痛苦地捧住面颊，感觉自己胸口被一块大石头压住，动弹不得。他弯下身子，继续捧住脸，痛苦地嘶喊了起来：“……啊……”因为声音高亢，响彻云霄，惊动了船上医院内所有的人。医院外的许多警察也因此狂奔了过来，问：“你没事吧？”汤瑞白这才缓缓地放下双手，泪眼模糊地点点头，没说话。警察们左右瞧了瞧，确定没什么问题，才一个个陆续地走了。当时还在医院角落疗伤的邱敏媛也听到了汤瑞白的嘶喊，她远远地看着汤瑞白，没有作声。

一位不知情的医生拿了针筒走过来，好心地问汤瑞白：“要不要给你打一针镇定剂？”

护士理解地说：“他的好朋友菲利浦死了，他很难过。”

医生点头，继续问：“那……也可以打一针，会好一些，要吗？”

“不需要，谢谢。”汤瑞白站起了身子，忍泪走到医院的墙边，用装在墙上的电话机，给船上柜台去了自首的电话。

听说汤瑞白要自首，柜台服务人员赶紧把电话线接到了警探保纳处。保纳马上通知柜台暂时封锁汤瑞白自首的消息，且与翰克火速赶过来医院找汤瑞白。远处的邱敏媛看到了两个警探来了，理解汤瑞白真的自首了，心里非常安慰。就请一位护士帮忙把自己先前已经写好的一首诗放在信封内去交给汤瑞白，护士走去解释请转交汤瑞白，警探保纳与翰克都点点头，翰克先把信封放在口袋内，三人就走了。

保纳与翰克把汤瑞白带到一个船上的秘密船舱。然后汤瑞白就道出了他所知道的，包括窃案有关的人员与各人的工作：汤瑞白、菲利浦、罗奇，还有三个眼线，并且还讲出自己与菲利浦联手行窃经过，包括罗奇在欧娃胡岛，取化学药水，还有拆婚，也全都说了。但是他说他只知道珠宝公司的事情，完全不清楚背后的组织是怎么回事？汤瑞白又说凶案下毒的人是卜慧，他就是人证。保纳点头，要他说清楚些。他就把自己如何进 Ida 船舱偷珠宝，发现 Ida 临时回来，如何躲进两船舱相连的厕所，如何窥见隔壁的卜慧用 520 香水瓶朝酒瓶内倒毒液，整个经过都大致地说了一遍。

此时，翰克早已经把那副银色手铐拿了出来，汤瑞白伸出手，接受被逮。保纳在一旁，含泪感激地看着汤瑞白，脸上满是赞赏的笑容。他拍着汤瑞白的肩膀，道：“年轻人，你这次真的做对了选择，谢谢你！”

保纳虽然有了卜慧的人证与窃案的线索，行动上却很冷静小心。他耐住性子，还在等毒酒的报告，不想随便惊动什么人。

汤瑞白被关了禁闭，他被带到接近船头的一个双人船舱，里面只有简单设备与三张小床，中间一张是给犯人用，其他两张床则是警探睡的。

这晚，警探在船舱门口走动，只有汤瑞白一个人在里面。他不停地反思，觉得自己向警方说出了心中秘密是正确的，虽然失去了菲利浦，一个最贴心的朋友兼同事，让汤瑞白极度伤心，却也因为邱敏媛，抚慰了内心的痛楚。尤其是他已经成为一个凶案的重要证人，这个选择，好像正在接触到人生的一线曙光。他紧紧地抓着那一点生机，即使曾经走错路，眼前却是他重生的一个机会。汤瑞白对于警方的一切处置，完全合作。是的，他必须珍惜！汤瑞白想，现在他自首了，那么邱敏媛到底会高兴还是伤心？

汤瑞白想到这里，警探翰克走进来，跟汤瑞白说："汤先生！你认识那位邱小姐吗？也是廖育兴的太太。"

保纳也走了进来，说："就是坐在你隔壁，被人刺伤的那个女人。"

"是！她也是我的大学研究所同学，现在伤得怎样？"汤瑞白问。

"还好！没有伤到内脏，只是肩膀受伤。经过止血，包扎起来了。"翰克说。

汤瑞白闻言，宽慰地点点头。

翰克从口袋掏出了信封，递给汤瑞白说："她让我们转交一封信给你。我们检查过了，觉得没问题，所以可以交给你。"

汤瑞白接过来，发现信封没有粘上，是开启的，就从里面拿出信纸，下面是邱敏媛自己写的一首深情款款、鼓励他的歌词：灯影下的独白

①冷冷一盏灯，寂寂孤影徊，默默凝思中，悄悄夜又随。诉不尽相思苦，满心满绪眠难催。

②枝叶都蹙眉，花草也落泪，远山皆颔首，近水赞不悔。坎坷心风雨情，一腔感性和泪垂。

③去者若无意，来者必有心，执着盼晨曦，风向勇者吹。灰里来尘里去，迎向曙光出重围。

汤瑞白读完，被真情流露的诗句感动。欣慰自己选对了路，邱敏媛的鼓励让他产生了无限的信心。

想起邱敏媛曾经是那么样地爱他，让他满心惭愧与难过。当时，让邱敏媛伤透了心，而他完全没有想到，或者应该说是根本没有心情想到。那个时候，他的事业跌入谷底，太受挫折与自卑了，只想捍卫自己的自尊心。但是现在他才理解比自尊强的是爱情，比爱情强的是信心。这些邱敏媛现在都给了他，他却觉悟得这么晚，真是无地自容啊！

就像邱敏媛说的，如果两人不是在游轮上重逢，汤瑞白还在外面晃荡，即使他骨子里想念她，又有什么用？他没有勇气回西雅图去找她。如今这一刻，完全不同了。他突然发现人生是由许多缘分组成的，命运也好，机会也好，都是稍纵即逝，无法再重来。而他何其有幸！上天给了他两次机缘，一个在陆地上，一个在海上，总是浪花滚滚，晃动频频，多么奇妙的一个世界。而且他失去了菲利浦，

失去了工作，失去了尊严，一切都在远离他而去的时候，却重获了邱敏媛的心。他该感激上天，不论怎样，即使他成了罪犯，邱敏媛还是让他有了活下去的勇气。

邱敏媛从医院回到了自己船舱，对汤瑞白原本很担心，但是现在知道他已经自首，感到宽心不少。他把汤瑞白自首的事情说了，让廖育兴不要担心珠宝的失窃，想来等到窃案破了，两个传家之宝必定都能失而复得。廖育兴闻知汤瑞白自首的事情，内心窃喜。这下子，邱敏媛一定会回心转意了，哪个女人会喜欢跟一个嫌疑犯打交道？想到此廖育兴急迫地想好好表现一番，她问邱敏媛要不要喝水？邱敏媛左手臂被包裹了起来，绑了一个白色的护肘带，正靠在床上休息。她的确觉得口很干，就点头说："我鼻子今天有些过敏，给我一杯温热的水吧！用桌上那个特制的，可以放进微波炉的透明碗，你会弄吗？"

"会！"廖育兴高兴地把特制的透明碗放进微波炉，但是热的时间过久，拿出来时，水非常地烫。廖育兴把它拿去给邱敏媛，要她试喝，邱敏媛没喝，嫌水太烫，问道："为何不加一些冷水呢？"

"我怕一加冷水，这透明碗会被炸破！"廖育兴摇头。

邱敏媛听到廖育兴那么说，知道这水不是普通地烫，就问："那你还要让我试喝？"她想若加冷水会造成碗炸裂，那喝到嘴里还得了，岂不要烫伤了嘴啊！

"喝少一点没关系，你看餐馆侍者端上桌的汤，不都是很热，大家都照喝呀！"

邱敏媛不知该如何解释给他听？餐馆那些汤的热度怎能比得上刚刚从微波炉取出的一碗烫水？这是普通常识，但邱敏媛知道若解释给他听，他固然会点头，但他的习惯是天性，不容易改。即使有一些改进，那也是因为邱敏媛在他旁边，一旦不在旁边，他的信用全失。于是邱敏媛叹了一口气，说："我不想烫伤嘴，一会儿再喝吧！"

"那好！你休息，我去楼上做运动。"廖育兴说完就离开了船舱，心里还在高兴邱敏媛说汤瑞白自首的事情，原来那个家伙是个窃贼。邱敏媛愿意告诉他，不就证明夫妻两人是同心的？廖育兴口中念念有词：汤瑞白啊！汤瑞白，这下子你有了污点，我看你还能逃得出"如来佛的手掌心"才怪！

此时，汤瑞白在关禁闭的船舱，对着邱敏媛的诗发愣。走到门口的两个警探正在思考时，翰克的手机突然响了，他接听了电话，挂断后，就跟保纳说："毒酒有了新进展，他们发现那一瓶几乎满的酒，足够让人致死，另外一瓶只剩一半的酒却不会，因为毒比较少。检验的结果，已经确定了毒液的成分，它与一个国际犯罪集团的毒针成分完全相同。还有，毒液的瓶子就是罗奇在从欧娃胡岛带上船的化学药水。现在警方已把详细资料发到你的手机里去了。”

保纳一听，想起自己先前改成振动代替音乐的手机，急忙掏出来。打开了那份资料，看了以后，他一边努着嘴，一边点头。最后他决断性地敲了一下桌面，说：“马上抓捕那三个珠宝公司派来的眼线。而且传讯卜慧与罗奇，搜查两人的船舱。”

船上派出了武装特警，很快地就抓到了三名眼线。警探此时才通知柜台，可以公布汤瑞白自首的消息。

在警探办公室，罗奇首先被传讯，他听说菲利浦遭枪击死亡，非常震惊。又知道汤瑞白因为涉及珠宝盗窃案而自首，且已经供出了罗奇的两个违法任务。罗奇无奈，却难以置信地说：“我以为菲利浦与汤瑞白只是销售珠宝的人。”

“他们的珠宝公司只是一个幌子，上面还有一个跨国的非法集团，这个犯罪组织是从秘鲁开始发展的，菲利浦是旗下的一个负责人。汤瑞白与你都不知道，你们只是在犯罪事件上被利用了而已。”保纳说。

“难怪！菲利浦会让我做与珠宝无关的拆婚工作。”罗奇说。

“是的，我们已经查到你在游轮上做过的那一件拆婚案件。为了保护当事人，目前在船上，我们不会张扬出去。但是你在这件事情上是有罪的，将来会被起诉。”

“那瓶……我在火奴鲁鲁拿到的珠宝清洁水……”罗奇说了一半，保纳就插话跟他说：“那瓶水不是清洁珠宝用的，而是毒液。”

“毒液！啊……可是我不知道哇！”罗奇惊呼了起来。

保纳继续说：“而且这个毒液就是那一个国际犯罪集团用的毒液，名字叫‘番筋鳖碱’，进入身体会引起神经麻痹、痉挛，二十分钟以后就死亡。他们专门走私人体脂肪，起初的成员来自安第斯山脉地区瓦奴可省的一个黑道帮派。开始的时候，他们只是用提供工作机会引诱偏远地区的农民与原住民来步入陷阱，后来就野蛮地砍人脑袋与四肢，且用很多秘密的方法杀人。逐渐地，他们扩大了范围，包括意大利、荷兰、德国、美国……好几个国家的黑帮，然后全都是用装了毒液的毒针来杀人。目的是提炼脂肪及吸取体内组织，通过黑市贩售出去给意大利等国家。然后制造成高级化妆品，销售到欧洲与全世界去。”

“……”罗奇愣住了，他惊讶得说不出一个字来。

翰克也说："早上的命案，不是自杀，而是谋杀，因为在死亡以前所喝的那两瓶'波尔多'酒内被人下了毒，我们已经有了证人，下毒的人是卜慧，问题是卜慧要从哪里取得这种毒液呢？我们认为是你给她的。"

罗奇直摇头，说："我没有，那瓶珠宝清洁水后来丢了。我找不到，我也没有给卜慧。"

"不！是你给了她吧？"翰克不信。

"不是！不是！如果你们不信可以问卜慧。"

"我们会问的。"保纳跟翰克招手，翰克就把在外面等待的卜慧带了进来。

罗奇一见卜慧就问："你知道我遗失了那瓶珠宝清洁水，我打电话问过你看没看到，你说没有，对不对？"

"我是没有啊！可是他们怎么说是我拿的呢！"卜慧指指自己。

保纳问卜慧："我只问你，你下毒的那一瓶酒，以前曾经喝过了吗？还剩多少？"

卜慧已经知道汤瑞白自首作证人的事，想到自己无法再隐瞒了，就承认道："以前喝过，酒还剩半瓶，但是……我只放了一点点。"

"你怎么会有毒液？"保纳问。

卜慧回忆着："昨天，我碰到罗奇，他说那个是珠宝清洁水，可以杀死蟑螂，所以我跟他借来，放了一点在我那520的香水空瓶内。后来我就在船舱把它倒进了酒中，然后把520的香水瓶扔了。"

保纳问："扔了？不！应该是你什么时候又把毒液倒进了另一瓶酒？"

"什么另一瓶酒？当初我和宋万杰只买了一瓶'波尔多'酒，你可以去问啊！"卜慧露出诧异的神色。

"我要到哪里去证明你买了一瓶还是两瓶？船上商店虽然多数都用信用卡，但刚好这家卖'波尔多'酒的酒吧是只收现金，认钱不认人的。"保纳缓缓地摇头。

此时，翰克更正卜慧的话，说："不！你是拿了全部的珠宝清洁水回去，在两瓶酒里头，都放了。你在一瓶放得少些，另一瓶放得很多，你想把我们弄糊涂。我看全都是你一个人做的。"

卜慧着急地拼命摇头，说："冤枉啊！我真的没有拿那么多，我后来也把珠宝清洁水的瓶子还给罗奇，自己就走了。"

保纳转头问罗奇："是吗？她真的还给你了？"

罗奇回想了一下，说："……记不清楚了，当时我在讲电话，也没仔细留意，总之后来我到处找，就没见到了。"

保纳点头说："你就想想，那瓶子到底是什么时候不见的？"

罗奇还没回答，卜慧就发狂地追问罗奇："是啊！你仔细想啊！是丢在哪里？不然我就完蛋了！你要害我吗？"她看罗奇似乎想不起来，卜慧生气道："因为凶手就是你！想害我是不是？你买了与我相同的'波尔多'酒，把毒液全部倒了进去，你想害廖小倩的生母常艾丽，因为……因为廖小倩总是去追你，你烦了！就要害死她妈妈！凶手就是你！"

罗奇摇头道："我没有，我跟廖小倩的生母常艾丽完全不熟，怎么会那么做？"

翰克也问："那你再好好想想，卜慧走了以后，你还跟谁说过话？"

"哦……我想起来了。"罗奇话一出口，两个警探的头都凑过来了，罗奇就说，"那天我还跟廖育兴说过话，不过……我们也没说几句话，他就走了。"

保纳此时缓缓回忆着，他想起曾经问过廖小倩与Ida有关廖育兴的为人，得到的答案都是："他对金钱非常算计与吝啬。"翰克似乎也曾问过他太太邱敏媛，得到的答案也类似，想来一个用钱那么小气的人不会去购买"波尔多"那么贵的名酒吧！于是保纳转头试探地问翰克："如果你是一毛不拔的人，你会去买法国名酒吗？"

翰克促狭地说："不会，但我会去酒店作伙计，来卖法国名酒。等到收工以后就偷偷地带一瓶回家去喝。"

"那……廖育兴的职业是卖法国名酒吗？"保纳笑着问。

"当然不是啊！"翰克说。

"所以想来想去，两瓶'波尔多'应该都是一个人买的，凶手真的就是卜慧。而且那张剪贴的遗书应该就是卜慧的杰作。"保纳说。

"是的，我早就那么认为了。"翰克同意。

"我是冤枉的，我没有买两瓶酒！你们不能平白无故地说我就是凶手，而且我放的分量根本不会致死，我……我……唉！我只不过是想让他们两个闹闹肚子而已。"卜慧还在理论与挣扎。

翰克冷笑着问："闹闹肚子？那可是剧毒哦！"

保纳也问："若只是想让他们俩闹肚子，那你为何要剪贴那张遗书？"

卜慧说不出话来，因为当初剪贴那张遗书时，她的确是想害死宋万杰与常艾丽。

此时，旁边走过来几个保安人员，与两个警探交头接耳地说了一阵话。翰克就给了保纳一个询问的眼神，保纳点了头，翰克就对卜慧与罗奇说："人证物证都有了，现在应该要正式逮捕你们，你们可以保持沉默。"翰克取出两副冰冷的银色手铐，逮捕了卜慧与罗奇，游轮也正式朝大家发出了窃案已破、凶手被擒的消息。

第十章 起死回生

第一节 撕去的秘密

即使窃案与凶案都已经水落石出，大家心底还是难免有些沉重。虽然全程旅游都充满了乐趣，可惜回程不但暴风骤雨不停止，惊险与意外也让人紧张，这一天仿佛是漫长的等待，人们心中原有的快乐，都被船上的不幸事件给打扰了。晚餐后，一些娱乐场所虽然在开放，却也显得很冷清，都是寥寥的几个人。只有六楼赌场客满，铜钱叮当声与洗牌声响个不停，人潮汹涌，烟雾弥漫。其他的人不是在船舱休息就是聚集在中间大厅。

沙发上早已坐满了人，经常听到的提琴声与钢琴声仿佛也被吓跑了，全都消失，无影无踪。多数人还是在谈论着船上的两个案件，依旧揣测纷纷。虽然知道凶手与窃贼都已经抓到，还是交头接耳，众说纷纭，有的说卜慧剪贴遗书的功夫真是厉害！有人说她是因为妒忌杀人，有的说那个女人看来很老实，想不到心眼儿那么坏，有的则说这次的“案外案”全靠一位英雄人物出面，就是因为他出来做证，才抓到凶案的凶手，也有人说那个英雄是个飞天贼，更有人说那个英雄来路不简单。

邱敏媛夹在人群中，她坐在大厅的沙发上，左手臂依然绑着一个白色的护肘带，绕颈项挂着，有一些旅客还走过来慰问她，看她是否好些了，邱敏媛含笑点头。廖小倩，Ida，廖育兴，三人坐在她的旁边，每个人都沉默地拉着面孔。

廖小倩瞪了瞪邱敏媛，她怎么还够资格做廖太太？怎么会那么巧，那刺客的刀子刚好误伤了她？不就是她靠汤瑞白太近了才会被刀误伤，哼！一颗心就放在别的男人身上，干脆离婚去跟汤瑞白一起坐牢好了。廖小倩想到母亲常艾丽就那样没名誉地跟宋万杰一起死了，心中更是愤怒，可是她又为那个宋万杰感到难过。记得那一天心情不好，下午去六楼的舞厅自己一个人跳舞与旋转，宋万杰在舞池内帮颓丧的廖小倩解围，还那么有耐性地跟她分析爱情的大道理，廖小倩满心温暖。也不知何因，如果同样的话是从常艾丽或者廖育兴口里说出来，就会像在说教，总是会让廖小倩反感，可是宋万杰就不同，真想听他多说一些，但他竟然就这么死了。廖小倩不懂，为什么那么体面、那么讨喜的一个男人竟然会有外遇，而且这个外遇还是她的母亲常艾丽。两个人就那么被卜慧陷害，结束了生命。

Ida这几天总是头晕，她看了一眼邱敏媛，心里想，她为了那个汤瑞白挨了一刀，神色看起来还甘之如饴，那怎么还不跟廖育兴离婚呢？她的旧情人汤瑞白，也没啥了不起，还不就是一个大窃贼，竟然敢偷入了Ida的船舱，开保险箱，把“金塔红美人”给偷走了，真是丢脸！胆子好大啊！总算他自首了，否则怎么也不会想到是汤瑞白偷的。

廖育兴则是一脸的泄气状，天下还有比这种事更让男人揪心的吗？真是有苦也说不出啊！原本还高兴邱敏媛跟他透露汤瑞白自首的事情，也以为夫妻两人可以同心了。哪想到邱敏媛为了汤瑞白受伤，竟然一句怨言都没有，听到汤瑞白自首，她难道不诧异？那汤瑞白是一个大窃贼呢！邱敏媛怎可能不在乎？可是，瞧瞧她，的确很平静。在她的内心，廖育兴竟然还比不上一个小偷？真是让他没面子透了。

另一头，在游轮警探的办公室，表面看似乎归于平静。还有什么比窃案与凶手都真相大白，一切尘埃落地，更让人安心的事呢！可是保纳与翰克没能真正安宁下来，尤其是保纳，他始终在蹙眉深思。翰克见状，就问：“难道，你还觉得有什么不对吗？”

“我忽然感觉，卜慧不需要杀宋万杰，让他离婚就可以了。”保纳有点怀疑地说。

“为什么？”翰克不解。

“因为我后来发现，两人有一张‘离婚财产协议书’。里面说如果离婚，卜慧可以得到三分之二的财产。”保纳解释着。

“三分之二的财产很多呢！对啊，何必杀他，还要背负刑罚。让他离婚，拿不到全部财产就够他难过的了。”翰克点点头。

“嗯！”保纳点头，自言自语道，“还有，常艾丽皮包内那本记事本。”

“记事本？”翰克不解。

“我想再看看。”保纳说完，就指指外面说，“你去请那个翻译小王来这里一趟。”

“好的。”翰克拨了一通电话，交代传唤小王。然后起身从证物中取出那一本金色的小记事本，递到保纳手中。

保纳这次翻看时，特别慢，也极度仔细。突然发现其中的一页，好像被撕去过，只留下小部分，那是一个很小的角。一般人绝对不会注意到，上面还露出一个残破的字，或许应该说是半个字，有点难辨认。于是保纳充满了怀疑。

此时翻译小王来了，他拿了一支金属框的放大镜，对着那半个字迹前后移动，研究了一阵，口里说出了一个“万”字，保纳一听就猜到是宋万杰，可是为何独独这一页会被撕去？又是被谁撕去？难道这里面有什么秘密？常艾丽到底在上面写了什么？保纳忽然感到很有兴趣。于是他开始交代翰克，道：“跟船上安检人员说，我们还要继续检查可疑人的船舱，尤其是廖家人。”

“廖家全部？”翰克十分惊讶。

“对！廖育兴夫妻，他女儿廖小倩与 Ida 的船舱，全都要再次仔细搜查。”

翰克跟游轮安检人员通了电话，得到了首肯，且通知了船上一些分散布置的警力，集中到十一楼来搜查。然后翰克与保纳两人起身，就去了廖家十一楼的船舱。廖家四口人都已经接到通知，分别陆续也回了自己船舱，站在门口等待。

保纳带了警察去看廖家夫妻的船舱，翰克则带领其他警察查看 Ida 与廖小倩的船舱。保纳搜查完，正打算走出廖育兴的船舱，接近房门口时，他突然倒退几步，再次走进洗手间，仰头到处张望了一下，看到有两套橘色的救生背心。他喃喃自语着，就一把抓下了救生背心来仔细查看，结果在救生背心的哨子孔里头发现了一个小纸团。他不动声色地打开来看，发现竟然就是记事本中遗失的那一页，于是保纳马上悄悄地将之密封，成为证物，打算送给翻译小王。正好此时，翰克与那伙警察也走了进来。

“我们从 Ida 与廖小倩船舱的墙缝中发现了这一个有少许液体的瓶子。”翰克把瓶子递给了保纳。

“上次搜查时，没看到吗？”保纳拿着瓶子对着窗口的光线看，瓶子里头的液体只剩一点点了。

“因为是墙上的一个很小的洞，这次才发觉可疑的。而且瓶子被藏起来时，洞口虽然是被挖过，但补得很好，一时没被看出破绽来。”翰克说。

“我发现了这个。”保纳把证物给翰克看。

“是记事本上的啊！”翰克惊呼之余，就转身交代道，“赶快送给小王去翻译，急件！”

两人走出廖家夫妻的船舱，看见廖家四人正在等待。翰克就说：“请四位都跟我们走一趟，谢谢！”

张皇失措的廖小倩率先哭了起来，在一旁的Ida安慰着她，道：“没什么，别害怕。警探办案子，我们要合作，去一下而已，我们走。”

大家到了警探的办公室，翰克请四人坐下。还从冰箱取出可乐给廖家人喝，让大家情绪都安定了一些。

保纳先把刚送回翻译好的纸条看了看，就收起来了。

然后他戴上手套，把第一份证物捧在手中，呈给邱敏媛与廖育兴看：“这张纸是你们两人藏起来的吗？”

邱敏媛一直摇头，说：“我从来没见过这张纸。”

“你也没见过喽！”保纳看到廖育兴也摇头回应，就笑着说：“总不会是它自己躲进你们船舱去的吧？是在那个救生背心的吹孔洞里面找到的！”

“在救生背心的吹孔内找到的吗？”邱敏媛重复着问。

“是啊！”保纳回答，看了一眼廖家夫妻，两人都在摇头。

“我们有办法可以查出是谁摸过这张纸，所以是谁藏起来的，不难找到答案。”翰克盯着众人说。

“……”还是没人说话。

此时，翰克早已把那小瓶的液体让工作人员做了快速的化验，证明有毒，而且跟凶案为同一种毒液。保纳就把第二份证物取出，呈现给Ida与廖小倩看，然后说：“这小瓶子是从你们船舱的墙壁挖出来的。可以告诉我，是谁藏的吗？”

“是奶奶藏的！”廖小倩大叫着。

“怎么会是我？你这孩子，简直在乱说话。”Ida辩护着。

“是你跟我借去的香水。”廖小倩指着Ida。

Ida气坏啦！先是嚷嚷常艾丽总是乱找男人才会有这种后果，然后就说自己只是看看香水瓶就还给小倩了。

“你说只是看看，其实你用了一点香水。”廖小倩说。

Ida 这回没作声。

“你说这是香水？”保纳侧头笑着问廖小倩。

“这是 520 香水啊！以前我跟卜慧借来用的，后来丢了。”廖小倩指着邱敏媛说:“从她船舱偷出来以后,我怕被人发现,就先藏起来了。”廖小倩一脸的惶惑。

“天啊！卜慧到底有几瓶 520 香水？而且这可不是香水，里面装的是毒液。”保纳瞪大眼睛，晃着脑袋说。

“什么！可是当时我以为是香水，差一点我就要打开来用的。但是藏起来以后，我忘记了这件事。我是从她船舱拿来的！”廖小倩又指了指邱敏媛。

保纳抬头看看邱敏媛与廖育兴，说：“廖小倩一直说是从你们船舱偷出来的，不是你们的香水瓶吗？”

廖育兴摇头，邱敏媛也摇头说：“我从来不用香水。”

“嘿……那么这瓶子不是继母邱敏媛的，也不是小倩的。”保纳表情滑稽地说着，转头看着大家，继续嘻笑地说，“也不是 Ida 的，更不是爸爸廖育兴的？难道是我的喽！”

“……”大家都在摇头，没人说话。

保纳看了一眼廖小倩，没说话。廖小倩着急地说：“这瓶子真的不是我的，里面的毒液也不是我放的。不信，你们可以去问卜慧啊！也许……就是卜慧下的毒。”

翰克得到保纳一个暗示的表情，就走出去了。没多久翰克回来，说：“卜慧说她的确有两个 520 香水瓶。第一瓶我们知道她把毒液倒完就扔了，第二瓶是很早就借给廖小倩，被廖小倩弄丢了。她还说也许是廖小倩下的毒。”

廖小倩大叫了起来：“怎么会是我！我先前说过，后来香水瓶丢了嘛！所以我怎么知道？”

“你丢在哪里？”翰克问。

“不知道，我去过舞场和妈妈的船舱。舞场我曾在地上仔细检查过，没看到。”

“妈妈的船舱呢？”翰克又问。

“只看了一眼，没很仔细。”廖小倩又说，“也许有人去妈妈的船舱看到，后来偷走了。”

“嗯……也有可能。”保纳说。

廖小倩瞪了邱敏媛一眼，说：“反正我就是在她船舱的沙发上看到了，才偷出来的。”

保纳看到邱敏媛还在继续摇头，就转头对着廖育兴，晃了晃手上的第二份物证，问道：“小倩说这瓶毒液是她从你们夫妻的船舱里面偷出来的，你真的没见过吗？”

“没有，从来没见过！”廖育兴非常肯定地摇头。

“你骗人！”廖小倩生气了，大声叫道，“我就是从你们房间沙发上取出来的，为什么你不承认？你要害我吗？你不肯承认，警方就会认为我是凶手，难道你一点都不在乎？”

廖育兴突然冷冷地抬头，道：“我为什么要在乎？你就像你妈妈，自私！霸道！完全一个模子，你妈一直在骗我，把你放在我们家十七年，打算继承廖家的全部财产，真是异想天开！”

廖小倩既生气又尖锐地说：“你说什么？好像我不是你的女儿似的。”

廖育兴猛然打断小倩的话：“你不是！你是一个一点都不听话的小孩，十七年，我们父女几乎没什么感情，因为我怕你！你像你妈一样，对我永远是冷冷的，像个仇人，我竟然养了一个仇人。你妈该死！她多么残酷、冷血，我做错事说错话，她从来不劝告我，总是给我冷眼，就像你一样，总是让我感到自卑、窝囊、不像个男人。我恨她！还为了那个姓宋的男人背叛我，让我遭受这一生的奇耻大辱。你妈好狠，她说离婚就要离婚，完全不顾我，听到我想自杀，她还会笑。最后我为了保全这个家，就当场给她下跪了，可是她硬要离婚！甚至在游轮上，她还要跟那个姓宋的纠缠不清。姓宋的都结婚了呢！你妈就是这样地贱。她还是那么爱他，为了他竟然瞒着我，把姓宋的后代放在我们廖家。还敢跟我说是为了身材，才不想多生孩子，我傻傻地相信她，就这样没有了自己真正血缘的孩子，完全辜负了我的名字廖育兴。这是多大的屈辱！虽然是十七年，可是我白养了你……”

廖育兴的话令众人哗然，廖家人一个个目瞪口呆，良久说不出话来。廖小倩早已哭成了一个泪人，Ida 也愣在一旁。

保纳此时给廖育兴戴上了手铐，与翰克两人把他带走了。廖育兴一边走，一边回头，仿佛精神失常了，还在继续地说：“就是因为你，我才那么傻傻地被戴了‘绿帽子’，做了十七年的王八乌龟！啊……哈……哈哈……”

此时，廖小倩突然挣脱了 Ida 的手臂，朝自己船舱的方向狂奔，Ida 与邱敏媛两人也不安地朝廖小倩跑的方向跟了过去。一路上，Ida 不停地唉声叹气，说：

“怎么会有这种事情呢！小倩不是我的孙女，那么我们廖家不就没有后代了哇！怎么办呦！”

保纳与翰克把廖育兴带到一间公务船舱内，经过双方恳谈，廖育兴认了罪。

原来他已经偷听到了罗奇与卜慧的谈话，知道那小瓶珠宝清洁水的毒性很强。所以他是故意撞倒罗奇身前的橘子水杯，趁罗奇去洗手间清洗时，从他在椅背上夹克的口袋里偷走了那一小瓶毒液。回船舱以后，为了以防万一，想栽赃给卜慧。就先找出从舞厅地上捡到的 520 的空香水瓶，把毒液全部倒入 520 的空瓶内，丢弃了原瓶子。再把毒液倒入波尔多酒瓶内，然后留着只剩一点毒液的 520 的香水瓶在沙发上，打算晚上才还给卜慧。然后他就马上带着波尔多酒去找常艾丽了。

警方此时终于公开了第一个证据：经过小王的翻译，那一页纸，上面有几句常艾丽写给宋万杰的话，内容是告诉宋万杰：廖小倩是当年两人在他的宿舍内怀下的孩子。而那一页纸是被廖育兴撕下来的。

警方也继续公开第二个证据：那一瓶廖小倩从爸爸船舱沙发上偷出来的毒液，大部分已被廖育兴倒入波尔多酒瓶中，故导致常艾丽与宋万杰的死亡。至于波尔多酒的原来主人刘老板已经被找到，也才发现这瓶名酒就是刘老板赠送廖育兴的高级礼品。

第二节　晴天霹雳

全案真相大白以后，两个警探这才真正松了一口气。

翰克挺好奇地问保纳：“这两个证据都非常有用，但是你后来为何一直是追问毒酒，没有再去查问那张纸？”

保纳回答：“我看完小王的翻译以后，就猜测是廖育兴做的。是他撕下那张纸，藏在救生背心的吹孔洞内的。但是他可以否认到底，甚至说是外人要陷害他，进去偷藏的，用那些复杂的借口。说实在的，我们就会比较麻烦了。”

“可以查出指纹，不是吗？”翰克问。

“万一查不出呢？”保纳笑笑。

“那张纸，你不是已经知道字条的内容了吗？”

“嗯。”保纳点头。

“那么从纸条上的秘密着手，不是更容易追问出来？”

保纳又笑了，说：“想想看，你老婆有外遇，还给你生了一个‘拖油瓶’，你会愿意把你老婆与外遇的情书昭告天下吗？”

翰克摇头，道：“要公开承认那种信，我当然不愿意。可是追问毒酒，为什么你会觉得比较好？而且他后来不是也自动公开纸条里的事实了吗？”

“那不一样！自动公开与我逼他公开，是两回事。”保纳机灵地说。

“所以你觉得追问毒酒，成功率会比较高吗？”

保纳指着翰克说：“我问你，如果是你亲生女儿犯案，你是否会拼了命地救她？”

“应该会吧！”翰克回答。

保纳那脑袋上下缓缓地晃动道：“所以这里我用了一点心理战术：如果廖育兴知道廖小倩不是自己的亲生女儿，他很可能不会救她，而且他的内心已经有很多压抑。把毒酒继续追问下去，他就有可能会受不了，甚至崩溃！而我就是要攻下他的防御城堡。唯有如此，才会得知全部真相。”

“他也有可能是一个外表懦弱，内在很冷血的人，那么你岂不是要前功尽弃了？”保纳说。

保纳笑道：“对！其实我也有一点怕，只不过总要有勇气去试试，对不对？”

翰克佩服地惊呼了起来：“你真是高才啊！难怪您是横跨南北加州局里有名的‘猫头鹰警探’哪！”

“‘猫头鹰警探’？哦……哦……是这样用眼睛看人的。”保纳故意挤眼死盯住翰克不放。

“够了！够了！”翰克笑了起来，说，“好累！咱们喝一点小酒去，慰劳一下？”

保纳张口打了一个大的哈欠，摇头道：“不行！还有一件事，你处理一下，想办法取得廖育兴、廖小倩、宋万杰三人的头发，马上送去船上的医院处，做DNA的快速遗传检验。”

“哦……遵命！”翰克点头，走开了。

“唉！瞧瞧这趟是什么假期，真辛苦哦！呵呵……”保纳自我解嘲着。

晚上，DNA遗传检验回来，结果证实了廖育兴的话，一个已知的晴天霹雳：廖小倩的确与廖育兴无关，她真的是宋万杰的亲生女儿，整个案件到此才做了正式的了结。

廖小倩在船舱沙发椅子上，泪眼汪汪。虽然Ida与邱敏媛都在旁边劝慰，但是一个不是她真正的奶奶，一个是她硬要敌对的长辈，她们的话都起不了作用。最后廖小倩又挣扎着起身，冲到外面去了。

“我说呢！难怪她的个性一点也不像我们家的人，可是我总以为她是比较像她娘，所以从来都没有怀疑过。”Ida说。

“可是，孩子被生下来是无辜的，这样大的打击，她怎么受得了。”邱敏媛摇头叹息。

“现在怎么办？廖家没有后代了。”Ida说着转着眼珠，狐疑地看了看邱敏媛，突然睁大眼睛，表情焦急起来，问道：“你……你们不会离婚吧？”

邱敏媛愣了愣，一时不知该说什么？Ida见状真的着急了，拉着她的手说：“你不要生我的气，以前……以前我也不知道大家气氛为什么会那么坏！唉！都是……都是小倩先不懂事，惹得我也心烦，所以跟着她在一起起哄，你就原谅我们吧！不要离婚，嗯……耐心等他出狱，然后你们赶快生一个孩子，得替廖家延续香火啊！”Ida说完以后，猛然意识到廖育兴犯的是杀人罪，她双脚发软，几乎都站不稳，突地蒙面大哭了起来，边哭边说：“完了！完了！我在说什么啊！他……说不定是……根本回不来喽！”

“你先睡一下吧！”邱敏媛递过了纸巾给Ida揩脸，然后扶她上床，又说：“我去外面找找小倩。”

廖小倩走在楼梯上，身子仿佛没了力，晃着，走着，她一层一层地朝下移动，又一层一层地朝上移动，根本不知自己应该如何才能走出心中痛苦的深渊。

来游轮玩，原本是一件开心的事情，但是对廖小倩是一种毁灭。似乎没有一件事是顺利的，就连她要接近罗奇，也碰了一鼻子灰。

她想起宋万杰在舞厅中跟她跳舞的事情，他是那么可亲，帮她解围，送她劝告，还给她自信，平常本性顽劣的廖小倩竟然会完全地服了他。原来，那是，那是亲情，难怪觉得他特别和蔼，是让她喜欢的长辈，原来，宋万杰就是她的爸爸。廖小倩记得宋万杰皮肤很白，她是宋万杰的女儿，应该被遗传到浅色皮肤，却不巧地遗传到了母亲的深色皮肤，让她很不平。那一天下午在舞厅，宋万杰来帮她解围邀舞，那是他们父女俩跳的第一支舞，也是最后一支舞，可不是？那首舞曲名字就是《最后的华尔兹》。然后，廖小倩还来不及喊他一声爸爸呢！他就那么消失无踪，跟母亲不明不白地躺在床上死了。

害死她父母的人竟然是廖育兴，这个让自己从小喊成爸爸的人。天下还有比这个还要荒唐的事情吗？一夕之间，廖小倩没有了父母，而她一直以为的父亲成了她的仇人。她还来不及恨呢！仇人倒先说出让她寒心的话了，原来自己是一个如此让人厌弃不堪的人。她，廖小倩，自己不该来到这个世界上的，反正真正的父母都死了，她还有什么理由要活着？廖小倩想哭，但是她的眼泪只在打转，一直没掉出来，因为她发现即使哭也没有用了。

另一头的邱敏媛走出 Ida 的船舱，她正在找廖小倩。坐上电梯，几乎每一楼都按，一路东张西望地到处看，餐厅、商店、咖啡厅、舞厅……都去过，却没见到小倩的踪影。后来经过六楼赌场，邱敏媛走累了，就坐在门口的沙发椅子上休息。

她真是百感交集，怎么才一个晚上，世界就完全变了样！凶手竟然是自己的丈夫廖育兴。因为夫妻两人关系不好，邱敏媛一直也没特别去注意他有什么变化。原来他早就知道小倩不是自己亲生的，而过去这几天却能那么冷静，想来他已经悄悄地在盘算如何对付常艾丽了，廖育兴一定气极了，才会如此失去理智。

对于廖小倩，邱敏媛有一种与以往不同的感觉。她原本对廖小倩是很反感的，也许邱敏媛不敢说出口，如果敢说，她会说她真的很恨廖小倩！希望有一天会看到上天对廖小倩所有的倒行逆施给予最大的惩罚。邱敏媛在被她气到最巅峰的颤抖时刻，甚至期盼廖小倩会落到万劫不复的后果。但是，现在的邱敏媛急于想找到她，因为同情她！不愿她太痛苦。当一个人落入如此悲惨境况时，邱敏媛突然不想再恨她了。

廖小倩与邱敏媛彼此之间的气氛一直是紧张的，不为什么，只因为一个名词“继母”。这个名词自古让人诟病，太多的坏女人造就了这个负面名词，使得人见人厌。而邱敏媛也在不知不觉间，被套上了这个负面名词。邱敏媛的一切错都是因为这种无心的“对号入座”，使得自己踏入这个难堪的处境。

邱敏媛依稀记得，她嫁入廖家，始终与廖小倩难以和谐，闹得最严重的一次，是廖老生日的那个晚餐。当时廖小倩只有十五岁，被廖育兴从常艾丽那里带回来住了没多久。那次家中还特别雇了一个中国餐馆的大师傅来做寿宴酒席。廖育兴的弟弟廖育旺本来是从来不回家过任何节的，这一次也难得答应了回来吃饭。可是餐桌上的感觉有点僵，加上廖小倩一些不礼貌的态度，气氛被弄得很糟。当时廖育旺一进门，廖小倩就板个脸没打招呼，廖老又护着小倩，弄得叔叔廖育旺说自己不被欢迎，脸上明明带着笑容却还是气得要走。廖育兴就向太太邱敏媛求救兵。邱敏媛只好主动与廖育旺聊天，想让气氛变好一些，把他留住。

廖育旺虽然勉强被留了下来，嘴里一直在敏感地说大概自己像个陌生人了！在场的廖家人都没说话，邱敏媛继续赔着笑做中间人，说："怎么会呢！"

廖小倩却用冷眼，很不高兴地瞪着廖育旺。

气氛非常尴尬，邱敏媛只好说："今天是爷爷的生日酒席，叔叔也难得来了，大家和气些，不要把气氛搞坏了哦！"

廖小倩于是就把火气转到了继母身上，强硬地回嘴道："你才把……"她只用力说了三个重字，突然咕哝了起来，显得有些胆小地又把话缩了回去。

邱敏媛有点生气了，就严肃地说："我觉得你需要去看心理医生。"她说得冷静，心里却很沮丧。

"你才需要……"小倩又用同样的态度，说着又收了回去。

邱敏媛沮丧的心绪继续往下降，她实在忍不住了，就起身，说："对不起，大家慢慢吃，我回楼上休息一下。"邱敏媛说完，脸色难看地离座，走上了楼，回到自己房间。

她走进洗手间，对着洗面池哭了起来，开启着水龙头边洗着脸，边落泪。因为太激动，胸口的心脏跳动得也很厉害，她从来不反击的，但是刚才她总算为自己说了几句话。

廖育兴怎会有那么一个女儿？如果邱敏媛该感激廖育兴对自己好，那么她也会恨廖育兴，因为是他给邱敏媛带来那么一个"仇人"，但是怎么能恨自己丈夫？邱敏媛觉得自己真是气糊涂了。

婚后，邱敏媛从来都是让人夸赞的，也从来都是喜欢把最好的一面呈现在人前，更从来都是喜欢让周围的人感到温暖且如沐春风。今晚却被弄砸了，彻底地瓦解了，这让她没法子再面对这个家。她要走，不要在这儿受那个无知高傲女孩的气，更不要跟她再有任何牵连与关系了！邱敏媛想回头去收拾东西，可是她的双手在发抖。

不！不能走！她是长辈，她不要被逼走，她要看着廖小倩因为高傲而自己倒下。邱敏媛气呼呼地用一种间接报复的心态，想着，唉！但是自己怎会变得如此仇恨，婚后她一直是逆来顺受，对廖小倩是处处隐忍。她总是想廖小倩年龄还小，自己要多让让这个孩子，连廖育兴也这么说，但是难道年龄小就可以霸道？她真是恨小倩，也恨自己，她当初不该嫁过来的。

想到自己刚才在餐桌上说小倩应该去看心理医生的话，邱敏媛真觉得有点道理，看看小倩顶嘴时，起先一副凶样，后来马上又缩回去的那副胆小状，相互矛盾？多么地没有是非观念与原则的一个女孩？邱敏媛想起有一次大家一块儿去外面用餐，小倩丢了隐形眼镜，她那倔强的个性突然一百八十度大转，竟双手合十地求大家帮忙。邱敏媛不解，当然大家会帮她找，但何至于会吓到像个龟孙子似的，几乎要下跪的模样。难怪后来廖育兴不高兴地说："丢了再配一副就是，你把带来的有架眼镜戴上，别露出那没种相！"

邱敏媛想到此，"咚、咚、咚……"一阵敲门声传来，惊得她奔去开门，门口站着小倩与廖育兴。两人进得屋来，廖育兴拉着女儿跟邱敏媛道歉，邱敏媛愣了愣，廖育兴又说："抱一抱，大家就没事了！"小倩赌气地把身体凑近邱敏媛，不得已的邱敏媛只好伸手拥抱。身体的感觉是温热的，最直接的。小倩揩着泪没说话，邱敏媛也落着泪说："我不是不想离开这个家，可是我若走，你爸爸会自杀的！"邱敏媛不知道为什么自己会那么说？那个时候她还没坚持要离婚，她也不知道如果自己真的走了，廖育兴是否真的会活不成，她只知道，在这个节骨眼，她就是要争口气，让小倩知道她爸爸不能没有邱敏媛，并非邱敏媛真要赖在这里。望着眼前这个桀骜不驯的女孩，竟然还会掉泪？肯拥抱？那么她该是个有血有肉的人才对，邱敏媛感动得真希望这一刻不要改变，能成为永恒，让小倩的真情留住，不要消失了。她看着小倩，原本是一个可以让人有无限爱怜的孩子啊！是的，如果能留住这份善良多好？于是邱敏媛忍不住问道："可以让我们再抱一次吗？"她觉得自己问的很怪，明明不喜欢她，却要求抱她。小倩不作声，又在廖育兴的提醒下与邱敏媛抱了抱。邱敏媛很想让对方的善良多停留一阵子，因为她知道，这种道歉法也不可能完全化解对方的敌意。

双方有了面子，再谈里子，邱敏媛这下子就不好意思不下楼去继续用餐了，在廖育兴的要求下，她只好下了楼。见小倩的叔叔廖育旺远远地带着欢迎的笑，朝她打了个招呼。廖育旺还特意喊着："快来吃！菜都要凉了，嘿嘿……"邱敏媛含笑回应，觉得自己好像打了一场胜战，只不过也已经精疲力尽了。

那个夜晚，邱敏媛觉得自己好似委屈的甄妃，廖育兴成了懦弱的光绪皇帝，小倩则成了凶狠的慈禧太后。有的时候，邱敏媛更觉得自己会到廖家是上天让她来拯救廖育兴的，因为小倩对待廖育兴的态度仿佛是妖孽作为，而廖育兴的忍气吞声，也让人难以想象。若不是邱敏媛的出现，还不知小倩会张狂放肆到什么程度。

第二天窗口才露鱼肚色，邱敏媛就被廖育兴的鼾声吵醒，她趟在床上想前晚的事，虽然她和小倩已经言和，虽然她也觉得必须不计较。但是她知道像她与小倩这样的对抗角色与身份是绝对不可以那样公开大吵的，一次都不行！因为那会是个永远的裂痕，这也就是邱敏媛不论多生气，始终都不愿让脾气发作的原因。但是小倩太不懂事了，她竟让这个裂痕那么容易就产生了，多么不智，又多么无奈。果然不错，后来她们两人的关系，就真的完全没有任何好的进展。虽然如此，邱敏媛却经常希望小倩原生的“善良”能够出现，小倩却始终是不理不睬。

邱敏媛就这样，一边走，一边找廖小倩，心底却不时颓丧地陷入往昔那些不堪的回忆里。

第三节　奇异的长梦

“你在这里啊！我找了半天都没找到小倩。”是Ida的声音传来，她走到邱敏媛的面前，一边说话，一边四下张望。

“可是……你没睡觉吗？”邱敏媛好奇地问。

“哪儿睡得着！”Ida摇头，说，“怎么办？不知道她跑到哪里去了！”

“她会不会回船舱去了？”邱敏媛自言自语着问。

“有可能哦！”Ida说着就走到墙角，抓下一个内线电话，按了房间号码，等了很久，却没有人来接听。此时不远处传来一阵人群骚动，有几个安检人员出现，朝着她们的方向走了过来。

邱敏媛想，或许让安检人员帮忙寻找一下，会有些用。于是她主动跟其中一个大个儿男人打听着。想不到，对方却问她：“你说的廖小倩，是不是一个十七八岁的亚洲少女？”

“是啊！”

“她在游泳池旁边的洗浴室内割腕自杀了！”

“……”邱敏媛一怔，说不出话来。

“他说什么啊？”Ida听不懂，好奇地问邱敏媛。

“他说小倩自杀了。”邱敏媛回答完又转头用英语问，“现在在哪里？我们是她的家人。”

“人已经送到医院，我们正要去那里，你们跟我来！”大个儿朝她们挥手，又匆匆往前走。

一群人跟到了医院，等了好久，医生才走出来摊摊双手，跟家属摇头，说：“送来的太晚了，她失血过多，很抱歉！”

Ida与邱敏媛闻言，两人都愣住了，Ida突然叫了起来：“怎么会这样？小倩……小倩！你怎么这样想不开啊！”接着Ida就哭了出来，邱敏媛拥着Ida，一直在安慰她。耳畔传来一个女人声音，她正跟安检人员报告案发的经过：“今天洗浴室根本没人去用，所以她自杀很久了才被人发现。当时我本来是想进去拿毛巾，看见其中一间洗浴室里头有人，莲蓬的水不停地往下洒。我好奇，就一直敲玻璃门，可是没有动静。我突然发现不对，才跑出去喊人的。

虽然游轮极力想封住船上有人寻短见的事故，但是，亚洲少女廖小倩自杀过世的消息，还是传了出去。大家继续议论纷纷：

“唉！船上的这一家人多么不幸啊！”

“哪家人？”

“真是好悲惨啊！”

“是姓廖的吗？”

“应该说是姓宋的，一家三口，全死了。”

“唉！这艘船好像有鬼似的，真不吉利！总是闹事，先是盗窃，再来凶杀，现在是自杀，下一个会是什么？好可怕哦！”

“你别乱说，这样会‘扰乱民心’的！”

虽然是最后一天，海上风雨依旧很大，船身也被浪花荡得非常不稳。下午大家都在收拾行装，船舱门口都放满了行李箱，等待游轮运货的服务员来取走。大家都换上轻装简服，准备休息一阵，晚上睡个好觉，第二天下船。

Ida与邱敏媛都早早回到了自己船舱，整理好了行李，也放在了门口，整个楼因为缺了好几个人气，变得也非常安静。晚上“龙睛餐厅”照常营业，廖家为首那整个圆桌的人，抓的抓，死的死，只剩下Ida与邱敏媛两人。她们当然没出现，事实上根本晚餐都没胃口吃，心情都郁闷至极。六点不到，两人早早回了各自的船舱，在晃荡的船身中，坐立难安。这真是最长的一夜，也是因为两个船舱各自都少了一个人。

离睡觉时间还早，但疲倦的邱敏媛躺在床上，意识到晚上将只剩自己一个人睡，虽然是空间不大的船舱，却依旧是双人床。想起往昔廖育兴睡觉总是会踢到她的脚背，因为他经常忘记修剪脚指甲，夜里转身把脚伸过来一踢，就会撞伤邱敏媛的脚。她脚背上的皮肤曾因此被他刮伤过好几次，虽然只是小伤，但每次被他的脚趾甲刮到时，邱敏媛都会痛得大叫。廖育兴知道后就说一定记得剪，可总是剪了这次，忘了下次。她也经常提醒廖育兴要剪脚指甲，但他有时偷懒，匆忙地只剪了左右两刀，中间就留个指甲尖头，极其古怪。而她的脚背一旦再次被刮到时，也就更糟了！

夫妻之间，不论彼此情感如何，都会使得“做伴”成为自然习惯。尤其是睡觉，这真是一种很可怕的惯性，一旦少了一个人，就会感到难以安宁成眠。或许也是这个原因，离婚才会成为婚姻的梦魇。习惯了两人为伴的生活，只要想想入夜后，一个人在床上的孤单与恐惧，就够瞧的了。邱敏媛虽然早已跟廖育兴没有夫妻亲密生活了，但是在床上还是一起睡觉的伴。如今少了一个人，同样也很难入睡。

虽然如此，或许身心都过度疲惫，八点还不到，邱敏媛躺着躺着就昏沉地睡着了。她做了一个非常长的梦，仿佛是一部电影，有色彩，有形状，有气氛。很奇怪地，梦里是一段神话故事，而她也在这个故事里面。

在梦里，邱敏媛飞到了天上，看到了很久以前的世界，自然、简单、清爽的宇宙。

造物主的神仙技工患感冒，不得不告假，服过几天山神配的药，一粒粒状似红豆，好转得却挺慢。

天地间什么都有了，棕黄的山脉、银蓝的湖水、油绿的树丛，还有稀疏散布的人类，冉冉轻烟氤氲地飘浮，万物祥和，在平静中缓缓地游移、成长。

造物主计划、指挥着，沉着的表情中带着点不宁，“什么都有了，就是人太少。”神仙技工想要来工作却来不了，他捏了几天泥巴，只捏出这么些个“大人”，虽说有男有女，可也不能就此打住。造物主径自眯眼点头地说：“得让大家有后代。”

神仙技工终于赶到了，造物主吩咐着：“今天要开始捏配对的小娃。”神仙技工点点头，遵嘱照办。往昔捏大人，泥巴团大，较好捏，这下子被规定要捏小娃，还得配对，那真是需要些看家本事的。就这样，年复一年，神仙技工不停地在天上捏泥巴。工作太忙，无法随便请假，时常在感冒时候也得抱病来捏小娃。

也是个神仙技工患感冒的日子，他的手艺依然是没话可说。抱病来捏小娃，捏着泥巴却猛打喷嚏。而且把小娃掷到地球上之时，似乎是一个个分别往下丢的。他自己也觉得有那么点不对劲，造物主仿佛嘱咐过，要一对一对地往下抛，可是他忘记了！这还不打紧，有一阵子，他还总是捏坏了女娃儿，以致只能连续丢男娃儿去地球。他捏捏丢丢之余，甚至还捏了好几对同性的小娃儿，胡乱地朝地球一起抛了下去。

“真是越捏越糟糕！”神仙技工晃晃脑袋，只觉得昏沉沉，鼻子更塞得厉害，实在懒得去弄清楚自己是如何扔的？干脆就一会儿是一个个；一会儿是一对对往下扔算了。

身边山状的泥巴真软，黄澄澄的似金子般地闪闪发亮。神仙技工盘腿坐在云端，伸手挖来一小团泥巴，捧在手里捏呀捏的，突地分成两粒球，才一眨眼的工夫，又出现两个性别迥异的小娃儿。技工似顽童掷石般，眯起眼往下丢。他边做边打喷嚏，丢完娃儿又擤鼻涕，真是好不辛苦！

“感冒实在难受，山神说过每次一定要服两粒才有效。”神仙技工想，“我得按时吃那些红豆药丸才行。”与此同时，他左手就从药瓶内掏出两粒药，搁在身边待用，右手仍然继续不停地捏呀捏。

又是一小团泥在手中，神仙技工习惯性地一分为二。先捏出了一个男娃，将他的右手掌握拳，端坐一旁，继而细心地捏完另一个女娃。此时，神仙技工脑袋突然飞来了灵感，于是特别重新挖了一团泥，做出两个类似的小船，把男女两娃分别安放在各自的小船内。他捏完侧头欣赏，不禁赞叹：“这一对捏得真好，失散了太可惜，非得一块儿往下丢不可。”。

神仙技工觉得鼻子痒痒的，这才发现自己忘了吃感冒药。左手在身边探索着，只摸到一粒，另一粒呢？他转身去找药，找呀找，硬是找不到，等到想起刚才很可能是被裹进男娃的左手掌内时，却是突地一个大喷嚏，风暴般地把男娃吹去了地球。他吸吸鼻子，往下望望，摇头叹了口气，回头注视自己手中的女娃与小船，嘴里叹道：“唉！太可惜了！”他难过着，懊丧地在低头思考，沉默了好久，他才抬头，把剩下那粒红豆也贴入女娃的左手掌心内。为了让两个船不分散，还给了两个小船一个密码，只有女娃儿能解密。神仙技工犹豫地望着地球，他实在不记得先前那个男娃与小船是朝地球的哪个方向丢下去的？怎么办呢？神仙技工看着女娃与小船说：“至少你们有一对相似的船，看你们的造化吧！”说完他这才把女娃与小船朝地球抛了下去。

梦做到这里，邱敏媛在床上翻了一个身。梦竟然会继续着，邱敏媛看到长大后的自己在问那位神仙技工：“那个男娃儿是我的另一半吗？可惜没有一起被丢下地球。”

“嗯……因为他被我的喷嚏先打下去，后来你被掷到地球上的时间，相隔了一大截。天上的一个迟疑就是人间几十年的差距啊！”

“那么我在这个世界上没有另一半了吗？”邱敏媛伤心地问。

“有。”神仙技工说，“但你的另一半必须也有一颗红豆在左手掌上。”

“这不可笑吗？世上除了我有怎么还会有另一个人手掌如此奇怪！”

“……”神仙技工笑笑没说话。

邱敏媛继续问道：“难道我就是那个女娃儿？载我的那条小船就是现在的‘加州海狼一号’吗？”

“是的，你上次从楼梯滚下来，毫发无伤，就是有‘加州海狼一号’的保护。那个载男娃儿的小船，就是现在纽约的巴黎号博物馆，不过‘巴黎号’马上就要消失了！”

“什么意思？”邱敏媛问。

“太老了！博物馆将重新改建，‘巴黎号’将面临外壳大解体，就是彻底地消失！”

“不行啊！他是‘加州海狼一号’的隔世鸳鸯，不要伤海狼的心吧！我求你了！”邱敏媛央求着。

“没有用的，世事造化啊！不同的时代与世界，两个如何能一起？”

“那么能停止现在的‘加州海狼一号’出现更多灾难吗？”邱敏媛问。

“不能！只要大风浪继续，就有危险。虽然是最后一晚，但还有更多人会死。你们吃晚餐的这一桌，只剩你与Ida了吧！很可能下一个死的人就是Ida。所以说是灾难啊！”神仙技工说。

邱敏媛闻言一惊，惶恐之余，焦急地问：“好吧！那你说过只有我能解密。请告诉我，这个密码有多难？到底是什么？”

神仙技工回复道：“很简单的方法，删除就好！密码是障碍，是不信任，是痛苦，根本不需要。”

“删除？”邱敏媛几乎不敢相信，解码是如此容易。

“对！删除所有看到的密码，回归自然吧！”神仙技工说完，身体飘起，在云端转了一个圈，“嗖”的一声，很快地飞走了。

“别走啊！”邱敏媛在大叫中，一身大汗地醒来。

对于这一场不寻常的梦，邱敏媛半信半疑。可是刚才的梦好清晰，让人感到有点起鸡皮疙瘩，却又不能不信！其实，就算‘死马当活马医’也要试试看，不能让船上发生更多灾难了！邱敏媛拿起电话，拨了 003。

副船长尤今接到电话，惊喜之余，立刻行动，删除所有在“加州海狼一号”身上尝试过的密码。

果然不错！事实证明了，当晚船身不久就真的完全安定下来，暴风雨也逐渐变小。灾难或许已经停止，但是也太迟了，先前已经牺牲了四条人命哪！而且因为纽约传来的最后消息：“巴黎号就快要彻底拆毁消失”。副船长尤今很担心“加州海狼一号”是否也会跟着一起毁灭？在密码删除以后的这种平静会不会只是暂时的？尤今总觉得“加州海狼一号”以后好像会有更大的事情要发生，但是又不知是什么？好在明天就抵达港口。船停了，旅客都会离开，灾难也会停止。但是否海狼本身会有什么不祥出现呢？谁也不能预知，只能默默地观察。不过至少在今天晚上，将是风平浪静，就让大家都好好睡一觉吧！

第二天早上，天空虽然阴沉沉的，海上却已完全没有了风浪，“加州海狼一号”在最后终于安全返回原来的港口洛杉矶。任务虽然圆满达成，却在每个人心中留下了一点遗憾。

虽然船已经停泊在港口了，旅客似乎都显得有些没劲。但在十九楼的早餐，客人特别多，几乎满座了。也许是船上最后一顿早餐，大家都吃得很认真。Ida 拿着装满食物的托盘，朝一个大圆桌走去，那里已经坐了两个西方人与两个东方人，Ida 笑着问可否并桌，西方人客气地答应了，她就在西方人旁边坐了下来。另一对西方人胖太太与瘦先生也在找座位，看到 Ida 坐的那圆桌子还有两个空位，男的捧着两个大盘子，跟女的说：“我们就去坐吧！”女的扭捏地说：“我不去，上次跟日本人坐，她们说的英语，我实在听不懂，很累人。”男的发脾气了，拉着脸捧着两个盘，狠狠地瞪着太太，坚持推着太太在 Ida 旁边入座，几乎命令似的说道:“你坐进去！我才不管她们是日本人韩国人中国人。我只知道现在没空位，再不坐下，我们就得站着吃早餐了！”除了 Ida，其余人都笑了出来。Ida 睨视了那个胖太太一眼，心里想，自己反正不会说英语，干脆就互不理睬吧！于是大家自我介绍着，才知两个西方人是来自宾州，两个东方太太则是广东人，Ida 早期则是来自中国台湾。胖太太一听 Ida 不会英语，想想也好，就眉开眼笑地开始跟对面人在聊天了。

第四节　漫长的等待

船上的旅客因为前几天的风雨肆虐，船身震荡，个个都显得有些疲乏。游轮上发生的四个人命案件，虽然已经尽量低调处理，但是纸包不住火，船上依旧把消息传得沸沸扬扬。港口早已有好几部警车在候驾了，新闻记者拥在码头，电视台的摄影记者更是整装待发。可是船虽然停留港口多时，却不见人下船。原来因为游轮上发生凶案，船被暂时停航，旅客也延迟下船。所有船上员工暂时不得离开，凶案与窃案现场也禁止清理，一切保持原状。就等待依照一些法律上的程序来处理。

于是，准备下船的旅客都频频抱怨，嘈杂不满，后来经过船上的工作人员劝告与安抚，才肃静下来。船上中央大厅、酒吧厅、剧场内，到处都坐着旅客，一个个都耐着性子，在做漫长的等待。那群喜欢唱卡拉 OK 的华人团体，大概累了，多数在打瞌睡，只有“泥鳅”“冬菇”“铁匠”还醒着，三人正在聊天。

“这次你眼中的那个大帅哥汤瑞白，栽了一个大跟斗，你还在迷他吗？”“铁匠”问。

“当然！我是他的头号大‘粉丝’！”“冬菇”回答。

“还真是忠贞不二呢！”“铁匠”噘噘嘴。

“我不是墙头草，飘东倒西，哪儿有香就跑哪儿。”“冬菇”笑笑，然后说，“我喜欢他，不只因为他外表出众，还因为他心地善良，跟他是总统还是犯人无关。”

“哇！伟大！你太让我感动了。”“铁匠”夸张地说。

“我也有同感，他心地很好。那天我去拉‘冬菇’走，不小心撞到栏杆，他还帮我贴创口贴，我也喜欢他！”“泥鳅”点点头。

“感动的眼泪掉在这里吧！我帮你接着。”“冬菇”伸出捧住的双手。

“什么嘛！哎！我看你还有点脑袋，问你一个问题：若是两个中年的女性单身朋友，各自都一直没结婚，住在一起是同房，后来不和。A叫B搬走，B不走，是不是很奇怪？”“铁匠”问。

“嗯！是奇怪，会不会是忽视距离与礼貌，产生超友谊的关系了？”“冬菇”反问。

“不知道啊！而且年纪都不小了呢！听说B照顾A多年，B还说如果A去世，B应该得到A财产的一半。”“铁匠”说。

“泥鳅”诧异地说：“真的？那两人根本就不是一般的朋友，才会这样说话，可能是同性恋呢！”

“铁匠”点头说：“对！一定是没道德，自己不检点，才会弄得关系不正常。否则同性的同房，顶多是姐妹友情，怎么会有这种暧昧关系呢！”

“所以人啊！同性住在一起做同房也要小心。”“冬菇”说。

“泥鳅”说：“哎！我想起一件事。你们相信吗？我有个大学老同学，他在美国植牙，一个牙齿，四千美元，十个牙齿四万美金，他那张嘴巴够硬不说，还真值钱。”

“冬菇”睁大眼睛说：“那可危险，千万别跟他吵架，万一被他咬一口，那可有的你受了。”

“铁匠”惊叹地说：“美国那些牙医生是赚钱！不过听懂说把人家牙齿弄坏的烂牙医也不少。”

“冬菇”似乎也记起了什么，就说：“哎！我昨天看到一个新闻，台湾来的一对夫妻，吵架要离婚。丈夫就把退休金取出来让两人去参加阿拉斯加的游轮旅行，想挽救婚姻。结果语言不通，不敢出去，食物没胃口，处处都不顺。每天关在船舱里，吃饭也在船舱，加上房间又小，弄得两人冷战频频，吵得更厉害。最后下船后，反而真的就离婚了。所以我看游轮也不见得是‘爱之船’，应该叫作‘离婚船’。”“冬菇”才说完，隔壁也在听的一个东方老男人摸着头发，哈哈地笑了出来。“冬菇”看了他一眼，这才发现他刚染了头发，竟然没清洗干净就跑出来了，额头与颈子被染色弄得黑乎乎的，极其难看。“泥鳅”与“铁匠”也看到了，三个人都摇头，暗暗笑了起来。

此时Ida从洗手间出来，经过她们身边，听到在说中文，心里想这次游轮上的华人还真不少。走了一阵，一时看不到邱敏媛，就停住脚步东张西望。看到一个东方女人，又土又傻的模样，身体却被一个西方老男人搂着，正在角落亲密地说话。Ida 怪异地望了那个女人一眼，她有时会看到这种异国的中年鸳鸯，似乎那些东方女人，多数长相都不怎样，却被那些西方老男人惊为天人似的宠在掌心。想想在对女人的审美观方面，西方与东方差距可真大啊！

Ida 坐稳后，旁边站着一个女人，正跟一个戴眼镜的男人在说笑："你要了解，男人帮女人摘眼镜，那是男人想亲吻那个女人。反过来，如果女人要求男人摘眼镜，那你可得小心。因为一定是吵架，女人正准备要甩男人一个耳光啦！"

Ida 身后也有两个太太在聊天，高的说："……所以若要跟男友或者老公闹翻，就让他教你学驾车！"矮的说："若要跟朋友或者同事闹翻，就去让他教你学计算机，呵呵……"然后 Ida 又看见那个矮的太太突然跟高的太太耳语了起来，那个矮的太太点点头，摊摊双手说："唉！男人爱美女，小部分是因为感觉好，大部分是因为征服欲，也就是因此觉得自己分量上升了。女人爱俊男，小部分是因为征服欲，大部分是因为看了感觉好嘛！呵呵……"高的说："这种感觉好与征服欲都是一种自我，可以说完全是为自己的需要而产生的，是一种自私。我从来不相信什么'一见钟情'，天下没有这种事情。所以那么多'一见钟情'去结婚的人，到后来往往都很容易就离婚了！"

Ida 点点头，噘了噘嘴，觉得那高的太太说话还有点道理。Ida 四下仰头张望，还是没看到邱敏媛，有些着急。可能是家里人连续遭受厄运，她忽然没了安全感。人啊！倒霉的时候，喝凉水都会塞牙的。Ida 以前是跟廖小倩一起对抗邱敏媛，也曾经希望邱敏媛跟廖育兴快快离婚，但是现在 Ida 突然觉得自己是错的，她太孤立无援了。Ida 很希望邱敏媛出现，她一定不会再那么无理地对待邱敏媛了。

Ida 心情忐忑不安，看不到邱敏媛，只能坐在一张沙发椅子上等待。她哈欠频频，可是了无睡意，昨天晚上整夜未眠，开着大灯，一直在看电视。Ida 不敢关灯，更不敢一个人睡觉，看到隔壁的空床，心里是既难过又发毛。想来邱敏媛昨天晚上也是一样地难熬吧！正想着，就看见邱敏媛朝她走了过来。会合了 Ida，两人就安坐着等待。

"我昨晚看了一夜电视，现在好困，却没一点睡意。你昨晚睡得好吗？"Ida 说。

"也是很勉强。"邱敏媛回答。

Ida 叹口气说："我一直在想，昨晚小倩冲出去前，我与她的对话。"

邱敏媛说："我应该多留点时间劝她的……"

Ida想到她与邱敏媛都曾不停地劝小倩，可是小倩很固执。后来邱敏媛有事，中途回自己船舱去了一趟。Ida看到廖小倩盯着邱敏媛的背影，口中还说现在自己的命如此悲惨，那个做继母的，大概很开心了！

当时Ida拍着小倩的手臂，摇头道："你错了！她一样很难过，自己丈夫是杀人犯，怎么会不难堪？小倩！经过这次的事，我觉得我们都对她误会太深了。说实话，她对你没有做错什么事。'继母'只是一个名词，不能用它来判定一个人的好坏，更不能成为一个人的罪过。她没有罪，只是跟你爸爸后来结婚了而已。如果你爸爸当年第一个太太就是她，她也不会有这个被人讨厌的身份了，对不对？"

廖小倩哭着说："其实我也不是不喜欢她，只是因为我不喜欢爸爸再婚，我讨厌跟一个陌生女人一起住。"

"她只是代罪羔羊，能怪她吗？结了婚的人，难道你要她住到外面去？就只因为你先成为他丈夫的女儿？"Ida继续说，"你一个做女儿的应该希望爸爸会快乐，关心他的幸福，多为爸爸的未来日子着想。将来你长大结婚搬出去了，他以后就会变成很孤单的一个老头，那么他现在再婚有什么不好？"

"……"廖小倩不语。

"社会上有些坏女人做男人的外遇，计划着后来嫁给男人，甚至还怀了孩子，目的就是让男人离婚来娶她。我最讨厌这种女人了！可是邱敏媛不是你爸爸的外遇，她也不认识你妈妈。而且当年你爸爸是再婚，她可是从未结过婚，正正当当地嫁过来的。你何必跟她过不去呢？"

"你说的都对！可是现在，我还有什么资格这么想？我不但……反正我已经没有脸面了，我根本就不是他的亲生女儿！"廖小倩愤愤地说。

"人是有感情的，不管怎样，你是廖家人，也是我的孙女。"Ida继续说，"小倩，让我们重新开始，你对邱敏媛也和气一点，大家都好好相处吧！"

廖小倩半天没说话，好一会儿，她才幽怨地说："……一切都太迟了。"

Ida转而说给邱敏媛听："小倩说太迟了！"

邱敏媛回了Ida一个问号的眼神。

"她不是真正要恨你，我昨天解释给她听，你的立场有多难，她听懂了，还说我讲的都对呢！我劝她：大家重新开始，和和气气的，可是，她说她不是育兴的亲生女儿，一切都太迟了！怎么也没有想到，小倩当时可能就有厌世感了，唉！命哦！”Ida 说完，眼泪就涌了出来，邱敏媛递过去一张纸巾，叹了口气说：“别难过了！”

Ida 继续说：“小倩啊！怎么就只会想到你自己呢！还有我这个奶奶，你都不在乎了……”Ida 难过地揩干泪水，无神地看着前方发呆。

邱敏媛枯坐无聊，看到隔壁的一个华侨老人在看中文报纸，老人看的是报纸正面，反面正好对着邱敏媛，于是她就阅读起来了。那面报道的是在德国发生的一件华人被强暴的骇人新闻，一个中国女留学生正在路上慢跑，被人以紧急事故求救为理由，拦住以后引进庭院，然后又拽入二楼公寓去施暴致死，且移尸丢弃。最后法医鉴定，她的死因是暴力引发的脂肪堵塞肺循环与脑出血。罪犯是一对不知何国籍的年轻男女，也不像亚洲人，理由竟然是男的威胁女的帮忙给他寻找性发泄的猎物，否则就中断来往。邱敏媛看了报道，义愤填膺，天下竟然有这种情侣？有这种贱女人，也有这种禽兽不如的男人。强暴女人的男人，开始时也许以为只是强暴小罪，不是杀人大罪，但是最后多数落到杀人的悲惨境地。为什么？难道不知强暴就是大罪吗？女人视强暴为奇耻大辱，绝对会用生命抵抗的！她突然想起廖育兴以前那一次在床上对她的“霸王硬上弓”，后来被她推下床，隔日也对她道歉连连。可是当时廖育兴在她喊头痛而得不到性的时候，那种没理智的反应一出现，若非被她及时阻止，后果会如何？在夫妻或许是一顿大争吵，在陌生人就是一场强暴，因此女人怎能姑息男人？男人不清醒时，女人是有责任阻止的。新闻上的这个女人竟然怕了威胁，不愿中断来往，连这种男人也要？还帮着这个男人寻找性的猎物。邱敏媛想：这个女的简直不是人，十足“笨猪”一头！

想到此，邱敏媛也忆及自己刚刚嫁入廖家时，正值少女的廖小倩对父亲的随便态度：躺在夫妻两人的大床上玩，故作狐媚状，穿着露骨地跑来跑去。如果廖育兴没有再婚，一个在性上面长期压抑的单身父亲，面对一个桀骜不驯的年轻女儿，会不会做错事？不会？谁敢保证？思前想后，邱敏媛觉得这简直就是一种高危险的“处境试探”。因此她常常觉得，社会上的离婚，一旦父母分手，女孩子的监护人应该归母亲，不是父亲。所以一个离婚的母亲再苦也千万要把女儿给带走。

由于人们有礼教与道德，所以多数男人是刚正不阿的。但还是有少数男人在性冲动起来时，缺乏控制性，脑袋昏昏地把太太或者女伴当作雌性动物来对待。

这是男人的悲哀，也是女人最忌讳的事情。

邱敏媛想到此，看了一眼四周。时间仿佛过得很慢，大家依旧在耐心等待下船。坐着的客人，有的在闭眼休息，有的在看书，有的则在玩笔记本电脑或看电子书。其余的旅客多数在聊天，实在太闷了，也只能这样拉杂地谈着与听着无聊的琐事，此起彼落。

“你是从哪里来啊？”一个拉丁裔女的，粗声沙哑地传了过来。

一个退休富豪的白人老先生回答：“俄亥俄州，在美国中间偏东，五大湖区附近，下雪下得很多的地方。”

“今天中午啊！我那一桌有个女的聒噪不停，面前的三明治也不吃，真是浪费！她的话简直就没停过，一直到她离座，我们同桌几个男人才喘口气。女人怎么会那么多话，真是吓死人了呀！”一个瘦瘦的年轻白人男士说。

“所以我才不结婚。”另一个中年黑人男士说。

“这十四天，每天我吃四餐，真是吃了好多，回去一定要减肥啦！”一个有个光头，两边的白胡须还上弯绕圈，脸红红油油的胖白人说。

“能吃也是上帝给的福气，若美味只是一颗维他命就能解决，人生就乏味与没情趣。但是如果像你这样大量地吃很多餐，会很腻也很累。其实呀，一天三餐就是正好。”旁边一个白人妇女说。

“看！那个男人一直在张口剔牙齿，看了实在恶心。他旁边还有太太，那个女人怎么受得了，两个人都那么脏吗？”一个南美洲的女士说。

“男人会那么明目张胆地用牙签剔牙齿，其实是女人的责任。瞧！他太太不但不更正他，还在看着他说笑，一副视而不见的模样，那男人怎么可能会改？”另一个南美洲的男士说。

邱敏媛听得很闷，看到Ida已经椅子上在打盹了，觉得自己眼皮也是重重的，虽然很想睡却总是睡不着。

第五节　海狼的考验

邱敏媛想起了廖育兴，这次凶案的祸事是如此严重，不理解他怎会有如此胆量去害死常艾丽与宋万杰？邱敏媛在与他相处中，常会感觉他不够成熟。

有一次夫妻俩去拉斯维加斯的赌城玩，廖育兴想坐在老虎机的椅子上看别人玩，可是占据了老虎机不玩，别人会赶他走。一旦被人赶走，他往往是一句话不说地就站在一旁生气，幼稚如同一个小孩。表面上廖育兴不赌，实际上邱敏媛知道，他对金钱的得失心很大，经受不起输，即使是一点点小钱，他也会气半天，影响了一天情绪。所以他不赌，即使是吃角子老虎机，他也不碰。但是有时他很喜欢跟人打赌，但不用钱做赌本。他更常常喜欢碰运气，在一个危险的角度来试探自己，所以他开车，也不很遵守交通规则。

她想起廖育兴开车在路上，性子很急，总喜欢动不动就换线，只要哪边有空就往哪边换，弄得车上的人都容易反胃。就像他放食物进入冰箱一样，有洞就钻，完全不顾后果。邱敏媛事后经常解说给他听：要耐着性子，跟着车队的流量走，若是这样经常换线，不安全，容易增加车子之间的碰撞机会。他却依旧我行我素，甚至还自圆其说，美其名为“宁为鸡首，不为牛后”，邱敏媛听了只好说：“做鸡头有什么好，小心被剁掉。”

廖育兴驾车的速度也很快，有一次去加州玩，到了旧金山市区，看见红灯，他太晚刹车，差一点碰到一个行人，那人被吓得气坏了！走近来打算把廖育兴拖下车揍一顿。还好绿灯一亮，车子开动了，才避免一场丢人现眼的打斗。在美国开车的驾驶员，不论对错，都习惯让行人先走，可是廖育兴在停车场也是经常开得很快。邱敏媛极力地劝他：在停车场，车速一定要减慢，让行人先走，以免真有一天被外人拖下车去。想不到他常常又是像以前那样，喜欢回答：“不会的，发生了再说。”

廖育兴驾车，曾经有一阵子连续吃过几次警察给的罚单，不是闯红灯就是该停止的路口不停。除非有警察看到，否则在路口即使有停车指标，他经常会投机地一路开过去，很不守法，也极其危险！

有一次是在加油的时候，临时想向前移动车子。因为急躁，他就随便把擦窗杆放在驾驶座内，赶着去踩油门。等到想刹车时，右脚被擦窗杆子挡住了，无法使力，结果就那么撞上了前面正停着的一辆车。对方说不用报保险公司，只要给他两百元现金就行了，可是当时两个人总共只带了一百元现金，还好对方拿了一百元现金就妥协了。自那以后，邱敏媛坐他驾驶的车时，有时会缺乏安全感，却又不得不坐。

邱敏媛想到此，船上发出的广播说可以下船了。等待了许久的旅客们都大声欢呼了起来!

可是突然，来了三声钟响，广播声传出：“下面几位旅客清注意：金先生、金太太、李小姐，请赶快到柜台来，你们下船的手续还没办好。”Ida 问了身边的邱敏媛，得知广播的内容。Ida 不太高兴，这些东方人的旅客，怎么如此慢，还要人广播来催。几个白人太太朝 Ida 这方向投过来不满的一瞥，让 Ida 很不悦，看什么看！那三个人与我 Ida 有何相干？就因为我是东方人吗？东方人可有好多个国家呢！就算是中国人，也不关 Ida 的事，美国人不是注重个人主义吗？这个时刻，似乎又不是那么回事了，真是奇怪!

没多久钟响与广播又来了：“金先生，金太太，李小姐，请赶快到柜台来，我们要准备下船了。”怎么回事，还没找到这三个人吗？旅客中起了一阵骚动，都在东张西望，眼神都是一副“本来可以早早下船的，可是都被这三个人延误了，真是讨厌”的样子，邱敏媛也感觉很别扭，如坐针毡，恨不得挖个地洞躲起来。那三个东方人怎么如此不争气，都不合作呢?

第三个钟响与广播声又响起了：“各位旅客，抱歉让大家久候，我们本来可以下船了，但是金先生、金太太、李小姐还没有出现，请三位快一点好吗？大家都在等你们。”邱敏媛忍不住地跟Ida说:“怎么如此没有公德心,大家都在干等呢!让我们这些东方人坐在这里，也遭池鱼之殃，都被人看扁了，真是糟糕！”Ida 也摇头说：“的确太慢了！出来玩也要遵守纪律，至少也要替别人想想啊！连我这一个不懂英语的人都早早准备好，等在这里了。”

总算最后一个广播是告诉大家可以下船了。旅客们都舒了一口气，这才纷纷站起身，提着随身行李，鱼贯而出。

走出游轮，进入海关检查，每个人都准备了护照或证件在等待。

远远地，大家看到有四个人双手被铐上了手铐，廖育兴、卜慧、罗奇，最后一个是汤瑞白，都在陆续下船。那些便衣刑警紧跟在他们的前后，包括面孔愉快的翰克与表情总是深思的保纳，一群人缓缓地走出来。此时，正在等待的旅客，纷纷转头朝后看，有人说其中一个就是那个英雄，有的更惊呼了起来，说那个男人不就是得到“最佳男士服装奖”第一名的得主吗？也有人在问，英雄为何还被上手铐呢?

有关案件的调查，Ida 与邱敏媛也被安排在日后需出庭做证。

旅客通过了海关，一波人潮就向行李放置处的大仓房走去。

犯人与便衣刑警，从另一个门走出来，船长与副船长，则站在门口。一大群记者已经等候多时，看到船长与副船长，都七嘴八舌地问密码的事情。船长艾力克一直摇头，副船长尤金摊开双手说："'加州海狼一号'需要休息，专家会仔细检查密码为何失灵。"

直到犯人们进入了警车，另一批刑警从外面上了船，跟着船长与副船长走回船去。

接着，那两位船上的警探走了出来，顿时，记者的麦克风与镁光灯就全都转而朝两个警探身上涌了上来。

"保纳先生，请您说一下现在的心情？"一个女记者拿着麦克风问。

"很累！呵呵……"保纳勉强笑笑。

"您为什么觉得廖育兴才是真正杀人凶手？"一个男记者问。

"因为证据确凿。"保纳回答。

"翰克先生，听说卜慧已经从银行转出了宋万杰所有的存款，是真的吗？"又有一个记者在问。

"不会的，我们已经通知法院及时冻结宋万杰的所有财产了。"翰克回答。

"保纳先生，廖小倩是被谋杀的吗？"记者继续问。

"不是的。"保纳回答。

"请问，听说'加州海狼一号'与巴黎号的密码失灵，海上暴风雨不断，您认为这些都与凶案有关吗？"记者又问。

"这……得去问老天爷。我只是警探，谢谢。"保纳说完进入车内。

"对不起，我们很忙。抱歉！以后会再宣布，谢谢！谢谢。"翰克也进了车后座。

黑色警车，一辆接着一辆，呼啸而去。

走回船内的船长与副船长，又继续接受另一批刑警的问话与查证。

好不容易，才一切就绪，全船员工与那一批刑警都离开了船，只剩船长与副船长还在船的甲板上观望。此时副船长尤金的手机响了，是刚刚那一批下船刑警的警长：

"副船长，有位邱敏媛说你认识她，现在她想回船去看一下'海狼'，可以吗？"

"好！让她来船头甲板吧！"

此时虽然是中午，洛杉矶海岸却是乌云密布。才片刻时间，天空突然下起了大雨，刮起了大风。船长艾力克走在甲板上，望了望海面，蹙眉深思。他神情诡异地说："天气怎么变成这样，很不寻常的感觉。"

副船长尤金说："邱敏媛马上要来这里，应该不会有大浪。"

"不只是大浪，可能会有水里的地震……"艾力克才说完，一股有强大破坏力的海浪，突然剧烈地起伏，水里的地震波让大浪向前推进，"加州海狼一号"首当其冲。副船长尤金被震摔倒在甲板上，他死命抓住了船边的栏杆，挣扎地想站起身。艾力克则在大风雨中惊恐地叫着："是海啸！"

此时邱敏媛刚刚出现在他们面前，她抓住栏杆，吃力地走着。船长看到他，高喊着："快点帮忙祈祷呀！"

邱敏媛难以置信地望着眼前的景象，只能喊："不！不要起海啸！"

"怎么回事，这是不可能的，洛杉矶港口从来没有海啸啊！"尤金抹去脸上的雨水，回叫着。

"因为……因为这船在绝望……她在毁灭自己啊！"艾力克凑近尤金，两人虽然都抓住船边的栏杆，却被狂风吹得站不直身体。艾力克又叫道："若海啸不停，我们三人都可能会跟着船一起死掉！"

副船长尤金满头乱发地喘着气，问邱敏媛："那该怎么办……"

邱敏媛只是一直不停重复地说："不要！海狼，不要啊！求你……"然后邱敏媛趴在栏杆上，她垂面闭着眼，发丝被吹得包住了湿漉漉的面孔。已经分不清自己脸上流的是雨水还是泪水，她只知道此刻必须相信那个梦，她才会有力量说下去。然后她终于听到自己在说："海狼！我知道你难过，'巴黎号'毁了，你也想毁掉自己。可是'巴黎号'如果爱你，一定不希望你这样糟蹋自己。你是仿造他而做出来的，虽然你在这个世界上较晚出现，但是你要带着他的爱活下去，你的一切才有意义。你想想啊！是不是？"

邱敏媛的话说完，海啸突然逐渐减弱，风雨也变小了。看见海面的大浪退了些，大家才回了神，船身却已经遭受了重创。此时，船长与副船长赶紧奔回操控室检查，手忙脚乱中，所有计算机系统完全紊乱，他们想急救，一切都已经不行了。没多久，所有控制机器也全部熄灭，发生致命故障，变成完全无法动弹了。

副船长尤金疲倦地趴在操控室铁皮上，他虚弱地说："艾力克！我好难过，'加州海狼一号'真的离开我们了，她和'巴黎号'一起走了。"

“我知道，我也感觉到了，她走了，这一对‘隔世情侣’死在一起了！”艾力克眼中噙着泪水，叫着，“尤金呀！她只是一艘船、一个机器、一块冰冷的金属，怎么能如此深情？怎能啊？”

邱敏媛眼里汩汩落下了泪水，她听到自己继续在呢喃：“不，海狼，不要丢下我，活下去，活下去……”

良久，艾力克又抬起头问：“尤金！你爱过人吗？”

“当然！我太太是我最爱的。”尤金回答。

“我没有爱过！我觉得爱是虚伪的。”艾力克摇头说。

“你现在还这么认为吗？”尤金问。

“不！我发现是人自己虚伪。爱永远只是沉默，只是沉默……”艾力克绝望地说着。突然听到一阵小小的杂音，他掉头望向计算机，大叫了起来：“有救啦！”三个人都箭步冲向计算机，艾力克与尤金七手八脚地研究了起来。

“活了！‘加州海狼一号’是我的好女孩，她活了！哈哈……”艾力克笑了起来。

“我想起来了！刚刚的海啸时间，‘巴黎号’正在彻底被解体。”邱敏媛说完，她亲吻了一下控制室的铁皮，说道，“海狼痛苦！但也在接受考验，她一定是选择了重生。谢谢你！海狼，这太好了！”

“是的！非常正确，带着‘巴黎号’的爱，勇敢地活下去，活下去啊！”尤金举手做了一个V的胜利手势，三个人高兴地抱成了一团。

第二天，新闻界纷纷夸张地报道：“加州海狼一号”闯祸了！密码失灵所造成的神秘悲剧，更被宣传得沸沸扬扬。短暂的海啸一事被看成上天的惩罚，“加州海狼一号”寿终正寝，已经无法动弹了。虽然船公司在记者会上一再申明窃案与凶案都只是人为与巧合，密码问题也已解决，轮船本身现在很正常，可以航行无误，但谣传不断，没人相信。

这对游轮公司是一个沉痛的打击，二十万吨的豪华游轮只能落寞地被停置在加州海岸，近十亿美元付诸东流。

船长与副船长也非常泄气，绝食抗议了两天，新闻界还夸张地帮着强调，都没用。眼看着“加州海狼一号”寂寞地停在洛杉矶港口，日夜沉寂，无人问津……

最后，船长与副船长决定举办一场免费的海上“记者招待会”，航程是加州西海岸几个大港口。这才让世人亲眼目睹与理解：“加州海狼一号”没有死，的确重生了。

第六节　天网恢恢

游轮归来后，法院正式处理这件特殊的轮船综合案件，其间因为有凶案、窃案、自杀案，在媒体间已经成了最热炒的话题。消息早早上了报纸头条新闻，触目惊心的标题，印着大大的四行字：

“国际罪犯杀人取指，被警方侦破，不明毒液祸延游轮，窃贼成英雄。”

美国法院获悉已经去世的菲利浦为主所属的公司是一个与跨国犯罪集团有关的组织。经过国际大规模的搜索，终于帮助秘鲁警方破获了这个不法的大团伙的基地，于是一些首脑人物相继被抓。也查出了许多背后不为人知的非法勾当，不但走私贩毒，还草菅人命，件件骇人听闻。其中的毒液毒针，起伏诡异，机关层层，非常不易被发现。而药性发作时，会有极度的头晕与无力，四肢僵硬，最后死亡。

侦察原本困难，加上案情复杂，经历了一段不算短的时间，整个案件才算有了最后的裁定。

经过法官调查整个轮船综合案件，做了如下的判决：

●汤瑞白被判有期徒刑两年。

经查明汤瑞白不属于该跨国犯罪组织，是在窃案事件上，不知情地被利用。由于邱敏媛的爱心感动，促使汤瑞白勇于承担与痛改前非。且因为汤瑞白的自首做证才确定了卜慧的罪状，对整个案情帮助很大，因此汤瑞白获得轻判。

●罗奇也被判有期徒刑两年。

法官认为，罗奇也不属于该跨国犯罪组织，只是被利用而已。罗奇有错，但是也因为被查出毒液，才挖出了国际犯罪集团，免除了以后更多无辜的人继续受害，算是有一点不知情的隐性功劳。而且罗奇虽然遗失毒液，也供出当时除了卜慧以外，或许还有一个人知道这个毒，警探才能推断出廖育兴可能已经偷听到罗奇与卜慧的对话。但是因为罗奇系带毒液与涉及拆婚勒索等的罪行，故罗奇也被判刑。

●嫌犯卜慧被判有期徒刑十五年。

警方证实卜慧没有去常艾丽的船舱，但是卜慧有罪，原因如下：

①窃取毒液，有杀人动机，虽然说只是想让常艾丽闹肚子，但是不顾毒液后果，明显有杀人企图。

②常艾丽皮包内找到的一封恐吓信，是卜慧威胁常艾丽的证据。

③伪造文书，卜慧假造剪贴的遗书，是有计划与布局地作案，想害死宋万杰。

●主嫌犯廖育兴原本被判死刑，后经过二审终结，改判无期徒刑。

经过犯罪模拟过程，检查官发现廖育兴偷了毒液以后，本来打算早早在酒内下毒，且把波尔多酒直接当礼物转送给常艾丽。但是因为怕她疑心，就带了酒在路上想主意，正巧碰到常艾丽一个人坐在咖啡厅的角落。于是他坦白说出酒是别人送的，因为邱敏媛不喝酒，就与常艾丽一起分享酒。后来廖育兴喝了几口以后，趁常艾丽不注意时就暗中下毒，随后又说自己痛风的脚肿才好些，不应喝太多酒，剩下的酒最好送人，可以送给常艾丽喝。然后廖育兴在离开以前，还特别故意用桌上的餐巾把酒瓶揩了个干净，借口说是要让酒瓶看来就像全新的，才递给了常艾丽，因此酒瓶上没有出现廖育兴的指纹。常艾丽不疑有他，就把大半瓶酒带回了寝室去跟宋万杰一起喝，导致两人中毒死亡。

虽然宋万杰也曾回船舱取了波尔多酒瓶，但是卜慧在内放的毒液很少，因此两人致死的酒主要是来自廖育兴的。廖育兴没有买波尔多酒，他的酒的确是刘老板先前赠送的高级礼品。廖育兴还把偷到的毒液倒入捡来的 520 香水瓶内，想在万一时，栽赃给卜慧，结果让廖小倩偷了去，也因此引出廖育兴说了实话。因此廖育兴有罪，陪审团几经商榷，一审再审，最后才判他终身监禁。

此时，各大报纸又相继推出号外，交代了凶案的真相，最醒目的几句话是：“廖氏商场年轻董事长，毒死前妻与其男友，被判无期徒刑”。

廖家这一段期间整个动荡不安，弟弟廖育旺也暂时回到豪宅居住。先前为了替廖育兴打官司，廖家人花费了一笔庞大的律师费，请了最好的律师，直到把廖育兴的死刑转变成无期徒刑，全家才舒了一口气。Ida 与邱敏媛两人更是忙进忙出，可以说是心力交瘁。

邱敏媛暂时待在公司里，应对忙碌的电话，每天弄到很晚才回来。弟弟廖育旺虽然回家了，却整天不见影子。Ida 到底年岁大了，经常背痛。这天她去看了医生回来，躺在沙发上，用热水袋敷着背部，邱敏媛走过来，坐在沙发上，关心地问："你还好吧！医生怎么说？"

"医生说不要紧的，是以前背痛老毛病的复发。"Ida 回答。

"可能因为你最近比较劳累，要多休息。"

Ida 点点头，说："嗯……医生也说，不能动得太累。唉！公司怎样？"

邱敏媛说："不太好！那些以前很支持我们的商家，现在都变得阴阳怪气的，像'好卧佳'公司的吕总，今天竟然跟我说，他考虑撤股。"

"什么话！吕总的老婆拿了我多少好处，怎么可以这样？"Ida 愤愤不平。

"吕总是第一个那么说的人，希望没有其他商家会跟着乱说话才好。"

"我只是一个挂名的副董事长，不懂做生意啦！但是……"Ida 突然感叹道，"我可以这么比喻：这就跟一个人的交朋友一样。现在这种时代与社会，什么龙啊！蛇啊！杂呈着，想要寻觅朋友，必须在碎玻璃中捡钻石，而且很多还是假的，所以很容易受伤。伤太多就会绝望啦！这就是为何我们需要结婚？因为在这个世界上，至少还有一个人能给一点关心。"

邱敏媛觉得Ida说的很有道理，就附和着："是啊！难怪家族会如此被人重视。"

"可是现在不同了！常常听到家族里面争产夺利，弄得四分五裂，越是有钱越如此。反正里里外外都有坏人，没几个可信任的。"

"那真是只剩下婚姻了！"邱敏媛点头。

"是啊！人好好结个婚，不但至少还有一个人可信任，半夜想说话也有个人理你。否则如果你心情不好到要自杀的程度，半夜谁理你啊！现在的人都是很现实的，懂得牺牲自己一点时间去帮助别人的人，风……不！我是说凤毛麟角。"Ida 终于努力把成语念对了。

邱敏媛有点累地说："可惜很多婚姻里的人也不值得信任。"

"我说的'信任'是会护着你，帮着你。"Ida 解释。可能 Ida 在家里待了一天，感觉闷，所以说得还是很起劲儿，只见她继续在说："很多年轻女孩不懂，婚姻不一定要有爱情，但是绝对要有忠贞。"

"当然。"邱敏媛点头。

"你知道吗？一个女人最不能忍受男人的事情是什么？"Ida 问着。

"不知道。"邱敏媛有点疲倦，便随意地回答。

"就是男人外遇，尤其是跟太太的女朋友或者跟一个名女人去外遇。"Ida 又说，"还有，更可恶的是去外遇以后，还在外面生个子女回来。"

邱敏媛说："是啊！这种男人怎么不知道自己对太太的伤害有多大？"

"我们育兴就不会做这种事！可是……可是……哇……他回不来了！"Ida说着就放声大哭了起来。

原带了一点睡意的邱敏媛闻声，被惊醒了起来，顿时睡意全消，只好尽量安慰着 Ida。

Ida 抓住了邱敏媛的手说："以前我错怪你，对你不好，你不要放在心上！"

"当然不会的。"邱敏媛说。

"那么答应我，你还是要继续留在这个家。我们想办法让法院给育兴减刑，他就能早点出来，好吗？"

"这个……我……"邱敏媛为难地看着 Ida。

看到邱敏媛否定的表情，Ida 突然带点恐惧的感觉，说："你不能走！哪有自己丈夫坐牢就离开家、随便跑掉的太太？"

"你不是不知道，我们夫妻的问题很早就有了。我离开家是迟早的事情，跟育兴是否坐牢完全没关系。"邱敏媛辩解着。

"……你走了，整个大房子就剩下我一个人，谁会来管我？"Ida 伤心地说。

"有廖育旺，你自己儿子会照顾你的。"邱敏媛安慰着回答。

"靠他？算了吧！你看这么晚了，他还没回来。公司的事情，他也完全不过问。"

邱敏媛劝道："我们从游轮回来以后，发生了这么多不好的事情。一定会让廖育旺很震惊，给他一些时间吧！"

此时廖育旺回来了，邱敏媛表示自己实在很累，要早点休息，就上楼了。

Ida 看到儿子就一肚子气，吼了他几句："你这不孝子！天天在外野！你这不跟以前住在纽约一样吗？"

"嘿嘿，我对公司事情没兴趣，有嫂子就行了。"廖育旺笑眯眯地说。

"嫂子？你大概喊不了多久喽！"Ida 撇撇嘴角。

"哥哥虽然坐牢，她还是我嫂子啊！嘿嘿。"

"她会走的，会离开这个家！你又总是不在家……"Ida 难过地摇头。

"为什么？"廖育旺不解。

"两人早就有问题！这下子更没理由留下了，怎么办哪？就剩下我一个人了哦！"Ida 甩甩头说。

“那……就把公司卖了，嘿嘿，你跟我一起住到纽约去。”廖育旺耸耸肩膀回答。

Ida有点意外！廖育旺虽然是自己生的儿子，却是从小不听她话，我行我素，还比不上那个不是自己生的廖育兴来得贴心。Ida记得廖育旺以前为了自己要搬出去，还跟廖老闹得不开心，当时廖育旺脸上虽然带着笑，口口声声却说：“嘿嘿，我喜欢自由自在，永远不会跟长辈合住的。”因此Ida这几天，一直都觉得自己的老年必定是孤老太婆的命了。如今廖育旺却说要一起住，真是有点难以相信。也许这孩子到现在才长大，才真正懂事了吧？

Ida感动地望着自己的儿子，说：“我到现在才知道你这棉花糖的个性，还算是有点良心。”

“嘿嘿，哥哥都坐牢去了，我还能有什么选择？那你同意去纽约了？”廖育旺似笑非笑地说。

Ida内心带着几分甜，但是又不便多问，就轻描淡写地回道：“再说吧！”说完就捧起热水袋，离开了客厅。

廖育旺独自一人留在客厅，左思右想，觉得一切事情都让他心乱如麻。怎么回事？游轮只不过去了一趟夏威夷，却闹得那么糟糕，难道那个“海狼”一口竟咬死了四个人。这是死亡之旅吗？家中一堆人欢欢喜喜地出去，结果回来以后一个死了，一个进牢房，还无期徒刑，真是想不到的大笑话。这一切好像都是从自己把邱敏媛介绍给廖育兴以后就开始了，难道邱敏媛真是一个扫帚星？可不是，新闻报道上的确曾提及邱敏媛与“加州海狼一号”关系非比寻常，应该是凑巧吧！现在这种要登上太空都来不及了的世界，怎么可能会有这种莫名其妙的神话假设？

那廖小倩竟然为何会自杀！廖育旺想起曾有一次在廖家，教过廖小倩骑脚踏车，廖小倩要他一直扶住不放手，不然她抓不住重心。廖育旺却说脚踏车必须自己先练习骑上去，才能从摔倒中找到重心，并非先找到重心才去骑，廖小倩生气地一摔脚踏车就走了。唉！想不到这个任性的廖小倩竟是常艾丽与宋万杰的女儿。

而想起了常艾丽，真不知该怎么说！在廖育旺而言，当嫂子离婚以后就不是嫂子了，只是一个普通的女人，他当然可以名正言顺地追她。廖育旺虽然抱独身主义，可是他不反对姐弟恋。他对女人也很有一套，懂得女人喜欢珠宝，所以他最后还是送了家里祖传的绿钻首饰给常艾丽。廖育旺也假装认为常艾丽很纯，即使她年龄比廖育旺大很多，即使她结过婚，他也有办法让她受宠若惊。他觉得女人会喜欢认为她很纯洁的男人，不喜欢老是抓住她弱点的男人。所以廖育旺从不提也不在乎常艾丽曾经有婚姻与离婚，更不随便谈到廖育兴。以至两人认识的那一段短日子，回想起来，还真是很快乐。

坦白说，常艾丽挺有女人味，每次看见她，廖育旺就觉得自己很难克制。那一次他送常艾丽名贵的绿钻首饰时，原本只是想借她看看的。可是那天常艾丽在他屋内洗了一个澡，给洗坏了。常艾丽原本是来跟他谈房地产生意，谈着谈着就老是自己抠背抓痒，临走前，她笑说自己忘记缴瓦斯费，电力公司停了她家的瓦斯，好几天没洗澡了！也不知怎的，廖育旺同情地说让她在他家先洗一个澡再回去，常艾丽就欣然答应了。常艾丽洗完澡，发现自己衣服不小心滑入浴缸内，没衣服可换了，就在浴室唤他帮忙拿他男式的衣服来暂时穿。廖育旺没拿，却顺手抓下一条空花粉红纱料的桌布丢给她，没想到常艾丽就真的用纱料裹住身体，悄悄地走出来了。廖育旺一见她那粉色透明纱料下，半掩半裸的身体与乳房，充满性感与挑逗，他简直受不了！常艾丽开口嗲问为何不递给她一件能遮体的衣服？话才说完，廖育旺的舌头就猛个堵住了她的嘴，无法控制地把她压在墙角，常艾丽在他怀中半推半就地扭动，廖育旺就干脆一把将她抱进了自己卧房，关上了门。那片刻他很疯狂，常艾丽却很冷静，她说要得到名贵的绿钻首饰做礼物才答应，廖育旺不由分说地点了头，一切才如他所愿。

事后，常艾丽捧着绿钻开心得不得了！可不是吗？做女人真好，只要不择手段，心狠手辣，钱包都会满满的，要什么有什么。连廖家的祖传珠宝都飞进她的荷包啦！要怪也只能怪世上就是有这些少数的男人，太动物化，自己没用。平常道貌岸然，一旦在女人面前，性欲冲动起来，就马上投降了！不过，廖育旺自那次以后，经常来缠常艾丽，弄得她也很烦，只能托词躲着他。最后她干脆就表明她不喜欢姐弟恋，且怕人家说她是离婚嫂子勾引小叔，不愿跟他再亲近了。于是双方依旧维持着客户关系，弄得廖育旺很无奈。

他这才发现那一晚他的一时冲动，付出了多么惨痛的代价！

第十一章　最后一滴眼泪

第一节　缘起缘灭

邱敏媛回到廖家后，在卧房内接到纽约那头的赵阿姨来的关怀电话。对于邱敏媛的事情，赵阿姨已被告知一二。但邱敏媛上次跟她通话时，其实并没说太多，主要也是不想让远处的长辈赵阿姨太操心。赵阿姨在电话中一直叮嘱她，如果廖育兴答应离婚，也最好留在加州生活，因为夏威夷生活水准太高了，可能日子不好过。邱敏媛在电话中说自己一定会争取去得到聘书，因为她太想去“猫依”岛了，请对方别操心。赵阿姨于是说：

“你在‘猫依’岛若过得不好，就干脆搬到纽约来跟我一起住。”

“不会的，我有信心，会很好的。”

赵阿姨叹口气道：“唉！廖育兴的妈妈现在也够惨的了，你就算离婚了也要去看看她才好。”

“会的。”

“还有，将来你若真的搬去了‘猫依’岛，到时记得把电话与地址都告诉我，我有空好去看你。”赵阿姨关心地说。

“若真的搬去了，一定会告诉你。但是路太远，你不要赶着跑一趟。我会很好的，以后再说吧！”邱敏媛说。

“也好，那我们保持联系。将来若真离婚了，一个人住，要好好照顾自己啊！”

邱敏媛感谢地挂了电话，想起自己跟 Ida 约好了一起去探廖育兴的监，就匆忙下楼了。

廖育兴自从知道小倩自杀的消息后，心情一直都很恶劣，对于家人的探监，曾拒绝了好几次，后来等到判刑完毕，他才同意见邱敏媛与Ida。

见面的那一天，廖育兴显得气色很差，邱敏媛嘘寒问暖地要求他不要想太多，廖育兴摇头道："那天我不该那么骂小倩的，如果我不骂她，她就不会自杀了。我一直觉得我们不像父女，这样地乱猜，结果看到常艾丽皮包内那张纸上写的字，我真的很吃惊！还竟然真给我猜对了。"

"怎么能够那么容易就否定了父女的关系？太轻率了，十七年了呀！你也费了很多时间与心思，一定会有父女感情的。"邱敏媛劝着。

"有什么用，一场空！这几天，我常常回忆自己与常艾丽的订婚与结婚经过，我发现常艾丽应该是我们在台湾订婚的后一晚与宋万杰有染的。因为订婚后第二天我们就要回美国结婚，所以前一个晚上我一直在找她，却根本找不到。"廖育兴说着，脸上的肌肉又皱成了一团，他愤慨地继续说，"时间太接近了，所以后来常艾丽怀了孕，我根本没有怀疑过那可能不是我的骨肉，当时还非常高兴。虽然我们父女俩相处得并不是很和睦，但我也养了她十七年，到头来……我想我是一个很失败的父亲。"

"也不能全怪你，任何感情都是看双方面的。"邱敏媛说着，盯了一眼廖育兴，又说，"你跟小倩的妈妈常艾丽，离婚前，算算在一起也有十年了吧！怎么忍心……唉！"

廖育兴闻言着急地为自己辩护着，说："我没有杀她！我没有用枪或者用刀，没血光，所以不算杀才对！"

"但是你下毒，那是一样的。你把他们两个一起毒死了！"

"那……那是瓶子里的毒害的，也是别人早早准备的。我很冤枉啊！"廖育兴避重就轻地说。

"你明明知道那是有剧毒的液体，为什么要去试？"邱敏媛突然想到廖育兴以前很爱说的一句话，就悄声地问，"你的心态是不是就如你自己常说的'发生了再说'？"

廖育兴沉默了半晌，才说："我知道，你帮助我改正了很多坏习惯。但是这一句话，我的确还是常说，也常想。"

"你不能总是死抓不放，那是择'恶'固执。"邱敏媛说完，叹了口气。

"说得好！就像我和你一样。你想离开我，我却总是想牢牢地抓住你，所以你一直不快乐。"廖育兴摇着头。

“这个时候，你何必要说这些？想想以后你……”邱敏媛沉默着，想起了廖育兴的无期徒刑，眼眶顿时湿了起来。

“敏媛，我很抱歉，当初婚前我曾经答应你，嫁过来以后，我绝不让你受委屈，不让你掉一滴眼泪，但是我知道我没有做到。自从嫁给我以后，你经常被 Ida 与小倩气哭，我很无奈，也是因为我的无能，才让你掉了不少眼泪。”

“何必讲这些话？没什么意义。”邱敏媛说着，眼角涌出一滴泪珠来。

廖育兴伸手替她抹去那一滴泪，说：“这是最后一滴，以后你不要因为我流泪了。还有……我答应你，我们离婚吧！”

邱敏媛望着他，无限感伤，百感交集中，没有说话。

过去她一直希望能好聚好散，但是廖育兴总是给她压力。如今他自己同意离婚了，邱敏媛反而有一种无力感。好像得到得太容易了，但不论是什么原因，此时邱敏媛还是很感激他。也许是感激他让离婚的要求有了结果，此时邱敏媛所能想到的虽然也是他的缺点，却反而都是两人比较正面的回忆。

廖育兴犯错都喜欢找借口，他平常不爱说话，偏偏他说出来的成语与字音常常会错误百出。邱敏媛发现了就更正他，可是他老是不承认。廖育兴好几次把“炸豆腐”的“炸”说成四声，邱敏媛说“炸豆腐”的“炸”应该是二声，“炸弹”的“炸”才读四声。廖育兴不服气，后来是邱敏媛查证后告诉他。可是他嘴巴虽同意，错还是继续错，邱敏媛看他记不住，只好听到错时就帮他更正。后来有一次她竟然听到廖育兴把“鸣”笛读成“敏”笛，且不认错，到处找借口，说是自己以前跟老师学的。意指那是老师教错了，邱敏媛见他择“恶”固执，直摇头。一直到最后，他才说：“好像……你是对的。”

邱敏媛还是摇头说：“对就是对，什么好像？”

“因为从小我就是读这音：鸟敏(鸣)花香嘛！”

“什么？哈哈……”邱敏媛一听就忍不住地大笑了起来，越是重复念，越是好笑!

有时她看多了廖育兴的吝啬反应，也会觉得好笑。眼前的他，经常不记得东西放在何处，总是临时乱塞。又脏又乱的这么一个人，却给邱敏媛留下一个印象深刻，还充满玩味的镜头的“仰天长啸”。

那是每一次他喝可乐罐装饮料的时候，都会喝到剩下最后一滴，却还不罢休，猛抓着罐子往口里倒，倒不出就靠着嘴震动罐子，一直到仰头且弯背到最大极限才会停住。而且他是不论在任何场合，都会来那么一下。邱敏媛被他的动作弄得啼笑皆非，有几次就故意替他喊口令："再弯一些！不够，再弯！"然后又说："我看你就这样继续弯下去，不要停，这个表演名称就叫'仰天长啸'，然后我在地上还要放一个碗。"

"为什么？"廖育兴不解。

"让走过的人看表演，然后可以丢钱啊！"邱敏媛说。

"好了！好了！我是怕里面的糖水流出来，这罐子我还要留着换钱的。"

"你可以塞一点纸在罐口，就不会流到外面了。"

一听到要用纸，廖育兴就心疼得直摇头。还是继续弯背猛拍了几下空罐，才停住，拿着空罐子放进塑料袋内。

后来，只要廖育兴不由自主地又表演时，邱敏媛就望着他，悄声学叫道："快来看哦！'仰天长啸'又来喽！"然后两个人就笑成一团。

廖育兴后来觉得不好意思，这个坏习惯也因此慢慢消失了，但是偶尔发生时，反而成了两个人的笑料。

有时，邱敏媛甚至会觉得廖育兴像个小丑，总是哪壶不开提哪壶，让人又好气，又好笑。这是他的缺点：失态，也是他的优点：节俭，却给邱敏媛一个无法磨灭的印象。

"我知道我给你的印象坏透了！"廖育兴也想起自己当初有很多的坏习惯，都因为邱敏媛的提醒才逐渐消失。最明显的是廖育兴的"歪臀放屁"，常艾丽以前也抱怨过，等到跟邱敏媛结婚以后，还是经常发生。好在因为邱敏媛的耐心劝导，现在，他已经完全改掉了这个恶习。廖育兴表面嘴硬，不愿谈那些往事，但是在心底深处还是很感激邱敏媛的。

难怪婚姻是如此神圣，外遇是如此卑鄙。因为夫妻长年累月相处，是一种人生的"再教育"：相互提醒，不厌其烦，相互琢磨，取长补短，因此才让男人变得成熟有魅力。而外遇的女人，看到了一个中年男人的成就与吸引力，却看不到男人身后的那只沧桑的推手。于是，一旦有机可乘，就插队去掳获男人。"外遇"这个名词可以解读成："懒得付出，专享现成"，以致才会成为现代许多国家社会上的"公害"，令人不齿，让男人的太太恨之入骨。

"你……不会恨我吧？"廖育兴抬头问邱敏媛。

"不会。"邱敏媛摇头。

接下来两人就谈了公司的事情，邱敏媛频频点头，且做了笔记。

最后邱敏媛说："Ida 在外面等，她有好多事想跟你谈，那我就先走了。"

Ida 跟邱敏媛交换以后，Ida 心疼地摸着廖育兴的手说："你一切还好吧？想吃什么就跟我说哦！"

"我刚才跟敏媛说了，我们会离婚。"廖育兴黯然地说。

Ida 点头道："也好！离婚吧！被判无期徒刑，丈夫不在家住的婚姻，算什么呢？总不能让她一直守活寡呀！"

"即使不是因为这个，也该放她走了。唉！是的，一个个都走吧！走得远远的。"廖育兴目光呆滞地看着远处。

"小倩的丧礼，我们都已经好好地办了，你也就不要太难过。以前小倩与我对敏媛的态度都错了，当年廖老会去世与她一点无关。反而是她在廖老去世以前照顾他最多，当时我也不知道为何会不喜欢她，可能是害怕吧！以前常艾丽在这个家的时候，我们婆媳关系就不好，因此你再婚，敏媛进门以后，我难免紧张。再说我也很怕她知道我不是你的生母，所以我很排斥敏媛，是我不对。"

"其实……你不必太防她的。"廖育兴说。

"我知道，可是她跟我们廖家的缘分已尽，好在育旺暂时是搬回家来住，否则我真的会成为一个孤老太婆了。"

廖育兴想到自己没了后代，有点心烦地说："你劝劝育旺，一定要结婚生孩子，廖家的现在与未来，一切都要靠弟弟育旺了。"

"唉！人与人之间有所谓的善缘与孽缘，常艾丽跟我们就是孽缘，没办法！我们好好的一家人，就是因为她才变成现在这样。"Ida 怨叹着。

Ida 又说了一些话，还问了一些公司的事情，廖育兴说都交代给敏媛了，她会处理的。探监完毕以后，Ida 站在大门口，迎着耀眼的阳光，不见了邱敏媛，这才想起邱敏媛曾说有事要先走。Ida 有点失落，只能独自叫车先回家了。

Ida 回到家倍感孤独，突然又想起船上认识的那个菲律宾老男人怀德。也不知怎么的，自从在游轮看见他以后，Ida 就没忘记过他。虽然他走路迟缓，身子略显老态，被剪短成平头的发丝也花白了。但是他那张清秀的面庞，在岁月中依旧亮着余晖，看得出怀德年轻时候长得就很英俊。尤其他的谈吐不俗，虽然怀德没给她电话号码，在船上也只是碰过几次面而已，但是 Ida 的脑海始终就晃着怀德的影子，总是想到他。Ida 自己外表虽然不显老，但是身体年龄到底是六十出头了，她的荷尔蒙逐渐干枯，男人不再容易引起她的兴趣。这在她，其实是值得高兴的事情，想来也是女人的好时光，不用浪费时间在风花雪月的情感上，很清净，只要身体还健康，就可以做很多事情，也是一种尘俗的解脱，多好！可是不知为何，她的堤防被攻破了！怀德的那张脸始终存在，每当想起他，Ida 身体里头的荷尔蒙就突地猛增，青春回头。她仿佛变成了少女，日夜思念，竟然有点痴情的感觉。

唉！痴情有何用？还看不透吗？这个年岁，放眼外看，男人的头顶不是秃就是稀。那些脸不单是纹路问题，还有沧桑的残痕，失落的神采，仿佛烧尽了的焦土，有几张还能看？就算是长的好看的人，也一样，即使是怀德，英俊的脸上也是带着不再年轻的无奈与悲哀。

何况人的内在历史更是可怕，一个不小心就会遇到骗子。男女都一样，Ida 想起了自己以前还在世的父亲。当时母亲去世，他老年想再婚，朋友给他介绍了一个女的。虽中年，姿色犹存，腰是腰，臀是臀，看来依旧很年轻。有一夜，父亲兴奋地在高级饭店开席招待，邀请介绍人与那女人作宾，结果父亲晚上回来，神情落寞，说是女方骗了他。怎么骗的也没说，最后老泪纵横，竟然倒在自己女儿 Ida 的怀里大哭了起来。那时 Ida 年纪还很轻，但已经能感觉到: 这是一种想“老牛吃嫩草”的后果。Ida 不很同情父亲，因为当时母亲才去世没多久，只不过想到那时父亲的眼泪，还是不忍心，却也只能怅然与悲哀。

是的，为何要对怀德念念不忘？他并没给联系方法，她也不清楚那个人，何必迷恋那张脸？怎么不知道那张脸的后面，会不会有许多欺骗？Ida 想：现在的世界上，欺骗比比皆是，花样更繁多。“欺骗”说得文雅些就是“说话不算话”，最广泛的方式就是“拖延术”，该给的与该还的都不做，表面上说忘啦！马上就来啦！很快会做啦！其实就是“缓兵之计”。弄得你一直怀抱着一个空的希望，一头雾水地等下去，然后永远也不敢骂对方欺骗你。这种缓兵的结果就是永远没兵，但对方会说当然有兵，那为何兵出不来？因为就是在缓兵嘛！放眼望去，这种人不少，真是让人防不胜防。其实“说话不算话”就是“不守信”，也就是因为很多人办不到守信，所以这个世界才会如此乱。Ida 甩甩头，连带把怀德的那张清秀的脸也甩掉了！

Ida 想到此，感觉很难过。廖小倩的自杀悲剧，廖育兴的无期徒刑，廖育旺的吊儿郎当，让她对后代简直完全要绝望了。年轻时候很想要有一个女儿，但是生完廖育旺以后，就没有一点再怀孕的迹象，因此廖小倩的出现给了Ida一些幻想，若能有个乖巧的孙女也不错。可是，事与愿违，Ida硬是没这个福分。有时她在外面倒是会碰到一些很懂事的孩子，例如：有一次去店里买东西，碰到一个还在读大学的西班牙裔女孩。Ida跟她聊天，问起她父母，谈到零用钱怎么用？女孩说："我爸爸给的零用钱，我都是拿去买一些家中的菜或者食品回来给大家的。"

Ida赞许地看着这年轻女孩，真是懂事得体啊！不会想到自己要什么，而先想到家中需要什么。Ida做梦都希望自己能有一个类似这样的子孙，不但会说说贴心话，也能懂得替家中经济来着想。谁说年轻人只知吃喝玩乐？就是有好的，只不过是不落在廖家而已。

邱敏媛嫁到廖家也是委屈了她，结果竟是丈夫坐牢。若换成以前，她或许还在跟廖小倩一起骂她："没旺夫运！"可是，现在Ida却不这么想了。邱敏媛从单身到结婚成为董事长夫人，她并不重视享受。光是这点就不像一般女人，一旦身份高了就喜欢强调享受。一方面邱敏媛在那些贵妇人群中比较年轻，且总是低调，另一方面邱敏媛任何事情总喜欢亲力亲为，包括她的服装与打扮。她从不去美容院，也不打麻将，更不崇尚名牌，买衣物都找平价店，可是穿出来的服装很不错。邱敏媛有些艺术天分，自己会设计与改装，所以买的虽然是平价衣物，穿出来却显得出色与高档。有一次邱敏媛难得买了一件折扣价的黑色真皮外套，款式大方，价钱不贵，可惜就是少了两只口袋。后来没多久，邱敏媛就把口袋加了进去，完成的速度也很快。Ida当时看到还真吓了一跳！完全瞧不出是手工做出来的。原来邱敏媛把两边接缝的公主线下面拆开了，插进两个内衬袋，然后用手工一针一线地缝回原状，又快又好。完全看不出是事后购买的人自己的加工，真是天衣无缝。

Ida这会儿想起了邱敏媛很多的优点，再次感到自己以前与廖小倩会一搭一唱是错的，非常后悔。廖小倩对邱敏媛一向是视若无睹，在家吃饭时，邱敏媛见家人一进餐厅，通常会大声说一句："大家好！"可是真正回应的人很少，尤其是廖小倩经常是装作在忙或者没听到。Ida觉得邱敏媛似乎早就知道没什么人会回应她，所以干脆就是主动地一句话解决了对全部人的问候，然后她也不在乎谁回应谁没回应，这倒是不用受气的好方法。但是廖小倩在饭桌上话特多，例如提到了什么餐馆好，就经常会轮流问桌上的长辈去过没？独独不问邱敏媛。Ida当时注意到邱敏媛总是不动声色，现在想想她内心一定不好受。有时廖小倩还会当众给邱敏媛难堪，可是一直以来邱敏媛的外在都能表现得那么镇定。换成是自己，早就要伶牙俐齿地反击回去了。

第二节　寄情

这天邱敏媛去另一处的监狱探望汤瑞白，谈到了罗奇也被判刑两年的事情，并且提及自己跟廖育兴的谈话，也谈到廖小倩的死。

汤瑞白遗憾地说："他一定非常难过！女儿死了，太太走了，以后终身不得自由，还有什么比这个更让一个男人伤心的。"

"说实在的，以前我一直希望跟廖育兴离婚，却离不成，我心里总是不快乐。现在他答应离婚了，我却不见得有多快乐！"邱敏媛苦笑着。

"记得吗？你曾经希望的离婚是大家好聚好散。现在你知道他没有未来了，谈不上什么好散。所以你心情沉重，当然不会太快乐。"汤瑞白看了她一眼，又说，"何况你们夫妻一场，过去那些年，也许合不来，但至少一起出游过，总有一点难忘的事会放不下。"

邱敏媛沉默了，她记得有一次在船尾，汤瑞白问过她，是否跟廖育兴一起常来游轮？邱敏媛回答还好，因为别的地方都不想跟他去，当时曾接到汤瑞白不解的眼神，她一时不知该怎么说，原因很多，其中之一就是因为廖育兴异于常人的抠门。

记得刚结婚的初期，若在旅途中，走在路上，即使两人肚子都很饿了，廖育兴也要一家一家看菜单，而且比来比去，非找到最便宜的餐馆才肯进去吃饭。且常常会因为不付小费，出来时又跟侍者吵架，弄得邱敏媛尴尬万分。在外用午餐，都有一个不成文的规定，至少应该给侍者百分之十的小费，可是廖育兴硬是不给，有时邱敏媛主动给了，却又被廖育兴收回来，弄得她很不舒服。后来除了游轮的旅行以外，她都不随便跟他出去玩了。因为去游轮的费用是早早要预交，且小费是按游轮的一定比率征收，无人可免，如此一来，就不会有付钱与否的瓜葛了。虽然如此，廖育兴有时兴起，依然会喜欢做些预定的旅行计划，还说要带她去欧洲玩，可是被邱敏媛拒绝了。坦白说，她不在乎去哪儿玩，不去欧洲又怎样？即使风景再好，美食再佳，一起去的人不对，最后弄得气氛一塌糊涂，她宁愿不去。

邱敏媛想到此，苦笑地摇头，道：“我只能说，你完全想错了！”

汤瑞白沉思了一下，就换了话题，说：“那既然他答应离婚了，你就得为自己的将来想想，要怎么走以后的路？”

“以后的路？”邱敏媛重复着，有点诧异。

“或许你会碰到一个真正的好男人，不像我！”汤瑞白自我解嘲。“你怎么这么说呢？”邱敏媛不解，却突然点头道，“哦……是不是因为我结过婚，配不上你？”“你想到那里去了！我是那种男人吗？”汤瑞白气急败坏地说完，才严肃地说，“看看我，一个坐牢的犯人，你的一半可能不是我，应该是另有其人。”

邱敏媛故意伸出自己有颗红豆印的左手掌，摇头说：“他已经不在这个世界上了！”

汤瑞白不解，问道：“你在说什么？”

邱敏媛便把自己在船上的那一个长梦，与那次的短海啸，简单地说了。

“真的很奇怪！”汤瑞白笑笑说，“你好像成了有特异功能的女人。”

“我还是不太信，应该都是凑巧。不过如果船长副船长都相信，为了使他们在心理上会好受些，我就去帮忙，反正对我没什么大碍。”

“不过你从楼上滚下来那件事，的确很不寻常。”汤瑞白回忆着。

邱敏媛不太想再谈那些神秘与运气的话题。沉默了半晌，她抬头认真地说：“我离婚后，会申请去夏威夷一所老人院做护士长。其实我已经在申请了。”

“是去那个猫依岛吗？”汤瑞白想起邱敏媛曾经在游轮上告诉过他，她的梦想是去猫依岛。见邱敏媛点头了，他高兴地说：“真的？太好了！那是你梦寐以求的地方，不是吗？”

“嗯，是否能得到聘书，这几天就会有消息，听说这家‘猫依’老人院，聘人很严格。我以前只做过半工的护士，这次要直接申请护士长职位，一定会被拒绝。所以我特别写了一封很诚恳的求职信，也只是试试。”邱敏媛笑着。

“不过……为何是老人院？至少可以去其他大医院，或者去儿童医院。”汤瑞白不解。

“现在的人都重视小孩，不重视老人，儿童可爱，天生容易得到怜悯与关爱，老人却相反。我希望自己做的工作不只是锦上添花，而且是雪中送炭，这才有真正意义。”

汤瑞白想起了什么，就说：“记得吗？在学校时，我们曾去过老人院捐赠园艺盆景。我看到那个地方非常沉闷死寂，简直像地狱。去了一次就不会想去，因为心情都大受影响，会对人生很感慨。”

“就是因为这样，才应该多思考去改变什么。”邱敏媛笑道，“我的理想是让那种地方从地狱变成天堂，那些老人辛苦了一辈子，对社会也付出了一生，到老不该被人歧视，不该被人丢进一个地狱中去等死。老人院的环境要有活力，即使是人生最后的一点时间，也要让温馨包围。而且不是只一天两天，是随时的照看与关怀。这只有好的护士才能够办到，所以我选择老人院。”

“但是可能薪水不会太高，我记得你以前很在乎钱的。”

“人会成长，我嫁到廖家，看到一个财团起伏没落，理解到什么才是最重要的。这些年来，我对钱的看法不再那么幼稚了！‘钱’是生不带来，死不带去，我不想被钱再误导下去。”

汤瑞白点头道：“那若是得到了聘书，去夏威夷以前，你还是住在廖家吗？”

邱敏媛摇头道：“不！我离婚后就会先搬出去，打算去找一个可以接受短期租约的房间，暂时住几个月。”

“所以你是想同时进行。”汤瑞白理解了。

“对！可是……我也很矛盾。夏威夷那么远，我走了以后，就不能常来看你了。”邱敏媛苦恼着。

汤瑞白沉默地看了邱敏媛一眼，心里非常难过，这难道就是命运的安排。当她能够离成婚的时候，汤瑞白却必须待在监狱里。邱敏媛要去美丽的猫依岛，那也是汤瑞白向往的地方，但是两只猫儿依旧是无法相依偎的。邱敏媛终于要离婚了，但是此刻，汤瑞白又能怎样？他只是一个身不由己的犯人，前程暗淡，他实在没有权利留住邱敏媛的。

他抬头，突然发现今天监狱的玻璃铁窗被洗得锃锃亮，他的心却是破碎的，漆黑的。

“你在听我说话吗？”邱敏媛问。

汤瑞白不想让对方操心，就带着开心的口吻安慰对方说：“那有什么关系，平常我们还是可以联络啊！”

“监狱里也可以用计算机吗？”

“这家监狱不行。”汤瑞白摇头。

“那我到时一定多拿假期飞回来看你。”邱敏媛说。

汤瑞白听着，却有点心不在焉，好半天才说：“……对啊！从夏威夷到洛杉矶，坐飞机也很快！几个小时就到了。”

邱敏媛察觉到汤瑞白的异常了，好奇地问：“你好像……在想什么心事吗？”

汤瑞白笑着说：“没有啊！你别想太多，就去申请，一定会成功的。”

会客时间终止了，汤瑞白被带回牢房。

汤瑞白颓丧地坐在自己牢房的小床上，从黑暗的窗口，看见外面天气阴沉，远处模糊的街景与晦闷的树丛，就像他的心，乏味与没有希望地在跳动。

他想到了邱敏媛，觉得她身上仿佛有根无形而牢实的橡皮筋，汤瑞白被套在里面，不论他走向何方，最后总是会自动被弹回。汤瑞白走的时候，邱敏媛伤心，汤瑞白回来的时候，邱敏媛总是安抚他。那种时刻，汤瑞白就仿佛变成一只受挫的动物，遍体鳞伤，邱敏媛也像另一只动物，把他拥在怀里，舔着他身上的伤口。如今汤瑞白坐牢，邱敏媛却离成婚，人也自由了。不论她在加州或者去夏威夷，她都有权利追求自己的幸福，何必被一个牢里的犯人拖累呢？但要如何可以不让她再来监狱探望他？要如何可以让她慢慢忘掉自己？时间是最可怕的，却也是最有用的。汤瑞白思考着，如果两年都不见面，邱敏媛很可能会遇到其他男人，那么两年后汤瑞白出狱，她也很可能就不会记得他了。至少给邱敏媛一个机会，也可以说是给双方一个考验，不是很好吗？汤瑞白咬咬唇，自己点了头。

两天后，邱敏媛竟然真的接到了“猫依”老人院的聘书，实在非常意外！原来老人院的院长很欣赏她的求职信，感动之余，愿意首开先例地雇用她。除了让她接受护士长训练以外，且免费提供她工余接受更多护士技能的速成训练，来补足她以前护士经验的不足。她高兴地拿着聘书，去监狱找汤瑞白。

“恭喜你！你看！我说你没问题的。”汤瑞白赞赏着。

“谢谢！”

“什么时候走？”

“还要过一阵吧！房租签了三个月，所以要等，刚好也有一些事要处理。不过，我实在不想离开你。”邱敏媛无奈地摇头。

汤瑞白沉默半晌，说：“……这正是我想跟你说的事，我……考虑了一下，你去了猫依岛就自己好好生活，不需要来看我。”

“什么意思？”邱敏媛盯着汤瑞白。

“敏媛，我现在对自己真是感觉前途茫茫，你不要忘了，我还在坐牢……”

汤瑞白缓缓地摇头。

“我在游轮上跟你说过，我不在乎。”邱敏媛说。

“可是，我不要你跟着我受罪。”汤瑞白露出一脸痛苦的表情。

“受罪？你说什么呢！在我心目中，你已经从一个逃避的人，变成我眼中的真正英雄了，难道说……你又想逃避？”

“不是！”汤瑞白甩甩头，说，“我想在牢里好好思考一下自己的未来，所以……这两年，在我还没有任何把握以前，我们暂时先不要见面会比较好。”

邱敏媛感到很意外，急切地说：“你可以思考，但是我们彼此为什么不能见面呢？”

“我需要冷静，看到你，我就不由自主地很彷徨，这样不好！我怕自己对你会作出错误的决定。”

邱敏媛瞅着他，问：“你怕我要你娶我？”

“我怕没资格娶你。”汤瑞白笑着说。

“你又来了！”

“我想过了，这段期间，你去夏威夷，正好给我们双方一个考验。”

“如果我改变主意，不想去了呢！”

“猫依岛是你的美梦，护士工作是你的理想，怎么能够放弃？”

“可是……分隔那么远。现在我都已经不能常看到你了，你还说。”邱敏媛摇头。

“是的，我已经决定了，从现在开始，这两年我们不要联络。”汤瑞白坚持着。

“这怎么行？”

汤瑞白继续说：“不打手机，也不用信件联系。你不要来看我，更不要到这里来接我出去，如果……你办不到，我就不会再见你了。”

“当然办得到！”邱敏媛有点赌气地扬声说了出来，表情几乎要哭似的，说，“可是……你在监狱里，难道不孤单吗？还有我……我会很想你，怎么办？”

“敏媛，我们一定要忍耐。请你理解我，实在是不得已才下这个决定的。”

“……好长的时间呢！”邱敏媛不能置信地说。

“如果，我是说万一……你在两年后还能记得我……”汤瑞白低下头。

“怎么会不记得，你在说什么？”邱敏媛不能置信地望着汤瑞白。

“我是说……如果你有更好的机会，就不要放弃。”汤瑞白颓丧地说。

“哦，你是说要我到外面去交新的男朋友？”邱敏媛苦笑。

“如果真有比我好的对象，忠厚老实，未尝不可啊！”汤瑞白说。

邱敏媛生气地说：“你想再甩掉我一次吗？这次我偏不妥协！”

汤瑞白心里有点高兴，但看她真的生气了，就说：“好好好！不妥协！所有的男人都给我避开得远远的，不准碰我的邱敏媛！”

邱敏媛“扑哧”一声地笑了出来。

“不论如何，是两年时间不联络。两年后你肯嫁给我吗？”汤瑞白问。

邱敏媛点了头。

“那我们来个约定，也就是承诺，好吗？”汤瑞白又问。

“好！你说。”

汤瑞白带着严肃的表情说：“两年后的今天下午五点钟，我们约好在洛杉矶游轮‘五十五号码头’见面。如果我出现，我们就去猫依岛结婚，如果我没出现，你就把我给完全忘掉。”

“你……你好残忍！”邱敏媛怨怼地看着汤瑞白。

“必须如此，你得答应我，也算是帮我，好不好？”汤瑞白露出哀求的眼神。

邱敏媛不知该说什么，却听见汤瑞白又在继续问：“好不好？”

“……”邱敏媛没说话，算是默认了。

此时，汤瑞白想到自己以后的两年将在监狱度过，就说：“两年不能见你，本来，我应该尽量不接触与你有关的任何东西，包括照片、信件……如此我才能忘记你的一切，好好过我的监狱生活。但是，也不知道是为什么？我办不到。尤其我一定会记得你的歌声，那让我更想念你，却又看不到你，也会让我更痛苦。但是，我愿意承受。就好比青蛙在温水中慢慢被加热而死，却会死得很快乐！我也是，我愿意用那些痛苦来换取一点点的快乐，哪怕死去。”

“你怎能这么说……”邱敏媛摇头，难过地看着他。

“记得吗？我那首在欧洲得奖的诗《寄情》，也是你谱的曲子。”

“……”邱敏媛点头。

“今天，在你走以前，可以唱给我听吗？”汤瑞白突然要求。

邱敏媛尴尬地看着不远处站着的狱警，说：“在这里？”

“没关系，小声唱就行，我想带着这份回忆，来等待两年。”汤瑞白点头。

“瑞白，可是分开两年不联络，我们真的要这样做吗？”邱敏媛难过地问。

汤瑞白没说话，只是紧抿住双唇。然后他给了她一个鼓励的眼神，邱敏媛就开始轻哼了起来：

寄　情

长风不断无语时，
对窗无月幕帘深，
地老天荒徒奈何，
从来多情总伤神，
望高楼，旧影何处寻，
但笑我，痴如葬花人。
异山异水异域客，
有你有我寻归程，
秋尽冬来绿无影，
再问嫩芽何处生？
多少泪，化作他乡骨，
几许恨，都埋入断魂。

在听的时候，汤瑞白一直是低着头，直到她唱完都没有抬头。

“瑞白……”邱敏媛轻声喊他，汤瑞白才抬头，眼里噙着泪水，抿了抿干唇，疲倦地说：“对不起！敏媛，那……就这样了。记住‘五十五号码头’，下午五点。”

邱敏媛无奈地点了头，在泪眼中，酸楚地说道：“好！但是……你一定要来。”

狱警此时已经走过来，汤瑞白深深地看了邱敏媛一眼，就转身离去了。邱敏媛此时才双手捂面，忍不住地啜泣了起来。

第三节　回光返照

从离婚到搬出来住，由已婚再次变成一个单身，邱敏媛在解脱中也难免不适应。偏偏此时汤瑞白又要求两年不联络，让她更感孤单。邱敏媛当了几年的董事长夫人，周围的环境都是逢迎拍马与阿谀奉承，朋友仿佛很多，却很难有什么能说真心话的人。因此她再次地单身以后，世界突然变了，周围固然安静不少，切断了以前那些不必要的虚伪应酬，但她也落了单。没有什么朋友，即使有再多的苦楚也无处可诉。

这天，邱敏媛从市场买菜出来，有人唤住了她，一看竟然是以前的一位老朋友。

“我是郑小梅，你还记得吗？”郑小梅侧头问。

“是啊！我曾打电话给你，好像你搬家了。”

“对！我搬到加拿大去了，来加州玩了一个星期，明天回去，你好吗？董事长夫人。”郑小梅笑着。

“你别这么称呼我，我离婚了，现在一个人住。”

邱敏媛把自己的近况简单说了一遍，郑小梅竟然高兴地说：“恭喜你！”

她知道郑小梅是一个比较不爱热闹的人，以前本来邱敏媛与郑小梅感情还不错，经常一起逛街，可是自从邱敏媛嫁了一个董事长以后，两人就没再接近了。当年邱敏媛结婚后，经常邀请她来家中聚餐，可是她来了一次就不来了，说是受不了那些阔太太们的说话语调与俗气作风。总之郑小梅不太喜欢廖家，也不很喜欢廖育兴。郑小梅个性跟自己很合得来，邱敏媛失去了这个朋友，心里一直也很难过。想到此，邱敏媛说：“我将来很可能会搬去夏威夷住。”

“真的！那我把加拿大地址电话留给你，以后有空联络吧！”郑小梅匆匆用纸笔写下，递了过去，邱敏媛很高兴地放入皮包。郑小梅又说：“我明天回去，现在还得去买些东西带走。那么等你安定以后，一定要跟我联络哦！”邱敏媛点点头，主动给了郑小梅一个拥抱，两人才散开了。

接着，邱敏媛想到应该去廖家豪宅退还钥匙，顺便取一些还没来得及转成新址的信件，就驱车前往廖家去了。

邱敏媛在廖家客厅跟Ida与廖育旺寒暄，她递过去大门的钥匙给Ida说：“我想先还给你们吧！免得丢了。”

“你可以留着，以后说不定还会有你的信件。”Ida说。

“不用了！主要的邮件，我都已经更改了通信处，其他应该都是一些不重要的垃圾邮件，你扔了就是。”

Ida点点头，客气地邀她在沙发坐下，还给她倒了一杯茶，邱敏媛原本不打算久留，但是想想自己都已经离婚搬出去住了，对廖家人也不需要做得太绝。何况这一次很可能就是最后一次来廖家，于是邱敏媛就坐了下来。

Ida 盯了一眼钥匙，说："……这钥匙也快没用了。"

"……"邱敏媛好奇地看看 Ida。

Ida 苦笑，道："我们要搬家了！"

"搬家？"

"嗯……"Ida 仰头朝周围看了看，说，"这大房子打算卖了，我要跟育旺去纽约住了。"

"……哦！这样也好。"邱敏媛理解地点点头。

"你呢？离婚了，这下子可自由了！"Ida 问。

"……我可能会搬到别州去住。"邱敏媛说完，又问，"公司情况还好吗？"

Ida 回道："唉！我只是名义上的财团副董事长，育兴入狱后，整个企业股票大跌，股东都陆续在要求退股！现在真是摇摇欲坠，全要靠育旺，可是他没兴趣，懒洋洋的。再这样下去，恐怕商场要倒闭了！"

邱敏媛理解地瞥了一眼一旁的廖育旺，难以想象的是，他竟然没在听，一副无所谓的马虎状。邱敏媛蹙眉不解，怀疑就算廖育旺肯负责财团，恐怕也是能力有限。瞧他此时还无聊地哼着小曲，打开了电视，声量不小，Ida 不悦地叫他小声一点，喊了好几次，廖育旺才转小声。他把英文台看了一阵，又转到了中文台。

廖育旺一边看电视，一边漫不经心地对邱敏媛说："嘿嘿……你搬出去住了。晚上关了灯，黑漆漆的只有一个人，不害怕有鬼吗？"

Ida 笑着说："真不会说话！他的意思是，你一个人可能很难习惯吧！"

"还好！"邱敏媛笑笑。

Ida 又说："你一个人住，现在可能还不觉得，以后久了就知道，怕鬼不说，还会非常孤单难熬的。"

邱敏媛笑着说："在这个世界上，人比鬼还要可怕，其实只要想想，坏人入屋抢劫可能更可怕，就不会怕黑了。通常人们怕黑，是因为坏人都是晚上进屋偷窃，其实现在坏人白天照样入屋。而且即使家中有很多人，也照样会入屋抢劫，所以不论人多人少，都应该小心。"

廖育旺回头瞥了一眼邱敏媛，看见她清丽脱俗的外貌，依然动人。心里想，当年把邱敏媛介绍给哥哥廖育兴，就是为了将来让她照顾自己父母亲。如今廖老去世，哥哥廖育兴坐牢，邱敏媛也走了，自己的如意算盘还真是打错了。怎么当初就没想要到跟她交成男女朋友呢？可能就是她这种智慧型的独特气质，反而让他害怕。对廖育旺而言，她应该是一个嫂子的角色，不是女朋友的角色，介绍给哥哥，本来是很理想的。可是哥哥怎么那么倒霉呀！想到这里，廖育旺就说："小倩的事情，我觉得相当意外。常艾丽虽然不应该，但是付出的代价太大了！"

"女人在乎的是感情，男人却在乎实际。小倩的事情，整个就是一场骗局，你哥哥怎么经受得了。" Ida 说。

"我知道，可以想象得出吧！"廖育旺突然想起什么，又说，"前几天我在报上看了一则社会新闻，有个男人跟女人一夜风流，后来女人有孕了，男人不理她，自己离开了。二十年以后，男人可能是自己后来没孩子，就拼命地想找出当年她肚子里的孩子是谁，在哪儿？可是那个女人竟然不承认孩子被生下来了，做得可真绝。这种女人太厉害，娶了也没好运。"

邱敏媛喝了一口茶，笑着说："对啊！男人记挂的是二十年后的小孩，女人介意的却是二十年前的情感留白。如果的确是男人对不起那个女人，那么就算男人觉得女人在说谎，也是无奈，因为女人真的可以用堕胎作为借口，男人就有可能永远也见不到自己的这个孩子了。"

此时电视上正在播放中文新闻，激烈的镜头吸引了三人的视线。是台湾的一群立法委员正在涨红脸，彼此谩骂，甚至打架。然后出现另一个画面：一个犯人被抓，旁边围观的民众生气地对犯人又打又骂，还吐口水。

廖育旺蹙着眉，换用中文说道："民主与文明应该是并行的，同样新闻若发生在国外政坛，几乎没有这些动作与行为。若电视台报道一个犯人被判死刑，播音员每提到当事人，称呼绝对是英文名。因为即使对方是十恶不赦，也要尊重他做人的尊严。国家有法律，就要交给法律去处理，这才是真正的文明。"

邱敏媛赞同地点点头，她发现廖育旺的中文说得还不错。听说廖家以前曾为他长期请过中文家教，中文学校也去过，家里多数人更是都说中文，难怪他中文还挺流利的。邱敏媛想到此，又听到 Ida 在说："现代的社会比以前乱，实在处处要小心。像有些人对文明误解，崇尚大胆，扭曲廉耻，误以为直言才是文明，于是动不动就口无遮拦，若激动起来，就好像要斗争别人似的。这种风气像传染病，其他人可能有样学样，也变成胡乱说话。其实这些风气并不是一种真正的文明。"

廖育旺听见 Ida 说得好，也振振有词地附和道："那些人之所以会如此，是想把自己知道的昭告天下，却用不当的言辞去攻击人。表面上仿佛非常进步与民主，其实，是不文明的，因为没有重视人类尊严。现代的人都崇尚民主，民主就是使自己与他人，在一个相互尊重的立场上达成妥协。”

“是啊！就拿外遇问题来说，我就在网上看过有的太太骂丈夫的外遇是‘婊子’。让本来想同情太太的人反而因为太太这么一出口，都愣住了！感觉骂那种脏字眼的女人内在似乎也很差，所以难怪丈夫不喜欢那个太太，要去朝外发展了。”Ida 说。

“嗯，人有五官感受，言语是无声的利刃，会引起杀人般的痛苦。滥用自由、任性直言的结果，就像一个透明的身体，五脏六腑都被人看到了，很不堪。不文明就容易无知地践踏人性尊严，这也是因为没感情。人若有感情就会重视别人的尊严，也就容易善良，善良就会有好的爱情。”邱敏媛笑着说。

Ida 说：“我呀！竟然听过一个男的说，性是运动，是健身。”

廖育旺说：“那也不对，通常运动与健身可以随兴，但不可妨碍别人。如果说性是运动健身，难道可以光天化日就做吗？何况女人不跟你做，你要乱来就是强暴了。一个巴掌是拍不响的，所以性和运动不应相提并论。”

Ida 说：“还有男人说，性是人类与生俱来的。人是动物的一种，因此人一旦有性欲就要让它发出来，像动物一样得到满足，才是合理，简直恶心哦！”

廖育旺点头道：“妈！你怎么认识的都是这种说话没水准的男人。人是‘高等’动物，这个程度上的差别就是人类有‘理智与灵性’，否则谈什么‘高等’？一个人失去了理智就不是人，也就不能用人的定律来衡量与判断了。”

Ida 瞪了儿子一眼，不高兴了：“我只是转述，犯得着你来训我？”

邱敏媛想缓解气氛，就说：“听说以前曾有个悲惨的社会新闻，大家读到都不胜唏嘘！一对相恋的男女，就像一般恋人似的都喜欢找清静的地方来谈恋爱。于是两人找到了一个防空洞，关上门，双方在内卿卿我我，不理会外面白日或黑夜。正好那是个特长的周末假期，管理防空洞的人锁上门就下班离开了，一连数天后才回来。打开防空洞一看，大吃一惊，发现里面有一个瘦似骷髅般的女人，气若游丝。而她正在啃噬一个死去男人的尸肉。”

Ida 闻言，马上就插入了话：“是啊！我在中文报纸上也看到过那一个新闻，当时我在餐馆跟几个朋友的家人一起吃饭。有个朋友说，瞧啊！女人的命就是比男人长。可是她那个不懂事的年轻女儿竟然耸耸肩膀，轻佻地说：‘没什么，这么相爱，就给对方吃了也无所谓。’唉！她的意思是谈恋爱，对方需要啥就给啥。你们听听，多可怕啊！”

邱敏媛点头道：“可能那个女孩不知道，新闻上那个正在啃噬男友尸肉的女人已经不是‘人’了，她饿到极点，失去理智，成了完全的动物，她只是在那种动物性的世界中进行弱肉强食的自然定律而已。新闻中那个女人，等她获救，理智灵性回复过来，一旦成了健康的正常人类，她这一生都很难避免伤痛与恶心。弄不好，要长期靠心理医生与药物，她的灵魂也极有可能会自责一辈子，因为她是‘人’啊！”

“哎！拜托你们两人换个话题，好不好？我就算不想结婚，也还要谈恋爱呢！别吓到我了！”廖育旺抗议起来了。

Ida 与邱敏媛在一旁，都笑得前仰后合。

Ida 严肃地跟儿子说：“你啊！自己私生活检点一点，不要被人骗得‘赔了夫人又折兵’就好了！”

邱敏媛此时忽然有一些悲哀，这样的气氛曾经是她在这个豪宅期盼过的家庭生活。可是为什么以前廖育兴与小倩在家的时候，从来没有过？那个时候廖育旺回家来都不太说话，难道是因为邱敏媛现在是客人了。总之，她曾经期盼的，在这一刻似乎出现了，可是邱敏媛也不会再回来了。

“言归正传，你可能会搬去哪一州？”廖育旺笑着问。

“夏威夷。”邱敏媛回答。

“那等……时候到了，要不要我们给你送行？”Ida 也问。

“不用了，谢谢！”邱敏媛站起了身，大家相互礼貌地握了握手，说了珍重，她就告辞了廖家。

廖育旺看完了电视节目，说自己还有事，就出去了。家里只剩 Ida，想跟朋友打打电话，拿起话筒又放下了。这个时候，谁不知道商场快倒闭了，哪里有什么朋友？多数人都是很现实的，Ida 想起以前，曾有个烧菜的老师朋友教过她烤鸭，那次很有成果，她总共烤了六只，打算卖给其他朋友，到处问的结果，只有一个人买了，其他人都找借口拒绝了，其中有一个鲁太太说的话还真是可笑！Ida 力劝她买一只烤鸭回家吃，鲁太太却说：“我很久没买烤鸭了！我若要吃都是去餐馆，你可以卖到中国市场去啊！”

Ida 听了很不高兴地回道：“人家市场自己就做，我这几只是想卖给熟悉的朋友就好了。”

Ida 觉得像鲁太太这种人是不喜欢帮忙的人，也就是没什么热情的人。这种人嫌多事，不论好事坏事都嫌，所以日久会变得很自私。表面上她是不想惹麻烦，但是若连好事也避开，那不就成冷血了？朋友之间要相互关怀，不是吗？即使是普通朋友，人家有些成绩出来，就应该鼓励。不过是买只烤鸭，价钱还比一般市场的便宜，那烧菜的老师也说 Ida 烤得很好吃，Ida 才卖给朋友的，哪想到那个鲁太太如此不近情理。说什么很久没买烤鸭了！难道这能构成不买的理由吗？又说什么若要吃都是去餐馆！朋友烤的怎能与餐馆做的相提并论。何况，Ida 难得烤鸭，也是一番诚意请大家捧场，是朋友就应该支持一下才对，不是吗？

唉！这个世道就是如此吧！你开心，大家跟着你开心。你伤心，就只是自己一人伤心了。所以你若是把自己烤的烤鸭拿来请客或者是送人，保证大家都说好。但你若说要求帮忙出点钱来买你烤的烤鸭啊，那绝大多数人都会脚底抹油，溜得比飞机还快。

第四节　无情地有情天

邱敏媛告别廖家，回到自己住的地方，电话铃声响了。对方是廖家商场以前的一位大客户牛经理的太太，牛夫人在电话中高声地问候：“廖董事长夫人！你好！”

邱敏媛笑着更正：“我已经不是廖董事长夫人了，我自己姓邱，请问你怎么知道我的电话的？”

“邱小姐！你的电话是我向 Ida 苦苦要来的。Ida 真是，起先硬是不肯给，我说是有好事找你，Ida 才同意给我的。”

“有什么事吗？”邱敏媛实在好奇。

“我呀！是来给你做媒的。”牛夫人悄悄地说。

“做媒？”邱敏媛有点吃惊。

“我表弟，也是廖氏商场以前的一位大客户，他啊！很早就看上你喽！那个时候你还是董事长夫人，我表弟当时对你是一见钟情。现在知道你离婚了，他说啊！可要轮到他啦！”

轮到他？自己是一个停车位吗？邱敏媛反感地说："可是我没兴趣。"

"哎！他的条件不错呢！三十九岁，美国耶鲁大学硕士，一直都是单身，配你是绰绰有余。我表弟还说他不在意你结过婚，只要没生过孩子就好！若生过了孩子啊，就算是美如天仙，他也不要！"

只要没生过孩子就好？把女人当母鸡吗？生了蛋以后就要杀来吃，没生过蛋的才留着活路？邱敏媛觉得这个男人还没见面，就已经让她反感透了。她一时没话可应对，便自言自语轻声说："可是，我不是一只母鸡。"

牛太太听到她的话，一头雾水，说："你说什么？我不懂。"

"哦……我是说我现在很忙……"邱敏媛回答。

"但是，我表弟还说……"牛太太意犹未尽。

"对不起，我真的很忙，我得挂了。"邱敏媛实在不想听下去了。

"我表弟……"牛太太的话未完，邱敏媛立刻切断了电话。

她没劲地抬头，张望自己的住处，房子有点旧，粉色地毯早已泛黄。这是两层楼房的单独公寓，上下楼各自有出口，她租的是一楼，楼上有条长楼梯在墙外，刚好侧对着楼下的房门。这里的公寓虽然都不用签一年租金合约，但是至少得签三个月。好在附近交通与购物都还算方便。她也曾考虑过这种在别人楼下居住的问题，她的结论是一个单身女人为了有安全感，能有个邻居在楼上做伴或者照应也不错。房东说楼上邻居也是个女的，刚去度假，两周后会回来。她幻想着那种旧日邻居平日守望相助，闲来彼此招呼聊天的温馨美景。

可是，美梦的幻灭开始在两周后。这晚，来自楼上的脚步声竟然沉重异常，更是重复得厉害。不是说楼上是住个女人吗？怎么脚步那么重？邱敏媛可以想象对方的整个屋内生活步骤：每天清晨四点半左右，那两只像套着铁鞋似的脚步，幽魂般地从床边踩出。步入浴室，踏出卧室。然后五点刚过，对方重重地关上门，急速地下楼而去。夜里回来，则神经质地来回走动，想象不出是什么事会让对方如此频繁地踩着铁般的大步？或许是建筑材料太单薄了，邱敏媛甚至可以听见对方用在洗手间的例行动作与如厕声响。

她的睡眠受到侵扰，作息也缺乏应有的宁静。入夜后，公寓四周倒是不吵，但也因此使得室内传声更加凸显。她觉得自己仿佛是在跟一只看不见的幽灵共处，不但可以感觉到楼上的动静，甚至从那些重力的声响中，可以想象到对方的自私性格。邱敏媛每天清晨五点不到就被吵醒，睁眼盯着房顶皱眉，非常苦恼。不得已，她写了一封请求信，外加一份小礼物，放在楼上房门口。希望能有点效果，但是第二天回家，在自己楼下的门口看见了对方退回了她送的东西，然后一切沉重声响依然如故。

她想找房东，可是房东回家乡度假去了。

这天一早，她见到一个年轻的东方男人走下楼，两人用英语招呼了一下。东方男人长的有点像混血儿，但他说自己是日裔，二十四岁，会一些中文，还用生硬的中文跟她说："我昨天在我的女朋友家过夜。她一早上班了，我才刚下来，呵呵……"

来了一个中间人，邱敏媛认真地跟对方诉了苦，对方点头说会告诉女友。

可是，东方男人也突然直率地说："坦白说，我这巴西裔的女朋友脾气很坏！我想换一个，你很可爱，愿意跟我交往吗？"

邱敏媛真的被吓了一跳，支吾地苦笑，只好也直言回应道："不行，我比你大好多呢！我不喜欢女大男小的配对。那……你请她只要能在清晨那段时间脚步放轻，合作一下就好，谢谢你帮忙了。"她说完就赶紧开门进屋去了。

想想这个混血儿的直言也真够冒失的，不过他应该会去劝他女朋友吧！人都有同情心，对方一定会体谅她的要求而放轻脚步。可是结果竟然适得其反，接下来的日子，楼上更是故意加重了沉重的步履，而且每一步都充满怨恨似的。邱敏媛也曾想到是否可去找警察帮忙？但是警察不一定会过问这种小事，顶多也只能劝导，弄不好还会让对方更生气。因为只是短期居住，她也不想再去找房子搬家，只好忍耐。最后，不得已，她把床移到客厅，虽然好些，但依旧会被吵到，可是想想也别无他法了。

这天夜晚，她出门倒垃圾，正巧楼上的也在走下楼，邱敏媛第一次看见了她。像是一个土生土长的女人，个子有点高大，胖胖的，脸很长，也很苍白，带了一点青色，一双斜眼，却透了一股杀气，冷冷的两道眼神利剑似的射了下来。不知何因，邱敏媛感觉不寒而栗，哑然无声地望着上面的人步下楼梯。那大个子的女的，站在夜里仿佛一个僵尸似的盯住她，狠狠地说："这里是美国，你是住在楼下，我没有必要因为你而改变我的生活方式！"

邱敏媛心里想：美国怎样？来美国就不要做人了吗？没有人味了吗？只不过请她在清晨时段把脚步放轻一点都不行？如此不替人着想，什么都只顾着自己的权利，不管别人死活吗？这根本不是美国的做人方式，是她自己走偏了。权利是要建立在尊重人的基础上，而当权利打扰到别人的安宁时，这个权利就不存在了，她却不知道。邱敏媛想起，在国外常常会看到这一类思想行为过度偏差的移民，拿美国做借口乱说话。口口声声，这是美国，所以要这样，要那样，你去死也不关她的事，还对自己原来国家或同种族的人口出贬言。邱敏媛想：你自己是从哪儿来的？过河拆桥吗？没有你娘的奶水，你现在还存在吗？实在是忘恩负义。这类人不会帮忙，不懂劝导，没有耐性，只会辱骂。还总是用美国做挡箭牌，真要把美国变成“霉国”了。

她正在愤愤不平呢！对方又说话了：“你惹我的男朋友干吗？他说要把你当第二个女朋友，就是小老婆。”

“第二个？小老婆？谁理睬过他，你叫他死去地狱吧！”邱敏媛生气地说完，甩头就走了。

邱敏媛很少跟人拌嘴，也不擅长吵架。拌嘴与吵架都不是好事，也不能真正平静。因为她不冷血，所以吵完架，她的脸会涨红，心跳会加速，身心很久都无法安宁。可是对方会那么说话，让她很震惊！真是莫名其妙了。现在的人不是都喜欢直言吗？先前邱敏媛明明曾直言告诉那个日本混血儿，她对他根本没兴趣！怎么这会儿到了这个女的口中，竟成了小老婆了？见鬼！所以直言有何大用？是坏心眼的人就还是坏心眼。邱敏媛看过很多在美国的日本人都是彬彬有礼，说话与性情都很温和，虽然中国人普遍恨历史上的日本军阀，但是对现代的日本人还是很理智的，不会因为有那种祖宗而对其后代侧目。但是偶尔，总会有那么几个少数的害群之马，在替自己人丢脸。其实任何国家的人都是一样，所谓最怕“一粒老鼠屎，坏了一锅粥”，就是这个道理。

日子过得原本平静，汤瑞白不能联系，说好不去牢里看他。申请护士长的工作已成功，剩下的杂事也不难。只是不能搬，还要住两个月，因为租金不能退，必须有耐性。一切都是静悄悄地在持续，唯一的噪声来自楼上，那种“仇人压顶”的感觉，让她不再有芳邻为伴的可贵。

这晚，邱敏媛听到滴答的声音，是个深寂的夜，她模糊地躺着，不能确定是否下雨了？此时，多数的人都拥伴而眠，即使单身独居者也或许拥着一个美梦与希望，唯有她，拥着一夜的空茫。想想她也真是听话，汤瑞白说不见面就不见面。可是两年，这不是开玩笑吗？想来是他不要她了！邱敏媛傻到又一次被抛弃都不知，是的，他一定只是在用这个当借口来停止两人情感的继续。想到此，邱敏媛不自觉地泪眼模糊了，夜半辗转，酸楚倍增。那滴答声该是自己的心在滴血，血痕一道道，扭曲着，似自己挣扎过的影子。

滴答声仍然在继续，却不像是雨点，她终于起身开了灯，在厨厕绕着圈，检视所有可疑处。最后跟着响声追踪到专门装置热水器与冷气设备的小阁楼，把门一开，这才发现顶上正在漏水，整片墙已污黄，看来已经漏了一段时日，最近才往下滴。隔日，她去找了工人来看，说是源头是楼上热水器在漏水，滴到楼下，必须通知楼上修理。邱敏媛上楼敲门，对方却不理睬，她只好站在门外叫道："你的热水器坏了！漏水漏到楼下了呀！"没见回应，邱敏媛只好失望地回房去睡觉。第二天傍晚，那缓缓地滴答的水声还在响，她只好抓了盆子来装水。

可是一直到夜里十一点，滴答声还在继续。

"滴……答……"水漏着。

邱敏媛开始用盆子装水倒水。

"滴……答……"水继续漏着。

她不得已，开始在盆子内用毛巾吸水。

"答……答……"水漏得厉害了。

为了自保，邱敏媛开始换了一个长桶来装水。

"答……答……哗……哗……"水似乎开始倾盆下流了。

突然，楼上传来那女的厚重脚步与吼骂声："他妈的！"

在床上难以合眼的邱敏媛被这突如其来的吵闹声惊到，那哗啦啦……答答答……的声响竟然也是来自装热水器的小阁楼。她急奔过去，打开阁楼的门，顶上流下来的水似倾盆大雨，一阵阵地往下灌，底部积水处，一波波地涌出，流到外面的地毯上。

邱敏媛恐惧地跑去打开放毛巾的橱柜，胡乱地拖出一堆毛巾，抛在那湿透了的地毯上。平常不用的小阁楼是个空贮藏室，里面满是灰尘与以前租客留下的一点杂物。她跪在地毯上，不停地挤水，不停地擦吸，还用手捡拾着地上的一些破烂刀叉。

突然，她耳朵听到了门外的吵闹声："一塌糊涂！快拿毛巾啊！"楼上工人在忙乱中高叫，轮流朝外奔跑……揪毛巾，水像下雨似的在楼梯处往下泄。

邱敏媛套上了一件黑色连帽的旧长雨衣，手里还抓着从阁楼捡拾的刀叉，慌乱地打开门朝外问："这……怎么回事啊？"

“那女的今天晚上才来通知我们修理热水器，修不了，只好打破了丢掉！”楼上工人气急败坏地跑上又跑下。

邱敏媛遭池鱼之殃，气恼不已，慌乱间不知如何是好？只能匆促地把刀叉先放进右边的口袋，回屋继续清理小阁楼。一直等了很久，漏水的速度才慢了下来。

仿佛一场闹剧，弄完后，楼上楼下都精疲力竭。邱敏媛奢望着对方会来道歉，但是完全没有动静。她觉得自己受到了欺负，不甘心就此罢休，便径自走上楼去敲门，准备兴师问罪。对方虽然开门，却毫无歉意可言，依旧用那种权利至上的高姿态，说：“这是你住在楼下应该受的罪，关我何事？”邱敏媛的瓜子脸变得苍白了，长发凌乱地扑在两颊，失血的唇似两片浸久了的猪肝，黑色长雨衣罩着的身躯微微颤抖着，不是那种害怕的抖，而是那种用尽最大的忍耐后余留在体内的疲乏呻吟。楼下，草坪上的自动喷水器刚依时洒完水，往日的那份清静与宁和，刹那间转成了绝望与无助。邱敏媛的右手伸到口袋中，指头触到先前随意放进去的一把水果刀，她突然有股冲动：“我要杀了她！”还好！正在她准备抓出那只水果刀的同时，对方的门“碰”的一声被关上了。

第二天，邱敏媛气得到处找房东，还是没见回来。辗转到处问，才知有个代理房东可以帮忙。于是邱敏媛说出了自己要提早搬去夏威夷，代理房东说感恩节与圣诞节快到了，很难找房客，所以她必须住到假期完。然后，要搬可以，剩下的租金不退，想到自己昨晚对楼上那个家伙的恼怒与冲动，她真的不能保证自己有一天是否在忍耐力达到极限之时，会不会缺乏理智地做错事？就无奈地答应了。

今年的感恩节与圣诞节成了她心头的两大瘤，孤独受创的她，必须忍着疼痛被这两大节日踩过去，而且还是痛彻心扉无人知的沉重、委屈。

这天，邱敏媛打开电视看新闻，有一个上了年纪的美国妇人，但年岁还没那么老，竟然决定去瑞士医院接受“结束生命的死亡”。因为美国法律不允许医院给这种“死亡”，为此妇人一定付了不少钱给瑞士。她的理由是：这个世界转动得太快了！所有的先进产品，她都憎恶，她说科学家害死了她。她甚至讨厌计算机，反感一切人际关系的生疏，绝望时代物欲横流的改变。她已经觉得了无生趣，于是做了这么一个完结自己生命的大决定。由她的侄女陪伴她去瑞士。也许还留恋人间的美景，在她去医院接受“结束生命的死亡”的手术以前，她们还到瑞士的名胜玩了一整圈。最后她才走上了这条不归的“黄泉路”。

邱敏媛很能理解这位妇人的感受。科技日新月异，跟不上的会被淘汰，跟上的也不见得多幸福。拿手机来说，用手在上面滑来滑去，上网与通邮都方便。但除非是公事，其他若非紧急，甚至聊天，若换成回家以后再上网与通邮未尝不好，要是这点耐性都不能等，可想而知做人处世还会剩下多少耐性？没有耐性，哪来温馨？没有温馨，哪来情？没有情，怎能有真正的幸福？经常还听到有人因为太专注手机，一脚踩进路面施工的深洞里，魂归西天。然而，邱敏媛觉得生老病死是人的完整旅程，因此生命就是一种责任，活着也是一种权利，不论多辛苦，“要活下去！”这是做人最基本的道理。当然，或者……偶尔可以说说丧气话，但消极时要懂得自我挣扎，突破重围，坚强起来，怎能像这位美国妇人一般，想活就活，想死就死！如此去自寻绝路。去瑞士医院接受“结束生命的死亡”就等于选择自杀？多幼稚，多任性，多自私，多可恶，又多没意义！

她苦笑地关上了电视，听说楼上的“恶魔”又度假去了，铁步才暂时跟着消失。在眼前的公寓中，顿时充满着异乡的宁静，而这种静却又极其恐怖。这是她人生一段衔接的空当时段，情感上曾投入的爱与关心，却都无答案。没有了汤瑞白，精神寄托坠入谷底，夜半醒来，徒增惆怅。白日变得特别恐慌，因为太闷也太闲。没人跟她说话，没人听她的委屈，生活似乎失去了重心，日子过得漫无目的。活着仿佛多余，空茫成了一种心灵的负担。她这才知道在美国不只是老人孤独无人管，消极颓唐如她，即便不老，也会受不了被孤独啃噬的痛苦。难怪，美国报纸上就常常有这种新闻：“……倒毙在家中无人知……”例如：曾有那么一个单身的老光棍，死的时候人坐在计算机前，像个木乃伊，已经好长一段时间了，最后才被人发现。孤独真是可怕，人不希望有它，却又不能没有它。

既然决心搬家，对于房租的事情，邱敏媛别无他法，只好让两个月的租金忍痛泡汤了。她联络好猫依岛的住处，把转机的机票也订了，然后就早早打点了行李，耐心地度过了最后几天。在一个月黑风高的夜晚，邱敏媛终于飞去了夏威夷。

第五节　“五十五号码头”

邱敏媛终于去了猫依岛，白天工作，晚上接受护士长专职训练与护士技能的特殊课程。没多久她就能跟上作业且安定了下来。她做了“猫依”老人院的护士长，且跟院长谈了很久，院长非常同意邱敏媛对改进老人院的看法，要她放手去做，不用担心。

于是“新官上任三把火”，邱敏媛规定：

①所有护士要面露笑容（以让老人感受温馨，因为笑脸迎人，如沐春风，有利病情稳定。）

②所有护士要学唱歌（以让老人能听歌与学歌，因为歌唱让人放松开心，有利心情快乐。）

③所有护士要练习打坐（以让护士保持耐心与爱心，因为护士也是人，疲倦时要懂得缓解压力。）

④所有护士不得浓妆艳抹（以让环境减少化学污染，可素装淡抹，但严格要求要整洁卫生。）

⑤所有护士姐妹相称，待病人如父母（充分发挥儒家哲学：老吾老以及人之老。）

事后证明老人院的整体获得很大的改善，很多老人的健康状况得到神奇的进步，其家人都很惊讶与欣慰。不久，“猫依”老人院竟然因此出了名，许多别家的老人院还纷纷起而效法，报纸与电视台也跟着来叩门，探访究竟。一一要求邱敏媛接受访谈，于是邱敏媛因此也更忙碌了。

然而，平常邱敏媛在猫依岛的生活是平静而恬淡的。因为人地生疏，她下班后也很少出去。偶尔会去海边走走，大部分时间都是在弹电子琴与自己作曲。

邱敏媛与加拿大的郑小梅已经取得联系，虽然隔得很远，有时也会在电话中谈很久。两人相当投机，旧日那段友情仿佛重现。但是郑小梅有三个孩子，自己生活就相当忙碌。邱敏媛不想谈太多自己的私事，她不愿让郑小梅替自己担心。跟纽约的赵阿姨也早已通过几个邮件了，赵阿姨几年来都对邱敏媛特别关心。想想这位长辈就如同自己的妈妈，如今依旧形单影只地在纽约居住，虽然也住得远，但有机会实在应该去看看她。于是邱敏媛计划好，当自己去洛杉矶见到汤瑞白以后，两人就一起去东部纽约探望赵阿姨。对方知道了很高兴，大家都期待着日后的相聚。

※ 两年后 ※

两年过去，邱敏媛日夜期盼的日子终于要来到了。她发现自己思潮起伏，很难集中精神专心工作。于是在见面时间快到的前几天，邱敏媛就提前跟老人院请了假。她早早订了机票，整理好行囊，天天看着日历，期盼着这一天的来临。

临行前一晚，邱敏媛兴奋又开心，几乎忍不住地想跟汤瑞白联络。但是她怕产生反效果，而且她已经作了承诺，那么就应该耐心等着吧！

但是汤瑞白曾说如果他不出现，就要邱敏媛忘了他，为什么他要那么说？难道他在狱里会作出一个不同的决定？也就是他对邱敏媛，可能会再次放弃？这一晚邱敏媛思前想后，得失起伏，虽提早躺在床上，却辗转反侧，难以入眠。只好起身打开电视，荧幕上出现的是一部卡通电影，剧中背景有岛屿及灯塔。岛屿上满是树木，那片树林充满了和谐，美妙的古典乐声中，传出淡淡的鸟语花香。绿色的丛林间，有睁着玛瑙色明亮眼睛的白兔在张望，蓝色的小溪旁有顶着金壳的乌龟在悠闲漫步。树林里正举行着一个小型的婚礼，布置淡雅。那儿有一座露天的白色礼堂，犹如白纱围成的一个小宫殿，所有的柱子上都缀着淡粉色的玫瑰，宫殿的顶上都系着浅蓝色的星星小花朵。宫殿大门口被一群啄木鸟细致地啄出了一条长长的婚礼走道，一队小松鼠用头顶合力推着一卷狭长的白色地毯，缓缓地在伸展。

邱敏媛看得入了神，仿佛就是在猫依小岛上，正飘着淡淡的轻风。英挺的新郎汤瑞白，身着一身乳白色西服，黑色的领边与领花，左边口袋上插了一朵乳黄色玫瑰。新娘邱敏媛身着一袭软料的白纱拖地礼服，高腰与斜肩处镶着几朵粉蓝色的茉莉珠花，简单的珍珠项链与耳环，手持白色捧花，头发上围着一圈带着绿叶的茉莉。美丽的她，正含笑地依偎在新郎的身边。

婚礼开始了，在庄严的结婚进行曲乐中，新郎挽着新娘踏上白色地毯，一路朝白纱宫殿的礼堂走去。到了殿堂，却没有证婚人，两人四周望着。在哪儿啊……神父呢？牧师呢？不！谁都可以，只要能帮忙两人证婚，可是婚礼上也没有宾客。

突然间，树林里没了动静。松鼠不见了，啄木鸟飞了，白兔跑开了，乌龟也溜走了。汤瑞白抓紧了邱敏媛的手，邱敏媛却着急地到处找人，人呢？人呢？

邱敏媛挣扎着，在恍惚中，察觉到自己看的其实是卡通电视剧中男女主角的婚礼。她怅然地关了电视，疲倦地躺上了床，心里念道：“明天就会看到他，明天，明天快点降临吧！”在这样的殷切期盼中，她逐渐疲倦地睡着了。

第二天，邱敏媛从猫依岛转机到夏威夷，又从夏威夷搭飞机来到洛杉矶。一出机场，洛杉矶正在下大雨，天气变得很坏，听气象预报，会有台风要来。她看看腕表，才三点半，于是提了行囊，叫了一部计程车直奔“五十五号码头”，路上，开始刮风了，还落着倾盆大雨。车停在码头的路边，邱敏媛没带雨伞，幸好身上穿着一件防水的长风衣，她下车拿了行李，就快步走到码头门口躲雨。这天不是周末，游轮也因为台风要来而改期了，路上车辆虽然在风雨中不停地奔驰，码头门口的人却寥寥无几。邱敏媛的心情很兴奋，因为她马上就要见到朝思暮想的汤瑞白了，怎不开心？

另一边，汤瑞白出狱后，门口虽然没有邱敏媛来迎接，也没吃到韩国人迎接出狱者的“好运豆腐”。他自己倒是信心满满，借了一部与狱官早早说好的旧车子，一路朝“五十五号码头”奔去。在高速公路上接近洛杉矶市区时，狂风暴雨不停。路上车辆仿佛都开得也不慢，汤瑞白心无旁骛，一个劲地只想着赴约。他的心情完全不受影响，口里还哼着自己在欧洲得了奖的那首诗《寄情》……雨下得太大，路上雨水太多了，有几处还是低洼地。他哼歌曲的时候，一时没注意，最后要右转出去时，车子在洼地打了滑，突然冲上了左边的安全岛。虽然当时没车，但因为冲力太大，撞倒了一个交通指示用的标志灯，整个车子翻了过来。高速公路上顿时秩序大乱，没多久，警车、救护车全都来了。

同一个时间，邱敏媛依照时间与约定赴约“五十五号码头”，等了一阵，没见到汤瑞白。时间已经过了下午五点，风雨逐渐转小。平常人潮汹涌、车水马龙的码头，此时像是一个大仓库，早就关上了铁门。雨水滴在门前空旷的水泥地上，车子一部部地开过去，可是汤瑞白没有出现。

邱敏媛摇头，她不相信汤瑞白真的不想理睬她了，一定是有什么事耽搁了时间。她继续又等了一阵，还是没见人影，她就是不信邪！心里想，他若不想理她了，自己也要弄清楚，至少要听到他亲口跟她说才对。于是，她决定打个电话去监狱找汤瑞白。

狱所的工作人员都说他已经出狱了，后来辗转找到那个把车子借给汤瑞白的狱官，才获悉汤瑞白在路上发生车祸，现在正在医院急救中。邱敏媛这才又赶紧叫了计程车赶去医院看汤瑞白。

医生告诉她，汤瑞白左手掌骨完全粉碎，已经动了手术切除，左腿也受伤严重，暂时不能说话，要她改天再来，邱敏媛只好暂时在医院附近找了一家汽车旅馆先住下。终于，她等到了可以见病人的日子。走进病房时，看到汤瑞白正在睡觉。他的左手被白纱布包裹着，左腿则被高高悬在床架上。邱敏媛就走近病床旁，坐下来悄悄等待汤瑞白的醒来。

汤瑞白睡醒时，见了邱敏媛却没有说话。

邱敏媛怕他伤势太重，会不记得她，就轻喊着："瑞白！是我，敏媛。"

汤瑞白点点头说："你怎么会来的？"

"我打电话去狱所，才知道你出车祸了。"邱敏媛悄声地说。

"不是说好，如果我不出现，就把我忘掉。"汤瑞白蹙了眉。

"你不是不出现，你是车祸呀……"邱敏媛依旧悄声。

汤瑞白摇头道："是一样的，我到不了'五十五号码头'，就是我没有出现，你不该来的。"

"我从夏威夷来这里，现在总算找到你，为什么你要这么说？"邱敏媛委屈地说。

"敏媛！你知道刚刚医生跟我说，我没有左手掌了。"汤瑞白痛苦地咬着牙，想哭！

"……"邱敏媛看看他左手绑着的白色绷带，没说话。

"还说什么你知道吗？"汤瑞白痛苦地甩头叹气。

邱敏媛带笑地安慰他，道："还说你的腿伤吗？会好的。"

"也可能会瘸的。"汤瑞白说。

"……怎么会？"邱敏媛惊讶地问。

"因为伤到筋骨，医生说……我这条左腿恢复正常的机会只有四成。"汤瑞白颓丧地说。

"四成？那还有希望啊！"邱敏媛睁大眼。

"六成会瘸，你不懂吗？六比四大……"汤瑞白摇头。

"但是四比零大。"邱敏媛说。

“你在说梦话吗？我很可能永远都是一个瘸子。”汤瑞白叹着气。

“……”邱敏媛没作声。

“听到了吗！你难道要跟一个没有手的瘸子结婚？”汤瑞白大声强调地问。

邱敏媛抬头道：“有什么不可以？我不会在意的。”

“我会在意！我不要你可怜我！”汤瑞白叫着。

“你出狱后，是为了来见我，才让你车祸受伤。我也很内疚啊！”邱敏媛痛苦地说。

“所以我不要你同情我！”

邱敏媛凑近汤瑞白，摇头说：“你听好！不是可怜也不是同情。怎么那么说呢！重要的是你这个人还存在这个事实，其他的并不重要！”

汤瑞白甩甩头，叹道：“唉！这要命的‘五十五号码头’，我们还约五点钟见面。五就是无，所以我就真的变成一无所有了！”

邱敏媛说：“不是的，你还有我！”

汤瑞白冷笑道：“难道你是说，只要我的心脏还在跳动就好？”

邱敏媛生气地大声回答：“是的！”

汤瑞白见邱敏媛不高兴，才心软地放缓语气，道：“我是人，我不能像猫狗那些宠物般，只要心脏跳动就可以一起生活，行不通的。”

邱敏媛伸手触碰着汤瑞白的前胸心脏区域，说道：“可是对我而言，只要心脏跳动，就可以一起生活。那些宠物都证明了可以，你当然更可以。”

“你头昏了吗？哪个女人愿嫁给像我一样没能力赚钱的废人？”汤瑞白摇头。

“我真的不在乎！除非你离开这个世界了，那我只好认命。只要你还有一口气在，你就是我的另一半，我不会放弃你。”邱敏媛很坚持。

汤瑞白难以置信地望着她，邱敏媛这些年似乎改变很大。在学校时，她总说要开公司才能赚大钱。也许她的那些话也曾影响到他的信心，所以他当年才敢离开她，去了加州，因为他怕自己赚不了什么大钱。如今她却会说不放弃，不放弃一个可能还要靠她来养的残废？是这样吗？她在说真话吗？不！不可能的！

“记得你跟我说过你在船上的那一个长梦吗？”汤瑞白盯着她说。

“怎样？”

“那个跟你能配对的人，是以前年代的，他已经不在这个世界上了！所以我不是你要的那另一半，我只是一个残废，你放了我吧！”汤瑞白右手蒙住头。

“不！那只是梦，怎能相信？那个以前年代的人，我根本不认识他。”邱敏媛说。

汤瑞白放下手，摇头道：“你跟‘加州海狼一号’的关系密切，所以能够成功地解了海狼的密码，平息了海上晃荡的船，那不是普通的梦！”

“那也可能只是海上天气变化的巧合，而且我没解密码，只是删除密码。大家没想到这个删除的办法而已。”邱敏媛张张双手。

“那么，你从楼梯摔下来没受伤的事，怎么说呢？”

“是运气好！而且那楼梯有地毯。那天晚上副船长也来过，他慰问我，还跟我说了船上密码失灵及发生灾难的巧合事情。因为船上当时已经死了四个人，我怕那灾难还会更大，所以变得很焦急。也许是……我想的太多了，才会有那个奇怪的梦。”

汤瑞白突然想起什么似的说：“还有，那个短暂的海啸，没人能解释得了。‘巴黎号’被完全摧毁，‘加州海狼一号’也发生故障，因为‘加州海狼一号’与‘巴黎号’是隔世情侣。说到灾难就是船上的悲剧，那些都是梦里有的，不是吗？”

“那……是因为‘海狼’的密码坏了，却还继续做夏威夷的双程航行，回来后机械受不了，又有那个奇怪的海啸，才产生故障。可是后来船又恢复正常了，不是吗？至于悲剧的灾难，是人为的因素，自然产生的。你不要用这些来赶走我，好吗？”邱敏媛哀求着。

汤瑞白久久没说话，好一会儿，他才幽幽地说：“我突然觉得有点可怕！想想我的车祸，为什么要发生？会不会是不让我们在一起，因为我手掌没有一颗红豆斑……”

“那个只是梦，我们不要相信它！”邱敏媛拼命摇头。

汤瑞白想得头痛了起来，烦躁地把脸转开去，说：“对不起！我现在心里很烦，你走吧！”

“那……我明天再来看你。”邱敏媛说完就只好离开了病房。

后来的那几天，邱敏媛虽然都来探望他，但是汤瑞白不大说话了。

一直到有一天，邱敏媛来医院探访时，柜台护士说他已经出院，没有留下任何只言片语。

邱敏媛扑了一个空，心里很难过，洛杉矶这么大，要怎么找他呢？她只好跟医院留下了自己的联系方式，还跟一些华人组织做了一些寻人申请，并且在网上也设法查询一些可以找人的线索。最后她所能做的只是无止境地等待。思前想后，感到非常颓丧。自己期盼了两年，却得到这么一个晴天霹雳的后果，难道真的是老天不让两人团圆吗？她打开左手掌，看着那颗掌上的红豆斑，摇摇头，她不相信。她总是希望不久会得到任何有关汤瑞白的消息，为此她必须花一些时间来等待。唉！自己似乎总是在伤心地等待？以前等汤瑞白，后来又是等，好不容易等到了，汤瑞白却出了车祸。现在他竟然消失了！没关系，等待虽然是痛苦的，但期望是幸福的，她会等下去。

第六节　隔世的似曾相识

住在旅馆中，几乎一蹶不振的邱敏媛，勉强自己打起精神。但她实在没什么胃口吃饭，饿了就吃冰箱内的酸奶，聊以充饥。她想到汤瑞白那首得奖的诗：《寄情》里面的那句“从来多情总伤神”，令她叹息与不平。邱敏媛感到前所未有的绝望，拈来纸笔，自己写下了一首诗《痛笑颜》：

痛笑颜

载载飞逝异乡梦，
回首尘扬不识路，
沧桑踏尽仍沧桑，
何日枝头滴翠珠？
无情天地无情梦，
点点旧雨沾心田，
天涯总是茫然客，
愁到深处痛笑颜。

也许是压力太大，内心太无助！邱敏媛突然变得有点相信自己在船上的那场梦了。“加州海狼一号”的海狼若真是她的“守护神”，那么一定会知道邱敏媛现在如此消极该怎么办。幸好自己现在就在洛杉矶旅馆内。既然如此，她决定去码头探望“加州海狼一号”，跟她倾诉自己的苦。

去的那一天，虽没下雨，但港口阴沉沉的。远远地，她看到白色的大船停在海边。邱敏媛想进去，被服务员阻挡住，她只好要求见船长艾力克，对方说船长正在忙。她又要见副船长尤金，服务员用内线去问，说他不在。邱敏媛坚持，服务员就找了很久，总算副船长尤金可以出来。尤金看到邱敏媛，高兴地给了她一个温暖的拥抱，听说她要见海狼，就说："我们这次将去阿拉斯加，船快开了，我会很忙！但是，现在还有十分钟，我让安全人员带你进去吧！"

邱敏媛道了谢，就跟着安全人员进入了。来到船头的计算机控制室，安全人员跟室内操作的那些人悄声说了几句话，大家就都暂时离开了现场。安全人员也知趣地退了出去，关上了门。

摸了摸冰冷的铁皮，邱敏媛的泪水滴了下来。她跪在地面，双手抚在铁皮上，她的头悬在两个手臂下，轻声地说："海狼！你知道吗？我这一生跟不爱的人结婚，我爱的人却总是做逃兵，离我而去。我喜欢情，对情也总是渴望，但我总是在等待，闷闷不乐。"邱敏媛说到这里，自己点点头，泪眼中苦笑道："……我想我是一个乞丐，因为我一直在乞讨感情：不论亲情，友情……尤其是爱情。可是，现在我好累！真的好累！我……该怎么办啊……"邱敏媛边哭边说，等了很久，可是海狼没有任何动静。邱敏媛揩着眼泪，心里想："我在做什么愚蠢的事？这不过是一块冷冷的铁皮，充其量只是一台船上的计算机，能帮我什么？"邱敏媛疲倦地站起身来，伸手触摸着计算机键盘。突然有个念头，让她产生一股冲动，想在键盘上打字。她打着英文……打完就抬头，看见计算机银幕上出现了她打过的字。可是当她读的时候，她感觉这些字很陌生，好像并不是她打的，但她还是读着："为何要乞讨？施比受更有福，你喜欢情，就给出情。但不要渴望，渴望是要求。所以你只管给吧！不要求就不会是乞丐，不要求就会快乐！"邱敏媛感觉毛骨悚然！这明明就是自己刚刚打字的内容，可是，这些话，对于她非常陌生，并没有经过她的大脑，只是无意识地随便打出的。难道……这就是海狼的回答？

离开了船，邱敏媛站在港口边，望着白色庞大的"加州海狼一号"，她在思考着。不久，船鸣出了几次汽笛声，前往阿拉斯加的旅程也开始了。邱敏媛嘴里喃喃地说："海狼，请保重！我现在懂了。不论是不是你的回答，我都珍惜。我知道你是在暗示我，因为你根本不用告诉我该怎么办？我自己会知道的。所以，还是谢谢你。"

邱敏媛回到旅馆，整理行装。按照从夏威夷来洛杉矶的行程，原本的计划是要与汤瑞白两个人一起去纽约探望赵阿姨，如今只有邱敏媛一个人。她无奈地独自转机去纽约的赵阿姨处，顺便去看看那个曾经是巴黎号军舰的新博物馆。

赵阿姨在机场，看到汤瑞白没有一起出现，也知道了事情的发生经过，真是无限感慨！

为了安慰邱敏媛，赵阿姨领着她到处散心，也陪她闲聊。

这一天，两人漫不经心地走在一所市区的公园里。清风徐来，邱敏媛叙述着自己的心事……末了感叹地说："恋爱让人很头痛！不恋爱又很难。"

赵阿姨说："其实恋与爱不同，恋是一种痴，也就是小爱，针对特别的对象，而且最后多数都与性会发生关联。爱却不是，爱是可以对所有的人，也就是大爱，固然也可能针对特别的对象，但是并不一定会与性发生关系。"赵阿姨说完，笑道："有的时候，爱情永远没有答案，就算答案出现，可能也不一定会懂。你现在从事老人院的工作是一种大爱，也是一种施！问你自己，你现在做服务老人这种工作，不是很快乐吗？"

邱敏媛点点头，若有所思地说道："嗯……是的，只要看到老人们的笑容，我就有成就感。那些带着岁月沧桑的皱纹，虽然丑陋难看。但是我从纹路中见到的是每个人的过往历史：曾经热情，曾经颓丧；曾经积极，曾经消沉；曾经错误，曾经爬起……点点滴滴的，都没被打倒。一路走过来，依然能活着，多么精彩！多么伟大。像极了一幅艺术品杰作，被人欣赏完以后，依然能恬静与温馨，继续活在无形的掌声中。老人的生命，可以永远地光明灿烂。"

赵阿姨闻言感动地握住邱敏媛的手，说："说得很对啊！孩子，你真是与众不同。"

两人出了公园，又去公交车处，在等车的板凳上坐了下来。眼前汽车一部部呼啸而过，邱敏媛突然觉得这些驾驶者真狂傲，或者应该说真自信！是的，自信，她一向也都有的，可是这一会儿，她如此脆弱。

"汤瑞白还是没消息吗？"赵阿姨问。

邱敏媛沮丧地摇头道："没有！我觉得自己命运很差。我出学校时候，等了汤瑞白两年，后来他入监狱，我又等了两年。然后，我们都要会面了，他却出了车祸。唉！我并不想相信船上那个奇怪的梦。我觉得所有的，包括密码失灵、船上的悲剧、我摔倒没受伤、解除密码、海浪突然转平静、短暂的海啸、我的祈祷、海狼的死而复生……那些都是巧合。但是，我真的是一个不幸的女人。抱怨频频、命运坎坷、无亲无戚、无依无靠，却偏偏又太多情。我不愿也不能做到冷血，可是有的时候……我真觉得自己不幸福，快没有活下去的勇气了！”

“什么话！若不幸福就消极得不想活，那么谁是只因为幸福才活着？你想想看！我们闭着嘴的时刻，难道都只是因为没说话的缘故吗？”

“……”邱敏媛没作声。

赵阿姨一把拥住邱敏媛说：“这些消极感都是暂时的。你妈妈去世后，我曾想做一个称职的长辈，希望能帮助你，指点你。可是当年我鼓励你去嫁廖育兴，我当时并不了解他，只因为他是董事长，有钱人，结果……唉！所以我也犯了错，我也有责任……”邱敏媛闻言打断了赵阿姨的话，说：“那怎能怪你呢！是我自己要嫁他的。而且我还是感谢他，若不是他，我这辈子可能都不会跟汤瑞白重逢了。”

“啊……那也是！有时想想，人走的路，不管有多沧桑。到头来，不见得没好处。”

“嗯……其实想想，我总算是在没有伤害任何人的情况下离了婚。而且自己身体健康，有喜欢的工作，我应该很知足。所以我会努力让自己精神起来！”邱敏媛伸了一个懒腰。

赵阿姨点头微笑着说：“这样才对！湿的手是甩不掉毛发的。你要先往好处想，才能振作自己。”

此时突然一部高级跑车飞驰而过，车上坐着一群年轻的亚洲人，其中一个男的突然对着邱敏媛大吼一声！且轻浮地从窗口朝邱敏媛丢出一条香蕉皮，同一时刻，那群人混着笑声，扬长而去。邱敏媛惊魂未定，低头看到香蕉皮正好甩在自己的前胸，把她身上那件深色的便衣甩出了一个米色脏印子。赵阿姨也吓了一跳，说：“罪过！怎可这样啊！”

赵阿姨从口袋掏出纸巾，说：“快揩干净！那些人真不像话！好像都是一群有钱人的小孩，现在有些亚洲人只知赚钱，都没时间管孩子！再不然就是把孩子单独送到国外，物质生活优裕了，却完全没教养。许多都成了‘纨绔子弟’，只知道吃喝玩乐与闹事，唉！”

“……打落水狗嘛！”邱敏媛一边自我解嘲，一边用力揩身上的脏印子。

“……别难过。”赵阿姨劝着。

“可是，我今天心情特不好，为什么是今天，真倒霉。”邱敏媛感觉雪上加霜。

看到邱敏媛受辱难过，赵阿姨想安慰她，就说：“我问你，你喜欢吃水果吗？”

“嗯……”邱敏媛不知道赵阿姨想说什么。

“不论我们种水果或蔬菜，园子里头都会经常长杂草，你用手拔不完，就会用很多杀杂草的药来喷它们。但是很多时候，杂草死了，蔬果也死了。所以要让杂草生存，你的蔬果才会壮大，不是吗？”赵阿姨说。

“……”邱敏媛点点头。

“世上什么样的人没有？必须有容纳的心，不受影响地让自己茁壮！所以要想开一点，感觉就会好些。”赵阿姨不安地望着她。

看见赵阿姨在替自己担心，邱敏媛有点不好意思，就说：“你知道吗？有时我真有出世的想法，可是我不知道到底要去当修女还是当尼姑？”

“呵呵……”赵阿姨笑了起来，半晌才说，“谈什么出世，你的尘缘未尽呢！”

最后她们终于来到纽约的大西洋畔，找到曾经是“巴黎号”的军舰博物馆。那真是坐落在一个船身内的大博物馆，船已经换了外貌，旧的“巴黎号”军舰外观已经被拆除殆尽，换了最新材料与设计的新军舰外壳。

旅客被分成好几组，由领队带着一一参观与解说。邱敏媛与赵阿姨跟着鱼贯而入，带团的领队仰头对着墙上所有“巴黎号”军舰的员工照片一一介绍。领队说“巴黎号”以前曾是一艘豪华游轮，墙上的照片从船长到设计师都有。一个个都是穿海军制服的白人，只有最后的设计师没穿军服，而且竟然是东方人，领队特别指着设计师的照片阐述他当年设计的费心。设计师虽然穿着普通，却英姿焕发。邱敏媛仔细看了照片，突然怔住了，那设计师面孔有一种说不出的熟悉感，他的下半张脸，方方的下巴，竟然有点像汤瑞白。只听见领队在说：“……他是当年的设计师，英文名叫汉米。因为记载的资料不足，这里对他的详情介绍不多。当年法国这艘豪华游轮是怎么会用到这位东方人来做设计师，没人想得通！好像是原来的设计师身体出了状况，然后才……”

领队继续指着旁边一张图片补充道：“……不过这个设计师有个极少见的特征，大家看！在他左手掌上有颗仿佛血斑的红豆记号。可能是他在娘胎里时，母亲吃了不少红豆糕饼吧！”领队试图幽默，旅客也就跟着哄堂大笑。邱敏媛却笑不出来，她悄悄地打开自己的左手掌，看到自己那一颗血斑“红豆”躺在掌心，她原以为这世界上自己是唯一有这种手掌的人，如今真的有第二个人，这个人却早已不在世上了。

游览出来后，邱敏媛显得神情很沮丧。赵阿姨已经听说了汤瑞白出车祸，也知道汤瑞白让邱敏媛等待两年又消失的事情，就关心地问："你还在想汤瑞白？"

"那个设计师长得竟然有点像汤瑞白。"邱敏媛若有所思。

"长得好看的人可能都会有几分神似！我看……你是太想汤瑞白了。"赵阿姨端详着她。

"可是……"邱敏媛伤心地眨了眨泪眼。

看到邱敏媛如此伤感，赵阿姨就说："我以前那过世的丈夫也很英俊呢！他去世的时候，我还很年轻，那时天天在家想他，想得快疯了！我记得自己走出家门，看到外面好看的男人，会觉得每一个都很像他！"

邱敏媛闻言，被逗笑了。

赵阿姨拍拍她的手说道："有关你的梦，还有你以前跟我提及那手掌的事情不要放在心上，要不要试试找新的男朋友？护士配医生，也许找个什么医生啊！"

"我从来没那么想过。"邱敏媛摇头。

赵阿姨点头道："也好！坦白说，适合你年岁的男人，现在都结婚了。剩下的要么没什么能力，有能力而没结婚的人，多数都很骄傲与挑剔，再不然就是那种只会跟女人玩的男人。"赵阿姨又说："……姑且把你那个奇怪的梦当真吧！以前的'巴黎号'设计师是你的一半，可是他早已不是这个世界的人，最坏的情况，你就一个人过也没什么。哦……对了！梦里……那神仙技工是否曾说，你在这个世界可能会有另一半呢？"

"有！只是现在，我要去哪里找一个跟我有相同左手掌的人？"邱敏媛伸出左手掌，烦恼地用右手指甲压着那粒红豆血斑，又说："我忽然有点厌烦看到它，要不……我可以去医院动手术把它割了吧？"

"不行！弄不好会流很多血的。"赵阿姨摇头。

"那我上网或者登报去找相同手掌的人？"邱敏媛开着玩笑。

赵阿姨眯着眼睛，摇头说："找不到的！还会被人笑话。不过我倒是在想……如果这个世界上，真的没有人的左手会跟你一样有红豆血斑。那么完全没有左手掌的人，你看怎么样？"

"你是说……"邱敏媛想到了汤瑞白。

"手掌若不存在，问题也就没了！对不对？"赵阿姨亮着眼睛问。

“……”邱敏媛思考着。

“而且没有左手掌，还可以握住右手掌，红豆斑的问题也就根本消失了……”赵阿姨高兴地说。

“是啊！”邱敏媛同意地点点头。

“对！把这个人找到，就会是你的另一半。”赵阿姨笑了起来。

“你知道的，汤瑞白车祸后就没了左手掌。”邱敏媛悄声地说。

“所以……就是他了！”赵阿姨诙谐地笑了。

“但他是故意避开我，要去哪里找？找不到怎么办？”邱敏媛叠声地问。

“找不到他，就等待他，等不到他，就怀念他。”

“……你的意思是劝我‘随缘’？”邱敏媛思考着赵阿姨的话。

赵阿姨拍拍她的背，没再说话。

邱敏媛突然感觉心情平和多了，她握住赵阿姨的手，说：“明天，我要回夏威夷了。”

赵阿姨点头微笑，说道：“回去好好过日子吧！你那个左手掌有红豆的人已随着历史走了，而这个没有左手掌的汤瑞白在世界上还活着。若是你真的找不到他，也等不到他，那就怀念他吧！因为他这一颗心是活的，只不过在这世界的一个角落而已。让心灵相通，也许……有一天你会等到他。你那梦里的神仙技工不是说，你还能找到另一半的吗？”

“难道你也相信我以前在船上的那个梦是真的？”邱敏媛问。

“真真假假，假假真真，人生本来也是这样。一个梦而已，有什么重要呢！”赵阿姨耸耸肩膀。

第十二章　相思比梦长

第二天周五，邱敏媛道别赵阿姨，从纽约飞回了夏威夷，又继续转机回到猫依岛。疲惫的身心，在周末休息了两天才完全恢复。

邱敏媛回到了猫依小岛，才发现老人院发生了大问题，使得她也变得非常担心与紧张。

原来是副院长对邱敏媛产生负面的想法，因为“猫依老人院”每年都会得到政府的补助金，可是去年没得到。副院长觉得是邱敏媛的改革造成的，可是院长与其他人都不那么想。副院长坚持地说：“她让护士学唱歌，学打坐，这些都很无聊，也很浪费时间！”

院长却说：“你没见到吗？我们护士都变得很有耐性，老人也变得比较快乐了！”

“可是这些对金钱没有帮助，我们如果今年还得不到政府基金，整个老人院的费用会高涨，老人进来的收费也会提高。这是会影响未来老人院的发展的，所以我觉得她应该被撤换！”

院长笑道：“那万一今年我们得到了基金呢？”

副院长撇撇嘴角，赌气地说：“那就把我撤换！”

医院内的工作人员知道了这件瓜葛，人人都变得很担心。

这一天邱敏媛接到秘书室发来的消息，说院长要跟她见个面。邱敏媛以为自己要被辞退了，心情郁闷地去了院长室。院长是一位六十多岁的白人女长者，腿有些风湿，但是心态健康。邱敏媛敲门进去后，见到院长摘下老花眼镜，手里捧着书本，慈祥地看着她。邱敏媛走近，心里有点紧张自己会挨骂，可是很意外，院长放下手中的书，朝她伸开双臂，说：“过来吧！孩子，让我们先抱一下。”邱敏媛这才放下心，走去给她一个温暖的拥抱。

院长放开邱敏媛，难过地说："怎么办？这次副院长是在跟你挑战，我们会输的。"

"院长，到底是什么原因会让基金中断的？难道真是我的改革……"邱敏媛不解地问，话说了一半，院长就插入说："跟你完全无关！你的改革已经证明有正面效果了。问题是去年在我们这里被实验的人少了。"

"被实验，是什么？"邱敏媛好生好奇。

"政府每年在猫侬的市区医院有不同的实验计划，需要有些人肯来接受这一项实验，因为都是志愿的，因此参加的人数目不定。但是这些去申请的老人院，若参加实验的人数多，当然比较容易得到基金补助。往年的实验与以后的实验都没什么问题，就是去年与今年的实验很特别，所以去年我们没能得到。其实我们有一个小组一直都专门在负责的，可是去年小组的领导人生了病，康复得很慢，我们也没找人代理领导，所以整个效率就差了。"

"去年与今年都是什么实验？"邱敏媛问。

"是为了避免人类未来发生的老人病所做的。"院长说。

"那很好啊！应该不难找到人参加。"

"不过……"院长面有难色地说，"去年与今年的实验酬劳虽然比一般实验要高，但是……结果会有风险……就是 0.1% 的比率会死亡。"

"啊……真的呀！"邱敏媛吓了一跳。

"所以……没人肯参加，除非对外做很好的解释与游说。其实，一般健康的人应该都没有问题的，但是风险就是存在，而且没人能预测与保证。"

"我来参加！"邱敏媛自告奋勇地说。

"你？我听说，你在情感上……失恋了，是这个原因让你如此决定的吗？"院长睁大眼睛问。

"失恋？没有啦！只是有点问题，需要等待而已。而且爱情不是人生全部。"邱敏媛苦笑着耸耸肩膀，说，"我喜欢活着，而且我还有很多重要的事情要去做。只不过这个实验更重要，所以我做。我还会去挨家挨户地找人解释与分析，只要健康的人，应该都可以通过这个实验，只不过 0.1% 的风险率让人害怕而已，但是应该不会发生的。所以我会尽力去游说与宣传，让大家也来做。"

"你这可爱的孩子，怎么会如此懂事啊！"院长有点吃力地站起身，伸手一把拥住了邱敏媛，两人又抱了抱才做道别。

于是邱敏媛特别驱车去市区医院申请了志愿接受实验的手续，过目了一些重要文件，甚至在一张万一时愿意放弃自己生命的文件上签了名。同时她也真的挨家挨户地展开宣传实验的“助人精神”，劝人也来参加。当然她遇到不少挫败：一位工人说他还要养家糊口，死不得！一个流浪汉也说他嫌酬劳还是太少了。一个妇人更白了她一眼，说：“开玩笑吗？我年纪不大，何必主动去寻死？”

“一般健康的人是绝对没问题的。你做了好事，人生也更有意义，而且 0.1% 的风险并不容易发生。”

“你保证？”妇人盯住她问。

邱敏媛说不出话了，到头来，连她自己也无法百分之百地保证。因为那 0.1% 的风险性虽然不容易发生，却是的确存在。

接下来，邱敏媛就自己勇敢地参加了市区医院的实验，整个过程，从开始到结束都很顺利，那让人担心的 0.1% 风险也没发生。唯在最后的一天，不知何故，病床上的邱敏媛，胃部疼痛，而且突然出血，随着疼痛状况加剧，出血越来越厉害。医生忙了半天，疼痛是止住了，出血依然如故，继续下去，相当危险，为了以防万一，必须及时输血。而当时血库的血液不足，最后是医院的一位临时义工捐出了同型的血，救了邱敏媛一命。等到邱敏媛醒来，想致谢时，那个工人却已经离职了。

一年即将过去了，“猫依老人院”因为邱敏媛不顾一切的牺牲与努力，政府基金会公布了好消息：这一年“猫依老人院”得到了基金。这使得老人院的个人费用不会增加，也稳定了“猫依老人院”内部的业务。一切重新走上轨道，作业如常，邱敏媛到此时也才吁了一口气。

当然，副院长因此请辞，虽被挽留，却去意犹坚。于是新的副院长上任了，一切又归于平静。

这一天下班后，邱敏媛无心无绪地打开收音机听，英文新闻节目近尾声时，她原本打算关闭，突然听到：“各位听众，下面我们要播出一段对罗奇先生的采访……”罗奇？是船上被一起抓了送进监狱的罗奇吗？想想他也已经出狱一年了。

邱敏媛仔细听了采访，概要是说罗奇通过了海军考试，做了海军，参加海军陆战队的马拉松比赛，得了第一名。又说马拉松比赛听起来更像一场军事表演，起点的开幕仪式，直接把美军的定点跳伞，低空略过的战机，以及大炮开火都搬了上来，场面雄伟壮观，等等。节目完了以后，邱敏媛就查出电台的资料，辗转联系到了罗奇。双方都很意外，约着见面。

这天下班后，邱敏媛去了猫依岛一个靠近军营的临海小公园，见到了罗奇。他当时曾先去慢跑过，后来换回了一身海军制服才出来，坐在公园里喝水休息。

“我真是想不到，你当了海军，还被分到夏威夷来。”邱敏媛高兴地说。

“还好你听到广播联系上我，不然我还不知道你也在这里。”罗奇用手巾揩着额头先前洗脸未干的水滴。

“恭喜你得到马拉松长跑第一名，身体很好！真是不容易。”邱敏媛赞美着。

“谢谢！我这次来猫依岛一星期，明天下午就回火奴鲁鲁去了。”罗奇把手巾仔细折叠成小方块，整齐地放入口袋。

“这么快！我还没机会请你吃顿饭，明天中午能吃吗？”邱敏媛问。

“不！我心领了。军队的事情很忙，一分一秒都耽搁不得。”罗奇挺着胸膛回答。

邱敏媛发现军队生活把罗奇训练得成熟了许多，他不再是游轮上那个吊儿郎当的年轻人了。两年监狱，一年军队，罗奇变了，真的成了一位优秀的军人。

“我没去接你出狱，不怪我吧？”邱敏媛歉意地说。

“没事！我知道你跟汤瑞白的事情，你一定自己苦恼忙乱都来不及了。”罗奇笑笑。

“你知道？”邱敏媛好生诧异。

罗奇望了一眼大海，沉稳地说：“汤瑞白出车祸以后就来了夏威夷，开始时候的一段时间住在我的军营附近。虽然我住在军队里，但我们还是经常见面，他的事我全都知道。”

邱敏媛惊讶地问道：“你是说他曾经住在火奴鲁鲁？他身体还好吗？”

罗奇笑道：“身体还不错！他很努力，一直在做复健，所以腿伤好像有点进步。”

“真的！那太好了。”邱敏媛高兴地说。

“不过他只住了两个月，后来他走了，也没告诉我去了哪里。”罗奇摇头说。

“……为什么？”邱敏媛刚被提起的一颗心，又跌入了谷底。

罗奇郁闷地说：“他……他当时一直很不快乐！我常常劝他。虽然他左手装了义肢，但那次车祸造成的残障让他的阴影变得很重。”

“本来我们要结婚的，他却消失了。我……一直找不到他。”邱敏媛幽幽地看着海面。

“我相信汤瑞白会好好生活，也许有一天，他想通了，重新有了自信与勇气，就会来找你。”罗奇说话时，眼神充满信心。

“找我？”邱敏媛摇头。

“汤瑞白知道你在‘猫依老人院’工作，不是吗？”

邱敏媛点头，道：“哦……我的意思是说，他不想来，也不会来的。”

“汤瑞白很爱你！住在火奴鲁鲁时候，他没有一天不提及你……给他一点时间吧！”

“……”邱敏媛低头无语。

“我不能待太久，我先走了，你保重。”罗奇起身，跟邱敏媛行了一个军礼。

“你也保重。”邱敏媛点点头。

“别难过，我会天天为你们两个祝福，那我走了……”罗奇说完，挥手走远了。

邱敏媛也挥了挥手，目送他离去。她看看腕表，今天竟然是七月七，是中国情人节：牛郎织女的相会日，而邱敏媛却依旧孤独。

尤其，这一晚是凄凉的、漫长的，不再有希望的。原来汤瑞白曾经来过夏威夷，但是他走了！他没跟罗奇道别，也没来找邱敏媛。证明他可能自暴自弃，也很可能真的不在乎邱敏媛了。好不容易见到罗奇，却连最后的这点希望都破灭了。

接下来的日期是周末，邱敏媛计划去买一台新的电子琴，就驾车找了几家乐器行逛着，比较价钱与品质。到了最后一家乐器行时，刚进门就听到一个读中学的小女孩在弹琴，且边弹边唱。乐器行老板说那是他的女儿，因为很有音乐天分，就让她开始学作词作曲了。邱敏媛夸赞着，耳朵听到那个小女孩正开始在弹另一首歌。歌词很熟悉，邱敏媛继续听下去时，不禁愣住了，这首歌是汤瑞白在船上时写的，邱敏媛谱的曲，怎么会出现在这里？

邱敏媛好奇地问店老板：“这首歌的名是什么？”

店老板笑着说：“哦……这首歌是教她作词曲的老师写的，歌名是《望海》。”

邱敏媛大惊，继续问道：“她的老师是姓什么呢？”

店老板回答：“姓汤！”

“汤瑞白吗？”

店老板开朗地说："是啊！你认识他啊！"

"他是我大学研究所的一个老同学，失去联络很久了，你能够告诉我他在哪儿住吗？"邱敏媛问。

"我不知道他住在哪里？不过他在那个灯塔旁边开了一家植物店。"店老板朝窗外远处的白色灯塔指了指，且递给她一张名片，又说，"这是那家园艺店的地址，就在海边。他平常都在店里工作。"

邱敏媛把名片接在手中，店名竟然是："三笑姻缘"，名片设计很简单，只有店名与地址。

她很快就驾车去了海边的灯塔附近，询问了几次街道名，终于看到一个不算太小的园艺店铺。左边是停车场与一座养殖花园，店铺大门上面挂了一个白底蓝字的牌子。上面是英文，下面是中文："三笑姻缘"。

邱敏媛停好车子，走进养殖花园，看见汤瑞白在园中缓慢地走动与工作。他的左腿几乎正常了，那只左手的确装了一个义肢手掌。看见汤瑞白正好要打算搬动一棵大果树，邱敏媛就走了过去，说："我来帮你一起搬，好吗？"

汤瑞白才刚弯下的腰，此时直了起来，愕然地望着对方，说不出话来。

"我不是要同情你，而是觉得这棵树真的实在太大了，必须两个人搬动才对。"邱敏媛说着就放下皮包，双手扶在树盆边，弯腰朝汤瑞白问道，"你要搬去哪里？我跟着你就是了。"

汤瑞白沉默着，也弯腰下去，两个人就用力把那一棵果树给成功地换了个地方。

汤瑞白双手抱胸，正色地问道："你是怎么找到我的？"

"我听到有一个小女孩在弹奏《望海》。"邱敏媛盯着他说。

汤瑞白点头，问："你……应该又结婚了吧？"

"没有，我一直在找你，只不过不知道你来了猫依岛。"邱敏媛难过地说。

汤瑞白烦躁地说："不要误会！我也说过想来猫依岛生活，我自己也……有理由来这里。"

"当然，你有权利来这里。"邱敏媛顺从地看了他一眼，才说，"既然来了猫依岛，为何不来找我？你是知道我在'猫依老人院'工作的。"

汤瑞白语气带点生硬地说："因为我想一个人静静！"

"你是说我打扰了你？"邱敏媛忍着呼之欲出的泪水。

“我本来很平静，但是你一出现，我就乱了！”汤瑞白叹口气，猛摇着头，道，“我会搬走……园艺店也一起搬。”

“不！你不用搬，我搬！很多地方有老人院，我也没有店铺，工作容易换。”邱敏媛生气地转身要走，汤瑞白忽然一把从身后抱住邱敏媛，说：“你不要搬！我们……都不要搬。”

邱敏媛转身落着泪，汤瑞白帮她擦泪，良久……两人都没说话。

此时，汤瑞白严肃的表情也缓了下来。他突然问：“你的胃出血没事了吗？”

邱敏媛愣了一下，脑筋一转。想起在大学研究所的时候，曾验出汤瑞白与她是同血型的，就问：“你怎么知道？难道……是你输血给我的？”

“嗯……我那天去猫依的市区医院做临时义工，发现需要输血的人竟然是你，我吓坏了！”汤瑞白说。

“谢谢你，救了我的命！”邱敏媛不胜感激地说。

“那天医院里的人告诉我有关你接受实验的事情，听说会有 0.1% 的死亡率。我真不敢相信，你真是很伟大，你不要命了吗？为什么那么牺牲自己？”汤瑞白有些生气地问。

邱敏媛笑着说：“其实一般健康的人都没问题的，我当时的情况是一个例外。”而且我没有选择，如果连我都不去，怎么去游说别人？”

“……不过，你当时会接受实验，是不是……有点也是因为我，让你万念俱灰？”汤瑞白心痛地问。

“我也不知道……也许有一点吧！那一阵子找不到你，真的很消极。所以你看。我也不是么伟大！”邱敏媛耸耸肩膀。

“但是，万一你那天没人输血，怎么办？”汤瑞白激动地说。

邱敏媛没说话，好一会儿才幽幽地说：“……所以……你是关心我的，在乎我的。那么……为什么要消失呢？你知道吗？我那天去医院，看不到你，让我有多心碎。”邱敏媛想起了汤瑞白的不告而别，有点怨。

“……我也不想消失，但是我没办法。我想先离开，等我有勇气的时候，再来见你。”汤瑞白低下了头。

邱敏媛点点头，知道他培养这勇气不容易，就换了语气说：“谢谢你来猫依岛，让我们能再次重逢。”

汤瑞白耸耸肩，自我解嘲地摇头，说道：“我怎么就是逃不了你的手掌心。”

“因为你不是真正想逃。”邱敏媛微笑道，“猫依岛并不大，就算我没听到《望海》，我迟早也会碰到你。”

“……”汤瑞白低头不语，好半天才抬头，问她，“我真是可恶，好像又让你等了三年，是不是？”

“嗯……”邱敏媛点头。她扶着汤瑞白的双肩，上下检视着他的身体。然后看了一眼他的左腿，关心地问：“你身体还好吗？左腿没事了，对吗？”

汤瑞白微笑着说：“医生说我的复健做得很好。不过……有时左腿会无力，我还是需要锻炼。”

“嗯……你左腿没事，我真的很欣慰。”邱敏媛说完叹了一口气，道，“很遗憾的是，我没机会照顾你，帮你复健。这一年，你自己单打独斗，把身体一切弄得这么好！我只是享受成果，没有参与过程来给任何帮助……我觉得自己很羞耻。”

“怎能怪你？是我要走的！而且，我那样才能找回失去的信心，那也是我欠你的。”汤瑞白笑道：“看！不论里里外外，我完全找回了。”

“我知道，实在太好了！”邱敏媛高兴地说完，又注意到他的左手义肢，点头道，“现在左手也会习惯的，看来你一切都很不错，太好了。”

“都很好！就是很想你！”汤瑞白深情地望着邱敏媛。

“对了！我碰到罗奇，想不到他当了海军。他提到你当时离开医院来夏威夷找他的事。”邱敏媛说着，又问，“可是你来猫依为何不告诉他？”

“他懂的……我需要安静地自寻未来。而且他在海军的时间很紧，我不想给他太多压力。”

“那么现在安定了，应该跟他联系了。”邱敏媛说。

“当然，最近我正打算要跟他联络。”汤瑞白点点头。

此时，邱敏媛突然勇敢地抓起汤瑞白的左手义肢，把自己有红豆印的左手掌压在上面，听到自己在说：“……应该不是两颗红豆，两颗很难契合得完美。一颗就够了！”

汤瑞白理解地颔首同意，悄声地问：“你一个人过得好不好？”

邱敏媛眼里闪着泪光，难过地说：“我以为你永远不会问我这句话。”

“……我会的，我在梦里已经问了你好多遍了，好多遍了！”汤瑞白的眼泪终于涌了出来。邱敏媛伸手摸着汤瑞白略显消瘦的面庞，汤瑞白一把将邱敏媛紧紧地拥进怀里，呢喃道：“敏媛，你辛苦了……”邱敏媛揩着泪珠，看着他说：“你也是……”

“……我爱你。”汤瑞白深深看了邱敏媛一眼，就低头吻了她。好一会儿，他才放开她，说：“来！你闭上眼睛，我让你看一个奇景。”汤瑞白说完用右手蒙住邱敏媛双眼。

“是什么？”邱敏媛问。

汤瑞白把邱敏媛的身体缓缓转到面对大海的方向，然后说：“好了！你现在可以睁开眼睛了。”邱敏媛抓下汤瑞白的右手，看到海面上有好几艘在停泊的大船，问：“那些都是游轮，对吗？”

“嗯……看到没？最远的那一艘……”汤瑞白笑着，不再说话。

“啊……是‘加州海狼一号’！”邱敏媛欢呼了起来。

“对！‘加州海狼一号’每次来夏威夷时，都会在猫依岛停留几个小时。”

“海狼！海狼！你一切都好吧！”邱敏媛向远处招手，连声呼叫着。

“‘加州海狼一号’快要开航了！”汤瑞白看看手表。

邱敏媛好奇地问：“你还是觉得所有的悲剧都是因为海狼而起的吗？”

汤瑞白摇头道：“不！所有的悲剧都是人为的，包括我的车祸，都与海狼无关。只有一点很奇怪，就是你从楼梯上滚下来，没受伤的事情。”

“还有……那个短暂的海啸，洛杉矶气象局好像一直测不出原因。”邱敏媛说。

“对！除了我们说的这两件，其他的事情会牵连到海狼的，都是巧合。”汤瑞白点点头。

邱敏媛想到了赵阿姨的话：“……没有左手掌，还可以握住右手掌，红豆斑的问题也就根本消失了……”

她看了一眼汤瑞白的左掌义肢，挪出自己外衣左口袋的手，低头瞧了瞧掌上的红豆斑，就缩了回去。主动伸出右手去握住汤瑞白温暖的右手掌心，嘴里轻声说道：“应该是有三件事……”

汤瑞白正在专心地望着远处的“加州海狼一号”，没听清楚邱敏媛的声音，就问：“你刚刚说什么？”

“没什么！不重要。”邱敏媛笑着甩甩头。

此时远处的白色游轮发出一阵宽厚的汽笛声，“加州海狼一号”要离开猫依岛了。

汤瑞白对着远处大叫："海狼！谢谢你让我们重逢！保重啊！"

邱敏媛也跳了起来，呼叫："海狼！我们爱你！"

汤瑞白又附加了一句："海狼！我们会怀念你！"

此时，远处的"加州海狼一号"又发出一串轰轰的汽笛声，仿佛在跟两人道别。

汤瑞白微笑地拥着邱敏媛，开心地在她的面颊上轻啄了一下。邱敏媛抬头问："答应我，你不再离开我了，好吗？"

汤瑞白在两人握住的右手上，加了一把力，说："当然！我永远也不会离开你了。"

汽笛又长长地鸣响了一声，开始离开了港口。

岸上相拥的两人朝海的远处一直挥手，目送着海狼的离去。

（全文完）